천년의 예언

2

반 때

천년의 예언

2
반 때

돌판

차례

1

천년의
예언

반 때

깊음의 근원

오베르, 호수

깊음의 근원은 끝을 알 수 없을 정도로 커다란 나라였다. 둥그런 모양이었고, 동서남북 네 덩어리로 나눌 수 있었다. 북쪽은 얼음이 많아 빙골이라 하였고, 산이 많은 남쪽을 산골, 너른 평야가 펼쳐진 동쪽을 밭골이라 하였다. 서쪽에는 커다란 호수가 있었다.

깊음의 근원 한가운데에는 오베르라는 마을이 있었다. 오베르에는 깊음의 근원을 다스리는 원로원이 있었고 커다란 교회도 있었다. 생물들의 학교도 있어서 깊음의 근원을 다스리는 행정의 중심지였다.

오베르의 서쪽에는 큰 호수가 있었다. 호수는 수면이 오베르보다 높았다. 그래서 사방이 둑으로 둘러싸여 있었다. 높은 둑은 언덕으로 불렸고 낮은 둑은 그냥 둑이라 불렀다. 가장 높은 둑은 오베르로 내려갈 수 있어서 오베르언덕이라 불렀다.

오베르언덕에는 커다란 싸이플러스나무가 우뚝 솟아있었는데 나무 꼭대기에서 보면 오베르 전체가 보였다. 두 번째로 높은 둑은 원래 이름이 없었다. 그 둑을 요나의 언덕이라 불렀는데 그 이유는 요나의 초막이 그곳에 지어졌기 때문이었다. 그 요나의 언덕으로 가려면 오베르언덕으로 올라가서 거기로부터 조금 내려가야 했다.

호수는 신기하게도 물이 흘러 들어오는 곳과 나가는 곳이 없었다. 그래서 늘 잔잔했다. 바람이 불어도 호수의 물은 거의 움직이지 않았다. 하지만 호수의 물은 신기하게도 맑고 신선했으며 항상 일정한 높이를 유지했다. 호수의 높이가 높다고 해서 호수의 물이 넘치는 것을 걱정하는 생물은 아무도 없었다. 왜냐하면 이곳은 물의 생물들이 살고 있었기 때문이었다.

깊음의 근원에서는 비가 내리지 않았다. 하늘 위에 상상할 수 없을 만큼 큰물이 떠 있었지만 비나 눈이 내리지 않았다. 우박도 없었다. 오히려 깊음의 근원에서는 이슬이 땅에서부터 하늘로 올라갔다. 심한 날에는 비가 올라가는 것처럼 보였다. 그래서 깊음의 근원에서 비는 올라가는 것이었다.

깊음의 근원은 물의 나라였지만 불의 나라이기도 했다. 국경을 마주한 것은 아니지만 세 겹으로 된 시공간의 막 하나로 불의 나라와 구분되어 있었다. 깊음의 근원에서 보이는 하늘의 물 덩어리는 시공간의 막이 둘러싼, 어마어마하게 큰 항아리에 담긴 물이었다.

그 시공간의 막 아래로 불의 근원이 있어서 물 덩어리를 데웠다. 불의 근원으로부터 데워진 물은 돌고 돌아 인간의 세상을 적시고 에덴에 비를 내리며 달의 제국에도 이슬을 주었다. 돌고 돈 물은 다시 물의 덩어리로 돌아왔는데, 그 길 중의 하나가 깊음의 근원에서 올라가는 비였다.

깊음의 근원은 불의 근원을 감싼 시공간의 막 아래에 자리하고 있었다. 샌드위치처럼 겹겹이 쌓인 막과, 그 막들 사이에 존재하는 불의 근원과 물의 근원은 볼 때마다 어마어마한 장관을 만들어 내었다. 깊음의 근원에서 본 하늘은 물과 불과 에너지와 압력이 쌓여서 시시각각 다르게 보였다.

시뻘건 불의 근원이 요동치는 모습과 새파란 물이 끓는 모습이 합쳐져서 엄청나게 큰 소용돌이로 보였다. 깊음의 근원의 하늘에는 파랗고 빨갛고 노란색의 소용돌이들이 수없이 돌고 있었다. 깊음의 근원에 사는 생물들은 아침에 일어나 하늘을 보며 불의 강도와 물의 세기를 살폈다. 그래서 불이 약하면 물을 차단하고 불이 강하면 물을 더 올려보냈다.

이것이 깊음의 근원이 만들어진 목적이었다.

시공간의 막을 뚫고 호수 안으로 들어온 옛뱀은 깊음의 근원을 보며 크게 놀랐다. 물의 크기나 양을 보니 상상을 초월했다. 신의 영역이었다. 창조주가 만든 엄청난 대자연을 보며 스스로가 초라해졌다. 세 치 혀로 먹고 살아가는 자신이 비루하고 역겨웠다. 옛뱀은 어느 때보다도 신중하게 움직였지만 창조주의 눈을 피하려는 것은 아니었다. 옛뱀은 이미 창조주의 눈을 피하는 건 불가능하다고 생각했다. 신중하게 움직이는 것은 창조주보다 리워야단과 요나의 눈을 피하기 위함이었다.

옛뱀은 시공간의 막을 마지막으로 가르고 호수 안으로 미끄러져 들어왔다. 호수의 바닥이 키메리안의 마을과 깊음의 근원 사이의 비밀통로였다. 호수의 바닥으로 들어온 옛뱀은 숨을 죽이고 호수를 살폈다. 호수 안은 정말로 차가웠다. 호수 안에서 죽은 것처럼 떠있는 옛뱀은 너무 차가워서 죽을 것만 같았다. 근육이 얼어버려 움직이기 어려웠다. 아리를 감은 꼬리는 감각이 서서히 없어졌다. 하지만 극도로 긴장한 옛뱀은 조금씩 아주 조금씩이라도 움직였다. 얼마의 시간이 지났는지 몰랐다. 옛뱀은 목표 앞으로 서서히 전진해 나갔다. 옛뱀은 조금씩 움직이다가 어느 순간 그 자리에서 멈췄다.

'이제 조금만 더 가면 물 밖이다. 이제 가장 조심해야 한다. 그곳에는 리워야단도 있지만 요나도 있고 빌어먹을 그놈도 있다.'

옛뱀은 몸의 모든 감각을 끌어올렸다. 어렴풋이 미세한 진동이 느껴졌다. 익숙한 진동은 뱀의 언어와 유사했다. 옛뱀은 심장 박동도 멈추었다.

초긴장 상태가 지속되었다. 미세하게 들리는 진동을 몸으로 받은 옛뱀의 눈이 꿈틀거렸다. 들려오는 말을 한참 동안 듣던, 옛뱀은 희미한 미소를 지었다.

'역시 나의 생각이 맞았다. 비겁한 사탄, 그놈이 이곳에 숨어있었구나. 에덴과 무저갱의 바보들이 이 사실을 알면 까무러칠 일이다. 사탄, 대단하다. 비겁하고 잔인하지만 그래도 대단해. 모두를 속이고 절묘하게 숨어있었구나. 이제부터 극도로 조심해야겠다.'

옛뱀은 들려오는 진동에 맞추어 조금씩 움직였다. 리워야단이 내는 진동은 더 컸다. 옛뱀은 리워야단의 진동에 맞추어 움직이다가 마침내 기회를 잡았다.

리워야단이 그르릉 소리를 내며 화를 내는 순간, 절호의 순간을 놓치지 않았다. 옛뱀은 그르릉 소리에 맞추어 물 밖으로 나왔다. 깊음의 근원이 물속에 있을 때에 보던 것보다 더 선명하게 보였다. 맨 먼저 눈에 들어온 것은 너른 호수와 그 호수를 둘러싸고 있는 언덕 위의 커다란 나무였다. 옛뱀은 바람이 되어 언덕 아래로 스며들어갔다. 그리고는 어둠이 되어버렸다.

그리고는 무심한 세월이 흘러지나갔다.

오베르교회 꼭대기

시원한 바람이 불어왔다. 동쪽 하늘로부터 불어오던 바람은 오베르언덕을 타고 방향을 틀어 넘어갔다. 늘 일정하게 부는 바람 덕분에 오베르언덕에 서 있는 나무들은 언덕 뒤쪽으로 기울어져 있었다. 나무가 듬성듬성 있는 언덕에는 눈이 시원한 잔디가 파릇 돋아있었는데 누구라도 눕고 싶을 만큼 예뻤다.

그 언덕 꼭대기의 포근한 잔디에 앉아 뒤로 기울어진 나무에 등을 기대면 세상이 모두 내 것이었다. 걱정 근심이 모두 사라지고, 포근하고 행복한 안식에 마음이 넉넉해졌다. 선선이 불어오는 바람이 스쳐지나가는 피부 세포 하나하나가 스스로 살아있음을 느끼게 해주었다.

안식과 쉼의 공간에서 넉넉한 마음이 되어 바라본 하늘은 '와' 하는 감탄사가 저절로 나올 만큼 아름다웠고 신비로웠다. 한껏 열린 동공으로 들어오는 하늘의 풍경은 보는 이의 가슴을 부풀게 하고 심장을 뛰게 했다. 그림물감을 모두 쏟아 아크릴판 위에 놓고는 손가는 대로 휘저어버린 화가의 작품처럼 하늘에는 커다란 소용돌이가 휘몰아쳤다.

형형색색 시간마다 바뀌는 그 색들이 서로 여운을 남기며 섞였다 사라지는 그 모습, 그 살아있는 하늘의 모습에 모두 입을 떡 벌렸다. 휘몰아치는 하늘의 그 소용돌이로부터 쏟아지는 빛의 향연들, 그리고 그 빛을 시샘하듯 흘러가는 하늘의 길, 이 모든 것들은 올려다보는 눈을 호사롭게 만들었다.

하지만 오베르교회 꼭대기에는 옛뱀의 간교한 눈이 반짝반짝 빛나고 있었다.

'깊음의 근원, 진정 아름다운 곳이다. 호사스러울 정도로 아름답다. 평생을 고립되어 생활하는 만큼 에노스가 정성을 다했구나. 하지만 나에게는 인고와 고난의 전쟁터였다. 저 오베르언덕 뒤 호수부터 오베르교회 앞까지 오는 데 12개월. 교회 정문에서 탑 꼭대기까지 오르는데 1개월이 걸렸다. 그 덕에 깊음의 근원에서 내가 모르는 곳은 없다. 나의 눈에서 숨은 생물도 없다. 누가 알랴? 나의 치밀한 계획을… 이제 아리를 숨기고 자유롭게 움직일 때다.'

옛뱀은 오베르교회 첨탑 맨 꼭대기에 아리를 숨겼다. 작은 아이라서 쉽기도 했지만 매일 같이 넣어준 뱀 독 덕분에 아리는 이제 영원한 수면 상태로 들어갔다. 옛뱀은 아리를 죽일까도 생각했지만 만일을 대비해서 숨겨두었다.

'일 년을 생각했다. 만 가지 계획도 세워두었다. 이제는 가장 강한 적들 사이에서 살아남는 일만 남았다. 지금이 다시 올 수 없는 일생일대의 기회다. 이제 생각은 끝났다. 이제 추수하러 갈 시간이다.'

옛뱀은 아리를 숨기고는 소리없이 움직였다. 아리를 감고 움직일 때보다 훨씬 빨랐다. 오베르교회를 나온 옛뱀은 맨 먼저 동쪽에 있는 밭골을 향해 갔다.

깊음의 근원은 세 개의 마을로 나뉘어져 있었다. 세 마을은 기후가 달랐다. 그 이유는 호수 때문이었다. 호수의 물은 너무나도 차가웠다. 얼지는 않았지만 얼음보다 차가웠다. 그 호수와 가까이 있는 북쪽은 눈과 얼음의 나라였다. 반면에 남쪽은 뜨거운 나라였다. 늘 뜨겁고 습해서 산림이 우거지고 밀림 같았다.

그러나 기후가 차이나는 것은 호수 때문만은 아니었다. 뜨거운 하늘의 높이와도 관련이 있었는데, 하늘은 남쪽이 낮았고 북쪽으로 갈수록 높았다. 하늘 위에 있는 불의 근원에서 멀면 추웠고 가까우면 더웠다. 그래서 오베르의 동쪽은 농사짓기에 알맞은 날씨였다.

그런 특성으로 인해 각 마을들은 사는 방식도 달랐다. 논과 밭을 일구며 사는 밭골은 물의 덩어리를 관리하는 생물을 제외하고는 대부분 농부였다. 아침 일찍 일어나 저녁 해가 지면 고된 삶을 잠으로 달랬다. 4계절도 없어서 밭골의 농부들은 1년 내내 일했다. 마지막 추수가 끝나면 잔치를 하고 1달 간 쉬는 것 외에는 부지런하게 일했다.

북쪽의 빙골은 밭골과 완전히 다른 삶을 살았다. 빙골은 농사를 지을 수 없었다. 가끔 극한 환경에서도 자라는 농작물을 소규모로 심어서 먹기는 했지만 그것으로 식량을 해결하지는 못했다. 빙골은 밭골이 나누어주는 음식을 먹고 살았다. 빙골의 생물들은 대부분 공장에서 일했다. 빙골의 공장은 소금을 생산하는 공장부터 물을 이용해서 마차를 움직이는 기계를 만드는 공장, 혹은 얼음의 동토 밑에 있는 광물을 가지고 생활에 필요한 것들을 만드는 공장까지 다양한 공장이 있었다. 밭골에 비해 일의 강도는 강하지 않았지만 빙골의 생물들은 공부하는 기간이 매우 길었다.

남쪽의 산골은 빙골이나 밭골과는 또 다른 마을이었다. 산골은 산이었다. 밀림이 우거진 산골에서는 산이 공급해주는 다양한 열매들을 따서 빙골이나 밭골에 공급해 주었다. 하지만 산골의 생물들이 그런 일만 하는 것은 아니었다. 산골의 생물들은 약초를 구분할 줄 알았다. 그래서 다양한 약을 만들었다. 그리고 풍부한 나무를 이용해서 집을 짓거나 건물을 짓고 다리를 만들며 길을 내는 일에 종사했다.

깊음의 근원 생물들은 천성적으로 부지런했다. 아침 일찍 일어나서 저녁 늦도록 일터에서 일했는데 아무도 불평하는 생물이 없었다.

동쪽에서 수확한 농작물과 먹거리는 깊음의 근원 전체로 골고루 나누어 주었다. 각자 먹을 만큼만 가져갔지만 먹거리는 모자라지 않았다. 남는 것도 별로 없어서 그 해에 농사지은 것은 다음 해에 추수할 때까지 먹었고 그 다음은 추수 후에 또 나누어 먹었다. 그래서 깊음의 근원에서는 자발적인 부자와 의도치 않은 가난한 자가 없었다.

밭골의 데메는 마을 전체에서 가장 존경 받는 생물이었다. 깊음의 근원을 다스리는 세 명의 원로 중 한 생물이었고 밭골에서 가장 나이가 많은 연장자였다. 북쪽은 드레베라는 생물이 원로였고 남쪽의 원로는 디오였다.

밭골

옛뱀이 동쪽 마을로 숨어든 이후로 1년이 지났다. 옛뱀을 본 생물도 없었고 옛뱀을 아는 생물도 없었다. 그러던 어느 날이었다. 1년 농사를 마무리하고 결산을 하던 때였다.

밭골의 원로 데메는 깜짝 놀랐다.

"휴, 엄청나구나. 이번 농사는 대풍년이야. 내 나이가 이미 이백 살을 훌쩍 넘었지만 이렇게 큰 풍년이 들기는 처음이구나."

데메 앞에서 주판을 들고 선 시종은 활짝 웃었다.

"나라 전체에 골고루 나누어주고도 그보다 배는 더 남았습니다. 어찌할까요? 이 곡식을 보관하려면 창고를 지어야 하고 그렇지 않으면 밭에 내다 버려야 합니다."

"버리면 쓰나? 땀 흘려 키운 건데. 그럼 창고를 짓도록 하자꾸나."

"알겠습니다. 그럼 산골에 요청을 하도록 하겠습니다."

그날부터 밭골에는 커다란 창고가 지어지기 시작했다. 밭골에서 창고를 지으려면 밭을 줄여야했다. 데메는 밭을 조금 줄이고 커다란 창고를 지었다. 산골에서 힘이 좋은 생물들이 나무들을 메고 나타나서는 밤낮으로 일했다. 그러더니 한 달 만에 곡식을 저장할 수 있는 커다란 창고가 지어졌다.

데메는 감사의 표시로 북쪽의 원로인 드레베와 남쪽의 원로인 디오를 초청하여 잔치를 벌였다. 당연히 물의 왕 요나도 초청했다. 힘든 일을 마친 생물들도 모두 참여했다. 모두 모여 즐거운 잔치를 벌였다. 깊음의 근원의 모든 생물들은 한마음으로 즐거워했다. 요나가 말했다.

"주님의 은혜입니다. 세상에서 가장 포악하고 강한 적을 우리에게 맡기신 주님께서 우리를 생각하셔서, 힘내라고 주신 선물인 것 같습니다. 감사할 따름입니다."

자리에 모인 모두는 식사를 하며 즐거워했다. 손뼉을 치며 일어나서 춤도 추었다.

데메가 자리에서 일어나 말했다.

"창고에 가득 쌓인 곡식은 우리 모두를 위한 것입니다. 앞으로 언제든지 원하시는 대로 드릴 테니 돌아가셔서 혹시 어려운 형제가 있는지 살펴주십시오."

디오와 드레베도 한마음으로 웃었다. 요나는 물론이고 디오와 드레베는 돌아가기 전에 데메를 칭찬하는 말을 아끼지 않았다. 다른 생물들도 마찬가지였다. 늘 빠듯한 먹거리였는데 이제 넉넉한 먹거리가 생기자 감사하는 마음에 덕담을 하였다. 그리고는 모두 돌아갔다. 그 해는 그렇게 지나갔다.

그리고 시간이 흘러 다음 해가 되었다. 1년을 열심히 농사를 지은 밭골은 다음 해에도 대풍년이 들었다. 엄청난 풍년이라던 작년보다도 두 배는 족히 더 많았다. 데메는 믿기지 않았다. 주판을 튕기던 시종의 말에 귀를 의심했다. 하지만 대풍년이었다. 데메는 입이 찢어졌다. 데메는 이번에도 창고를 더 크게 늘렸다. 산골과 빙골의 생물들도 같이 기뻐하며 한마음으로 창고를 지어주었다.

데메는 또 다시 디오와 드레베 그리고 요나를 초대해서 잔치를 열었다. 그날도 기분 좋게 헤어진 데메는 돌아가는 디오와 드레베의 편에 곡식을 잔뜩 안겨서 보냈다. 디오와 드레베는 수레에 곡식을 산처럼 쌓아서 마을로 돌아갔다. 곡식을 나누어받은 생물들은 데메뿐 아니라 디오와 드레베까지 칭찬했다. 원로들은 기분이 좋았다. 그 해도 그렇게 기분 좋게 지나갔다. 그러는 동안 리워야단은 아무런 움직임이 없었다.

다음 해에도 어김없이 대풍년이 찾아왔다. 그 다음 해와 그 다음해도 갈수록 더 큰 대풍년이 찾아왔다. 꼬박 6년 동안 밭골에서는 대풍년을 맞았다. 데메는 그때마다 창고를 더 크게 지었다. 이제 동쪽 마을에는 더 이상 창고를 지을 땅도 없었다.

신년, 밭골

그렇게 풍요로운 한 해가 지나가고 새로운 시작을 알리는 새해가 밝았다. 데메는 마을의 노인 열 명과 오베르교회의 목사 니골라를 집으로 초청해서 신년을 축하하는 자리를 마련했다. 니골라는 오베르교회의 목사였다. 오랜 세월 동안 오베르교회의 목사로서 신실하게 자리를 지켰다.

데메의 집에 성대한 잔치가 열렸다. 초청을 받은 생물들은 자리를 잡고 앉았다. 기분이 좋은 데메가 자리에서 일어나 웃음을 가득 머금고 말했다.

"올 한 해도 대풍년이 들것입니다. 참으로 주님의 큰 은혜입니다. 이제는 먹을 것을 걱정할 필요가 없게 되었습니다. 곡식으로 꽉 들어찬 커다란 창고가 우리의 마음을 편안하게 합니다. 우리 어릴 적에는 없던 일입니다만 이제는 일상이 되었지요. 이렇게 은혜를 받았던 세대가 있었나 싶습니다. 우리들이 어렸을 때와 비교해보면 요즘 젊은이들은 참으로 좋은 세상에 태어났습니다, 그려."

니골라 목사가 손뼉을 쳤다.

"앞으로 어떤 흉년이 와도 끄덕도 없겠습니다. 예전에는 흉년이 오면 어쩌나 하는 생각을 한 적도 있었지요. 하지만 이제는 그런 걱정거리는 사라지게 되었네요. 이게 다 데메 원로께서 덕이 있으셔서 그렇습니다."

니골라는 데메를 향해 박수를 보내며 말했다. 데메는 니골라의 말에 고개를 가로저으며 손사래를 쳤다.

"별 말씀을 다 하십니다. 저는 한 것이 없습니다. 이게 다 주님의 은혜죠."

그러자 노인 중 한 명도 자리에서 일어났다. 천천히 말하는 노인은 아예 대놓고 니골라와 맞장구를 쳤다.

"목사님의 말씀이 하나도 틀린 게 없습니다. 결국 지도자가 중요한 게죠. 리워야단이 이리로 오고, 전쟁을 할 때만 해도, 우리 모두 위기라 생각하지 않았습니까? 하지만 보십시오. 이제 악한 괴물은 싸이프러스나무 안에 갇혀서 옴짝달싹도 못합니다. 게다가 씨를 뿌리기만 하면 대풍이니 밭골에 경사입니다. 모두 데메 원로께서 잘 지도해 주셔서 그렇죠. 아니 그렇습니까?"

노인은 다른 노인들을 한 명 한 명 둘러보며 말했다. 그러자 나머지 노인들도 하나같이 데메를 칭찬했다. 데메는 얼굴이 붉어졌다. 데메는 꿈만 같았다. 처음에 이곳으로 오던 때가 생각났다.

어릴 때였다. 그때에는 먹을 것도 별로 없었고 하늘도 지금보다 훨씬 뜨거웠다. 오로지 사명감으로 자원해서 왔지만 배를 곯는 적이 많았다. 일도 너무 힘들어서 포기할까 생각한 적도 많았다. 하지만 이제는 그런 걱정은 하지 않아도 되었다. 데메는 노인들의 말이 싫지 않았다. 자신이 엄청난 일을 했다는 생각이 조금씩 피어나고 있었다.

데메는 기분이 좋아서 잔치가 끝나고 돌아가는 노인들과 니골라에게 각각 수레 한 가득 선물을 실어 보냈다. 노인들은 한 번 더 데메를 칭찬하고는 집으로 돌아갔다.

니골라는 노인들이 다 가고 나자 데메와 한 번 더 작별 인사를 했다. 돌아가던 니골라가 다시 돌아왔다. 데메는 웬일인가 해서 니골라를 보았다. 돌아온 니골라가 데메의 소매를 잡고는 다시 덕담을 했다. 니골라는 데메에게 허리까지 크게 굽히며 말했다.

"원로께서 계시니 든든합니다. 이 나라에 원로 같으신 분이 계시니 이게 다 나라의 복입니다. 그려."

데메는 칭찬에 익숙했다. 데메는 익숙하게 대답했다.

"아닙니다. 아직 부족합니다."

니골라는 데메의 그런 말에 더욱 과장된 몸짓을 섞어가며 말했다.

"이런… 게다가 겸손하시기까지 하십니다. 저는 언제나 원로님의 이런 모습에 감동을 느낍니다. 스스로 낮아지시려는 마음까지… 진정 대단하십니다."

니골라의 말에 데메는 곤란했지만 듣기 싫지는 않았다. 오히려 고개에 힘이 들어갔다.

"허허."

데메가 뒷짐을 짓고 웃자 니골라는 데메의 두 팔을 당겨 잡았다.

"이 나라가 언제 이런 적이 있었습니까? 이게 다 원로께서 덕이 있으셔서 그렇습니다. 그래서 좀 아쉽습니다."

뜻밖에 아쉬워하는 니골라를 보며 데메는 의아했다. 놀란 얼굴의 데메를 보며 니골라는 더욱 은밀한 말을 했다. 데메의 귀에 대고 은근한 말투로 말했다.

"저는 늘 원로님 같으신 분이 왕이 되셔야 한다고 생각합니다. 왕은 모름지기 덕이 있어야 백성들이 편안한 법이니까요. 덕은 말에서 나오는 것이 아닙니다. 덕은 곳간에서부터 나옵니다. 저번에 요나께서 괴물을 데리고 오고 나서 이 나라가 위태위태하지 않았습니까? 지금은 원로님 덕분에 많이 안정이 되었지만, 사실 저는 늘 불안, 불안합니다. 앞으로 더 큰일이 닥칠 수도 있어요. 그래서 이렇게 나라가 어려운 때일수록 덕이 있으신 데메 원로께서 왕이 되셔야 한다고 생각합니다."

데메는 깜짝 놀랐다. 데메는 두 손과 고개를 가로로 저으며 말했다.

"목사님 천부당만부당한 말씀입니다. 목사님께서 저를 이리도 좋게 보아주시니 감사합니다만 저는 아직도 부족합니다."

하지만 니골라는 의미심장한 말을 하고 갔다.

"후후후 두고 보십시오. 왕은 본인이 하기 싫어해도, 될 분은 결국 되는 법입니다. 허허허 자, 그럼 가겠습니다. 장차 큰일을 하실 분이니 몸조심하시고 평안하십시오."

니골라는 마차를 타고 돌아갔다. 데메는 돌아가는 니골라를 보며 아주 오랫동안 서 있었다.

그날 이후로 데메는 잔치를 많이 열었다. 밭골의 생물들만이 아니라 빙골과 산골에서도 꽤 많은 생물들이 와서 데메와 친교를 하고 갔다. 모두들 돌아가며 한 아름의 선물을 가져갔다. 그렇게 몇 달이 지나자 깊음의 근원에서는 데메를 칭찬하는 생물들이 부쩍 많아졌다.

그렇게 여름이 가고 가을이 왔다. 이번에도 대풍일 거라 생각한 데메는 시종의 주판알 소리를 들으며 한껏 기대하고 있었다. 이번에도 기록을 경신할 거라 믿었다. 데메는 맑은 하늘을 보며 기분 좋은 오후를 즐기고 있었다.

"이상하네."

시종의 말에 데메가 혼잣말처럼 말했다.

"이상할 거 없다. 보나마나 대풍일 테지. 계산이나 잘하도록 해라."

시종은 고개를 갸웃하고 다시 주판알을 튕겼다. 타닥타닥 주판알 튕기는 소리가 났다. 그러기를 한참 만에 시종이 심각하게 말했다.

"어르신 이번에는 흉년입니다. 몇 번을 맞추어 보았지만 역시 흉년입니다. 작년에 비해서 십분의 일도 되지 않습니다."

데메는 놀랐다. 하지만 살다보면 그럴 수도 있었다. 게다가 창고에는 곡식들이 가득 쌓여있었다.

"그래? 하기야 매번 풍년일 수는 없겠지. 흉년일 때도 있는 게야. 그래봐야 창고에 그득 그득 있으니 걱정하지 마라."

데메는 대수롭지 않게 생각했다. 데메는 잠시 생각하더니 주판을 챙겨나가는 시종을 불러 세웠다.

"발표는 대풍이라고 해라."

시종은 이해가 되지 않아 데메를 돌아보았다. 하지만 데메는 당연하다는 얼굴로 호통을 쳤다. "뭘 놀라느냐? 그냥 대풍이라 하라지 않느냐? 너는 시키는 대로만 말하면 된다. 그리고 이번에도 대풍이니 잔치를 준비하도록 해라. 빙골과 산골도 모두 초대하고. 알겠느냐?"

시종은 고개를 끄덕이고는 머리를 긁으며 나갔다. 데메는 하늘을 보며 느긋하게 낮잠을 잤다.

며칠 후, 밭골에서는 유례없이 큰 잔치가 벌어졌다. 빙골과 산골까지 모두 와서 7년째 계속되는 풍년을 기뻐했다. 데메를 칭찬하는 목소리가 높았는데 데메는 인사하느라 정신이 없었다. 이번에도 어김없이 돌아가는 모든 자에게 선물을 듬뿍듬뿍 안겨주었다.

데메의 인기는 갈수록 하늘을 찔렀다.

해가 바뀌었다. 봄이 되면 씨를 뿌리고 가을이 되면 추수를 했다. 밭골의 평야는 넓었는데 그 넓은 평야에 곡식이 그득했다. 데메는 그 모습을 보면서 만족한 웃음을 지었다.

10일이 지나고 다시 시종이 주판을 들고 나타났다.

"어르신 이번에도 흉년입니다. 이상하지만 작년보다 더 큰 흉년입니다. 큰일입니다."

데메는 많이 놀랐다. 하지만 데메의 대답은 달라지지 않았다.

"풍년이라 하고 모두 초대하라. 이번에는 더 큰 잔치를 열어야겠다."

시종은 쌍수를 들고 말렸다.

"어르신 이제 창고에 남은 곡식도 별로 없습니다. 이대로 가면 밭골은 먹을 게 없습니다."

하지만 데메는 요지부동이었다.

"네가 무얼 안다고 그러는 게야? 이 모든 것이 다 나라를 위하는 깊은 뜻이 있는 일이다. 너는 시키는 대로 일하도록."

데메가 엄하게 말하자 시종은 못마땅했지만 거역하지 못했다. 시종이 나가서 풍년이라 나발을 불고 다니자 이제 깊음의 근원은 데메의 이름으로 들뜨게 되었다. 유례없이 큰 잔치가 예고되었다. 잔치에는 빙골과 산골 그리고 오베르까지 모두 초대하였다. 데메는 잔치가 열리는 날만 손꼽아 기다렸다.

잔치 전날 밤
데메는 잠이 오지 않았다. 내일 있을 잔치가 기대되어 잠이 오지 않았

다. 니골라가 불을 지핀 데메의 마음속에는 스스로 왕이 되는 꿈으로 가득
차 있었다. 처음 니골라의 말을 들었을 때에는 감히 있어서는 안 되는 일
로 생각했었다. 하지만 세월이 지나면서 칭찬의 폭풍 속에 살다보니, 데메
의 마음속 깊은 곳에 왕이라는 글자가 뚜렷하게 자리잡게 되었다.

데메는 물의 왕 요나가 못마땅하지는 않았다. 누구보다도 요나를 존경
했다. 하지만 대풍으로 자신의 인기가 하늘을 찌르자 스스로 왕이 되어 어
려운 나라를 구하는 시나리오에 흠뻑 빠져있었다. 데메는 물의 생물들이
자신이 왕이 되기만을 기다린다고 생각했다.

'내일, 모두 나를 왕으로 추대하면 못 이기는 척해야겠다. 이 나라를 위
해서라도 그리해야겠어.'

데메는 이미 왕이 된 것 같았다.

'왕이 되면 리워야단을 잘 타일러서 돌아가게 해야겠다. 여기 있어봐야
서로 좋을 게 없으니 돌아가라고 하면 좋아하겠지.'

데메는 혼자 웃으며 기분 좋은 밤을 지내고 있었다. 그때였다. 침실 앞
어두운 곳으로부터 무언가 어른거렸다. 데메는 불이 흔들리는 줄로만 알
았다. 하지만 시간이 지날수록 불길한 느낌이 엄습해 왔다. 데메는 자리에
서 일어나 앉았다. 그리고는 어둠 속을 자세히 들여다보았다. 그때였다.
어둠 속에서 말소리가 나왔다.

"데메."

누군가 자신의 이름을 부르자 등골이 서늘해졌다. 데메가 소리쳤다.

"누구냐?"

그러자 어둠 속에서 싸늘한 말이 들렸다.

"너에게 육 년의 풍년을 준 은인이다. 엎드려 절을 해도 모자랄 판에 소
리를 지르다니 고얀 놈."

데메는 너무나도 놀랐다. 어둠에서의 말이 이어졌다.

"나는 네게 풍년도 줄 수 있고 흉년도 줄 수 있다. 내일 잔치에서 먹고 마시고 한 보따리씩 안길 것도 줄 수 있지만 사라지게도 할 수 있다. 너의 모든 것은 나의 손에 달려있다."

데메는 믿기지 않았다. 그때였다. 밖에서 다급한 목소리가 들렸다. 시종이었다.

"어르신, 어르신 주무십니까? 큰일 났습니다. 창고가 텅 비었습니다. 쌀 한 톨도 남지 않고 비었습니다."

데메는 머리를 세게 한 대 맞은 것 같았다. 데메는 어둠 속을 다급하게 보았다. 어둠 속에서 작은 목소리가 들렸다.

"창고로 다시 보내라."

데메는 어이가 없었지만 당황하여 아무런 생각을 할 수 없었다. 데메는 밖의 시종에게 말했다.

"창고로 다시 가 보거라."

"어르신 그게……."

"이놈이 그래도? 가라 하면 갈 것이지."

시종은 입을 삐죽 내밀고 뛰어서 돌아갔다. 그리고 침묵이 흘렀다. 다시 돌아갔던 시종이 한참 만에 뛰어 들어오면서 큰소리를 질렀다.

"어르신 있습니다. 있습니다. 창고 가득 곡식이 있습니다. 귀신이 곡할 노릇이지만 제 눈으로 똑바로 보았습니다."

"그것 보거라. 내가 그리도 진중하라고 수없이 타일렀거늘… 밤이 깊었으니 돌아가라."

데메는 시종을 타이르고 돌려보냈다. 데메는 어둠 속을 보며 말했다.

"너는 누구냐?"

대답 대신 어둠 속으로부터 옛뱀이 나타났다. 데메는 너무나도 놀라서 기절할 지경이 되었다. 어둠 속에서 나타난 옛뱀은 차가운 눈동자로 데메를 뚫어지게 보았다. 밤이 길어서 아침이 되려면 아직 멀었다.

이곳은 깊음의 근원 밭골, 데메의 침실이었다.

다음 날, 데메의 집 잔치

다음 날 아침부터 손님이 몰려왔다. 빙골과 산골뿐만 아니라 오베르와 교회에서도 모두 모였다. 당연히 요나도 왔다. 상석에 요나가 앉고 그 옆에 데메를 비롯한 세 원로들이 앉았다. 요나의 반대편으로 니골라 목사가 앉았고 다음 줄에 요나의 충직한 제자인 두기고가 앉았다. 그 외에도 많은 생물들이 잔치에 나타났다. 그리고는 한껏 웃으며 즐거운 이야기들을 나누고 있었다.

잔치가 시작되자 데메의 인사와 요나의 감사의 말이 이어졌다. 다들 기분 좋은 잔치를 벌이며 기뻐했다. 분위기가 한창 무르익을 그때에 니골라가 자리에서 일어났다. 그리고는 데메의 가슴에 불을 질렀다.

"요즘 깊음의 근원에서 가장 덕이 많으신 분은 아마도 데메 원로이실 겁니다. 팔 년에 걸친 대풍년은 깊음의 근원이 세워진 이후로 한 번도 없던 경사입니다. 이제 저는 정식으로 제안합니다. 요나 왕께서 리워야단과의 전투를 잘 이끄실 수 있도록 내치를 담당할 왕을 세울 때입니다. 그래서 저는 요즘 덕이 가장 많으신 데메 원로를 내치를 담당할 왕으로 추대하는 것을 정식으로 제안합니다."

니골라의 말은 폭탄 그 자체였다. 가장 불편해할 요나는 웃으며 고개를 끄덕였다. 사실 니골라의 말은 요나가 먼저 하고 싶은 말이었다. 니골라의 말에 이어 요나가 자리에서 일어났다. 요나가 일어나자 생물들도 같이 일어났다. 요나가 손짓을 하자 모두 자리에 앉았다. 요나는 환하게 웃었다.

"제가 리워야단을 끌고 이 깊음의 근원으로 들어온 날이 언제인지 가물가물합니다. 하지만 아직도 우리에게는 리워야단이 가장 큰 위협이지요. 그래서 여러분들에게 늘 죄송한 마음뿐입니다. 이제 니골라 목사님께서 잘 말씀해 주셨습니다. 저는 리워야단과 싸우는 일에 집중하겠습니다. 데메 원로께서 이 나라를 이끌어주신다면 더할 나위 없이 좋을 것 같습니다."

요나의 말이 끝나자 갑자기 빙골의 드레베가 자리를 박차고 일어났다.

"말도 되지 않습니다. 왕께서 물러나시다니요. 절대로 안 될 말입니다. 내치는 지금도 잘 이루어지고 있습니다. 원로원 회의가 있지 않습니까? 그 원로원을 데메께서 잘 이끌어 주시고 계십니다. 굳이 왕이 되지 않으셔도 아무 문제없습니다. 이제껏 목숨을 바쳐 왕의 임무를 맡아주신 요나 왕을 이렇게 보내드릴 수는 없습니다."

드레베의 말은 힘이 있었다. 자리에 모인 생물들이 고개를 끄덕였다. 니골라는 자신의 생각이 단번에 짓밟히자 화가 났다. 니골라는 거칠게 일어났다. 그리고는 얼굴을 붉히며 말했다.

"그 무슨 말씀입니까? 원로원은 그야말로 원로원이지요. 나라가 어려울수록 효율이 중요합니다. 세 명이 한 달에 한 번 모여서 결정하는 것보다는 그 일을 위임받은 왕 한 명이 결정하고 실행하는 것이 효율적입니다. 데메 원로께서는 덕이 있으신 분입니다. 이제껏 풍년을 이끌어 오시고 그것을 골고루 나누어 주신 분입니다. 덕과 인심은 곳간에서 난다는 말이 있습니다. 지금 이 나라에서 가장 덕을 많이 베푸신 분이 누굽니까? 그분은 바로 데메 원로이십니다. 게다가 요나 왕께서는 리워야단과의 전쟁이 마무리되시면 이곳을 비우시기 십상이시니 우리에게도 평상시에 왕이 필요합니다."

니골라의 말에 산골의 디오가 슬며시 자리에서 일어났다. 그리고는 느 긋하게 목에 힘을 주었다. 그리고는 천천히 말했다.

"원로원을 이리도 모욕 주시니 감사할 따름입니다. 목사님의 말씀 잘 새 겨듣도록 하겠습니다. 데메께서 왕이 되신다 하면 제가 굳이 반대하지는 않겠습니다. 하지만 우리 산골은 요나 왕으로도 충분합니다. 밭골은 데메 께서 어차피 왕이나 다름없으시니 그리하시면 됩니다."

그러자 니골라가 분노한 얼굴로 씩씩거렸다.

"아니 다들 왜 이러십니까? 저는 이게 다 이 나라를 위하는 길이라 생각 해서 드린 말씀입니다. 제가 왕이 되겠다는 것도 아니지 않습니까? 제가 원로님들의 말씀을 들어보니 각자 왕이 되시겠다는 말씀으로 들립니다. 그동안 데메께 받으신 것만 해도 큰 산이 될 텐데… 이러시면 은혜를 원수 로 갚는 거 아닙니까?"

니골라의 말은 불에 기름을 끼얹은 꼴이 되었다. 빙골과 산골의 생물들 이 모두 자리를 박차고 일어났다. 그러나 니골라는 이에 지지 않고 마주 노려보았다. 데메는 이런 상황에서도 눈을 꼭 감고 못마땅한 표정으로 아 무 말도 하지 않았다. 밭골의 생물들도 기분이 나쁜지 헛기침을 하며 싸늘 했다. 드레베와 디오는 그런 데메를 보며 구역질이 났다. 위아래도 모르고 설치는 니골라보다 아무 말도 않고 앉아있는 데메가 더 가증스러웠다.

'어째 이런 일이… 미리 짜고 하는 말이 아닌가? 더 이상 앉아있을 수 없 다. 더러운 것들.'

빙골의 드레베가 더 못 참고 밖으로 나갔다. 산골의 디오도 드레베를 따 라 나갔다. 원로들이 일어나자 생물들도 따라 일어났다. 잔치는 순식간에 마무리가 되었다. 드레베와 디오는 밖에 세워진 데메의 선물을 가지고 횡

하니 가버렸다. 그걸 본 니골라가 소리 질렀다.

"선물은 두고 가야 하지 않습니까? 세상에 염치도 없는 간악한 자들 같으니."

드레베와 디오는 니골라의 말을 듣고 분노가 치밀어 올랐다. 하지만 선물을 두고 가기에는 너무나도 아까웠다.

"선물은 선물일 뿐."

드레베와 디오는 선물을 그대로 가지고 돌아갔다. 드레베와 디오가 길을 나서고 난 지 얼마 되지 않아서 갑자기 창고에서 큰 화염이 솟구쳤다. 니골라는 고래고래 소리를 질렀다.

"디오, 드레베 이 쳐죽일 놈들아. 식량에 불을 지르다니……."

니골라의 말에 데메가 눈을 떴다. 시뻘건 화염이 엄청난 기세로 큰 창고를 휩쓸고 있었다. 데메는 얼굴이 하얘졌다. 그리고는 빠드득 이를 갈았다. 밭골의 생물들은 물의 생물들이었다. 엄청난 불이었지만 1시간도 되지 않아 불을 껐다. 하지만 이미 창고의 식량의 반이 불에 타고 난 뒤였다.

요나는 갑자기 일어난 일을 보며 당황했다. 늘 자신 곁을 지키는 두기고를 데리고 오베르로 돌아갔다. 물론 선물은 그대로 두고 갔다. 돌아가는 요나의 뒤통수에 대고 데메와 니골라가 인사를 했다. 요나는 억지로 웃으며 인사를 받았지만 앞으로의 일이 걱정이 되어 수심이 가득했다. 밭골의 데메의 집에서는 니골라와 데메가 심각하게 이야기를 나누고 있었다.

빙골, 드레베의 집.

빙골로 돌아간 드레베는 잔뜩 화가 났다.

"데메가 왕을 원하다니… 게다가 니골라 그놈은 참으로 고얀 놈일세."

드레베 옆의 엘루마는 한 술 더 떴다. 엘루마는 물의 학교의 교장이었다.

"데메만 그렇게 생각하겠습니까? 절대로 아닙니다. 밭골 전체가 아예 작정을 한 거지요. 아마도 니골라의 꼬임에 넘어갔을 겁니다. 저번부터 니골라가 데메 옆에서 충동질하는 것을 보았습니다. 밭골은 작은 동네입니다. 사실 왕이 되려면 우리 빙골처럼 세력이 있으면 모를까 밭골 정도로 왕이 될 수 있다고 생각하면 오산입니다. 끝까지 반대하셔야 합니다."

엘루마는 물의 학교의 교장이었다. 물의 학교는 빙골에 있었다. 엄밀히 말하면 오베르에 가까운 빙골이었다. 빙골에 사는 생물의 수가 가장 많아서 학교는 빙골에 치우쳐 있었다.

엘루마는 나이가 많았다. 드레베를 제외하면 빙골에서 가장 나이가 많았다. 하지만 드레베가 학교의 교장으로 있을 때에 학생이었기에 드레베를 잘 따랐다. 드레베는 엘루마의 말을 듣고 더욱 화가 났다.

"아무리 생각해도 괘씸하다. 이번 일은 절대로 그냥 넘어갈 수 없다."

드레베는 화가 잔뜩 나서는 산골의 디오에게 엘루마를 보냈다. 편지를 휘갈겨 쓰고는 엘루마의 편에 보냈다. 엘루마는 바람처럼 산골로 날아갔다.

산골의 디오도 기분이 상당히 나빴다. 그러던 차에 드레베가 보낸 엘루마와 편지를 보고는 속마음을 이야기했다.

"연배로 보면 데메나 나나 모두 드레베 원로께는 미치지 못한다. 차이가 많지. 게다가 땅의 넓이로 보나 산업으로 보나 밭골은 작은 동네다. 그런데 데메가 감히 왕을 꿈꾸다니… 괘씸하다."

"디오 원로께서 하신 말씀이 옳습니다. 빙골의 원로이신 드레베께서는 늘 디오 원로님의 말씀을 경청하십니다. 어찌 보면 산골이나 저희 빙골이나 세력으로 보면 비슷합니다. 작고 초라한 밭골에 비할 바가 아니지요."

엘루마의 말에 디오는 더 흥분했다.

"드레베 원로의 편지대로 하겠소. 그대로 전해 주시오. 우리는 뜻을 같이 하리다."

엘루마는 디오에게 허리를 깊이 숙여 절을 하였다. 그리고는 디오의 답장을 가지고 드레베에게 돌아왔다.

"갔던 일은 어찌 되었느냐?"

드레베가 궁금했던지 보자마자 물었다.

"잘 되었습니다. 원로께서 말씀하신대로 하겠다고 하십니다. 그럼 이제 밭골에 통보하도록 하겠습니다."

드레베는 활짝 웃었다. 엘루마는 다시 밭골로 가서 데메를 만났다. 데메는 엘루마가 왔다는 말에 놀랐지만 학교 교장이었기에 함부로 돌려보낼 수도 없었다. 엘루마가 방으로 들어와서는 다짜고짜 청천벽락 같은 통보를 하였다.

"밭골은 기름진 땅이 많아서 대대로 농사를 지었습니다. 그래서 곡식이 풍부합니다. 반대로 빙골은 눈과 얼음의 땅이라서 곡식은 아주 적게 나지요. 여태껏 밭골에서 은혜를 베풀어 주셔서 빙골은 값없이 곡식을 얻었습니다. 하지만 드레베께서는 이제부터 곡식에 대한 값을 치르겠다고 하십니다. 곡식의 값을 정해 주시면 저희도 그렇게 따르겠습니다."

데메는 놀랐다. 사실 깊음의 근원에도 돈은 있었다. 하지만 여태껏 아무도 쓰질 않아서 통용되지 않았다. 그래서 곡식의 값을 돈으로 환산하기는 어려웠다. 데메는 속으로 생각했다.

'값을 쳐 주겠다 하는 걸 보면 벨이 단단히 꼬였구나. 옹졸한 생물 같으니. 내가 곡식을 나누어주는 것을 보기 싫으니 돈을 주고 사먹으려는 거구나. 그럼 나의 덕도 없어지게 되겠지. 좋다. 어디 한번 해보자.'

데메는 어릴 적 기억을 더듬어 말했다.

"값을 치른다? 좋다 그러면 이렇게 하자. 지금 이 나라에 돈은 없으니 그럼 금과 은으로 값을 정하자. 은 한 데나리온은 일꾼의 하루 품삯이니… 일꾼의 하루치 식량하고 은 한 데나리온 하고 바꾸면 되겠군. 그게 공평하겠어. 엘루마 그리하도록."

엘루마는 놀라서 입이 벌어졌다.

"그건 불가합니다. 일꾼 한 명이 하루 벌어서 모든 식구를 먹여 살립니다. 집 안에 식구가 적게는 네 명부터 많게는 열 명까지 있습니다. 은 한 데나리온하고 한 명이 먹을 수 있는 식량하고 바꾸면 대부분 굶게 됩니다. 은 한 데나리온하고 열 명이 먹을 수 있는 곡식과 바꾸는 것이 합당합니다."

데메는 기분이 나빴다.

"나를 훈계하려는 것이냐? 여태 거저 먹여주었는데 감사는 못할망정, 이제도 거저 달라고 하다니… 순 강도가 아니냐?"

데메가 고함을 질렀다. 엘루마는 예상치 못한 일에 화가 치솟았지만 겨우 참았다. 그리고는 다시 말했다.

"좋습니다. 데메께서 하신 말씀 새겨듣고 그대로 전하겠습니다. 하지만 일대 일로 바꾸는 것은 너무 가혹합니다. 일대 오 정도로 하심이……."

"꽥! 어디서 흥정을 하는가? 내가 일대 일이라고 했으면 그대로 할 일이지… 네가 감히 나를 가르치려 드느냐?"

데메가 노기 충만해서 말했다. 엘루마는 서릿발과 같은 데메를 보며 말없이 물러났다. 엘루마는 치욕적이라 생각했다. 엘루마는 억울했지만 잘못하다가는 더 큰 봉변을 당할까봐 말없이 물러났다.

다음 날 데메의 집

이 소식은 금세 퍼져나갔다. 니골라가 어찌 알았는지 다음 날 바로 데메에게로 달려왔다.

"엘루마가 왔다지요?"

"말도 꺼내지 말게. 아주 괘씸한 놈일세. 다음에 기회가 되면 교장에서 끌어내려야 할게야."

니골라는 데메에게 다시 기름을 부었다.

"저들이 노리는 건 일석이조입니다."

데메의 눈썹이 치켜 올라갔다.

"일석이조?"

"그렇습니다. 생각해 보십시오. 무상으로 먹던 양식을 이제 돈을 내라 하셨으니 모두들 우리만 욕하게 생겼습니다. 사정을 모르는 생물들은 하루 만에 우리를 욕하고 있습니다."

핼쑥해진 데메가 입을 삐죽이며 말했다.

"어허, 듣고 보니 그리 되었군. 엘루마 그놈한테 깜빡 속았어. 또 하나는 뭔가?"

"우리는 식량은 있지만 소금이 없습니다. 나무도 부족하지요. 소금은 생명과도 같습니다. 만약 저들이 소금 값을 매우 비싸게 잡으면 우리로서는 감당할 수 없게 됩니다. 빙골은 소금이 어마어마하게 있습니다. 소금 값을 올리면 저들은 큰 부자가 됩니다. 곳간이 커지는 거지요. 나무도 마찬가지입니다. 산골에서 나무와 약초를 끊으면 우리로서는 큰일입니다. 나무가 없는 우리가 초가집만 짓고 살 수는 없지 않습니까?"

데메는 자신이 크게 실수한 것을 알게 되었다. 데메는 니골라에게 물었다.

"그럼 어쩌면 좋은가? 듣고 보니 내가 실수를 했구나."

니골라는 눈을 껌벅거리며 생각에 잠겼다. 그러더니 알아들을 수 없는 말을 했다.

"전쟁을 걸어온 자들에게 굴복하면 영원히 노예가 되는 법입니다. 강에는 강. 약에는 약인 법입니다만 전쟁은 그렇게 단순하지 않습니다. 이제 우리도 치명적인 무기를 꺼낼 때가 되었습니다."

데메는 무슨 말인지 몰랐다. 하지만 지금 믿을 수 있는 생물은 니골라 한 명 밖에는 없었다. 데메는 니골라가 하는 이야기를 길게 듣고는 겨우 낯빛이 풀렸다. 밤이 늦어 니골라가 돌아가자 데메는 속으로 더욱 이를 갈았다. 데메는 그날부터 더욱 타협이 없었다.

잘못된 생각을 가진 자는 공동체에 위험하지 않았다. 잘못된 생각과 함께, 그것에 대한 확신이 있는 자가 공동체에 해를 끼쳤다. 나아가서 잘못된 생각과 함께 옳다는 신념이나 신앙도 같이 있는 경우에는 공동체 전체를 멸망으로 이끌 수도 있었다. 데메는 이제 그런 길로 접어들고 있었다.

"뭐지? 무슨 일이 일어난 거지?"
"바보냐? 보고도 몰라? 풍년 아니냐? 그것도 대풍."

"그런 건 나도 알아. 그런 거 말고."
"말고 뭐?"

"왜 싸울까? 왜? 이제껏 한 번도 싸운 적이 없는 생물들이 왜 싸울까?"
"몰라서 묻는 거야? 정말 몰라?"

"모르겠어. 너는 알아?"

"배가 불러서 그래. 가진 게 없을 때는 서로 위로하고 돕지. 지금은 배가 불러."

"그건 나도 알아. 내가 궁금한 건 누가 배를 불려주었냐는 거야."

"농사가 잘되면 배가 부른 거 아니냐?"

"땅은 거짓말 안 해. 정직하지. 우리와 달라. 팔 년 동안의 풍년은 누군가가 준 거야."

"누가 그걸 줄 수 있어?"

"한 명 밖에는 없지."

"누구?"

"옛뱀. 세상에 그놈밖엔 없지. 근데… 어떻게 왔을까? 이렇게나 빨리."

사탄과 리워야단이 말하던 그때였다. 밤이 깊어 아무도 없는 언덕에 일렁이는 그림자 하나가 나타났다. 그림자는 뱀의 언어로 말을 걸었다.

"사탄. 간악한 놈. 여기에 숨어있다니… 목숨을 바치는 수하들은 죽음으로 몰아넣고 황제라는 놈이 편안하게 숨어있다니… 그러고도 네놈이 제국의 황제라 할 수 있느냐?"

"옛뱀!"

리워야단에게서 동시에 두 목소리가 터져나왔다. 보이지는 않았지만 사탄의 두 쪼개진 악령은 바로 알았다. 리워야단의 눈이 바쁘게 돌아갔다. 하지만 싸이프러스나무 주위로 아무도 없었다. 움직임도 없었다. 하지만 옛뱀이었다. 사탄은 너무나도 놀라 심각해졌다. 사탄 역시 뱀의 언어로 말했다.

"오리라 생각은 했지만… 이렇게 빠를 줄은… 몰랐다."

"올 줄 알고 있었다? 그럼 좀 서운한데. 옛정이 남아있다면 이렇게 준비하지는 않지."

"준비라… 잔치라도 해줄까? 죽이지 않는 걸 다행으로 여겨라."

"리워야단… 말이 많아졌군."

"세월이 많이 흘렀지."

"바보가 말을 돌릴 줄도 알고. 많이 컸어. 영혼이 없는 놈 주제에…. 리워야단, 이제 그만 해라. 요나에게나 통할 가면극은 이제 그만해."

옛뱀은 거침이 없었다. 이미 다 알고 온 것 같았다. 리워야단이 정색을 했다.

"가면이라… 후후후, 하긴 옛뱀 앞에서 거짓말은 확실히 어색해. 좋아 인정하지. 네 말대로 가면을 썼어. 그럼 한 번 맞춰봐. 무슨 가면일까?"

"사탄."

옛뱀은 주저하지 않았다. 자신 있게 말했다. 그러나 리워야단의 눈꼬리가 슬며시 올라갔다. 옛뱀은 소름이 돋았다.

"중에서… 무얼까?"

옛뱀은 리워야단을 세밀하게 살폈다. 그러다가 갑자기 소리쳤다.

"하나가 아니구나!"

인사를 할 필요는 없었다. 하지만 서로 궁금한 것이 많았다. 누가 먼저 물어보기라도 하면 폭풍처럼 풀어놓은 이야기가 많았지만 서로를 믿지 않는 기묘한 괴물들은 하고 싶은 말에는 입을 닫았다. 대신, 얻고 싶은 목적이 있는 말만 했다.

"깊음의 근원이 갑자기 변했다. 왜일까? 궁금했는데 역시 네놈이구나."

"나 말고 누가 있겠느냐마는 네놈들도 한심하다. 이런 놈들 하나 해치우지 못해서 감옥살이를 하느냐? 그것도 나무 감옥 안에서 바보처럼 서서 자면서."

사탄은 헛웃음을 했다.

"그렇게 자신 있는 놈이 좀 꺼내주든지."

사탄의 말에 옛뱀은 말을 돌렸다.

"내기하자."

리워야단과 사탄은 옛뱀이 말하면 바로 대답하지 않았다. 말로는 옛뱀을 당하지 못하는 줄은 익히 알았다. 그래서 생각을 하고 말했다. 신중한 사탄이 한참을 뜸들이고 말했다.

"우리가 왜 해야 하지?"

옛뱀은 사탄의 말과 상관없이 하고 싶은 말만 했다.

"내가 이기면 나도 힘센 바보 안으로 들어가겠다."

옛뱀이 딴소리를 하자 사탄이 재차 물었다.

"왜 해야 하냐고 물었다." 그러나 옛뱀도 하던 말을 계속 반복했다.

"나 혼자 깊음의 근원을… 무너뜨리겠다. 그러면 내가 이긴 걸로 하겠다."

옛뱀의 제안은 충격적이었다. 도저히 거부할 수 없는 매력적인 제안에 사탄은 할 말을 잊고 잠잠해졌다. 눈을 가늘게 뜬 옛뱀이 말을 덧붙였다.

"아담을 무너뜨린 날에 저주를 얻었다. 불구가 되었지. 그래서 더욱 에덴을 포기할 수 없다. 이긴 놈이 에덴을 얻는다. 내가 지면 깨끗하게 물러나겠다. 하지만 내가 이기면 네놈들 안으로 들어가겠다. 에덴은 그 다음에 생각하겠다."

"거짓말."

사탄이 싸늘하게 말했다. 옛뱀은 고개를 갸웃했다. 사탄은 비웃으며 말했다.

"네놈은 쫓기고 있어. 에덴으로부터 말이지. 아담을 무너뜨린 날의 저주는 불구된 몸이 아니라 네놈의 최후에 관한 저주겠지. 그러니 아리를 없애려고 안달이 난거고. 제 발로 무저갱에 날아 들어가는 놈은 네놈이 유일할게야. 그러다 여기까지 온 거지. 옛뱀 잘 기억해둬라. 네놈은 절대로 나를 이기지 못한다. 네놈의 근본은 나 사탄이란 말이다."

옛뱀은 충격을 받았다. 하지만 그냥 물러날 옛뱀이 아니었다.

"사탄, 그렇게 자신 있으면 내기를 하자. 우리 중 누가 가장 강한가? 우리 중에 누가 먼저인가? 깊음의 근원은 이제 얼마 남지 않았다. 내가 장담하는데 조만간 몰락할 거야. 그래서 생물들 중에 마지막까지 남는 놈이 누구의 제자인가? 나 거짓의 제자인가? 아니면 너 교만의 제자인가? 그것도 아니면 포악의 제자인가? 이거 재밌지 않겠어? 남는 놈의 스승이 이기는 거로 하자. 그리고 이기는 놈이 모든 걸 먹기로 하자. 어때?"

사탄은 아담을 무너뜨린 옛뱀이 다시 내기를 걸어오자 두려움이 앞섰다. 하지만 말을 끌면서 머리를 돌려보아도 옛뱀에게는 도무지 승산이 없었다. 자신들이 백년을 넘게 전쟁을 해도 무너뜨릴 수 없는 깊음의 근원을 혼자 무너뜨린다 하니 믿기지 않았다. 사탄은 입을 닫았지만 가벼운 리워야단은 참지 못했다.

"좋다. 네놈 말대로 마지막 남는 놈이 다 먹는 걸로 하자. 전쟁에서 마지막까지 남는 놈이 거짓일 수 없고 교만일 수도 없다. 오로지 나처럼 강한 자만 살아남지. 너야 말로 딴소리하지 마라. 만약에 딴소리하면 그때는 내가 갈기갈기 찢어줄 테니."

"그런 걱정은 하지 마라. 나는 너희들보다 신용이 좋으니, 너희들이나 부도수표 끊지 마라."

옛뱀이 말을 마치고 돌아서려는 그때였다. 사탄이 신중하게 말했다.

"아리는 어디에 있나?"

리워야단은 깜짝 놀랐다. 옛뱀은 실눈이 되었다.

"역시 사탄이야."

옛뱀은 말을 잠시 끊었다. 그리곤 심각하게 말했다.

"내 말 잘 들어. 너희들이 이곳을 나갈 길은 없어. 그동안 이세벨과 아리에게 희망을 걸었겠지만… 후후후 알다시피 만정은 아리와 이세벨이 싸우는 통에 물거품이 됐지. 네놈들처럼 싸우다가 그리 됐어. 만정은 이제 미친개가 열 거야. 미친개가 만정을 열면 동궁이 세상으로 나온다. 우리가 이곳에서 요나와 같이 늙어갈 동안, 동궁의 늙은이들은 세상으로 나가서 모든 인간을 일용할 양식으로 삼겠지."

옛뱀은 침을 꼴깍 삼켰다.

"미치도록 웃기는 일이야. 천하를 속이던 사탄이 개처럼 부리던 놈한테 배반당할 줄은 꿈에도 몰랐겠지만 이게 현실이야. 동궁의 늙은이들이 치밀하게 준비한 덫에 우리 모두 걸려들었지. 네놈들은 돌대가리라 그렇다 쳐도 왜 나까지 걸려들었을까? 그 이유를 생각해 봤어?"

옛뱀이 잠시 뜸을 들이더니 알아들을 수 없는 말을 꺼냈다.

"세상의 모든 일은 여러 가지 변수가 서로 작용해서 일어나지. 이번 일도 마찬가지야. 동궁이 우리 모두를 속여서 우리가 깊음의 근원이라는 감옥에 갇힌 거라고 생각하겠지만… 하지만 말이야, 동궁도 결국 하나의 변수에 지나지 않아. 동궁이 우리를 속였다 해도 그건 잠시 뿐이지. 나는 평생을 남을 속이고 살아왔어. 그러면서 깨닫는 게 하나 생겼지. 그건 바로 속이는 내가 상수가 아니라 하나의 하찮은 변수라는 사실이야. 지금 깊음의 근원이 분열되는 건 나 때문이지만 내가 없었더라도 분열이 일어났을 거라는 거지. 그렇게 분열시키는 결정적인 거를 상수라고 하지. 알아듣게 말하면, 우리가 이 감옥에 모인 것도 동궁 때문만은 아니라는 거다. 지금 우리에게는 변하지 않는 상수가 하나 있지. 우리 모두를 이 감옥으로 모이게 한 결정적인 그것! 그건 바로……."

사탄이 말을 끊었다.

"천년의 예언."

"맞아. 잘 아는군. 너에게는 천년의 예언, 나에게는 에덴의 저주! 생각해봐. 내가 여기 왜 왔을까? 너는 왜 왔고? 리워야단과 요나는 왜 싸움을 했고, 왜 여기까지 왔을까? 동궁이 배반할 거는 예언이 몰랐을 거 같아? 천만에 다 알고 있었어. 결국 우리는 예언에 정해진 대로 여기까지 온 거야. 그래서 합쳐야 하는 거야. 합치면 될까? 몰라. 아무도 몰라. 하지만 확실한 거는 혼자서는 예언을 바꿀만한 힘이 없다는 사실이지. 그래서 내가 여기까지 온 거야. 유브라데에 흐르는 운명의 강물을 따라서 여기까지."

사탄과 리워야단은 말이 없어졌다. 옛뱀의 말은 틀린 말이 없었다. 옛뱀은 다시 입을 열었다.

"근데 흥미로운 일이 생겼어. 철옹성 같은 이곳에 의외로 틈이 보이더라고. 예상치 못했는데… 우리에게는 마지막 희망이라 할 수 있는 그런 틈. 그래서 오랜만에 흥미가 생겼어. 도전 정신이라고나 할까?"

사탄이 말했다.

"데메를 말하는군."

"맞아. 데메야."

"데메가 왜 저렇게 변했을까 궁금했는데 역시 네놈이었어. 뭘 도대체 어떻게 한 거야? 무슨 말로 꼬았기에……."

옛뱀이 슬며시 웃었다.

"난 아무 말도 안 했어. 적어도 데메 스스로 부패해지기 전에는 만나지도 않았지."

옛뱀의 말에 사탄이 깜짝 놀랐다.

"거짓말."

"정신 좀 차려. 사탄. 네놈한테 하는 거짓말은 네놈이 알아차리지 못해."

"그럼… 어떻게 그토록 신실하던 데메가 갑자기 부패해질 수 있는 거지?"

"그게 나도 놀라워. 내가 한 일은 하나야. 그놈의 밭을 갈아준 일밖에 없어."

"밭을? 농사를 지어 주었다고?"

"그래. 그거야. 나는 그것만 했어. 그런데 저렇게 된 거지. 탐욕은 나 없이도 스스로 자라났어. 그게 나를 놀라게 해. 진짜야."

사탄과 리워야단은 너무 놀랐다. 옛뱀은 뒤를 돌아가면서 말했다.

"그럼 그렇게 알고 이만 가야겠어. 밭 갈러 가야하거든."

멀찍이 기어가는 옛뱀을 보며 사탄이 말했다.

"옛뱀 나의 질문에 답은 하고 가야지? 아리는 어디에 있나?"

옛뱀은 가던 길을 잠시 멈추었다.

"나도 비밀 하나쯤은 있어야 하지 않겠나? 괴물들 사이에서 살아남으려면 말이야. 하하하 때가 되면 데리고 가지. 그때까지 참고 있어."

옛뱀은 어둠 속으로 사라졌다. 사탄과 리워야단은 한참 동안 아무 말도 하지 않았다.

그 시간, 요나의 초막

쿨럭 쿨럭. 눈은 반쯤 감겨있었다. 그 눈두덩 위로 하얀 서리가 내렸다. 하얀 머리카락은 얼굴을 따라 내려와, 아래로 뻗은 수염과 어우러져 하나처럼 보였다. 하얀 버드나무 가지 안으로 보이는 눈동자는 언뜻 언뜻 빛을 냈다.

'이제야 다 모였다. 이것도 모두 그분의 뜻인가?'

백발의 요나는 다시 한번 잔기침을 하고는 단단한 암석 위에 바르게 앉았다. 책상다리를 한 요나는 흘러내린 머리카락을 쓸어 옆으로 흘렸다.

'실로 묘하다. 예언이 그렇다지만 그대로 될 줄이야. 악의 근원이 모두 모이는 일이 내 눈앞에서 일어나다니⋯ 흔치 않은 일이자, 다시 없는 기회다. 모두 모인 이때가 다시 없을 절호의 기회다. 악의 근원들, 기다리고 있어라. 나의 힘이 돌아오는 그때, 나와 함께 무덤으로 가자.'

요나는 입술을 굳게 깨물었다. 그리고는 몸에 힘이 남아있는지 심장을 돌려보았다.

뚝뚝뚝. 관절이 꺾이는 소리가 났다. 하지만 요나의 몸은 시동이 걸리지 않았다.

'아⋯ 시간이⋯ 많지 않은데⋯.'

요나는 이를 악물고 계속 심장을 움직였다.

그때였다. 그르릉. 아주 작은 진동이 느껴졌다. 바닥에 귀를 대지 않아도 느낄 수 있었다. 괴물의 숨소리. 그리고 심장 박동. 요나는 이제 느낄 수 있었다. 자세한 말의 내용은 알 수 없었지만 서로 다른 진동은 알아낼 수 있었다. 요나는 리워야단의 언어를 알아내려고 귀를 열고 살았다. 단단한 암석으로부터 전해지는 진동을 몸으로 느끼며 알아내려고 늘 앉아있었다. 싸이프러스나무가 보이는 곳에 자리를 잡고 앉아서 나무의 변화를 보았다.

그러면서 나무로부터 들리는 모든 소리도 들었다. 하지만 귀로는 아무것도 들리지 않았다. 그러나 요나는 집요했다. 쉽게 포기하지 않았다. 요나는 모든 것을 허투루 보지 않고 기억해 두었다. 지나가는 새가 내는 소리, 개미들이 단체로 기어가는 소리, 심지어는 방귀소리까지 모든 소리를 기억했다.

요나는 하루를 천년같이 살았다. 리워야단을 이곳 깊음의 근원으로 끌고 들어온 이후로 한 순간도 방심하지 않았다. 그리고는 귀로 들리는 소리가 아닌 몸으로 느낄 수 있는 진동으로 상태를 추론했다.

요나는 앉아있는 바닥으로 엉덩이를 더욱 밀착했다. 그리고는 암석으로부터 전해지는 진동수에 모든 신경을 맞추었다. 그리고는 모든 감각을 극대화시키고는 죽은 것처럼 움직이지 않았다.

요나의 언덕은 그래서 늘 조용했다.

더둘로의 아고라

엘루마가 왔다가 간 다음날

데메는 드레베에게 니골라를 보냈다. 빙골의 1년 치 식량도 같이 보냈다. 보통은 매달 보내던 식량이었다. 그때에는 식량이 빙골에 들어서면 드레베가 미리 나와서 맞아주었다. 그러면 데메가 드레베에게 전해주고 자신은 다시 돌아갔었다. 하지만 오늘은 니골라가 어마어마한 식량을 싣고 빙골의 중요한 곳을 거쳐서 돌고 돌아 들어갔다.

니골라가 식량을 끌고 가는 행렬은 장관이었다. 그것을 보는 빙골의 생물들은 크게 기뻐하며 데메를 칭찬했다. 자세한 사정을 모르는 빙골의 생물들이 데메를 칭찬하자 드레베는 아차 싶었다. 하지만 어쩔 수 없었다.

드레베는 자기 집에서 니골라를 맞이했다. 니골라가 드레베의 집에 도착해서 보니 엘루마와 디오도 와 있었다. 니골라는 이미 예상하고 있는 듯 별로 놀라지 않았다. 니골라는 인사를 하고 앉았다. 드레베가 언짢은 표정으로 말했다.

"오면 온다 하고 올 것이요, 식량을 가지고 올 거면 그렇다고 미리 말을 해야 하지 않느냐?"

니골라는 정중하게 말했다.

"데메께서 빙골의 사정을 안타깝게 생각하셔서 일 년 치를 미리 드리라

하셔서 이리 되었습니다. 은은 나중에 주셔도 됩니다. 우선은 급하신 것 같아, 하루라도 빨리 전달해 드리고자 이렇게 서두르게 되었습니다. 다 저의 불찰이지요. 이제 빙골의 생물들에게 돈을 받고 나누어주시기만 하면 됩니다."

니골라의 천연덕스러운 말에 디오의 밸이 꼬였다.

"자네는 목사가 아닌가? 이 나라의 목사가 어찌 데메의 개 노릇을 하는가? 산골에 올 때는 미리 말하고 오게."

"네 그러지요. 잘 알겠습니다. 디오께서 개라 하시니 한 말씀드리겠습니다. 저는 이 나라를 위한다면 개의 새끼가 되어도 좋습니다. 애국하는 데에 개면 어떻고 소면 어떻습니까?"

디오는 할 말이 없었다. 드레베도 붉으락푸르락했다. 그러자 엘루마가 니골라의 소매를 끌어당기며 말했다.

"니골라 이제 나와 이야기 하세. 금화도 계산해야 하고 하니… 어르신들께서는 불편해 하시네."

그러자 니골라가 엘루마와 함께 나가면서 중얼거렸다.

"자네도 개인가 보네."

"허허 그런가?"

엘루마는 떨떠름한 표정이 되었다. 둘은 옆방으로 들어갔다. 한참을 이야기하는 엘루마와 니골라는 도통 나올 줄 몰랐다. 드레베와 디오는 궁금했지만 그렇다고 들여다보기에는 체면이 허락하지 않았다. 드레베와 디오는 데메에 대한 험담으로 시간을 보내고 있었다.

한참 만에 엘루마가 방으로 들어왔다. 니골라는 이미 간 상황이었다. 드레베가 말했다.

"어른에게 인사도 하지 않고 갔는가? 고얀 놈이구나."

엘루마는 별일 아니라는 표정으로 말했다.

"그냥 두십시오. 아마 돌아가면 데메에게 크게 혼이 날 겁니다. 제가 소금값을 흥정했거든요."

"그래? 얼마로 불렀는가?"

드레베가 환하게 웃으며 묻자 엘루마가 대답했다.

"이에는 이 눈에는 눈입니다. 지들이 말하던 기준 그대로 말했습니다. 생물 한 명이 소금 하루 먹을 양을 한 데나리온으로 말했습니다. 아마 오늘 가져가는 금화의 몇 곱절은 더 가지고 와야 소금을 살 수 있을 겁니다."

그러자 드레베와 디오는 손뼉을 치며 좋아했다. 디오가 말했다.

"나는 돌아가서 그보다 세게 불러야겠습니다. 나무는 무겁지 않습니까? 식량하고 같은 무게로 불러야겠습니다. 하하하."

드레베와 디오 그리고 엘루마는 뛸 듯이 기뻤다.

한편 데메에게로 돌아간 니골라는 데메에게 말했다.

"모든 것이 잘 되었습니다. 생각대로 저들이 과하게 값을 매겼습니다. 이제 남은 거는 여론을 잘 이용하면 될 것 같습니다. 어차피 왕은 여론이 중요합니다. 일단 왕이 되시고 나면 저들의 것을 뺏으면 되니 지금은 덕이 있는 자의 면모를 갖추는 것이 필요합니다."

데메는 고개를 끄덕이며 눈을 껌벅였다. 니골라가 말했다.

"여기 빙골의 일 년치 식량을 주고 받아온 금화입니다. 이제 이것으로 생물들의 마음을 잡으시기만 하면 됩니다."

데메는 입술을 꼭 깨물었다. 니골라와 늦도록 이야기를 마친 데메는 그제야 깊은 잠을 잘 수 있었다.

다음날이었다. 데메는 산골에게도 1년 치 식량을 보내주고 금을 받아왔다. 그리고는 바로 다음날, 밭골의 생물들이 1년 동안 배부르게 먹을 식량을 남겨두고, 모든 창고를 열었다. 창고에 산처럼 쌓인 엄청난 식량을 오베르교회로 옮겼다. 데메는 오베르교회 앞마당에 식량을 산처럼 쌓아두고는 크게 선전을 했다.

먹을 것이 부족한 생물은 누구나 가져갈 수 있습니다.
우리는 돈을 받지 않습니다. -밭골 원로 데메

그러고 나서 3일이 지나자 빙골과 산골의 생물들이 몰려왔다. 매년 값없이 먹던 식량을 돈을 내고 먹으라고 하니 화가 나있던 생물들은 데메에게 고마워했다. 반대로 돈을 내라고 말하는 드레베와 디오에게는 욕을 해댔다.

몰려든 생물들은 고마워하며 가족을 위한 식량을 넉넉히 받아갔다. 식량을 받아가는 빙골과 산골의 생물들은 데메를 칭찬하기에 바빴고 밭골의 생물들도 착한 일을 하는 데메에게 박수를 보냈다.

사실 드레베와 디오가 식량을 나누어주었지만 사실 턱없이 부족했다. 가족이 열 명이든 다섯 명이든 한 명이 먹을 수 있는 식량만 줄 수밖에는 없었다. 게다가 돈을 받고 나누어 주다보니 생물들의 원성은 높았다.

드레베와 디오는 식량을 적게 나누어주면서 데메 욕을 하였지만 민심은 이제 데메로 기울어버렸다. 데메는 드레베와 디오를 거치지 않고 나라의 모든 생물들에게 식량을 나누어주는 덕 있는 생물이 되었다.

데메는 밭골의 생물들에게는 돈도 나누어주었다. 그 돈으로 소금과 나무를 사라고 하였다. 밭골의 생물들은 소금을 사러 드레베에게 갔다가 엄청나게 비싼 값에 놀랐다. 데메가 나누어준 돈으로 소금을 사는 밭골의 생물들은 모두 한결같이 드레베를 욕했다. 너무 비싸게 파는 드레베에게 저주도 퍼부었다.

일이 이렇게 되자 당황한 드레베와 디오는 소금과 나무도 무상으로 나누어주었지만 이미 때는 늦었다. 돈이 없으면 소금은 적게 먹어도 관계없었다. 산골의 나무는 무상으로 나누어주어도 무거워서 가지고 갈 수가 없었다. 게다가 나무는 매일 필요한 것도 아니었다.

일이 이렇게 되니, 드레베와 디오는 깊음의 근원에서 가장 나쁜 생물이 되어버렸다. 완전히 한방 맞은 드레베와 디오는 엘루마를 불러 호되게 질책했다.

"엘루마 무슨 일을 이렇게 하느냐? 네가 우리를 망하게 하려는 것 아니냐? 네놈이 하라는 대로 하였는데 완전히 바보만 되지 않았느냐? 이제 데메가 왕이 되는 것은 시간문제가 됐어."

엘루마는 쥐구멍이라도 들어가고 싶었다. 하지만 그냥 맞고만 있을 엘루마가 아니었다. 엘루마는 머리를 조아리며 말했다.

"제가 실수를 한 것 같습니다. 저에게 다시 만회할 기회를 주십시오. 오래 전부터 준비한 것이 있습니다. 이것만 완성되면 데메가 아무리 날고 기어도 왕이 될 수는 없습니다."

드레베와 디오는 엘루마의 말에 혹했다.

"그래? 그건 뭔가? 지난번처럼 곤란하게 하면 아니 되네."

말투가 부드러워진 드레베의 얼굴을 힐끗 보며 엘루마가 문 밖에 서 있는 더둘로를 불렀다.

"더둘로 들어와라."

더둘로는 드레베와 디오에게 허리를 깊숙이 숙였다.

"학생이 아니냐?"

드레베와 디오는 의아한 얼굴로 엘루마에게 말했다. 엘루마는 알 수 없는 미소를 지었다.

"마음에 쏙 드실 겁니다. 걱정하지 마십시오."

엘루마의 자신 있는 말에 드레베와 디오는 어리둥절했다. 더둘로는 드레베와 디오 앞에서 무언가를 한참 동안 설명했다. 드레베와 디오는 점점 커지는 입을 다물지 못했다.

보름 뒤, 원로원 회의

데메는 원로원 회의에 가는 날 아침부터 좌불안석이었다.

'원로원 회의는 요나 왕과 원로 세 명 이렇게 모인다. 잘못하면 1대 3으로 싸울 수도 있는데… 어쩐다?'

데메는 아침부터 골머리를 썩고 있었다. 그때 니골라가 어찌 알았는지 왔다.

"어서 오게. 아침부터 웬일인가?" 니골라는 데메에게 심각하게 말했다.

"원로원 회의에 가셔야지요?"

"가야지 않겠나?"

"가긴 가야지요. 하지만 그냥 가셨다가 망신을 당하시면 어쩌시려고요? 들리는 말로는 저들이 단단히 준비했다는 데… 그냥 가시면 안 됩니다."

"실은 나도 그게 걱정이었는데… 어쩌면 좋겠나?"

니골라는 곤란한 표정의 데메에게 가볍게 말했다.

"저랑 같이 가시지요. 아주 오래전 원로원 회의에 목사가 간 적이 있습니다. 간혹 필요한 경우에 갔었는데 그 후로는 별로 필요하지 않아서 참석하지 않았다는군요. 이번에는 제가 필요하다 하시면서 저를 데려가시면 도움을 드릴 수 있겠습니다.”

데메는 입이 벌어졌다. 자신의 기억에도 예전 원로원 회의에 목사가 동행한 적이 있었다. 그건 왕이 결정할 수 있었다. 그렇기 때문에 니골라를 데려가고 요나에게 요청을 하면 마음 좋은 요나가 거절하지는 않을 것이었다. 데메는 서둘러 니골라와 함께 달려갔다. 드레베와 디오가 오기 전에 요나를 조를 심산으로 데메와 니골라는 먼저 달려갔다.

하지만 드레베와 디오가 데메보다 먼저 와서 요나를 조르고 있었다. 드레베와 디오 옆에는 생물학교 교장인 엘루마와 학생인 더둘로가 앉아 있었다. 데메는 일그러진 얼굴이 되었다.

회의에 앞서서 요나가 걱정스레 말했다.

“지금 이 나라는 리워야단이라는 강력한 적과 맞서고 있습니다. 처음에는 우리 모두 목숨을 걸고 전쟁을 했습니다. 사랑하는 생물들이 많이 죽었지요. 저는 늘 초막 아래에 있는 그분들의 묘를 보며 마음을 다잡습니다. 하지만 그 이후로 오십 년 넘는 동안은 다행이도 한시적인 평화가 있었습니다. 그러나 우리가 분열하고 틈을 보이면 리워야단은 언제든지 달려 나올 겁니다. 눈앞의 적을 보시고 원로들께서는 이제 자중하시길 바랍니다.”

요나의 말에 아무도 말을 꺼내지 못했다. 요나는 다시 심각한 얼굴로 말했다.

“이왕에 이렇게 많이 모였으니 오늘은 서로를 존중하고 위하는 이야기를 했으면 합니다.”

요나는 옆에 앉은 더둘로에게 물었다.

“학생인줄 아는데 여기 온 이유가 뭔가?”

더둘로는 요나의 말에 자리에서 일어나서는 원로들과 요나에게 인사를 했다.

"더둘로라고 합니다. 원로님들과 요나 왕께 인사드립니다. 저는 우리 생물들 사이의 소통에 관한 문제를 상의 드리려고 왔습니다. 마침 엘루마 선생님께서 가신다 하여 무례를 무릅쓰고 동행을 청하였습니다."

요나는 눈을 껌벅였다.

"소통에 관한 문제라? 그게 뭔가?"

그러자 더둘로는 상기된 얼굴로 말했다.

"물의 나라는 세상에 넓게 퍼져있습니다. 우리 깊음의 근원만 하더라도 너무나도 넓습니다. 그래서 생물들 사이에 소통을 하려면 편지를 쓰고 그것을 직접 들고 가야만 가능합니다. 이번 원로원 회의만 하더라도 제가 말씀드리고 싶은 것을 이곳에 오지 않으면 전달해 드릴 수 없는 것이 현실입니다. 그래서 저는 깊음의 근원에서 우리 생물들끼리 아주 빠르게 소통하는 좋은 방법을 제안 드리려고 왔습니다. 이해를 도와드리기 위해 잠시 그림을 그리도록 하겠습니다."

더둘로는 품 안에서 작은 병을 꺼냈다. 병에는 맑은 물이 담겨있었다. 더둘로는 물병에서 물 한 방울을 꺼냈다. 그리고는 허공 한가운데에 그 물 한 방울을 뿌렸다. 그러자 물 한 방울이 허공에서 아주 얇게 퍼졌다. 꽤 넓은 막이 생겨났다. 요나는 신기했다. 자신도 물의 생물이고 왕이지만 이렇게 얇은 물의 막은 보지 못했다.

더둘로는 허공에 펼쳐진 막 위로 손을 들어 그림을 그렸다. 날렵하게 손이 움직이자 넓은 거미줄과 거미 한 마리가 그려졌다. 허공에는 물 외에는 없었기에 더 신기했다. 더둘로가 그린 거미는 작지만 귀여웠다. 더둘로의 손이 거미를 잡는 시늉을 하자 거미가 손가락을 따라 거미줄 위를 움직였다. 드레베는 입이 벌어졌다.

더둘로는 허공에 떠있는 물의 막 위에 다섯 손가락을 한꺼번에 움직였다. 그러자 놀랍게도 물의 막이 다시 작은 물방울이 되었다. 더둘로는 손가락 하나를 던지듯이 움직였다. 그러자 작은 물방울이 창문을 통해 밖으로 나가더니 하늘을 향해 쏜살같이 날아갔다. 드레베는 신기했다.

"신기하구나. 그럼 이제 어찌되는 것이냐? 그 물방울은 어디로 간 게야?"

더둘로는 웃으며 말했다.

"궁금하시지요? 그럼 밖으로 나가시지요."

더둘로는 앞장서서 밖으로 나갔다. 더둘로를 따라 밖으로 나간 원로들과 요나는 고개를 꺾어 하늘을 보았다.

"이 자리에서 바로 위 하늘을 보시지요. 제 손가락이 가리키는 여기를 보십시오."

더둘로는 머리 바로 위 하늘을 가리켰다. 그러자 놀랍게도 더둘로가 그린 그림과 영상이 고스란히 그 하늘 위에 나타났다. 거미가 움직이는 것하며 거미줄하며 모든 것이 생생하게 보였다. 디오는 너무나도 놀라 입을 다물지 못했다.

"더둘로 대단하다. 대단해. 도대체 이런 걸 어찌 알게 되었느냐?"

더둘로는 별일 아니라는 얼굴로 말했다.

"별일 아닙니다. 아시다시피 물은 얇게 펼 수도, 얼릴 수도, 끓일 수도 있습니다. 물은 변하지도 없어지지도 않죠. 그래서 이 물을 이용해서 서로 의사소통을 하려고 만들어본 겁니다. 만약에 이 기술이 성공하면 우리의 생활은 놀랍게 달라질 겁니다. 이런 회의를 하는 것도 번거롭게 모여서 할 필요 없이 각자 의견을 주고받을 수 있습니다. 어떻게 보면 별 쓸모없다고 생각하실 수도 있습니다만 앞으로 생물들이 많아지고 각자 가진 생각들이 다양해진다면 생각을 모으고 정리하는 것이 쉽지 않습니다. 그런데 이렇게 생각들을 빠르고 분명하게 나눌 수 있다면 빠르고 효율적으로 생각을 모을 수 있습니다."

요나는 말없이 듣다가 고개를 끄덕였다.

"좋다. 더둘로 대단하구나."

드레베와 디오에 이어 요나까지 더둘로를 칭찬하자 데메가 급해졌다.

"더둘로 그런데 그렇게 어려운 기술을 우리 물의 생물들이 잘 사용할 수 있겠느냐? 너무 어려워 보이는데?"

데메의 말을 들은 더둘로는 그럴 줄 알았다는 표정이었다.

"데메께서 걱정하시는 것은 어찌 보면 당연합니다. 아무리 좋은 기술도 너무 어려우면 쓸모가 없지요. 그런데 알고 보면 어렵지 않습니다. 우리 물의 생물은 이미 그 기술을 사용하고 있었습니다. 예를 들면 물을 검의 모양으로 만들어 전쟁에서 검 대신 사용하기도 하고 물 위에 서서 걷기도 하니까요. 저는 우리가 늘 다루는 물을 좀 더 예민하게 만들려고 생각했습니다. 그래서 연구하던 중에 우리 생물의 몸 안에 있는 수분이 그런 성질을 갖고 있다는 걸 알게 되었습니다. 그것도 생물마다 서로 다른 고유의 성질이 있다는 걸 알게 되었습니다. 저에게 있는 물이 다르고 엘루마 선생님께 있는 물이 서로 다르다는 말씀입니다. 그래서 앞으로 조금만 더 연구하면 좋은 결과를 볼 수 있다고 생각합니다. 그래서 제 연구를 도와주십사 간청 드리려고 이 자리에 나왔습니다."

드레베가 감격하여 말했다.

"천재가 아닙니까? 우리 모두 도와주십시다. 이 나라를 위해서 좋은 기술 같습니다. 우리의 의견을 모으는데 꼭 필요한 기술 같습니다. 엘루마 선생님이 잘 키워 주셨구려. 이런 학생이 우리의 희망입니다."

드레베는 엘루마의 손을 꼭 잡았다. 엘루마는 드레베에게 90도로 허리를 꺾어 절을 했다. 데메는 그 꼴이 보기 싫었다. 하지만 요나가 먼저 말했다.

"좋습니다. 도와주십시다. 어린 학생이 참으로 열심히 연구한 것이니 당연히 도와야지요. 다른 원로께서도 같은 생각이시지요?"

이쯤 되자 데메는 반대할 수만은 없었다. 썩은 표정으로 억지로 말했다.

"같은 생각입니다. 다 좋은 나라 만들자고 하는 일이니 찬성입니다."

그렇게 더둘로의 청은 허락이 되었다. 더둘로는 원로원을 나와 학교로 돌아갔다. 이제 남은 생물은 여섯 명이었다.

데메는 더둘로가 가고 나자 니골라에게 눈짓을 보냈다. 니골라는 준비를 하고 있다가 자리에서 일어나려고 엉덩이를 들었다. 그때였다. 요나가 갑자기 니골라를 주저앉혔다.

"목사님 잠깐만 기다리시지요. 제가 할 말이 있습니다."

니골라는 요나의 말에 엉거주춤 다시 앉았다. 요나가 일어나더니 비장하게 말했다.

"제가 솔직하게 말씀드리겠습니다. 세 분 원로께서 늘 이 회의에 오시면서 좋은 마음을 가지고 오신 것 알고 있습니다. 다 나라를 위하고 악을 미워하는 마음으로 오신 것 알고 있습니다. 그런데 오늘은 그런 마음으로 오신 것 같지 않습니다. 다들 한 명씩 데려오셨는데 혹시나 세력을 과시하고 판결에 영향을 주려고 그리하셨다면 잘못 생각하셨습니다."

요나는 데메와 드레베 디오를 번갈아 보았다. 요나의 불타는 눈을 마주한 원로들은 감히 마주할 수 없었다. 요나는 다시 말했다.

"모든 물의 생물들은 깊음의 근원에서 헌신하시는 생물들에 대해 감사의 마음을 가지고 있습니다. 그건 저도 마찬가지입니다. 늘 헌신하시고 평생을 열심히 지내오신 것 다 압니다. 고립된 이곳에서 대를 이어 충성하신 것 다 알고 있습니다. 그래서 저는 늘 죄송한 마음으로 지냅니다. 그런데 이번에 깊음의 근원의 모든 생물께 더욱 송구한 일이 벌어졌습니다. 가장 악한 리워야단을 데리고 들어와서 여러분들의 수많은 피를 흘리게 해드린 점, 물의 왕으로서 머리 숙여 사죄드립니다. 그래서 저는 진즉부터 왕의 자리를 던지려고 생각했습니다. 나이도 그만 할 나이가 되었고 능력도 없습니다. 지난번 니골라 목사님께서 말씀하신대로 내치를 할 수도 없습니다. 하여, 오늘 이 자리를 빌려 저는 깊음의 근원의 원로원에 정식으로 간정합니다. 저는 왕을 물러나도록 하겠습니다. 대신 리워야단을 감시하는 일에 남은 여생을 바치겠습니다. 그러니 원로들께서는 허락해 주시길 바랍니다. 저의 뒤를 이어 왕을 뽑으시든, 원로회의가 이끌어 가시든, 그것은 원로원의 결정대로 하십시오. 저는 이제 저의 길을 가겠습니다."

요나의 말은 그 자체로 폭탄이 되었다. 데메와 원로들은 요나의 강력한 의지를 꺾지 못했다. 결국 요나는 왕의 지위를 사퇴하고 리워야단이 갇혀 있는 오베르 언덕 옆 요나의 언덕에서 밤낮으로 리워야단을 감시하게 되었다.

그날의 회의는 이대로 파해졌다. 요나가 그만 두었으니 앞일에 대해 생각해 보아야겠지만 서로 생각할 시간이 필요했다. 조만간 임시회의를 하기로 하고는 각자 집으로 돌아갔다. 결국 엘루마와 니골라도 별 소득 없이 돌아갔다. 엘루마와 니골라는 돌아가는 내내 무언가를 심각하게 이야기했다. 그리고 10일이 지나갔다.

10일 후, 데마와 드레베 그리고 디오는 다시 원로원에 모였다. 그 자리에는 역시 니골라와 엘루마도 동석했다. 데메가 먼저 말을 했다.

"요나 왕께서 저리 굳은 의지를 보이시니 어쩔 수 없습니다 그려. 우리 모두가 막중한 책임감을 가지고 이 나라를 이끌어가야겠습니다."

그러자 드레베가 말을 받았다.

"옳으신 말씀입니다. 저도 데메 원로의 의견에 동의합니다."

데메는 속으로 놀랐지만 애써 태연한 얼굴로 말했다.

"감사합니다. 드레베 원로께서 그리 생각해 주시니 감사드립니다. 산골의 입장은 어떠하신지요?"

디오도 드레베와 같은 이야기를 했다.

"저도 데메 원로의 의견에 따르겠습니다. 우리가 힘을 하나로 합해야 할 때입니다. 이제 지난 일은 다 잊고, 힘을 하나로 모읍시다."

데메는 입이 벌어졌다. 데메는 디오와 드레베에게 눈인사를 하며 말했다.

"그럼 어찌 하면 좋겠습니까? 지금처럼 원로원에 모여서 논의를 할까요? 아니면 왕을 한 명 세워서 치리하도록 하고 원로원은 왕과 의논하도록 할까요?"

그러자 드레베와 디오는 한 목소리로 말했다.

"왕을 뽑읍시다. 원로원으로 모이는 일은 번거로워서 급한 일은 처리하기 어렵습니다."

"저도 그게 좋겠습니다."

원로들의 의견이 오랜만에 하나가 되었다. 그러자 데메가 조심스럽게 말했다.

"그럼 누구를 뽑는 게 좋겠습니까?"

데메의 말이 끝나자마자 지체 없이 디오가 말했다.

"누구를 뽑느냐 하는 문제보다 어떻게 뽑느냐 하는 문제를 고민하는 게 좋겠습니다. 왕이 힘을 가지려면 많은 생물들의 지지를 얻는 게 필수 아니겠습니까?"

데메는 많은 생물들의 지지라는 말이 마음에 들었다. 당장 찬성하고 나섰다. 그러자 드레베도 흔쾌히 찬성하였다. 드레베가 말했다.

"어차피 우리 셋 중에 한 명이 그 막대한 중임을 맡을 수밖에 없습니다. 그러니 이렇게 하심이 어떻겠습니까? 우리 세 명을 놓고 생물들 전체의 의견을 묻는 게 좋을 것 같습니다만."

데메는 입이 찢어졌다. 인기는 자신이 있었다. 데메와 원로들은 일사천리로 의견을 모아갔다.

"좋습니다. 하루라도 빨리 의견을 묻는 것이 좋을 것 같습니다."

데메가 말하자 디오도 맞장구를 쳤다.

"그럼 이렇게 하시지요? 저번에 더둘로라는 아이가 말한 것처럼 물을 통해 의견을 내는 것이 어떻겠습니까? 잘만 하면 열흘 만에라도 할 수 있습니다."

데메는 갈수록 마음에 들었다. 드레베와 디오를 입이 마르도록 칭찬하면서 덕담을 나눴다. 드레베와 디오도 데메를 칭찬했다. 세 명의 원로들은 오랜만에 의견을 하나로 모았다. 투표를 해서 왕을 뽑기로 한 것이었다.

의견은 하나로 모았지만 각자 속셈은 달랐다. 디오는 먼저 드레베를 왕으로 만들어주기로 했다. 그리고는 드레베에게서 다음 왕을 보장받았다. 드레베는 투표만큼은 자신 있었다. 사실 빙골과 산골의 생물들을 합하면 엄청난 숫자였다. 거의 깊음의 근원 생물들의 사분의 삼이 넘는 숫자였다. 그래서 드레베와 디오가 후보 단일화를 하면 인기투표에서 이기리라 생각했다. 자신이 있었다. 데메 역시 자신이 지난 세월 동안 베풀어 놓은 은혜가 표로 돌아오리라 확신했다. 원로 세 명은 서로 투표에 자신이 있었다.

니골라와 엘루마도 세 원로들에게 아첨을 떠는 일을 잊지 않았다. 왜냐

하면 누가 되었건 왕이 되고나면 원로 한 명을 뽑아야만 되었다. 엘루마와 니골라는 그 자리를 차지하고 싶었다. 서로 간의 속셈이 맞아 떨어지자 원로원의 회의는 일사천리로 진행되었다.

회의가 끝나고 드레베와 디오는 돌아가는 길에 서로 귓속말을 했다. 먼저 디오가 드레베에게 말했다.

"드레베 원로께서 먼저 하시면 제가 나중에 하도록 하겠습니다. 뭐든지 위아래가 있는 법이니 저는 그게 좋겠습니다."

"고맙소. 디오. 내가 나이만 많이 먹었지 사실은 디오께서 제일 적격입니다. 나는 그렇게 생각하고 있어요."

"별 말씀을요. 저는 드레베 원로께서 하시는 일이나 열심히 돕도록 하겠습니다. 참 이번에 데메께서 되시면 어찌 하시렵니까?"

드레베는 의외로 표정이 밝았다.

"데메께서 되시면 되는 거지요. 그러면 곡식 값이나 감해 달라 하겠습니다. 아마 기분이 좋아 그렇게 할 겁니다."

"그것도 좋지요. 왕은 나중에 다시 뽑으면 되니까요."

"그렇죠. 바로 그겁니다."

드레베와 디오는 서로 좋아 죽었다. 둘의 밀담은 가는 내내 은밀하게 이루어졌다.

한편 데메 역시 기분이 너무나도 좋았다. 이제 10일 정도만 참으면 자신이 왕이 될 거라 생각했다. 데메는 니골라와 함께 돌아가면서 신이 나있었다. 니골라는 이미 데메가 왕이 된 것처럼 아첨을 했다. 데메는 니골라에게 원로의 자리를 약속하면서 왕 놀음에 푹 빠져있었다.

그 다음날부터 엘루마는 더둘로와 함께 학교에 틀어박혀서 연구에 몰두했다. 더둘로는 이미 상당히 많은 연구를 해서 큰 성과를 보았다. 이제 남은 것은 오베르 호수를 다 덮는 강하고 얇은 막을 만드는 일만 남았다. 막은 생물들이 올라가도 부러지지 않을 만큼 튼튼해야했다. 그리고 눈으로 알 수 없을 만큼 얇아야 했다.

호수를 보면서 머릿속으로 구상한 더둘로는 빙골의 도움을 받았다. 빙골의 기술력은 놀라웠다. 매끈하고 단단하며 아주 얇은, 너른 원판이 필요했는데 빙골은 어렵지 않게 만드는 법을 가르쳐주었다.

더둘로는 빙골에서 가르쳐준 대로 먼저 호수를 다 덮을 수 있는 막을 만들었다. 막은 아주 얇았는데 그 막은 물로 만들었다. 물을 얇게 편 더둘로는 호수 바로 위 허공에서 작업을 했다. 엘루마와 함께 만든 막은 아주 얇았다. 하지만 그 막으로 호수를 덮다보면 접혀져서 쓸모가 없었다. 게다가 호수 위로 옮기는 일도 어려웠다.

고민에 고민을 거듭하던 더둘로는 호수를 다 덮고도 매우 단단한 막을 만들기 위해 기막힌 방법을 고안해냈다. 먼저 빙골 북쪽에서 얼음을 가져왔다. 빙골의 북쪽에서 채취한 얼음은 일반 얼음과는 차원이 달랐다. 요나가 리워야단을 얼려버린 그 띠가 빙골의 북쪽에서 얻은 얼음으로 만든 것이었다. 더둘로는 요나의 띠를 생각하고는 그것을 응용했다.

빙골의 북쪽에서 얻은 얼음을 호수 바로 위, 물의 막 위에 얇게 뿌렸다. 호수 위에는 두꺼운 얼음이 얼었다. 더둘로는 호수 위를 날아다니면서 뜨거운 불을 가지고 그 얼음을 한꺼번에 녹였다. 100명의 생물이 일시에 불을 가지고 호수 위를 날았다. 언덕에서 바라보는 원로들은 입이 쩍 벌어졌다. 보기 드문 장관이었다.

하지만 빙골의 얼음은 절대로 녹지 않았다. 녹는가 싶으면 다시 얼어버리는 성질을 가졌다. 더둘로는 얼음에 강력한 불을 쬐어서 순식간에 짧은 시간 동안 녹였다. 하지만 잠시 녹았던 얼음은 순식간에 다시 얼었다. 그러자 물의 막 위에 얼음의 막이 덧씌워졌다. 하지만 아직도 두꺼웠다. 더둘로는 불을 쬐는 일을 7일 동안 계속 반복했다. 불에 녹았다가 다시 얼기를 수없이 반복하면 할수록 막은 점점 얇게 압축이 되었다. 7일이 지나자 마침내 아주 얇고 매끄러운 막이 생겨나게 되었다. 시간이 지날수록 막은 투명해서 보이지 않게 되었다. 생물들이 뛰어다녀도 될 정도로 단단하고 거울처럼 매끈했다.

결국 더둘로는 호수 위를 아주 얇고 단단하며 매끈한 물의 막으로 덮었다. 호수는 거의 움직임이 없는 호수였다. 파도도 일어나지 않았고 물도 마르거나 넘치지도 않았다. 왜 그런지는 아무도 알 수 없었지만 언제나 고요한 바다와도 같았다. 그래서 더둘로의 투명한 막도 전혀 움직이지 않았다.

다음날 오베르언덕

더둘로는 호수에 막을 입힌 후 생물학교 학생들을 데리고 오베르언덕으로 올라갔다. 언덕 위는 학생들의 바글거리는 소리로 시끄러워졌다. 멀리 싸이프러스나무가 보이는 언덕에 모두 모인 학생들은 무슨 일인가 궁금하여 저마다 수다를 떨었다. 호수가 내려다보이는 요나의 초막 앞에는 세 원로들과 니골라까지 모두 와서 더둘로의 행동 하나하나를 지켜보았다. 더둘로가 학생들에게 말했다.

"자 자 자, 조용. 오늘 정말 놀라운 걸 보게 될 거야. 그때 가서 실컷 떠들자고. 멀리 떨어져 있어도 지금처럼 수다를 떨 수 있는 방법을 알려줄게."

더둘로는 똑똑했기 때문에 학생들은 더둘로의 말을 잘 들었다. 하지만 더둘로가 하는 말은 믿기지 않았다. 학생들이 웅성거렸다. 더둘로는 자신에 찬 얼굴로 말했다.

"다들 나에게 땀 한 방울만 보내줘. 우리 물의 생물들만 할 수 있는 일이지 안 그래? 할 수 있지?"

그러자 너도 나도 자신의 몸에서 나온 물 한 방울을 더둘로에게 보내주었다. 더둘로는 날아오는 그것을 허공에서 손으로 휘저어 모았다. 땀 한 방울이었지만 한꺼번에 모이니까 새끼손가락 크기만 했다. 더둘로는 허공에서 서로 섞었다. 그리고는 섞인 물 한 방울을 호수로 던졌다. 물방울은 서서히 날아가서는 호수 위의 막에 내려앉았다. 그러자 놀라운 일이 벌어졌다. 호수 위로 사뿐히 내려앉은 물방울이 갑자기 빠르게 퍼졌다. 순식간에 물방울이 호수 위에 퍼지더니 갑자기 아이들의 얼굴과 이름이 막 위에 나타났다.

그걸 본 아이들이 와! 하고 외쳤다. 그러자 놀랍게도 호수 위의 얼굴들도 똑같이 외쳤다. 와! 하고 외치는 소리에 아이들은 다시 한번 놀랐다. 다시 놀라는 아이들의 표정이 다시 한번 호수 위에 나타났다. 색도 선명했다. 아이들은 믿기지 않는 얼굴로 저마다 놀라면서 수다를 떨었다. 호수 위에는 아이들의 말들이 살아서 움직이는 것처럼 돌아다녔다. 더둘로는 많은 학생들 앞에서 작은 소리로 말했다.

"얘들아 안녕? 지금 너희들은 거미집에 들어와 있는 거야. 거미집!"

그러자 더 놀라운 일이 일어났다. 소용돌이치는 하늘 위로 더둘로의 말이 글자로 새겨졌다. 둥둥 떠다녔다.

"헐, 신기하네."

누군가 말을 했다. 그러자 그 아이의 말도 하늘 위를 둥둥 떠다녔다. 아이들은 신났다. 저마다 떠드는 말을 하고는 하늘을 쳐다보았다. 그리고는 하늘과 호수에 동시에 나타나는 자신의 모습을 보며 웃음을 멈추지 않았다. 호수 위 하늘에는 아이들이 내뱉은 말이 떼를 이루어 이리저리 돌아다녔다. 아이들은 더둘로의 거미집에 마음을 빼앗겨 버렸다.

소문은 순식간에 퍼져나갔다. 학생들과 아이들이 모두 더둘로에게 자신의 물을 보냈다. 아이들뿐 아니라 깊음의 근원에 사는 거의 모든 생물들이 더둘로에게 자신의 물 한 방울을 보냈다. 더둘로는 시간이 지날수록 점점 바빠졌다. 투표를 준비하는 원로들도 덩달아 바빠졌다.

10일 후 깊음의 근원에서는 여태껏 한 번도 한 적이 없는 투표가 진행되었다. 생물 전체가 참여하는 투표는 왕을 뽑는 투표였다. 투표에 앞서서 데메가 원로원을 대표해 요나의 사임을 알렸다. 요나의 사임을 알리는 데메의 얼굴과 말소리 그리고 글이 소용돌이치는 하늘에 커다랗게 나타났다. 깊음의 근원에 사는 모든 생물들은 그 영상을 보면서 너무나도 신기해했다. 그러면서 마치 새로운 세상에 사는 것처럼 느끼게 되었다.

데메의 영상이 나라 전체에 보이고 나자 드레베와 디오도 제 각각 일장 연설을 하였다. 디오는 드레베가 얼마나 능력이 있는지 얼마나 자상한지 등등을 은연중에 말했다. 물론 데메는 스스로를 능력 있는 자로 치켜세운 뒤였다.

별로 오락거리가 없던 깊음의 근원의 생물들은 원로들의 이야기와 더불어 나라의 소식을 빠르게 접하게 되자 환호와 박수를 보냈다. 생물들의 환호와 박수도 하늘 위에 나타났다. 깊음의 근원 전체가 참여하는 잔치와 축제가 되어버렸다.

시간이 지나면서 생물들은 각자 자신의 의견을 말했다. 거미집에 익숙해진 것이다. 편하게 말하는 생물부터 어색한 얼굴로 말하는 생물하며 신기한 영상을 보려고 하늘을 바라보며 말하는 생물 등등 다양한 영상이 하늘로 올라가서 비춰졌다. 그날은 그렇게 모두 한마디씩 하는 날이 되었다. 신기한 생물들의 영상은 밤이 늦어서야 꺼지게 되었다.

다음날, 원로원

다음날이 되었다. 원로원에 모인 데메와 드레베 디오는 심각한 얼굴이 되었다. 엘루마는 어쩔 줄 몰라서 쩔쩔 매고 있었고 니골라는 잔뜩 못마땅한 얼굴로 엘루마를 쏘아보았다. 엘루마의 옆에는 더둘로가 고개를 푹 숙인 채로 한참 동안 고개를 들지 못했다.

먼저 니골라가 말했다.

"이게 도대체 뭡니까? 아니 왕을 뽑자고 한 일이 요나를 다시 왕으로 세우자는 일로 바뀌었으니 이게 뭐냐 말입니다."

그러자 엘루마는 사색이 되어 말했다.

"그게 생물들의 의견인 걸 어쩝니까? 거의 모든 생물이 요나를……."

쾅!

엘루마가 말을 하는 도중 데메가 책상을 힘껏 쳤다.

"나라를 생각하세요. 나라를. 왕이 하기 싫어서 안 하겠다는 요나를 다시 왕에 앉히자는 게 말이 된다고 생각하십니까? 머리가 있으면 생각을 하세요."

데메가 고함을 치자 디오도 얼굴이 붉어져 한마디 거들며 나섰다.

"다시 하세요. 이건 도저히 용납이 안 됩니다. 내일이라도 다시 합시다."

그러자 더둘로가 개미 기어가는 목소리로 말했다.

"선거는 다시 해도 마찬가지입니다. 다시 한다고 생물들의 생각이 바뀌지는 않습니다.”

생각해 보면 더둘로의 말은 맞았다. 니골라가 가만히 생각하다가 앞으로 나섰다.

“그럼 이렇게 합시다. 더둘로의 말대로 다시 한다고 바꿀 수 없는 건 사실입니다. 내일 다시 해도 마찬가지라 하니 그럼 이렇게 하시지요? 익명으로 하십시다. 생각해 보십시오. 요나는 오랜 동안 왕을 했습니다. 그러니 생물들이 생각할 때에 요나가 그만 두어도 좋겠다고 생각해도 그렇게 표현하기는 어렵습니다. 다들 눈치가 있으니까요. 하지만 가만히 혼자 속으로 생각하면 또 다를 겁니다. 그러니 남들 눈치 안 보고 자신의 의견을 내도록 하는 것이 좋겠습니다.”

다들 생각해 보니 그랬다. 서로 눈치를 보느라 그렇게 말한 것일 수도 있겠다는 생각에 니골라의 말대로 하기로 했다. 더둘로가 조심스럽게 말했다.

“사실 익명을 생각하고 준비한 것이 있긴 합니다만······.”

기어들어가는 목소리를 듣던 니골라가 반색을 하며 말했다.

“오! 역시 더둘로는 천재입니다. 더둘로, 이름은 뭔가?”

“아고라입니다. 광장이라는 뜻도 있고 토론의 뜻도 있지요. 토론은 익명으로 해야 효율이 있습니다.”

“아고라 이름도 좋구먼. 그런데 토론이라고 하니 묻는 말인데, 모두가 익명이라면 내가 지금 말하는 상대가 방금 전에 나와 이야기 한 상대인지 어찌 알 수 있나? 그걸 모르면 좀 이상하지 않나?”

그러자 더둘로가 눈빛을 빛내며 말했다.

“그래서 정확하게 말하면 가명을 씁니다. 가명이 진짜 누군지는 아무도 모릅니다. 자신만 알고 있으면 됩니다. 아고라에서만 쓸 수 있는 가명을 쓰면 서로 토론을 하더라도 문제없습니다. 물론 투표는 가명도 밝히지 않고 결과만 말하면 됩니다."

더둘로의 말에 모두 입이 벌어졌다. 사실 더둘로는 매우 치밀한 아이였다. 늘 생각하고 사색하는 더둘로는 완벽에 집착했다. 거미집을 만들면서 거미집에만 안주하지 않았다. 더둘로에 대해 다들 칭찬이 자자한 가운데 엘루마가 조심스럽게 말했다.

"좋습니다. 익명으로 하지요. 그런데 그때 가서도 같은 의견이 나오면 그때는 어쩌시렵니까? 요나가 왕이 되는 게 좋겠다, 이리 나오면 어쩌시려고요?"

듣고 보니 엘루마의 말도 맞았다. 충분히 그럴 수 있겠다는 생각을 했다. 그러자 데메가 눈을 반짝이며 말했다.

"익명이라면서 뭘 그리 어렵게 생각하는가? 결과는 우리만 아는 것이니… 만약 그런 일이 생기더라도, 그냥 우리가 애국적인 결단을 가지고 결정하고 발표를 하면 되는 거지. 안 그런가?"

데메의 말에 더둘로가 놀란 얼굴로 고개를 들었다. 그리고 눈을 크게 뜨고 엘루마를 보았다. 엘루마는 더둘로에게 고개를 흔들었다. 입 다물라는 몸짓이었다. 하지만 더둘로의 눈 안에는 용암이 들어있었다. 엘루마는 더둘로가 일을 그르치기 전에 먼저 선수를 쳤다.

"데메 원로께서 나라를 생각하시는 마음이 참으로 감동적입니다. 그렇게 하도록 하겠습니다. 이게 다 나라를 위해 하는 일 아닙니까? 그리하시지요. 익명이니 아무도 모를 겁니다. 그럼 저는 이만 물러가서 말씀하신대로 그렇게 준비하도록 하겠습니다."

그리고는 서둘러 더둘로를 데리고 나갔다. 더둘로의 얼굴색을 본 드레베는 걱정이었다. 니골라가 슬쩍 원로들의 머리를 한 군데에 모아서 말했다.

"더둘로는 영민한 아이지만 아직 혈기가 넘치는 아이입니다. 잘못하다가는 큰일이 나겠습니다. 어린아이들은 어디로 튈지 모르니 항상 조심해야 합니다. 원로님들께서는 이렇게 하심이 어떻겠습니까?"

드레베는 디오와 데메 그리고 니골라는 서로 머리를 맞대고 은밀한 이야기를 주고받았다.

아… 요나

더둘로가 거미집을 열기 전, 요나의 초막

요나는 이제 뱀의 언어를 들을 수 있었다. 지난 세월 동안 진동을 몸으로 듣고 이해한 결과 뱀의 언어를 말할 수는 없어도, 듣고 이해할 수는 있게 되었다. 요나는 옛뱀이 들어온 것을 알아차린 이후로 끊임없이 생각했다.

'옛뱀이 깊음의 근원까지 들어오다니. 세상에서 가장 깊은 곳을… 누가 돕지 않으면 불가능하다. 혹시 물의 생물 중에 도움을 준 자가 있는 걸까?'

요나는 꼼꼼하고 끈기 있게 생각했다. 물의 생물 중에서 옛뱀의 편에 설 만한 자들을 하나하나 추려보았다. 하지만 깊음의 근원을 열 수 있는 생물은 없었다. 요나 자신을 제외하고는 옛뱀과 관계있는 생물도 없었다. 요나는 고민에 빠졌다.

'물의 생물이 아니라면 누굴까? 누가 옛뱀을 도와준 것일까? 혹시 시간의 생물? 그러나 그건 더 희박하다. 이곳 깊음의 근원은 에노스와 여호수아 아니고는 알 수도 열 수도 없다. 그럼 이제 남은 건 불의 생물인데 두발가인과 갈렙이라 하더라도 이곳으로 들어올 수는 없다. 그렇다면 누굴까…'

요나는 몇 달을 생각에 빠졌다. 요나는 한 번 생각에 빠지면 풀릴 때까지 거의 움직이지 않았다. 요나는 이제 너무 피곤했다. 밤이 늦어서 모두 깊은 잠에 빠진 때였다. 아무리 생각을 해도 알 수 없었다. 나이가 많은 요나는 피곤하면 극도로 힘들었다. 요나는 자리에 가서 눕지 않고 암석 위에 쓰러지듯 누워버렸다.

피곤이 밀물처럼 몰려와 정신줄을 놓으려는 그 순간이었다. 옆으로 누운 요나의 귀로 미세한 진동이 들려왔다. 너무 작은 진동이라서 앉아서는 느낄 수 없었지만 귀를 옆으로 대고 누웠더니 아주 작게 들렸다.

"다시 묻겠어. 아리는 어디에 있나? 옛뱀."

"교만, 정말 귀찮게 하는군. 정 그러면, 우리 스무 고개할까?"

"좋지. 그럼 나부터 묻지. 가까워?"

"역시 포악답다. 생각이 단순해. 쉽게 힌트를 주지. 우리의 근본은 하나야."

"빙고! 어딘지 알겠어."

"오호 그래? 교만께서 단번에 알아내셨다? 말해봐."

"교회 첨탑."

"이유는?"

"네놈이 하나를 찾은 거 보면… 알아. 너랑 나랑 같거든. 그래서 높고 잘 보이는 곳, 첨탑이지."

"하나도 거기에 숨기더니… 역시 교만이야. 덕분에 옮겨야겠군."

"옮기고 다시 하자. 스무고개."

"좋아. 조만간 옮길 테니 그때 봐."

요나는 눈이 번쩍 떠졌다. 들려오는 대화는 실로 놀라운 내용이었다. 요나는 그 자리에서 움직이지 않고 귀를 암석에 댄 채로 다시 하루를 꼬박 누워있었다. 눈은 감았지만 정신은 또렷했다. 요나의 얼굴 근육이 실룩거리며 움직였다.

다음날 아침

옆으로 누운 채로 꼬박 하루가 지나고 요나는 아주 개운한 얼굴로 일어났다. 사실 잠을 전혀 자지 않았지만 일부러 밝은 얼굴을 하고는 평소처럼 오베르 마을로 내려갔다. 요나는 만나는 생물들과 인사도 하고 이야기도 하였다. 평소와 다를 바 없는 요나는 마을 곳곳을 돌아다니며 인사를 했다.

때마침 마을의 축제가 있던 날이었다. 깊음의 근원에서 가장 큰 축제는 물 축제였다. 물에 대한 고마움과 소중함을 기억하기 위해 열리는 축제에서는 모든 마을 생물들이 집집마다 방문해서 서로 물을 뿌려주고 선물을 나누는 즐거운 시간이었다. 요나도 여느 생물과 마찬가지로 이 집 저 집을 들러서 물도 나누고 선물도 주는 즐거운 시간을 가졌다.

물의 나라의 왕인 요나가 나타나자 생물들은 환호를 하며 즐거워했다. 아직 요나의 인기는 식지 않았다. 하지만 요나가 못마땅한 생물들은 가끔 떨떠름한 표정으로 맞기도 했다. 하지만 요나는 밝은 얼굴로 환대해 주었다. 그렇게 즐거운 물의 축제가 끝나고 모두 잠을 자러 들어갈 시간이 되었다.

늦은밤 요나도 마을의 끝에서 다시 언덕으로 올라가려고 걸어가고 있었다. 요나는 교회 앞을 지나가다가 두기고를 만났다. 두기고는 요나를 그림자처럼 따르는 신실한 생물이었다. 맡은 일에 게으르지 않고 성실한 생물이었다. 두기고는 요나를 낮에도 만났지만 생물들에 둘러싸인 요나와 깊은 이야기를 할 수 없었던 차에 밤늦게 다시 만나게 되었다.

요나는 두기고를 따라 집으로 들어갔다. 두기고의 집은 오베르교회 바로 옆집이었다. 오베르에서는 교회가 가장 높았지만 그 집도 교회만큼 높았다. 오랜만에 만난 요나와 두기고는 늦게까지 두런두런 이야기를 하다가 밤이 늦어 잠을 이루게 되었다.

다음날 아침 요나는 두기고의 집에서 나와 다시 언덕으로 올라갔다. 그리고는 가부좌를 한 채로 암석 위에 올라앉았다. 다시 규칙적인 일상으로 돌아갔다.

오베르교회 첨탑

며칠 후, 옛뱀은 하늘이 노래지며 가슴이 철렁했다. 아무도 모르게 숨겨둔 아리가 사라진 것이었다. 옛뱀은 믿기지 않았다. 아리는 오랜 동안 누워있어서 혼자 움직이지도 못했다. 옛뱀은 심장이 철렁 내려앉았다.

'큰일이다. 아리는 혼자 움직이지 못한다. 근육이 풀려서 불가능하다. 누군가 돕지 않고는 불가능하다. 나도 모르는 적이 있다는 말인데… 그럼 위험하다. 자칫하면 나도 못나간다.'

옛뱀은 사방을 뒤져보았다. 하지만 어디에도 아리의 흔적은 없었다. 옛뱀은 니골라를 의심했다.

'약아 빠진 놈이니 어딘가에 숨겨 놓고 혼자 살 궁리를 하는 모양이다. 빠드득. 나를 속이다니. 가만 두지 않겠다.'

옛뱀은 니골라를 주의 깊게 보았다. 하지만 시간을 두고 일거수일투족을 보았지만 니골라는 아니었다. 니골라는 신중하지 못한 생물이었다. 탐욕에 눈이 먼 목사일 뿐이었다. 니골라를 잘 아는 옛뱀은 다시 혼란스러웠다. 옛뱀은 가만히 웅크리고는 생각에 집중했다.

'내가 아리를 놓친 시간은 딱 이틀이다. 정확히 말하자면 낮은 두 번이지만 밤은 딱 한 번. 그때를 미리 알고 노린다는 건 사실 불가능하다. 아리가 누군지도 모를뿐더러 아리가 어디에 있는지 아무도 모르는데 아리를 단 하룻밤에 훔쳐간다는 것은 불가능하다. 게다가 깊음의 근원을 빠져나 가기도 아리 혼자의 힘으로는 불가능하다. 그렇다면 이곳 어딘가에 있다.'

옛뱀은 그날부터 아리를 찾아 깊음의 근원을 이 잡듯이 뒤졌다. 하지만 아무리 뒤져보아도 아리의 그림자조차 찾을 수 없었다. 옛뱀은 다시 당황 했다.

'아리의 존재를 아는 자는 사탄의 두 말종들 외에는 없다. 심지어 니골 라도 모른다. 그런데 없어졌다. 그렇다면 내 논리에 치명적인 오류가 있 다.'

옛뱀은 처음부터 다시 생각했다.

'아리는 분명 혼자의 힘으로는 움직이지 못한다. 의지도 약해서 도망하 다가 들킬 것을 두려워하기에 함부로 도망을 가지 못한다.'

옛뱀은 눈을 감았다. 스르르 감은 옛뱀은 차분하게 생각했다.

'생각을 바꾸어 보자. 생각을… 아리는 움직이지 못한다. 하지만 만약에 움직일 수 있다면… 십년 가까이 누워있던 놈이 하루 만에 근력을 찾아서, 스스로 도망간 것이라 한다면… 하루 만에 체력을 회복시킬 수 있는 것은? 아… 에덴 비손강의 물이 있었구나. 이런… 그렇다면 범인은 에덴에서 온 요나다.'

옛뱀은 요나를 기억해냈다. 늙어 기력이 달리고 왕으로서 위엄도 잃었 지만 아직도 요나는 힘이 있었다. 옛뱀은 이를 빠드득 갈더니 어디론가 사 라져 버렸다.

요나의 초막

요나는 매일처럼 누워서 잠을 잤다. 생물들은 요나가 이제 죽을 날이 얼마 남지 않아서 그렇거니 생각했지만 요나는 옆으로 누워서 뱀들의 이야기를 듣고 있었다. 요나는 눈을 감은 채로 낮은 코를 골았다. 밤이 늦었다. 하늘의 소용돌이도 잠을 자는지 조용해진 한밤에 요나의 앞으로 옛뱀이 스르르 나타났다. 옛뱀은 요나를 얼굴과 얼굴을 마주한 채 보았다. 대담하게도 옛뱀은 잠자는 요나의 면전에 나타나 죽기를 각오하고 얼굴을 들이밀었다.

한참 동안 요나의 얼굴을 보던 옛뱀이 진동으로 요나의 이름을 불렀다.

"요나."

그러자 스르르 눈을 뜨는 요나의 얼굴은 전혀 놀라는 기색이 없었다. 옛뱀은 소스라치게 놀랐다. 요나는 놀라서 얼굴을 빼는 옛뱀을 담담하게 바라보며 자세를 고쳐 앉았다. 어둠이 짙게 깔린 요나의 집에서 눈빛만 살아 움직이는 옛뱀과 요나가 마주앉았다. 한동안 아무 말이 없었다. 하지만 옛뱀이 다시 진동으로 말했다.

"아리는?"

최대한 말을 아끼는 옛뱀은 사탄의 두 영혼들이 눈치 채지 않도록 신중했다. 요나는 옛뱀의 말을 듣고 허공에 글씨를 썼다. 물로 쓴 글씨는 하늘의 소용돌이로부터 나오는 빛을 받아 옛뱀의 눈에 반짝이며 보였다.

"잘 있어."

"어디에?"

"안전한 곳에."

"혼자?"

"그럴 수도."

옛뱀은 요나가 다혈질에 싸움을 좋아하는 줄로만 알았다가 자신이 잘못 알았다는 사실을 깨닫게 되었다. 옛뱀은 가만히 생각했다. 영리한 옛뱀은 대략 상황을 파악하였다. 볼일이 끝난 옛뱀은 슬며시 어둠 속으로 사라졌다. 요나와의 싸움은 지루하고도 긴 싸움이 될 것이라 생각했다. 일단 물러난 옛뱀은 그날부터 매일 밤에 와서 정확하게 같은 말만 나누고 돌아갔다. 요나와 옛뱀의 기묘한 대화는 그렇게 한 달을 계속하였다.

정확하게 한 달이 되는 날 밤, 옛뱀은 요나 앞에 다시 나타났다. 역시 둘의 대화는 매우 은밀했다. 옛뱀이 말했다.

"아리는?"

"잘 있어."

"어디에?"

"안전한 곳에."

"혼자?"

"그럴 수도."

옛뱀은 매일 와서 똑같은 대화를 하고 갔다. 오늘도 마찬가지로 옛뱀은 요나의 말을 듣고 어둠 속으로 사라졌다. 그러자 요나가 다시 자리에 누웠다. 눈을 감은 채로 누워있던 요나가 다시 자리를 잡고 앉았다. 그리고는 어둠 속을 향해 글을 썼다.

"이제… 갔어. 너도 이제 돌아가."

그러자 어둠 속에서 옛뱀의 두 눈이 스르르 나타났다. 그리고는 옛뱀의 말이 들렸다.

"요나, 죽여줄게. 기대해."

"제발. 나도 이제 쉬고 싶어."

"근데… 어떻게 한 거지? 나도 모르게?"

"숨바꼭질."

"나랑?"

"아리랑 너랑. 너랑 아리랑."

"그랬군. 많이 배웠어. 앞으로 기대해. 그대로 갚아줄게."

그 말을 끝으로 옛뱀은 사라졌다. 요나는 눈을 감고 옆으로 누웠다. 그러자 저 멀리 아스라한 진동이 들려왔다.

요나, 감사합니다. 영원히 잊지 않을게요.

요나의 눈에서 눈물이 한 방울 흘렀다.

더둘로가 아고라를 열고나서 며칠 후

더둘로가 만든 아고라는 폭발적인 인기를 얻었다. 아고라는 익명이라는 묘한 매력이 있었다. 신실하고 반듯하던 생물들도 익명의 아고라에서는 마음대로 말할 수 있었다. 마음속에서 하고 싶었던 이야기를 마음대로 쏟아 놓을 수 있는 아고라는 문을 연 지 3일 만에 대부분의 생물들이 들어오게 되었다.

아고라가 문을 열고 며칠이 지나자 깊음의 근원에서는 이상한 소문이 돌기 시작했다. 요나가 리워야단과 사탄을 앞세워 깊음의 근원에 자신만의 제국을 세우려 한다는 소문이었다. 처음에는 그런 소문을 믿는 생물은 거의 없었다. 신실한 생물들은 누군가 장난으로 만든 소문이려니 생각하였다.

하지만 간교한 소문은 아고라에 올라타고는 빠르게 번져나갔다. 아고라를 통해 꾸준하게 퍼져나가는 소문은 무서웠다. 3일 후에는 요나가 옛뱀과 은밀하게 만나는 장면을 목격했다는 증언이 익명으로 나왔다. 물론 아고라에서 나왔다. 그래도 생물들은 믿지 않았다. 하지만 시간이 지날수록 수

많은 익명의 제보가 쏟아졌다. 하지만 대다수의 생물들은 요나의 성품을 믿고 아고라를 믿지 않았다.

그러자 7일 후에는 요나와 옛뱀이 말하는 것을 녹음한 녹취록이 나타났다. 요나는 옛뱀과 말을 하지는 않았다. 그러나 녹취록을 들었다고 하는 증언들도 같이 쏟아졌다. 물론 아고라의 방에서였다. 그러자 요나를 의심하는 생물들이 조금씩 생겨났다. 하지만 대부분의 생물들은 요나가 그럴리가 없다며 믿지 않았다.

그러자 한 달 뒤에는 요나가 옛뱀과 만나는 영상이 나타났다. 멀리서 찍은 영상이지만 요나가 옛뱀 앞에서 글씨로 은밀하게 말하는 장면이 담겨 있었다. 옛뱀은 아무 말도 하지 않았다. 하지만 동영상 속에서 요나는 옛뱀에게 은밀하게 글씨를 허공에 쓰면서 지시를 하고 있었다. 그러자 생물들의 여론도 동요했다.

그런데 더욱 치명적인 영상이 나왔다. 요나가 옛뱀을 한 번만 만난 게 아니라 한 달 동안 매일 만나는 영상이 나타났다. 이제 생물들의 여론은 급속히 악화되었다. 7일이 다시 지나자 요나를 반역죄로 처벌해야 한다는 의견이 주류를 이루게 되었다. 물론 모두 아고라에서 벌어진 일이었다.

그렇게 여론이 악화하자 마침내 세 원로들이 거미집에 나타났다. 거미집에서 데메와 드레베와 디오는 요나를 변호하며 눈물까지 흘렸다. 여태껏 깊음의 근원과 물의 나라를 위해 헌신한 요나를 용서하자고 말했다. 하지만 아고라의 여론은 날이 갈수록 더욱 악화되었다. 세 원로들은 요나를 미워하지 말고 죄만 미워하자는 말을 하다가 마지막에는 눈물을 흘리며 요나를 용서하자고 말했다.

하지만 시간이 갈수록 물의 생물들은 요나를 죽여야 한다고 저마다 성

토했다. 요나의 충복인 두기고는 그런 생물들에 맞서서 요나의 결백을 눈물로 호소했다. 원로들을 찾아가서 도와달라고 했지만 그때마다 싸늘하게 거절당했다.

두기고가 백방으로 뛰어다녔지만 익명을 등에 업은 여론은 한 번 기울어지면 바로잡을 수 없었다. 명확한 증거라고 내세운 것이 음성이 전혀 없는 영상이었다. 사실 별 다른 것이 없었지만 요나가 죽기를 바라는 생물들이 악다구니처럼 떠들어대자 그에 맞서서 반대하던 생물들은 입을 다물어버렸다. 그러자 이때다 싶은 생물들이 모두 모여 원로들에게 달려갔다.

"요나에게 죽음을!"

원로들에게 달려간 생물들은 과격했다. 원로들은 안타까운 얼굴들이었지만 속으로는 쾌재를 불렀다. 원로들이 마지못해 승낙하자 승냥이 떼와 같은 생물들이 요나에게로 몰려갔다.

두기고는 요나를 지키려고 오베르언덕으로 달려갔다. 요나의 언덕으로 가려면 싸이프러스나무가 있는 오베르언덕을 지나가야만 했다. 오베르언덕에 오른 두기고는 요나를 죽이러 오는 생물들을 온몸으로 막았다. 하지만 탐욕에 물든 군중을 한 명이 막기는 애초에 불가능했다. 군중은 양심이 없었다. 오로지 패거리만 있었다. 한 명이 죄를 지으면 벌을 받았지만 여럿이 죄를 지으면 문화가 되었다.

두기고가 팔을 벌리고 몸으로 막자 군중들은 동요했다. 멈칫거리며 웅성거렸다. 군중들이 주저하자 데메가 앞에 나섰다. 데메는 큰소리를 지르며 칼을 빼어들었다.

"이 나라를 위하여!"

데메는 조금도 주저하지 않고 두기고를 내리쳤다. 요나의 충복이며 정직한 두기고는 데메의 단칼에 목숨을 잃어버렸다. 리워야단과 전쟁에서 두기고가 몸으로 막아 주어 목숨을 건졌던 데메가 목숨의 은인인 두기고를 죽여버렸다. 그것도 눈 하나 깜빡하지 않고 죽여버렸다. 데메는 두기고의 피가 묻은 칼을 높이 쳐들었다. 그리고는 다시 외쳤다.

"요나에게 죽음을!"

그러자 주저하던 군중들은 마지막 잡고 있던 양심의 끈을 놓아버렸다. 광란의 고함을 지르며 미친 승냥이가 되어 요나에게로 몰려갔다. 옆에서 그 모습을 보던 드레베와 디오는 데메가 너무나도 두려워졌다.

요나의 언덕

두기고를 죽인 생물들은 광풍처럼 요나에게로 몰려갔다.

"요나에게 죽음을!"

멀리서부터 소리를 지르며 구호를 외치는 소리가 요나에게도 들렸다. 요나는 초막 안에서 옆으로 누워있었다. 요나는 두기고의 죽음에 눈물이 났다. 요나의 눈가가 촉촉해졌다. 요나의 눈 아래 둔덕에 맑은 눈물이 고여 있었다.

잠시 후, 요나를 죽이려는 생물들이 모두 요나의 초막으로 몰려왔다. 깊음의 근원을 움직이는 권력을 가진 생물들 중에 올만한 생물들은 모두 몰려들었다. 초막을 빙 둘러싼 생물들 중에 먼저 말을 꺼내는 생물은 없었다. 초막 안에는 요나가 누워있었는데 요나를 부르는 생물도, 요나에게 욕을 하는 생물도 아무도 없었다. 아무도 먼저 말을 꺼내지는 않았다.

한참 시간이 흐르자 요나가 초막의 문을 열고 나타났다. 백발이 성성했다. 배꼽까지 내려온 수염도 백발이었다. 때마침 불어온 바람에 백발이 나부꼈다. 요나는 하늘을 한 번 보았다. 생애 마지막이 될 하늘이었다. 하늘을 뚫고 리워야단을 데리고 나타나던 그때가 떠올랐다. 하지만 다 지나간 추억이었다. 요나는 다시 눈을 내려 호수를 보았다. 탁 트인 호수는 마음까지 터버렸다. 요나는 마음이 시원했다.

요나는 자신을 둘러싼 생물들을 고개를 돌리며 보았다. 하나같이 신실하고 착한 생물들이었다. 목숨을 걸고 리워야단과 전쟁을 하던 충성스러운 생물들이었다. 하지만 지금은 자신에게 누명을 씌우고 죽이려고 나타난 악마들이었다. 지난날에는 거짓을 싫어하고 진실만 믿던 생물들이었지만 지금은 왕이 되려는 자와 그 왕 밑에서 돈을 벌려는 자들이 되어 있었다. 요나는 입술을 깨물었다. 떨리는 입술을 겨우 열어서 말했다.

"원해서 왕이 된 것은 아니었다. 환영 받는 왕도 아니었다. 죽음은 두렵지 않다. 나의 백성들이 원한다면 죽음을 받아들인다. 대신 조건이 하나 있다. 여태 왕으로 살았지만 왕처럼 살지는 않았다. 하지만 이제, 마지막 가는 길은 왕으로 대접해달라."

요나는 고개를 돌리며 한 명 한 명 보면서 말했다. 데메와 드레베 그리고 디오는 아예 뒷짐을 지고 먼 산만 바라보았다. 그들은 안타까운 얼굴이었지만 속에는 뱀보다 더한 구렁이가 들어있었다. 요나는 구역질이 나왔지만 겨우 참았다. 니골라가 앞으로 나오더니 썩은 미소를 지으며 말했다.

"당연합니다. 위대한 물의 나라의 왕이셨으니 격식을 갖추어 보내드리겠습니다. 다만 이걸 드십시오. 스스로 드시면 깨끗하게 보내드리겠습니다."

니골라는 요나 앞으로 걸어와서 작은 봉지를 건넸다. 봉지를 건네받는 순간에 요나는 니골라의 눈을 노려보았다.

"니골라 나는 확신하네. 주님께서 자네만큼은 용서하시기가 어려우실 것 같네 그려. 자네도 알겠지만 주님께는 두 부류의 생물이 있을 뿐이지.

올바르게 살아야 할 생물과 그 생물을 올바르게 가르쳐야 하는 생물. 이렇게 둘만 있지. 주님께서는 올바르게 살아야 하는 생물에게는 한없이 자비하시지만, 자네 같이 올바르게 가르쳐야 하는 생물에게는 매우 엄격하시지. 이제 자네의 죄는 자네가 감당하게. 나는 미련이 없으니 이제 가야겠어. 잘 있게."

여기까지 말한 요나는 데메를 보며 말했다.

"데메 자네가 준 독약은 맛있게 먹겠네. 하지만 나와 같이 싸우다 죽은 생물들에게 마지막 예의를 갖추고 가고 싶네. 그렇게 해주겠나?"

데메는 뜨끔했다.

"왕께서 그리 원하시면 그리 해드려야지요. 말씀만 하십시오."

요나는 호수를 바라보았다.

"나는 평생을 돌아다니며 일하느라 눕는 법을 잊어버렸네. 죽어서도 게으르다는 말 듣기 싫으니 앉아서 죽겠네. 그리고 나와 함께 생사를 같이했던 신실한 생물들의 무덤을 보며 죽고 싶네. 허락해주게나."

요나의 말은 어렵지 않았다. 데메는 대답 대신 고개를 끄덕였다.

"고맙네. 자 그럼 나중에 부활의 날에 보세나."

요나는 약 봉지를 들고 자신의 초막으로 갔다. 그리고는 호수를 향한 벽을 확 잡아끌었다. 그러자 초막의 벽이 통째로 떨어져 나갔다. 요나는 초막 안에서 늘 앉아있던 돌 위에 책상다리를 하고 앉았다. 호수가 잘 보였고 전쟁에서 죽은 생물들의 묘도 잘 보였다. 요나는 숨을 한 번 크게 들이쉬더니 눈을 감았다. 그리고는 니골라가 준 봉지를 입에 털어 넣었다. 쓴맛이 날 줄 알았는데 오히려 단맛이 났다. 목구멍으로 스르르 넘어가는 약은 물의 생물에게는 치명적인 독약이었다. 몸 안의 모든 물을 마르게 하는 약이었다. 소량만 들어가도 몸 안의 모든 물이 말라서 바로 죽어버리는 그런 독약을 요나는 미련없이 털어 넣었다.

요나는 눈을 스르르 감았다. 정면을 보던 고개를 떨어뜨리면서, 앉은 자세 그대로 죽어갔다. 요나를 둘러싼 물의 생물들은 고개를 돌렸지만 더둘로는 요나에게서 눈을 떼지 않았다. 요나는 사라지려는 의식을 마지막으로 붙잡고 마음속 깊이 외쳤다. 처절하게 외쳤다.

해상, 해상… 일어나라. 해상. 나에게로 오라, 나에게로 오라.

고개를 앞으로 숙인 요나의 눈에서 맑은 눈물 하나가 똑 떨어졌다. 하지만 그 누구도 알지 못했다.

요나가 죽자 물의 생물들은 각자 자신의 마을로 돌아갔다. 요나가 죽는 것만이 목표였던 생물들은 서둘러 돌아갔다. 혹시 요나가 살아나 자신들을 죽일지 몰라 급하게 내려갔다. 죽은 요나를 두려워할 만큼 요나는 경외의 대상이었다.

하지만 더둘로는 마지막까지 남아서 요나를 바라보고 있었다. 모두가 돌아가고 없자 더둘로는 죽은 요나의 앞으로 다가갔다. 요나의 눈물이 떨어진 그 땅을 보며 생각했다.

'이상한 걸 본 것 같은데….'

그때였다. 싸이프러스나무 아래에서 예민한 소리가 났다. 더둘로는 요나 앞으로 가던 걸음을 되돌렸다. 그리고는 뒤를 돌아 오베르언덕으로 올라가서 싸이프러스나무 아래로 갔다. 더둘로는 눈을 부릅뜨고 나무 아래를 살폈다. 그런데 두기고가 뒤집어져 있었다. 더둘로는 기억력이 남달랐다. 엎어져 죽었던 두기고가 배를 하늘로 향하고 있었다. 더둘로는 매우 신중했다. 더둘로는 주위를 신중하게 둘러보기 시작했다. 더둘로의 붉게 물든 눈은 누구라도 만나면 죽여 버릴 것 같았다. 더둘로가 싸이프러스나무 주위를 둘러보는 동안 날이 저물었다. 빛이 사라져가고 있었다.

더둘로는 하늘을 한번 보고는 다시 요나에게로 갔다. 서둘러 걸어가던 더둘로가 갑자기 그 자리에 섰다. 그리고는 다시 쏜살처럼 두기고에게 갔다. 더둘로는 너무나도 놀랐다. 두기고가 이젠 엎어져 있었다. 더둘로는 당황했다.

'누군가가 나를 보고 있다. 위험하다.'

멀리서 죽어있는 요나를 노려보던 더둘로는 두기고의 등에 칼을 꽂았다.

슥.

날카로운 칼날은 소리 없이 두기고의 등을 관통했다. 더둘로는 소리를 들으며 눈을 감았다. 얼굴이 붉어졌다. 잠시 후 더둘로는 짙은 어둠 속을 헤집고 언덕을 내려갔다.

오베르언덕은 이제 완전한 어둠에 사로잡혔다.

기숙사로 돌아간 더둘로는 방으로 들어갔다. 더둘로는 불안했다. 아무리 생각해도 일어날 수 없는 일이 일어났다. 더둘로는 방 안을 이리저리 돌아다녔다.

'두기고는 분명 죽었다. 누군가 두기고를 뒤집었을 텐데. 그게 누굴까? 내가 모르는 일이 일어나다니. 불안하다. 분명 나를 노리고 두기고에게 장난을 했을 텐데. 할 수 없다. 당분간은 이대로 죽어지내자. 요나의 비밀은 나중에 가서 가져오면 된다.'

더둘로는 애써 불안한 마음을 달래 보았다. 그러나 그날 밤은 잠을 잘 수 없었다.

"요나가 죽었다. 기뻐야 하는데… 이상하게도 기쁘지가 않다니…."

"요나를 골백번도 더 죽이려고 칼을 갈았다. 그런데 엉뚱하게도 자신의 백성에게 당하다니…."

"네놈도 조심해라. 너도 요나처럼 되기 십상이지 않냐?"

"누구를 조심하라는 말이냐? 데메? 니골라?"

"아니 옛뱀."

"그렇지 옛뱀이 죽인 게지. 네 말대로 조심해야겠다."

"그나저나 왜 이놈은 두기고를 뒤집었을까? 요나에게 무슨 비밀이 있기에."

"그러게. 알 수 없지. 아무튼 조심해라. 우리를 싸매고 있는 이놈은 언제든지 우리를 죽이려고 덤빌 놈이다."

리워야단과 사탄은 불안해졌다. 요나가 살아있을 때에 치열했던 전쟁이 생각났다. 사탄은 요나가 자신들을 죽이지 못해서 내버려둔 것이 아니라는 사실을 잘 알고 있었다. 요나가 맘만 먹으면 모두 다같이 죽을 수도 있었다. 하지만 그렇게 하면 깊음의 근원의 생물들도 모두 죽을 수 있기 때문에 요나는 그러지 못했다.

하지만 요나가 없는 이제 모든 것이 불확실했다. 마땅히 방법이 없었다. 싸이프러스나무를 뛰쳐나가다가는 물을 막는 마개가 풀려 모두 죽을 수 있었다. 사탄은 싸이프러스나무와 함께 지낸 지 오래였다. 사탄은 싸이프러스나무가 단순한 나무가 아니라는 사실을 알았다. 나무의 뿌리는 땅속으로 넓게 퍼져있었지만 아무도 모르는 비밀이 있었다. 나무의 뿌리는 깊음의 근원을 둘러싼 거대한 물 덩어리의 입구를 마개처럼 막고 있었다. 코르크 마개처럼 막고 있어서 호수의 물이 줄지 않았으며 물 덩어리가 안정적으로 유지되고 있었다.

사탄은 그것을 알아차린 후 함부로 나무 밖으로 나오지 않았다. 물론 나무를 힘으로 이기려는 생각도 접었다. 물의 덩어리가 뚫려서 밖으로 나오면 아무도 살아남을 수 없기 때문이었다. 사탄은 그래서 요나와 충돌을 피하고 오로지 만정을 기다리고 있었다. 그러나 이제 요나가 없어지자 불안했다. 제2의 요나가 나타나서 같이 죽자 덤비면 피할 수가 없었기 때문이었다.

사탄은 다시 만정이 궁금해졌다. 싸이프러스나무를 탈출하더라도 만정을 통해 다른 공간으로 가면 살 수 있기 때문이었다. 사탄의 간절한 마음은 만정에 가 있었다.

요나가 죽고 며칠이 지났다. 요나가 급작스럽게 죽어버리자 광분하던 여론도 잠잠해졌다. 요나의 죽음을 당연하게 생각하던 생물들도 요나가 순순히 죽었다는 말을 듣고는 묘한 마음이 들었다. 생물들의 마음은 이리저리 몰려다니는 하이에나 떼와도 같았다. 요나에게 죽음을 주라며 광분하던 시위대들도 이제는 좀 과했다는 말들이 나오기 시작했다. 요나의 죄가 죽을 정도는 아니지 않았을까 생각하는 생물들이 조금씩 말을 했다. 하지만 아직도 요나의 죽음은 인과응보라고 생각하는 생물들은 거친 말을 쏟아내고 있었다.

거미집에서 이름을 걸고 말하던 생물들도 점점 아고라의 익명으로 옮겨갔다. 실명보다는 익명이 생물들의 본능에 더 충실한 놀이터였기 때문이었다. 아고라는 이제 점점 뜨거워지고 있었다.

원로원

데메와 드레베 그리고 디오는 원로원 회의실에 모여서 누구를 왕으로 세울 것인가 논의하고 있었다. 두기고를 칼로 찌른 데메가 두려운 드레베와 디오는 데메에게 왕의 자리를 양보했다. 데메는 마지못해 왕이 되는 것처럼 연극을 하고는 그날부터 왕 노릇을 했다. 원래는 아고라를 통해 투표를 하기로 했었지만 두 원로가 양보한 덕에 데메는 스스로 왕이 될 수 있었다.

데메는 자신이 왕이 되었다는 사실을 거미집을 통해 나라 전체에 알렸다. 거미집은 데메의 등극을 축하하는 칭찬 일색의 글로 도배가 되었다. 하지만 문제는 아고라였다. 아고라에서 누군가가 데메를 경멸하는 글을 쓰자 너도나도 데메에게 욕을 했다. 그러나 어디까지나 아고라는 욕구를 배설하고 끝나는 곳이었다. 조직적으로 움직이는 곳은 아니었다. 아고라에서 익명의 가면을 쓴 생물들은 힘없는 자들의 한탄과도 같은 글들을 서로 공유하고 있었다. 그러나 요나를 죽일 때와 같은 광풍은 불지 않았다.

데메는 왕이 된 뒤로 어깨에 힘을 주며 돌아다녔다. 그렇게 세월이 지났다.

그러다가 아고라에서 익명의 누군가가 폭탄을 터뜨렸다. 요나의 죽음에 대한 양심선언을 했기 때문이다.

"사실 요나가 사탄과 이야기한 것을 듣지는 못했다. 그냥 누군가가 하는 이야기를 듣고 거짓말을 했다. 그러나 요나가 순순히 죽는 모습을 보면서 양심의 가책을 느꼈다. 그래서 이제라도 양심이 외치는 소리를 외면할 수 없다. 요나는 죄가 없다."

익명의 생물이 아고라에 올린 글이었지만 처음에는 아무런 주목을 받지 못했다. 그저 지나가는 글 중의 하나라고 생각했던 그 양심선언이 갑자기 모든 생물들이 알 수 있는 글로 바뀌었다. 익명 중 누군가가 그 양심선언을 보고 아고라에서 불을 붙였다.

"나도 양심선언을 하고 싶다. 나도 정확히 알지 못하면서 요나를 비방하는 글을 썼다. 하지만 양심을 따라 말하고 싶다. 요나는 죄가 없다."

아고라는 그 글에 대한 토론으로 난리가 났다. 처음에는 10명 정도가 댓글을 달면서 시작된 논쟁은 수백 명의 생물들이 참여해서 서로를 비방하는 난장판이 되어버렸다.

그런 아고라에 급기야 핵폭탄이 떨어지는 사건이 발생했다. 익명의 생물이 올린 영상에는 데메에 관한 놀라운 이야기가 들어있었다. 영상에는 데메가 누군가와 말하는 장면이 들어있었는데 그 상대방은 놀랍게도 두 원로들이었다. 데메는 두 원로들에게 강한 어조로 요나를 죽이자는 제안을 하고 있었다. 요나에게 죄를 뒤집어 씌워서 죽이는 것이 나라를 위한 길이라는 말을 입에 달고 있었다. 데메의 말을 듣는 두 원로들은 아무런 말도 못하고 고개만 끄덕이고 있었다. 영상의 마지막은 데메의 탐욕스러운 얼굴로 끝이 났다. 데메의 얼굴은 호수뿐이 아니라 하늘 높은 곳에도 선명하게 떠다니고 있었다.

데메는 광분하였다.

"감히 왕을!"

자신이 왕이라는 생각에 두려울 것이 없다고 생각했다.

"더둘로 이놈이 감히! 더둘로를 당장 잡아오라!"

더둘로를 의심한 데메는 니골라에게 학교에 있는 더둘로를 잡아오라고 지시했다. 데메의 지시를 받은 니골라가 생물들을 앞세워 학교로 몰려갔다. 그러나 교장인 엘루마가 두 손을 들고 말렸다.

"학교에 들어오는 것은 안 되네. 여태껏 한 번도 없던 일이야."

니골라는 빈손으로 돌아왔다. 데메는 니골라에게 불같이 화를 냈다. 하지만 니골라는 고개를 가로저었다.

"왕께서는 신중하게 생각하시기 바랍니다. 지금 더둘로를 잡으면 불리합니다. 더둘로에게 압력을 넣어서 그 영상을 지우게 하려는 것으로 비추어질 수 있습니다. 그렇게 되면 생물들이 들고 일어날 수도 있습니다. 저번에 요나를 죽음으로 몰아갔던 그런 화가 왕께 미칠 수도 있습니다. 또 하나는 숨어있던 나머지 영상이 이번 일을 계기로 드러날 수도 있습니다. 그건 정말로 큰일입니다. 차라리 '나라를 위해 그런 논의를 한 적은 있지만 내가 혼자 결정한 것은 아니다'라고 말하는 것이 유리할 수 있습니다."

데메는 듣고 보니 그랬다. 데메는 니골라에게 부드럽게 말했다.

"듣고 보니 그렇군. 참으로 곤란하지만 그렇게 해야겠군. 그 다음은 어찌하면 좋은가? 니골라 원로."

니골라는 데메를 대신해서 원로가 되었다. 니골라는 데메에게 은밀하게 말했다.

"두 가지가 있습니다. 하나는 드레베와 디오에 대한 영상도 은밀하게 띄우는 것입니다. 사실 왕 혼자 그렇게 결정한 일도 아니지 않습니까? 또 하나는 아예 다른 일로 덮어버리는 겁니다. 일단 이 영상에 대해서는 침묵하시고 생물들이 확 빨려 들어갈 일을 만드는 겁니다. 모든 생물들이 그걸 생각하느라 왕의 영상을 까먹는 거죠. 어떤 걸 택하시겠습니까?"

데메는 고민하지 않고 말했다.

"왕이 왈가불가하는 모양도 좋지 않으니 두 번째로 가자."

데메의 말이 끝나자 니골라는 은밀하게 일을 꾸미기 시작했다.

선택적 정의에서 집착적 정의로

　니골라는 오베르교회로 돌아갔다. 니골라는 교회로 들어가자마자 옷을 벗고 샤워를 했다. 시원한 물줄기가 복잡한 일에 지친 니골라의 몸을 풀어주었다. 오베르교회는 깊음의 근원의 건물들 중에 가장 컸다. 대성당처럼 높은 예배당은 아름다운 스테인드글라스와 고급스러운 그림들로 뒤덮여 있었다.

　깊음의 근원에 사는 생물들은 오베르교회 예배당에 앉아있는 것을 좋아했다. 멀리 빙골의 생물들도 혹한과 싸우다가 지치면 휴가를 내고 오베르교회를 찾아왔다. 그리고는 오베르교회 예배당 한가운데에 앉아 조용히 명상을 하였다. 그러다가 하늘로부터 스테인드글라스를 통해 빛이 들어오면 말로 표현할 수 없는 경건한 마음이 생겼다.

　특히 새벽에 동이 터올 때에 들어오는 빛은 더더욱 신비했다. 마치 빛의 생물이 된 것 같은 마음이 들었다. 이른 아침의 빛이 들어와 예배당을 비출 때면 모두들 고개를 숙이고 기도했다. 또한 예배당 곳곳에 걸린 그림들은 예배당에 들어와 기도하는 생물들에게 믿음의 마음을 불러일으키는 신실한 그림들이었다.

　예배당 뒤로는 계단이 두 개 있었다. 그 계단을 따라 나선형으로 돌고 돌아 올라가면 각 층에 마련된 자그마한 공간으로 들어갈 수 있었다. 2층의 공간은 교회 사무실이자 니골라의 집무실이었다. 한 칸을 더 올라가면 좀 더 넓은 공간이 나오고 계단을 따라 5층까지 올라가면 그제야 니골라의 집이 보였다. 니골라는 교회에서 살았다. 니골라는 결혼을 하지 않았기에 혼자 살았다. 니골라는 외출했다가 돌아와서는 늘 샤워를 했다. 교회 밖에서 지은 죄를 그렇게나마 씻으려는 생각 때문이었다. 하지만 양심은 씻을 수 없었다.

니골라가 샤워를 마치고 소파에 깊숙이 앉았다. 고개를 뒤로 젖히고 최대한 소파에 밀착했다. 그러자 뭉친 목의 근육이 조금은 풀어지는 것 같았다.

'두 번째 방법이라… 뭐가 있을까?'

니골라는 샤워하는 내내 생각해 보았지만 뾰족한 수가 없었다. 생각은 생각을 불러오는 법이었다. 억지로 생각을 짜내려다보니 잡생각이 새록새록 솟아나면서 머리에 과부하가 걸렸다. 니골라는 급속도로 피곤해졌다. 피곤한 니골라는 그대로 잠이 들어버렸다.

얼마나 잠을 잤을까? 니골라가 뻐근한 목을 붙잡고 몸을 비틀었다. 거실의 불이 꺼져서 캄캄했다. 잠이 덜 깬 니골라가 비틀거리며 일어나서는 거실의 불을 켰다. 어른거리는 초롱불이 거실을 비추었다. 초롱불빛에 눈이 아팠다. 니골라가 눈을 찌푸리며 돌아서는 그때였다.

"헉."

니골라가 갑자기 놀라 그 자리에 주저앉았다. 니골라의 눈앞에는 싸늘한 눈동자를 껌뻑이며 노려보는 옛뱀이 똬리를 틀고 앉아있었다.

"니골라, 오랜만이야."

넘어진 니골라는 자리를 털고 일어나서는 자신의 소파에 엉덩이를 걸치고 앉았다.

"휴, 난 또 누구라고. 오면 온다고 말이라도 하고 오지. 놀랐잖아."

니골라의 말에 옛뱀이 간단하게 말했다.

"곤란한 일이 있나 보군."

니골라는 눈을 크게 떴다.

"그걸 네가 어찌?"

옛뱀이 징그럽게 웃었다.

"잠꼬대는 거짓말을 하지 않아."

니골라는 머리를 긁었다.

"그렇군."

"아직도 해결이 안 된 모양이네. 어려운 것도 아닌 것을 그리도 고민하나?"

"쉽다는 건가? 뭔지나 알고 말하는 건가?"

옛뱀이 미소를 지었다. 니골라는 웃는 옛뱀을 본 적이 없었다. 옛뱀이 말했다.

"다 까발려."

"그게 무슨 소리야? 까발리라니? 뭐를?"

"약점을 다 까발리라고."

"누구의 약점?"

"원하는 놈들 모두 다. 내가 줄게. 너는 흘리기만 하면 돼."

니골라는 침을 꼴깍 삼켰다. 그러자 옛뱀이 니골라의 귀에 대고 말했다.

"구미가 당기는 것 같으니 가르쳐주지. 양심선언한 익명은 엘루마야. 그러니 엘루마부터 시작하라고. 다들 눈이 확 뒤집어질 그런 것으로. 그리고 나면 엘루마가 발광을 하겠지. 그럼 다음을 까발려. 단계적으로 가는 거지. 그러면 여론은 엘루마에게 집중될 거야. 근데 여기부터는 약간의 양념이 필요해. 다시 말해서 너를 도와줄 누군가가 필요하단 말이지. 그 양념들이 엘루마를 공격하게 하는 거야. 너는 빠지고. 그럼 엘루마는 누구와 싸워야 하는지 감도 잡지 못해. 그렇게 시간이 가다보면 데메의 사건도 잊어지는 거지."

니골라는 입이 함박만큼 벌어졌다. 니골라는 옛뱀을 보며 허리를 숙였다. 그리곤 다시 앉아서 말했다.

"근데 양념은 어떻게 만들지?"

옛뱀의 눈이 가늘어졌다.

"쉬워. 내가 양념들의 약점에다가 이름표를 달아서 줄 테니 각 이름대로 보내. 그러면 약점을 잡힌 양념들이 당장 너의 말이라면 물불을 가리지 않는 투사로 변할 거야. 장담해."

니골라는 고개를 크게 흔들며 과장되게 웃었다.

"좋아, 좋아. 아주 좋아. 그럼 언제부터 할까?"

옛뱀이 거침없이 말했다.

"내일. 내일 아침에 줄 테니 바로 보내. 잘 들어. 꼭 양념들의 약점과 엘루마의 비밀을 같이 보내야해. 알았지? 한 가지 주의할 점은 아무 말 하지 말고 보내기만 해야 해. 그럼 그 다음은 자동이야."

니골라는 옛뱀에게 몇 번이나 절을 했다.

"고마워. 이제 그럼 네가 원하는 건 뭐지? 말해 봐."

니골라가 진지하게 말했다. 그러자 옛뱀이 혀를 날름거리며 말했다.

"정의!"

니골라는 옛뱀을 빤히 쳐다보았다.

"정의? 무슨 말이지? 어울리지 않게."

하지만 옛뱀도 진지했다.

"정의에 대해 설교하라고. 거미집에서 정의를 설교해. 매일 아침에 일어나면 설교하는 거야. 어차피 자네가 해야 할 일이니 어렵지 않잖아. 나는 많은 걸 바라지 않아. 그거면 돼."

니골라는 이해가 되지 않았다. 하지만 옛뱀은 허튼말을 하지 않았다. 니골라는 어둠 속으로 사라지는 옛뱀을 보며 깊은 생각에 빠졌다 하지만 복잡한 것을 싫어하는 니골라는 다시 소파에서 깊은 잠에 빠져들었다. 니골라는 다음날부터 정의를 입에 달고 살았다. 만나는 생물마다 정의를 말하기도 했지만 무엇보다도 거미집에 고정적으로 정의에 대한 이야기를 했다. 정의가 무엇인지 얼마나 중요한지 설명했다. 아침마다 니골라의 설교를 듣는 생물들은 서서히 정의에 물들어갔다.

다음날

오후 늦게 깊음의 근원이 발칵 뒤집어졌다. 정확하게는 아고라가 펄펄 끓는 물처럼 터져버렸다. 혼란의 시작은 '정의로운 세상'이라는 익명이 아고라에 엘루마에 대한 비밀을 이야기하면서부터였다. '정의로운 세상'은 아고라에 이렇게 글을 썼다.

"엘루마의 추악한 비밀을 알고 있습니다. 엘루마는 물의 왕 요나를 죽이기 위해 없던 죄를 만들어 덮어씌운 자입니다. 그동안 차마 말을 못했지만 이 나라에서 정의가 무너지는 걸 보면서 양심에 찔려서 이제는 말하게 되었습니다. 더 이상 참을 수 없습니다. -정의로운 세상"

정의와 양심이라는 단어는 폭발적인 반응을 불러왔다. 아고라를 놀이터 삼아 놀던 생물들은 순식간에 분노했다.

"헐… 이럴 수가. 어쩐지 이상하다 생각했는데 역시…. -지나가는 객"

"억울하게 돌아가신 요나 왕을 생각하면 가슴이 아파요. -멍멍이"

"엘루마에게도 죽음을… -엘루마를 고발합니다"

"이에는 이 눈에는 눈. -아싸"

"엘루마 밑에서 배우는 놈들은 도대체… -엘루마를 탄핵하자"

"나도 그럴 거라 생각했어. -깊음의 근본"

"예전부터 엘루마는 그런 놈이었군. -12344321"

아고라는 엘루마로 갑론을박하게 되었다. 아고라의 관심은 이제 엘루마 외에는 없었다. 엘루마에 관한 관심이 폭발적으로 늘어나자 또 다른 익명 이 자신도 엘루마의 비밀을 알고 있다면서 그 중에서 일부분을 폭로했다.

"저는 엘루마를 가까이에서 지켜본 생물입니다. 엘루마에 대한 '정의로운 세상' 님의 말은 맞습니다. 엘루마는 오래전부터 요나 왕에 대한 적개심을 드러냈습니다. '요나를 죽여야 나라가 바르게 된다.'라는 말을 들은 적 있습니다. -오른팔"

그러면서 자신은 양심적인 내부고발자라고 말했다. 내부고발자라는 말도 엄청난 폭발력을 가졌다. 순식간에 아고라는 3배 폭증하였다.

아무것도 모르는 엘루마는 느긋한 아침을 즐기고 있었다. 야외에서 소파에 앉아 따사로운 햇살을 받으며 반쯤 누워있었다. 그러다가 바라본 하늘을 보고는 깜짝 놀랐다. 하늘에 비추인 아고라는 온통 자신의 이야기로 도배가 되어 있었다. 엘루마는 더둘로를 급히 찾았다. 하지만 더둘로는 그 시간 늦잠을 자고 있었다. 엘루마는 갈수록 심각해지는 폭로 앞에서 안절부절못하고 있었다.

그때였다. '정의를 강물처럼'이란 생물이 나타나서는 엘루마의 비밀과 부정에 관한 영상을 가지고 있다면서 엘루마가 진실을 말하지 않으면 폭로하겠다고 말했다. 그가 정한 시한은 해지기 전까지였다. 겁에 질린 엘루마는 아무 말도 할 수 없었다. 대신 자신의 수족과도 같은 학생들을 찾아가 아고라에서 반박하도록 부탁을 하는 수밖에는 없었다. 엘루마의 부탁을 받은 학생들은 아고라의 전쟁터에 뛰어 들어 엘루마의 편에 섰다.

그러자 드디어 아고라가 폭발했다. 논쟁이 논쟁을 부르고 싸움이 되고 폭로가 난무했다. 늘 아고라를 통해 말을 하던 생물들은 아고라에서 둘로 나뉘어 전쟁을 벌였다. 처음에는 누구와 누가 싸우는지 몰랐다. 하지만 시간이 지날수록 전투의 윤곽이 드러나며 모든 것이 명확해졌다.

오후가 되자 엘루마를 지지하는 생물들과 엘루마를 경멸하는 생물들로 나뉘어져 전선이 명확해졌다. 엘루마를 지지하는 생물들은 근거도 없이 비방하는 것이 나쁘다며 엘루마는 결백하다고 말했다. 반면에 경멸하는 생물들은 명확한 근거를 보고도 슬쩍 눈을 감는 생물들까지 싸잡아 비판했다. 정의와 양심이 없는 악한 생물들이라며 악담을 날렸다. 그러자 전쟁의 양상은 조금씩 기울어졌다. 정의라는 단어를 선점한 쪽으로 생물들이 몰려들었다. 니골라가 거미집을 통해 말한 정의는 이제 대세가 되었다. 정의를 멋있게 선점하는 쪽이 여론전에서 승리했다.

해가 지고도 엘루마의 설명을 듣지 못하자 '정의를 강물처럼'을 비롯한 여러 익명들이 엘루마에 관한 동영상을 폭로하였다. '엘루마의 비밀'이라는 이름의 동영상은 어두운 밤에 엘루마와 누군가가 만나는 장면이었다. 하지만 음성이 없었다. 잠시 후 동영상의 음성을 듣고 쓴 녹취록이라며 수많은 대화들이 나타났다. 그 대화들 중에는 드레베와 디오를 왕으로 세워야 한다는 내용도 있었고 요나에게 누명을 씌우자는 내용도 있었다. 내용은 달랐지만 요나를 비방하던 방법과 거의 같았다.

심지어는 아침으로 먹은 고기가 질겼다는 내용도 있었다. 그때부터 아무거나 가져다가 붙이면 엘루마와 누군가의 대화가 되었다. 하지만 전쟁은 시간이 지날수록 격렬해졌다. 정의를 부르짖는 생물들과 음모론을 내세우는 생물들은 밤도 잊은 채 아고라를 불태우고 있었다.

며칠 후, 생물학교 교장실.

더둘로는 엘루마 앞에 무릎을 꿇고 고개를 숙였다. 더둘로는 두 손을 무릎 앞으로 모은 채로 벌써 몇 시간째 그러고 있었다. 의자에 다리를 벌리고 앉은 엘루마는 분이 풀리지 않는 얼굴이었다. 한참을 쏘아붙이던 엘루마는 힘이 드는지 잠시 숨을 돌렸다. 그러다가 잠시 후 책상을 내리쳤다.

쾅!

더둘로는 움찔했다. 엘루마는 주먹을 부르르 떨며 말했다.

"네놈의 아고라가 칼을 돌려 주인을 공격하다니 이게 말이 되느냐? 적들을 공격하라고 만든 개가 감히 주인을 몰라보고… 혹시 네놈이 한 짓이냐?"

더둘로는 뭐라 변명을 하고 싶었지만 지금은 무슨 말을 해도 엘루마의 귀에 들리지 않았다. 더둘로는 하려던 말을 삼키며 고개만 숙였다.

"네놈이 누구와 짜고 그리 했는지 모르지만, 이제 마지막 기회를 주겠다. 내일까지 다 샅샅이 찾아내라. 찾아내서 어느 놈이 나를 음해하는지 어떤 놈이 나를 시기하는지 내 앞에 가져와라. 그리고 그놈들 뒤에 누가 있는지도 알아내도록. 알겠느냐?"

더둘로는 고개를 숙인 채로 눈을 크게 떴다. 엘루마의 말이 무슨 말인지 아는 더둘로는 이를 갈았다. 하지만 무릎을 꿇은 채, 고개를 숙이고 있는 더둘로를 위에서 내려다보는 엘루마는 더둘로의 이를 갈고 있는 얼굴을 볼 수 없었다.

"알았으면 나가."

엘루마의 말에 총총거리며 더둘로가 나갔다. 고개를 숙이며 나가는 더둘로의 귀로 엘루마의 말이 비수처럼 꽂혔다.

"등신 같은 놈."

더둘로는 빠른 걸음으로 나갔다. 더둘로의 뒤통수로 엘루마의 경멸의 눈빛이 비수가 되어 꽂혔다.

더둘로의 집

더둘로는 방에 앉아서 눈을 부릅뜬 채로 벽을 보며 앉아있었다. 벽에 붙은 책상 위로 파란 색 병 하나가 놓여있었다. 새파란 색의 병 안에는 역시 파란 물이 들어있었다.

'아고라는 익명이 생명이다. 어떤 일이 있어도 익명을 보장하겠다는 약속을 하고 시작한 아고라를 내 손으로… 아….'

더둘로는 머리로 생각했지만 신기하게도 아픈 곳은 심장이었다.

'약속을 내 손으로 깨는 일은 죽어도 싫다. 그건 정말로 정의롭지 못하고 양심에 어긋나는 일이다.'

더둘로는 거미집과 아고라에 대한 애착이 생명만큼이나 강했다. 어린나이지만 평생을 바쳐서 만든 거미집과 아고라는 더둘로에게는 자존심이요 양심이었다. 당연히 정의이기도 했다.

'아… 아름답고 이상적인 나라는 불가능한 것인가? 누구나 평등하고 서로 존중해 주는 그런 나라, 법이 필요 없고 양심과 정의가 법 대신 이끌어가는 그런 나라는 정말로 한여름 밤의 꿈인 건가? 아… 괴롭다. 심장이 무

겁고 아프다.'

더둘로는 이상주의자였다. 사실 더둘로는 법 없이도 살았다. 그렇게 배웠고 공부했다. 머리가 비상하고 부지런한 더둘로는 그러나 너무 어렸다.

'어른들이 싫다. 너무 싫다. 거짓말을 밥 먹듯 하고 무식하면서도 고집이 세다. 이번 일은 데메와 니골라가 벌인 일이 분명하다. 아니 확실하다. 이곳 깊음의 근원에서 이런 일을 할 수 있을 만큼 양심이 더럽혀진 생물들은 거의 없다. 만약에 아니라면 엘루마의 자작극인데 그러기에는 엘루마가 얻는 것이 없다. 이건 분명 데메가 벌인 일이다.'

더둘로는 앉아서 천 리를 내다보았다. 하지만 물증이 없었다. 데메와 니골라는 아고라에 들어올 줄 몰랐다. 들어온 적도 없었다. 한 마디로 아고라는 어른들의 놀이터가 아니었다. 더둘로는 그게 이상했다.

'근데 이상하다. 데메와 니골라는 아고라에 없는데 거미집 밖에서 익명의 생물들을 모은다고 해도 이렇게 많이 모으기는 어렵다. 이건 분명 다른 길이 있다.'

더둘로는 생각을 정리했다.

'그렇다면 익명들을 알아내는 것이 먼저구나. 그렇다면 어쩔 수 없다. 이제 죽기보다 싫지만 익명을 걷어내고 청소를 해야겠다. 원칙이 무너지지만 이번 한 번뿐이다. 아고라의 정의를 위해 딱 한 번뿐이다. 엘루마를 위해서도 아니요 나를 위해서도 아니다. 이건 정의를 세우고 양심을 깨끗하게 하는 일이다.'

더둘로는 결심했다. 더둘로는 책상 위의 파란 병을 잡았다. 손에 든 물병에는 파란물들이 잔뜩 들었는데 뚜껑이 열려있었다. 더둘로의 눈은 초점이 없었다. 하지만 물병을 든 더둘로의 손은 눈이 달린 것처럼 거침이 없었다. 멍한 눈의 더둘로는 주저하지 않고 물병을 입으로 가져가서는 단숨에 마셔버렸다. 그리고는 다시 멍한 눈으로 벽만 보고 앉았다. 잠시 후 더둘로는 그대로 책상 위로 엎어져 잠이 들었다.

다음 날, 오후. 생물 학교 기숙사 더둘로의 방

더둘로는 꿈틀거리며 일어났다. 간밤의 갈등이 생각났지만 이상하게도 머리가 아프지 않았다. 심장도 가벼워 움직이는 데에 전혀 지장이 없었다. 오히려 날아갈 것 같았다. 더둘로는 자리에서 일어났다. 그리고는 침대 옆에 있는 동그란 대야에 가서 섰다. 더둘로가 아침에 일어나서 세수를 하는 커다란 대야였다. 그 안에는 역시 파란색 물이 가득 차 있었다.

더둘로는 심호흡을 크게 하고는 입을 오므려 숨을 참았다. 그리고는 서서히 얼굴을 대야의 물 안으로 집어넣었다. 그리고는 눈을 떴다. 그러자 놀라운 일이 일어났다. 눈에서 새파란 물들이 스미어 나오더니 대야의 물로 들어갔다. 그러나 신기하게도 두 물은 섞이지 않았다. 마치 기름과 물처럼 분리되었다. 눈에서 나온 물은 대야의 물 위로 둥둥 떠올랐다.

그러더니 갑자기 소용돌이처럼 돌았다. 작은 소용돌이들이 이리저리 생겨나더니 대야의 물 위를 돌아다녔다. 하지만 대야의 물은 출렁거리지 않았다. 고요했다. 마치 호수 위의 막처럼 느껴졌다. 더둘로의 눈에서 나온 물들이 서로 섞이며 돌아다니다가 서서히 움직임이 줄어들었다. 움직임이 줄어든 물들은 서서히 글자들이 되어 갔다. 그리고 대야 위에 익명들의 이름들이 빼곡하게 나타났다. 커다란 대야가 담을 수 없는 글자들은 2중 3중으로 겹겹이 쌓여있었다. 그걸 보는 더둘로의 눈이 서서히 경악으로 물들어갔다. 더둘로의 두 주먹이 불끈 쥐어졌다. 이곳은 아무도 없는 더둘로의 방이었다.

며칠 후

며칠이 지난 후, 어느 날 아침이었다. 아직도 엘루마에 관한 이야기로 뜨거운 아고라에 핵폭탄 하나가 터졌다. 처음 익명으로 엘루마의 동영상을 올렸던 '정의로운 세상'에 관한 글이 올라왔다.

"우리 모두 속지 맙시다. 엘루마에 관한 악의적인 비방을 처음 올린'정의로운 세상'은 바로 데메 원로입니다. 자신의 치부를 덮으려고 우리들의 시선을 다른 곳으로 돌리려는 고도의 전술입니다. 정의를 내세우는 저들은 진짜 정의가 아니라 선택적 정의인 겁니다. 자신들에게 유리할 때는 정의이고 불리하면 누명입니다. 자, 이제 속지 말고 우리 모두 그만 합시다. −선택적 정의를 몰아내자"

글을 올린 '선택적 정의를 몰아내자'는 데메가 '정의로운 세상'의 이름으로 글을 쓰는 동영상을 아고라에 올렸다. 선택적 정의라는 말은 핵폭탄이 되어 아고라에 떨어졌다.

'선택적 정의를 몰아내자'의 글은 순식간에 아고라를 점령했다. 그의 글이 올라오자 그동안 엘루마를 비방했던 '지나가는 객', '멍멍이', '엘루마를 고발합니다', '아싸', '12344321', 등등은 아고라에서 자취를 감추었다. 이상했지만 순식간에 자취를 감추었다.

그리고는 데메에 관한 새로운 영상들이 나타났다. 말도 나타나고 글도 나타났다. 아고라에서 살아가는 수많은 생물들은 데메의 민낯뿐 아니라 일상생활도 알게 되었다. 데메의 일상생활과 말이며 글들은 하나같이 역겨웠다. 아고라의 생물들은 이제 데메라는 먹이를 가지고 조롱하며 희롱했다. 내용물은 조롱이었지만 물론 겉포장은 진실과 정의였다.

그러자 정의와 양심이라는 단어에 이끌려 왔던 생물들이 슬그머니 엘루마가 억울할 것 같다는 말을 했다. 그러면서 엘루마를 비방했던 익명의 생물들을 공격하기 시작했다. 아고라라는 강물은 하루에도 몇 번씩 방향이 바뀌었다.

다음 날. 데메의 집

데메는 엄청 화가 났다. 데메는 왕인 자신에 대한 비방이 도를 넘었다고 생각했다. 사실 데메는 아고라에 들어가 본 적도 없었다. 그러니 데메가 썼다는 글과 말은 거짓말이었다. 동영상도 거짓이었다. 하지만 데메는 아고라에서 말하는 것들에 큰 관심을 두지 않았었다. 데메에게 있어서 아고라는 그저 철없는 젊은이들이 모여서 잡담이나 하는 공간으로 여겼다.

사실 그랬다. 아고라는 그들만의 리그였다. 아고라에 목숨을 거는 몇몇을 제외하면 모두 지나가는 객이었다. 하지만 아고라는 진화했다. 아고라를 이용하는 생물들이 조금씩 늘어나면서 정보력이 늘어나고 빠른 의사소통 덕분에 아고라는 하루가 다르게 발전했다.

하지만 역시 데메에게는 실체가 없는 가상의 놀이터와 같았다. 자신은 현실의 왕이었다. 왕이 아량을 가지고 젊은이들의 욕구를 배출하는 것까지 건드리지는 않았었다. 하지만 자신의 치부가 아고라를 통해 드러나자 데메는 매우 예민해졌다.

데메는 아고라를 나라를 해치는 적으로 간주하고 없애려고 마음을 먹었다. 데메는 자신의 수족들을 모아 회의를 했다. 처음에는 니골라와만 만났지만 이 날은 데메 편에 섰다가 망신을 당한 익명들이 모두 모였다.

모이고 보니 그 수가 꽤 많았다. 데메는 니골라에게 눈짓을 했다. 니골라는 자리에서 일어나서는 아고라를 없애자고 주장했다. 하지만 데메와 니골라를 제외하고는 모두 아고라에서 살아가는 젊은이들이었다. 익명의 생물들은 니골라의 말에 정면으로 반박했다. 그러자 니골라는 절충안을 내었다.

"그럼 이렇게 하십시다. 아고라는 그대로 두고 이런 일을 꾸민 엘루마를 징계하십시다. 엘루마가 없는 아고라는 스스로 조용해질 겁니다. 엘루마에게 적당한 죄를 물어서 감옥에 가두면 아고라도 수그러들겠죠."

니골라의 말은 데메와 익명들을 모두 만족시켰다. 니골라는 익명들에게 연판장을 돌렸다. 익명들은 엘루마가 죄를 지었다는 연판장에 모두 이름을 썼다. 그날부터 엘루마는 데메에게 쫓기는 신세가 되었다.

"선택적 정의라… 꼭 맞는 말이군."

"맞다. 그런데 도대체 아고라에 모인 놈들 중에 누구 말이 맞는 거냐?"

"아무도 없어."

"그게 무슨 말이냐? 설마 한 놈은 있겠지."

"그래 한 놈 정도는 있을 거 아니냐?"

"아무도 없다니까. 모두 선택적 정의를 허공에 흔드는 놈들만 있어."

"음. 갈수록… 나를 놀라게 하는구나."

"우리와 목숨을 걸고 싸우던 용맹하고 신실하던 놈들은 어디로 간 거냐?"

"그놈들이 지금 이놈들이잖아? 안 그래?"

"아고라에 모인 악한 놈들은 근본적으로 어디서 왔을까?"

"너 교만이겠지 안 그래? 나는 아니야. 포악이잖아?"

"나도 아니야. 나는 거짓일 뿐, 정의를 위해 불타오르지 않거든."

"그럼 어디서 왔을까? 데메는 나와 닮았지만… 저 승냥이 떼는 거짓 네놈을 닮은 것 같기도 하고."

"그래 승냥이야. 몰려다니는 승냥이 떼. 근데 승냥이는 교만해."

"둘 다 틀렸어. 저들은 우리 모두를 가지고 있어. 잘 봐. 교만하기도 하고 포악하기도 하고 거짓말도 하지. 그렇기 때문에 우리에게서 출발한 악이 아닌 거야. 그런데 잘 보면 승냥이 떼에는 공통적인 특징이 있지. 그건 바로 탐욕이야. 보이는 것을 소유하려는 탐욕과 보이지 않는 평판을 소유하려는 탐욕. 승냥이 같은 저들은 이 두 가지를 모두 가지고 있어. 전쟁을 할 때에는 생각지도 못했던 탐욕이, 세상이 평안해지니까 스물스물 밖으로 기어나온 거지. 그래서 생물들의 약점은 바로 평안이야. 근심 걱정 없는 그때가 가장 위험할 때라는 거지. 근데 한 가지가 궁금해. 선택적 정의가 아고라를 뒤흔들었는데… 이 선택적 정의는 다시 어디를 향해 갈까? 어떤 악으로 변해 갈까? 그게 제일 궁금해."

엘루마는 데메가 자신을 체포하려고 한다는 소식을 듣고 드레베를 찾아갔다. 데메가 무서운 드레베는 엘루마를 만나더니 딴소리를 하였다.

"엘루마 자네 혹시 데메에게 약점 잡힌 거 있나?"

엘루마는 당황했다.

"없습니다. 제가 원로님을 모시고 살면서 거짓을 고한 적이 없습니다. 결단코 약점 같은 것은 없습니다."

그러자 드레베가 조용히 말했다.

"어쨌든 몸조심하게. 데메가 물불을 가리지 않는 악마가 된 것 같으니……."

"알겠습니다. 하지만 언제까지 도망다닐 수는 없지 않습니까?"

"그렇지. 깊음의 근원은 좁은 곳이니… 알겠네. 내가 데메를 좀 만나 보겠네. 그때까지 어딘가에 숨어있는 것이 좋을 것 같으니 그리 하게."

엘루마는 고개를 끄덕였다. 그러자 드레베가 슬쩍 이런 이야기를 했다.

"그리고 혹시라도 말일세. 혹시라도… 만약에 말인데… 혹시 데메에게 잡히면… 그때는……."

드레베가 말을 빙빙 돌렸다. 엘루마는 바보가 아니었다. 드레베의 말뜻을 알아차린 엘루마는 쓴 웃음을 지으며 말했다.

"잘 알겠습니다. 충분히 알고 있으니 걱정하지 마십시오. 제가 잡히면 저 혼자 뒤집어쓰도록 하겠습니다. 원로님께 해가 되는 말은 하지 않겠습니다."

그러자 드레베가 엘루마의 손을 덥석 잡았다.

"고맙네, 엘루마. 자네의 마음 참으로 잘 받겠네. 고마워. 나도 데메를 만나서 잘 이야기하도록 하겠네. 그럼 어서 가보도록 하게."

"그런데 어디로 가라는 말씀이신지? 이곳 빙골은 넓고 오지가 많으니 빙골에 숨어있도록 하겠습니다."

엘루마가 말하자 드레베가 언짢은 표정이 되었다.

"빙골이 넓기는 하지만 마음만 먹으면 얼마든지 찾을 수 있을 터, 차라리 학교로 가지 그러나. 학교에는 자네 제자들이 많으니 그곳에서 숨어있으면 더 안전할 것도 같으니 그리 하게."

엘루마는 드레베와 더 이상 이야기해 보아야 얻을 게 없는 걸 알았다. 빙골에 있다가 잡히면 드레베가 망신을 당할 거라 생각한 모양이었다. 엘루마는 배신감이 몰려왔다. 구역질나는 얼굴을 한 대 치고 싶었지만 데메에 이어 드레베까지 적으로 삼으면 살아남기 어려웠다. 엘루마는 구역질을 어럽게 참으며 물러났다. 그리고는 밤을 이용해 생물학교로 숨어들었다.

생물학교

아고라에 매일 같이 출근하는 생물학교의 학생들은 데메와 같은 어른들에 대한 경멸의 마음이 강했다. 학생들이 처음부터 그런 것은 아니었다. 어른들과 함께 어울려 살 때에는 마음에 서운한 것이 있어도 참으며 살았다. 화가 나더라도 좋은 점을 보면서 마음의 균형을 잡아갔다. 그래서 어른들도 학생들을 이해해주려고 노력하였다. 한 마디로 깊음의 근원에서는 세대 간의 갈등이 없었다.

하지만 아고라로 몰려가고 나서는 상황이 달라졌다. 아고라는 학생들만의 놀이터였다. 어른이 없었고, 있다 하더라도 익명이라서 학생과 어른의 구분이 없었다. 아고라는 순식간에 학생들로 가득 차게 되었는데 그 공간에서는 세대 간의 갈등과 서운함이 폭발하기 시작했다. 그러다보니 학생들은 마음속 깊이 데메와 같은 어른들이 죽도록 싫어지게 되었다.

데메가 거짓말로 생물들을 속인 것에 대한 해명도 없이 엘루마를 잡으려 하자, 순진한 학생들이 들고 일어났다. 아고라는 조직이 없었지만 현실의 학생들은 조직이 있었다. 더군다나 학교는 학생들만이 살아가는 단절된 공간이었다. 학생들은 학교 안에서 급속도로 조직을 갖추어갔다.

조직의 중심에는 엘루마를 따르며 배운 학생 비람과 고임이 있었다. 더둘로는 비람과 고임보다 선배였는데 엘루마가 같이 행동하라고 해서 셋은 늘 같이 모여서 대책을 논의했다.

더둘로를 비롯한 학생들은 '행동하는 깊음의 정의'라는 이름의 단체를 만들고 조직적으로 움직였다. '행동하는 깊음의 정의'라는 말은 더둘로가 지었는데 다들 멋있다 생각해서 만장일치로 결정하였다.

하지만 엘루마는 더둘로를 보며 자주 화를 내었다. 이렇게 일이 커진 이유도 더둘로 때문이라 생각했기 때문에 엘루마는 갈수록 더둘로를 무시하고 경멸했다. 엘루마는 비람, 고임과 함께 회의하는 시간이 많아졌다. 더둘로는 엘루마의 머릿속에서 서서히 지워져갔다. 시간이 갈수록 더둘로는 주변인이 되어갔다.

엘루마는 데메와 드레베 디오와 같은 원로들이 자신의 편이 아니라는 사실을 알았다. 그들에게 있어서 엘루마는 단순히 소모품이었다. 엘루마는 마음을 독하게 먹었다. 잔인하고 악독하게 반격하기로 마음먹었다. 그리고는 더둘로에게 얻어낸 니골라의 치명적인 정보를 이용해서 니골라에게 접근했다.

오베르교회

니골라는 자신의 방에서 소파에 앉아 심각한 얼굴로 생각에 잠겼다. 잠시 전에 누군가에게서 협박을 당했기 때문이었다. 협박의 내용은 단순했다. 데메와 손을 잡으면 같이 매장시키겠다는 내용이었다. 내용은 심각하지 않았다. 니골라가 데메의 오른팔이라는 사실은 모르는 생물이 없었기에 그건 아무 것도 아니었다. 하지만 그 글이 니골라에게 전달된 방법이 니골라의 가슴을 철렁하게 만든 것이었다. 그건 자신이 옛뱀의 자료를 받아 생물들을 협박했던 방법과 똑같았기 때문이었다. 제 발이 저린 니골라는 심각했다.

'이건 심각하다. 내가 생물들을 협박한 것을 아는 놈이다. 아무나 할 수 있는 일이 아니다. 누가 보냈을까? 옛뱀일까? 그건 아니다. 옛뱀에게 나는 아직까지 필요한 존재이기 때문이다. 그럼 누굴까? 누가 엘루마를 도와줄까? 혹시 데메? 내가 한 일을 알고 있는 생물은 데메가 유일하다. 하지만 궁지에 몰린 데메가 나를 버릴 리가 없는데….'

니골라는 머리가 나빴다. 더둘로를 생각하지 못할 정도로 단순했다. 니골라는 더 이상 고민하는 게 무의미하다는 생각을 했다.

'그래 일단은 고민하지 말자. 혹시 알았다 한들 어쩌겠는가? 지금은 전쟁중이니.'

니골라는 소파에서 일어나 예배당으로 내려갔다. 꼬불거리는 계단을 통해 내려가는 길 내내 여러 가지 생각이 떠나지 않았다. 니골라가 1층 예배당에 들어섰을 때, 학생 한 명이 와서 기도를 하고 있었다. 비람이었다. 비람은 종종 와서 기도하고 가는 아이였다. 니골라는 기도하는 비람을 지나 예배당을 가로질러 걸어갔다.

그때였다. 니골라가 옆을 지나가자 조용하던 비람이 큰소리로 기도했다.

"주님, 억울하게 죽은 요나 왕의 죽음의 비밀이 드러나게 해주십시오. 요나 왕을 죽이려고 거짓말로 선동한 자들을 똑같이 벌해 주십시오."

니골라는 비람의 기도를 듣고 등골이 서늘했다. 걸어가던 니골라가 휘청거렸다. 그러자 비람이 더 큰소리로 기도했다.

"요나 왕에게 억울한 누명을 씌워 죽인 자들의 동영상을 폭로할 용기를 주십시오. 침묵하지 않고 정의를 위해 폭로할 수 있게 도와주십시오."

이쯤 되자 니골라가 돌아섰다. 비람을 보며 말했다.

"비람, 이야기 좀 하자."

그러자 비람이 눈을 떴다. 그리고는 튀어나온 입을 씰룩이며 니골라에게 말했다.

"따라 오세요."

비람은 앞장서 걸어갔다. 니골라도 아무 말없이 비람을 따랐다. 그리고는 둘이 같이 생물학교로 들어갔다.

다음 날

데메는 자신의 뜻대로 엘루마가 잡히지 않자 분노했다. 화를 내는 데메의 얼굴이 시뻘게졌다. 옆에 있던 니골라가 데메의 소매를 잡아끌었다.

"왕께서는 고정하십시오. 지금 화를 낸다고 될 일이 아닙니다."

그러나 데메는 더욱 화를 냈다.

"네놈이 나를 훈계하려느냐?"

데메가 니골라에게 모욕을 주었다. 하지만 니골라는 차분했다.

"가만히 생각해보십시오. 지금 엘루마가 도망가면 어디로 가겠습니까? 인간들의 세상으로 가겠습니까? 아니면 에덴으로 가겠습니까? 갈 데가 없습니다. 제가 알아 본 바로는 지금 생물학교에 있습니다."

"그래? 그럼 어서 잡아들이지 않고?"

"그게 쉽지 않습니다. 조용한 학교에 군사들을 보내시렵니까? 아니면 체포하러 누구를 보내시렵니까? 대대로, 생물학교로 군사들이 들어간 적이 없습니다. 칼을 차고 반란을 일으킨 것도 아닌데 무슨 명목으로 가시려고 그러십니까?"

데메는 듣고 보니 맞는 말이었다. 데메의 입이 쑥 들어갔다. 그러자 니골라가 귀에다 대고 말했다.

"정 엘루마를 잡으시려면 이렇게 하시지요?"

데메는 귀가 번쩍 뜨였다.

"어떻게 하란 말인가?"

니골라는 진지하게 말했다.

"학교에 있는 엘루마를 잡으시려면 군사들이 들어가야 합니다. 그렇지요?"

"암 그렇고말고."

"그럼 구실이 있어야 합니다. 사실 지금도 아고라에서는 왕을 규탄하는 목소리가 높습니다. 이참에 국면을 새롭게 바꾸시면서 엘루마를 잡을 묘수가 있습니다."

"그게 뭔가? 말을 빙빙 돌리지 말고 바로 말하게."

니골라는 몸이 달아오른 데메에게 소곤소곤 말했다.

"구실을 만드는 겁니다. 예를 들면 학생들이 과격하게 행동하도록 만드는 겁니다. 아이들은 어디로 튈지 모르니까요. 조금만 불꽃을 튕겨주면 활활 타오를 겁니다. 그렇게 학생들이 도를 지나쳐 타오르면 그때 군사들을 보내 엘루마를 잡아들이면 됩니다. 그 모든 책임은 엘루마에게 뒤집어씌우면 끝이 납니다. 그러면 아고라도 잠잠해질 겁니다."

데메는 마음에 쏙 들었다. 데메는 니골라의 손을 잡고 말했다.

"좋네, 좋아. 자네 말대로 하지. 그럼 불꽃은 뭐로 튕기면 되겠는가?"

"다 생각해 둔 것이 있습니다. 왕께서는 체포영장 하나만 써주시면 됩니다. 나머지는 제가 알아서 하겠습니다. 왕께서는 가만히만 계시면 됩니다."

자신 있게 말하는 니골라의 말에 데메는 벌어진 입을 다물지 못했다. 데메는 니골라에게 모든 것을 맡기고 나머지 일이 어찌 되나 보고만 있었다. 니골라는 데메가 써준 서류 하나를 들고 어디론가 달려갔다. 그렇게 비극은 시작되었다.

다음 날

니골라가 데메의 서류를 들고 찾아간 곳은 군대였다. 깊음의 근원에는 군대가 없었지만 요나가 리워야단을 데리고 들어온 이후로 군대가 필요해졌다. 그래서 요나가 왕의 직속으로 군대를 조직했고 그 이후로 군사들을 훈련시키고 단련시키는 조직이 되었다. 그러나 요나가 죽고 나서는 훈련도 없고 할 일도 없는 멍청한 조직이 되었다. 니골라는 군대장관에게 달려가서는 데메의 서류를 들이밀었다.

"왕께서 내린 명령입니다. 장관께서는 빨리 시행하시기 바랍니다."

군대장관은 어리둥절했다. 여태 이런 일이 없기도 했지만 갑자기 나타난 니골라는 왕을 모시는 직책이 아니었다.

"목사님께서 오셔서 놀랐습니다. 저희는 왕의 직속부대이긴 하지만 원로원의 허락이 있어야 움직입니다. 제가 원로원에 알아보고 나서 움직이도록 하겠습니다."

그러자 니골라가 은근 화를 냈다.

"데메왕께서는 원로원의 수장을 겸하고 계십니다. 한시가 급해서 이렇게 날인을 하신 건데 만약에 원로원에 알아보다가 때를 놓치면 그때는 저도 책임져 드릴 수 없습니다."

니골라의 말에 군대장관은 머리를 긁었다.

"듣고 보니 일리가 있습니다. 그럼 이렇게 하시지요? 원로원을 무시하고 집행할 수도 없으니 목사님께서 원로원에 저의 마음을 말씀해 주시지요. 저는 왕의 명령을 먼저 집행하도록 하겠습니다."

니골라는 손뼉을 쳤다.

"원로원은 걱정하지 마십시오. 저도 원로이지 않습니까? 장관께서는 그대로만 집행해 주시지요. 제가 왕께 잘 말씀드리겠습니다."

고개를 끄덕인 장관은 군대를 이끌고 어디론가 달려갔다. 니골라는 멀어지는 장관을 보며 엷은 웃음을 지었다.

생물학교 학생들은 학교 주변에 살았다. 기숙사에 들어간 학생들도 있었지만 대부분은 오베르마을에서 집을 얻어 생활했다. 여럿이서 집 하나를 빌려 생활했는데 한 집에 대략 10명 가까운 학생들이 같이 살았다.

한 시간 후, 군대장관은 생물학교 근처에 있는 집 10개를 수색했다. 갑자기 들이닥친 군사들은 영문도 모르는 아이들을 무차별로 연행했다. 이유를 묻는 질문에는 대답하지 않고 군사들은 학생들을 한꺼번에 연행했다. 대략 100여 명 되는 학생들이 연행되었는데 그 학생들 중에는 비람과 고임 그리고 야빈이 있었다. 연행하는 군사들을 따라가던 학생들 중에 섞여있던 비람이 갑자기 큰소리를 질렀다.

"무슨 이유로 우리를 연행하는지 이유를 밝혀라!"

그러자 군사 중 한 명이 다가와서는 비람을 나무랐다.

"왕께서 날인한 영장이 있으니 입을 다물어라."

그러자 비람이 뛰어나온 입을 앞으로 내밀며 말했다.

"왕이면 다냐? 왕이 언제부터 생물들을 종으로 여기었냐? 이 나라는 물의 생물들의 것. 왕의 것이 아니다. 주인은 바로 우리니 어서 우리를 풀어주어라. 주인을 똑바로 알고 모셔라."

그러자 비람의 말에 밸이 꼬인 군사들의 말도 높아졌다.

"어린놈이 입만 살아서 나불대는구나. 감히 군대를 우습게보다니… 학생이면 다냐?"

비람은 기다렸다는 듯이 악다구니를 쓰며 말했다. "우습게 본다? 네놈들은 누구냐? 이제 보니 이놈들은 왕의 개들이 아니냐?"

"뭐라?"

비람의 말은 불에 기름을 부은 꼴이 되었다. 군사들은 머리 꼭대기까지 화가 났다. 군사들은 강한 철 막대를 꺼내들고는 비람을 쳤다. 비람은 어깨를 맞고 그 자리에 쓰러졌다. 그러자 옆에 있던 학생들의 눈에서 불이 일어났다. 비람이 쓰러지는 걸 본 고임과 야빈은 군사의 뺨을 때렸다. 짝 소리가 나며 군사의 얼굴이 돌아갔다. 일이 이쯤 되자 난장판이 벌어졌다. 이성을 잃은 군사들은 몽둥이를 꺼내 야빈과 고임을 무차별적으로 때렸다. 하지만 이를 보던 학생들이 가세하면서 학교 앞은 아수라장이 되었다. 분노한 학생들 중에서 고임이 칼을 꺼냈다. 그리고는 혼전 중에 맨 앞에 있던 군사를 찔렀다. 피가 분수처럼 솟았다. 자신의 군사가 피를 뿌리며 죽어가는 모습을 본 군대장관은 큰소리를 질렀다.

"살려두지 마라!"

군대에 있어서 군대장관의 말은 곧 법이었다. 군사들은 성난 사자처럼 학생들을 무차별적으로 살육했다. 말리는 자도 없었고 이성을 가지고 잘잘못을 따질 시간도 없었다. 서로에 대한 분노와 적개심은 살기가 되어 잔혹한 전쟁으로 변해 버렸다. 생물 학교 앞은 순식간에 피바다로 변해 버렸다.

한참 동안 광기가 지배하던 살육의 현장도 시간이 지나자 차츰 안정을 되찾았다. 정신을 차리고 본 학교 앞은 참혹했다. 대략 10여 명의 학생들이 죽어 나자빠졌다. 5명의 군사들도 싸늘한 시체가 되었고 부상을 당한 군사들도 100명이 넘었다.

군대장관은 피바다를 보며 처음 싸움을 시작한 비람을 찾았다. 하지만 비람과 야빈 그리고 고임은 어디에도 없었다. 당황한 군대장관은 서둘러 군사들의 시신들만 수습하고는 그 자리를 떠났다. 학교 앞에는 동료들의 죽음 앞에서 통곡하는 학생들의 울음소리와 광분한 비람과 고임의 선동만 들리고 있었다.

"할 말은 아니지만 심히 당황스럽군."

"그러게… 매번 묻는 질문이지만… 쟤들은 어쩌다 저렇게 되었을까?"

"아니. 생물들에 관한 질문은 더 이상 의미 없어. 이젠 우리들 스스로에게 질문해야 해."

"우리 자신에게 하는 질문이라… 뭐가 있을까?"

"우리가 모르는 질문이 있을 수 있을까?"

"있지. 우리 셋이 모이면 과연 어떤 모습이 될까? 이게 궁금해. 데메의 교만과 비람의 거짓말, 그리고 군대장관의 포악이 합쳐져서 결국 어떤 모습이 됐어? 별 것 아닌 이유로 서로 죽였지. 그것도 잔인하고 악독하게. 잔인과 악독. 우리 셋이 모여서 합치면 악독해지는 걸까? 우리 셋의 악을 모두 가진 놈은 잔인해지는 걸까? 이게 궁금해. 그리고 그런 놈을 하나 알지."

"동궁!"

"늙은이들!"

"그래. 동궁의 늙은이들이지. 그러니까… 그놈들 우습게보지 마. 우리보다… 강해. 그러니까 이세벨과 아리가 미친개한테 당한 거야. 내 생각으로는 만정은 그들이 열어. 동궁이 열 거라고."

며칠 후

더둘로는 자신과 함께 빙 둘러앉은 아이들을 조용히 보았다. 비람과 고임은 같은 학년, 한 패거리였다. 그 아래 학년에 야빈 야솔은 자매였다. 더둘로가 살벌한 얼굴로 말했다.

"너희들도 마찬가지지만 나도 이번 일은 도저히 용서할 수 없다. 눈앞에서 죽어가는 형제들을 볼 면목이 없다. 이제 나도 독해지기로 했으니 나와 같이 가자."

더둘로의 눈에서 광기가 어른거렸다. 비람은 튀어나온 입을 열어 열변을 토했다. 윗니가 더 앞으로 나온 비람은 상대적으로 아래 앞니가 잘 보이지 않았다. 입을 다물면 윗입술이 아래 입술을 눌렀고 입을 벌리면 윗니가 윗입술을 밀어냈다. 말을 하면 윗입술만 움직이는 것처럼 보였다. 말을 할 때면 항상 미간을 찌푸리면서 못마땅한 표정을 지었다. 하지만 말 하나만큼은 청산유수였다.

"형님 말씀이 맞습니다. 저들은 이제 같은 생물로 볼 수 없습니다. 여기 모인 우리 모두 같은 생각입니다. 이제 형님이 결심하셨다니 그럼 행동으로 옮기기만 하면 됩니다."

비람은 말을 하면서 주위에 둘러앉은 모두를 한 명 한 명 눈으로 짚었다. 배반은 생각조차 하지 못하게 만들려고 눈에 힘을 주어 보았다. 하지만 사실은 자신의 생각을 세뇌하려는 비람만의 오랜 습관이었다. 비람과 고임과 야빈은 이미 같은 생각이었다. 이 자리에 처음 온 야솔도 같은 패거리로 만들려고 생각하고 있었다. 비람은 야솔을 보며 한 번 더 눈으로 눌렀다.

비람의 튀어나온 입과 앞으로 쏠린 눈매, 그리고 역삼각형의 마른 얼굴을 마주한 야솔은 남의 것을 훔쳐 먹는 새 같다고 생각했다. 하지만 하늘 같은 선배님이었다. 야솔은 고개를 끄덕였다. 비람은 광기로 시뻘겋게 변해버린 쏠린 눈을 한 바퀴 돌리며 다시 윗입술을 놀렸다.

"그럼 이제 우리 모두 한 마음인 걸 확인했으니… 혹시 아니다 싶으면 지금 말하세요. 나중에 가서 아니라 하면 모든 일이 물거품이 될 수도 있으니 신중하게 생각하길 바랍니다."

비람은 말을 하면서 야솔을 보았다. 야솔이 머뭇거리자 야빈이 옆에서

툭 쳤다. 야솔은 그제야 화들짝 놀라 말했다.

"아, 네 저도 같은 마음입니다. 다 우리 생물들의 기본권을 위해 헌신하려고 모였으니 저도 확실히 여러분과 뜻을 같이 하겠습니다."

야솔의 말이 끝나자마자 옆에 있던 고임이 야솔의 손을 곱게 잡았다.

"고마워요. 정말 고마워요. 야솔 같이 마음이 곱고 뜨거운 자매랑 같이 하게 되어서 더없이 기뻐요. 이제 우리 이 나라를 바꾸어 봅시다. 살기 좋고 바른 나라로 만들어 봅시다. 고마워요."

고임은 모든 말을 또박또박 말했다. 차분하다 못해 단어 한 마디 한 마디 모두 강조해서 말했다. 말에는 진정성이 느껴졌다. 비람이 선동형의 웅변가라면 고임은 설득형의 언니였다. 야솔은 고임을 평소에 어려워했다. 늘 무언가 고뇌하는 얼굴로 걸어다니는 선배였기에 말을 섞을 기회가 없었다. 그런 선배 언니의 따뜻한 말에 야솔은 결심을 굳혔다.

야솔과 고임은 서로의 손을 마주 잡았다.

며칠 후, 학교 앞

비람은 고임과 함께 결사대를 조직했다. 생물 학교를 뛰쳐나가 생물들에게 진실을 알리려고 학생 백여 명을 동원했다. 백여 명의 생물들이 어깨동무를 하고 교문 앞으로 나갔다. 맨 앞에는 야빈과 야솔이 머리에 붉은 띠를 두르고 구호를 외쳤다.

"독재 타도! 독재 타도!"

야빈과 야솔의 선창에 뒤이어 나머지 학생들도 구호를 외쳤다.

"데메 퇴진! 데메 퇴진!"

교문 앞에는 데메의 지시를 받은 군대들이 줄지어 섰다. 군사들은 끝이 뭉툭한 몽둥이를 들었는데 그것에 잘못 맞으면 머리가 터졌다. 그러나 야빈과 야솔은 두려워하지 않았다. 뻔히 보이는 위험에도 불구하고 야빈과 야솔은 구호를 외치며 전진했다.

데메는 교문 건너편 낮은 언덕 위에서 학생들과 군대의 대치를 보고 있었다. 데메는 옆에 선 니골라에게 말했다.

"철모르는 학생들이 아닌가? 그냥 막기만 해도 되지 않겠는가?"

"왕께서는 너무 순진하십니다."

니골라의 말에 데메가 놀랐다.

"내가 순진하다니 그게 무슨 말인가?"

니골라는 손가락을 멀리 뻗으며 말했다.

"저 멀리 학교 안을 보십시오. 시위하는 놈들 뒤에 웅성거리며 서 있는 놈들이 있지 않습니까?"

데메도 이미 보았다. 데메는 고개를 갸웃했다

"그냥 구경만 하는 놈들이겠지. 지들이 어쩌려고?"

니골라는 데메를 빤히 보았다.

"그러니 왕께서 순진하신 겁니다. 저놈들이 뒷짐 지고 있는 것 같지만 그 뒤에는 칼을 숨기고 있습니다. 만약 우리 기세가 기울어지면 그때는 벌떼처럼 몰려들 놈들입니다. 생물의 본성이지요. 상대가 강해 보이면 조용하다가도, 조금이라도 약한 모습을 보이면 벌떼처럼 달려들어서 짓밟으려 합니다. 지금 누르지 않으면 우리가 나약하다 생각할 겁니다. 더 커지기 전에 해산시키십시오. 그래야 조용해집니다."

데메는 머리가 나빴지만 본능은 예민했다. 머리로는 니골라의 말이 맞아보였지만 이상하게도 마음속으로 찝찝했다. 하지만 니골라의 말을 들어서 실패한 적이 없는 데메는 고개를 끄덕였다. 그러자 니골라가 얼른 뒤를 돌아보았다. 그러자 바로 뒤에 있던 군대장관이 하늘을 향해 물대포를 쏘았다.

쾅!

커다란 소리가 천지를 울렸다. 얼마나 큰지 깊음의 근원 모두 들을 수 있었다. 시위대 맨 앞에 선 야솔은 심장이 턱 내려앉았다. 두려움이 몰려왔다. 뒤를 돌아보았다. 놀라서 고개를 움츠린 시위대 동료들 뒤 학교 언덕이 눈에 들어왔다.

그곳에는 고임이 튀어나온 입술을 깨물고 단호한 눈으로 고개를 끄덕이고 있었다. 눈이 마주쳤다. 야솔은 손을 맞잡던 때가 기억났다. 정의의 이름으로 울던 그때가 생각났다. 정의라는 단어가 머릿속에서 살아나자 야솔은 다시 고개를 돌렸다. 그리고는 눈을 부릅뜨고 주먹을 허공을 향해 휘둘렀다.

주먹을 한 번 흔들고 구호를 외치는 그 순간, 야솔의 눈으로 커다란 몽둥이가 혹하고 들어왔다. 그리고는 아무것도 없었다. 정의도, 생물의 기본권도, 고임도… 아무 것도 없었다. 모든 것이 사라져 버렸다.

와! 와! 와!

난장판이었다. 이리 밀리고 저리 밀리는 싸움은 피를 보고서도 그칠 줄 몰랐다. 언덕 위에서 뒷짐을 진 채, 교문에서 치고받는 난장판을 보던 학생들은 너 나 할 것 없이 모두 교문으로 달려갔다. 그들의 손에는 빈주먹 대신 칼이나 쇠꼬챙이가 들려있었다. 수백 명의 생물들이 무기를 들고 달려오자 데메는 경악했다. 고개를 돌려 옆을 보았다. 하지만 바로 옆에 있던 니골라는 사라지고 없었다.

군대 생물들은 밀물처럼 들이닥친 생물들의 칼과 흉기에 속수무책으로 당했다. 수적으로도 열세였지만 무엇보다도 훈련이 되지 않은 군사들은 오합지졸이었다. 더군다나 몰려드는 폭도들에 맞서서 앞서 싸워줄 군대장관은 이미 저만치 도망가고 있었다. 군사들은 사방으로 도망하는 자들과 그 자리에 무릎 꿇은 자들로 나뉘어졌다. 도망가던 군사들에게는 어디선가 날아온 화살들이 비처럼 쏟아졌다.

"데메가 저기 있다!"

누군가가 큰소리를 질렀다. 그러자 성난 시위대는 멀리 언덕 위에 서 있는 데메를 향해 전력으로 달려갔다. 비둔한 데메는 도망을 쳤지만 얼마 가지 않아 시위대의 손에 잡혔다. 무수히 쏟아지는 주먹을 맞으며 실신 지경까지 간 데메는 개처럼 질질 끌려갔다. 눈이 뒤집힌 야빈은 데메의 발을 묶은 밧줄을 끌고 학교를 향해 갔다. 데메가 비명을 질렀다. 야빈은 데메가 비명을 지를 때마다 칼을 세워서 찔렀다. 비명이 들리지 않을 때까지 찔렀다. 데메가 기절하고 나서야 칼을 멈춘 야빈은 다시 데메를 끌고 갔다.

야빈은 야솔의 시체를 지나쳐 학교 안으로 들어갔다. 하지만 고임과 비람은 야솔의 시체를 거들떠보지도 않았다. 오히려 시위대가 가는 길에 걸리적거리자 발로 밀어버렸다. 가엾게 죽은 야솔은 생사를 같이 할 것 같던 동료들의 발길질에 옆으로 내동댕이쳐졌다. 교문 앞에는 야솔의 시체뿐 아니라 수많은 생물들의 시체가 있었다. 하지만 성난 시위대는 시체를 돌보지 않았다. 오히려 큰소리로 구호를 외치며 학교 안으로 들어갔다.

"데메에게 죽음을!"

이곳은 깊음의 근원, 생물들의 학교 앞 비극의 현장이었다.

드레베와 디오는 멀리 장대에 달려있는 데메를 보며 섬뜩했다. 시위대는 칼을 거꾸로 잡고 피가 묻은 옷 그대로 양 옆으로 도열해 있었다. 드레베와 디오를 보며 아무도 인사조차 없었다. 드레베는 기죽지 않으려고 애써 편안한 표정을 지었지만 누가 봐도 억지웃음이었다. 디오는 겁이 나서 죽을 지경이었다. 하지만 데메의 권력이 탐나는 디오는 드레베를 따라나섰다. 그러나 디오는 곧바로 후회했다. 너무나도 살벌한 학생들은 이제 통제가 가능해 보이지 않았다. 언제든지 충동적으로 자신들을 고문하고 죽일 것만 같았다. 드레베와 디오는 데메가 달려있는 장대를 향해 천천히 걸어갔다.

드레베와 디오는 데메의 장대 앞에 도착했다. 멀리서 볼 적에는 시체인 줄 알았다. 하지만 데메는 아직 죽지는 않았다. 겨우 입을 열어서 네, 아니오만 말할 수 있는 정도로 초주검이 되어 있었다. 드레베가 주위를 둘러보았다. 자신들이 들어오는 길에 양옆으로 섰던 학생들은 이미 자기의 뒤를 막고 분위기를 험악하게 만들고 있었고 바로 앞에는 더둘로가 있었다. 더둘로의 뒤에는 치가 떨리는 엘루마가 비웃음을 억지로 참으며 내려다보고 있었다. 더둘로가 아무런 말을 하지 못하자 더둘로의 옆에 있던 비람이 앞으로 나왔다.

"어려운 발걸음을 해주셔서 감사드립니다. 아시다시피 지금 이 나라는 썩을 대로 썩어서 많은 생물들이 고통 중에 있습니다. 대화로 풀어보려 부단히 노력하고 오래 참고 기다리고 또 기다렸습니다. 하지만 이제 더 기다리기는 어렵게 되었습니다. 그래서 이 나라를 바로잡고자 저희들이 일어섰습니다. 개인적인 이득을 위해 그런 것이 아닌 줄 원로들께서 더 잘 아실 겁니다. 하여, 이제 역적이요 독재자인 데메를 어찌해야 좋을지 상의드리고자 모셨으니 고견 부탁드립니다."

말은 막힘이 없었다. 드레베는 그런 비람이 가장 역겨웠다. 말은 공손했지만 말하는 투는 경멸 그 자체였다. 말하는 내내 뒤를 돌아보며 선동하는 폼은 더욱 밉상이었다. 하지만 드레베는 눈치가 있는 자였다. 그저 이럴 때에는 먼저 말하는 놈이 먼저 맞게 되어 있다는 걸 누구보다도 잘 알았다. 드레베는 말을 하지 않고 디오를 바라보았다. 드레베의 눈길을 받은 디오는 엉겁결에 입을 먼저 열었다.

"그게… 그러니까 내 생각으로는……."

무슨 말을 해야 할지 몰라서 더듬거리는 디오에게 고임이 찬찬히 말했다.

"원로께서 하실 말씀이 있으시면 분명하게 해주셔야 합니다. 이건 나라를 새롭게 세우는 일이기도 하지만 무엇보다도 정의의 기준을 다시 세우는 일입니다. 비록 우리에게 나라가 없어도 정의가 살아있다면 모두가 바르고 행복하게 살 수 있지 않겠습니까? 그런 의미에서 원로께서 해주시는 말 한 마디 한 마디가 정의가 되어야겠지요. 안 그렇습니까?"

디오는 고임의 말이 정확히 무슨 말인지 몰랐다. 하지만 대략은 좋은 말 같았고 무엇보다도 정의로운 말로 들렸다. 사실 고임의 말은 내용이 없었다. 바람의 웅변처럼 내용보다는 감성에, 논리보다는 직관에 호소하는 말이었다. 디오는 이해할 수 없는 말이었지만 고개를 크게 끄덕였다.

"맞는 말이다. 정의가 서는 나라가 되어야겠지. 그럼 그렇고 말고."

디오는 최대한 있어 보이는 말을 생각나는 대로 말했다. 그러자 바람이 큰소리로 말했다.

"디오 원로께서 정의를 세우라 말씀하셨다."

그러자 바로 이어서 바람 뒤에 선 자들과 드레베와 디오를 둘러싼 자들이 큰소리를 내며 주먹을 흔들었다.

"와, 와, 옳소. 옳소. 데메에게 죽음을. 민초들에게 나라를. 정의가 바로 서는 나라 만세!"

모두들 한 목소리로 외쳤다. 드레베는 가슴을 쓸어내렸다.

'멍청한 디오 덕에 오늘 내가 살았다. 하지만 진정 무서운 아이들이다. 어쩌다 일어난 일이 결코 아니다. 아주 치밀한 조직이야. 역할 분담이 무서울 정도로 치밀하고 주도면밀하다. 나도 앞으로 살려면 힘들겠다.'

드레베는 스르르 그들의 구호를 따라했다. 드레베가 구호를 따라하자 디오는 더 큰소리로 구호를 외쳤다.

광기의 시위대는 데메의 몸뚱어리를 향해 칼과 돌과 화살을 던졌다. 드레베와 디오는 더욱 세게 던졌다. 광기 사이에 낀 디오는 바람이 쥐어준 칼을 들고 데메에게 다가갔다. 그리고는 꺼져가는 데메에게 마지막 인사를 눈으로 했다. 그리고는 힘 있게 찔렀다.

데메를 죽인 디오의 소식은 동영상으로 만들어져서 삽시간에 빠르게 퍼져나갔다.

"잔인… 악독이라. 실체를 눈으로 보니 살 떨리는군."

"잔인과 악독은 왜 이렇게 강할까?"

"그건 전염성이 강해서 그래. 탐욕과 결합한 잔인은 악독으로 달려가기 쉽지. 생물들은 이미 악독에 전염되어 있어. 그러니 강하지. 군사가 많잖아."

"전염이라 적절한 표현이군. 거짓이 하는 말이지만 적절해."

"교만이 칭찬을 하니 웃기는군 그래."

"그런데 다시 궁금한 것이 생겼어. 왜 요나의 행동은 전염성이 없었지? 보고 배울 점이 많았잖아? 그런데 왜 전염이 안 되었을까? 나는 그게 궁금해."

산골 디오의 집

산골로 돌아온 디오는 꿈을 꾸는 것 같았다. 어느 누구와도 만나기 싫었다. 만날 용기도 없었다. 디오는 홀로 산 위 통나무집에서 하늘을 올려봤다. 변함없이 휘몰아치는 소용돌이. 디오는 갑자기 요나가 생각났다. 죽어가면서 자신을 보던 요나의 눈이 생각났다. 요나의 눈동자가 하늘의 소용돌이와 닮았다는 걸 이제 깨달았다.

죽어가던 요나의 눈동자는 많은 걸 이야기했다. 디오는 알 수 있었다. 요나가 말하려는 것이 무엇인지 알았다. 하지만 디오는 애써 외면했다. 그래서 지금 더욱 괴로웠다. 디오는 눈을 질끈 감았다. 하지만 눈을 감아도 눈동자는 더 생생했다. 디오는 괴로웠다.

"아… 어쩌다 이 지경이 되었는가?"

디오는 꿈이었으면 좋겠다는 생각뿐이었다. 디오는 자리에 앉아서 탄식만 했다. 한참 동안 앉아있던 디오의 눈에 무언가가 어른거렸다. 아고라에서 온 초대 문자였다. 보기가 두려웠다. 하지만 보고 싶은 유혹은 너무나 강했다. 주저하고 또 주저하던 디오는 눈을 두 번 깜박여 지옥문을 열었다. 그리고는 눈으로 쏟아져 들어온 저주와 막말. 그야말로 아고라였다. 아고라의 악마들이 익명의 탈을 쓰고 악독한 말을 비수처럼 퍼부었다. 디오는 혼자의 힘으로 이길 수 없었다.

견디기 어려운 때에 옆에 누군가 있을 때와 없을 때는 정반대의 결과를 가져왔다. 디오의 머릿속으로 지난날들이 한바탕 지나가고 나서 디오는 숨겨두었던 봉지를 꺼냈다. 요나에게 주었던 그 봉지였다. 다시 요나가 생각났다. 부르르 떨리는 손에 잡힌 봉지에서 하얀 가루가 튀었다. 디오는 눈물이 났다. 왜 그런지 모르지만 요나처럼 눈물이 났다. 고개를 들었다. 디오의 눈으로 하늘의 소용돌이가 들어왔다. 떨리는 봉지를 들었다. 그리고는 입 안으로 털어 넣었다.

꿀꺽. 디오가 마지막으로 들은 소리였다. 허무했다. 물의 생물로 깊음의 근원을 위해 한평생을 바친 생물로서 그렇게도 박수소리를 듣고 떠나길 원했지만, 정작 마지막에 들려온 소리는 치욕의 소리였다. 디오는 서서히 사라지는 의식 속에서 마지막까지 요나의 눈동자를 보았다. 그리고 모든 것이 사라져버렸다.

이곳은 깊음의 근원, 산골의 왕으로 살았던 디오의 별장이었다.

얼마 후, 디오의 소식을 들은 드레베는 별다른 느낌이 없었다.

"갔는가?"

담담하게 말하곤 잊어버렸다. 드레베의 딸은 아빠가 디오처럼 될까봐 좌불안석이었다. 딸이 옆에서 떨어지지 않자 드레베는 이상하다는 표정으로 말했다.

"나는 디오와 다르니 걱정하지 마라. 갈 길이 다르다."

딸은 어쩔 수 없었다. 하지만 불안한 마음이 가시지 않았다.

"삼 일에 한 번씩 올게요."

딸은 겨우 허락을 맡고는 집으로 돌아갔다. 딸의 집과 드레베의 집은 멀지 않았다. 하지만 잘못된 선택은 순식간에 일어나는 법이었다.

불안이 현실로 실현되는 순간은 엄청난 자책과 고통이 뒤따르기 마련이다. 딸이 집으로 돌아가고 3일이 지났다. 딸이 잔뜩 챙겨서 드레베의 집에 나타났다. 곧이어 딸의 비명과 울음소리가 온 동네를 울렸다. 하지만 그 동네의 어느 생물도 달려오지 않았다. 딸의 울음소리는 끊어지지 않고 허공을 울렸다.

공기가 가벼우면 소문은 더 빨리 퍼졌다. 디오에 이어 드레베의 비극은 깊음의 근원을 한 바퀴 도는 데에 한 나절이면 충분했다. 현실의 공기는 매우 무거웠지만 아고라의 공기는 너무나도 가볍고 생기가 넘쳤다. 디오와 드레베를 향한 저주와 막말 그리고 거짓말까지 모든 악한 말들이 가벼운 아고라를 통해 빛의 속도로 날아다녔다.

때로는 떼로 몰려다니다가도 필요하면 헤쳐모여 둘이 되었다. 그랬다가 다시, 한 번도 본 적 없는 자와 형제가 되고 어제의 형제를 적으로 몰아세웠다. 아고라는 고삐가 없는 망아지와 같았다. 문제는 그 망아지의 손에 시퍼런 칼이 들려 있다는 것과 망아지의 가슴에 양심이 없다는 것이었다.

깊음의 근원은 급격하게 추락했다. 아고라에서 정의를 외치고 평등을 노래했지만 그 정의는 선택적 정의였다. 나에게는 너무나도 관대하고 남에게는 한없이 악독한 정의. 선택적 정의는 이제 숭배의 대상이 되었다. 눈치가 있는 모든 생물들은 말끝마다 정의를 들먹였다.

하지만 현실에서의 부와 권력은 더욱 한쪽으로 기울어만 갔다. 제한이 풀린 악은 이제 모든 생물들의 원초적인 본능 안에 숨은 탐욕을 깨웠다. 이제 탐욕을 막을 최후의 보루는 가슴 속 깊이 밀려난 양심밖에는 없었다. 하지만 생물들의 양심은 너무나도 깊이 숨어있었다.

"디오와 드레베가 죽었어. 그럼 이제 한 가지는 분명해졌군."
"뭐가 분명하다는 거지?"
"우리의 마지막이 분명해졌다는 것이겠지. 안 그래?"

"역시 거짓은 지혜로워. 맞아. 우리의 마지막이야. 디오나 드레베를 보면…"
"아니야. 그건 그들이 약해서 그래. 우리처럼 강하면 절대 자살로 마감하지 않아."

"그게 아니야 바보야. 악은 마지막도 악으로 마감한다는 거지. 안 그래?"

"아니. 반은 맞고 반은 틀려. 악은 마지막에 또 다른 악으로 마감한다는 거야. 디오나 드레베는 교만했어. 그렇다고 교만이 죽인 거는 아니지. 교만을 교만이 죽여야 네놈의 말이 맞는 거지만 디오와 드레베는 달라. 교만한 놈들이었지만 그들을 죽인 거는 결국 악독이라 할 수 있지. 악독 앞에서 두려워진 거야. 디오는 악독이 두려워 죽었고 드레베는 악독에게 모든 것을 뺏기고 나서 상실감에 죽은 거지. 너희들도 조심해. 악독을… 동궁을 조심해."

엘루마는 이제 두려울 것이 없었다. 굳이 왕이 될 필요도 없었다. 이미 왕처럼 행동하는 엘루마에게 왕이라는 타이틀은 거추장스럽고 공격을 부르는 위험한 놀이기구와 같았다. 니골라는 왕이 된 엘루마에게 착 달라붙었다. 니골라는 엘루마가 원하는 것을 잘 알았다. 엘루마도 니골라가 필요했다. 니골라와 엘루마는 서로를 잘 알았다. 서로 좋아서 함께 하는 것이 아니라는 사실도 알고 있었다. 둘이 뭉쳐야만 살 수 있다는 생각에 원로원과 왕을 합쳐 놓은 기구를 하나 만들기로 하였다. 니골라가 말했다.
"정의라는 단어가 들어가는 것이 좋겠군."
그러자 엘루마도 한 마디 했다.
"양심도 넣자."
그래서 탄생한 조직의 이름은 바로 '깊은 양심적 정의'였다.

'깊은 양심적 정의'는 국가의 정부와도 같았다. 무소불위의 권력을 가졌다. 원로원을 따르던 빙골이나 산골 그리고 밭골도 모두 '깊은 양심적 정의'의 권고를 따랐다. 물론 '깊은 양심적 정의'는 명령을 내리는 조직이 아니었다. 단지 권고만 할 뿐이었다. 하지만 깊음의 근원에 사는 모든 생물들은 그 권고가 가장 무서운 명령과 같다는 사실을 알고 있었다. 만약 그 권고를 무시하면 언제가 아무도 모르게 죽음을 당할 것을 알았다. 디오와 드레베처럼 될 것을 알았다. 그랬기에 생물들은 아무 말도 하지 못하고 묵묵하게 권고를 따랐다.

엘루마는 늘 착하고 밝은 얼굴로 생물들에게 '생물들 스스로 주인이 되는 민주주의'의 위대함을 역설했다. 지난날의 왕정을 어둠의 시대라 하면서 이제 새로운 시대로 나가자고 웅변했다. 생물들은 아침에 일어나면 아고라를 통해 엘루마의 얼굴을 보았다. 고개를 숙이지 않는 이상 꼭 한 번은 보았다.

엘루마를 따르는 학생들은 여럿이서 몰려다녔다. 비람을 비롯한 고임과 야빈 등등은 학생들을 이끌고 몰려다녔다. 그들의 손에는 작은 칼부터 긴 죽창까지 무기가 들려있었다. 이유는 치안을 위해서라지만 생물들은 모두 알고 있었다. 그것은 공포를 위한 것이었다. 공포는 복종을 낳았기 때문에 엘루마는 통치를 위해 공포를 조장했다. 그러나 어린 생물들은 갈수록 교만해지고 있었고 엘루마는 지능적으로 부패하고 있었다.

하지만 아고라에서 잘 통하던 거짓 선동도 현실의 벽을 넘기는 어려웠다. 선동하며 돌아다니는 학생들은 고삐 풀린 망아지였다. 엘루마처럼 자신을 세련되게 포장하는 기술이 없었다. 떼로 몰려다니는 학생들은 다른 생물들과 이런 저런 이유로 시비가 생겼다.

비람의 튀어나온 입은 아무에게나 독설을 날리며 욕을 퍼부었다. 독설을 들은 생물들의 대부분은 참았지만 자존심이 상한 생물들은 비람과 논쟁을 했다. 하지만 그런 논쟁과 시비의 끝은 꼭 피를 보았다. 비람은 피를 즐거워했다. 비람이 생물 하나를 고르면 나머지 학생들이 칼로 찌르거나 죽창으로 목숨을 끊었다. 그리고는 다른 학생들이 나타나서 죽임을 당한 생물이 평소에 얼마나 나쁜 생물이었는지 확인되지 않은 이야기를 떠들었다. 그러면 그 광경을 지켜보던 생물들은 모두 벙어리가 되었다. 피의 광기에 물든 비람과 고임 앞에서는 침묵만이 생명을 지키는 길이었다. 비람과 고임은 자신들에게 복종하면 살려줬고 그렇지 않으면 잔인하게 죽였다. 물론 더러운 누명을 덮어씌우는 건 필수였다.

학생들의 미숙함은 피를 본 이후에 더욱 드러났다. 시비 끝에 죽인 생물을 몰래 숨기는 그런 야비함이 학생들에게는 없었다. 죽어 마땅하다고 생각한 학생들은 데메를 매달았던 장대에 죽은 생물의 시체를 달았다. 그리고는 그 장대의 밑에 죽은 생물의 죄를 조목조목 적었다. 물론 그건 거짓말이었다.

데메가 달렸던 장대는 신성한 장소처럼 여겨졌다. 학생들이 시체를 장대에 달면 비람이 다른 생물들을 불러 모아서는 일장 설교를 하였다. 그때에 눈을 찌푸리는 자는 다시 매를 맞았고 매를 맞으면서도 저항하는 자는 죽였다. 그리고 장대에 매달았다. 비람은 튀어나온 입을 열어 강하게 말했다.

"이제야 정의가 바로 선 나라가 되었다!"

엘루마가 불러일으킨 선택적 정의는 그의 제자들에 와서는 집착이 되어버렸다. 피를 부르는 집착, 죽음을 불러일으키는 집착, 이성과 양심을 말살하는 집착은 무서운 결과를 불러왔다. 집착적 정의에 사로잡힌 어린 학생들은 아침에 눈을 뜨고 밤이 되어 잠이 들 때까지 집착의 대상을 찾아 헤매었다. 상대방을 반드시 박멸해야 하는 벌레로 여기는 집착적 정의는 폭주하는 기관차와 같았다. 반드시 파멸로 몰아가고야 마는 집착적 정의는 뜨거운 피를 먹으며 점점 성장했다. 비람은 생물을 많이 죽인 공로로 '깊은 양심적 정의'의 상임 간사가 되었다. 그것을 보며 자란 학생들은 제2의 비람을 꿈꾸며 더욱 피바람을 일으키고 다녔다.

높이 올린 장대에 달린 시체는 공포를 일으켜 복종을 불러올 수도 있었지만 그런 일이 점점 많아지자 생물들은 이제 역겨움을 느끼며 저항하기 시작했다. 서서히 수군거리는 생물들이 생기자 엘루마는 더둘로를 다시 찾았다. 그리고 더둘로를 다그쳐 수군거리는 생물들이 누군지 얻어내었다.

엘루마는 아고라를 통해 자신들에게 저항하는 생물들을 암살했다. 생물들은 아고라에 접속하려고 자신의 땀이나 물을 아고라로 보냈다가 그것을 다시 받아서 소통했다.

엘루마는 그 물에 장난을 쳤다. 독약을 슬쩍 넣은 것이었다. 그러면 어느 날 자신들에게 저항하던 생물들은 하나 둘씩 사라지게 되었다. 사인은 원인불명으로 처리했다. 아고라는 익명이었기에 반대하는 생물들을 암살하는 데에 유용했다. 생물들은 저항하던 생물이 하루아침에 죽어나가는 것을 보며 모두 입을 걸어 잠갔다.

더둘로는 자신이 만든 거미집과 아고라가 탐욕과 욕망의 앞잡이가 되는 것을 보며 분노했다. 더둘로는 더 이상 참을 수 없었다. 엘루마도 니골라도 비람과 고임, 모두 버러지였다. 옳지 못한 일을 저지르고도 뻔뻔한 얼굴로 돌아다니면서 칭찬 세례를 받았다. 비람은 자신 앞에서 칭찬하는 생물들이 조금이라도 칭찬이 부족해 보이면 다음날 암살해 버렸다.

더둘로는 자신이 만든 거미집과 아고라가 저주스러웠다.

'내가 만든 아고라는 이런 모습이 아니다. 정의롭고 정직하고 자유롭게 이야기하고 토론하는 신성한 곳이었다.'

더둘로는 혼자 생각하는 시간이 많아졌다. 집 안에 혼자 틀어박혀서는 벽을 보고 혼잣말로 이야기했다.

"처음에는 데메 같은 부패한 자들이 나라를 망치는 줄 알았다. 하지만 이제 보니 데메의 부패는 나라를 망치지는 않는 부패였다. 데메의 부패는 너무나도 역겨워서 따라하는 생물이 없기 때문이다. 하지만 엘루마의 위선적 부패는 나라를 넘어뜨렸다. 거짓말과 위선은 치료제가 없는 불치병이다. 부패한 엘루마의 선택적 정의가 신실하고 정직하던 나라를 한순간에 망하게 하였다."

더둘로는 지금의 상황이 너무나 역겨워서 견딜 수가 없었다. 더둘로는 마지막이라 생각하고 엘루마를 찾아갔다. '깊은 양심적 정의'의 위원장이 된 엘루마는 더둘로가 온 줄 알면서도 모른 척했다.

"없다고 해."

더둘로는 엘루마의 말을 문 밖에서 들었다. 더둘로는 한때 존경했던 엘루마가 자신을 개처럼 여기는 모습에 큰 충격을 받았다. 하지만 어쩔 수 없었다. 더둘로는 문 앞에 서 있던 비람에게 말했다.

"꼭 선생님을 뵙고 싶은데 말 좀 해줘."

그러자 비람은 힐끗 한 번 보더니 말했다.

"할 말 있으면 나한테 해. 위원장님은 바빠."

더둘로는 비람보다 선배였다. 비람은 더둘로 앞에서 고개도 들지 못했던 아이였다. 더둘로는 불끈 불이 치솟았지만 꾹 참고 말했다.

"묻고 싶은 게 있어서 왔다. 수군거리는 생물들을… 아고라로 암살한 거

맞니?"

더둘로는 애써 돌려 말할 필요가 없다고 생각했다. 비람은 더둘로의 말을 듣고는 잠시 놀라더니 실실 웃으며 말했다.

"선배, 이제야 알았네. 그럼 솔직하게 말해 주지. 내가 그랬어. 매번 때려서 죽이려니 힘이 들잖아? 그래서 그냥 깨끗하게 처리했어. 너무 마음에 두지 마. 없어져야 하는 쓰레기들 청소한 거뿐이니까. 이게 다 이 나라를 위해서 한 일이야."

더둘로는 참담한 마음이 들었다. 한대 쳐주고 싶었지만 억지로 참았다.

"나라를 위한다는 말은 어디서 많이 듣던 말이네. 데메한테 좋은 거 하나 배웠구나."

"데메 같은 반혁명 분자들이랑 나랑 비교하지 마."

"좋아 그건 그렇다 치고. 쓰레기라… 근데 하나만 묻자. 그 애들이 쓰레기인지 아닌지는 누가 정하는 거니?"

비람은 튀어나온 입을 앞으로 모아 말했다.

"내가 정해. 내가 정한다고. 누가 쓰레기인지 누가 개인지 내가 정해."

더둘로는 마지막으로 인내했다.

"네가 뭔데 정하니? 네가 정하는 게 정의야? 그게 '깊은 양심적 정의'에서 말하는 양심이고 정의야?"

비람은 더둘로의 말을 듣고는 더둘로의 코앞으로 얼굴을 들이밀었다. 그리고는 튀어나온 입을 열어 말했다. 비람의 더러운 입냄새가 코를 찔렀다.

"더둘로, 선배라고 봐줬더니 이제는 천지구분 못하고 나를 가르치려고 하는구나. 더둘로 잘 들어. 너는 개고 나는 주인이야. 이것도 내가 정해. 나라를 바로 세우고 정의로운 세상을 만드는 나, 비람이 바로 정의라고. 내가 생각하는 거 내가 결정하는 거 그게 바로 정의라고. 알았어? 주인이

시키는 일이나 잘하고 살아. 그동안 공로가 있어서 죽이지 않는 것이니 감사하며 살도록 해. 알았으면 꺼져."

비람은 놀란 더둘로의 뺨을 톡톡 쳤다. 옆에 서 있던 고임이 경멸하는 눈빛으로 보며 말했다.

"쓰레기 개 주제에 주인에게 대들기는."

더둘로는 눈물이 앞을 가려서 제대로 걸어갈 수 없었다. 앞이 보이지 않으니 뒤를 돌아가다가 돌부리에 걸려 넘어졌다. 넘어진 자신을 보며 경멸하는 비람과 고임의 비웃음이 들려왔다. 그 순간, 더둘로의 몸은 부들부들 떨었지만 의외로 머릿속은 차분해졌다. 이상했지만 사실이었다. 더둘로는 차분한 머릿속으로 하나의 장소가 떠올랐다. 그곳은 빙골이었다.

더둘로는 쓸쓸하게 발걸음을 돌렸다. 학교를 나온 더둘로는 빙골로 갔다. 더둘로가 빙골로 갔다는 보고를 받은 엘루마는 고개를 갸웃거렸다.

"빙골? 내버려둬라. 추운 곳에 가서 스스로 죽으려나 보다. 이제 쓸모도 없으니 빙골에서 오면 그때 적당히 트집을 잡아 죽여야겠구나."

엘루마의 말을 들은 비람과 고임은 튀어나온 이를 드러내며 웃었다. 엘루마는 이제 왕보다도 강한 자였다.

"끔찍하군. 어떻게 우리보다 더 악할까?"

"그러게. 근데 어디서 많이 들어본 대사 아니야? 교만?"

"그렇지? '내가 정해. 내가 정한다고.' 이 말 어디서 많이 들었지? 안 그래? 교만?"

"실은 나도 놀랐어. 그건 그렇고… 비람이 저렇게 죽이면 그 많은 놈들을 언제 다 죽일 수 있을까?"

"거짓 네놈이 장담한 시간은 이제 얼마 남지 않았다."

"후후, 두고 봐. 거의 다 왔어. 이제 탐욕이라는 마차에서 내릴 시간이라고 후후후."

한 달 후, 깊은 밤, 호수

모두 잠에 곯아떨어진 깊은 밤이었다. 빙골로 갔던 더둘로가 호수에 나타났다. 더둘로는 커다란 통을 메고 있었다. 목에 걸어서 앞으로 멘 통 안에는 하얀색 가루가 가득 차 있었다. 더둘로의 눈에서 광채가 나왔다.

'이것만 있으면 내가 꿈꾸는 그런 세상이 온다. 깨끗하고 정의로운 세상이 될 수 있다.'

더둘로는 오래 생각하지 않았다. 더둘로는 커다란 통을 메고 오베르언덕을 올랐다. 한밤중이었지만 더둘로는 거침이 없었다. 수없이 생각하고 수없이 다녀간 길이라 대낮처럼 걸어갔다. 더둘로는 싸이프러스나무를 지나갔다. 그곳에는 먼지가 되어 사라진 두기고의 옷가지만 남아있었다. 두기고의 옷에는 아직도 단도가 깊이 박혀있었다.

더둘로는 마음속으로 미안했다.

'죄송합니다. 제가 잘못했습니다.'

더둘로는 언덕을 내려갔다. 옆으로 고개를 돌려보니 요나가 죽은 그 모습 그대로 앉아있었다. 더둘로는 가슴이 불에 덴 것처럼 화끈거렸다. 더둘로는 그 자리에 섰다. 그리고는 요나를 정면으로 바라보며 깊숙이 허리를 숙였다.

'저를 보고 계시는 걸 알고 있습니다. 제가 참회하는 걸 보아주십시오. 제가 뿌린 악을 제 손으로 거두는 걸 보아주십시오. 지옥에서 기다리고 있겠습니다. 당신은 진정한 물의 왕이십니다.'

더둘로는 한동안 허리를 펴지 못했다. 허리를 굽히고 한참을 그대로 있었다. 더둘로는 허리를 펴고는 호수 한가운데로 미끄러져갔다. 단단한 호수는 더둘로를 받쳐주기에 충분히 단단했다. 더둘로는 너른 호수의 한가운데에 도착했다. 대략 짐작으로 다가간 곳에서 눈을 들어 하늘을 보았다. 유일하게 소용돌이가 없는 하늘이 보였다. 세 개의 소용돌이가 겹치는 곳이었다. 더둘로는 고개를 내려 호수를 보았다. 손톱만한 구멍이 보였다. 소용돌이가 없는 하늘 바로 아래였다.

'이 지점이다. 이곳이 하늘의 물과 소통하는 바로 그 지점이다.'

더둘로는 커다란 통을 어깨 위로 들었다. 조금도 주저하지 않았다. 더둘로는 통을 들고 다시 한번 생각했다.

'더러운 것들 모두 없어져야 한다. 깨끗하게 사라져야 한다. 이게 옳은 일이다. 내가 하는 이 일이 옳고 바른 길이다. 내가 옳다. 이제 나는 쓰레기들을 모두 몰고 지옥으로 들어간다.'

더둘로는 통을 뒤집었다. 그러자 하얀색 가루가 조금씩 호수로 쏟아져 내렸다. 더둘로는 아름다운 빛이 호수로 쏟아진다고 생각했다. 밝고 빛나는 빛이 자신이 만든 호수, 더러운 호수로 들어가 모든 것을 깨끗하게 만들거라 생각했다. 더둘로가 쏟은 하얀 가루는 자석이 달린 것처럼 작은 구멍으로 급격하게 빨려 들어갔다. 소리도 나지 않았다. 병목도 없었다. 쓸려 내려가는 속도 그대로 더둘로의 가루는 호수 안으로 쏟아져 들어갔다. 한참 후에 더둘로가 미련 없이 뒤돌아 나왔다. 더둘로는 다시 어둠을 걸어서 아무 일도 없었다는 듯 호수 밖으로 나왔다. 더둘로는 어둠 속에서 어디론가 사라졌다.

다음 날 아침잠에서 깬 생물들은 하나 둘 죽어갔다. 갑자기 고개를 숙이고 고목이 되어 죽어갔다. 누구라 할 것도 없었다. 깊음의 근원을 수백 년 동안 지켜온 용감한 물의 생물이 모두 죽음을 맞았다.

엘루마는 금과 은이 잔뜩 들어있는 창고 앞에서 엎어진 채로 말라죽었다. 니골라는 오베르교회 대성당의 한가운데에서 말라 죽었다. 목이 늘 아팠던 니골라는 목이 부러진 채로 죽었는데 그 손에는 엘루마의 약점을 정리한 책이 들려있었다.

입이 튀어나온 바람과 고임도 모두 말라서 죽었는데 그들의 손에는 시퍼런 칼이 들려있었다. 바람과 고임의 말라버린 피의 색은 시커먼 색이었는데 바람과 고임의 시체 앞에는 '깊은 양심적 정의'라는 간판이 부러진 채로 너부러져 있었다. 하지만 신기하게도 그 간판을 적신 바람과 고임의 피 때문에 다음과 같은 글씨로 보였다.

집착적 정의

요나를 죽인 그 독약은 깊음의 근원의 모든 생물을 죽여버렸다.

오베르언덕 위 싸이프러스나무 위 꼭대기에는 더둘로가 눈을 부릅뜬 채 죽어있었다. 싸이프러스나무가 온몸을 휘감고 목과 척추를 졸라매서 죽여버렸다. 더둘로의 피가 흘러내렸는데 신기하게도 그의 피도 역시 검은 색이었다. 더둘로는 밖으로 거의 튀어나온 눈으로 오베르 마을을 보며 죽어있었다.

오베르언덕, 싸이프러스나무 앞
옛뱀은 늠름하게 싸이프러스 앞에 멀찍이 섰다. 쉭쉭- 소리를 내며 싸이프러스나무가 회초리를 휘둘렀지만 옛뱀까지는 길이가 짧았다. 옛뱀은 넉넉한 웃음을 지었다.

"보았느냐? 교만과 포악. 나의 오랜 친구 안에 숨은 비겁한 사탄아. 너는 교만과 포악, 나는 거짓. 누가 더 위대한가? 하하하."

사탄은 아무 말이 없었다. 충격이 상당한 모양이었다.

"흐흐흐 할 말은 없겠지. 자, 그럼 더 충격적인 이야기를 들려주지. 잠시만 기다려라. 아스라한 옛 기억을 되살려 줄 테니."

옛뱀은 느릿하게 언덕을 내려갔다. 포근하게 내리쬐는 햇볕은 따사로운데 옛뱀은 이 순간을 즐기려는 듯 천천히 내려갔다. 리워야단은 아무 말이 없었다. 살벌한 두 눈을 가늘게 뜨고 아무 말 없이 보고만 있었다.

옛뱀은 언덕을 지나 마을 한가운데로 들어갔다. 죽음의 냄새가 진동했다. 곳곳에 죽은 생물들의 시체가 믿기지 않을 정도로 많았다. 불과 어제만 해도 오베르에는 죽은 생물이 한 명도 없었다. 하지만 옛뱀의 장담대로 떼죽음을 당했다.

사탄은 두려웠다. 옛뱀이 두려워졌다. 하지만 경악할 일은 그 다음에 일어났다. 죽은 시체가 널브러진 마을 한가운데를 지나 뾰족한 첨탑이 솟아 있는 교회로 들어갔다.

사탄은 의외였다. 옛뱀이 회개하러 들어갈 리도 없었다. 사탄은 흥미를 가지고 지켜보았다. 그리고 잠시 후, 사탄은 교회로부터 들려오는 파이프 오르간 연주를 듣고는 새파랗게 질려버렸다.

"헉 이것은……."

믿기지 않는 얼굴을 한 리워야단이 싸이프러스나무를 나오려고 힘을 주었다. 그 순간 호수가 성난 파도처럼 움직였다. 당장이라도 넘쳐서 뛰어나올 판이었다. 사탄은 등골이 시큰했다. 리워야단이 다시 힘을 풀자 싸이프러스나무도 같이 힘을 풀었다.

교회로부터 들려오는 그 연주는 바로 사탄이 하나님으로부터 받았던 그 곡이었다. 단순한 선율이 파도치며 흐르는 곡은 어렵지 않았다. 하지만 지난날 사탄은 그 곡을 연주하지 못했다. 마음속에 숨어있던 영혼의 파편들 때문이었다. 사탄은 그날의 고통이 갑자기 몰려왔다.

"악, 악, 악!"

짧게 비명을 질렀다. 그 사탄의 비명을 듣고 있는 옛뱀은 더욱 신이 났다. 옛뱀은 오르간 건반 위에 올라간 채로 연주를 했다. 손과 발이 없는 옛뱀은 등뼈를 꺾어 건반을 때리며 연주를 하고 있었다.

"하하하 사탄, 손이 없어도 발이 없어도 오르간을 연주하는 데에 아무런 지장이 없다. 너는 멀쩡한 두 손을 가지고도 하지 못한 연주를 나는 얼마든지 할 수 있다. 자, 잘 보아라."

옛뱀의 연주는 이제 변주로 들어갔다. 원래 있던 곡 멜로디가 바탕이 되어 다른 박자 다른 느낌의 곡이 되었다.

사탄은 사색이 되었다.

"네가 어찌 그 곡을 아느냐? 악보는 이미 찢어지고 없어졌는데."

옛뱀은 징그럽게 웃었다.

"하하하 너는 아직 멀었다. 내가 그 곡을 알고 있어서 놀랐느냐? 별로 놀랄 일도 아니다. 조금만 생각하면 될 것을… 모른다니 가르쳐주마. 나는 의미없는 행동은 절대로 하지 않는다. 더더군다나 목을 걸고 하는 행동은 이유없이 하지 않는다. 나는 아담을 무너뜨리러 에덴으로 갔다. 여자를 만나 선악과를 먹게 하던 그날에 여자 옆에 붙어있던 아담이 있었지. 둘을 꾀어 선악과를 먹게 한 그날에, 나는 나를 위한 아주 작은 보상을 챙겼지. 그건 바로 아담과 여자의 머릿속에 있던 악보였다. 어느 누구도 알 수 없는 비밀이었던 그 악보를 들었지. 바보가 된 아담과 여자가 친절하게도 들려준 그 곡이 바로 이 곡이다. 나는 이제 하나님의 약속대로 에덴을 이어받을 자격이 되었다. 이제 모든 것은 나의 뜻대로 되었다."

옛뱀의 말에 사탄은 대꾸할 수 없었다. 치밀한 옛뱀의 말은 두려웠다. 리워야단은 조용히 입을 벌렸다. 그리고 한참 후, 느릿느릿 나타난 옛뱀이 리워야단의 입 안으로 들어갔다. 신기하게도 싸이프러스나무는 가만히 있었다.

"아하, 이제 알겠다. 네놈 둘이 어떻게 합쳤는지… 그동안 궁금했는데 이제 알겠다. 좋다. 나도 내 발로 걸어 들어가겠다. 하지만 이제 모든 조건은 내가 정한다. 들어가는 것도 나의 뜻대로, 나오는 것도 나의 뜻대로, 그리고 깊음의 근원을 나가는 것도 나의 방식대로 정한다. 하하하."

옛뱀은 알 듯 말 듯한 이야기를 남기고 리워야단의 커다란 입으로 들어갔다. 그리고는 한참 후에 리워야단은 무언가를 뱉었다. 그것은 싸이프러스나무 회초리에 맞고는 멀리 날아가 언덕 아래 오베르 마을로 떨어졌다.

한참 시간이 흐르자 오베르 마을로부터 옛뱀이 슬며시 기어나왔다. 그리고는 싸이프러스나무를 보고 고개를 갸웃했다.

이곳은 물의 생물이 전멸 당한 깊음의 근원이었다.

대성당, 어거스틴 바리오스 망고레.

La Catedral

1. Preludio Saudade

2. Andante Religioso

3. Allegro Solemne

Agustin Barrios Mangore

클레식 기타 연주: 박규희

악의 수다

"어때? '누가 가장 강한가?' 하는 문제는 이제 결론이 난 것 같은데… 안 그런가? 교만, 포악?"

"인정하지 않을 수 없군. 거짓이 가장 강해."

"교만과 포악과 거짓 중에 그 중에 제일은 거짓이라. 인정!"

"틀렸어. 우리 중 제일은 탐욕이라. 우리보다 탐욕이 더 강해."

"그건 네가 탐욕을 불어넣어서 그런 거야."

"맞아 데메나 드레베 같은 놈들에게 불어넣었겠지."

"돌대가리들. 그런 놈들은 내가 가기 전에 이미 탐욕으로 꽉 차있었어. 그래서 쉬웠지. 부자로 만들어 주니까 알아서 탐욕의 노예가 되더라고. 그런데 비람이나 고임 같은 애들은 달랐어. 내가 쭉 지켜봤는데 그애들은 처음부터 양심이 없었어. 엘루마라는 위선을 보고 배우면서 양심이 사라진 건지, 아니면 원래 그런 놈들인 건지는 모르겠지만 양심을 찾아볼 수 없더라고. 대신 소유욕이 너무 강했지. 보통은 권력이나 평판 중 하나를 원하는 게 정상인데, 이놈들은 둘 다 소유하려고 했지. 나는 그놈들에게서 깊음의 근원을 무너뜨릴 희망을 발견했어. 이놈들이 악을 폭발시키면 되겠다 싶었는데… 그놈들의 악을 폭발시킬 결정적인 한방이 부족했어. 이놈들의 악을 정당화시켜주고 폭발시킬 그게 무얼까? 고민했는데… 그러다가 니골라를 통해 정의라는 단어를 불어넣어주니까 갑자기 부글거리더라고. 그래서 이거다 싶었어. 그래서 내가 딱 한번 만나 주었지. 근데 나를 보고도 놀라지도 않더군. 보통이 아니야. 그래서 내가 딱 한 마디만 말하고는 돌아왔어. 그게 뭘 줄 알아?"

"놀라운데? 그애들을 제자 삼아서 매일 강의를 해준 줄 알았는데… 딱 한 마디라… 믿기지 않는군."

"거짓말 같은데……."

"내가 전에 말했지? 내가 거짓말 하면 너는 거짓말인지 모른다고. 하여 간 나는 딱 한 마디 말했어. 그건 바로 '네가 제일 소중해.'였어."

"뭐라고? 그 말 한 마디에 그렇게 악독해진 거라고?"

"아……."

"그래 그렇게 되었어. 스스로 소중하다고 생각하는 것은 악한 생각이 아니지만… 양심이 사라진 어느 누구한테는 교만으로 해석할 수 있는 거 같아. 비람과 고임의 마음의 중심에, 양심이 있어야 하는 자리에 교만이 자리잡은 거 같아. 하여간 그 말을 듣고는 다음 날부터 폭발을 하더라고. 마음속 어딘가에 아주 조금 남아있던 양심의 찌꺼기마저 사라진 거지. 그리고는 탐욕을 향해 달려가더군. 정의라는 이름의 가면까지 쓰니까 더더욱 악해지더라고. 그러다 보니 자연스럽게 하나의 악을 향해 달려가는데… 그건 바로 악독이야. 비람과 고임은 교만하기도 하고 거짓으로 똘똘 뭉쳐 있으면서 포악하기도 했지. 하지만 결국 그 세 가지 악이 합쳐져서 악독으로 변신하게 된 거야. 그러고 아무나 죽이게 되었지."

교만과 포악은 아무 말이 없었다. 옛뱀의 말에 상당히 충격을 받은 모양이었다. 옛뱀이 계속 이야기했다.

"그런데 정말로 흥미로운 놈은 더둘로야. 알다시피 더둘로는 다른 놈들과는 달라. 정직하고 양심이 있었지. 사실 더둘로에게도 딱 한마디 말했는데 그게 결정타 일 줄은 몰랐어."

"뭐라고 했는데?"

"그놈한테도 네가 소중하다고 했어?"

"아니. 나는 더둘로에게 '네가 정의야'라고 말했어. 더둘로가 마지막으로 엘루마를 만나고 나오던 날 그날 밤에 우리는 빙골에서 만났지. 더둘로 역시 나를 보고 놀라지도 않더군. 나는 더둘로의 눈을 정면으로 보며 말했지. '네가 정의야' 이렇게. 그러고 나서 얼마 후, 깊음의 근원의 모든 생물을 죽이더라고. 그러고 보면, 비람이나 고임 같은 놈들은 진정한 집착적 정의라고 할 수 없어. 탐욕적 집착이라고나 할까? 정의는 절대 아니야. 하지만 더둘로야말로 진정한 의미의 집착적 정의를 행동으로 보여준 거지. 무서운 일이야."

사탄의 쪼개진 영혼들은 더욱 말이 없었다. 옛뱀이 마지막으로 말했다.

"그동안 궁금한 게 있었어. 우리들은 도대체 어떻게 생겨났을까? 누가 먼저 태어났을까? 난 이게 늘 궁금했어. 그런데 이번 일로 알게 되었지. 적어도 순서는 대략 알게 되었는데 우리들 중에는 교만이 먼저야. 그건 우리가 사탄의 껍데기를 모두 나가도 교만은 끝까지 남았기 때문이지. 교만이 껍데기의 주인이었기 때문이지. 그러니 교만이라는 악이 맨 먼저 생겨난 거야. 아니면 원래부터 교만한 영혼이었던지."

옛뱀이 침을 삼켰다.

"교만 다음으로 누가 먼저일까? 나는 그게 궁금했어. 그런데 이제 알게 되었어. 순서는 없었던 거지. 교만 안에 거짓도 포악도 악독도 시기와 배반도 모두 같이 들어있었던 거야. 그래서 에덴의 주인을 가리려고 피아노 앞에 앉았을 그때에, 우리는 한꺼번에 폭발을 한 거지. 우르르 떼거지로 몰려나와서 에덴을 가지려고 아귀다툼을 한 거야. 창조주가 보는 앞에서 개망신을 한 거지. 그만큼 우리는 단순했어."

옛뱀이 숨을 고르며 다시 말했다.

"그런데 이번 생물들은 우리와 달라. 생물들의 시작은 탐욕이었어. 교만이 아니야. 교만이 있어야 우리처럼 쪼개질 텐데 교만은 없었어. 탐욕만 있었어. 그냥 악인 거지. 그런데 문제는 탐욕에 대항해서 싸운 것들이야. 처음에는 정의에서 출발한 생물들이었는데 탐욕에 맞서 싸우다가 나중에는 자신들도 탐욕의 길을 걷더라고. 데메의 탐욕을 손가락질하면서 투쟁한 놈들에게 역시 탐욕이 생겨난 거야. 난 이게 흥미로웠지. 그런데 생각지도 못한 것은 그 탐욕을 거짓으로 포장하고는 스스로 최면을 걸더라는 거지. 1세대 탐욕에 맞서 싸우면서 1세대 탐욕이 실패한 이유를 알게 된 거야. 그래서 자신들이 거짓으로 탐욕을 가려야만 더 탐욕 안으로 들어갈 수 있다고 깨달은 거지. 그래서 택한 방법이 집단 탐욕이야. 스스로 양심에 꺼리는 일이 있을 때에 '다들 그러는데 뭐' 이러면서 정당화하는 방법을 개발한 거야. 그렇게 탐욕을 포장했지만 결국 악독까지는 가지 못했어."

옛뱀이 눈을 빛내며 잠시 쉬었다가 말을 이었다.

"그런데 마지막 승자인 더둘로는 너무나도 흥미로워. 더둘로의 악은 시작이 무엇이었을까? 그건 바로 정의야. 웃기는 말이지만 정의야. 정의는 전혀 악의 성품이 아닌데도 말이지. 정의로움에 불타서 출발한 더둘로가 스승들의 가면을 보고는 곧바로 어디로 갔을까? 그건 우리 중에 없는 악독이야. 거짓도 아니고 교만도 아니고 포악도 아니고 시기도 아니며 배반도 아닌데… 그냥 정의라는 덕목에서 모든 생물을 말살시키는 악독으로 직행한 것은 정의와 악독은 종이 한 장 차이라는 사실을 알려주었어. 우리 중에서 악독이 가장 강할 수 있다는 교훈을 알려주기도 하고."

옛뱀이 잠시 말을 멈췄다.

"우리 중에 악독은 누굴까? 그건 바로 동궁이야. 아리의 영혼 안에 미친개를 넣고, 사탄 네 놈 앞에서 죽어가는 시늉을 하며, 점을 친다는 거짓말로, 사탄을 미치게 만든 동궁의 늙은이들, 그들이야 말로 가장 무서운 놈들일 수 있어. 지금도 그 미친개는 악독에게 충성하려고 무슨 짓을 하고 있는지 몰라. 그래서 너희들은 모두 틀린 거야. 우리 중에 가장 강한 놈은 우리가 아니라 멀리 있는 악독이야. 동궁이라고."

"악독이라. 미친개라."

"그런데 궁금한 게 있어. 더둘로는 왜 갑자기 악독해졌을까? 정의에서 악독이라니… 아직도 이해가 안 돼."

"그건 바로 집착적 신념 때문이지. 악을 악으로 갚고 악은 모두 죽여야 한다는 그런 신념. 자신에게는 적용되지 않아. 왜냐하면 더둘로는 스스로 깨끗하다 생각했거든. 사실 매우 깨끗했어. 그래서 양심에 거리낌 없이 큰

일을 저질렀지. 나는 이걸 보면서 새롭게 깨달은 것이 있지. 우리와 정반대편에 있는 정의도 집착적 신념을 선택하는 순간, 악이 될 수 있다는 사실을 깨달았어. 그것도 가장 강한 악으로 변신할 수 있다는 것을 깨달았지. 그래서 나는 집착적 정의라고 이름을 지었어. 선택적 정의는 악에 악을 쌓다가 결국 악독해져서, 마침내 악독이라고도 불리는 집착적 정의로 달려가지. 잘못된 믿음과 확신은 결국 그렇게 악독으로 직행하지."

옛뱀의 눈이 잠시 흔들렸다. 흔들리는 눈빛은 공포를 본 것 같았다.

"그래서 말인데… 혹시 생각해 봤어? 에덴의 노인, 창조주가 왜 우리를 아직까지 내버려 둘까? 죽이려면 언제든지 죽일 수 있을 텐데 말이야. 가장 정의로운 양반이잖아. 에덴의 미가엘도 에노스도 요나도 모두 정의 그 자체잖아. 그런 놈들이 왜 우리를 죽이려는 노력을 하지 않을까? 기껏 한다는 게 우리를 고립시키든지 스스로 희생하는 일만 하잖아? 가지고 있는 힘에 비해 너무 작다는 생각이 안 들어? 나는 이 생각을 할 때마다 너무나 두려워. 그런데 말이야. 만약에… 만약에 말이야. 우리가 마지막에 천년의 예언처럼 망한다면 말이야. 과연 누가 우리를 망하게 할까? 악일까? 선일까? 죽은 요나일까? 살아있는 에노스일까? 아니면… 비람과 고임 같이 우리를 보고 자란 제자들 중 하나일까? 더둘로처럼 정의에서 악독으로 바로 건너온 놈일까? 사실은 이게 제일 궁금해."

교만과 포악은 옛뱀의 말에 모두 벙어리가 되어 버렸다. 깊음의 근원은 이제 어느 때보다도 더 깊은 침묵으로 들어갔다.

B급들의 이야기 1

귀신들은 사탄이 인간 세상으로 미리 보낸 자들이었다. 인간들을 사탄의 충성스러운 군사로 키우려고 보낸 귀신의 영들이었다. 하지만 사탄이 무저갱으로 들어가고, 달의 제국이 고립되며, 리워야단이 깊음의 근원으로 들어가, 살았는지 죽었는지 모르게 되자 귀신들은 혼란스러웠다.

마몬의 동굴에서 수다를 떨다가 겨우 살아난 귀신들은 각자 살길을 찾아 떠났다. 귀신들 중에 가장 상위에 있던 더러운 세 영은, 귀신들의 수다 그날에, 악한 영에게 두드려 맞고는 악한 영의 노예로 살게 되었다. 악한 영의 쇠구슬 안에 들어가서 살다가, 악한 영이 필요할 때 나와 돕는 노예 신세가 되었다.

악한 영은 그랄에서 헤매던 루시퍼를 구해주고는 루시퍼와 함께 지냈다. 악한 영은 원래 악독한 자는 아니었다. 용족의 주발이 사탄에게 버림받고 악한 영이 된 터라, 세월이 지나면서 더 악해지지는 않았다. 반면에 루시퍼는 하급 귀신이었다. 감히 악한 영을 쳐다볼 수도 없었다. 하지만 세상에서 인간들의 피를 먹고 살던 루시퍼는 갈수록 악해져서 악한 영을 능가하는 강한 귀신이 되었다.

바알과 마몬도 귀신들 중에 낮은 계급으로 출발했다. 세상에 와서는 인간들을 현혹시키는 우상 역할을 했었다. 그러다가 날이 갈수록 인간들이 몰려들어서 절을 하자 바알과 마몬은 스스로 높아졌다. 스스로 강한 줄 착각했다. 그러나 착각은 자유였다. 귀신들의 수다에서 악한 영의 주먹에 치명타를 입은 뒤, 스스로 숨어 살았다. 겨우 목숨만 건져 달아난 마몬과 바알은 가는 곳마다 인간들을 현혹해서 몰래몰래 피를 얻어먹었다. 그리고는 마침내 인간들을 이용해서 두 개의 가문을 이루었다.

바알을 추종하는 가문과 마몬을 따르는 가문으로 나누어져서 두 가문은 서로 전쟁을 하였는데 그 전쟁으로 뿌려진 수많은 피를 얻은 바알은 바알 세불이라는 엄청나게 강력한 귀신으로 발전했다. 마몬은 주로 재물을 모 았는데 그 재물을 지키기 위해 권력과 손을 잡았다.

나날이 강해지던 바알세불은 용사 기드온을 만나 멸망당했다. 기드온은 바알 가문과 바알세불을 완전히 부수어 버리고는 아무도 찾을 수 없는 곳에 묻어버렸다. 하지만 그날 바알세불의 자식 중 하나가 간신히 살아남아서 바알의 명맥을 이어갔다. 세월이 흐르면서 바알세불의 자식은 바알의 모든 힘이 담긴 바알의 눈을 하나 둘 모아갔다.

바알의 눈은 세 개였다. 세 개가 다 모이면 바알의 힘을 되찾을 수 있었다. 그래서 살아남은 바알의 자식은 바알의 눈을 모두 모아 옛날의 영광을 찾으려고 혈안이 되었다. 그러나 바알 가문과 원수처럼 지내던 마몬의 가문도 바알의 눈을 하나 구하고는 대대로 가보로 전해주었다. 바알의 가문이 흥하는 것이 마몬의 가문에 해로웠기에 마몬의 가문은 바알의 눈을 깊숙이 숨겨놓았다. 악마의 종 말코가 귀신이 된 다곤은 박수와 헤어지고 나서 다른 귀신들과 두루두루 어울렸는데 마지막에는 바알의 자손 옆에서 바알을 도우며 지냈다.

이런 B급 귀신들은 스스로 강하다는 착각을 하며 살았다. 사탄처럼 가장 강한 악을 본 기억이 사라진 귀신의 영들은 나약한 인간들 사이에서 살면서 스스로 무적이라는 착각을 하게 되었다. 그러다가 천년의 예언에 관한 소문을 듣게 되었다.

예언에 의해 무저갱의 사탄이 풀려날 수 있다는 소문이 돌자 B급 귀신들은 아수라장이 되어 들썩였다. 사탄에게 줄을 서려는 놈부터 사탄의 군대를 탐내는 귀신까지 다양했다. 귀신들은 이제나 저제나 하면서 세월을 흘려보냈다. 그러다가 옛뱀이 흘린 키메리안의 소문은 그들의 모든 관심을 단번에 끌어당겼다.

귀신들은 키메리안을 얻는 자가 세상의 주인이 될 거라는 헛된 믿음을 가지고 키메리안을 찾으러 세상 곳곳을 돌아다녔다. 게다가 만정을 여는 자가 사탄을 부하로 얻는다는 소문을 믿고 만정을 열려고 혈안이 되었다. 하지만 이들은 어디까지나 사람이나 괴롭히는 양아치 B급 귀신들이었다. 자신들의 뒤를 옛뱀이 쫓아다니는 것은 꿈에도 알지 못했다.

우리엘의 가공할 힘에 만정에서 죽다가 살아난 미친개는 이세벨과 아리를 찾아 죽이려고 세상을 이 잡듯이 뒤졌다. 미친개는 달의 고립으로 동궁과 연락이 되지는 않았지만 스스로 동궁이라고 속이며 귀신들을 조정했다. 동궁을 잘 아는 미친개는 귀신도 속이고 인간도 속였다.

장기판의 말처럼 인간들과 귀신들을 부리는 미친개는 동궁의 고립을 풀기 위해 만정을 열려고 하였다. 하지만 만정을 열려면 이세벨과 박수를 먼저 죽여야 가능하다고 생각했다. 그렇지 않으면 이세벨과 아리가 만정을 가로챌 것이라 생각했다. 그래서 미친개는 얼치기 귀신들을 이용해서 이세벨을 죽이려고 머리를 짜냈다. 미친개는 아무도 모르게 숨어서 키메리안을 찾아다니는 귀신들의 뒤를 쫓았다.

미치광이 화가, 고흐

요나의 도움으로 깊음의 근원을 탈출한 아리는 천신만고 끝에 인간들의 세상으로 나갔다. 옛뱀의 독에 마취되어 송장처럼 살던 아리는 인간들의 세상에서 자유롭게 살 수 있었다. 인간의 세상이라는 큰 바다에 떨어진 한 방울 빗물처럼 흔적 없이 사라졌지만, 아리는 옛뱀이 언젠가 찾아오리라는 걸 알았다.

그래서 아리는 철저하게 숨어 지내기로 결심했다. 옛뱀과 같이 있으면서 배운 것이 흔적도 없이 숨는 방법이었다. 깊음의 근원을 탈출하던 그때, 옛뱀과 숨바꼭질을 할 수 있었던 이유도 옛뱀에게서 배운 방법대로 숨었기에 가능했다. 옛뱀이 지나간 길을 따라 숨었던 아리는 극적으로 옛뱀을 따돌릴 수 있었다. 아리는 옛뱀이 생각하는 것보다 훨씬 끈질기게 숨었다.

하지만 아리는 마냥 어둠 안에서 지내지는 않았다. 요나의 조언처럼, 결혼을 하고 아이를 낳고 농사도 짓고 여느 사람들이 그러하듯 평범한 생활 속에서 숨어 지냈다. 옛뱀은 그것을 알지 못했다. 깊음의 근원을 탈출한 옛뱀의 껍데기는 자신에게서 배운 아리가 어둠 속으로만 다니는 줄 알고 인간들이 없는 곳으로만 다녔다. 하지만 옛뱀은 아리의 그림자도 볼 수가 없었다. 아무리 세상을 뒤집고 다녀도 아리의 흔적은 보이지 않았다. 그러나 옛뱀도 끈질겼다. 언젠간 만나리라는 집착을 양식 삼아 먹으며, 온 세상을 뒤지고 다녔다.

세월이 흐르고 어른이 된 아리는 귀엽고 착한 여자와 결혼을 했다. 옛뱀처럼 거짓말하지 않는 예쁜 아가씨랑 결혼한 아리는 행복했다. 게다가 아리는 아들 하나를 낳았다. 아리는 너무나도 기뻤다. 자신을 끔찍이도 사랑하던 아빠 키메라가 생각났다. 아리는 아들의 이름을 고흐라고 하였다. 하지만 아리는 아들 고흐를 낳고 얼마 되지 않아서 세상을 떠나게 되었다. 옛뱀에게 잡혀있으면서 식물인간처럼 지낸 세월이 너무 길었던 아리는 갈수록 병약했다. 근육이 마르고 수척해진 아리는 눈도 뜨지 못한 고흐를 안아보지도 못하고 죽었다. 가여운 아리는 고통의 세월을 뒤로 하고 한 많은 생을 마쳤다. 아리의 영혼은 그제야 키메리안의 마을로 돌아갔다.

아리의 어린 아내는 간난 아기 고흐를 포기하지 않았다. 가난하고 어려운 삶이었지만 아들 고흐를 업고 억척같이 살았다. 하지만 불행은 연이어 일어났다. 착한 아리의 아내는 어린 고흐를 남기고 세상을 떠나고 말았다.
추운 겨울밤에, 고흐를 업고 꽃을 팔던 아리의 아내는 술에 취한 미치광이가 몰던 마차에 치어서 죽고 말았다. 아들 고흐를 품에 안고 아들 대신 찢겨 죽은 아리의 아내는 눈도 채 감지 못하고 눈밭에서 죽었다. 아리의 아들 고흐는 그렇게 세상에 혼자 남겨지게 되었다.
마침 길을 가던 목사 부부가 그 사고를 보고는 불쌍한 고흐를 데려다 키워주었다. 아리의 착한 아내도 땅에 묻어주었다. 맞은편 길에서 꽃을 팔던 아주머니가 알려줘서 불쌍한 아리의 묘 옆에 묻어주었다. 목사 부부에게는 아이가 없었지만 고흐를 데리고 온 다음 해에 테오라는 아들이 태어났다. 하지만 목사 부부는 불쌍한 고흐를 고아로 버려두지 않고 아들로 키워주었다.

한편 옛뱀의 껍데기는 깊음의 근원에서 나오자마자 미친 듯이 아리를 찾았다. 세상에서 가보지 않은 곳이 없었고 뒤지지 않은 곳이 없었다. 하지만 역부족이었다. 세상은 넓고 아리는 철저하게 숨어 지냈기 때문에 옛뱀은 아리를 찾지 못했다.

옛뱀은 혼자서는 아리를 찾지 못할 것을 알게 되었다. 그래서 옛뱀은 사람들의 소문을 이용하기로 했다. 옛뱀은 아리에 대한 이야기를 조금 과장되게 만들어 세상으로 내보냈다.

옛뱀은 아리를 키메라의 자손이라는 뜻의 키메리안이라 불렀다. 그리고는 아리가 무저갱을 탈출한 키메리안이라고 소문을 냈다. 아리와 같은 키메리안을 손에 넣으면 사탄이 갇혀있는 무저갱을 열 수 있고 그 악마적인 엄청난 힘을 가질 수 있다고 소문을 냈다. 사실 아리는 무저갱에는 가본 적이 없었다. 무저갱에 들어갔다가 나온 자는 옛뱀이었다. 하지만 옛뱀은 교묘하게 거짓말을 했다.

옛뱀의 생각은 큰 성공을 거두었다. 에덴의 큰 전쟁 때에 먼저 인간 세상으로 온 모든 귀신과 악한 영혼들이 키메리안을 찾느라 혈안이 되어버렸다. 소문은 수다를 통해 확대 재생산 되었다. 매우 민감한 소문은 무저갱에서도 퍼졌다. 인간 세상에서 악하게 살다가 죽은 영혼들이 무저갱에 들어가서는 키메리안의 이야기를 하였다. 무저갱에서의 소문은 빛처럼 빨리 퍼졌다. 무저갱에 갇혀있던 사탄도 키메리안을 찾으라고 말할 정도였다.

인간의 세상에 살고 있는 루시퍼와 악한 영, 바알과 마몬, 다곤과 더러운 세 영, 그리고 미친개마저도 옛뱀의 이 덫에 걸려들었다. 이제 옛뱀은 귀신의 영들 뒤만 캐고 다니면 되었다. 영악한 옛뱀은 이제 훨씬 수월하게 돌아다닐 수 있었다.

아리는 원래 동궁이 만들어낸 귀신의 영이었다. 꽃동네의 비극 이후로 아리는 영혼과 육신이 분리되어 있었다. 그러나 사탄이 아리를 고르자 교활한 동궁은 아리의 영혼을 반으로 쪼개고 나서 아리의 육신과 선한 영혼을 시공간의 중간지대에 숨겨 두었다. 그리고 남은 반쪽의 영혼과 미친개의 영혼을 섞어서 세상으로 내보낸 것이었다.

아리의 반쪽 영혼은 악했다. 게다가 미친개의 악독한 영혼이 합쳐진 아리는 그야말로 가장 악한 아이가 되었다. 그러나 아리와 미친개를 혼합한 아리의 영혼은 미처 몸을 얻지 못한 상태에서 세상으로 나가게 되었다. 에노스가 달의 제국을 갑자기 고립시켰기 때문이었다. 동궁의 늙은이들은 급한 김에 달을 보던 키메라의 눈을 통해 아리의 영혼을 키메라의 영혼 속으로 숨겨두었다. 그러다가 키메라가 아들을 낳자 아리는 그 아들의 육신에게로 들어갈 수 있었다. 아이의 이름은 키메라가 아리라고 지었는데, 왜 아리라고 지었는지 자신도 몰랐다.

그렇게 아리는 가장 악한 영혼을 가지고 있었다. 하지만 우리엘의 도움으로 극적으로 살아난 아리는 시공간의 중간지대에서 나머지 반쪽의 영혼을 얻었다. 하지만 아직도 악한 영혼이 섞여 있었다. 아리를 불쌍하게 생각한 여호수아는 백두산 거울의 방에서 아리의 악을 쫓아낼 수 있었다. 그러나 그 댓가는 참혹했다. 쫓아낸 아리의 악을 떠안은 키메라가 죽었다. 키메라는 사랑하는 아들을 위해 기꺼이 목숨을 내놓았다. 아리는 아버지 키메라가 아리 대신 죽는 바람에 키메라의 아들, 순전한 아이 아리로 돌아갈 수 있었다. 여호수아는 아리를 보호하기 위해 아무도 모르는 비밀 공간을 하나 만들었다. 그리고는 아리를 그 공간에 숨겨주었다. 그 공간은 인사동처럼 시간이 흐르지 않는 곳이었는데 키메리안의 마을이라고 불렀다.

그러나 아리의 비극은 거기서 그치지 않았다. 키메리안의 마을로 찾아온 옛뱀의 피가 아리의 혈관으로 들어온 뒤로, 아리는 순진한 아기 아리의 선한 피와 악한 옛뱀의 피가 공존하는 괴물이 되었다.

아리가 낳은 아들 고흐도 아리처럼 불행한 삶을 살았다. 고흐의 영혼 안에는 옛뱀의 악한 기운과, 착한 아기의 선한 기운이 공존하게 되었다. 그래서 고흐는 어떤 때는 악했다가 어떤 때는 선했다. 고흐는 그때 그때마다 완전히 다른 사람이 되었는데, 그걸 본 사람들은 고흐가 몹쓸 병에 걸렸다고 생각했다.

고흐는 시간이 갈수록 유명해졌다. 키메라와 여호수아의 총명함과 옛뱀의 지혜를 이어받은 고흐는 인간들과는 다른 능력을 가졌다. 고흐는 세상에서 볼 수 없는 그림을 그렸다. 고흐는 아버지 아리가 키메리안의 마을과 깊음의 근원에서 본 놀라운 장면들을 꿈이나 환상으로 보았다.

거의 매일 고흐는 꿈에 아리의 영상을 보았다. 고흐는 그 강렬한 기억을 잊기 위해 그림을 그렸다. 꿈에 본 그림이나 영상은 머릿속에 있으면 무거웠다. 하지만 그것을 그림으로 그려내면 한결 가벼워져서 머리가 아프지 않았다.

그래서 고흐는 매일 같이 그림을 그렸다. 착한 동생 테오는 배가 다른 형제였다. 테오는 고흐를 많이 도와주었는데 그건 고흐가 어릴 적부터 많이 아팠기 때문이었다. 아리의 비극은 고흐 대에 와서도 끝나지 않았다. 아리가 옛뱀에게 쫓긴 것처럼 이제 그의 아들 고흐는 세상의 모든 귀신으로부터 쫓기게 되었다. 고흐가 유명해지자 세상의 악한 영혼들이 고흐 주위로 몰려들기 시작했다.

그러던 어느 날 고흐는 마침내 악한 영의 눈에 띄게 되었다. 악한 영은 예전 귀신들의 수다에서 아리를 한 번 본 적이 있었다. 아리의 눈동자를 잊을 수 없던 악한 영은 고흐를 보자마자 아리의 아들임을 알았다. 악한 영은 유일한 친구인 루시퍼에게 고흐에 대해 말했다.

아라랏산에서 벌인 귀신들의 수다 이후로 같이 다니게 된 악한 영과 루시퍼는 횡재한 마음으로 고흐에게 접근했다. 루시퍼는 악한 영에게서 고흐를 빼앗으려고 고흐의 몸속으로 들어갔다. 하지만 그곳에서 루시퍼는 죽다가 겨우 살아났다. 고흐의 피는 양면을 가지고 있었다. 선한 피와 악한 피를 모두 가지고 있었다. 어떤 때는 순진한 아기의 선한 피라서 견디기 어려웠고 어떤 때는 너무나도 악한 옛뱀의 피 속에서 잡아먹힐까봐 떨었다.

루시퍼는 고흐의 몸으로 들어간 지 하루 만에 초죽음이 되어 겨우 탈출했다. 악한 영이 도와주지 않았다면 그 자리에서 죽었을 것이 뻔했다. 악한 영은 루시퍼를 도와주고는 둘이 같이 보름 동안 앓아 누워버렸다.

그날 이후로 루시퍼는 고흐 안에 들어갈 엄두도 내지 않았다. 그래서 옛뱀이 아리의 피를 뽑아 깊음의 근원의 시공간을 열었듯이, 루시퍼도 고흐의 피를 이용해 사탄이 갇힌 무저갱을 열기를 원했다. 하지만 루시퍼는 욕심이 많았다. 옛뱀처럼 한 번 들어갈 수 있는 무저갱을 원하지 않았다. 루시퍼는 고흐의 그림을 통해 언제든지 들락날락할 수 있는 무저갱의 문을 열려고 하였다. 그때 악한 영은 루시퍼에게 마몬의 동굴에서 보았던 시공간에 대한 이야기를 해주었다. 우리엘이 만든 시공간의 통로가 이세벨의 피로 열리는 것을 본 악한 영은 루시퍼에게 아리의 피를 이용해서 영원한 통로를 만들자고 제안했다.

악한 영의 말을 들은 루시퍼는 그림자괴물 중 하나를 꿰어서 고흐가 그림을 그리는 종이 안에 가두었다. 그리고는 고흐의 피를 먹었다. 그러자 고흐의 피를 먹은 그림자괴물은 시공간을 열 수 있는 괴물이 되어갔다. 하지만 고흐가 피를 빨리는 걸 본 악한 영은 이상하게도 고흐가 불쌍해졌다. 악한 영은 고흐에게 미안한 마음이 들어서 떠나려고 생각했다. 하지만 불쌍한 고흐는 귀신의 영에게 잡혀서 아리처럼 피를 뽑히고 있었다. 슬프게도 아리의 비극이 유전되고 있었다.

무심한 세월이 강물처럼 흐르고… 1890년. 프랑스 오베르. 노란집

악! 악! 아아악!

이미 두 시간째. 처절한 비명이 들린다. 비명 하나에 머리털 한 움큼씩 뜯겨나갔다. 싸늘하고 오싹하다. 비명이 파고드는 귓바퀴부터 소름이 돋는다. 악한 영도 인상을 찌푸렸다. 하지만 옆에 앉은 루시퍼는 뭐가 그리 좋은지 연신 싱글벙글했다.

'미친놈. 제대로 미쳤군.'

악한 영은 괴로웠다. 비명도 듣기 괴로웠지만 그것보다는 이런 생활이 싫었다.

'이런 생활… 천년이 넘었다. 지겹다. 지겨워서 토악질이 난다. 이제 벗어날 수 있을까?'

천년을 같이 해온 친한 친구였지만 루시퍼는 이미 충분히 사악해졌다. 루시퍼는 에덴의 전쟁 그때에 사탄이 인간의 세상으로 보낸 귀신의 영들 중 하나였다. 바알과 마몬 그리고 루시퍼는 인간들의 영혼을 타락시키려고 보낸 귀신의 영들이었다. 남을 믿지 못하는 사탄은 이들을 감시하려고 더러운 세 영도 인간의 세상으로 보냈다. 그리고는 천년의 예언을 엿본 박수와, 박수의 예언 때문에 귀신의 영이 된 악한 영과 악마의 종 말코인 다곤도 인간의 세상으로 보내어졌다. 게다가 이세벨과 아리, 미친개까지 가세하면서 인간들의 세상은 귀신이 활개 치는 세상이 되었다.

루시퍼는 처음에는 천한 신분이었다. 감히 악한 영을 쳐다볼 수도 없는 하급 귀신이었다. 하지만 인간의 피를 빨아먹으면서 시간이 갈수록 강해져만 갔다. 반대로 악한 영은 루시퍼에 비해 나약해진 자신을 보며 깜짝 깜짝 놀랐다. 사정없이 밀곰의 눈을 찌르던 악한 영은 어디 가고, 불쌍해진 쭈그렁탱이 영감 하나만 남았다. 예전 같으면 눈 하나 깜짝 하지 않을 비명소리에 이제는 오장이 뒤틀어졌다. 악한 영은 눈앞에서 벌어지는 광경을 보지 않으려고 일부러 고개도 돌렸다. 하지만 루시퍼는 마냥 즐거웠다.

"이봐 즐겁지 않아? 이제 얼마 남지 않았어. 우리의 손으로 이 빌어먹을 세상을 거머쥐는 그날이 얼마 남지 않았다고. 후후후, 그러니 인상 펴. 어깨도 펴고. 악한 영답게 말이야."

"미친놈."

악한 영은 나약해 보이지 않으려고 일부러 강하게 말했다. 하지만 얼굴은 이미 구겨져 있었다. 루시퍼는 실실 웃어가면서 더욱 잘난 척을 했다.

"이봐, 왜 그래? 설마 무서워하는 건 아니겠지? 엉? 예전의 악한 영이 이쯤 가지고 얼면 되겠어? 인상 펴, 펴라고. 얼마나 살기 좋은 세상인데 그러고 살아?"

악한 영은 루시퍼의 말이 지겨워졌다. 말이 많은 루시퍼에게 대꾸하자니 길어질 것 같았다. 악한 영은 일부러 고개를 돌려 방을 나왔다.

쾅!

문이 세게 닫히며 내는 소리에는 악한 영의 마음이 들어가 있었다. 말없이 나가는 악한 영을 보며 루시퍼는 사악한 미소를 지으며 중얼거렸다.

"나약해졌어. 흐흐, 예전 같으면 제 놈이 먼저 달려들었을 텐데, 확실히 약해졌어. 그나저나 고흐, 우리의 보물단지 고흐는 어쩌고 있나?"

루시퍼는 넓은 방 안에 딸린 작은 방문을 살며시 열고 눈을 들이밀었다.

작은 방이었다. 작은 침대 외에는 별 다른 가구도 없었다. 희미한 호롱불 아래, 침대 위에 누워있는 깡마른 남자가 보였다.

고흐. 그의 이름이었다. 긴 털 서너 개가 밖으로 삐져나온 코와, 살짝 비뚤어진 입술, 그리고 그 사이로 누런 이가 보였다. 과장되게 뜬 눈꺼풀 안으로, 못으로 박힌 듯 꼼짝 않는 눈동자는 핏빛이었다. 부릅뜬 눈으로부터 스미어 나온 진액과 피눈물이 깊게 파인 굵은 주름 안으로 흐르고 거무튀튀한 피부는 거북의 등껍질 같았다. 말라비틀어진 목줄기는 무겁고 커다란 머리통을 위태롭게 매달고 있었다. 시체라 한들 이상할 것이 없어 보였다.

그러나 정작 이상한 것은 따로 있었다. 잔뜩 힘이 들어간 왼팔 위로 커다란 종이가 달라붙어 있었다. 크고 더러운 종이는 고흐의 팔목에 달라붙어서 움직이고 있었다. 희미한 등불 아래에서 자세히 보면 위 아래로 불룩불룩 움직였는데 그때마다 듣기 거북하고 간담을 녹이는 소리가 흘러나왔다.

쭉쭙 쭙 쭈웁. 악한 영이 그렇게도 듣기 싫어하는 소리는 바로 이상한 그림에서 나오고 있었다. 루시퍼는 그러나 그 그림을 보며 만족한 웃음을 지었다.

'그래 어서 젖을 빨아라. 젖을 빨고, 빨리 자라서 나 루시퍼의 위대한 시대를 열어라.'

루시퍼의 말을 들었을까? 고흐의 팔목에 달라붙어있던 그림이 갑자기 고개를 들었다. 루시퍼의 눈은 더욱 반짝였다.

"좋아. 아주 신선하고 악한 피로군."

고개를 든 그림은 놀랍게도 말을 하였다. 그림 안쪽에 입술과 코의 음영이 보였다. 눈은 보이지 않았는데 그림의 입술에는 고흐의 시뻘건 피가 묻어 있었다. 코를 벌름거리며 그림이 말을 이어갔다.

"나는 네 피가 제일 좋아. 이제 얼마 남지 않았어. 힘들지만 조금만 참으라고. 내가 살아날 수 있게.
이렇게 피를 매일 조금씩만 나누어 주면 돼. 나를 조금만, 조금만 도와주면 된다고 친구."

그림이 섬뜩한 말을 주절댔지만 고흐는 움직이질 않았다. 간신히 헐떡이는 가슴을 못 봤다면 죽었다고 했을 것이다. 루시퍼는 말을 마치고 다시 입을 갖다 대는 그림을 보며 조용히 방문을 닫았다.
'흐흐흐, 그림자괴물이 아주 열심이구나. 그림자괴물이 그림자대왕의 피를 먹는다? 흐흐흐, 알고 보면 까무러칠 얘기군. 키메리안이 이렇게 쓸모가 있는 줄은 미처 몰랐다. 게다가 다행인 것은 악한 영이다. 그놈도 이 키메리안에 볼일이 있다고 달려들면 아무리 친구라 해도 곤란할 텐데… 다행히 악한 영은 키메리안을 싫어한다. 그러니 이제 저놈은 내 꺼다.'
루시퍼는 기분이 너무나도 좋았다. 미래에 있을 영광을 생각하면 목에 힘이 들어갔다. 하늘을 나는 기분으로 악한 영이 나간 방문을 열었다. 악한 영이 심각하게 서 있었다. 루시퍼를 기다린 것 같았다. 루시퍼는 마음을 들킨 놈처럼 깜짝 놀랐다. 악한 영이 루시퍼를 쳐다보며 조용히 말했다.
"나 좀 다녀올 데가 있어."

루시퍼는 의외였다. 악한 영이 말을 이었다.

"더러운 세 영과 함께 아라랏산으로 가봐야겠어."

"아라랏산? 왜?"

루시퍼는 뜬금없는 말에 조심스러웠다. 하지만 마음으로는 바라던 바였다.

"그냥. 아라랏산에 가서 볼 일도 좀 있고."

"천년 동안 가지 않던 산은 왜 가려고?"

"그냥 간다고!"

악한 영이 화를 냈다. 이상했다. 근래에 힘없이 돌아다니던 악한 영의 모습과 달랐다. 악한 영은 화를 한 번 내고는 다시 힘이 없어진 닭이 되었다. 루시퍼는 그제야 악한 영이 향수병에 걸린 줄을 알았다. 루시퍼는 자신이 고흐 안에서 죽을 뻔 했던 때가 생각났다. 악한 영이 죽을 각오로 살려준 그때가 갑자기 생각났다. 루시퍼는 그제야 친구로서 미안했다.

루시퍼는 아무 말없이 품안에서 쇠방울을 꺼내주었다. 세 개의 쇠로 만든 방울은 원래 악한 영의 물건이었다. 악한 영이 더러운 세 영을 가두어 놓은 신기한 방울이었다. 마몬의 동굴에서 사로잡힌 더러운 세 영은 아직도 악한 영과 루시퍼의 종노릇을 하였다. 더러운 세 영은 악한 영이 부리는 종이었다. 루시퍼가 빌려가서는 돌려주지 않았다. 루시퍼는 악한 영을 다시 볼 수 없다는 생각에 악한 영의 물건을 돌려주었다.

악한 영은 말없이 받았다. 그리고는 품안에 고이 넣고 조용히 돌아섰다. 이별이었다. 루시퍼는 본능적으로 알았다. 한편으로는 바라던 바였지만 마음이 좋지 않았다. 나가려던 악한 영이 잠시 그 자리에 섰다. 그리고는 문을 바라보며 말했다.

"루시퍼, 친구니까 충고 하나 해도 되지? 루시퍼, 욕심을 줄여. 천년을 살면서 배운 건 그거야. 그래서……."

루시퍼는 악한 영이 하는 말을 알아들었지만 벨이 꼬였다.

"너나 잘해라."

악한 영은 루시퍼의 말을 듣자마자 미련없이 걸어나갔다. 루시퍼는 아차, 후회를 했지만 때는 이미 늦어버렸다.

탕, 루시퍼는 악한 영이 문을 닫고 나가는 소리를 들으며 애써 위안을 했다.

"갈 테면 가라지. 누가 무서워할 줄 알고? 네가 없으면 나라도 하면 되지. 젠장, 이제부터 바빠지겠구나. 악한 영이 하루 종일 봐주어서 편했는데 이젠, 어쩔 수 없지. 어차피 조금만 있으면 돼. 그때면 모든 것이 내 것이다. 그때까지 조금만 참자. 루시퍼, 너 세상의 왕이 될 루시퍼야. 하하하."

루시퍼는 일부러 악한 영이 들으라고 큰소리로 말했다.

이곳은 자신이 그린 그림에게 피를 빨리는, 화가 고흐가 죽어가고 있는 노란 집이었다.

다음날

오베르의 밤은 유난히 어둡다. 일몰 시간이 되면 마을을 가로지르는 기다란 제방, 넓은 옥수수 밭, 작은 교회의 철탑이 저무는 태양 빛을 머금다가 이내 자취를 감춘다. 살아 움직이는 것이라고는 바람에 흔들리는 갈대와 언덕 위의 커다란 버드나무뿐이다. 어둠에 쫓겨 집으로 피신한 힘없는 노인들은 생명의 기운을 아껴둔 채 고단한 하루의 잠을 청하였다.

하지만 어둠이 물러가고 태양이 지배하는 낮은 생명이 넘치고 색이 분명한 예쁜 시골 마을이다. 힘없는 노인들이지만 오베르의 사람들은 부지런하고 겸손하며 여유가 넘쳤고 검게 그을린 얼굴과 힘줄이 불거진 팔뚝은 평생을 땅과 함께 해온 건강한 모습이었다.

오후가 되면, 하루를 마감하며 허리를 구부리고 일하는 노인들의 고된 땀을 식혀 주는 바람이 불어온다. 땅만 보던 오베르 사람들은 허리를 펴고 시원한 바람에 몸을 맡겼다. 노인들의 마음을 씻으며 불던 산들바람은 옥수수 밭 한가운데 높지 않은 언덕으로 불어갔다. 작은 언덕으로 달려간 바람은 그곳에서 살아있는 모든 걸 간질거리며 돌아다녔다. 짙은 녹색으로 새로 돋아난 풀과, 한껏 물오른 작은 꽃잎은 때맞추어 불어오는 산들바람에 좌우로 흔들거리며 군무를 추었고 그 녹색의 양탄자 위로 화려하게 새하얀 나비들의 독무가 어우러져 내렸다. 나지막한 풀들 사이로 언덕 위 가장 높은 곳에 홀로 우뚝 솟은 커다란 버드나무도 길게 늘어뜨린 가지를 언덕에 이는 군무에 맞추어 이리저리 흔들었다. 흔들리는 버드나무 가지 사이로 언뜻 언뜻 내려오는 일몰의 햇빛은 나무 밑동 바로 아래에 팔베개를 하고 누워 있는 남자의 눈두덩 위아래를 오르내리며 속눈썹을 간질였다.

긴 털 서너 개가 밖으로 삐져나온 코와, 살짝 비뚤어진 입술, 그리고 그 사이로 누런 이가 보였다. 한가하게 늦잠을 즐기는 듯 보이는 이 남자는 고흐였다. 늦은 점심을 먹고, 늘 해가 지려는 저녁 무렵이면 어김없이 나타나서는 버드나무를 친구 삼아 드러누워 시간을 보냈다. 늘 눈을 감고 한가한 오후를 즐기던 이 남자는 오늘따라 눈을 뜨고 하늘을 보고 있다.

오베르 마을 사람들은 고흐가 어디서 뭘 하든지, 정신이 어떻든지 별 신경도 쓰지 않았다. 자기 할 일을 하고 서둘러 집으로 들어가기 바쁘지만 고흐와 가까이 사는 마농 할아버지는 늘 고흐에게 관심을 보였다. 저녁때만 되면 고흐를 위해 음식과 잠자리를 보살펴 주었다. 눈만 뜨면 고흐가 걱정돼 그의 집으로 달려간다. 마농 할아버지의 극진한 보살핌 덕인지 고흐는 갈수록 정신이 맑아져 밖에 나오는 일도 많아졌고 제정신인 때도 많았다.

세 달 전쯤, 고흐는 동생 테오의 손에 이끌려 이 마을에 처음 발을 디뎠다. 테오가 형 고흐를 데리고 들어간 집은 사람의 흔적이 지워진 지 오래인 흉가였다. 가끔 동네 아이들이 전쟁놀이를 할 때 쓰는 집이기도 했다. 하지만 마을과도 좀 떨어져 있는데다 아이 중 하나가 집 2층에서 떨어져 다친 뒤로는 아이들마저 발길을 끊었다.

몇 가구 살지 않는 작은 마을이라 소문이 빨랐다. 하지만 고흐가 마을에 온 뒤로 3주가 지나도록 고흐를 아는 사람이 없었다. 나중에 마농 할아버지가 입을 열어 얘기해 주지 않았다면 그 흉가에 누군가가 살고 있다는 것도 몰랐을 것이다.

고흐는 낮에는 죽은 듯 집 안에 틀어박혀 있다가 밤만 되면 괴성을 질렀는데 워낙 조용한 마을이어서 그 소리가 마을 전체에 울렸다. 마을사람들은 희귀한 소리가 그저 늑대의 울음소리겠거니 여겼다. 마농 할아버지가 고흐의 존재에 대해 입을 연 후로 고흐는 오베르 마을에서 화제가 되었다.

팔베개를 한 채 언덕에 누운 고흐를 보며 마농 할아버지가 다가와 말을 붙였다.

"자네, 이제 일어나야지. 곧 소나기가 올 것 같은데? 나는 지금 들어갈 건데 자네도 들어가야지."

대답은커녕 움직임조차 없었다.

"허허, 참. 이 마을에는 한 번 비가 오면 엄청난 양이 내려. 하긴, 여기 와서 내내 집에만 있었으니 비를 맞아 본 적이 있어야 알지. 괜히 내 말 안 듣고 있다가 몸살이나 걸리지 말고 어서 들어가게나. 나 먼저 들어갈 테니."

할아버지는 낫을 챙겨 콧노래를 부르며 언덕 아래로 내려갔다. 할아버지의 노래 가락이 거의 끊길 무렵 하늘에서 비가 쏟아지기 시작했다. 갑자기 얼굴을 때리는 빗방울에 맞은 고흐는 깜짝 놀라 숨을 컥 하고 몰아쉬었다. 아직도 멍한 눈동자를 이리저리 움직이며 얼마 동안 움직이지도 않고 누워있다가 몸을 비틀며 천천히 일어나 주위를 살폈다. 그러고는 물에 젖은 캔버스와 유화물감통, 붓 몇 자루를 챙겨 품에 안고 비틀거리며 집으로 향했다.

먼저 비를 피한 마농 할아버지는 언덕 아래로 내려오는 고흐를 보고는 머리를 절레절레 흔들었다.

"쯧쯧, 정신이 언제 돌아오려나. 집에까지 데려다주고 와야겠어."

할아버지가 중얼거리자 부엌에 있던 할머니가 대꾸했다.

"어딜 간다고 그래요? 당신은 당신 몸이나 챙겨요. 괜히 남 걱정하지 말고."

할머니의 핀잔에 할아버지가 또 한 번 중얼댔다.

"테오가 한동안은 못 온댔어. 그리고 누가 남 걱정하나? 다 내 자식 같으니 그렇지. 정신만 돌아오면 정말 멋진 아인데, 갈수록 심각해지니 원. 저 병을 빨리 고쳐야할 텐데."

"오늘은 절대 못 나가요. 오늘밤도 고흐에게 가면 집에 들어올 생각도 하지 말아요. 오늘 동생 오는 날인 거 잊지 않았죠?"

마농 할아버지는 할머니의 말에 움찔했다.

"알았어, 안 가면 되잖아. 나도 처남 오는 거 알고 있다고."

"알면 됐고."

할머니의 말을 흘려들으며 마농 할아버지의 눈동자는 억수 같은 비를 맞으며 들판을 가로지르는 고흐를 따라갔다. 갈수록 비는 거세지는데 벼락이 치는 들판은 점점 싸늘해져갔다.

노란 집 앞에 선 고흐 손에는 양철통이 들려 있었다. 양철통에는 빗물이 반이나 차 있었다. 고흐가 손을 뻗어 문을 잡으려 할 때였다. 벌판 가운데 있는 노란 집에 벼락이 쳤다.

고흐는 아무렇지 않게 손잡이를 잡았고, 동시에 양동이와 함께 멀리 튕겨져 나갔다. 한동안 죽은 듯 누워 있던 고흐가 눈을 떴다. 마당 가운데 있는 작은 우물이 고흐의 시야에 제일 먼저 들어왔다.

"헉! 여기가 어디지?"

도무지 낯선 모습들… 고흐는 동생을 찾았다.

"테오, 테오… 어딨니? 테오……."

고흐의 외침은 빗소리에 묻혀서 입 안에서만 맴돌았다. 이런 날이 한두 번이 아니었지만 그래도 항상 옆에 있던 동생이 보이지 않자 고흐는 겁이 덜컥 났다. 집 안으로 들어간 고흐는 계속해서 동생 테오만 불렀다.

"테오야, 방 안에 있니? 자니? 아니면 대답 좀 해 봐."

삼 개월 가까이 지낸 집이 낯설었다. 이따금씩 번개가 칠 때마다 집안이 보일 뿐이었다. 고흐는 어쩌다 보이는 집안의 모습을 눈에 담았다. 한 번 본 것은 절대 잊지 않는 고흐는 어둠에 덮인 집 안에서도 호롱불이 켜진 곳에서 걷는 것처럼 다녔다.

집은 단순했다. 일층은 폐허 같았고 정돈된 것은 아무것도 없었다. 오로지 이층으로 올라가는 길만 깨끗하게 치워져 있었고 나머지 공간은 썩은 음식과 부서진 가구와 나무판자로 가득했다. 비가 내리자 쓰레기 썩은 냄새가 코를 찔렀다.

고흐는 이층으로 올라갔다. 익숙했다. 이층에는 누군가가 만들어 놓은 음식이 차려져 있었다. 2층 저 안쪽, 열린 문 안으로 언뜻 보이는 방은 고흐가 그림을 그리던 방이었다. 방 안으로 들어갔다. 번개가 치며 보이는 방 안은 자신이 쓰는 물감이 잘 정돈되어 있었다. 고흐의 기억의 편린들이 언뜻 언뜻 뇌리를 스쳤다.

"아, 이곳이……."

비를 맞아 한기를 느낀 그는 호롱불을 찾아 어두운 방을 누비고 다녔다. 잠시 후 호롱불에 빛이 들어오고 어둠이 걷히면서 한기도 사라졌다. 그러나 그것도 잠시. 이상한 목소리가 들렸다.

"어서 오게, 친구. 오늘은 좀 늦었네."

고흐는 뒷골이 오싹해졌다. 분명 아무도 없는 빈 방에서 울리는 목소리는 거친 짐승의 소리 같았다. 고흐는 눈을 휘둥그레 뜨고 고개를 돌렸다. 아무도 없었다. 그러나 짐승의 목소리는 계속 들렸다.

"왜 그래, 어디 아픈가. 친구?"

"아… 아니. 아닌데……."

엉겁결에 대답을 한 고흐는 자신의 눈을 의심할 수밖에 없었다. 눈앞 이젤에 걸려 있는 그림. 바로 그 그림에서 짐승의 탁한 말소리가 나고 있었다. 믿기지 않은 마음에 호롱불을 그림 가까이 대어 본 고흐는 너무 놀라 하마터면 비명을 지를 뻔했다. 마치 천식 환자처럼 가쁜 숨을 몰아쉬며 말을 하는 이젤의 그림은 죽어 가는 환자의 얼굴에 얇은 천을 씌운 것 같았다. 쉬지 않고 움직이는 입술과 귓바퀴가 선명한 그림의 좌우 끝부분, 그리고 숨 쉬듯 움직이는 콧구멍이 높은 코와 함께 그림을 뚫고 나올 듯 벌렁거렸다. 다행히 눈은 보이지 않았다.

"이봐, 왜 그래? 혹시 마음이 변한 건 아니겠지?"

"아, 아니야. 그냥 좀 어지러워서……."
공포에 질린 고흐는 아무런 말을 했다.

"흐흐흐, 어지럽기도 하겠지. 매일 밤 그렇게 피를 빼는데 어지러운 게 당연하지. 자, 얼마 남지 않았으니 조금만 힘내라고."

고흐는 피라는 말을 듣고 기억 저편에 있던 영상이 떠올랐다. 영상은 너무나 놀라웠다.

어젯밤… 같은 방. 같은 그림….
왠지 뒤통수가 낯이 익은 자가 이젤 위의 그림을 보며 돌아앉아 있다. 그림이 하는 말을 들으며 자신의 왼 손목을 만지는 그자는 제정신이 아닌 듯 입에 칼을 물고 있다.
"그렇지, 그래, 잘하는군. 나는 자네 피가 제일 좋아. 내가 살아날 수 있게 나를 조금만 도와주면 좋겠어. 친구. 그래, 친구. 우린 친구잖아. 어서 친구. 어서 손목을 긋고 피를 좀 나눠 줘."
정신을 잃은 그자는 가쁜 숨을 몰아쉬는 그림의 말에 오른손을 들어 입에 문 칼을 잡았다. 그러고는 한 치의 주저함도 없이 그림에 가까이 댄 왼 손목을 그어 갔다.

삭– 짧고도 강한 소리가 지나간 후 분수와도 같은 피가 솟구쳤다. 통증이 있는지 약간의 신음소리를 내던 그자는 고개를 살짝 돌리고는 눈을 찡그렸다.

"아." 고흐는 놀라서 헛바람이 나왔다.

손목에서 흐르는 피로 그림에게 젖을 물리는 미치광이의 얼굴이 선명하게 보였는데, 그 얼굴은 바로 자신의 모습이었다. 그림은 마치 배가 고픈 아이처럼 꿀꺽거리며 고흐의 피를 받아먹고 있었다.

'안 돼.'

머릿속을 가득 채운 영상이 채 가시기도 전에 고흐는 왼쪽 손목을 보았다.

"악."

고흐는 자신의 눈으로, 수없이 갈라지고 찢긴 손목을 보는 그 순간 극심한 고통이 밀려왔다. 칼에 베인 채 아물지도 않은 손목을 남의 살인 양 베어 버린 흔적에 고흐는 부르르 떨었다.

'아. 이게 나란 말인가.'

고흐가 자신의 손목에 절규하는 그 순간 그림의 기침소리도 역시 더욱 급해졌다.

"쿨럭! 쿨럭! 허어헉! 고흐, 뭐하는 거야?

빨리… 빨리 네 피를 달란 말이야. 나에게 젖을 줄 시간이잖아."

절박한 그림의 말에 고흐의 오른손은 자신도 모르게 칼을 잡고 있었다. 공포에 떨고 있는 왼손은 움직이지 않았다. 칼을 기다리는 바보처럼 움직이지 않았다.

"제발. 그러지 마."

고흐가 소리쳤다. 하지만 무정한 오른손은 시퍼런 칼을 잡고 무지막지하게 달려들었다. 고흐는 엉겁결에 얼굴로 그 칼을 대신 막았다.

삭- 예리한 소리가 나자 눈이 없는 그림은 피 냄새를 맡으며 코를 벌름거렸다.

"그렇지. 이 신선한 냄새. 역시 자네는 내 친구야. 어서 줘. 젖을 달란 말이야, 어서."

냄새를 맡은 그림은 광분하기 시작했다. 이젤에 가만히 있던 그림은 부들부들 떨더니 하늘로 날아올라서는 피를 뿌리는 고흐의 얼굴로 돌진하였다. 전혀 예상하지 못하고 방심하던 고흐는 악마의 이빨을 드러내며 덮쳐오는 그림을 피하지 못하고 그 자리에서 눈을 질끈 감아버렸다.

와당탕! 고흐의 얼굴을 덮은 그림과 중심을 잃은 고흐는 바닥에 뒹굴며 요란한 소리를 내었다. 고흐는 악마의 이빨에 살점이 뜯기는 고통을 느끼며 두 손으로 떼어내려 했다. 그러나 그림은 강한 힘으로 달라붙어서 도저히 떼어낼 수 없었다. 아무리 힘을 주어도 떼어낼 수 없자 고흐는 포기하고 손에 힘을 풀었다. 고흐는 절망이라는 단어가 떠올랐다.

그때였다. 고흐의 얼굴에 빈틈없이 붙은 그림이 갑자기 힘을 잃고 바닥으로 떨어졌다. 그리고는 다 죽어가는 신음소리를 내었다. 분명 자신의 피를 빨던 그림, 그 그림이 바닥에서 숨을 헐떡이며 간신히 입을 열어 말했다.

"헉, 헉, 헉 너는 누구냐?"

"무슨 일이……."

바닥을 뒹굴던 고흐가 몸을 세웠다. 뚝뚝 피가 떨어지는 얼굴을 하고 고흐는 그림을 자세히 들여다보았다.

그때였다. 고흐의 피가 그림으로 떨어지자 갑자기 빨간 연기가 뿌옇게 피어올랐다. 그리고는 그림으로부터 단말마의 날카로운 비명이 들렸다. 밖으로 불거져 나왔던 코가 안으로 숨어 들어가며 숨을 가쁘게 쉬었다. 악마의 이빨과 입술도 고흐의 피가 묻는 곳마다 그림 안으로 밀려들어갔다.

피를 많이 흘려 탈진한 고흐도 바닥에 아무렇게나 쓰러졌다. 그러자 바닥에 뿌려진 고흐의 피에서 강렬한 영상이 허공으로 쏟아져 나왔다. 허공으로 쏟아져 나온 영상은 신기하게도 반원을 그리며 휘어지더니, 바닥에 누워, 죽어 가는 고흐의 눈으로 파고들었다.

심하게 흔들리는 손을 뻗어 무언가를 잡는다.

번쩍! 붓 대신 오른손에 들린 칼. 차가운 금속의 예리한 칼에서 소름 돋는 불빛이 반사되었다. 어느새 잡은 예리한 칼 아래로 덜덜덜 떨리는 왼 손목을 간신히 갖다 붙였다. 언제라도 자신의 왼 손목을 베어 버리려는 듯. 호롱불도 흔들리고 칼도 흔들리고 마음도 흔들리던 어느 순간, 미치광이가 눈을 감아버렸다. 그러고는 서서히 내리긋는 냉혹한 칼에 핏방울이 살짝 비치더니, 사각−

결국 미치광이는 피를 뿌리며 자신의 손목을 주저없이 잘랐다.

그러자 지옥의 짐승과도 같은 울림이 그림에서 나와서 방 안을 울렸다.

"그래… 고흐, 아니 키메리안인 너의 피는 언제나 신선하구나. 선한 기운이 단 한 방울도 없는 순수한 피가 바로 너의 피…. 누가 알까. 순수한 키메리안의 피를… 흐흐흐… 무저갱을 여는 열쇠가 바로 악한 키메리안의 피라는 것을… 어찌 알까. 이제 사흘, 사흘 남았다. 사흘만 키메리안의 피를 마시면 무저갱을 열 수 있다. 내가 나가면 그때는 너와 내가 세상을 피의 바다로 만들어 버리자. 너와 내가 함께라면 그래서 순전한 악이 서로 만나면 … 흐흐흐 세상은 나에게 경배해야 할 것이다. 아니면 내가 피로 세상을 덮을 것이니… 하하하!!"

감기는 눈을 억지로 치켜뜨며 마지막 한 방울까지 그림에게 쏟아 부은 그 미치광이는 흙으로 돌아가려는 듯 무너져 내렸다.

방 안에는 작은 호롱불 하나만이 그 두 미치광이를 비춰주고 있다.

미치광이를 보던 고흐는 왠지 측은한 생각에 가슴이 미어졌다.

'죽으면 안 돼, 죽으면 안 돼.'

고흐는 마음속으로 외쳐 보지만 말이 입 밖으로 나가지 않고 입안에서만 맴돈다.

가까스로 힘을 내어 미치광이 화가를 흔들어 보지만 죽은 듯 움직이지 않는다. 고흐는 마지막 젖 먹던 힘을 내어 미치광이를 뒤집는다. 의식이 없는 듯 축 늘어진 몸을 간신히 뒤집는 순간 고흐는 경악의 비명을 지르고 말았다.

"악!" 고흐는 벌떡 일어났다. 그러고는 바닥에서 죽어 가는 그림을 보았다. 그러나 죽어 가던 그 그림은 다시 이빨과 입술이 밖으로 나오며 말을 하였다.

"고흐의 피를… 어서 고흐의 피를 먹여 줘…."

고흐는 다시 살아나는 그림을 보았다. 무섭고 두려웠다. 고흐는 칼을 들고는 이리저리 닥치는 대로 그림을 잘랐다. 그러나 신기하게도 그림은 상처 하나 나지 않았다. 손으로 잡고 찢어도 보고 호롱불에 태워도 보았지만 역시 그림은 상처 하나 생기지 않았다. 고흐는 그림이 점점 두려웠다. 캑캑거리며 가쁜 숨을 몰아쉬는 그림은 이제 고흐에게 저주의 말을 퍼붓고 있었다.

"이 죽일 놈. 내가 이곳을 나가면 반드시 네놈부터 처리하겠다.
나 그림귀신의 이름을 걸고 네놈을 찾아 죽이고야 말겠다.
키메리안의 씨를 말리고 모두 죽여서 세상이 나를 두려워하게 할 것이다."

힘이 빠진 고흐는 바닥에 털썩 주저앉았다. 고흐는 그림이 퍼붓는 저주
의 말에도 멍하니 정신을 놓고 있다가 어느 순간 마지막 힘을 내어 일어났
다. 그림 위에 다른 도화지를 붙였다. 자신을 저주하는 그림의 비명이 들
렸다. 하지만 멈추지 않았다. 고흐는 칼을 다시 들었다. 그리고는 자신의
귀를 주저없이 잘랐다. 그리고는 철철 흐르는 피를 그 겹쳐진 그림 위에
쏟아부었다.

"으아악… 으아악악…. 네놈이 감히 나를… 악…."

지옥의 단말마 같은 비명이 멀어지더니 완전히 그림의 숨소리가 끊겼
다. 고흐는 피에 흠뻑 젖은 그림과 도화지를 다시 떼어내려고 잡아 뜯었
다. 그런데 그림과 도화지는 서로 강하게 붙어서 떨어지지 않았다. 끈끈한
피가 풀처럼 붙어서 분리되지 않았다. 고흐는 모퉁이를 잡고 강하게 힘을
주었다. 그러자 조금씩 분리되었다. 분리되는 그림과 도화지 사이에 피의
실이 길게 붙어있었다.
고흐는 마지막 힘을 주면서 비명을 질렀다.
"아아악!"
그러자 마침내 그림과 도화지가 분리되었다. 찍- 소리가 나며 분리된

이상한 그림을 바닥에 내려놓고 이젤 위에 피가 흥건한 새 도화지를 올려놓았다. 그러고는 귀에서 흐르는 피를, 그림에 덧발랐다.

떨리는 왼손과 오른손에 양쪽으로 붓을 잡은 고흐는 아직 피가 마르지 않은 새 도화지에 그림을 그리기 시작했다. 소용돌이치는 기괴한 하늘과 검은색의 이상한 탑 그리고 곧 터질 듯이 보이는 만월. 바닥에 버려진 그림과 같은 그림을 하나 더 그렸다.

고흐가 양손으로 완벽하게 같은 그림을 하나 더 그리는데 많은 시간이 필요하지 않았다. 한 시간여 후, 바닥에 널브러진 그림과 같은 그림을 다 그린 고흐는 참았던 숨을 몰아쉬며 오른편의 한 작은 거울을 바라보았다.

그 거울을 바라보는 남자의 부르튼 입가에는 말로는 표현 못할 이상한 웃음이 보였다. 한쪽으로 일그러진 입으로는 세상을 비웃듯 웃고 있지만 입꼬리와 맞닿은 눈에서는 작은 눈물 한 방울이 굴러 내렸다. 영락없는 미치광이 화가였다.

그러다 어느 순간 제정신이 든 것일까, 침대 위에 나뒹구는 붕대로 왼쪽 귀를 칭칭 감으면서 미치광이 화가는 얼굴을 찡그렸다. 한참 후에 화가는 다시 거울 앞에 앉았다. 자신의 눈을 뚫어지게 바라보며 화가는 핏빛 캔버스 위에 바닥에 널브러진 그림을 올려놓았다. 이번에는 귀가 잘린 자신의 모습, 자화상을 피가 덧칠된 그 그림 위에 그렸다.

쓱쓱. 감기는 눈을 억지로 치켜뜨며 마무리하던 고흐는 마침내 붓을 떨구었다.

"다 그렸다."

고흐는 바닥에 뒹구는 그림을 떨리는 손으로 돌돌 말았다. 그리고 다른 그림들도 돌돌 말고는 마지막으로 자신의 피를 모두 묻혔다. 피를 묻힌 그림을 모두 침대 밑으로 던져 넣고는, 그림 이젤 앞에 놓인 의자에 가쁜 숨을 몰아쉬며 앉았다. 갑자기 극한의 피로와 육신으로부터의 고통이 물밀듯 밀려왔다. 모든 걸 다 이룬 듯 그렇게 편안한 얼굴로 앉아 있던 고흐는 일어나 마지막 힘을 내어서 침대 머리맡의 베개를 뒤집었다. 그곳에서 무언가를 찾아낸 고흐는 덜덜 떨리는 손으로 잡아들고는 머리에 갖다 대었다. 그리고는 미친 사람처럼 중얼거렸다.

"이제 나만 없어지면… 살아있는 나의 피가 사라지면… 무저갱은 영원히 열 수 없다."

고흐는 그 순간 자신의 아이를 가진 아내의 얼굴이 떠올랐다. 이름도 없었다. 그저 조선에서부터 노예로 팔려온 착한 아내. 그 아내와 결혼하며 약속한 많은 일들이 주마등처럼 고흐의 머리를 스쳐 지나갔다. 목사가 되려고 신학을 하며 했던 많은 다짐과 고통들 역시 고흐의 뇌리를 스쳐 지나갔다. 눈물이 한 방울 흘렀다.

'주여….'

탕!

깊은 밤

탕! 짧고 강렬한 총성이 울렸다. 들판에 홀로 있는 노란 집을 뚫고 나온 총소리는 억수로 쏟아지는 장대비마저 뚫고 하늘에 길게 울려 퍼졌다.

"헉."

마농 할아버지는 깊은 밤, 곤히 잠을 자다가 자리에서 벌떡 일어났다. 잠결에 같이 놀라 깬 할머니는 마농 할아버지에게 핀잔을 주었다.

"왜 그래? 꿈 꾼 거야? 자야지?"

그러나 짜증난 할머니의 말에도 아랑곳하지 않고 할아버지는 잠옷 바람으로 밖으로 뛰쳐나갔다.

"여보, 왜 그래?"

할머니의 외침보다 더 빨리 밖으로 나간 할아버지는 장대비를 뚫고 미친 듯 노란 집으로 달려갔다. 단숨에 달려가 노란 문을 걷어차고 들어간 할아버지는 단번에 2층으로 올라갔다. 그리고는 불쌍한 고흐의 죽음을 보고는 길게 소리 내어 울었다.

"으아악! 으아악!"

오랫동안 들리던 울음소리는 어느새 빗소리와 함께 그쳤다. 비가 그치고 얼마 후, 둘둘 말린 그림을 한 아름 안고 마농 할아버지가 돌아왔다. 할머니의 남동생이 신기한 듯 보며 말했다.

"왜 그래? 고흐한테 무슨 일이 생겼나?"

"일은 무슨. 아마도 또 발작을 했겠지. 그렇게 쓸모없는 인간을 뭐 하러… 캑, 캑."

할머니와 동생의 말은 길게 이어지지 않았다. 갑자기 마농 할아버지가 두 사람의 목을 부여잡고 허공에 매달아 버렸기 때문이다. 무서운 힘. 바닥에는 고흐의 그림들이 뒹구는데 싸늘한 마농 할아버지의 말은 둘을 더욱 오싹하게 만들었다.

"쓸모없는 인간이라고? 그렇지. 인간은 모두가 쓸모없지. 하지만 말이야. 나는 그 키메리안 놈을 찾으려고 수백 년을 고생, 고생했어. 그런데 마지막, 마지막에 와서, 네놈들 덕에 일을 그르쳤어. 네놈들이 집에 오지만 않았어도… 그래서 내가 저 키메리안 놈의 마지막 피를 뽑아주었다면… 나의 천년의 노력이 빛을 볼 텐데… 네놈들 때문에 무저갱을 열지 못하게 되었어. 그런데 뭐? 나보고 잠이나 자라고? 고흐의 피를 구하려면 얼마나 많은 시간을 다시 헤매야 하는지, 너희 같은 인간들이 알 수가 없지. 쓸모없는 인간들. 죽어버려!"

마농 할아버지는 말을 마치자마자 손가락에 힘을 주어 두 사람의 목을 부러뜨려 버렸다. 눈 하나 깜짝하지 않고 살인을 저지르는 괴력의 마농은 시체를 멀리 던졌다.

우당탕!

진지한 얼굴의 마농은 식탁을 밀어 치우고는 고흐의 그림을 하나하나 펼쳐서 살펴보았다. 한참을 살펴보던 마농은 아리따운 동양 여자를 그린 그림에 가서야 비로소 희미한 미소를 지었다.

집에 불을 지르고 새벽 일찍 집을 나선 마농은 오베르를 떠나 파리로 향했다. 오베르는 파리 근교에 있어서 비교적 가까운 거리지만 대도시인 파리로 가려면 한나절은 족히 걸렸다.

멀리 불타오르는 집을 등지고, 마농은 오른손에 고흐의 모든 그림을 다 넣은 가방을 들었다. 그리고는 미련없이 뒤뚱거리며 앞으로 걸어갔다. 이상하게도 마농은 아무도 듣지 않는 말을 쉬지 않고 떠들었다.

"네놈의 목을 걸고 말하는데 빨리 가지 않으면 반드시 너를 죽이겠다."

"살려주십시오. 여태껏 시키는 대로 다 하지 않았습니까?"

"그래서 결과가 이 모양이냐? 네가 게으르지만 않았어도 이런 일은 없었어."

"그건, 저는 언제나 루시퍼님을 모시는, 캑, 캑."

홀로 길을 가던 마농은 갑자기 목을 부여잡고 숨을 쉬지 못했다. 땅바닥을 뒹굴며 간신히 숨을 뱉고는 진흙탕에 머리를 처박고 간신히 말했다.

"주인님 살려 주……."

"그렇지, 그렇게 말해야지. 공손하게 주인님이라고 붙여야 할 것이다. 함부로 나의 이름을 입에 올리지 마라. 나는 너의 주인이다."

목에서 힘이 빠진 마농은 그제야 일어나 두려움에 발걸음을 빨리했다. 뚱뚱한 할아버지가 왼손으로는 가슴을 부여잡고 오른손에 커다란 가방을 든 채로 뒤뚱거리며 전력 질주하는 모습은 누가 봐도 미쳤다. 게다가 얼굴에 잔뜩 깃든 공포와는 달리 입은 쉬지 않고 웃고 있었다.

"하하하, 빨리 가자. 나의 종 마농. 어서 가자 나의 말, 마농아. 하하하."

리델의 방

조그마한 창으로 이른 아침의 신선한 공기와 빛이 통하는 작고 누추한 다락방이지만 리델 선교사에게는 더할 나위 없는 궁궐이었다. 누구의 간섭도 받지 않고 오로지 기도에만 전념할 수 있는 이 방을 리델 선교사는 좋아했다.

나이가 많아 새벽잠이 없는 리델 선교사는 이른 아침부터 부지런을 떨었다. 아무도 봐주는 사람 없지만 덮고 잔 모포를 잘 접어서 무릎에 대고 꿇어앉아서 아까부터 기도를 하고 있었다. 길게 자란 수염이 미세하게 떨리는 가운데 입술을 작게 움직여 나지막이 기도하였다.

'주의 종을 조선에 다시 가게 해주십시오. 저번에 하지 못한 일을 마무리 하고 그곳 조선에서 죽을 수 있게 해주십시오.'

간절히 기도하는 리델 선교사의 아침 기도가 다 할 무렵 방문을 노크하는 소리가 들렸다. 똑똑. 뒤이어 문을 열고 튀랑이 들어섰다. 15살의 소년 튀랑은 리델 선교사의 심부름을 하는 아이였다.

"선교사님, 기도 중에 죄송한데요, 아래층에 손님이 와 계십니다. 너무 일찍 오셔서 좀 기다리시라고는 말씀 드렸지만, 너무 오래 기다리시는 것 같아……."

"손님이라니? 아침 일찍 누군가?"

"네, 동양 여자 한 명이랑 테오라는 분이 와계십니다. 말씀 드리면 기억하실 거라는데요."

"아, 테오… 알지. 일찍 얘기하지 그랬나. 귀한 손님을 너무 기다리시게 하면 안 되지."

리델은 튀랑의 부축을 받으며 일어났다. 늘 쓰던 모자를 오른손에 끼고 외투를 걸치고는 문 밖을 나섰다. 아래층으로 내려가는 계단에서 리델은 반가운 얼굴을 보았다.

테오의 아버지는 자신과 신학공부를 같이 했다. 멀리 떨어져 있지만 가끔 편지를 주고받는 사이였다. 테오는 어릴 적 몇 번 본 적이 있었다. 테오는 그 아버지를 그대로 빼닮았다. 그래서 리델은 테오를 한눈에 알아볼 수 있었다.

"테오. 정말로 오랜만이구나. 어릴 적 얼굴이 그대로야."

리델은 튀랑의 부축을 받고 내려오자 의자를 당겨 앉으며 반가워했다.

"리델 목사님, 잘 계셨지요? 자주 찾아뵙지 못해 죄송합니다. 아버님께서 늘 목사님 말씀을 하셨는데 제가 게을러서 찾아뵙지 못했습니다."

"아니야. 이 늙은이를 기억해 주는 것만으로도 고맙지. 아버님은 잘 계시지?"

"네, 잘 계십니다."

"그럼 됐고… 그래, 아침 일찍 온 걸 보면 급한 일이 있는 모양인데… 무슨 일인가?"

"사실은 부탁을 드리러 왔습니다. 이분은 제 형수님이십니다. 조선에서 온 분인데 형님과 결혼식을 올리진 않았지만… 사실은 아버님께서 형수님을 목사님께 부탁하셨습니다."

테오는 옆에 앉아 있는 여자를 소개했다. 배가 불룩한 여자는 별 말이 없지만 예뻐 보였다. 여자는 자리에서 일어나 허리를 굽혔다.

"형수라면… 아 고흐의 아내구만. 조선인이라는 건 아까 알아봤지. 그렇지 않나? 멀리서 봐도 알 수가 있어. 그런데 배가 많이 불러 보이는데, 혹시……."

"네, 그렇습니다. 형님의 아이를 임신하셨습니다. 그런데… 형님이 지금 곤란한 상황이라서 어떻게 돌볼 수도 없고 해서 조선으로 다시 돌려보내시려고 아버님께서 부탁을 하셨습니다. 도의상으로는 아이를 저희가 돌봐야 하지만 지금 형님의 상태가 좋지 않아서 친정으로 가시게… 너무 죄송한 부탁을 드려서 죄송합니다. 상의를 먼저 해야 하지만 가는 배가 많지 않아서 상의도 없이 배표를 이미 구했습니다."

테오가 머리를 숙여 하는 말에 리델은 의외로 표정이 좋았다.

"걱정 말게. 내가 조선으로 데려다 주지. 내 그렇지 않아도 조선으로 가기를 소망했는데 잘됐군. 주님께서 이 늙은이의 소원을 들어주신 게야. 내가 고마워하더라고 아버님께 말씀 드리고… 자, 그럼 배를 언제 타나?"

리델은 마치 어린아이처럼 좋아했다.

테오는 일이 잘 풀리자 덩달아 신이 났다.

"내일 배가 떠납니다. 너무 급하시면 다른 길을 알아봐 드리겠습니다."

"아니야, 내일이면 더 좋지. 이왕 가기로 한 거 빨리 가지. 나는 준비할 게 없어. 늙은이 혼자 가기 적적했는데 잘됐군. 딸이라고 하고 가지."

리델은 신이 났다. 테오 옆에 다소곳이 앉아 배를 어루만지는 여인은 신이 난 리델을 보며 살며시 웃었다. 뱃속의 아이도 신이 나는지 꼼지락거렸다.

다음 날

중국을 거쳐 조선까지 가는 배는 큰 배였다. 근 여섯 달을 가야 하는 항해에 배를 타려고 줄을 선 사람들 옆쪽에 짐이 산더미만큼 쌓여 있었다. 간단한 짐만 들고 줄을 선 리델 선교사 일행을 보며 사람들은 환송 나온 사람으로 생각했다. 더러 지나가는 사람들 중 동양인 여자와 나이든 선교사의 동행을 이상하게 보는 사람들도 있지만 대부분은 별 관심 없이 지나쳐 갔다.

짐이 없어서 제일 먼저 배에 오른 리델은 프랑스와 작별 인사를 했다. 많은 사람들이 배에 오르기 시작한 그때였다. 인산인해인 부둣가에 마농이 나타났다. 몸 전체에 묻은 흙과 오물은 둘째로 치더라도 역겨운 냄새에 사람들이 멀찍이 피하며 수군거렸다. 그러나 마농은 주위의 시선 따위는 아랑곳하지 않고 앞만 보고 달려갔다. 멀리서 고흐의 아내가 리델과 함께 배에 오르는 모습을 본 마농은 속이 탔다. 오로지 배에 타야겠다는 일념에 마농은 인파를 뚫고 앞으로 나가고 있었다. 사람들은 역겨운 냄새 나는 할아버지가 돌진을 하자 썰물처럼 갈라져서 길을 내어 주었다. 그러나 무리하게 뛰어가던 마농은 짐을 실으려고 끌고 가는 수레와 정면으로 부딪쳤다. 그러고는 바닥에 나뒹굴었다.

꽈당!

수레꾼도 역시 짐과 함께 나뒹굴었다.

"이봐, 할아범! 눈은 뜨고 다니는 거야? 어이구, 냄새. 뭐야? 이 사람."

마농은 대꾸 대신 짐꾼을 밀치고는 배 앞으로 돌진했다. 그러나 마농의 돌진은 오래 가지 못했다. 부두의 경비를 맡고 있는 군인 한 명이 다리를 걸어 마농을 넘어뜨렸다. 그러고는 총구를 머리에 대고 말했다.

"미친 할아범, 어디서 소란이야. 자꾸 그러면 감옥에 쳐넣을 줄 알아."

어느덧 작은 소란을 보러 사람들이 몰려들고 마농은 바닥에 엎드린 채로 사람들의 조롱거리가 되었다. 그러나 마농은 무서워하지도 않고 아무

일 없다는 듯 일어났다. 그러고는 눈을 들어 배의 문이 닫히는 걸 보았다.

큰 기적소리가 울리고 배가 닻을 올리는 걸 말없이 보던 마농은 힘이 빠지는지 잠시 휘청하였다. 그러고는 자신에게 총구를 겨누고 있는 병사의 손을 덥석 잡고는 방아쇠를 당겼다.

탕. 배를 떠나보내는 부둣가에 죽음이 내려앉고 아낙네들의 날카로운 비명소리가 울려 퍼졌다. 배 밑바닥의 리델 선교사와 조선의 여인, 고흐의 임신한 아내는 아무것도 모른 채 자리를 잡고 앉아서 긴 항해를 준비하고 있었다.

얼마 전, 부둣가

앙리는 출정 준비에 바빴다. 군복을 잘 차려 입고 호텔을 나서기는커녕 군화도 제대로 신지 못했다. 다른 부대는 이미 와있을 텐데 자신의 부대는 우왕좌왕하고 있을 게 뻔했다. 사령관의 불호령이 귓가에 들리는 것 같았다. 하지만 뾰족한 방법이 없었다. 가방은 짐을 우겨 넣다 보니 제대로 잠기지도 않은 채 뚱뚱하게 부풀어 올라 곧 터질 것처럼 보였다. 그저 짐을 들고 뛰는 수밖에.

대충 신은 군화와 반쯤 풀어 헤친 군복 차림의 앙리는 부둣가 이편에서 군함이 정박한 저편까지 뛰었다. 앙리는 중국으로 떠나는 배로 인산인해를 이룬 사람들을 이리저리 밀치며 달렸다. 하지만 사람이 그득한 부두를 마음처럼 시원하게 달릴 수는 없었다.

아니나 다를까. 무리하게 밀치며 뛰던 앙리는 짐을 가득 실은 짐수레가 넘어지는 통에 자신도 같이 구르고 말았다.

"아이쿠! 이게 뭐야."

화를 낼 시간도 없이 비명이 들렸다.

넘어져 뒹굴던 앙리의 귓가에 쏟아진 짐에 깔린 짐꾼의 화내는 소리가 들렸다.

"아니, 이 할아버지가… 이거 순 거지 새끼 아니야?"

웅성거리며 모여드는 사람들로 붐비는 틈을 타서 앙리는 자신의 가방을 찾았다. 그러나 산더미 같은 짐에 둘러싸였는지 증발을 했는지 보이지 않았다. 마음은 급하게 타들어가는데 짐이 보이지 않던 앙리는 주변을 계속 두리번거리다 드디어 가방을 발견하였다. 짐 사이에 끼어 있던 가방을 잡은 앙리는 목을 길게 빼고 군함을 보았다. 이미 군함으로 탑승하는 군인들이 눈에 들어온 앙리는 눈이 뒤집혔다.

"비켜. 비키란 말이야."

군중을 뚫고 어렵게 가던 앙리는 때마침 들려온 총소리에 놀라서 뒤를 보았다. 모두 바닥에 엎드리거나 고개를 숙이는데 총을 맞고 넘어가는 더러운 할아버지가 눈에 들어왔다.

"무슨 일?"

그러나 앙리는 생각할 겨를이 없었다. 군함이 기적소리를 울리고 있었기 때문이다. 앙리는 할아버지의 얼굴을 눈에 담은 채 죽어라고 뛰어서 군함으로 달려갔다.

조선으로 가는 배

배는 앞뒤로도 움직였지만 양 옆으로도 심하게 움직였다. 조선에 드나들며 몇 번이나 타 본 같은 배인데도 리델 선교사는 멀미가 심했다. 저번에 갈 때만 해도 60세였지만 지금은 70을 넘긴 나이.

리델은 멀미가 나이 때문일 거라 생각했다. 리델은 배 밑바닥에 누워 편하게 가고 싶지만 옆에서 힘들어 하는 산모를 보며 혼자만 누울 수가 없었다. 그래서 리델은 벽에 기댄 채 배를 부여잡고 힘들어 하는 산모 옆에 허리를 펴고 앉아서는 흔들리는 배에서 중심을 잡았다.

"많이 힘든가? 조금만 가면 조선이네. 그러니 힘을 내게."

고흐의 아내는 미소로 대답을 대신하며 통증이 오는지 배를 만지며 약간 얼굴을 찡그렸다.

리델은 바라보는 것 외에는 할 수가 없었다. 그러자 아까부터 둘을 보고만 있던 한 조선인 여인이 앉은 채로 기어서 다가와서는 유창한 불어로 두 사람에게 말을 걸어왔다.

"안녕하세요. 조선 분이시죠? 실례지만 할아버지께서 아무것도 모르시는 것 같아서… 끼어들었습니다. 사실 아까부터 좀 봤는데… 이분… 산모 이름이……."

활달한 여인네라 생각한 리델이 말을 받았다.

"이름은 잘 모릅니다. 그저 조선까지 동행을 부탁받아서 가는 길입니다."

"아~ 네, 그러시군요. 이름을 잊고 사는 분들이 많지요. 저도 그랬습니다. 고향 떠나면 다 그렇지요. 저는 함경도에서 왔습니다. 이름은 월향이라 합니다만 고향에서는 달리 부르는 이름이 있었지요."

"무엇이었습니까?"

의외로 고흐 아내가 말을 받았다.

놀란 리델과 달리 월향이라는 여인은 웃으며 손까지 잡았다.

"월선이었지요. 후후훗."

월선의 말에 고흐의 아내가 웃음을 보였다. 오랜 여행에 지칠 대로 지친 몸이지만 같은 조선 사람을 만나서 편한 모양이었다.

"후후훗, 그렇지요. 월선… 저희 동네에 월선이 언니가 있었는데… 아주

머님도 동네 언니 같네요. 저는 순이입니다. 아버님께서 그리 부르셨지요. 그런데 성을 몰라요. 그래서 그냥 이름 없이 있었습니다."

리델은 놀랐다. 순이가 이리도 밝게 말을 하는 걸 본 적도 없거니와 이름에 대한 아픈 기억이 있는 줄도 몰랐다. 사실 순이는 너무 어린 나이에 네덜란드로 잡혀 와서 한참을 살다가 고흐를 따라 파리로 온 것이었다. 고흐의 사랑을 독차지했지만 고흐가 미치고 나서는 의지할 곳도 없이 혼자 살아온 터였다. 그래서 순이는 누구와도 마음을 터놓고 지내지 못했다. 그러다 조선으로 가는 배 안에서 만난 넉살 좋은 아주머니에게서 언니를 느꼈는지 말을 섞기 시작했다.

리델은 가슴이 뭉클했다. 이리도 착한 아이를 잡아온 나라가 과연 선교할 자격이 있는지 묻지 않을 수 없었다. 리델은 자매처럼 정답게 떠드는 순이와 월선을 보며 자신이 이방인임을 보았다.

'내가 조선에 가면 무얼 해야 하나. 그것이 막연한 두려움이자 고민이었다. 하지만 지금의 월선을 보며 깨닫는 게 많구나. 아… 나는 아직도 수양이 덜 되었구나.'

그런 리델의 마음을 아는지 모르는지 월선과 순이는 잡은 손을 놓을 줄 모르고 연신 웃으며 이야기꽃을 피웠다.

조선으로 가는 마지막 뱃길에 접어든 배는 더욱 좌우로 움직이며 파도를 헤쳐나갔다.

한편 천신만고 끝에 군함에 오른 앙리는 이미 사령관의 눈 밖에 나 있었다. 한번 화가 나면 뒤끝이 심한 사령관은 앙리만 보면 화를 냈다. 다섯 달이 넘게 가는 항해에서 사령관의 눈 밖에 나고도 살아남을 수 있는 자는 거의 없었다. 진짜로 잘못하다가는 너른 바다에서 수장되기 일쑤였다. 그런 경우를 종종 보아온 앙리는 사령관의 눈치만 보며 하루하루 지옥을 경험하고 있었다.

처음 한 달은 짐도 뺏기고 바닥에서 청소만 죽어라 시키더니만 두 달째부터는 아예 갑판 청소를 시켰다. 앙리는 어느 곳이든 청소는 할 수 있었지만 장교 신분으로 사병들도 하지 않는 일을 시킬 때는 죽어 버리고 싶었다. 하지만 자칫 잘못하면 황천길로 가기 십상.

앙리는 그저 죽었다 생각하고 열심히 더 열심히 일을 하였다. 그러다가 배를 탄 지 근 여섯 달이 넘었다. 조선에 도착하는 날을 일주일쯤 앞두고 사령관이 마음이 풀렸는지 앙리를 호출했다.

정식 군복으로 갈아입고 사령관실로 들어오라는 말에 앙리는 눈물이 핑 돌았다. 사령관 비서가 내려주고 간 가방을 들고 자신의 이름이 붙은 방으로 들어갔다.

거울을 보았다. 멋진 군복을 입고 화려한 훈장을 단 훌륭한 군인은 간데없고 피골이 상접한 노예가 한 명 서 있었다. 앙리는 너무 원통하여 눈물을 흘렸다. 그러나 이제는 모두 지난 일. 빨리 잊고 늦지 않게 사령관에게 가야만 했다. 정신을 가다듬은 앙리는 탁자 위에 놓인 가방을 열었다.

찰칵. 가방 열리는 소리가 시원하게 나고 가방을 들어 올린 앙리의 눈이 휘둥그레졌다. 분명 자신의 가방인데 그토록 입고 싶었던 군복은 간데없고 아무렇게나 둘둘 말린 그림들과 권총 한 자루가 들어 있었다. 너무 실망한 앙리는 사환을 부르려고 고개를 돌렸다.

그때였다. 갑자기 지옥의 음습한 음성이 들렸다.

"넌 누구냐!"

고개를 돌리다 말고 앙리는 두리번거렸다. 아무도 없었다. 위를 봐도 아래를 봐도 뒤를 다시 돌아봐도 앙리의 눈앞에는 아무도 없었다. 앙리는 갑자기 무서운 생각이 들었다. 눈이 커지고 심장이 두방망이질을 했다. 도망을 가려 했지만 발이 떨어지지 않았다. 앙리의 마음에 공포가 몰려들자 그 지옥의 소리는 더욱 크게 들려왔다.

"나는 너의 주인이니 인간은 나에게 무릎을 꿇으라. 세상의 두려움은 다 나로 인한 것이니 나에게 무릎을 꿇으라."

귀를 뚫고 들어오는 악마의 음성은 앙리의 뇌를 울리며 병약해진 앙리의 영혼을 지배하기 시작했다. 머리를 잡고 쓰러진 앙리는 괴로움에 소리를 지르고 침을 흘리며 저항했지만 소용없는 일이었다. 한번 공포가 들어간 인간은 너무나도 쉽게 악의 힘에 지고 말았다. 한참을 넘어져서 뒹굴던 앙리는 잠시 후 아무 일도 없다는 듯 일어났다. 그러고는 혼잣말로 중얼댔다.

"저번 늙은이보다 이놈이 훨씬 낫구나. 그놈은 너무 늙었고 냄새도 많이 났는데 이놈은 좀 다르군. 당분간 이놈하고 있어야겠어. 또 언제 죽어 버릴지 모르지만 말이야, 하하하……."

앙리는 기분이 너무 좋은 나머지 군복도 갈아입지 않고 사령관실로 갔다.

순이는 점점 배가 불러왔다. 하루가 다르게 불러오는 순이의 배를 보며 월선의 걱정도 쌓여만 갔다. 그러던 어느 날 순이는 새벽녘에 자다가 비명을 지르며 깨어나게 되었다. 그 비명소리가 얼마나 크던지 곁에서 자던 월선뿐 아니라 다른 방에서 기도하고 있던 리델까지 달려왔다.

"왜 그러나? 악몽을 꾼 게야?"

월선이 정신이 반쯤 나간 순이의 손을 잡고 걱정스러운 얼굴로 물었다.

"그이가, 그이가 죽었어요. 애기 아빠가 죽었어요. 흑흑."

"애기 아빠가 죽다니 아닐 거야. 악몽일 뿐이야, 걱정하지 마."

월선은 순이를 안아 주며 토닥여 주었다. 그러나 부들부들 떨며 우는 순이는 울음을 그칠 줄 몰랐다. 그러던 중 월선은 바닥이 미끄러워서 손을 대어보고는 깜짝 놀랐다. 순이가 하혈을 한 것이다. 양도 양이지만 아직 하혈을 할 때가 아니었다.

월선은 우느라 정신을 놓은 순이를 어르고 달래서 3층으로 갔다. 응급환자를 위해 마련된 방이 3층에 있었다. 비교적 환경이 좋은 방이었다. 월선과 리델은 순이를 겨우 부축해서 3층으로 올라가서는 긴 복도를 천천히 걸었다. 그런데 순이가 갑자기 날카로운 비명을 지르며 바닥을 굴렀다. 그러고는 부른 배를 움켜쥐고는 고통에 목을 뒤로 젖혔다.

"아악! 아악~~!"

월선은 당황했지만 침착하게 행동하였다. 그런데 고통에 버둥거리던 순이의 치마가 들춰지자 더 이상 침착할 수가 없었다. 아이의 머리가 나오고 있었기 때문이다.

"아악!"

순이의 비명은 더욱 날카로워지고 목에서 비명이 걸릴 때쯤에 아이가 세상 밖으로 나왔다.

"응애~ 응애."

월선이 한숨을 돌리며 핏덩어리인 아이를 받아들던 찰나. 더욱 놀라지 않을 수 없었다. 갓난아기의 발목을 웬 자그마한 손이 잡고 있었기 때문이다.

"헉! 쌍둥이?"

월선은 낭패스러웠다. 힐끗 바라 본 순이는 초죽음 상태인데 아이 하나를 더 낳으면 죽을지도 모른다는 생각이 들었다. 그렇다고 아이가 나오는 것을 막을 수도 없는 일. 월선은 옆에서 웅성대고 있는 사람들 사이에서 리델에게 말했다.

"이 아이를 좀 받아 주세요."

먼저 나온 아이를 리델의 품에 안긴 월선은 순이의 배를 누르기 시작했다. 잠시 후 고통의 비명조차 지르지 못하는 순이의 맥이 풀릴 쯤에 다른 아이가 세상에 나왔다. 온몸이 땀으로 젖은 월선은 아이의 탯줄을 자르기 전에 순이를 보았다. 순이는 고통과 한을 뒤로 한 채 숨을 거두고 말았다. 이리저리 흔들리는 배의 3층 복도에 월선의 울음소리가 울려 퍼졌다.

"순이야! 순이야~!"

앙리는 시원한 바닷바람을 맞으며 부두에 서 있었다. 처음 밟는 조선 땅이지만 노을이 지고 달이 뜨려는 이때는 고향에 온 듯 기분이 날아갔다.

옆에 선 함장은 비굴한 웃음을 지으며 앙리의 안색을 살폈다.

"주인님께서는 걱정 마십시오. 제가 조선에는 벌써 세 번째입니다. 저런 배쯤 이 잡듯이 뒤지는 것은 저에게는 아주 쉬운 일입니다."

"자만하지 마라. 나도 이런 곳까지 오리라고는 생각지도 않았으니."

"배부른 조선 여자와 키 큰 노인을 찾으면 된다 하셨지요? 식은 죽 먹기입니다."

"너만 믿는다. 실수는 없겠지."

"그렇습니다. 이미 저 배는 우리 병사들이 장악했습니다. 먼저 주신 조선 여인 그림도 모두에게 보여주었으니 쉽게 데려올 것입니다."

앙리는 함장의 끝없는 아부를 듣는 둥 마는 둥 뱀의 눈을 끊임없이 움직이고 있었다.

월선은 두 아이를 안고 배에서 내리고 있었다. 경비가 삼엄했지만 월선은 두 아이를 안고 있어 무사 통과였다. 보모인 줄로 아는 것 같았다. 부두에 내려선 월선은 그러나 배를 보며 말없이 서 있었다.

순이가 내리기를 기다리는 것이었다. 리델이 순이와 함께 내리려고 차례를 기다리고 있었는데 배에서 망자는 맨 마지막에 내리라고 해서 리델은 모두가 내리기를 기다리고 있었다.

리델은 순이의 시신을 덮은 흰 천을 보며 마음속으로 다짐했다.

'불쌍한 여인이다. 어린 나이에 고향을 떠난 것도 모자라 시체로 돌아오다니. 아이들도 불쌍하지만 자신의 아이들 얼굴도 모르고 간 순이가 더 불쌍하구나. 아, 내가 할 수 있는 일이 무얼까? 순이가 잡혀갈 때 나는 무엇을 한 걸까? 조선을 도우러 왔다지만 내 뒤에 따라 들어오는 악을 모르고 있었다니. 어리석구나, 리델. 이제라도 아이들을 잘 키워야겠구나. 나 목사님께 데려가서 부탁을 잘 드려야겠어.'

리델은 가없은 순이를 보며 깊은 상념에 빠졌다. 드디어 오래 기다린 끝에 순이가 배에서 내려갔다. 리델도 순이를 따라 배의 뒷문으로 내렸다. 배 밖에는 이미 많은 사람들이 헤어지고 난 뒤였는데 죽은 자들이 내리자 간혹 통곡을 하는 조선인들이 보였다. 시신을 인도 받으려고 숙연한 마음으로 부둣가에 내린 리델은 잠시 자신의 눈을 의심했다. 누군가가 순이의 시신을 바닥에 내려놓고는 거칠게 다루고 있었다. 그들은 흰 천을 걷고 얼굴을 확인하더니 얼굴이 새파랗게 질려 아무 말도 하지 못했다. 그러고는 순이의 배에다 손을 얹고는 무어라 알아듣지 못할 말을 하며 배를 마구 때리고 있었다.

리델의 눈에서는 불이 튀었다.

"이보게! 너무하는 거 아닌가? 죽은 자에 대한 예의를 지키게."

노한 리델의 말에 시신에서 눈길을 돌린 앙리는 리델을 보자 한 걸음에 달려왔다.

"예의라고? 예의라 했는가? 내가 예의를 가르쳐 줄까? 내가 이 아이를 찾아서 죽을 고생을 하고 이곳 냄새 나는 조선까지 왔을 때는 이 아이가 살아 있는 것이 나에 대한 예의인 거야. 이렇게 시신이 되어 있는 건 예의가 아닌 거지."

리델의 코 밑에서 미친 거품을 물며 말하는 앙리를 근처에 있는 모든 사람이 두려워하였다.

리델도 마찬가지. 리델은 앙리의 눈에서 루시퍼를 보았다.

미친 앙리는 리델의 멱살을 잡고 말했다.

"아이는 어디에 있지? 아이는 살아 있지? 그렇지?"

"이런 미친 자를 보았나. 아이라니?"

"거짓말하지 마. 리델. 그렇지 리델이지. 주의 종이 거짓말을 해서야 되겠나? 어디에 있나? 아이는 어디에 있냔 말이다."

"나는 모른다."

리델의 단호한 말에 앙리는 갑자기 낮고 작은 목소리로 리델의 귀에다 속삭였다.

"마지막으로 묻지. 아이는 어디 숨었나? 말해주면 죽이진 않겠다. 주의 종으로서 조선에서 할 일이 많잖아. 그치? 살아서 주님의 일을 해야지, 어서 말해. 어서."

리델은 눈을 감았다. 눈에 어른거리는 루시퍼의 모습을 보기도 싫지만 혹시나 마음이 약해질까 봐 더욱 눈을 질끈 감았다. 그러고는 마지막 말을 하였다.

"루시퍼가 들었구나. 부디 루시퍼를 이기길 바라네. 그러지 않으면 자네는 루시퍼에게 죽네."

탕!

앙리는 리델의 심장에 총을 쏘았다. 리델은 피를 분수처럼 뿌리며 쓰러졌다. 뒤를 돌아 넘어가는 리델의 눈에 자신을 보며 경악으로 비명을 삼키고 있는 월선의 모습이 들어왔다. 그리고 두 아이를 안은 월선의 뒤로 자그마한 나 목사의 모습이 보였다.

'아, 목사님. 부탁합니다.'

리델은 웃으며 죽을 수 있었다. 앙리는 피를 뿌리며 넘어가는 리델의 얼굴에서 기쁨을 보았다. 당황한 앙리는 혹시나 하는 마음으로 리델의 시선을 따라갔다. 그곳에는 비명조차 지르지 못하는 나약한 조선 여자가 아이 둘을 안고 서 있었다.

앙리는 직감적으로 그 아이들이 순이의 아이임을 알 수 있었다. 앙리는 누런 이를 드러내고는 월선에게 뛰어갔다. 멀리서 리델을 쏘아 죽인 군인이 자신에게 달려오는 걸 본 월선은 겁에 질려 다리가 떨어지지 않았다. 월선은 너무 두려운 나머지 두 눈을 꼭 감았다.

그러나 잠시 후 우당탕거리는 소리가 들려 월선이 눈을 뜨자 앙리가 바닥에 넘어져 허우적거리고 있었다. 자신을 잡아먹을 듯 달려오던 앙리는 무언가에 공포를 느꼈는지 다시 바닥을 기어 돌아가고 있었다. 비명을 있는 대로 지르며 미끄러운 바닥을 기어 도망가는 앙리의 얼굴에는 공포가 가득했다.

월선은 이상한 생각이 들어 주위를 둘러보았다. 그러나 자신의 주위에는 작고 볼품없는 노인 한 명 외에는 아무도 없었다. 그 노인은 뒷짐을 진채로 월선에게 다가와서는 말을 걸었다.

"순이의 아이들이구나. 가엾은 것. 지 에미도 비명에 가고 애비도 없는 세상에서 어찌 살꼬."

"누구신지요?"

"나는 나 목사라고 하네. 리델을 마중 나오는 길인데 늦었구먼."

"리델 선교사님을 아십니까?"

"알지. 월선이라 하였지? 자, 가세. 저 악한 루시퍼가 자네를 본 이상 자네도 안전하지 않네."

"저를 본 적이 있으신지요?"

놀라는 월선의 말을 들었는지 말았는지 나 목사는 대꾸가 없었다. 그저 아이들의 얼굴을 쓰다듬으며 앞장서 걸을 뿐이었다. 월선은 놀란 가슴을 쓸어 담고 황급히 나 목사를 따라갔다. 부두에서는 총소리를 듣고 달려온 조선 수군들이 앙리를 포박하였다. 부둣가 바닥에 엎어진 앙리는 공포에 질린 얼굴을 하고 있었지만 총에 맞아 숨을 거둔 리델의 얼굴은 평안한 가운데 미소마저 띠었다. 어두운 부둣가에 달이 휘영청 떴다.

용문교회 나목사

한 달 후, 서울, 인사동

아론은 급히 달려갔다. 인사동 앞에서 만나기로 한 나 목사는 벌써부터 와 있었다. 그 옆에는 갓난아기 보자기를 두 개나 든 여인이 같이 서 있었다.

아론은 숨이 턱밑까지 차도록 달려가서는 꾸벅 인사를 했다.

"늦어서 죄송합니다. 기별을 늦게 받아서… 이렇게 기다리시게 해서 죄송합니다."

"아니야, 아니야. 자네가 열심히 달려온 게 눈에 보이는구먼. 자, 긴말할 순 없고 서로 인사들 하게. 이쪽은 월선이라 하고 이쪽은 이상하게 들리겠지만 아론이야."

아론은 아이 둘을 안고 있는 월선과 인사를 했다.

"처음 뵙겠습니다."

"……"

아론은 말없이 목례만 하였다. 나 목사는 급하게 손을 잡아끌고 인사동 안으로 들어가며 아론에게 말했다.

"자네가 저번 일도 잘해 줘서 고맙게 생각하네. 그런데 급한 일이 생겨서 한 번만 더 수고를 해주어야겠어."

"무슨 일이신지?"

나 목사는 아론의 말에 잠시 뜸을 들였다.

"그게, 미안하지만 이 아이들을 좀 맡아줘야겠어. 맡을 사람이 딱히 없기도 하지만 워낙 중요한 일이라서 자네에게 부탁을 하는 게 좋을 것 같아."

아론은 어리둥절했다.

"그러지요. 아이들을 키워본 지가 하도 오래 되어서 잘할 수 있을지 모르겠지만 그리 하지요."

아론은 가볍게 말했다. 나 목사는 인사동 골목 안에 있는 작은 대문 앞에 섰다. 그러고는 아론을 정면으로 보며 심각한 얼굴로 말했다.

"고맙네. 여기 월선에게도 말은 해놓았네만 아이들을 데리고 인사동으로 들어가 주어야겠어. 아이들은 그곳에서 키우도록 해야 해. 그리고 미안하지만 내가 데리러 갈 때까지 꼼짝도 하면 안 되네."

아론은 그제야 보통 일이 아님을 깨달을 수 있었다. 궁금하면 못 참는 아론이었다.

"저, 죄송하지만 언제까지 있으면 됩니까? 한 일 년 정도입니까?"

"……."

나 목사가 말이 없자 아론이 다시 물었다.

"그럼 한 삼 년 정도 됩니까?"

"아니, 아니야. 아론, 미안하지만 족히 수십 년은 걸릴 게야. 그동안 이 아이들을 소중히 키워주게. 미안하네."

아론은 눈앞이 노래졌다. 수십 년이면 십년도 될 수 있고 칠십 년도 될 수가 있었다.

그러나 아론은 아무 말하지 않고 고개를 끄덕였다. 순종하는 얼굴로 고개를 숙였다.

"네, 그리 하지요. 걱정하지 마십시오. 잘 키우겠습니다."

아론의 말에 나 목사는 마음이 뜨거워졌다.

"고마워. 늘 미안하네. 자네가 늘 고생이야."

"별말씀을요. 그럼 들어가겠습니다."

아론은 품안에서 무언가를 꺼냈다. 작은 청사초롱이었다.

예쁜 청사초롱을 작은 집 대문 앞에 걸었다. 그러자 놀라운 일이 벌어졌다.

문에 건 청사초롱으로 세상의 빛이 빨려 들어갔다. 노란 빛, 파란 빛, 빨간 빛 등등 여러 빛들이 청사초롱으로 들어가 버렸다. 그러고는 간간히 골목을 지나던 사람들의 행동이 느려지더니 결국 모두 멈추고 말았다.

그러더니 청사초롱이 걸린 문이 열리더니 누군가가 인사를 했다.

"안녕하세요? 수영이입니다. 그간 잘 계셨지요?"

아론은 반가웠다. 아론은 한참 동안 수영과 인사를 나누었다.

월선은 너무 놀라서 쓰러질 뻔했는데 나 목사가 잡아주었다.

"월선, 아까 내 말을 잊지 말게 그리고 자네도 몸조심하고."

나 목사의 말에 아론은 월선을 데리고 안으로 들어가며 마지막으로 나 목사에게 물었다.

"누구의 아이들입니까?"

나 목사가 점점 사라지는 인사동의 문틈으로 심각하게 말했다.

"키메리안 고흐의 아이들이네. 쌍둥이지. 첫째는 고일중이라 하고 둘째는 고천중이라 하게. 지금 루시퍼가 이 아이들을 찾으러 온 세상을 다 뒤지고 있을 거야. 세월이 가고 잊어지면 다시 오겠네."

아론은 엄청난 충격을 받았다.

'키메리안… 키메리안… 그렇다면 아리?'

아론이 깊은 상념에 잠긴 그때에 나 목사의 얼굴은 서서히 닫히는 문 사이로 사라져갔다.

아론은 나목사가 사라진 문을 한동안 보며 멍하니 서 있었다.

1970년. 대한민국 용문산

사방이 산으로 막혀 겨우 하늘의 모서리만 보이는 이곳은 모든 것이 정지되어 있었다. 산 아래 마을 초입부터 곧게 뻗은 산길은 굵고 큰 소나무들이 줄을 맞추어 서 있고 그 왼편으로 맑은 계곡물이 흘렀다.

차 한두 대가 겨우 지나갈 만한 도로는 포장되지 않은 산길 그대로이고 길을 따라 서로 비슷한 집들이 듬성듬성 서 있었는데 드문드문 보이는 집들도 도무지 인기척이라고는 보이질 않는데다 그 흔한 강아지 짖는 소리도 들리지 않아 사람이 사는 곳인가 싶었다.

모두 비슷하게 생긴 가난한 집들을 지나 한참을 올라가다 보면 산길의 마지막에 좌우로 갈라진 길이 나오는데 그 길을 삐죽한 십자가와 큰 종이 있는 교회가 막고 있었다.

용문교회. 비교적 커다란 예배당은 사방으로 작은 유리창이 달려 있고 정면의 문 또한 유리 미닫이문이었다. 교회 지붕은 수십 년 이상 되어 보이는 양철로 얹었는데 지붕 위로 바짝 마른 십자가가 앙상하게 달려 있어 더욱 썰렁했다. 아무리 보아도 교회 같지 않지만 십자가가 있으니 그저 교회인가 보다 했다. 교회 너른 마당 한가운데 우물이 하나 보이고 그 우물 옆 종탑 밑에는 강아지 한 마리가 제 집에 들어앉아 졸고 있었다.

외지에서 온 사람들은 이곳에 교회가 있는지조차 몰랐다. 이곳은 용문에서도 깊고 깊은 골짜기라서 외지 사람에게는 알려지지 않았지만, 이곳 용문에서는 모르는 사람 하나 없는 꽤나 유명한 교회였다.

이 동네 사는 사람치고 이 용문교회에서 주는 사탕 한 번 먹어 보지 못한 사람이 없고, 장례식 때 용문교회의 신세 한 번 져보지 않은 사람이 없었다. 마을행사가 있거나 경조사가 있을 때 마을 사람들은 용문교회에 모였다. 오래된 용문교회에는 50년 가까운 긴 세월 동안 줄곧 한 명의 목사만 있었다. 바로 나 목사였다.

나 목사가 언제 교회를 세웠는지 아는 사람은 없었다. 심지어는 나 목사자신도 언제부터 교회를 열었는지 가물가물했다. 나 목사는 이 집 가서 밥얻어먹고, 저 집 가서 국 얻어먹고는 답례로 사탕을 뿌리는 일이 낙이었다.

산 아래로부터 용문교회까지 올라오는 그 길을 예전에 누군가가 교회종탑에 올라가서 본 일이 있었는데, 구불구불한 길 양옆에 늘어서 있는 플라타너스와 소나무, 그 옆에 저녁 노을빛에 반짝이는 맑은 계곡 물을 보고는 용처럼 생겼다 해서 용문이라고 이름을 붙였다. 실제로 이 동네 이름은연수리인데 마을사람들은 용문이라고 부르는 걸 더 좋아했다.

이곳 용문은 경치 좋고 공기가 맑기로 유명했다. 지금은 개발 제한구역으로 묶여 있지만, 언젠가는 서울서 온 몇몇이 이곳의 경치가 수려한 것을보고는, 이곳 땅들을 모두 사서 대규모 리조트를 만들려고 했던 적이 있었다. 땅값의 네 배, 다섯 배를 줄 테니 집을 팔라며 집요하게 따라붙는 서울사람들을, 그저 껌벅이는 두 눈만으로, 제 풀에 지쳐 떠나보낸 뚝심의 사람들이 바로 이곳 용문의 사람들이었다.

사실 마을사람들은 돈보다도 서로 헤어지는 것이 아쉬웠다. 대대로 이곳에 뼈를 묻어 와서, 억만금을 준다 해도 이 정든 고향을 떠나지 않았다. 그런 착하고 순박한 사람들이 늘상 모여서 떠들고 부대끼며 살아가는 곳이었기 때문이다.

예나 지금이나 마을 사람은 많지 않았다. 저 아래 마을 초입부터 모두

쳐도, 그저 한 열댓 집 정도. 마을 전체를 통틀어 아예 어린아이는 구경할 수도 없었고, 늙어 정만 남은 노부부 정도가 각자 자기들 집을 지키며 살고 있었다. 시골의 한적한 여느 동네와 마찬가지로 그저 해 지면 자고 해 뜨면 일어나는 그런 동네. 어쩌다 크리스마스이브라도 되어야 다들 교회에 모여서 하품을 참아가며 9시를 겨우 넘기는 그런 동네였다. 그런 교회의 그런 목사라서 사람들은 먹을 것도 나눠 먹고 더러는 잠도 같이 자는 가까운 핏줄처럼 여겨왔다.

이른 아침이면 어김없이, 뒷짐을 진 채 안경을 콧잔등에 걸친 나 목사가 마을 이곳저곳을 돌아다녔다. 작은 체구의 영감이 이곳저곳을 기웃거리는 폼은 이제 마을사람들에게는 일상이 되었다. 나 목사가 멀리서 보이면 마을사람들은 일부러 그곳으로 가서 시비를 걸기 일쑤였다.

"아니 우리 홀아비 목사님 아니신가벼. 꼭두새벽부터 여기는 웬일이시래요?"

닭 모가지를 비틀고 있던 김 영감이 장난기 가득한 얼굴로 말을 걸어왔다.

"어여 비틀기나 해. 남 일에 신경 쓰지 말고."

나 목사도 장난으로 받았다.

"아니 그래도 우리 존경하는 목사님을 아침 식전 나절부터 봤는데 어찌 그냥 갈 수가 있다? 오늘 이놈 아침거리로 쓰려는디, 목사님도 들어오쇼. 못 봤으면 모를까 봤는디 어쩌것남?"

김 영감은 잡고 있던 닭 모가지를 드드득 소리 나도록 비틀면서도 눈 하나 깜짝하지 않고 태연하게 말을 했다.

꼬꼬댁… 끅… 끄륵. 불쌍한 닭은 단 한 번의 짧은 비명으로 횡사하여 아침거리가 되었다. 나 목사는 눈을 반짝거리며 슬슬 걸어와서는 쐐기를 박았다.

"남아일언."

김 영감도 누런 이를 드러내며 맞장구였다.

"중천금."

어느덧 나 목사와 김 영감은 어깨동무를 하고서는 껄껄대며 김 영감 집으로 가고 있었다. 나 목사의 손에는 늘어진 닭이 매달려 있었다. 나 목사의 행사가 늘 이러하였다. 나 목사는 김 영감과 함께 매일 아침 산을 올랐다가 내려오는 것으로 하루를 시작했다. 나 목사는 신선한 아침나절이 가장 좋았다. 워낙 작은 교회라 새벽기도 같은 것도 없고 아침에 일어나면 다 같이 모여서 산을 가거나 산 아래에 내려가서 장을 보러 다녀오곤 했다. 그날도 닭을 같이 먹은 김 영감이 먼저 시비를 걸었다.

"아침 먹은 게 더부룩하니 등산이라도 해야 하지 않겠습니까?"

매일 아침 산에 오르는 사람도 시작은 이렇게 했다.

누가 들으면 어쩌다 오르는 걸로 알 것이었다. 나 목사도 그 말을 기다렸다는 듯이 의기투합했다.

"그러게. 그러면 오랜만에 산에나 오를까나."

폼을 잡고 앞장 서는 나 목사를 놓칠까, 김 영감도 헛기침을 연방 해대며 따라나섰다. 김 영감은 산에 오를 때면 흥얼흥얼 무슨 노래인지 모를 노래를 불렀다. 그러다 나 목사가 무어냐고 물어보면 찬송가라고 둘러댔지만 그게 뽕짝이라는 것은 누구나 다 알았다. 다만 가사가 매일 바뀌어서 못 알아들었을 뿐이었다. 오늘도 김 영감은 흥얼흥얼 노래를 부르며 산을 내려오고 있었다.

"아아… 갈 곳 없는… 내 마음…."

그때였다. 무언가 이상한 낌새를 눈치 챈 김 영감은 가던 걸음을 멈추고는 옆 수풀을 빤히 보았다. 한참을 그렇게 보던 김 영감은 갑자기 돌을 들어 던지며 벼락같이 소리를 질렀다.

"아유 이 나쁜 놈. 아유 이……."

멀리서 뒤쫓아 오던 나 목사는 벼락같은 소리에 한달음에 달려왔다. 그러고는 그 자리에서 얼어붙었다. 김 영감이 돌을 집고는 시퍼런 뱀과 대치를 하고 있었다. 그야말로 일촉즉발의 순간 나 목사는 큰소리를 쳤다.

"이런 못된 뱀 같으니 어디 감히 사람을!"

그때였다. 기세등등 시퍼렇던 뱀이 갑자기 꼬리를 말고는 수풀 속으로 도망쳤다. 순식간에 일어난 일에 김 영감은 상황 파악이 안 되었다. 그러나 곧 뱀이 물러가는 것을 보고는 입에 침이 마르도록 칭찬을 해댔다.

"봤지요? 봤어. 내가 이렇게 돌을 드니까 뱀 새끼가 글쎄 꼬리를 말더니까."

김 영감의 자화자찬에 나 목사는 혀를 찼다.

"하기야 산만한 뱀이 죽자고 달려드니 정신이 아득할 수밖에. 어쨌든 뱀이 도망갔으니 다행이지. 근데 왜 산은 안 내려가고 뱀이랑 한판 붙었다?"

김 영감은 돌을 들어 던지는 시늉에 허리를 굽히고 뱀을 노려보는 연습에 열중이었다. 그 와중에 들릴 둥 말 둥한 소리로 말했다.

"뱀이 웬 아기를 먹으려고 해서 말이지. 내가 이렇게 돌을 던졌는데 아이구 그게 하필 뱀 머리에 스트라이크잖아요? 그래서 생각했지유. 나도 참 돌팔매질을 잘하는 줄은 알지만 하필 뱀대가리에 스트라이크라니유. 내가 생각해도 장하지유. 안 그래유?"

김 영감은 그제야 나 목사를 돌아보았다. 그러나 나 목사가 없었다. 이리저리 둘러봐도 없길래 김 영감은 자기를 두고 내려간 줄 알고 돌을 든 채로 부리나케 산을 내려갔다.

"같이 가유~!"

나 목사는 수풀을 헤치고 계곡 쪽으로 내려갔다. 노인이 가기에는 버거운 비탈을 위태로이 내려간 나 목사는 뱀이 돌을 맞은 곳에서 뜻밖에도 갓난아기를 보았다. 배가 고파 울다가 지쳤는지 탈진했는지 잠이 들었다. 나 목사는 갓난아기를 안아 들고는 심각한 얼굴로 주위를 한 번 둘러보았다. 고개를 돌리자 아니나 다를까 가까운 곳에서 한 여인이 의식을 잃고 수풀 사이에 쓰러져 있었다. 갓난아기를 품에 안은 나 목사는 심각한 얼굴로 하늘을 보며 한숨을 크게 쉬었다.

먼저 산에서 내려온 김 영감은 저녁때까지 나 목사가 보이지 않자 덜컥 겁이 났다. 자신이 쫓아낸 뱀이 나 목사를 해코지한 것 같아서 먼저 내려온 자신이 미웠다. 내가 목사님 옆에 있었어야 하는데…. 김 영감은 해가 산을 넘어 사라지려하자 더욱 안달이 났다. 더군다나 오늘은 그믐. 달빛도 없는데 무슨 변고라도 생긴 게 아닌지 걱정이 되어서 옆집 박 영감과 같이 산에 올랐다. 어스름 땅거미가 점점 짙어질 무렵 김 영감과 박 영감은 갓난아기를 안고 산을 내려오는 나 목사를 만났다. 아직 만나려면 한참이지만 김 영감은 너무나도 반가운 마음에 멀리서부터 말을 걸었다.

"아니, 목사님은 지금껏 뭐 하다 이제야 온디유? 제가 내려온 지가 한참이구먼."

그때 박 영감이 나 목사가 안고 있는 아기를 보았다.

"아니, 산에서 웬 애기를 데리고 오신대요?"

그제야 김 영감은 낮의 일을 떠올리며 이마를 쳤다.

"아차차차~ 애가 있었지, 참. 뱀이 애기를 잡아먹으려고 했는데 그걸 생각 못하고 뱀만 쫓았네. 근데 목사님이 애기를 데려오셨구만. 잘하셨어요. 암~ 참 잘하셨네."

화통을 삶아 먹은 소리였다.

나 목사는 쉬지도 않고 큰소리로 말을 늘어놓는 김 영감을 물끄러미 보며 말했다.

"자네, 젖 좀 있나?"

김 영감은 기가 찼다.

"네? 아니, 내가 무슨 젖소라도 된다나? 어째 나더러 젖을 달라니?"

나 목사는 별일 아니라는 듯 대꾸하고는 휑하니 내려가 버렸다.

"없으면 말구."

산에서 데리고 온 아이는 무럭무럭 잘 컸다. 모유를 먹일 엄두도 내지 못했지만 그럭저럭 분유와 우유로 탈 한 번 나지 않고 잘 컸다. 나이 든 노인들만 있는 동네라서 아이 울음소리 한 번 없던 마을에 아기가 생기고 나서는 온 동네가 경사였다. 나 목사가 사무엘이라 이름 짓고는 교회에서 데리고 살면서 키웠는데 이집 저집 마을사람들이 데리고 재워주고 먹여주며 키워서 사무엘은 주말에만 교회에 올 정도였다. 마을사람들의 사랑을 듬뿍 받고 자라난 사무엘은 어느덧 다섯 살이 되었다.

"아이고 그놈 토실토실한 것 좀 봐. 글쎄 저놈을 내가 산에서 발견하지 않았다고 생각하면, 아유~ 저 어린 것이 뱀한테 물려 세상 구경도 못하고… 그런 거를 내가 살렸다니깐."

아이의 생일 때만 되면 김 영감은 허풍을 늘어놓느라 바빴다.

"내가 이~따만한 뱀이 아가리를 틀고 있는 걸 보고 돌을 딱 던졌는데, 글쎄 그 뱀 아가리에 돌이 콱! 박혀서 도망을 가지 뭐야, 나 목사님만 아니었어도 내가 그냥 그걸 잡아다 먹는 건데 그래도 참았지. 게다가 내가 눈이 얼마나 좋아, 나 목사님보다 훨씬 좋지. 아이고 나 목사님, 눈뜬장님이에요. 내가 저놈을 못 봤으면 저놈 이 세상에 없을 걸? 암, 없고 말고."

"아따~ 이 사람 또 저러네, 어디 자네가 데리고 왔는가? 목사님이 애를 안고 오시는 걸 내 두 눈으로 똑똑히 봤는데, 눈 하나 깜빡하지 않고 저런 거짓말을 하네 그려. 한두 번은 농담 삼아 한다지만 벌써 오 년째여, 오 년째. 목사님도 뭐라고 좀 해 보세요. 김 영감 이 사람 가만 두면 안 되겠어요."

김 영감의 무용담이 오 년째 이어지자 듣고 있던 박 영감이 드디어 시비를 걸었다.

나 목사는 말없이 웃으며 두 사람의 다투는 모습을 보고 있었다. 사무엘이 발견된 날을 사무엘의 생일로 정하고는 마을사람들이 사무엘에게 매년 생일을 해주었는데 올해는 김 영감이 자기네 집에서 하자고 해서 이렇게 김 영감네 마당에 모였다. 김 영감의 집은 교회와 가장 가까운 집이었다. 교회 마당 우물에서 물 기르고 그 물을 가져와서는 모두들 곡식을 빻아서 떡을 해먹는 즐거운 시간이 지나고 있었다.

나 목사도 즐겁기는 마찬가지. 마을에 몇 안 되는 할머니 할아버지들이 모여서 마치 자신들이 사무엘을 낳은 것처럼 기뻐하며 좋아하고 있었다. 나 목사는 김 영감네 할매 품에 안겨서 가만히 눈을 뜨고 있는 사무엘을 바라보았다. 별을 담고 하늘을 빛내는 눈빛에 나 목사는 빠져들 것만 같았다. 나 목사는 웃는 낯 뒤로 마음이 흔들렸다.

'아. 정녕 그날이 오고야 마는가? 이 아이가 어찌될꼬.'

나 목사는 흔들리는 마음을 다잡고자 자리에서 일어나서는 교회로 갔다. 김 영감은 힐끗 보기는 했지만 뒷간을 가겠지, 생각하고는 다시 열변을 토하고 있었다. 교회 마당에 들어선 나 목사는 누렁이가 짖는 소리에 뒤를 돌아보았다. 교회 문 앞에 웬 여인이 서 있었다. 봄날이지만 아직 밤

기운이 찬데, 여인은 얇은 옷차림을 하고도 바쁘게 달려왔는지 땀을 흘리고 있었다. 나 목사는 여인을 데리고 아무 말없이 교회 안으로 들어갔다.

교회 안은 생각보다 따뜻했다. 노인 혼자 사는 집 치고는 썰렁함이 없어서 좋았다. 그런 교회당 안에 의자를 당겨 앉은 나 목사와 비스듬히 붙여 앉은 여인이 고개를 숙이고 아까부터 아무 말없이 눈물만 흘리고 있었다.

"그래, 잘 지냈나? 몸은 좀 어떻고. 아이 아빠는 만났고?"

어렵사리 나 목사가 말을 붙였다. 반쯤 돌아앉아 울고만 있던 여인은 그제야 말을 꺼냈다.

"염치없지만 아이가 너무 보고 싶어서 왔습니다."

떨리는 목소리에 모정이 절절이 묻어났다.

나 목사는 숨을 깊게 쉬었다.

"그렇겠지. 에미의 정을 누가 끊을 수 있으리오. 어쩌겠나. 내가 보라 마라 할 것도 아닌 것을. 한번 보게. 정말 잘 컸어. 역시 자네의 어릴 적을 닮아서 그런지 총명하고 착하지. 게다가 아빠도 많이 닮았어. 복도 많지. 진중하고 속도 깊고. 허허. 나도 볼수록 빠져든다네. 어찌나 예쁜 짓만 골라 하는지. 다 자기 복이지. 저 어린 것도 다 아는 게야. 자기가 살아야 하니까 말이지."

독백인지 한탄인지 모를 말을 뇌까리던 나 목사는 사무엘의 엄마를 보며 다시 말했다.

"그럼 이번 한 번만 보게…. 그렇지만 말이야, 미안하지만 데려갈 수는 없네. 그건 자네도 잘 알겠지. 지금은 때가 아닌 걸 어쩌겠나."

나 목사의 말에 여인은 소리 없이 눈물을 계속 흘렸다. 여인도 잘 알고 있었다. 사무엘을 데리고 간다면 자기와 사무엘뿐 아니라 모든 게 끝장이라는 것을. 그것을 잘 알기에 여인은 더욱 괴로웠다.

나 목사는 말없이 오열하는 여인이 너무나도 가여웠다. 오죽 보고 싶고 안고 싶었으면 여기까지 왔을까 하는 생각에 나 목사도 눈물이 나왔다. 허허롭게 눈물 흘리던 나 목사는 하늘을 보고 깊이 눈을 감더니만 말을 꺼냈다.

"그럼, 딱 하루를 주겠네. 딱 하루라도 우리는 목숨을 내놓는 거나 다를 바가 없어. 그 이상 안 되는 우리의 마음도 이해하게나. 어찌 어미와 자식을 끊겠나. 하나님으로서도 바라지 않는 일일 게야. 하루가 짧다 하지 말고 마음껏 데리고 있다가 오게나. 알았지? 그럼 내일 이맘때에 보세나. 내가 가서 데려오지."

자리를 일어서는 나 목사의 눈에 더더욱 고개를 숙이는 여인의 모습이 보였다.

나 목사는 문을 나서며 말했다.

"고개를 들게, 한나. 내가 죄인 같구먼. 하루라도 빨리 우리엘을 찾아야지, 안 그런가? 그 길만이 악연을 끊을 수 있는 길이니 말이야."

한나라는 여인은 그 말에 더더욱 크게 울었다. 어둑해진 용문산에 어느 때보다 짙은 땅거미가 내려앉고 있었다.

30년 뒤, 용문산

낮부터 찌푸린 하늘에서는 곧 눈이 한바탕 쏟아질 것만 같았다. 소용돌이치는 구름들은 서로 뒤엉키고 휘감긴 채로 빠르게 산을 넘고 있었다. 용문 마을사람들은 다섯 시면 저녁을 먹고 잠을 청하러 집으로 들어갔다. 일 년 삼백육십오일 내내 어김없이 다섯 시면 마을이 조용했다. 오늘도 네 시를 넘기며 하나둘씩 집으로 들어가다가 마을 어귀에서 나 목사가 서성이는 것을 보고는 대뜸 물었다.

"아니, 날도 추운데 여기서 뭐하세요. 집에 가셔서 쉬셔야지요."

그러자 나 목사가 웃으면서 건성으로 말했다.

"어, 그냥."

"밥은 드셨나요?"

"응~ 먹었지."

역시 또 건성이었다.

한 촌로는 두 마디를 물어보고는 그저 어슬렁거리며 위로 올라갔다. 바지춤을 잡아 맨 걸로 봐서는 이곳 어딘가에 쉴를 하고서 올라가는 모양이었다. 그러나 나 목사는 평소 같으면 주저리주저리 훈계도 할 만한데 지금은 아무 말도 없었다. 그저 마을 입구 아래를 서성이며 누군가를 기다리는 것처럼 이리저리 돌아다니며 목을 빼고 있었다.

산속에 밤은 일찍 찾아오고 늦게 물러났다. 나 목사는 밤이 지나고도 한참을 그렇게 산허리 아래서 누군가를 기다리며 서성이고 있었다. 아래로 눌러쓴 뿔테안경 너머로 보이는 슬픈 눈망울에 나 목사의 실망이 느껴왔다.

갈 때가 다 된 듯 보이는 노인이 누구를 기다리는 것일까. 마을사람들은 그저 늘 있는 일인 양 누구 하나 간섭하는 사람이 없다. 사람을 그리워하며 저렇게 서성여 본 적이 없는 사람이 있을까. 누군가를 애타게 기다리는가 보다 생각한 마을사람들은 누구 하나 나서서 말을 섞지 않았다. 실망이 클수록 고독만이 치유할 수 있다는 것을 알기 때문이었다. 뒤돌아가는 나 목사의 무거운 발걸음을 따라 집마다 전등불이 하나둘씩 꺼졌다.

나 목사는 교회 안으로 들어가고 나서도 한동안 그렇게 마당을 서성이고 있었다. 교회에서 나 목사를 기다리고 있는 것은 꼬리를 열심히 흔들어대는 커다란 누렁이 한 마리. 누렁이가 꼬리를 흔들며 나 목사를 맞아주지만 곧 서성이던 나 목사가 들어가자 그 강아지도 자기가 마지막 불침번인 양 제 집으로 들어가서 잠이 들었다. 날이 굳었다.

　모든 것이 정지한 산골의 회색빛 풍경화는 마을 입구 저 멀리서부터 보이는 작은 불빛 하나로 그 감흥이 깨져버렸다. 잠시 후 봉고 차 한 대가 툴툴거리며 산길을 올라오더니 용문교회 뾰족탑 앞에 이르러 푸르르 하며 시동이 꺼졌다.

　덜컹. 운전석이 열리며 커다란 몸집의 사내가 차에서 내렸다.

　"어휴, 이 고물차. 이것도 차라고…. 아니, 하고 많은 차 중에 하필 이런 고물차를 렌트할 게 뭐냐고?"

　차에서 내린 사내가 입을 삐죽거리며 불평을 해댔다.

　"너무 그러지 마라. 그래도 이 차 덕에 잘 왔잖아."

　차 안에서 누군가 말을 받았다.

　"그래, 이따가 돌아가야 하니까 차 좀 구박하지 마라. 그저 다 내 탓이려니 해라. 내 탓."

　또 다른 사람이 맞장구 쳤다.

　"그래요, 그래도 잘 왔는데요, 뭘."

　이번에는 여자 목소리도 들렸다.

　"그래, 다 내 탓이지 뭐. 차가 후져도 내 탓, 길이 험해도 내 탓, 다 내 탓이야."

　거구의 사내는 심통이 났는지 하늘을 보다 땅을 보며 주절거렸다.

　드르륵~ 거구의 사내가 봉고의 옆문을 열었다. 장난감 다루듯 한손으로 가볍게 열어젖혔다.

　"아니, 참 이것도 그래요. 문이라는 게 꼭 밖에서 열어야만 열린다니까. 안에서는 한 번도 열린 적이 없어요. 이걸 내가 만날 열잖아. 안 그래? 응?"

그러니 내가 화가 안 나게 생겼냐고. 이걸 빨리 고치든지 아니면 폐차를 시키든지 해야지 원."

문을 열면서도 거구의 사내는 입을 쉬지 않았다. 차 안에서는 키득키득 하는 웃음이 들려왔다.

"자, 다들 내리세요. 다 왔습니다. 어두우니까 발밑을 조심하시고요."

차 안의 사람들이 웅성거리며 하나 둘씩 차 밖으로 모습을 나타냈다. 거구의 사내 손을 의지해서 겨우 내린 여인은 배가 남산만한 폼이 바로 몸을 풀 기세였다.

뒤이어 내린 남자들. 다들 30대로 보이는 젊은이들이 내렸다. 그 뒤를 이어 중절모의 자그마한 신사 한 명이 지팡이에 기대어 힘겹게 차에서 내렸다. 시끄럽던 덩치도 이 신사 앞에서는 공손하였다. 중절모의 신사는 봉고에서 내린 후 교회 앞에 우두커니 서서 지붕 위에 달린 십자가를 한참 동안 바라보았다. 무한한 감회가 서린 듯 미동도 않고 서 있던 신사는 살짝 눈물 한 방울을 흘렸다. 희미한 달빛에도 반짝이는 그의 눈물을 옆에 서 있던 배불뚝이 여자가 닦아주었다.

"아빠, 괜찮으세요?"

신사는 말없이 딸의 손을 잡고는 볼에 비볐다. 그러고는 눈을 들어 앞에 서 있는 교회를 찬찬히 보았다. 어스름한 달빛 사이로 모습을 드러낸 자그마한 집 한 채…. 지붕 위의 십자가만 없다면 누가 봐도 그냥 시골집으로 볼 것 같았다. 마당은 비교적 넓은데 들어가는 제대로 된 문도 담도 없었다. 그저 교회 마당이 길이고 길이 교회 마당이었다. 자신이 오랫동안 그리던 그 모습 그대로 서 있는 교회. 신사는 오랫동안 서서는 움직이지 않았다. 다들 제자리에 서서 교회만을 바라보길 잠시… 갑자기 교회 안에서 희미한 불이 켜졌다.

"쿨럭~ 쿨럭~."

가래가 낀 기침소리가 들리더니만 연로한 할아버지의 목소리가 들렸다.

"이 밤중에 누가 왔나 그래? 누가 죽기라도 한 게야?"

이 밤중에 오는 사람은 대부분 상을 당한 사람만 오는가 보다.

끼익 끽 끽… 시골 교회의 문은 언제나 열기가 힘들었다. 안에서 문을 여는 소리는 나는데 문은 도통 움직이지를 않았다.

"어이구, 이 문은 언제 손을 좀 봐야지. 근데 누구야 이 밤중에?"

새하얀 머리를 헝클어뜨린 채 내복 바람으로 나오는 나 목사를 보자 중절모를 쓴 신사가 한걸음에 달려가 손을 덥석 잡았다.

"접니다, 아버님. 저 고천중입니다."

"뭐라고? 천중이? 천중이가 왔다고?"

나 목사는 좋아서 어쩔 줄을 몰랐다.

"그간 건강하셨습니까? 벌써 찾아뵈었어야 하는 건데…. 이 불효자식을 용서해 주십시오."

고천중은 나 목사의 손을 붙잡고 눈물을 글썽이며 말을 잇지 못하였다. 나목사는 꿈인지 생시인지 구분이 가지 않는 얼굴로 기뻐했다.

"괜찮다, 천중아. 이렇게 잊지 않고 와주는 것만으로도 충분해. 내가 겉으로 봐서는 곧 죽을 노인네지만 아직까지는 멀쩡해."

나 목사와 천중은 손을 부여잡고는 놓을 줄을 몰랐다.

그렇게 얼마의 시간이 흐르고 갑자기 한 남자의 품안에 있던 어린아이가 울음을 터뜨렸다. 추워서 깬 것 같았다.

고천중은 아이를 받아 들고는 나 목사에게 안겨주었다.

"아버님, 이 아이가 제 외손자입니다. 이름은 아버님 말씀대로 민우라고 했습니다. 그리고 보시다시피 뱃속에 둘째가 있어서 오늘 내일 합니다."

"어이구, 손주 자랑하러 왔구만 그래. 좋은 일이 갑자기 한꺼번에 생기니까 정신이 하나도 없는 걸?"

고천중은 나 목사가 즐거워하는 것을 보며 지난 세월의 무게가 가벼워짐을 느꼈다.

"아이구, 잘생겼다 고놈…. 이름이 민우라고 했지, 아마? 나중에 크게될 놈이네. 좋은 재목이야 재목…. 부지런히 자라서 큰일을 해야지, 안 그러냐, 천중아?"

"네, 그래야죠, 아버님."

나 목사가 신이 나서 민우를 잡고 연신 웃음을 짓자 고천중도 덩달아 웃음이 났다.

"그런데 민우야, 뱃속의 네 동생은 계집아이라서 좋겠다. 여동생이 생겨서 말이야. 허허허. 어휴, 내 정신 좀 봐요. 늙으면 이렇다니까. 자 다들 추운데 안으로 좀 들어가자 얼른 얼른."

노인은 들떠서 모두를 몰고 교회 안으로 들어갔다.

나 목사와 고천중은 너무 기쁜 나머지 교회 뒤쪽에 반짝이던 두 개의 불빛이 사라지는 것을 보지 못했다.

모두 교회 안으로 들어가자 나 목사가 미닫이문을 닫으려고 손잡이를 잡았다. 그런데 마음이 급해서인지 문이 잘 닫히지 않았다.

"목사님, 제가 닫겠습니다. 추운데 얼른 들어가시죠."

"아이고, 고마우…. 아니, 이게 누구야."

오뚝한 코와 웃음을 머금은 입술 사이로 순백의 치아가 가지런히 드러났다.

나 목사는 이제야 새로운 얼굴들을 둘러보며 만면에 화색을 띠었다.

"사무엘이구나, 사무엘. 벌써 이렇게 커서 이 할애비가 못 알아보겠는걸."

나 목사는 입으로는 그렇게 말하지만 거짓말이었다. 어찌 잊으랴, 사무엘의 그 맑은 눈을….

나 목사는 마치 친손자처럼 사무엘을 안아주었다. 톡톡 어깨를 두드리는 목사의 눈에는 한없는 자비가 담겨져 있었다. 사무엘도 오랜만에 느껴보는 따스함에 가만히 눈을 감고 그렇게 서 있었다.

이때 고천중이 끼어들었다.

"아버님, 이리로 오시지요. 오셔서 좌정을 하셔야 나머지 젊은이들도 앉지요. 어른께서 서 계시니까 다들 못 앉고 있습니다."

이미 몇몇 남자들이 장의자를 돌려서 서로 마주보게 만들었다.

나 목사는 사무엘의 손을 꼭 잡고는 자리에 와서 앉았다. 나 목사가 앉자 나머지 사람들도 자리를 정하고 앉았다.

"잘 계셨지요? 목사님, 저 상면이에요. 저도 사무엘하고 같이 이 교회에 있었지요. 목사님이 잘 키워주셔서 이렇게 무럭무럭 자랐습니다."

봉고에서 내려서 투덜대던 인물이 바로 상면이었다.

"다들 이 늙은이를 우습게 보는 모양이구먼. 나 아직 안 죽었어. 여기가 상면이, 그리고 여기가 천중이 아들 다니엘, 그리고 똑똑이 스데반, 그리고 우리 인애는 배불뚝이고 자, 누가 빠졌나? 그래, 우리 민우가 여기 있구나. 할배 무릎에 점잖게 앉아 있는 우리 민우. 내가 모를까 봐."

다들 입이 벌어졌다. 기억력이며 말투가 예전과 똑같았다. 상면이 머리를 긁으며 말했다.

"저는 또 워낙 오래전 일이라 모르실 줄 알았죠. 어쨌거나 목사님이 세우신 고아원에서 추억이 얼마나 많은지, 저희는 하나도 잊지 않고 있습니다."

그러자, 스데반도 한마디 거들었다.

"맞아요, 사무엘에게 친구가 없다고 작은 고아원을 차리실 정도로 사무엘을 사랑하셨는데 오랜만에 사무엘을 이렇게 보시니 얼마나 좋으세요. 목사님, 그럼 상면이가 오줌싸개인 것도 기억하시겠네요?"

"그럼. 잊을 수가 있나. 한번 싸면 얼마나 많이 싸던지. 하하~"

다들 폭소가 터졌다.

나 목사도 한참을 웃다가 민우를 내려놓고 자리에서 일어섰다.

"아참, 내가 이렇다니까 늙으면 자꾸 까먹는 게 일이에요. 일. 내가 우리 아이들이 오면 주려고 챙겨둔 게 있어."

나 목사가 일어서자 다들 자리에서 일어났다. 그 와중에 민우는 할아버지 품이 좋은지 울기 시작했다. 나 목사가 손을 저으며 다시 민우를 안았다.

"아니, 민우가 할애비가 좋은가 보네. 고맙지, 고마워. 그저 아이들은 할아버지가 키워야 하는데 말이지. 다 오지 말고 앉아들 있어. 다니엘만 나 좀 도와주면 돼. 막내가 도와야지. 민우도 같이 가자꾸나."

나 목사는 민우를 등에 업더니 서둘러서 예배당 안쪽 내실로 들어갔다. 그쪽은 나 목사가 잠을 자는 곳이기도 하고 식당 겸 거실이 있기도 하고 2층 다락방으로 통하기도 했다.

나 목사가 들어가자 인애가 약간 눈을 찌푸리며 배를 만졌다.

"아……"

옆에 있던 사무엘이 안타까운 얼굴로 물었다.

"괜찮아? 많이 아파?"

인애는 고개를 저으며 웃었지만 얼굴은 여전히 찡그리고 있었다. 아마도 억지로 참고 있는 것 같았다. 사실 예정일은 2주나 남았는데 이상하게 이 교회에 오고 나서부터 아파오기 시작했다. 그래도 인애는 내색하지 않고 이를 악물기로 했다.

상면과 스데반은 한 자리에 앉아 있지 못하고 이곳저곳을 다니며 옛 추억을 더듬었다. 사무엘도 배를 만지는 인애와 자리에 앉은 채로 이리저리 둘러보며 옛일을 더듬고 있었고 고천중도 감회가 새로운지 오랜 시간을 향수에 젖어 있었다.

어느새 나 목사가 자고 있는 민우를 업은 채로 들어왔다.

"자, 이것 좀 먹어라. 민우는 내 등에 업히니 좋은지, 벌써 자는구나."

그때였다. 갑자기 조용하던 마당의 누렁이가 짖기 시작했다. 처음에는 그저 개 짖는 소리로만 들렸는데 으르렁 거리는 폼이 심상치가 않았다. 게다가 밖에는 자동차 불빛인지 구분이 가지 않는 빛 여러 개가 흔들리며 돌아가고 있었다. 방으로 들어가던 나 목사는 일순 표정이 굳더니만 창밖을 무심하게 내다보았다.

갑자기 일어난 소란에 모두 어리둥절한데 나 목사가 밖을 내다보며 말했다.

"아, 어쩌다가 이런 날에…. 천중아 잘 들어라. 네 형이 온 모양이다. 아쉽지만 다들 피하는 게 좋겠어. 어서. 그리고 상면아, 다락에 가면 큰 함이 있을 텐데 너는 그걸 들고 오너라. 어서, 시간이 없어."

나목사는 전에 없이 신중하게 말했다. 상면은 대꾸도 못하고 육중한 몸을 날려 다락으로 올라갔다. 나 목사는 고천중을 보고 말했다.

"천중아, 너는 어떤 일이 있어도 네 형과 싸우면 안 된다. 형제끼리 싸우면 안 된다. 알겠니?"

고천중은 엉겁결에 고개를 끄덕이며 무슨 말을 하려다 말았다. 나 목사가 사무엘에게 민우를 건네며 심각하게 말을 하고 있기 때문이었다.

"사무엘, 민우를 잘 키워야 한다. 항상 사랑으로 키우고 인내를 가져야 해. 민우에게 어떤 일이 일어나도 너는 민우를 믿어주고, 알았지?"

나 목사는 마치 죽음을 앞두고 있는 사람처럼 비장했다. 마지막으로 배 불뚝이 인애에게 일부러 웃으며 말했다. 그러나 나 목사의 눈에는 이슬이 맺혀 있었다.

"우리 인애가 이렇게 컸구나. 많이 컸어. 그냥 길에서 보면 모르고 지나가겠는 걸? 인애 이름을 이 할애비가 지어줬는데…. 인애 이 아이가 하도 울어서 내가 만날 업어주었잖아? 그랬던 인애가 이리도 컸나? 그래? 벌써 결혼해서 가정도 꾸렸고. 아이도 둘씩이나 되다니 말이야. 잘 커주었다, 잘 커주었어. 허허허. 하지만 인애야, 이제 할애비도 갈 때가 된 거 같다. 나이 들어 아쉬운 거 없이 가겠지만 그래도 아쉬운 게 있다면 네 뱃속의 공주를 못 보고 가는 거란다. 인애야 뱃속의 아이를 소중히 하고 항상 품에 데리고 있어야 한단다. 이 할애비 말 알았지? 절대로 잃어버리면 안 된단다. 할애비랑 약속을 해 줘. 나중에 어른이 되면 그때는……."

나 목사의 말이 다 끝맺기도 전에 갑자기 꽝! 하는 소리가 들리며 누군가가 문을 망치로 내리치는 모습이 보였다. 나 목사는 더 무슨 말을 하려다가 개 짖는 소리가 더 심해지는 것을 듣고는 말없이 다니엘에게 고개를 끄덕였다. 다니엘이 큰소리로 외쳤다.

"아버지! 이리로 오세요. 여기 봉고가 있어요. 매형! 서둘러요. 누나도 빨리 오세요."

다급한 다니엘의 말에 고천중은 무리들과 섞여서 뒷문으로 나갔다. 그러다가 아차 싶어서 뒤를 돌아보았는데 그곳에서는 나 목사가 어서 가라는 손짓을 하고 있었다. 나 목사 뒤로 예배당 문 너머로는 자신들이 타고 온 차가 불에 타고 있었다. 안타까운 고천중은 나 목사를 애타게 부르며 사무엘에게 끌려가다시피 봉고에 올랐다. 차 안에는 놀랍게도 누렁이가 앉아 있었다. 맨 마지막에 차에 오른 다니엘은 누렁이를 쓰다듬으며 말했다.

"상면이 형 라이트 켜지 말고 가요."

상면은 장난기를 거둔 얼굴로 라이트도 없이 운전대를 잡았다. 다들 서둘러 차에 오르고 차가 출발했다. 얼마 있다가 뒤에서 불이 번쩍 했다.

"아, 교회가……."

다들 놀라서 뒤를 바라보는데 용문교회가 불에 타고 있었다.

"아, 아버님께서……."

고천중은 차 밖으로 뛰어 나가고 싶지만 그럴 수가 없었다. 인애의 눈에는 눈물이 고여 주르르 흘렀다.

"할아버지."

고일중은 눈에서 불이 났다.

'근 10여 년을 뒤쫓아 여기까지 왔다. 그런데 그 원수를 바로 눈앞에 두고 놓치게 생겼다. 저 안에, 분명 저 교회 안에 내가 그토록 찾던 바로 그놈이 숨어 있는데…. 눈에 뻔히 보이는데 안으로 들어갈 수가 없다. 눈에 보이는 대로 가다 보면 다시 제자리. 너무 이상하다.'

고일중은 답답했다. 다급했다. 애가 타는 고일중은 발을 동동 굴렀다. 자신이 데려온 신비의 네 영도 도무지 겉돌기만 할 뿐 교회 안으로 들어갈 수가 없었다. 눈에 보이지 않는 기운이 교회를 감싸고 돌아서 도무지 뚫리지 않았다. 모두들 헛바람만 들이키고 있었다. 이번에 놓치면 또 얼마나 많은 세월을 기다려야 할까? 지난 세월이 주마등처럼 고일중의 뇌리에 스쳤다. 고일중은 이제 막 다른 길임을 느끼고 이를 악 물었다.

'지금 이 상황이 나를 시험하고 있다. 사람이 얼마나 더 악해질 수 있는 가를.'

고일중은 마음을 독하게 먹었다.

'그래, 내가 얼마나 악해지는지를 보여주겠어. 이제부터 나를 탓하지 마라. 이 모든 게 그놈, 그 원수 놈 때문이다.'

고일중은 마을에 심어 두었던 악한 영의 끄나풀 부관을 불렀다.

"부관, 마을사람들을 다 잡아와라."

뒤에 서 있던 부관은 미처 알아듣지 못했다.

"네?"

"내 말이 들리지 않느냐? 마을사람들을 다 잡아와 다. 모두 잡아오란 말이다."

소리 높여 울부짖듯 말하는 고일중의 눈에 광기가 어려 있었다.

'무엇이 그렇게 한이 맺혀서….'

부관은 내키지 않지만 그래도 어쩔 수 없는 일. 부하들을 이끌고 각 집을 뒤져 마을사람들을 모두 끌어내었다. 곤히 자다 끌려나온 영감과 할매들은 영문도 모른 채 교회 마당에 모였다. 고천중 일행이 타고 온 봉고는 아직도 불에 활활 타고 있었고 알 수 없는 군인들 10여 명도 험악하게 서 있었다. 누군가 고일중을 알아보고 무어라 말을 하려 했지만 워낙 살벌한 분위기라서 입을 열지 못했다.

그때 고일중의 입에서 실로 믿기지 않는 말이 흘러나왔다.

"지금 문을 여세요. 빨리 문을 여시란 말이에요. 열지 않으면 여기 있는 사람을 모두 죽이겠어요. 제가 얼마나 더, 제가 얼마나 더……."

고일중은 권총을 꺼내 들고 옆에 선 노인의 머리를 겨누었다. 하지만 안에서 묵묵부답. 창문 틈으로 희미한 빛이 새어 나오고 그 틈으로 허둥대는 고천중의 모습이 눈에 들어왔다.

'아… 저런…. 원수를 앞에 두고 끝내….'

다급해진 고일중은 이를 악물었다. 그러고는 눈을 감고 하늘을 한 번 보았다. 탕. 짧은 총성이 지나가고 죽음의 적막이 찾아왔다.

"악!"

짧은 비명소리가 교회 종을 울렸다.

힘없이 피를 뿌리며 쓰러지는 그 촌로를 보며 고일중은 눈 하나 깜짝하지 않고 그 안에다 대고 차갑게 말을 했다.

"한 번 더 경고하겠어. 빨리 문을 열어. 빨리. 빨리 열란 말이야."

이미 고일중의 말은 싸늘한 반말로 변해 있었다. 고일중이 다시, 총을 들어 옆에 있는 다른 할머니의 머리에 대는 그 순간, 교회를 덮었던 모든 기운이 순식간에 사라지고 안에서 나 목사의 말이 울려 나왔다.

"들어오너라."

짧고도 강한 말투. 그러나 모인 모든 사람들 귓속을 파고들었다. 그 말에 고일중은 무엇에 홀린 듯 천천히 안으로 따라 들어가고 있었다. 그러나 고일중을 호위할 부관은 따라 들어갈 엄두조차 내지 못하고 밖에 서서 덜덜 떨고 있었다.

안으로 들어간 고일중은 고개를 두리번거리며 고천중을 찾았다. 그러나 그 안에는 이미 나 목사 혼자만 우두커니 서 있었다. 나 목사가 고일중에게 말했다.

"얘야. 어찌해서 너의 마음에 악이 가득하냐?"

그러나 고일중은 나 목사의 말이 귀에 들어올 리가 없었다.

"어디에 숨기셨습니까?"

나 목사는 고일중을 바로 보며 같은 말을 했다.

"어째서 분노하며 마음을 다스리지 못하느냐? 분노가 너 또한 망하게 할 것인데."

그러자 고일중이 소리쳤다.

"어디로 빼돌리셨냐 말이에요! 어디로?"

그러자 한숨을 크게 쉬며 나 목사가 알듯 말듯 한 소리로 말했다.

"일중아, 내 이 이야기를 잘 새겨들어라. 네가 그토록 찾는 동생이 때가 되면 너를 찾아갈 것이다. 그때가 되면 나도 너를 찾아가겠다. 그때까지, 제발 그때까지 너의 악행을 다시 돌이키기를 간절히 바란다. 나의 사랑하는 아들아."

나 목사는 조용히 이야기를 하고는 눈을 감았다.

고일중은 머리가 터지기 일보직전이었다. 자신의 올무가 목을 죄어 옴을 느낀 일중은 미쳐 가는 영혼을 부여잡고 마지막 독백을 하였다.

"이건 내 잘못이 아냐. 이건 내 잘못이 아냐. 히히… 내가 이렇게 하려고 한 건 아냐. 하하… 그런데 왜 다들 나만 미워하는 거지? 왜 다들 내가 이렇게 하려고 한 게 아닌데. 응? 왜, 왜냐구."

미친 듯이 말을 뿌리다가는 뚝 멈추고는 악마의 얼굴이 되어 갔다.

"정말 이러기야?! 내가 원하는 건 이런 게 아니었는데, 어쩔 수 없어. 이건 나 때문에 일어난 일이 아니고 이미 당신이 자초한 거야, 당신이. 그러니 이젠……."

머리를 숙이고 미친 듯 독백을 퍼붓던 일중은 갑자기 말을 끊었다.

잠시 질식할 것 같은 적막이 흐르고…. 고개를 든 일중은 이제 다른 사람이 되어 있었다. 무척이나 편안한 얼굴에 환한 낯에 웃기까지 했다. 그러곤 턱을 거만하게 든 일중은 독백의 마침표를 찍었다.

"당신이 죽어."

말을 끝낸 고일중은 눈 하나 깜짝하지 않고 나 목사의 가슴을 쏘았다.

'탕!'

그때까지 눈을 감고 있던 나 목사는 총을 맞고는 팔을 벌린 채 서서히 뒤로 넘어갔다. 순간, 눈을 떠서 고일중을 바라보는 나 목사의 눈에는 어느덧 눈물이 맺혀 있었다. 무심결에 그 눈물을 본 고일중은 그러나 냉정하기가 어려웠다.

'아니야, 아니야. 내가 본 건 그게 아니야. 아니야.'

서서히 무너져 가는 나 목사를 순간 잡으려고 손을 뻗었지만 어느덧 나 목사는 바닥에 간발의 차로 쓰러져서 눈을 조용히 뜬 채로 자신을 바라보다가 서서히, 서서히 눈을 감고 말았다.

"으악… 악… 악."

그 순간 고일중은 마음속으로부터 주체할 수 없는 분노가 폭발하였다. 노구의 몸이 서서히 팽창하고 겉옷이 바람에 미친 듯이 펄럭이더니 급기야 고일중의 분노와 함께 사방으로 터져나갔다. 그와 함께 고일중의 몸에서 시커멓고 새빨갛고 새파란 세 줄기 빛이 나왔다. 세 개의 빛은 한동안 고일중의 몸을 따라 소용돌이치다가 교회 밖으로 빠져나갔다.

그 순간 밖에서 비명이 들렸고 피에 굶주린 악마들의 살육이 벌어졌다. 그런 지옥의 비명소리를 들으며 고일중은 정신이 나간 채로 기름을 온 마룻바닥에 부었다.

"흐흐흐흐~."

고일중은 실성한 사람처럼 붓던 기름을 마지막으로 쓰러져 있는 나 목사 위에 부었다. 그리고 떨리는 자신의 손을 무심히 보았다. 손이 잡고 있던 성냥불을 놓았다.

확! 훨훨~ 화르르르~

기름에 옮겨 붙은 불은 꺼질 줄도 모르고 용문교회를 삼키기 시작했다. 그 불길 사이로 걸어나오는 고일중의 모습은 지옥의 불 사이를 걸어다니는 악마였다. 그 안에서 울부짖던 고일중의 모습은 이미 없었다. 완벽한 악마. 불길 속에서 나온 악마는 무심히 마당 벤치에 앉아 살육의 현장을 보고 있었다.

어릴 적 함께 했던 힘없는 마을사람들 모두는 끔찍한 악마 셋에게 모두 잡아먹히고 있었다. 게다가 자신이 데려온 부하들조차 모두 그 더러운 영에게 잡아먹히고 있었다.

하나는 사마귀처럼 생겼고, 하나는 개구리처럼 생겼고, 또 하나는 더러운 거미처럼 생긴 귀신같은 것들이 모든 사람의 피와 살을 산 채로 먹고 있었다. 그런데 악한 영이 보이지 않았다. 고천중을 뒤쫓아간 것이다.

차마 눈을 뜨고 볼 수 없는 아비규환의 상황이었다. 얼마가지 않아 모든 것이 조용해졌다. 끝이 났다. 고일중은 천천히 일어서서는 주머니에서 작은 방울을 꺼냈다. 그러곤 아무 일도 없었다는 듯 교회 마당을 걸어나가며 방울을 딸랑 딸랑 흔들었다. 그러자 더러운 세 영은 순식간에 방울 속으로 들어가 버렸다. 고일중은 신선한 공기를 마시듯 크게 숨을 쉬었다. 아주 천천히 또박또박 걸어가는 고일중의 주위로 살아 있는 것은 아무것도 남아 있지 않았다. 갈수록 허리를 곧게 펴는 고일중은 뒤도 한 번 돌아보지 않고 걸어갔다.

정신을 차린 사무엘은 품에 안은 민우를 바라보았다. 민우는 어느새 잠이 들어 있는데 숨소리가 고른 게 깊게 잠이 든 모양이었다. 그러다 아이는 차가 덜컹거리는 소리에 깨어났는데 울지도 않았다. 다만 옆에서 울고 있는 엄마의 손을 잡고 빙그레 웃기만 했다. 인애는 사랑하는 아들 민우의 손을 잡고는 눈물을 닦고는 아들을 향해 한없는 자애의 미소를 보냈다.

'우리 아들….'

이런 생각을 하다가 문득 배가 아파 왔다. 인애는 갑자기 참을 수 없는 고통이 밀려오는데 이를 악 물고 참았다. 여기서는 안 되는데… 하는 생각에 인애는 죽을힘을 다해 버텼다. 갑자기 진통이 오는 것을 보며 다급해진 사무엘은 상면을 채근했다. 상면도 예상치 못한 일이라 죽기 살기로 운전하여 길을 재촉하는데 라이트도 켜지 못하고 길도 워낙 험해서 뜻대로 되지 않았다.

인애는 너무 강한 진통에 혼절하기 일보 직전, 아들 민우의 잡은 손으로부터 따뜻한 기운이 들어오며 순간 힘이 쫙 빠짐을 느꼈다. 갑자기 인애는 졸려서 잠이 오는데 꿈결에 민우의 목소리가 들렸다.

'엄마… 지우… 엄마, 지우.'

인애는 결국 밀려오는 졸음에 눈을 스르르 감았다. 아득한 나락으로 떨어지는 인애의 귓가에 분명한 민우의 음성이 계속 들렸다.

'지우…. 지우….'

어느덧 고일중도 사라지고, 아직도 타오르는 불 위로 무심한 눈이 내리기 시작했다. 이곳 용문산 깊은 계곡에는 무심한 그 눈을 볼 사람도 치울 사람도 없고, 그저 산새의 구슬픈 울음소리만이 적막 가운데 울려퍼졌다. 세상의 비극의 시작을 알리는 용문산의 밤은 이렇게 깊어만 가고 엄마 뱃속 아기는 이제 세상으로 나올 준비를 하고 있었다.

필사의 도주

2달 뒤, 서울

딸랑 딸랑.

기름진 두꺼비 손으로 흔드는 무령에서 속이 빈 싸구려 금속 소리가 났다. 목이 짧은 여자는 흉기처럼 커다란 반지를 낀 오른손으로 무령을 흔들며 고개를 뒤로 젖혔다. 노력하는 모습은 가상했지만 한눈에 보기에도 어설펐다.

'목도 굵고 머리가 큰데 저렇게 꺾어도 괜찮을까? 힘들어 보이는데… 고개를 꺾었으니까… 이제부터 하나 둘 셋… 남자 목소리.'

생각과 동시에 무당의 목에서 걸쭉한 남자 목소리가 나온다.

"동쪽으로 가면 귀인을 만나."

귀인을 만난다는 말에 김양의 귀가 본능적으로 반응한다. 하지만 곧이어 바뀐 목소리. 이번에는 갓난아기 목소리다.

"남쪽으로 가지마. 가면 죽어. 알았어?"

불쌍한 무당은 마지막 대사에서 사래가 들리고 말았다.

"켁켁 힘. 힘."

당황한 무당은 눈을 더 깊게 까뒤집었다. 뒤집은 눈동자는 허옇다 못해 붉은 핏발마저 보였다. 미간을 오므리고 눈썹을 한껏 치켜올린 김양은 속으로 혀를 찼다.

'쯧쯧, 먹고 살기 어렵지? 그러기에 아줌마, 연습 좀 하지. 무당치고는 하수 중에 하수구만…. 할 수 없지. 오늘도 별 소득은 없네.'

하지만 이 바닥에 환한 김양은 모른 척, 예의를 갖추었다. 심각한 얼굴로 고개를 끄덕여주었다. 무당은 힐끔 훔쳐보고는 김양의 장단에 맞추어 더욱 신이 났다. 이제는 정체불명의 목소리로 이 말 저 말을 닥치는 대로 쏟아부었다.

"잘 될 거야. 모두 잘 돼. 자식도 네 명은 거뜬하고 다 장차관에 의사할 팔자구만. 남편도 잘생겼어."

김양은 갑자기 한심하다는 생각이 들었다. 무당도 한심하지만 자신도 마찬가지였다. 나이가 들 대로 든 노처녀가 할 일이 없어서 주말만 되면 점집을 찾으니 스스로 답답했다. 남자라도 만나볼까 하는 생각도 들지만 남자는 왠지 도둑놈들 같았다. 게다가 결정적으로 이름에 자신이 없었다. 노처녀 김양은 남자를 만나려면 이름부터 바꿔야겠다고 생각했다.

잠시 후 김양은 한사코 괜찮다는 무당의 손을 뿌리치고 복채를 넉넉히 두고 나왔다. 좋은 일한다는 생각에 자신이 대견해지는 순간이다. 뒤를 돌아 나가는 김양을 향해 무당의 끝없는 축복이 이어졌다. 그 말대로라면 김양은 이미 영부인이었다.

무당의 칭찬은 대문 밖으로 나오고 나서야 들리지 않았다. 김양은 누가 볼까봐 얼른 대문을 닫고 뒤도 돌아보지 않고 좁은 골목을 뛰듯이 벗어났다. 늘 있는 일이지만 이상하게도 이때만큼은 가슴이 뛰었다.

집으로 돌아온 김양은 거실 벽에 있는 시계부터 보았다. 밤 10시.

김양은 손목시계를 차고 있었지만 장식용이었다. 시계를 볼라치면 집

벽에 걸린 시계만 보았다. 널린 게 시계지만 희한하게도 그게 편했다.

"아 짜증 나. 이 일도 이젠 힘드네."

저도 모르게 혼잣말을 했다. 혼자 사는 김양에게 있어서 혼잣말은 금기였다. 만에 하나 누군가가 대답을 하면 그건 공포 그 자체였기 때문이다. 하지만 혼자 산 지 20년이 다 되어가는 김양은 이제 귀신도 두렵지 않았다. 이제 김양은 혼자 말하고 혼자 대답했다.

"그러게 누가 하래? 하기 싫으면 그만해."

김양은 악어 백을 소파에 던지고 털썩 주저앉았다.

"누군 뭐 하고 싶어서 하나? 다 먹고 살려고 하는 거지."

김양은 거울을 꺼내들었다. 거울 속의 얼굴은 갈수록 기미가 늘었다.

"무당들 면접 보는 것도 일이라고."

"뭐가 어때서? 남이사 면접을 보던 관상을 보던 무슨 상관인데? 그냥 가라 그러면 가고, 오라 그러면 오면 되잖아? 나야 돈만 받으면 돼."

"그럼 짜증을 내지 말든가? 안 그래? 이왕 하는 일 즐겁게 해야지. 만날 짜증에 힘들다고."

김양은 거울을 내려놓고 소파에 깊이 기댔다. 살색 스타킹의 두 발은 티테이블 위로 올라갔다. 시큼한 냄새가 났다. 김양은 코를 막았다. 노총각 냄새는 들어봤어도 노처녀 냄새는 들어보지 못했다. 김양은 자존심이 조금 상했지만 아무도 보는 사람이 없었기에 코도 후볐다.

"귀찮은데 이젠 그만 할까보다."

코맹맹이 소리가 났다.

"설마… 그 좋은 알바를 그만 두면… 뭐 먹고 살려고? 괜히 그러지 말고 맡은 바 임무를 다 할 생각이나 해."

코를 후비던 손가락에 피가 묻어 나왔다. 말을 할 때는 코를 후비지 않으리라 매번 다짐하지만 습관이 되어 버린 김양은 늘 소파에 누워 피를 흘렸다.

"에이. 더러워."

김양이 벌떡 일어나며 히스테리 섞인 목소리를 내뱉었다. 휴지를 찾으러 들어간 안방에 이상하게도 컴퓨터가 켜져 있었다.

"어? 안 껐나?"

이상했지만 김양은 습관처럼 컴퓨터 앞에 앉았다. 그리곤 늘 그렇듯 이메일을 확인했다. 김양의 눈이 동그래졌다.

"벌써 메일이?"

김양은 이상했다. 늘 오던 메일은 일주일에 한 번만 왔다. 그것도 늘 정해진 요일에 왔는데 오늘은 그 날이 아니었다. 3일이나 빨리 온 메일을 열며 김양은 이상하다는 생각을 했다. 하지만 이메일을 여는 순간 그 이유를 알게 되었다.

-다음 주에 해외에 나갈 일이 있어서 먼저 보냅니다. 조건은 저번과 같습니다. 전화번호는 없습니다. 주소와 지도는 첨부 파일로 보냅니다. 그럼.-

"해외? 좋겠다. 누군 바다 건너 놀러가고 누구는 퀴퀴한 점집이나 가고. 그래도 가라면 가야지. 어려운 것도 아니고. 가만히 있으면 돈이 나와? 쌀이 나와? 가라면 가야지."

김양은 웃옷을 벗어 의자 뒤에 걸었다. 그리고는 오늘 만난 무당에 대해 보고서를 쓰기 시작했다. 간단하게 썼지만 생각할수록 웃음이 나왔다. 메일을 보내고 난 김양은 그제야 첨부 파일을 열었다. 지도가 보였다. 익숙한 지도. 그 지도의 한가운데에는 김양의 집이 있었다. 그리고 김양의 안경에 비추인 지도의 아래쪽에는 빨간 동그라미가 쳐 있었다.

'남쪽? 재수 없네.'

방금 전에 본 무당이 생각났다. 갑자기 기분이 나빠졌다.

'너무 무리했나? 별 생각을 다하네.'

혼자 사는 것에 익숙한 김양은 기지개를 켜며 고개를 돌렸다. 한결 기분이 나아졌다.

컴퓨터를 다시 들여다본 김양은 그 동그라미가 피를 닮았다고 생각했지만 피곤한 김양은 자려고 누웠다. 하지만 눈에 아른거리는 핏빛 동그라미 때문에 이리 뒤척, 저리 뒤척였다.

밤이 깊어지고 한참이 지나서야 김양의 초라한 지하 단칸방도 불이 꺼졌다.

다음날 김양은 해가 중천에 떠서야 일어났다. 머리가 아프고 속도 메스꺼웠다.

"술도 안 먹었는데 머리가 아파오네… 별일이야."

김양은 술을 먹지 않았다. 노처녀였지만 술을 먹는 헤픈 여자라는 소리를 듣기 싫어서 그랬다. 그러나 잠에서 일어나면 늘 머리가 아팠다.

김양은 얼굴을 찡그리다가 거울을 보고는 가식적인 웃음을 지어보였다. 그렇게라도 해야만 머리가 아프지 않았기 때문이다. 김양은 거울을 머리 위로 들어서 얼짱각도로 보면서 입을 열었다.

"참 예쁘단 말이야."

김양은 예쁘장했다. 시집 못간 게 이해되지 않을 정도로 예쁘장했다. 몸도 자그마하고 날씬했다. 버릇이 고약해서 그렇지 노처녀로 늙을 정도는 아니었다. 하지만 노처녀 특유의 분위기는 숨길 수 없었다. 고지식한 성격의 김양은 남들 다 웃어넘기는 농담을 심각하게 받아들였다.

"김양, 오늘따라 정말 예쁜데. 오늘 좋은 일 있나봐?"

남자들이 이렇게 농담을 하면 보통 여자들은 '그래요? 고마워요. 제가 원래 좀 예뻐서…' 뭐 이렇게 받아넘긴다. 하지만 김양은 달랐다. 아니 달라도 너무 달랐다. 김양은 얼굴이 붉어지며 화까지 냈다.

"정말 왜 그러세요? 나는 관심 없다니까요. 우리는 정말로 어울리지 않아요. 그만, 이제 그만하세요."

이렇게 말하며 확 돌아서 나가버렸다. 심지어는 흐느끼며 울기까지 했다. 이쯤 되면 황당한 상대방은 다음과 같이 생각하고 다짐하게 마련이다.

'헉. 이건 뭐지? 다음부터 쟤한테는 농담 근처라도 가면 안 되겠다.'

이렇듯 김양은 독특하고 특이했다. 모든 세상 사람들이 생각하는 방식과 말하는 언어가 김양은 낯설었다. 김양은 오히려 자신만의 독특한 화법과 사고의 세계를 구축하고 그 안에서 안전하게 살았다. 자신이 알고 있고 생각하는 것을 남들도 같이 알고 생각하는 줄 알았다. 그렇기 때문에 남들은 알아듣지 못하는 말을 하고서는 못 알아듣는 남들을 이해하지 못했다.

'그걸 왜 모르지? 참 웃기네.'

늘 이렇게 생각했다. 그런 김양은 더욱 고립이 되었다. 별 일 아닌 것에 상처 받았다고 혼자 집안에 틀어박혔다.

하여간 자아도취에 빠진 김양은 거울을 한 손에 쥐고 옷장을 열었다. 옷장이라고 해봐야 원피스 세 벌에 청바지 하나가 전부였지만 그래도 옷장 앞에 서면 늘 가슴이 설렜다. 오늘도 김양은 옷을 고르는 작은 재미에 빠져 허리에 손을 얹고 짝 다리를 짚었다.

"오늘은 무슨 옷을 걸쳐 줄까나?"

김양은 옷들을 하나하나 밀어보았다. 백화점 매장에서 늘 그렇듯 옷을 밀면 기분이 좋았다. 하지만 김양은 아까부터 빨간 원피스에 시선이 가있었다. 진한 핏빛 빨강이 눈에 확 들어오는 그런 원피스였다. 목과 가슴을 답답하게 가리는 원피스는 허리에 띠가 걸려있었다. 허리띠도 진한 빨강이었다. 눈에 확 들어오는 빨간 원피스를 고르며 어젯밤에 본 지도가 생각났다.

"같은 색이네."

한마디 내뱉고는 주저없이 걸쳐 입었다. 거울 앞에서 뱅그르르 돌아보니 더 예뻐 보였다. 그렇게 김양은 하루를 빨간색으로 시작했다.

김양은 저녁 시간이 훨씬 지나서야 집을 나섰다. 옷을 입고 벗고 돌아보고 하는 데에 시간을 허비하던 김양은 허겁지겁 밥을 먹고 밖으로 나왔다. 밖으로 나와 한참을 걸어가던 김양은 무언가 생각이 난 듯 다시 집으로 들어갔다. 그리고는 작은 쪽지 하나를 손에 쥐고 집을 나섰다. 어젯밤에 받은 이메일을 프린트한 쪽지였다.

"하마터면 잊어버릴 뻔했네. 요즘 너무 과로했나? 왜 이러지? 이번일 끝나면 좀 쉬어야겠어. 이러다 피부 나빠지겠어. 하루가 달라."

김양은 뾰족 구두를 신고 가슴을 앞으로 내밀고는 앞만 보고 걸어갔다. 김양이 지나가자 동네 사람들의 안타까운 시선이 따라 움직였다. 앞만 보는 여자 김양은 안국동으로 가는 버스를 타러 부지런히 걸어갔다. 이미 늦은 저녁도 훌쩍 넘어 시간은 9시를 가리켰다.

낮부터 불어대는 바람에 간간이 섞여 내리는 비는 저녁이 되어서도 마찬가지였다. 한바탕 큰 비가 내릴 것처럼 비를 잔뜩 머금은 바람이 세차게 휘몰아쳤다. 골판지가 날리고 전봇대의 전구가 흔들렸다. 간판이 위태롭게 움직이고 귀청을 때리는 바람은 서늘하기까지 했다. 앞만 보고 걷는 김양은 왠지 모르게 불안했다. 불규칙하게 콩닥거리는 가슴은 이상하리만큼 그치지 않았다. 게다가 다리에 힘이 빠지며 자꾸 넘어질 것처럼 휘청거렸다. 이상하고 불안한 마음이 김양의 가슴으로 들어오는 그때 김양의 뒤에서 갑자기 큰소리가 나며 위태롭던 간판이 떨어졌다.

쾅, 와장창 쾅!

간이 콩알만 해져서 걷던 김양은 엄청난 소리에 너무 놀라서 목을 자라처럼 집어넣고 어깨를 앞으로 모았다.

"악!"

자기도 모르게 커다란 비명을 질렀다. 하지만 김양은 너무 무서워서 뒤를 돌아보지 않고 앞으로 잰걸음을 걸어 서둘러 버스 정류장으로 갔다. 앞만 보는 김양은 버스에 탈 때까지 뒤를 돌아보지 않았다.

김양이 서둘러 버스에 탄 시각은 밤 10시가 훨씬 넘은 시각이었다.

-인사동에 오신 걸 환영합니다.-

인사동의 안국동 방향 초입에 세워진 문짝에는 환영의 글이 써져 있었다. 태어나서 처음으로 인사동에 온 김양은 아이들 장난과 같은 문짝 간판에 미소가 절로 생겼다. 김양은 비교적 젊은 편이었지만 그래도 고리타분한 차림새 덕에 노처녀라는 소리를 들었다. 게다가 서울 살면서 인사동을 한 번도 와보지 못할 정도로 나돌아다니지 않은 김양은 처음 보는 광경에 가슴이 설레었다. 특별히 같이 걷고 싶은 사람도 없고, 오히려 고리타분하게도 점을 치러왔지만 인사동에 바글거리는 젊은 청춘들을 보며 낭만을 떠올렸다.

"아 좋다."

집 앞에서 험하게 불어대던 바람은 어느새 바뀌어 있었다. 선선한 저녁

바람이 볼을 스치고 지나가자 센치한 김양의 가슴은 더욱 부풀어 올랐다. 김양은 분위기가 좋은 곳이라서 바람도 분위기를 탄다고 생각했다.

하지만 정작 인사동에 들어선 김양은 입이 쩍 벌어졌다. 분위기는커녕 인사동 초입 한가운데에 덩그러니 세워진 문짝 뒤로 어딘가로부터 밀려드는 인파들은 서로 마주쳐서 걸음을 옮기기도 어려웠다. 보기만 해도 짜증이 났다. 게다가 둘 셋이서 짝을 지어 몰려다니는 통에 더더욱 밀렸다.

그때였다. 문득 무언가가 생각이 난 듯 김양은 자신의 주위를 뱅그르르 돌아보았다. 인사동을 밀려다니는 인파들은 짝이거나 여럿이 몰려다니는 친구들만 보였지 자신처럼 혼자 다니는 여자는 아무도 없었다. 가끔 길가에 혼자 서 있던 여자도 누군가가 와서 채가고 없었다. 갑자기 자신만 혼자라는 생각이 들었다. 그러자 지나가는 사람들이 자신을 보며 수군대는 것 같았다. 낭만을 떠올리던 김양은 눈앞의 현실 앞에서 민망해졌다.

게다가 핏빛 빨간색 옷을 입은 여자는 자기 혼자였다. 일이 이쯤 되면 고지식하고 오해 잘하는 김양으로서는 모든 사람들이 자신만 바라보고 있다고 생각했다. 그리고 자신이 노처녀라는 걸 모든 사람이 알고 있다고 생각했다. 생각은 그에 알맞은 행동을 불렀다. 김양은 고개를 숙이고 얼른 잰걸음을 옮겼다. 빨리 지나갈 수 없는 길을 굳이 비집고 앞으로 걸어가는 김양은 얼굴이 화끈거리고 열이 나며 등에서는 식은땀이 흘렀다. 김양이 인파를 헤치고 가자 부딪히는 사람들이 속출했다.

"아이 뭐야?"

"어휴 천천히 좀 가지. 왜 저런데?"

불량한 말들이 귀에 꽂혔다. 사실 누구 하나 김양을 노처녀로 의심하지는 않겠지만 고지식한 김양은 스스로 바보가 되었다. 김양은 지나가는 사람들이 뭐라 그래도 사람들 사이를 비집고 앞으로 갔다.

빨간색 옷을 입은 김양이 뛰는 행동을 하는 동안 김양의 모든 모습을 훔쳐보는 눈길이 있었다. 인사동 초입에 자리한 별 다방 창가에 앉은 세 쌍의 눈동자가 누가 봐도 어색하고 부자연스러운 김양을 주목해서 보고 있었다.

"쟤가 맞아? 바보 같은데."

세 쌍의 눈동자 중 가장 커다란 눈을 가진 자가 말했다. 김양에게 눈을 떼지 않고 말을 하자 옆으로 찢어진 눈을 가진 자가 대답을 한다.

"후후후 맞아. 쟤가 김양이야. 독특한 노처녀 김양. 지금도 웃기게 놀지만 앞으로 계속 봐봐. 볼수록 재밌고 한심하지. 저 머릿속에 뭐가 들었는지 들어가서 보고 싶어."

"그럼 들어가지 그랬어?"

세 명 중 나머지 한 명이 말을 받았다. 모두는 김양의 일거수일투족에서 눈을 떼지 않았다.

"거미, 네놈이 들어가고 싶으면 그렇게 해. 내가 양보하지. 나는 취향이 영 아니야."

"취향? 웃기고 있네. 네놈이 저 아이 안으로 들어가고 싶어 죽는 거 다 알아. 하지만 그가 무서워서 들어가지 못하지? 다 알아. 하여간 네놈은 입만 열면 거짓말이네. 그 버릇은 언제나 고칠까? 입만 살아서 매일 나불거리지 말고 좀 건설적인 이야기 좀 해."

거미라고 불리는 자가 말을 하자. 눈이 큰 자도 거들었다.

"똑같은 두 놈이 싸우기는… 이젠 너희들도 서로 힘도 합치고 잘 해볼 때가 되었잖아? 그만 쓸데없는 얘기 하지 말고 김양인지 이양인지… 하여간 잘 봐. 이러다 놓쳐."

"때리는 시어미보다 말리는 시누이가 더 밉다고… 잘 났어 정말. 개구리

네놈도 잘난 척하지 마."

사마귀는 끝까지 지지 않았다. 하지만 입씨름이나 하려고 모인 자들은 아니었다. 거미와 개구리는 사마귀의 시비에 코웃음으로 막음하고는 빨간색 원피스의 김양에게서 눈을 떼지 않았다.

김양은 그동안 꽤나 멀리 갔다. 인사동 길은 조금씩 구불거렸다. 길이 약간 구부러지는 곳으로 김양이 가자 사마귀와 개구리 거미는 모두 고개를 쏙 빼고 창가에 붙어 보았다. 김양은 조금을 더 가더니 그 자리에 서서 두리번거렸다. 그리고는 잠시 후 작은 골목 안으로 들어갔다. 사마귀는 김양이 들어간 골목을 조금 더 보더니 자리에서 일어났다.

"가자."

짧은 말을 던지고 사마귀가 자리에서 일어나자 개구리와 거미도 같이 일어났다. 탁자에는 다 식어 빠진 커피 세 잔이 덩그러니 남아 있었다. 잠시 후 별 다방 창밖으로 서로 키가 다른 세 명이 많은 인파를 거칠게 밀치며 가는 모습이 보였다. 모두들 욕을 했지만 그런 거에 개의치 않는 세 명은 김양이 지나간 그 길을 따라 골목 안으로 들어갔다.

그리고는 잠시 후 골목에서 다시 모습을 드러냈다. 세 명은 서로 뭐라 뭐라고 시끄럽게 떠들더니 갑자기 골목 건너편 이층에 있는 미쓰리 다방으로 들어갔다. 잠시 후 미쓰리 다방 창가에 앉아있던 젊은 남녀가 황급히 자리를 일어났다. 그 자리에 사마귀와 개구리와 거미가 거만하게 자리를 잡고 앉았다. 거칠 것 없는 양아치 세 명의 눈은 김양이 들어간 골목에서 좀처럼 움직이지 않았다.

막다른 골목 안 허름한 집

인파를 간신히 헤치고 골목 안으로 들어온 김양은 숨을 크게 들이쉬었다. 그리고는 앞을 보았다. 오래 돼 보인 골목은 좁았지만 사람이 셋 이상 다닐 수는 있을 너비였다. 양쪽으로 두 집씩 네 집이 서로 마주보았다. 김 양은 그 집들을 하나하나 확인했다. 그러다가 왼쪽 두 번째 집 앞에서 걸음을 멈추었다.

점.

단 한 글자가 눈에 들어왔다. 문고리를 밀었다. 그러자 끼익 하는 소리가 나며 문이 열렸다.

"이 집이다."

낮게 말한 김양은 고개를 돌려 골목 입구를 보았다. 골목 밖으로는 많은 사람들이 지나다녔지만 아무도 자신에게 관심을 주지는 않았다. 하지만 김양은 쫓기는 사람처럼 얼른 고개를 돌리더니 문 안으로 급하게 들어갔다. 들어가면서 뾰족구두의 뒷굽이 문턱에 걸려 넘어질 뻔 했지만 운 좋게도 간신히 중심을 잡았다. 김양은 안도의 숨을 쉬고는 집을 보았다.

작은 골목처럼 작은 집은 단출했다. 수도가 있는 마당과 낡고 오래 되어 보이는 마루 하나 그리고 그 마루를 사이에 두고 보이는 방 두 칸. 김양은 마루에 올라가서는 그 중에서 불이 켜져 있는 방 앞에 섰다.

점집을 많이 다녀본 김양은 이런 일에 익숙했다. 유명하다고 하는 점집일수록 이렇게 들어가는 경우가 많았다. 문 앞에 서면 의례히 무당이 말을 걸어왔다. 김양은 문 앞에 서서 들어오라는 말을 들으려고 기다리고 있었다. 이상하게도 문 앞에 선 김양의 가슴이 아까 바람이 불때보다 더 콩닥거렸다. 김양은 얼굴이 붉어진 채로 한동안 문 앞에 서 있었다.

박수는 늙었다. 길게 내려온 눈썹은 하얗게 눈이 내렸다. 구부정한 등과 어깨 위로 위태롭게 걸려있는 머리통은 항상 조금 아래를 내려 보았다. 힘이 없어서 머리통을 들고 앞을 보려고 하면 이를 악물어야만 했다. 늙어버린 박수는 무심한 세월이 흐르는 동안 기력이 쇠잔했고 기진했다.

몸뚱어리를 구성하는 모든 습기가 증발되고 말라서 이미 죽어버린 고목나무와도 같았다. 미끈 액이 말라버린 박수는 관절이 움직이지 않았다. 억지로 움직이려면 우두둑 소리가 나며 극심한 고통이 몰려왔다. 한쪽 눈마저 감은 박수는 뇌만 움직여서 정신만 간신히 살려놓았다. 곡기를 먹지 못한 지 일주일도 넘은 박수는 오늘이 마지막일지 내일이 마지막일지 모르는 삶을 살고 있었다.

'이세벨… 이세벨….'

박수는 몸 안에 같이 사는 이세벨을 불렀다. 한 지붕 두 살림을 산 지가 벌써 수백 년은 되었다. 불편하고 화도 났지만 이제는 서로 없으면 찾는 사이가 되었다.

'박수… 아직 안 죽었구나.'

'이세벨 걱정되면 이사라도 가지 그러느냐?'

'후후후 이사라… 말이 그럴듯하구나. 이사… 가야지. 하지만… 때를 기다려야지.'

'아직도 포기를 하지 않은 게로군.'

'포기라니… 곧 온다. 그가 오는데 포기라니 천만의 말씀.'

'곧 온다고? 허허허 오겠지. 우리 죽고 나서 언젠가 오겠지.'

'천하의 박수가 늙었구나. 늙었어. 자신의 점괘를 믿지 않는 걸 보니… 이제 갈 때가 얼마 남지 않았어.'

'아직도 정신을 차리지 못하는 건 이세벨 너다. 나는 이제 깨달았다. 내가 점괘를 낼 때마다 불행해진 걸. 평생을 점을 치며 살았고 가장 용했지만… 정작 나는 이런 신세가 되었지.'

박수의 말이 점점 힘을 잃고 있었다. 이세벨은 안타까운 마음에 박수의 이름을 불렀다.

'박수.'

하지만 박수는 모든 걸 내려놓은 자처럼 말을 이어갔다. 박수의 남은 시간이 많아 보이지 않았다.

'이세벨… 충고 하나 하지. …믿지 마라. 후~후 혁~혁.'

박수가 마른 숨을 내쉬었다.

'…아리도… 훅훅훅 …점도 예언도 모두 헛되고 헛된 것. 무심한 시간은 흐르고 나의 이 한 많은 육신은 티끌로 돌아갈 날만 남았는데… 예언은 아직 멀었지.'

모든 것을 내려놓은 박수는 이제 마지막을 정리하고 싶었다. 나쁜 말로 몰아붙이던 이세벨은 입을 다물었다. 박수의 깊은 한숨이 터져 나왔다.

'아~ 돌아보면… 어느 한 순간 편안한 날이 없었어. 사는 게 무거운 짐이고 멍에였구나. 나는… 이제 내려놓을 시간이 온 것 같다.'

잠자코 듣고 있던 이세벨이 참지 못하고 터져버렸다.

'빠드득… 박수, 이젠 가려면 빨리 가라. 네놈의 신세타령도 이젠 지겹다. 그러니 저럴 수밖에. 하지만 나는 다르다. 나는 절대로 포기할 수 없다. 아리 그놈을 절대로 포기할 수 없어. 나는 기다린다. 아리가 나를 찾아오는 그때를 기다린다.'

꺼져가는 박수의 영혼이 서서히 스러지던 그때였다. 철로 만든 대문이 열리는 소리가 들렸다.

끼익.

짧은 소리였지만 그걸 놓칠 이세벨이 아니었다. 박수를 타박하던 이세벨의 귀가 번쩍 열렸다. 그러자 박수의 귀가 쫑긋 섰다. 이세벨과 박수 둘은 동시에 입을 다물었다. 그리고는 질식할 것 같은 정적. 백년 같은 3초가 흘렀다. 그리고 여자 구두 소리.

또각, 또각.

누군가 왔다. 늦은 시간이라 점치러 오는 사람도 없었다. 그런데 누군가 가 왔다. 이세벨은 물론 박수도 바싹 긴장했다. 규칙적으로 걸어오는 소리 는 정확하게 4초 후에 멈추었다.

'마루?'

이세벨이 손에 힘을 주자 박수의 오른손에 힘이 들어갔다. 고개를 들 힘 도 없던 박수의 손이 강한 힘으로 뭉쳤다.

슥슥. 구두 벗는 소리가 나고… 끼익. 나무 마루가 삐걱거리는 소리가 났다.

'마른 여자…'

극도로 긴장한 이세벨의 본능이 가동되었다.

끽, 끽, 끽. 정확히 세 걸음만에 문 앞에 섰다.

'키도 작고…'

박수는 마음속으로 숫자를 세었다. 점을 치러온 사람에게 너무 빨리 말 을 해도 놀라서 도망가고 너무 늦게 말을 해도 없는 줄 알고 가버리기 때 문이었다.

'하나, 둘, 셋, 넷. 이제 되었다.'

죽어가던 박수가 자기도 모르게 입을 열었다.

"들어와."

낮고 굵은 목소리에는 설명할 수 없는 위엄이 들어있었다. 이세벨은 놀 랐다. 삶을 포기하던 박수가 갑자기 변했기 때문이었다. 하지만 왜 그런지 생각할 시간이 없었다. 이세벨은 눈에 힘을 주고 문을 바라보았다.

스르르. 절대로 열릴 것 같지 않은 문이 열리며 이세벨이 머릿속으로 그리던 그 누군가가 모습을 드러냈다. 그 여자는 빨간색 원피스를 입고 촌스러운 표정으로 어정쩡하게 서 있는 김양이었다.

잠시 후 방안으로 들어온 김양은 바로 후회를 했다. 수많은 점집을 다녔지만 이토록 오싹한 집은 처음이었다. 처음부터 주눅이 든 김양은 엄한 주인 앞에 선 노예처럼 고개를 숙였다. 고개를 푹 숙인 김양은 커다란 눈동자만 굴려 앞을 보았다. 힐끔 본 박수는 정말로 늙었다. 하얀 백발이 날리면 멋있기라도 하지만 숱이 별로 없는 백발과 검버섯이 핀 얼굴은 징그럽다는 생각이 들었다. 하지만 이상하리만큼 압도적인 분위기가 있었다. 깡마른 몸 이것, 저것을 접어 책상다리를 한 박수 앞에는 작은 교자상이 있는데 그 위에는 작은 종지 하나와 쌀가루를 담은 병이 놓여 있었다.

김양은 눈을 굴려 탐색을 하다가 박수와 눈이 마주쳤다.

'헉. 외 눈?'

김양은 마주친 눈을 잽싸게 돌렸지만 한번 받은 충격에 가슴이 콩닥거리며 뛰었다. 눈이 큰 김양은 눈이 하나밖에 없는 박수를 보자, 기가 죽고 무서운 생각이 들었다. 김양은 갑자기 집에 가고 싶다는 생각을 했다. 하지만 도로 집에 간다고 하면 꼭 죽을 것만 같았다. 김양의 머릿속이 복잡할 그 즈음 박수가 위압적으로 물었다.

"왜 왔어?"

갑작스러운 질문에 김양은 대답 대신 작은 쪽지 하나를 건넸다. 겁이 잔뜩 들은 김양은 두 손으로 쪽지를 바쳤다. 박수는 그런 김양이 한심했지만 주는 쪽지를 받지 않을 수도 없었다. 박수가 아무 소리 않고 쪽지를 받자 김양은 고개를 바닥으로 떨어뜨리고는 모기소리만큼 입을 열었다.

"저 그게… 제가 온 이유가 제 남자 친구 사주를… 좀 보려고요. 결혼을 생각하고 있기는 한데 그게 제 인생을 맡길만한 사람인지 아닌지… 켁켁 켁."

뒤죽박죽 말을 하던 김양이 갑자기 목이 졸리며 허공에 떴다. 무서워 죽을 것 같던 김양은 정말로 죽음의 공포에 직면했다. 강하게 목이 잡힌 김양은 숨을 쉴 수 없었다. 노처녀 김양의 머릿속에 죽음이라는 단어가 떠올랐다. 하지만 아무런 말도 하지 못하고 커다란 눈만 애절하게 앞을 보았다. 자신을 죽음의 공포로 빠뜨린 자는 바로 박수였다. 늙어서 아무 힘도 없어 보이던 박수가 뼈만 앙상한 팔로 김양의 목을 잡아 올렸다. 박수의 외눈은 감히 마주할 수 없을 만큼 불타고 있었다.

'왜?'

김양의 머릿속으로 질문이 지나갔지만 왜 그런지는 알 수 없었다. 김양은 믿기지 않는 현실에 기절하기 일보직전이었다. 허공에 대롱대롱 매달린 김양의 귀에 박수가 입을 갔다대었다. 훅 하는 비린내가 코로 들어왔다.

"아리는 어딨나?"

김양은 박수의 목소리가 이상하다고 생각했다. 역겨운 비린내가 나는 목소리는 놀랍게도 젊은 여자 목소리였다. 하지만 놀랄 수도 없었다. 허공에 매달린 가여운 김양은 온몸에 힘이 빠지고 정신이 가물거리며 스르르 잠이 왔다. 이 억울하고 이상한 상황이 이해되지 않는 김양의 영혼은 잠이 들기 전까지 이상한 이름이 머릿속을 맴돌았다.

'아리? 아리? 아리…'

김양은 다시 깨어날 수 없을 것 같은 깊은 잠으로 빠져들었다.

앙상한 고목처럼 바짝 마른 박수는 놀랍게도 허리를 펴고 앉아있었다. 죽어가던 늙은이가 맞나 싶을 정도로 꼿꼿하게 허리를 편 박수의 손에는 김양이 건네준 쪽지가 들려 있었다. 박수의 얼굴이 붉으락푸르락 했다. 쪽지를 잡은 손가락도 미세하게 떨렸다.

바닥에 기절한 채 누워있는 김양을 쏘아보며 박수는 분이 풀리지 않은 듯 콧김을 연신 내뱉었다.

"아리… 이놈이… 드디어 꼬리를 드러내는구나."

이세벨의 목소리는 분을 이기지 못하고 떨렸다.

"이세벨 진정해라. 흥분하는 건 아리가 바라는 일이야."

"그래도 어찌… 나를 조롱해도 유분수지. 감히 나의 사주를 손에 들려 보내다니. 내가 가장 저주하는 그 날을 손에 들려 보내다니… 빠드득. 아리 네 이놈… 내 손에 잡히면 정말로 가만 두지 않겠다. 갈기갈기 찢어서 그림자들에게 던져 주리라. 빠드득. 내 이놈을 당장."

이세벨은 이가 부서져라 갈면서 자리를 박차고 일어났다. 흥분한 이세벨이 일어나려 하자 박수가 강하게 저항했다.

"이세벨 가만히 있어라. 제발 생각을 하고 움직이란 말이다. 이대로 움직였다가는 아리의 그물에 걸리고 말아."

박수의 몸은 오른쪽이 일어나려 하고 왼쪽은 주저앉으려 하는 이상한 자세가 되었다. 박수의 다급한 말이 계속되었다.

"이건 아리가 자객을 보낸 게 아니라 미끼를 보낸 것 아니냐? 이세벨 진정하고 나의 말을 들어라. 그래야 살 수 있다. 이대로 뛰쳐나가면 우리 둘 다 죽는다. 우리는 이제 아리를 이길 힘이 없어."

박수의 말에 오른쪽 몸뚱어리가 풀썩 주저앉았다. 박수의 마지막 말이 이세벨의 가슴에 비수를 꽂았다.

"그렇지. 세월이 이렇게 지나고 힘이 다 떨어진 이때, 바로 이때가 가장 좋은 때지. 우리를 죽이려면 이때가 가장 알맞은 때야. 영리한 아리. 빠드득."

이세벨이 좀 진정을 하자 박수가 조심조심 이야기를 꺼냈다.

"잘했다. 이세벨. 일단은 진정하고… 아리는 우리를 잘 알고 있었던 것 같다. 우리가 점을 치면서 먹고 살줄 알았던 거지. 그렇다면 우리를 잡을 그물도 미리 쳐놓았을 거야. 그러니 대책을 세워야한다."

"박수 그럼 점을 쳐라."

이세벨의 말에 박수가 고개를 절레절레 흔들었다.

"아니, 그럴 이유가 없다. 귀신이 점을 치면 기가 드러나는 법. 자칫하다 가는 또 다른 귀신을 부르지."

박수는 자리에서 일어났다. 그리고는 방바닥에 기절한 김양에게 가서는 유심히 살펴보았다. 한참을 둘러보던 박수는 아무런 말없이 자리로 돌아 와 가만히 눈을 감았다. 그리고는 깊은 생각의 바다 속으로 들어갔다. 신중하고 꼼꼼한 박수와 오랜 시간 같이 해온 이세벨은 불같았던 행동들이 많이 누그러졌다. 예전 같으면 앞뒤 안 가리고 달려나갔지만 지금의 이세 벨은 그러지 않았다. 오히려 끈기를 가지고 박수를 기다려주었다. 박수의 점치는 방안에서는 질식할 것 같은 시간이 흐르고 있었다.

한편 박수의 집 밖 미쓰리 다방에서는 더러운 세 영들이 자리만 차지하고 있었다. 다방 주인이 눈치를 주었지만 양아치 불량배 같은 더러운 세 영은 눈 하나 깜짝하지 않았다. 다방 여주인은 잘못하면 봉변을 당할 것 같은지라 아무 말도 못하고 부엌에서 욕만 죽어라고 했다. 다방 여주인이 눈치를 주든 말든 더러운 세 영들은 눈이 빠져라 하고 김양만 기다렸다. 김양이 골목으로 들어간 지 한참 지났지만 좀처럼 나타나지 않자 더러운 세 영들도 서서히 지겨워지기 시작했다.

오늘 처음 따라온 거미와 개구리가 사마귀에게 시비를 걸었다.

"뭐야 이거? 왜 이렇게 안 나와? 아니 그리고 우리가 계집 뒤꽁무니나 쫓아다니게 생겼어? 응? 말을 해봐 사마귀."

"지겨워 죽겠네. 귀신도 벌벌 떤다는 더러운 세 영이 할 게 없어서 다방에서 죽치고 있다면 누가 믿겠냐? 창피해서 나 원 참."

거미와 개구리가 투덜대자 사마귀도 짜증이 났다.

"이 미친 것들이… 입은 터졌다고 아무 말이나 지껄이고 있네. 미친개한테는 찍 소리도 못하는 것들이 꼭 이래요."

사마귀는 골목에서 눈을 떼지 않고 중얼댔다. 하지만 사마귀도 이런 일이 좋을 리가 없었다. 창피해서 쉬쉬하는 일이지만 그래도 미친개가 두려워서 눈을 떼지 않았다. 힐끔 벽에 있는 시계를 보았다. 시간은 이미 자정을 넘어 1시를 향해 가고 있었다. 시계 밑에 벽을 기대고 서 있는 여주인이 발을 동동 구르는 폼이 집에 갈 시간이 넘었다. 안절부절못하는 여주인이 눈에 들어오자 사마귀도 더 이상 어쩔 수 없었다.

"에이 오늘따라 왜 이래? 뭐하느라 아직 안 나오는 거야? 할 수 없지. 가자."

사마귀가 자리를 털고 일어나자 반가운 건 거미와 개구리 그리고 다방 여주인이었다. 거들먹거리며 나가는 세 불량배에게 허리가 끊어져라 인사를 했다.

"다음에 또 오세요."

"싫어 안 와."

그냥 가면 될 것을 꼭 한마디를 해야만 직성이 풀리는 거미가 톡 쏴 부쳤다. 개구리는 그런 거미의 손을 잡아끌고 밖으로 나왔다. 다방은 좁은 계단을 지나야 거리로 내려갈 수 있었다. 맨 앞에서 내려가던 사마귀 그리고 그 뒤로 개구리와 거미가 줄을 지어 내려가고 있었다. 계단을 반쯤 내려가던 사마귀가 갑자기 멈추더니 뒤로 돌았다.

"야, 야 다시 올라가 봐."

계단은 둘이서 통행할 수 없이 비좁았다. 사마귀가 빠꾸를 하자 거미와 개구리는 벨이 꼬였다.

"싫어."

사마귀는 이미 예상한 일이어서 짜증 대신 설명을 했다.

"미친개가 준 종이 놓고 왔어. 찾아서 들고 가야돼. 그런데 싫으면 그냥 갈까? 너희들이 그냥 가자고 했다고 할까?"

이쯤 되면 거미와 개구리도 마냥 버틸 수도 없었다. 다들 뒤를 돌아 다시 올라갔다. 다방 여주인은 불량배들이 다시 들어오자 덜컥 겁부터 났다. 부엌 안으로 황급히 몸을 피하고는 문을 걸어 잠갔다. 짓궂은 거미가 그걸 보고는 가서 부엌의 문을 마구 흔들었다. 여주인의 절규를 닮은 비명 소리가 들렸다.

"아악."

개구리는 그런 거미가 마음에 들지 않았지만 큰 눈을 껌벅이며 보고만 있었다. 쯧쯧 혀를 차며 사마귀는 창가 테이블로 갔다. 다행히 자신이 놓아두었던 종이쪽지가 그곳에 있었다. 사마귀는 그 종이쪽지를 손에 쥐고 힐끔 창밖을 내려다보았다.

그때였다. 자정을 훨씬 넘은 시간이라 인적이 드문 인사동 길에 서 있는 여자가 눈에 들어왔다. 김양이었다. 빨간 원피스를 입은 영락없는 김양의 모습이었다. 사마귀의 눈이 커졌다.

"나왔네. 근데… 좀 이상한데?"

사마귀는 어딘가 모르게 이상했다. 분명 옷과 구두는 김양이 입던 것들이었다. 하지만 어딘지 모르게 어색했다. 눈치가 빠른 사마귀는 문득 미친 개의 말이 생각났다.

김양이 이상한 행동을 하면 덮쳐서 죽여라. 인정사정 볼 것 없어. 그자는 이세벨 이다.

사마귀는 바짝 긴장한 얼굴로 창밖을 보았다. 창밖의 김양은 이상하리 만큼 주위를 두리번거렸다. 그러면서 안국동 방향으로 걸어가는데 걸어가다 말고 자꾸 뒤를 돌아보았다. 걷다가 뒤를 돌아보고 다시 좀 걷다가 뒤를 돌아보는 폼이 평소의 김양답지 않았다.

걸음걸이도 매우 민첩했는데 딱딱하고 경직된 노처녀의 걸음걸이가 아니라 날렵한 육상선수 같은 걸음걸이였다. 김양을 수년째 보아온 사마귀는 본능적으로 김양이 아니라는 걸 알았다. 골목에서 나와 안국동 방향으로 걸어가던 김양이 두리번거리다가 고개를 들어 2층 다방을 보았다. 사마귀는 깜짝 놀랐지만 다행히 다방이 불을 끈 뒤라서 밖에서는 안이 보이지 않았다. 그때였다. 사마귀의 눈에 하나밖에 없는 눈동자가 들어왔다.

"헉."

헛바람이 절로 나오며 사색이 된 사마귀가 크게 외쳤다.

"박수. 네 이놈."

사마귀는 번개가 되어 좁은 계단으로 뛰어나갔다. 그러자 여주인을 희롱하고 있던 거미와 개구리도 같이 좇아 나갔다. 불량배들이 나간 줄 모르는 여주인은 좁은 부엌에서 쪼그리고 앉아 계속 비명을 질렀다.

같은 시각. 창경궁 앞

비가 내렸다.

맑던 아침과 달리 오후부터 갑자기 불던 비바람은 밤이 깊어지자 더욱 기승을 부렸다.

창경궁 담벼락을 따라 늘어선 플라타너스조차 휘어질 정도로 심한 비바람은 도로를 텅 비우게 만들었다.

그 텅 빈 도로 한가운데 아까부터 홀로 서 있는 자동차. 그 차창을, 휘몰아쳐 떨어지는 나뭇잎이 때리고 지나갔다.

"아… 정말… 날씨 한 번… 꼭 귀신이라도 나오겠는걸."

고천중의 아들 다니엘은 눈앞으로 나뭇잎이 날아올 때마다 움찔 놀랐다. 무심코 본 시계는 정확히 새벽 1시. 이상하게도 신호는 바뀌지 않고, 갈수록 비바람은 거세졌다.

"고장이 났나. 빨리 집에 가서 내일 시험을 준비해야 하는데."

무료함에 사이드미러를 보던 다니엘은 멀리서 다가오는 불빛을 보았다. 음산하고 스산한 날씨 덕에 조금은 무섭던 다니엘은 반가웠다.

"동지가 생겼……."

혼잣말로 중얼거리는 그때 갑자기 꽝 소리를 내며 커다란 가로수가 앞 유리에 떨어졌다. 에어백이 터지고 앞 유리조각이 얼굴로 날아들었다. 고막이 터지고 뇌가 울려서 정신을 잃었지만 잠시 후, 정신을 차린 다니엘은 차 뒤가 들린 것을 느꼈다. 본능적으로 차 밖으로 나가야겠다는 생각에 문고리를 당겼지만 말을 듣지 않았다.

그때였다. 멀리 보이던 불빛이 쓰러진 가로수들을 뚫고 무서운 속도로 달려오며 다니엘의 눈으로 파고들었다.

꽈꽝.

한순간에 오감이 마비되었다. 아무것도 들리지 않고 아무 고통도 없었다. 다니엘은 평안한 가운데 날았다. 아련한 엄마의 웃는 모습이 보이고, 그리고… 다니엘은 고통 없이 의식의 깊은 강으로 들어갔다.

반쯤 쓰러진 아름드리 가로수를 들이받고서야 겨우 멈춘 덤프트럭은 아직도 바퀴가 헛돌았다.

끼익… 끼익… 옆으로 쓰러진 트럭의 조수석 문이 힘겹게 열리고 머리가 피투성이인 남자가 기어나왔다. 주위를 두리번거리던 남자는 사거리 한가운데 처박힌 자동차 쪽으로 왼다리를 질질 끌며 걸어갔다. 천식처럼 헐떡이는 숨으로 보아 남은 시간이 얼마 없어보였지만 고통에 일그러진 얼굴 뒤로 성취의 환희가 배어 나왔다. 심하게 불어대는 비바람을 헤치고 뒤집어져 있는 자동차로 간 남자는 손을 뻗어 피투성이 다니엘의 목을 만졌다. 희미한 생명의 끈이 남아있는 다니엘의 목에서 흐르는 피를 손가락에 담아 입으로 가져간 남자는 눈을 감고 맛을 보았다.

"으, 흠."

남자는 혀끝에서부터 전해 온 강렬한 자극에 두 눈을 번쩍 떴다. 그러곤 마비되어 오는 손으로 허리춤을 뒤져 날카로운 비수를 꺼내들었다. 주저없이 팔을 들어 다니엘의 목에 칼을 내리꽂던 남자는 갑자기 날아온 아름드리 가로수에 뒷머리를 얻어맞고는 그 자리에 고꾸라졌다. 짓누르는 나무의 무게에 정신이 가물가물해지며 죽어가던 남자는 손을 뻗어 다니엘의 목을 찌르려하지만 마음대로 되지 않았다.

더욱 거세진 비바람이 죽음을 재촉하고 숨이 넘어가던 남자는 단념한 듯 눈을 감으며 무어라 중얼댔다. 그러자 남자의 머리뒤로부터 여러 가닥의 검은색 실이 나와서는 지척거리에서 역시 죽어가던 다니엘의 몸을 감아갔다. 가슴에서부터 시작해서 온몸을 감아 돌던 검은색 실은 눈이 달린 촉수처럼 다니엘의 눈, 코, 입 모든 구멍으로 들어가며 점점 사라져갔다.

환골탈태인가… 누에고치처럼 검은 실이 파고든 다니엘의 숨이 갑자기 돌아오면서 온몸이 숭어처럼 펄쩍 뛰어올랐다.

"허… 억… 커억."

끊어진 숨이 거칠게 이어지고 죽었던 심장이 피를 돌리기 시작했다. 새파랗게 질린 입술이 분홍빛으로 돌아오고 초점 없이 풀린 눈동자가 초점을 맞추자 다니엘은 다시 평안한 모습으로 스르르 눈을 감았다. 아름드리 나무에 깔린 남자의 몸에서 생명의 마지막 가닥이 나오고 남자의 눈동자는 이상하게도 평안한 모습으로 죽어갔다.

참혹한 사고현장에는 아직도 인기척이 없는데 멀리서 사이렌 소리가 들려왔다.

다니엘이 죽어가던 그 시각. 인사동 미쓰리 다방 앞

빨간 옷을 입고 뾰족구두를 신은 박수는 걸을 때마다 발목이 아팠다. 박수의 몸은 살이 많이 빠져서 김양의 원피스도 헐렁했다. 하지만 뾰족구두 덕에 발목이 아파오자 맘 놓고 뛸 수도 걸을 수도 없었다. 이를 악물고 고통을 참으며 안국동 방향으로 가는 박수는 연신 뒤를 돌아보았다. 누군가가 쫓아오는지 돌아보느라 도망가는 길은 더디기만 했다.

박수가 미쓰리 다방을 조금 지나간 그때였다. 뒤를 돌아본 박수는 얼굴이 굳어졌다. 불 꺼진 미쓰리 다방에서부터 키가 커다란 사마귀와 거미 그리고 개구리가 튀어나왔다. 그리고는 길 한가운데에 무방비로 서 있는 박수를 노려보고 있었다.

"더러운 세 영."

더러운 세 영들은 살기를 끌어올리며 매우 흥분했다. 전과 다르게 악독한 기운이 흘러나오자 박수의 심장이 철렁 내려앉았다. 박수는 본능적으로 도망가려고 몸을 돌렸다. 그러나 한걸음 내딛지도 못해서 바닥을 굴렀다.

"아이쿠."

발목이 접질렸는지 강한 통증이 몰려왔다. 하지만 살려면 뛰어야 했다. 박수는 뾰족구두를 벗고 맨발로 뛰었다. 말이 뛰는 거지 절뚝거리며 굼벵이보다 느리게 걸어갔다. 박수가 도망을 가자 멀리서 바라보던 더러운 세 영들은 번개가 되어 좇아왔다.

더러운 세 영이 잔인한 얼굴을 하고 박수를 덮치려는 그 순간 갑자기 박수의 점집 골목으로부터 티코가 튀어나왔다.

부앙.

골목을 나온 차는 뒤도 돌아보지 않고 종로 방향으로 전속력을 다해 달려갔다. 작은 차였지만 바퀴달린 티코는 순식간에 눈앞에서 사라져갔다.

"아… 이세벨. 이런…."

이세벨이었다. 더러운 세 영은 아차 싶었다. 박수에게 속은 더러운 세 영은 어쩔 줄을 몰랐다. 생각할수록 약이 올랐지만 그 중에서 사마귀는 더욱 약이 올랐다. 이를 부드득 갈며 큰소리로 외쳤다.

"나는 이세벨을 잡으러 가겠다. 내 손으로 잡아 죽일 테야. 너희는 박수를 잡아와라. 죽이지 말고 데려와야 이세벨에 대해 알아낼 수 있으니 죽이지 마라."

독이 오른 사마귀는 이세벨이 사라진 곳으로 전속력을 다해 달려갔다. 그러자 사마귀 뒤를 거미가 따르며 개구리에게 말했다.

"박수는 네놈이 잡아라. 나는 사마귀를 도우러 가겠다."

개구리는 미처 뭐라 말할 틈도 없이 날아가는 동료를 보며 혀를 찼다.

"이런 나만 남았네. 지들은 알짜만 먹고 나는 쓰레기 처리만 하라? 후후 기분 참 묘하네. 하지만 어쩔 수 없지. 이놈이라도 잡아가야 체면이 서겠지? 후후후 잘 되었다. 언젠가 박수 네놈을 다시 만나리라 생각했는데 잘 되었어."

개구리는 특유의 커다란 눈을 희번덕거리며 박수에게로 다가갔다. 동료들이 없으니 경쟁할 상대도 없었다. 남는 게 시간인 개구리는 맛있는 먹잇감을 사냥하는 쾌감을 느끼려고 천천히 다가갔다.

사마귀와 거미가 이세벨을 쫓아 사라지자 박수는 안타까웠다. 자신이 더러운 세 영을 멀리 유인했으면 이세벨이 들키는 일은 없었을 것이라 생각하니 뾰족구두를 미처 생각하지 못한 자신이 바보 같았다. 하지만 이미 엎질러진 물. 박수는 이제 자신의 살길을 찾아야만 했다.

"이세벨 이제는 너의 운명대로 가라. 다행히 살아난다면 만정에서 보자."

박수는 혼잣말을 하면서 개구리를 보았다. 하지만 뾰족한 수가 생각나지 않았다. 예전 같으면 해볼만 했지만 이제는 힘도 기력도 없었다.

"하필 이런 때에 저런 괴물을 만나다니."

악문 이를 비집고 탄식 비슷한 말이 흘러나왔다. 그랬다. 박수는 지금 개구리와 맞설 힘이 없었다. 불같은 이세벨이 나간 후로 하루는 숨어있어야 그나마 기력을 회복할 수 있었지만 시간이 촉박해서 그러지 못했다.

하지만 후회는 하지 않았다. 이세벨 대신 위험을 무릅쓴 것도 다 자신의 선택이었다. 운명이라고 생각하였다. 박수는 주위를 둘러보면서 최대한 머리를 굴렸다. 1시가 다 된 시각이라 오고가는 사람들은 많지 않았다. 그나마 인사동이라서 드문드문 사람 구경이라도 했지 다른 곳이라면 혼자 개구리의 밥이 되었을 수도 있었다. 박수는 최대한 시간을 끄는 것이 목숨을 부지하는 길이라 믿었다.

마침 술에 거나하게 취한 한 무리의 불량배들이 눈에 들어왔다. 바로 옆 골목 술집에서 이제야 나오는 불량배들 같았다. 열은 되어 보이는 무리는 서로 어깨동무를 하고 비틀거리며 걷는 폼하며, 입에 담배를 꼬나문 폼이 한 눈에 봐도 양아치였다. 박수의 눈이 반짝 빛났다. 고개를 돌려 개구리를 보았다. 자신의 숨통을 조여오는 개구리와 눈이 마주쳤다.

"박수 네 이놈."

괴성을 지르며 개구리가 달려왔다. 긴박한 시간. 박수는 이제 살길은 양아치 무리뿐이라 생각했다. 박수는 바로 눈앞을 지나가는 양아치 무리로 돌진하면서 크게 소리쳤다.

"야 니들 어디서 담배를 꼬나물고 그래? 응? 니들 지금 죽으려고 환장했지?"

박수는 맨 앞에 가장 불량스럽게 생긴 아이의 머리통을 쥐어박았다. 그러자 살기를 품고 달려들던 개구리가 멈칫 하며 그 자리에 서버렸다.

'됐다. 일단은 안심이다.'

하지만 안도의 한숨도 잠시, 배싹 마른 머리통에서 불이 났다. 박수는 눈앞이 아득해지고 의식이 가물거리는 동안에도 무차별적인 구타와 몽둥이찜질에 절로 비명이 나왔다.

"뭐야 이 미친… 이 아줌마가 죽여달래네… 좋아 그게 원이면 그렇게 해주지. 마침 잘 됐네. 기분도 꿀꿀한데 잘 됐어. 오늘 사고 한 번 치는 거야. 안 그래?"

인상이 가장 나쁜 놈이 역시 성질이 더러웠다. 박수는 머리를 감싸쥐고 두들겨 맞는 동안에도 한 눈은 개구리를 보았다. 개구리는 어이가 없다는 표정으로 보고만 있었다. 아마도 양아치 분이 풀리면 다음 차례를 노리는 것 같았다.

박수는 섬뜩했다. 등골이 서늘하고 머리가 맑아졌다.

'위험하다.'

생각은 짧았다. 하지만 행동도 그에 못지않았다. 박수는 살기 위해 자신에게 분풀이를 하고 있는 양아치의 다리 하나를 잡았다. 그리고는 죽을힘을 다해 물었다.

"악."

짧고 굵은 비명은 얼마나 아픈지를 나타내주었다. 다리를 물린 양아치의 뚜껑이 열렸다.

"아니 이게 정말… 착하게 살려고 그랬는데 안 되겠어. 사회가 도와주지 않아. 내가 오늘 이 아줌마를 죽이지 않으면 사람이 아니야. 너 이리와. 너 오늘 죽었어."

양아치는 절룩거리는 발을 절며 머리채를 잡고 박수를 질질 끌고 갔다. 박수의 빨간 원피스는 이미 걸레가 다 되었다. 피가 나왔지만 어느 것이 핀지 어느 것이 옷인지 구분이 되지 않았다. 찢긴 옷 사이로 드러난 살이 콘크리트 바닥에 찢어지고 벗겨졌다. 고통이 숨통을 조였다. 하지만 더러운 세 영에게 잡히는 것보다는 이게 더 나았다. 양아치는 박수의 바람대로 크게 욕지거리를 하면서 박수를 질질 끌고 안국동 큰 길가로 나갔다.

상황이 묘하게 흐르자 당황한 것은 개구리였다. 개구리는 커다란 눈을 굴리다가 안국동 대로에 이르러서야 무언가 이상하다는 생각을 했다. 가만히 보니까 양아치가 미쳐 날뛰고 그에 따라 사람들이 웅성거리며 모여들었다. 누가 박수고 누가 양아치고 누가 구경하는 사람인지 모를 지경이었다. 개구리는 아차 싶었다. 이러다가 놓칠 수도 있겠다는 생각이 들었다. 먹잇감을 앞에 놓고 즐기려던 개구리는 갑자기 당황했다.

"교활한 박수 이놈."

개구리는 상황파악이 되면 바로 행동에 옮기는 습성이 있었다. 자신의 먹이를 빼앗긴다는 생각이 들자 눈에 보이는 것이 없었다. 개구리는 사람들에게 둘러싸여 폭행을 당하고 있는 박수를 확인하려고 이리저리 살폈다. 하지만 잘 보이지 않았다. 개구리는 웅성거리며 둘러싸고 있는 사람들을 거칠게 밀치며 안을 들여다보았다.

그때였다. 개구리에게 밀린 양아치 중의 하나가 개구리를 보고는 흥분했다.

"이건 또 뭐야? 개구리처럼 생긴 게 죽으려고 환장을 했나?"

양아치의 거친 말에 개구리는 그만 안국동 대로에서 흥분을 하였다. 자신에게 눈을 부라리는 양아치의 멱살을 잡았다. 그리고는 주먹을 날려주었다.

퍽. 으악!

제법 덩치가 있던 양아치 하나가 피를 토하며 넘어졌다. 그와 동시에 동료의 비명을 들은 양아치들이 단체로 뒤를 돌아보았다. 양아치들 사이에서 욕지거리가 난무하더니 덩치가 제일 큰 놈 하나가 벌어진 앞니 사이로 침을 뱉으며 다가왔다.

"이건 또 뭐야. 오늘 완전 날 잡았네. 미친 것들이 단체로 계모임을 하나? 이것들이 오늘 울고 싶은 데 뺨을 때리네. 너 오늘 잘 만났다. 가뜩이나 우울한데 미친 놈 하나 죽이고 빵에 들어가서 좀 쉬어야겠다. 너 이리와."

덩치는 불량스러운 걸음걸이로 개구리에게 다가갔다. 하지만 그 덩치는 몇 걸음 떼지 않아 피 반죽이 되어 날았다.

퍽. 윽!

평상시의 정상적인 양아치 같으면 벌써 도망을 했다. 의리고 뭐고 없는 양아치들에게 덩치를 한방에 날리는 개구리는 무섭고 떨리는 존재였다. 하지만 술이란 참 묘했다. 용기가 부족한 사람에게 용기를 심어주는 마약과도 같은 술이 양아치들을 극도의 흥분 상태로 몰아넣었다.

저마다 흉기 하나씩을 꺼내든 양아치들이 알아들을 수 없는 욕을 마구 해대며 떼로 개구리에게 달려들었다. 개구리에게나 양아치에게나 이제 박수는 뇌리에 없었다. 자존심을 건 한판의 승부는 일방적인 개구리의 도륙이 되고 있었다. 하지만 술이라는 마약을 먹은 양아치들도 목숨을 하찮게 여기며 죽을힘으로 달려들었다. 하나 둘씩 죽어나갔지만 싸움은 좀처럼 수그러들지 않았다.

바닥에 엎어져서 그 난장판을 본 박수는 속으로 외쳤다.

'이제 살았다.'

박수는 살기 위해 몸을 일으켰다. 어떡하든지 이곳을 벗어나야 했다. 조금씩, 조금씩 기어가다가 걸어가기를 반복하던 박수는 가능한 한 개구리에게서 멀어지기 위해 큰 차로를 건너갔다. 광화문 방향에서 전속력으로 달려오는 차들은 곡선을 달려오다가 갑자기 멈출 수가 없었다. 1시가 다 된 시각에 꼼지락거리는 박수를 피해 친절하게 운전하는 사람은 없었다. 그나마 갑자기 뛰어든 박수를 발견하고 가까스로 브레이크를 밟는 소리가 귀청을 찢었다.

끼이이익. 빵~ 빵~

박수를 피해 핸들을 꺾은 차는 인사동 큰 돌을 들이받았다.

쾅!

"뭐야 이건. 너 죽고 싶어?"

쭈그러진 차문이 열리지 않자 깨진 창문 사이로 욕이 흘러나왔다. 하지만 박수에게는 모두가 고마운 목소리였다. 사람이 많이 몰릴수록 자신이 살아날 확률이 높아졌다. 박수는 중앙선을 넘어 반대로 걸어갔다.

그러나 요행도 한두 번. 중앙선을 무사히 넘은 그때였다. 멀리 보이던 불빛이 비바람을 뚫고 무서운 속도로 달려왔다. 박수는 고개를 돌려보았다. 하얀 불빛이 박수의 눈으로 무섭게 파고들었다.

꽈쾅! 한순간에 오감이 마비되었다. 아무것도 들리지 않고 아무 고통도 없었다. 박수는 평안한 가운데 날았다. 아련한 이세벨의 웃는 모습이 보이고, 그리고… 박수는 고통 없이 의식의 깊은 강으로 들어갔다.

귀청을 찢는 타이어 소리와 함께 박수가 공중으로 날았다가 바닥으로 거칠게 떨어졌다. 날카로운 비명소리와 함께 안국동 삼거리는 순식간에 아수라장이 되었다.

오랜만에 살육의 전투를 마친 개구리는 두 눈을 희번덕거리며 박수를 찾았다. 전투를 끝낸 개구리가 박수를 본 것은 하늘을 날아오르는 박수의 아름다운 모습이었다. 개구리는 한동안 이 상황이 이해가 되지 않았지만 곧 쿵, 하는 소리와 함께 아스팔트에 걸레처럼 버려지는 박수를 보고서야 상황이 교통사고임을 알게 되었다.

개구리는 주저하지 않고 박수에게로 날아갔다. 송장이 다 된 박수는 죽었는지 살았는지 모르게 엎드려 있었다. 피로 보이는 검붉은 액체가 사방으로 튀어서 흔적을 남겼다. 의식을 잃은 박수는 아직도 입에서 피가 새어 나왔다. 걸레가 다 된 박수 바로 앞에는 당황한 운전자가 어쩔 줄 모르고 서 있었다. 당황한 운전자는 연신 박수를 흔들다가 자신이 몰고 온 차를 번갈아 보았다.

개구리가 운전자에게 다가갔다.

"꺼져."

운전자는 개구리를 보고 뒤로 자빠졌다. 온 몸에 피가 튄 개구리는 악귀가 따로 없었다. 본능이 피하라고 말하자 운전자는 후다닥 차로 도망했다.

개구리는 박수의 등을 발로 밟고는 득의의 표정으로 주위를 둘러보았다. 이제 자신의 먹이를 뺏을 자는 없었다. 아까부터 부슬거리며 내리기 시작한 비는 어느덧 폭우가 되어 퍼부었다. 개구리는 입을 길게 찢어 미소를 지으며 가슴을 한껏 앞으로 내밀었다.

'이제 됐다.'

개구리는 걸레가 다 된 박수를 어깨에 들쳐 업었다. 그리고는 빗속을 뚫고 창경궁 방향으로 걸어갔다. 박수의 피는 비에 씻겨내려 내를 이루었다. 개구리는 박수를 친 고급차 옆을 지나면서 비굴하게 도망친 하찮은 인간에게 경멸의 눈빛을 보여주었다. 차 유리는 썬팅이 되어 보이지 않지만 아마도 운전자는 오줌을 지리고 있을 것이라 생각했다. 득의에 찬 개구리가 시위하듯 지나가는 그때에 개구리의 귀로 믿을 수 없는 목소리가 들렸다.

"박수를 놓고 가라. 개구리."

놀란 개구리는 재빨리 주위를 돌아보았다.

"헉, 누구냐?"

그러자 박수를 친 고급차의 뒷좌석 창문이 스르르 열렸다.

"헉 너는? 바알세불."

개구리는 외마디 말과 동시에 어깨에 들쳐 업은 박수를 놓쳤다. 쿵, 소리를 내며 박수가 아스팔트에 떨어졌다. 억수 같이 내리는 비는 바닥에 누운 박수의 얼굴을 때렸다. 개구리는 고급차 뒷좌석 앞에 무릎을 꿇은 채 고개를 들지 못했다.

잠시 후, 억수 같이 쏟아지는 빗속에서 피를 흘리며 쓰러진 박수를 개구리와 겁먹은 운전자가 고급차에 실었다. 그리고는 쏜살같이 안국동을 빠져나갔다. 양아치들과 박수의 처절한 전쟁의 흔적은 폭우처럼 쏟아지는 비에 하나 둘씩 씻겨 내려갔다. 밤이 깊을수록 바람까지 세게 불었다.

1시간 전. 박수의 방

한편 기절한 김양의 몸으로 들어간 이세벨은 마음처럼 움직이지 못했다. 인간처럼 움직이는 것은 문제가 없었지만 빠르고 강하게 움직이지는 못했다. 무엇보다도 특유의 살기를 불러일으킬 수 없었다. 악마적인 힘이 빠진 평범한 이세벨은 아리의 적수가 되지 않았다.

이세벨은 지금 후회를 하고 있었다. 박수가 그렇게도 말렸지만 분을 참지 못하고 김양의 몸에 손을 대었으니 이제 돌이킬 수 없었다. 김양이 온전한 모습으로 나가지 않으면 아리가 급습할 것이고 온전히 김양을 보내주어도 자신들이 노출되어 어차피 죽은 목숨이었다.

이세벨은 이왕 이렇게 된 거 전쟁을 준비했다. 하지만 아무리 노력을 해도 김양의 몸에서 특유의 사악한 기를 끌어올릴 수가 없었다. 1시간 정도 끙끙거리던 이세벨은 점점 초조해졌다. 그대로 있어도 죽고 나가도 죽을 판이었다. 이세벨은 박수를 보았다. 박수는 자신이 나가자 한결 수월한 얼굴이 되었지만 그래도 상늙은이의 얼굴이었다.

"박수… 너의 말을 들었어야 하는 건데… 미안하다."

"……."

박수는 말이 없었다. 하지만 그건 이세벨이 미워서가 아니었다. 어떻게 하면 죽지 않을까를 생각하고 있었다.

'밖으로 나가다가는 모두 죽는다. 하지만 그렇다고 이곳에 있어도 결과는 마찬가지. 이 집에 숨을 곳을 미리 만들어 놓지 않은 것이 후회가 되는

구나.'

박수는 점점 생각이 깊어졌다.

'아~ 이대로 죽을 운명인가? 나의 운이 여기까지란 말인가? 분명 예언은 여기 말고 더 나중을 말하고 있는데… 우리의 운명은 만정으로 연결되어 있는데… 하지만 지금은 너무나도 암담하다.'

박수는 혼란스러웠다. 자신의 점은 틀린 적이 거의 없었다. 그것이 남에 대한 것이든 자신에 대한 것이든 틀려본 역사가 없었다. 박수는 입술을 잘게 깨물었다.

"이세벨, 잘 들어라. 나는 점으로 먹고 사는 박수다. 나의 점괘는 틀려본 적이 없지. 그럼 이제 나의 점괘를 믿겠다. 나의 운명을 이제 정식으로 물어봐야겠다. 나의 마지막이 어디인지 나의 끝이 여기인지?"

이세벨은 박수의 말이 무얼 의미하는 줄 몰랐다. 그저 붉은 얼굴로 바라만 보았다.

"이세벨 그 여자의 옷을 내가 입겠다. 내가 그 여자의 구두를 신고 밖으로 나가겠다. 나의 운명을 나의 점괘에 맡기고 내가 먼저 나가겠다. 만약 아리가 있다면 나를 쫓아오겠지. 그럼 아주 적은 시간의 틈이 생길 테니 그 다음은 네가 알아서 하라. 나는 안국동으로 나가겠다."

박수는 헛소리를 하지 않았다. 그건 한 몸으로 지낸 이세벨이 너무나도 잘 알았다. 이세벨은 박수가 결심하면 돌이킬 수 없다는 걸 잘 알았다. 이세벨은 대답 대신 고개를 숙였다. 도도한 이세벨이 최대한도로 예우할 수 있는 방법은 고개를 숙이는 것이었다. 누구에게도 고개를 숙여보지 않은 이세벨은 자기 대신 죽으러 가는 박수에게 처음으로 고개를 숙였다.

박수는 말을 하고는 뒤도 돌아보지 않고 일어섰다. 이세벨은 김양의 원피스를 벗어서 박수에게 주고는 자신은 다른 옷으로 갈아입었다. 박수는 김양의 빨간 원피스를 입고는 피를 떠올렸다.

'아무래도 오늘은 피를 많이 흘릴 모양이구나.'

박수는 단단히 마음을 잡고는 집을 나섰다. 아무 말도 없었다. 이세벨이 옷을 갈아입으러 건넌방에 간 사이에 휑하니 가버렸다. 이세벨은 박수의 마음을 누구보다도 잘 알았다. 이세벨은 박수에게 고마워하려면 이곳에서 살아나가야 한다는 걸 알았다. 이세벨은 느릿느릿 옷을 갈아입고는 아침에 출근하는 직장인처럼 집을 나섰다.

이세벨은 미리 문을 열어놓은 박수의 세심함에 새삼 고마웠다. 박수는 철문소리가 날까봐 나가면서 닫지 않았다. 이세벨은 그림자처럼 집밖을 나섰다. 그리고는 천천히 골목 안으로 들어갔다. 밖에서 시끄러운 소리가 들려왔다.

'세 명? 더러운 세 영? 아리는?'

극도로 긴장한 이세벨이었지만 머리만큼은 빨랐다. 뒤를 돌아서 골목 밖을 보고 싶었지만 행여 의심받을 수 있어서 고개를 돌리지 않았다. 하지만 들려오는 소음만으로도 이미 골목 밖의 상황을 알 것 같았다.

'아리가 여기에 없구나. 천만 다행이다. 더러운 세 영이라면… 승산이 있을 수도 있다.'

이세벨은 호주머니에서 차키를 꺼내 골목 안에 세워둔 작은 차 티코의 문에 끼웠다. 그리고는 잠시 미동도 하지 않았다. 그러다가 커다란 소리가 들리자 동시에 차 문을 열었다.

찰칵

크지도 작지도 않은 소리가 났다. 이세벨의 등에서 식은땀이 났다. 이세벨은 재빨리 차 안으로 들어가서는 역시 키를 차에 꽂고는 가만히 있었다.

잠시 후 사마귀의 다급한 소리가 들려왔다.

"박수."

이세벨은 그 소리와 동시에 키를 돌렸다. 작은 차라서 그리 큰소리가 나지 않았다. 이세벨은 서두르지 않고 안전벨트를 맸다. 그리고는 심호흡을 한번 크게 들이쉬었다.

신중하게 차를 다루던 이세벨은 때가 되자 거칠게 차를 몰아 전속력으로 빠져나갔다.

부릉.

작은 차 티코는 좁은 골목을 미끄러지듯 빠져나가더니 급하게 왼쪽으로 돌아나갔다.

'성공이다.'

전속력으로 악셀을 밟던 이세벨은 눈을 들어 룸미러를 보았다. 저 멀리 희미하게 빨간 옷을 입은 박수가 보였다. 바닥에 쓰러진 것으로 보아 운이 다 한 것 같았다. 이세벨은 울컥했다. 이세벨은 습기 찬 눈을 닦으며 죽어라고 악셀을 밟았다.

이세벨의 티코가 달려가자 사마귀와 거미가 전력을 다해 □아왔다. 룸미러로 보던 이세벨은 바싹 긴장이 되었다.

'빠드득, 살아야 한다.'

더러운 세 영 따위에게 쫓기리라고는 생각도 하지 못했지만 그보다 급한 건 현재의 목숨이었다. 수천 년을 악행을 저지르며 이어온 목숨이었다. 이렇게 허무하게 마감하고 싶지는 않았다. 이세벨은 이를 악물고 독하게 마음을 먹었다. 이세벨은 이제 살아야 한다는 일념으로 엑셀을 밟고 또 밟았다.

부르릉.

이세벨의 티코는 티코답지 않게 강한 음을 내며 번개가 되어 쏘아갔다.

이 차가 언제 이렇게 성능이 좋아졌나 싶었다. 가벼운 티코가 가벼운 이세벨을 싣고 전속력으로 달리자 스포츠카가 따로 없었다. 이세벨은 전속력으로 달아나면서 사이드미러를 보았다. 룸미러 안에서 멀리 있던 사마귀와 거미는 어느새 가까워졌다.

"이런."

짧은 말을 내뱉은 이세벨은 이를 악 물고 종로2가를 향해 차를 몰았다. 신호고 뭐고 눈에 보이지 않았다. 잠시라도 차를 세운다면 자신은 죽은 목숨이었다. 이세벨은 앞만 보고 악셀을 밟았다. 이세벨의 티코는 얼마 지나지 않아 인사동 거리를 벗어났다. 전속력으로 달린 덕에 사마귀와의 거리는 다시 벌어졌다. 하지만 다음이 문제였다.

종로 거리는 1시가 다 된 시각이었지만 사람들로 붐볐다. 술자리가 끝나고 쏟아져 나온 사람들과 그 술꾼들을 실어 나르려는 택시가 뒤엉켜서 출근시간처럼 복잡했다. 인사동을 빠져나온 이세벨의 티코는 비틀거리는 취객들을 간신히 비껴서 종로2가 사거리로 돌진했다.

사거리는 이미 빨간불이 들어오고 종로 좌우에서 차들이 미끄러져 나왔다. 이세벨은 직감적으로 서야 한다고 생각했다. 하지만 사마귀를 생각하면 그럴 수 없었다. 이세벨은 눈을 질끈 감고 악셀을 부서져라 밟았다.

끼이익. 끼이익. 쾅, 쾅.

"야 너 미쳤어?"

이세벨의 티코에 놀란 차들이 서로 엉키고 들이받았다. 눈을 꼭 감은 이세벨은 멀리서 들리는 욕설에 눈을 떴다.

'살았다.'

간신히 종로2가를 벗어난 이세벨은 곧장 직진했다. 이세벨은 남산 1호터널을 지나 한강으로 달려가려고 청계고가 위쪽으로 차를 몰았다. 한강은 도시와 달리 숨을 공간이 많았기 때문이다. 여차하면 물속으로 숨을 수도 있었다. 이세벨은 백미러로 사마귀가 보이지 않자 조금은 안심을 하였다. 신호에 걸린 이세벨은 잠시 정차를 하고 안도의 한숨을 쉬었다.

"휴."

그러나 이세벨의 한숨이 채 끝나기도 전에 룸미러로 강력한 불빛이 들어왔다. 멀리서 달려오는 트럭은 신호를 무시하고 이리로 달려오고 있었다. 룸미러로 보이는 트럭에는 반대 차선의 불빛에 간혹 보이는 거미와 사마귀의 모습이 들어있었다. 어디서 구했는지 모를 덤프트럭을 몰고 미친 놈처럼 달려드는 모습이 악귀처럼 선명하게 눈에 들어왔다. 이세벨은 심장이 철렁 내려앉았다.

"사마귀 이놈이."

다시 죽음의 공포를 느낀 이세벨은 이를 악물었다. 이세벨은 전속력으로 엑셀을 밟았다.

부앙.

귀청을 찢는 소리가 났지만 한번 멈춘 티코는 소리만큼 앞으로 나가지는 못했다. 트럭은 이미 티코의 뒤에 와있었다. 이세벨은 덜컥 겁이 났다.

'이대로는 안 돼.'

이세벨은 앞으로 달려가면서 좌우로 핸들을 돌렸다. 왼쪽 오른쪽으로 급하게 돌리자 차는 마치 춤을 추는 것처럼 요리조리 움직였다. 사마귀가 탄 트럭은 좌우로 움직이는 티코를 따라 움직였다. 하지만 전속력으로 달려들던 트럭은 티코만큼 가볍지 않았다.

좌우로 움직이던 사마귀의 트럭은 두 번 정도 휘청거리다가 위태롭게 넘어지려 하였다. 사마귀는 급하게 핸들을 반대로 돌리며 브레이크를 밟았다.

키이익.

타이어 타는 냄새가 심하게 났다. 덩치가 산만한 트럭은 반 바퀴 정도 그 자리에서 돌다가 넘어지지 않고 간신히 멈추었다. 사마귀와 거미는 운전석에서 밖으로 튕겨져 나갈 뻔 했다.

사마귀는 급하게 주위를 돌아보았다. 반쯤 돌아버린 트럭 뒤로 이세벨의 티코가 달려가고 있었는데 그리 빠르지 않았다. 사마귀는 이를 악물고는 차를 돌려서 급하게 다시 몰았다.

이세벨은 급한 불은 껐지만 사마귀의 트럭이 쓰러지지 않자 실망하였다. 이세벨은 얼른 차를 몰아 청계천으로 가려고 핸들을 꺾었다. 하지만 어느새 사마귀의 트럭이 불빛을 뿜내며 달려들었다. 왼쪽에서 전속력으로 달려드는 트럭이 룸미러로 확 들어왔다. 이세벨은 기겁을 하고는 급하게 핸들을 꺾었다. 뒤로 바싹 붙는 트럭을 피해 본능을 따라 오른쪽에 있는 고가도로로 올라갔다.

생각지도 않은 상황. 이세벨의 티코가 날렵하게 고가로 올라가 버리자 사마귀와 거미의 덩치 큰 덤프트럭은 그만 고가도로의 입구를 지나쳐버렸다.

끼익. 끼익.

사마귀는 브레이크를 죽어라 밟고는 뒤로 후진했다. 트럭을 뒤에서 따라오던 차들은 당황해서 너 나 할 것 없이 뒤로 차를 몰았다. 하지만 눈에 뵈는 게 없는 사마귀의 트럭은 눈이 없었다.

쿵쿵쿵.

여러 대의 차를 고물로 만들고 나서 덤프트럭은 다시 고가도로 위로 올라갈 수 있었다.

"빨리 몰아 놓치게 생겼잖아?"

거미가 다급하게 소리쳤다.

"알았어. 임마 나도 빨리 가고 싶다고. 이 악녀 내 손에 잡히기만 해 봐. 내가 이걸 그냥."

사마귀는 갖은 욕을 다하며 고가도로 위로 차를 몰았다. 이미 이세벨의 티코가 사라졌을까 봐 사마귀와 거미는 초조한 마음으로 고가 위로 올라 갔다. 그러나 거미의 눈이 휘둥그레졌다. 이미 사라져버린 줄로만 알았던 이세벨의 티코가 바로 눈앞에 서 있었다.

"헉. 이게 무슨."

사마귀는 뜻밖의 상황에 어리둥절했지만 곧 상황을 파악하고는 입가에 잔인한 미소를 머금었다. 고가도로 위에서는 남산터널 방향으로 음주단속 을 하고 있었다. 이세벨은 그 단속의 긴 줄에 갇혀서 오도가도 하지 못하 고 있었다. 그때 지나간 줄로만 알았던 사마귀의 덤프트럭이 고가 도로 위 로 나타났다. 이세벨은 룸미러로 상황을 파악하고는 급히 사방을 돌아보 았다. 고가도로 왼편으로 백병원이라는 간판이 눈에 들어왔다. 반대편으 로 가는 차선에는 차가 많지 않지만 그쪽도 조금만 가면 음주 단속을 하 고 있었다.

"백병원?"

다급한 상황에서 이세벨의 머리를 스치는 것이 있었다.

"그래 죽기 아니면 까무러치기다. 박수, 위대한 박수의 점괘를 믿어보 자."

순간 룸미러로 들어오는 덤프트럭의 불빛이 이세벨의 눈으로 강하게 쏘 아져 들어왔다. 이세벨은 더 이상 주저할 수 없었다. 이를 악문 이세벨은 티코의 엑셀을 최대한 밟으며 핸들을 크게 돌렸다. 그리고는 그대로 눈을 감고 이를 악물었다.

사마귀는 이세벨을 발견하고는 전속력으로 밀어붙였다. 그대로 밟아 뭉

개버릴 심산. 사마귀는 입꼬리를 들어 올리고 잔인하게 웃었다.

"악녀. 오늘이 네 제삿날이다."

부아앙. 산더미만한 덩치의 덤프트럭이 BMW 같은 소리를 내며 앞으로 돌진했다.

쾅. 쾅!

커다란 소리가 두 번 울렸다. 사마귀의 덤프트럭은 애매한 소나타 위에 올라타고는 굉음을 내며 바퀴를 굴렸다. 덤프트럭의 커다란 바퀴가 소나타 위에서 불꽃을 내며 돌았다. 가여운 소나타 운전자는 음주측정도 하지 못하고 그 자리에서 죽고 말았다.

그와 동시에 덤프트럭을 비껴 왼쪽으로 돌아간 티코는 전속력으로 달렸다. 그리고는 중앙선을 넘어 반대편 차로를 가로질렀다. 그리고는 임시로 만들어 놓은 고가 분리대를 그대로 들이받았다.

쾅!

커다란 소리를 내며 자그마한 티코는 고가도로 아래에 있는 백병원 간판을 향해 하늘을 날았다.

눈을 감은 이세벨은 두 손으로 핸들을 꼭 잡고 이를 악물었다. 이상하게도 마음은 편했는데 눈에서 눈물이 났다. 악랄했던 지난날들이 파노라마처럼 눈앞으로 스쳐 지나갔다.

'그때는 왜 그랬지?'

이상한 생각이 들었다.

'나약해진 건가?'

이세벨은 자신이 하늘을 날고 있다는 생각을 하지 못했다. 오로지 자신이 왜 그렇게 악하게 살았는지 그게 궁금했다. 그리고는 세상이 뒤집혔다는 생각이 들더니… 그대로 머릿속이 하얘졌다.

쿵, 쿵, 쿵!

하늘을 날아 내린 티코는 고가 아래에 밀려있던 차 지붕으로 떨어지더니 몇 번을 땅에 부딪치며 뒤집어졌다. 그와 동시에 하얀색 엠블런스가 급하게 멈추어 섰다.

끼이익.

타이어 타는 냄새가 올라왔다. 하늘에서 떨어져 내린 이세벨의 티코가 응급환자를 싣고 백병원으로 달려가는 엠블런스를 막아선 상태. 백병원으로 꼬부라지는 길에서 날벼락을 맞은 엠블런스에서 누군가가 급하게 튀어나왔다. 아론이었다. 아론은 주위를 둘러보았다. 전쟁터가 따로 없었다. 하지만 티코를 날려 버릴만한 차는 없었다. 주위를 두리번거리던 아론은 고가 위로 고개를 들었다. 고가 분리대가 박살이 난 틈으로 익숙한 그림자 하나가 아론의 눈길을 피해 얼른 숨는 것이 보였다.

"사마귀?"

아론의 얼굴이 심각해졌다. 아론은 급하게 티코 안을 들여다보았다. 억수로 내리는 비는 티코 안의 모든 흔적을 지우고 있었다. 그 강한 빗물을 고스란히 맞고 엎어진 여자 한 명.

"누구기에 사마귀에게 쫓기는지."

아론은 한참 만에 티코에서 온몸이 찢겨 송장이 된 여자를 끌어내렸다. 억수같이 쏟아지는 비는 여자의 피와 섞여 핏물을 이루었다. 여자를 꺼내 바닥에 눕히고 아론은 크게 한숨을 쉬었다.

"도대체 누굴까?"

아론은 여자의 경동맥을 짚었다. 간간히 울리는 맥의 파동. 순간 아론은 눈을 크게 떴다.

'헉… 이세벨?'

아론은 너무 놀랐다. 아론은 갈등이 일어났다.

'악녀 이세벨인데… 살려야하나?'

아론의 눈빛이 흔들렸다.

'내가 무슨 생각을… 살리자. 악녀라도 주님이 주신 생명이니.'

아론은 주저하지 않고 익숙한 솜씨로 응급처치를 하였다. 피가 흐르는 곳곳을 지혈하고 기도를 확보하였다. 심장이 희미하게 뛰었지만 응급실이 바로 앞이었다. 아론은 대략 처치를 끝내고 이세벨을 엠블란스로 옮겼다. 온 몸에 피가 묻어 떡이 되었지만 아론은 핸들을 잡았다. 그리고는 거칠게 차를 몰고 뒤로 돌더니 인도를 지나 그대로 돌진했다.

덜컥.

턱에 걸리면서 차가 크게 흔들렸다. 엠블런스는 허공으로 날았다가 떨어졌다.

쿵.

차 안의 모든 것이 날았다가 떨어지며 차에서 이상을 알리는 소리가 삐삐삐 들렸다. 아론은 넘어가려는 엠블런스의 중심을 잡고는 겨우 백병원 응급실 앞으로 몰았다. 피 묻은 아론 바로 뒤로, 반송장이 다 된 이세벨이 죽은 듯 누워있었는데 그 옆으로 송장이 두 개 더 있었다. 그 중 한 송장이 차가 턱을 넘을 때에 충격으로 피를 토하며 입이 열렸다.

"으으으 살려 줘…. 으으으…. 무서워 악한 영…. 악한 영. 악한 영."

아수라장이 된 고가 위에서는 거미가 경찰들을 상대로 귀신 놀이를 하며 살육을 하고 있었다. 하지만 사마귀는 티코가 밀고 나간 분리대에 서서 고가 아래를 내려다보았다. 사악한 사마귀였지만 다리가 후들거렸다. 충격이 컸다.

"헉… 아론이다. 분명 아론이야. 아론이 왜… 응급차를? 게다가 원수보다 더 미워하는 악녀를 살리는 것이지?"

사마귀의 찢어진 눈은 아론이 들어간 백병원에서 떨어질 줄 몰랐다.

"백병원에 분명, 분명 무언가가 있다."

사마귀 뒤에서 살육을 즐기는 거미는 오랜만에 본 피 맛에 취해 제정신이 아니었다. 하지만 사마귀는 새파란 얼굴로 백병원만 바라보았다.

사정없이 내리는 비가 이세벨의 모든 흔적을 지우고 있었다.

백병원

　백병원 응급실의 명천은 유난히도 불어대는 비바람에 잠을 청할 수가 없었다. 당직실 창이 덜컹대며 흔들리다가 갑자기 터져나갈 듯 부풀었다 빠지기를 여러 번, 이제 곧 무슨 일이 일어날 것만 같았다. 밤 12시에 심장 수술을 끝내고 잠시 눈을 붙이러 들어간 당직실이 오히려 잠을 내쫓았다. 게다가 이상했다. 평소와 달리 심장이 뛰었다. 수술할 때도 그렇더니만 자려고 누우니 더했다.

　"혈압이 생겼나? 왜 이러지… 이상하네."

　불안한 마음에 눈을 뜨고 일어나 앉았다. 꼭 무슨 일이 생길 것처럼 불안했다. 아니나 다를까 당직실 콜이 울렸다. 가슴이 철렁한 명천은 벨이 두 번 울리기도 전에 전화기를 집어 들었다.

　"당직실입니다."

　"안 주무셨네요. 어쩌지요? 오늘 주무시기는 틀린 것 같은데요?"

　"환잔가요?"

　"환자라고 할 수도 있고 시체라고 할 수도 있고… 하여튼 내려오셔야 할 것 같아요. 지금 난리도 아니에요."

　"빨리 갈게요."

　전화를 끊은 명천은 더욱 뛰는 가슴을 누르면서 응급실로 뛰어 내려갔다. 응급실은 입구부터 아비규환이었다. 갑자기 몰려든 사람들 사이에서 정상인을 찾기가 어려웠다. 어렵게 밀치고 들어간 집중치료실에서 명천은 자신의 눈을 의심했다. 바닥에 흥건한 피는 매일 보는 일상이지만 침대 위에서 CPR 중인 레지던트 밑에 깔린 낯익은 자가 눈 속으로 들어왔다.

'헉, 다니엘…'

명천은 재빨리 레지던트와 교대로 들어갔다. 기계적으로 눌러대는 명천의 손놀림에 가끔 돌아오는 듯 희미한 다니엘의 눈동자가 명천의 마음을 더욱 바쁘게 만들었다.

'돌아와라, 다니엘. 제발… 돌아와라….'

명천의 간절한 마음이 통했을까? 아니면 운명의 시간이 다 되었을까? 희미하다고 느낀 다니엘의 눈동자에 명천의 안경이 반짝 비쳐졌다.

삐삐삐… 삐삐삐…

생사를 넘나든 다니엘의 눈에 명천의 안경과 수술등의 밝은 빛이 들어왔다. 살았다. 명천은 이마의 땀을 닦으며 미쳐 뛰던 가슴을 쓸어 담았다.

"휴우…"

이빨로 반창고를 끊던 간호사가 재빨리 링거를 다는 사이 명천은 또 다른 환자에게 달려갔다. 경추가 부러지고 다리가 분쇄 골절된 환자는 그러나 이상하리만큼 평안한 얼굴로 죽어 가고 있었다. 급히 달려간 명천 앞에서 마지막 숨이 넘어가는 그자는 바로 다니엘을 들이받은 트럭 운전사였다.

경동맥을 짚어보고 눈동자를 확인하던 명천은 갑자기 일어난 트럭 운전사에게 멱살을 잡혔다.

"악! 아악!"

응급실 안은 환자들과 간호사들의 비명소리로 아수라장이 되었다. 무서운 힘으로 명천의 목을 잡은 그자는 마지막 온 힘을 다해 명천의 귀에 대고 소리쳤다.

"악한 영… 악한 영…."

명천의 목을 잡고 말을 토하던 운전사는 눈을 부릅뜨더니 누군가를 노려보았다. 그러더니 검붉은 피를 쏟으며 쓰러져 죽었다. 순식간에 일어난 일이었다. 명천은 너무 놀라 심장이 벌렁거렸지만 마음을 가다듬고, 죽은 환자의 부릅뜬 눈을 따라가 보았다.

"헉."

명천은 그가 죽음으로 얘기하던 곳을 보고는 그 자리에 털썩 주저앉았다. 그곳에는 바로 숨이 돌아온 다니엘이 평안한 얼굴로 누워 있었다. 명천의 왼쪽 뇌로 운전사의 마지막 말이 소용돌이치며 휘몰아쳤다.

'악한 영…. 악한 영….'

백병원 응급실의 아수라장은 비바람과 함께 밤새 계속되었다.

주저앉은 명천은 정신이 아득했다.

'다니엘이 악한 영이라니… 아… 이 일을 어쩌면 좋은가?'

격무에 지친 명천은 맥이 탁 풀렸다. 그때였다. 누군가 명천의 어깨를 잡았다. 아론이었다. 고개를 돌려본 명천의 입에서 반가운 인사가 나왔다.

"아론! 아론께서 여기는 어떻게……."

아론은 명천의 손을 잡아 일으켰다. 그리고는 엉덩이를 툭툭 털어주었다.

"천하의 명천이 죽어가는 생명을 생각해야지. 그냥 이러고 있으면 쓰나?"

아론은 명천의 손을 끌어당기며 앞장 서 걸었다. 응급실 맞은편 간이응급실로 끌려간 명천은 눈을 의심했다. 그곳에서는 형체를 알아볼 수 없을 만큼 부서진 여자가 인공호흡기에 의지해서 간신히 숨만 쉬고 있었다. 머리뼈는 모두 깨져나가 피가 흥건했고 턱은 부러져 어긋나 있었다. 부러진 왼쪽 턱이 입술을 뚫고 나왔는데 그곳에서부터 작은 피분수가 솟구쳤다.

코와 입에서 흐르는 피는 머리에서 스미어 나오는 피와 합쳐져서 바닥을 흥건하게 적셨다. 숨도 불규칙하고 약했다. 숨 쉴 때마다 가슴이 부풀어 오르지 않는 걸로 봐서 매우 위중했다. 다급한 명천은 환자의 턱을 잡고 돌리며 압박했다. 기도를 확보하자 손발이 척척 맞는 레지던트가 심폐소생술로 숨을 잡았다. 가슴을 누르자 턱에서 피가 튀어 명천의 안경을 적셨다. 눈이 보이지 않았지만 명천은 소리부터 질렀다.

"여기 수혈해 줘요."

명천은 왼손으로 턱을 잡고는 오른손으로 부풀어 오른 눈꺼풀을 젖혔다. 텅 비어있는 눈동자는 검은 동공 같았다.

"헉. 이세벨!"

단번에 알아본 명천은 다급하게 아론을 올려다보았다. 아론은 명천의 당황한 얼굴을 보며 고개를 끄덕였다.

"어쩌겠나? 생명인 것을."

아론이 한숨을 쉬었다. 명천은 어이가 없었다.

"아론……."

명천이 하려는 말을 아론이 잘랐다.

"명천, 악녀도 생명이네. 주님께서 만드신 생명이야."

아론의 단호한 말에 명천의 손이 가늘게 떨렸다. 재빠른 응급실 간호사들은 이미 혈액을 달고 있었다. 명천은 순간 심하게 갈등했다.

'이자는 분명 이세벨이다. 악하기로 따지면 악마보다도 더 악하고 이 악녀의 손에 죽은 자만 따져도 수를 헤아릴 수가 없다. 지금은 세상의 악을 하나 지울 수 있는 절호의 기회다. 하지만 아… 아론께서 저리 강경하시니… 어쩐다? …하지만 대충 치료한다고 해서 나에게 뭐라 할 사람은 아무도 없다. 어차피 시간이 지나면 잊어지는 법. 어쩌면 지금이 천하의 악녀 이세벨을 영원히 세상과 분리할 수 있는 마지막 기회일지도 모른다.'

그때였다. 힘이 점점 빠져가는 명천의 손을 아론이 잡았다.

"명천… 악을 악으로 갚지 말게."

명천은 눈을 감았다. 아론의 말을 듣고, 명천은 갈등의 폭풍에 휩싸였다. 펄펄 끓는 불덩어리가 저 아래로부터 올라왔다. 머릿속으로는 이세벨에게 잔인하게 죽어간 불쌍한 영혼들의 모습이 지나갔다. 응급실에서 죽어나가는 수많은 가여운 생명을 보며 쌓이고 쌓인 악에 대한 분노가 불이 되어 치밀어 올랐다. 하지만 명천의 마음을 찌르는 건 가슴의 불덩어리도 머릿속의 불쌍한 영혼들도 아니었다. 오직 한 마디 아론의 말이었다.

'악을 악으로 갚지 말게.'

명천은 가슴을 찌르는 그 말 한마디에 이를 악물었다.

'좋다. 악에게 지지 말자.'

명천은 다시 손에 힘을 주었다. 부들거리며 떨리던 손끝도 차분해지며 번개처럼 움직였다. 그리고는 빠르게 이세벨의 몸을 맞추어갔다.

한참을 사투를 벌이던 명천이 허리를 폈다. 아론의 얼굴이 정면으로 보였다. 명천은 한번 씩 웃었다. 그리고는 다시 응급실로 달려갔다. 아론의 눈에 눈물이 맺혔다. 한껏 안정된 이세벨을 보던 아론이 몸을 돌려 밖으로 나가려는 그때였다.

옆에 있던 간호사가 낮은 비명을 질렀다.

"악."

밖으로 나가던 아론은 겁에 질린 간호사를 뒤돌아보았다. 두 세 명의 간호사들이 서로 모여 겁에 질려있었다. 아론은 간호사들의 눈을 따라갔다. 간호사들의 눈길이 꽂힌 그곳에는 방금 달아놓은 수혈백이 텅 빈 채로 대롱대롱 매달려 있었다.

아론은 급히 달려와서는 이세벨의 눈을 까뒤집어 보았다. 검은색으로 죽어가던 눈동자에 생기가 돌았다. 아론은 망치로 한 대 얻어맞은 것처럼 머리가 아팠다.

"여기서 뭐하시는 거예요?"

이세벨 옆에 있던 간호사가 소리를 질렀다. 아론은 당황하여 엉겁결에 얼버무렸다.

"저… 저는… 보호자예요."

간호사는 이상한 생각이 강하게 들었다. 한 눈에 봐도 행색이 어울리지 않았다. 반노숙자 차림에 수염은 덥수룩해서 서울에서는 보기 드문 얼굴이었다. 하지만 나이가 많이 들어 보이는 사람이 스스로 보호자라 하니 딱히 아니라고 우길 수도 없는 일이었다. 친절이 몸에 배어있는 수간호사가 달려왔다.

"아~ 네 그러시군요. 미리 말씀을 안 해주셔서 몰랐습니다. 환자는 지금 교통사고로 오셨고요, 안면에 다발성 골절과 출혈이 있으신 상태예요. 출혈이 심해서 산소포화도도 떨어지시고 호흡도 불안정하셔서……."

간호사는 여기까지 말을 하다가 이세벨을 보고는 얼굴이 붉어졌다. 방금 전까지만 해도 위중한 상태였는데 갑자기 안정이 되고 숨도 고르게 쉬었다. 맥박도 정상을 찾았고 무엇보다도 혈압이 정상이었다. 간호사는 말 끝을 흐렸다.

"어… 그런데 지금은… 많이 좋아지셨네요. 그게 우리 과장님이 워낙 치료를 잘하셔서……."

환자 차트를 뒤적이며 말을 하던 간호사는 수혈백이 비어있는 걸 보게 되었다.

"근데… 수혈은 한 유닛 달았는데……."

간호사는 이해가 되지 않았다. 분명 수혈백이 꽉 차 있어야 하는 상황이었다. 하지만 텅 비어있었다. 간호사는 급히 수혈 백을 교체하면서 소리쳤다.

"박선생 이 환자 수혈 언제 달았어? 텅 비어있네?"

멀리서 답이 왔다.

"어 아까 달은 것 같은데요? 아닌가? 다른 환잔가? 샘 하여튼 아까 과장님이 두 유닛 꼭 달아달라고 했어요."

"알았어."

보호자가 눈앞에서 보고 있는 상황에서 간호사는 재빨리 수혈 백 2개를 집어 들었다. 그리고는 솜씨 좋게 이세벨에게 달아놓았다. 아론은 이 말도 되지 않는 상황을 보며 뭐라 할 말이 없었다.

'아… 일이 이렇게 되다니… 어떻게 하나? 결국 피가 이세벨을 깨우는가?'

열심히 일을 하는 간호사를 말릴 수도 없는 아론은 그저 바라만 보고 있었다. 아론이 할 수 있는 건 이세벨 옆에서 잘 보고 있는 것뿐이었다.

찝찝한 표정으로 서 있는 아론에게 간호사가 말했다.

"보호자 분 너무 걱정하지 마세요. 수혈도 충분히 했으니까 이제 좋아지실 거예요. 정말로 운이 좋으셨어요. 보호자 분, 여기 계시다가 혹시 무슨 일이 생기면 연락 주세요. 저는 바빠서 이만."

간호사는 바람처럼 가버렸다. 아론은 이제 꼼짝 없이 이세벨 옆에 있게 생겼다.

'아무래도 오늘밤에 잠을 자기는 틀렸구나. 아이고, 내 신세야.'

아론은 의자를 당겨 앉았다. 그리고는 심각한 얼굴로 이세벨을 바라보았다.

백병원 앞 청계고가

한편 사마귀는 피 맛을 보고 광분하고 있는 거미를 억지로 잡아끌었다.

"야 이 멍청한 놈아 지금 이러고 있을 때냐? 이리와, 이세벨에게 가자."

거미는 한껏 살육을 즐기고 있었는데 사마귀가 뒷목을 잡아끌자 입맛을 다시며 따라갔다. 둘은 고가를 뛰어 내려와서는 중앙 극장 벽에 몸을 숨겼다.

"이세벨이 어디에 있냐?"

"저기."

사마귀는 턱을 들어 앞을 가리켰다. 거미의 눈에 백병원 간판이 들어왔다.

"병원?"

"그래. 저기 응급실로 갔어."

"그래? 그럼 여기서 뭐해? 빨리 쫓아가서 죽여야지."

"일이 그렇게 간단하지 않아."

"왜? 뭐가 간단치 않아? 겁먹은 거야?"

"미친놈 겁은 제일 많은 놈이 나더러 겁을 먹었다니 웃기는군."

"그럼 뭐야? 왜 이러고 있어?"

"아론 때문이야."

"아론? 아론이 뭐 어쨌다고?"

"아론이 이세벨을 데려갔어."

사마귀의 말에 거미도 상당히 놀랐다. 하지만 단순한 거미는 전의를 불태우며 말했다.

"까짓것 아론 따위에 겁을 먹으면 쓰나? 게다가 우리는 둘이야."

사마귀는 한심하다는 눈으로 거미를 보며 훈장처럼 말했다.

"아론의 지팡이에 무저갱으로 간 놈이 어디 한둘인 줄 알아? 게다가 아론이 에덴에서 먹고 살길이 없어서 백병원에 취직한 것 같아? 여기 인간세상에서 구급차나 몰고 다니는 게 정상으로 보이냐고? 거미 이 무식한 놈아머리를 써라 머리를. 지금 아론이 아는 놈이 저 병원에 있으니까 시체나다름없는 이세벨을 데리고 갔겠지 안 그래?"

듣고 보니 사마귀의 말이 옳았다. 거미는 할 말이 없었지만 그래도 사마귀에게 지기는 싫었다. 거미는 어깨를 거들먹거리며 아무 말이나 뱉었다.

"참 나 그렇게 무서우면 빠지던가. 아론 정도면 나 혼자도 충분하지. 그리고 저 안에 있어보았자 유발 정도 아니겠어? 생긴 건 무섭게 생긴 놈이겁은 많아가지고."

거미가 계속 시비를 걸자 사마귀는 짜증이 났다. 하지만 그렇다고 판을깰 수는 없었다. 어차피 오늘 일은 자신의 책임이었다. 거미와 개구리는깍두기로 데려온 것이니 오늘 일을 그르치면 그 책임은 자기에게 돌아올게 뻔했다.

사마귀는 한참을 곰곰이 생각하더니 거미에게 말했다.

"좋다. 거미 그럼 네가 들어가라. 용감하고 전투에 탁월한 네가 먼저 들어가라. 나는 너를 따라갈 테니."

거미는 일이 이상하게 흐르자 당황하였다. 하지만 사마귀는 진지했다.

"너는 정문으로, 나는 뒷문으로 오케이? 아론이 나를 보았으니 내가 정문으로 들어가면 당장 발각될 테니까 그게 좋겠다."

거미는 사마귀도 들어온다고 하고 말을 들어보니 딱히 틀린 말도 아니라서 고개를 끄덕였다. 그러자 갑자기 사마귀의 주먹이 날아들었다.

"아이쿠."

엄청난 충격에 거미는 피를 흘리며 나동그라졌다.

"병원을 정문으로 들어가려면 이 정도는 되어야겠지?"

바닥을 구르고 있는 거미의 코에서 쌍코피가 흘렀다.

백병원 응급실

잠시 후 한바탕 광풍이 지나간 응급실은 어느 정도 안정을 찾았다. 다치고 부러진 환자들은 응급처치를 하고나서 수술실로 옮겨졌다. 간단한 처치를 받은 환자들은 시끄러운 보호자들과 함께 병원을 나간 상태. 응급실은 정상을 찾아가고 있었다. 그때였다. 조용하던 응급실 밖 1층 로비에서 시끄러운 소리가 들렸다.

"아 왜 안 된다는 거야? 나, 환자야 환자."

"환자이신 건 알겠는데요. 단순히 코피가 나시는 건 급한 게 아니라서 조금 기다리셔야 해요."

친절한 직원은 허리를 숙여가며 말했다.

"쌍코피라니까. 숨을 못 쉬는데 응급이 아니야?"

"지금 숨 잘 쉬시잖아요? 정 안되면 입으로 쉬셔도 되고요. 그리고 응급실에 남는 베드가 없어요. 오늘 환자가 많아서 그러니까 잠시만 여기서 기다려 주세요."

"아니 기다리기 싫다니까. 빨리 응급실 들어가야 돼. 나 응급이야."

응급실 앞에서 떼를 쓰는 자는 거미였다. 사마귀에게 맞아서 약간 부어오르고 양쪽 코에서 피를 흘리는 거미는 걸어서 응급실로 들어왔다. 하지만 안내 직원이 기다리라고 하자 화를 내며 막무가내로 들어가려고 했다.

로비가 시끄러워지자 모두들 나와서 보았다. 사람들이 하나 둘 모여들더니 하나같이 혀를 찼다.

"젊은 놈이 코피 가지고 응급실에 와서 행패야? 기다리라면 기다릴 것이지."

"우기는 걸 보니 팔팔하구먼. 응급실로 갈게 아니라 집에 가야겠어."

저마다 한마디씩 하자 거미는 꼭지가 돌아버렸다. 이세벨이고 나발이고 모두 잊어버린 거미는 스스로 성질을 이기지 못했다.

"야!!!"

커다란 소리를 지르자 모두들 움찔 했다. 상대가 약해지자 거미는 특유의 양아치 버릇이 나왔다.

"이 빌어먹을 것들이 어디서 함부로 지껄이는 거야? 응? 내가 우습게 보여? 한입 거리도 안 되는 것들이 감히 죽으려고 빽을 쓰네. 가뜩이나 우울한데 뺨을 때려? 좋다. 어디 오늘 한 번 장례 좀 치러 보자."

거미는 입에 담을 수 없는 욕지거리를 하며 앞에 허리를 굽히는 직원을 한 대 갈겼다.

퍽. 거미의 무서운 힘에 앞에 선 직원은 허공을 날아 저만치 떨어졌다.

악! 악! 지켜보던 사람들의 입에서 비명이 터져 나오자 거미는 더욱 흥분했다.

"하하하 이제야 알겠냐? 이 위대한 거미가 응급이라 하면 응급인 거야. 내가 들어가겠다면 들어가는 거고."

거미는 신이 나서 이리저리 다니며 아무나 쥐어 팼다. 손에 칼을 들었으면 찔러 죽였을 것 같았다. 거미의 양쪽 코에서 나온 피가 온 얼굴을 적셔서 야차처럼 보였다. 모두 무서워서 비명을 지르며 도망가자 응급실은 순식간에 아수라장이 되었다.

그때였다. 어디선가 지팡이 하나가 날아와서는 길길이 뛰고 있는 거미의 머리를 때렸다.

퍽, 눈 깜짝할 사이에 날아든 지팡이는 둔탁한 소리를 내며 거미를 고꾸라뜨렸다. 그리고는 거짓말처럼 정신을 잃고 기절해 버렸다. 기절한 거미 앞에는 자그마한 지팡이를 손에 잡은 아론이 심각한 얼굴로 서 있었다.

백병원 뒷담

한편 사마귀는 백병원 뒷문 쪽 담을 넘었다. 높은 담이었지만 귀신의 영에게는 식은 죽 먹기였다. 담벼락에 붙어 스물스물 소리 없이 넘어간 사마귀는 지하 영안실로 통하는 복도로 접어들었다. 기다란 복도를 지나 걸어가니 막다른 곳이었다. 하지만 오른쪽 옆에 커다란 철문이 있었다. 사마귀는 주위를 둘러보는 걸 잊지 않았다. 그리곤 조심스럽게 철문을 밀었다. 그러자 운 좋게도 끼익 소리가 나며 움직였다. 철문을 조금만 열고 사마귀는 얼른 안으로 스며들었다. 그리고는 다시 원래대로 문을 닫았다.

그곳은 아무도 없는 듯 컴컴했다. 비가 와서 축축한 기운도 돌았다. 어둠과 습기에 익숙한 사마귀는 고향에 온 것처럼 당당하게 걸어갔다. 한참을 걸어가자 이번에는 엘리베이터가 여러 대 보였다. 한밤중이지만 응급실에서 수술방으로 올라가는 환자들로 엘리베이터는 쉴 새 없이 움직였다. 사마귀는 엘리베이터를 탈까도 생각했지만 그러다가 왠지 아론을 만날 것만 같았다. 엘리베이터를 지나쳐 좀 더 지나가자 1층으로 올라가는 계단을 막고선 철문이 보였다.

사마귀는 철문 앞에 섰다. 그때였다. 거미의 양아치스러운 목소리가 쩌렁쩌렁 들렸다. 아마도 1층에서 전쟁을 하고 있는 것 같았다.

"어이구, 저 등신."

사마귀는 거미가 한심했지만 오히려 잘된 일이었다. 모두들 거미에 신경이 팔려있을 이때가 사마귀가 은밀하게 움직일 수 있는 때이기도 했다. 사마귀는 모든 사람의 시선이 거미에게 쏠려있는 이때를 틈 타 이세벨을 찾기로 했다. 철문을 열고 빠르게 1층으로 올라간 사마귀는 사람들을 피해 응급실로 숨어들었다.

사마귀는 응급실로 들어가면서 생각했다.

'이 넓은 곳에서 어찌 찾는담?'

걱정이 밀려오는 그때 사마귀는 자신의 눈을 의심했다. 이세벨, 아니 정확하게 말하면 빨간 옷을 입은 여자 한명이 응급실 문 앞에 누워있었다. 얼굴에 붕대를 감고 피가 흥건한 걸 보니 영락없는 김양이었다. 뭉그러진 얼굴은 알아볼 수 없게 부었지만 빨간 원피스는 한 눈에 알아보았다. 사마귀는 하늘이 자신을 돕는다 생각했다. 사마귀는 거미가 더욱 소란을 피우는 틈을 타서 얼른 빨간색 옷을 입은 여자에게 다가갔다. 그리고는 잽싸게 어깨로 들쳐 업었다. 그러자 환자에게 달려있는 여러 줄이 끊어지고 각종 모니터에서 강한 경고음이 나왔다.

삐삐삐삐

"이보세요? 누구세요? 환자 내려놓으세요? 어서요?"

옆 환자를 보던 간호사는 황당한 상황에 소리를 질렀다. 그러자 응급실 내에서도 난리가 났다. 하지만 사마귀는 그런 소란에 익숙했다. 침착한 사마귀는 빨간 여자를 어깨에 메고 급하게 응급실 밖으로 달려나갔다. 사마귀가 달리자 어깨에 멘 빨간 여자의 몸도 출렁거렸다. 그와 동시에 빨간 여자에 달려있던 수액 줄과 심전도 라인도 같이 춤을 췄다. 병원에 들어오던 환자들과 보호자들은 이 말도 되지 않는 상황을 보다가 비명소리를 지르며 도망갔다.

바람을 가르며 달려가는 사마귀의 뒤로 사람들의 비명과 고함이 점점 멀어졌다. 사마귀는 그럴수록 뒤도 돌아보지 않고 달아났다.

아론은 거미를 때려잡고는 심각한 얼굴로 서 있었다. 그러다가 응급실에서 소란이 일어나자 뒤를 돌아보았다. 아론의 눈에 환자 한명을 업고 달아나는 사마귀의 모습이 보였다.

'저 놈은 뭐지? 근데….'

아론은 사마귀를 보자마자 쫓아갈까 생각했지만 이미 늦었다. 아론이 무서운 사마귀는 죽을 둥 살 둥 도망치고 있었다. 그야말로 바람이었다. 아론은 빨간 옷을 입은 여자를 들쳐 업은 폼이 어딘가 이상했다. 갑자기 이세벨이 생각났다.

"이세벨."

아론은 급하게 응급실로 들어갔다. 다행히 그곳에는 이세벨이 아무 일 없이 누워있었다. 아론은 가슴을 쓸어내렸다.

"휴…."

아론은 사마귀 때문에 난리가 난 응급실 상황을 보며 그제야 이해가 되었다. 실소가 나왔다.

"아차."

거미가 불현듯 떠오른 아론은 응급실에서 로비로 뛰어나왔다. 그러나 정신을 잃었던 거미는 온데간데없었다. 아론은 텅 빈 로비에서 한동안 서 있었다.

백병원 건너 중앙극장

밤 4시를 향해 가는 시각, 거미는 백병원 건너편 중앙극장 벽에 기대서 가쁜 숨을 몰아쉬었다. 가슴까지 들썩거리는 것으로 봐서 급하게 달려온 것이 틀림없었다. 거미는 불이 꺼진 극장 매표소 안을 힐끗 보았다. 어두웠지만 귀신의 영에게는 대낮이었다. 매표소의 작은 탁자 위에는 빨간색 옷을 입은 여자가 머리에 붕대를 감고 누워있었다. 정신을 잃은 그 여자는 위태로워 보였다. 그 앞에는 사마귀가 당황한 얼굴로 혼잣말을 했다.

"아니 이게 뭐야? 이게 아닌데… 이렇게 되면 안 되는데…."

사마귀는 당황하면 흥분을 했다. 그리고 흥분을 하면 반드시 살인을 하였다. 거미는 앞으로 일어날 일이 눈에 훤히 보였다. 빨간 옷을 입은 여자의 피가 튀고 생명이 사라지는 장면이 눈에 그려졌다. 하지만 이상하게도 사마귀는 여자에게 손을 대지 않았다. 대신 이리저리 왔다 갔다 하는 폼이 불안해보였다. 거미는 이상했지만 지금 건드려봤자 좋을 것이 없었다. 거미는 아론이 쫓아올까봐 커다란 눈을 더 크게 뜨고 이리저리 굴렸다. 그때였다. 갑자기 사마귀의 음성이 들렸다.

~~개구리 개구리 어딨나?~~

거미는 너무 놀랐다. 지금 사마귀는 사용하면 안 되는 영혼의 대화를 쓰고 있었다.

영혼의 대화. 귀신의 영들이 서로 멀리 있는 영들을 부를 때에 쓰는 방법이었다. 영혼을 한껏 열고 말을 하면 같은 종류의 귀신끼리는 조금 멀리 떨어져 있어도 알아들을 수 있었다. 대략 10킬로미터 정도 거리의 귀신끼리 소통할 수 있었는데 이 방법에는 단점이 하나 있었다. 생물들을 피해 은밀하게 행동해야 하는 귀신들의 위치가 노출되는 단점이 있었다. 그 이유는 생물들도 영혼의 대화를 들을 수 있었기 때문이었다. 거미는 식겁해서는 매표소 안으로 날아 들어갔다.

"미쳤냐? 사마귀? 죽으려고 환장했어?"

"미친개한테 죽나 아론한테 죽나 그게 그거지. 뿌드득."

사마귀는 약이 단단히 오른 상태였다. 그러나 거미는 사마귀의 입을 막으며 말했다.

"이 미친놈아 개구리가 온다고 뭐가 도움이 된다고 그리 급하게 불러? 걸리적거리기만 한 놈을 뭐 하러 부르냐고?"

"이세벨을 잡지 못하면 우리는 죽은 목숨이야. 알아? 그리고 그 미친 악녀 이세벨이 저기 저 안에서 누워있다고. 생각해봐. 이세벨이 힘을 되찾으면 복수 안하겠어? 엉? 너 같으면 가만히 있겠냐고? 그때 가서 우리 셋이 다 덤벼보았자 게임도 안 돼. 지금, 지금이 아니면 죽일 기회조차 없어져. 저 악녀가 살아나면 그땐 이미 우린 죽은 목숨이라고. 저 안으로 들어가야 해. 가서 이세벨의 숨통을 끊어야 한다고. 우리는 이미 얼굴이 팔려서 안 돼. 아무도 모르는 개구리가 필요해."

사마귀가 거미의 손을 뿌리치며 울부짖었다. 거미는 그제야 이해가 되었다.

"그래 알았어. 그럼 개구리가 왔다고 쳐. 하지만 개구리가 어떻게 저 안으로 들어가지? 다리몽둥이를 부러뜨려? 아니면 머리를 반쯤 날려? 개구리를 반쯤 죽여야 가능할 텐데 그렇게 들어가 봤자. 이세벨을 죽이긴 어려워."

사마귀는 거미의 말을 잠자코 듣고만 있더니 이내 징그러운 미소를 지었다.

"후후후, 그래서 내가 이 여자를 살려두었지. 후후후."

거미는 사마귀의 말을 이해하지 못했다. 하지만 사마귀가 무슨 좋은 수가 있는 것 같아 눈만 껌벅이며 잠자코 있었다.

백병원.

한편 사마귀가 엉뚱한 환자를 납치해 도망간 그 시각, 명천은 이세벨에 앞서서 다니엘을 먼저 수술하고는 쉴 새도 없이 이세벨에게 달려갔다. 아론이 강력하게 우기는 바람에 내키지 않은 수술을 하게 된 명천은 기분이 좋지 않았다. 하지만 일단 수술에 들어간 이상 그런 마음으로 할 수는 없었다. 명천은 마음을 가다듬고, 간신히 혈색이 돌아온 이세벨에 칼을 대었다.

2시간에 걸친 응급수술을 마친 명천은 이세벨의 상태를 확인하였다. 응급실로 들어오던 때와 비교하면 이제 겨우 사람처럼 보였다. 명천은 한숨을 깊게 쉬고는 이세벨이 회복되는 동안 수술 방을 먼저 나왔다. 밖에는 아론이 걱정스러운 얼굴로 서 있었다. 명천을 보자마자 아론이 다급하게 물었다.

"이세벨은? 어떻게 되었나?"

명천은 아론을 정면으로 보며 말했다.

"아저씨도 참. 진심으로 그러시는 겁니까? 아니면……."

"나야 진심이지. 사실 불쌍하지 않은가?"

"……."

명천은 아론의 말에 기가 막혔다. 아론은 안색이 좋지 않은 명천을 잡아 끌며 말했다.

"자네 너무 피곤해 보이는구먼. 이리 오게. 좀 쉬어야겠어. 나랑 같이 차나 한잔 하지? 자 이리와."

아론은 내켜 하지 않는 명천을 끌고 옥상으로 올라갔다. 한밤중이었지만 비가 그쳐서 그런지 상쾌한 바람이 불었다. 아론은 두 손에 커피를 뽑아 들고는 명천에게 건넸다.

"자 이거 마시면 피곤이 확 풀릴 거야. 자."

명천은 마지못해 커피를 손에 들었다. 한 모금 마시니까 신기하게도 기분이 조금 좋아졌다.

"감사합니다."

명천이 미소를 띠자 아론도 마음이 가벼워졌다.

"고맙네, 명천."

"뭘요."

명천의 말투는 아직도 가라앉아 있었다. 아론은 명천의 안색을 살폈다. 명천이 이렇게 삐진 적이 도통 기억나지 않았다. 아론은 한숨이 절로 나왔다. 아론은 고개를 돌려 앞을 보았다. 옥상에서 바라보는 서울의 밤거리는 볼만 했다. 한밤중이지만 아직 불빛이 꺼지지 않은 곳이 많았다. 서울은 밤에도 살아있었다. 아론은 서울의 야경을 보다가 문득 예전의 일이 생각났다. 다시 생각하기 싫은 일이었지만 높은 곳에 올라오니 그날의 일이 생각났다. 아론은 그날처럼 의자에 깊숙이 기대어 하늘의 별을 보았다. 그리고는 마음속 깊이 담아두었던 이야기 하나를 슬며시 꺼냈다.

"그동안 세상을 떠돌아다닌 세월이 얼마인지 생각도 나지 않네. 이 세상 저 세상에서 가보지 않은 곳은 없었던 거 같은데… 그러고 보면 참 오래도 살았지."

명천은 아론의 말에 잠자코 듣기만 했다.

"좋았던 기억, 기뻤던 기억, 나빴던 기억, 그리고 불쌍했던 기억. 나는 참 많은 걸 보았네. 이렇게 많은 걸 보게 되면 세월이 흐르면서 덤덤해지고 자꾸 잊어버리게 되네만, 하지만 아직도 기억에서 지우지 못하는 일도 있네. 아직 나의 수양이 부족한 건지 모르겠지만 그 일은 쉽게 잊혀지지가 않아."

아론은 어느새 혼잣말이 되었다. 명천은 커피를 입에 물고 듣고만 있었다.

"오래된 일이야. 너무 오래되어서 기억이 가물거릴 만도 한데… 하지만 아직도 생생하다네. 그 일은 에덴의 큰 전쟁이 한창이던 그때의 일이네. 주발이 우리엘의 아내 한나를 납치하고 미가엘과 가브리엘이 에덴으로 들어가던 그때, 나는 에덴에 없었다네."

아론은 깊게 한숨을 쉬었다.

"다들 에덴에서 전쟁으로 죽어나가고 있던 그때, 주님께서는 나더러 아라랏산에 좀 다녀오라 하셨다네. 나는 이해하지 못했지. 모두들 에덴에 힘을 보태도 모자를 판에 아라랏산이라…. 약간은 서운하기도 했었지. 하지만 주님의 말씀인지라 내키지 않는 걸음으로 터벅터벅 갔었는데… 아~ 나는 그곳에서 진정 지옥을 보았다네. 에덴의 전쟁터가 지옥인 줄 알았는데 정작 눈을 뜨고 볼 수 없는 지옥은 다른 곳이었으니… 참 어이가 없었다네. 나는 아직도 그 지옥을 잊을 수가 없네. 그 아이들, 죽어가던 아이들… 그 암담한 지옥에서 희망을 잃고 죽어가던 그 아이들의 눈망울… 도와달라는 아이들의 간절한 눈망울이 아직도 눈에 선하다네. 아직도 그때 그 지옥을 생각만 하면 분노가 치밀어 오르고 화가 나지만 정작 내가 할 수 있는 일은 아무것도 없었다네. 나 혼자의 힘으로는 그들을 그 지옥에서 꺼내줄 수도 구해줄 수도 없었다네. 더러운 세 영은 목숨을 걸고 해볼만 했지만… 동궁의 늙은이들까지는… 나로서는… 아……."

아론은 목이 메었다. 잠시 숨을 고른 아론은 다시 혼잣말을 했다.

"아라랏산, 그 지옥을 떠나오던 그날, 나는 한 아이를 보았다네. 지옥에 몰래 숨어있던 나를 애절하게 바라보던 그 아이. '같이 가. 지금…' 아… 그 아이의 눈빛은 참… 하지만 나는 할 수 있는 게 없었다네. 아직도 가슴이 아프지만… 나는 아이의 눈길을 외면하고 산을 내려 올 수밖에 없었는데… 지옥에 버려진 아이들을 뒤로 하고 산을 내려오는 그날, 비가 내렸는데… 억수로 내리는 빗속에서 한참을 울었다네."

"아저씨."

명천이 아론을 돌아보았다. 아론의 뺨을 타고 흘러내리는 눈물이 달빛에 반짝거렸다. 아론은 눈물을 보이지 않으려고 애써 눈을 감으며 깊게 한숨을 쉬었다.

"후우. 명천 아직도 생각만 하면 심장이 아프고 죽어서도 잊지 못할 그 아이의 이름은 바로… 이세벨이라네. 원래 이름은 수아였지만 이제는 이세벨이야."

"헉."

짧은 신음소리와 함께 명천은 손에 들었던 커피를 놓쳤다. 머리를 망치로 한 대 두들겨 맞은 명천은 하늘을 보며 울고 있는 아론을 보고만 있었다.

한편 사마귀가 개구리를 부르던 그 시각, 이세벨은 응급수술을 막 마치고는 수술실 옆에 있는 회복실에 있었다. 호흡이 안정되고 부러진 턱도 제자리를 잡았다. 붓기만 빠지면 되었지만 뇌손상의 유무는 결과가 나와 보아야 알 수 있었다. 이세벨의 육신인 김양은 고비를 넘기고 질긴 생명의 길을 다시 걸어가고 있었다. 응급실과 마찬가지로 회복실도 많은 환자들로 북적였다. 밤에 콜을 받고 나온 의사들이 닥치는 대로 수술을 한 터라서 회복실은 평소보다 몇 배는 바빴다.

수술 방 간호사들은 너 나 할 것 없이 분주하게 움직였다. 그 와중에 수술을 마친 이세벨은 한쪽 구석에 있는 베드에서 정신을 잃고 누워있었다. 이세벨은 꿈을 꾸었다. 아련한 꿈은 단순했다. 누군가가 자신을 부르는 목소리가 들렸다. 캄캄한 가운데 자신의 이름을 부르는 그 목소리는 아주 작게 시작했지만 시간이 지날수록 점점 크게 들렸다.

'이세벨, 이세벨 일어나라. 일어나서 거울을 보고 분을 발라야 하지 않겠니? 이세벨, 이세벨 어서 일어나라. 분을 바르고 거울을 보아야 하지 않겠니? 아름다운 이세벨. 어서 일어나라.'

이세벨을 부르는 그 목소리는 집요했다. 정신을 잃고 생과 사를 오고가던 이세벨은 집요하고 끈질긴 목소리에 스르르 눈을 떴다. 빛이 눈으로 들어왔다.

'아.'

이세벨은 눈을 아주 조금 찡그렸다. 아주 작은 빛이었지만 죽어가던 이세벨의 영혼을 다시 일깨우기에는 충분했다. 죽을 고비를 넘긴 이세벨은 삶의 전쟁터로 다시 들어왔다.

'살았다.'

이세벨의 의식이 작동하자 곧바로 이성이 제 기능을 하였다. 이세벨은 살았다는 생각과 더불어 밀려드는 통증에 손가락 끝을 아무도 모르게 움직였다.

삐삐삐

몸을 움직이자 이제는 귀가 열렸다. 심장을 모니터 하는 기계의 규칙적인 소리가 붕대를 뚫고 귀로 들어왔다. 이세벨은 가늘게 뜬 눈으로 생각을 하였다. 생각할수록 운이 좋았다. 고가도로에서 떨어질 그때가 생각났다. 그러자 심장이 아프게 뛰었다. 이세벨은 아래에 있는 차로 추락할 때에도 의식이 있었다.

차가 추락하는 장면이 생각났다. 그리고는 쿵, 커다란 소리가 들리며 머릿속으로 지난 일들이 하나 둘 떠올랐다.

'천운이다.'

생각해 보니 살아난 것만도 기적이었다. 이세벨은 차 안에서 수없이 머리를 부딪치던 장면이 떠올랐다. 그리고 스믈 스믈 지옥으로 가라앉는 영혼이 느껴졌다. 깊은 강으로 몸이 들어가고 목이 잠기고 누워있는 자신의 귀로 물이 들어오고… 그리고는 돌아올 수 없는 강의 물은 눈을 덮고 코를 덮어서 끝내 죽음으로 자신을 이끌어갔다. 이세벨은 생각할수록 괴로웠지만 하나하나 생각이 났다. 그러다가 마지막 의식의 끈이 끊어지기 일보직전, 꿈에도 잊을 수 없는 얼굴이 머릿속으로 들어온다.

'같이 가. 지금… 같이 가. 지금….'

이세벨에게 갑자기 아픈 기억이 물밀 듯 몰려왔다. 그리고는 심장으로 극심한 통증이 몰려왔다.

삐삐삐삐 요란하게 울리는 경고음에 회복실 간호사들이 이세벨에게 달려왔다. 이세벨은 자신을 둘러싸고 내려다보는 눈길들에 둘러싸여 이리저리 움직여지고 있었다.

그때였다. 갑자기 귓속으로 또렷한 음성이 들어왔다.

~~개구리 개구리 어딨나?~~

사마귀의 음성이었다. 이세벨은 정신이 확 들었다.

'개구리? 사마귀가 개구리를 부르는 이유는?'

이세벨의 머리는 비상하게 돌았다. 간호사들의 바늘이 온몸을 찌르고 들어왔지만 이세벨의 정신은 다른 곳에 가 있었다.

'사마귀가 내가 들을 것을 알고도 개구리를 부르다니… 영혼의 대화를 열었다는 건… 그만큼 시간이 없다는 것. 그렇다면 나는 지금… 위험하다.'

그때였다 주임간호사가 이세벨을 둘러싼 간호사들을 비집고 머리를 들이밀었다.

"왜들 그래?"

"명천샘 환잔데요 갑자기 경고가 울려서요."

주임간호사는 이세벨의 상태를 둘러보았다. 노련한 간호사는 이세벨이 급격히 안정되고 있는 걸 대번에 알아차렸다.

"환자 멀쩡한데? 기계만 믿지 말라고 내가 그랬지? 멀쩡하니까 이제 중환자실로 옮겨. 여기 터지기 일보직전이야. 어서 옮겨."

간호사들은 귀신에 홀린 것처럼 황당했다. 하지만 지금 이세벨은 멀쩡했다. 게다가 주임간호사의 명이 떨어진 이상 서둘러야했다. 사실 회복실은 만원버스였다. 이곳저곳에서 신음소리가 터져나오자 모두 분주하게 뛰어다녔다. 들어온 지 1주일도 되지 않은 막내 간호사가 얼른 이것저것을 챙겼다.

응급실에서부터 봉지에 담겨 온 이세벨의 소지품을 먼저 챙긴 막내는 이세벨의 머리맡 폴더에 묶었다. 그리고는 들어온 그대로 수술방을 나섰다.

5층 수술방을 나온 막내는 직접 베드를 몰았다. 원래 환자를 운반해주는 조무사들이 있었지만 오늘은 너무 바쁘기도 하고 한밤중이라서 다들 바빴다. 막내는 회복실에서 잠시라도 벗어나 바람도 쐴 겸 이세벨을 데리고 중환자실로 향했다.

막내는 5층 수술방을 나와 엘리베이터 앞에 섰다. 그때였다. 엘리베이터 1호기의 문이 열리며 베드 하나가 나타났다. 키가 큰 남자가 어설프게 가운을 입고 베드를 당기고 있었는데 환자는 피투성이인 채로 빨간 옷을 입고 있었다. 그리고 베드가 엘리베이터를 빠져나오자 보호자로 보이는 사람도 같이 나타났다. 막내는 무언가 이상했지만 딱히 뭐가 이상한지 생각나지 않았다. 그저 오늘 같은 날은 비정상적인 상황이 많이 생겼기 때문에 그러려니 하면서 무심하게 보고만 있었다.

2호기가 3층에 섰다. 이 병원은 4층이 없었다. 그래서 3층 다음에는 5층이었다. 하지만 3층에 선 엘리베이터는 좀처럼 움직이지 않았다

하지만 바쁠 것이 없는 막내는 다리를 떨면서 기다리고 있었다. 1호기를 나온 사람들은 막내를 기분 나쁘게 보다가 수술 방으로 들어가려고 베드를 돌렸다. 비좁은 곳에서 커다란 베드를 돌려주는 그 순간, 이세벨은 초긴장하였다.

'아… 이런… 더러운 세 영이 다 모였다. 까딱하면 나는 죽은 목숨이다.'

이세벨은 긴장이 되었지만 꼼짝할 수도 없었다. 숨을 최대한 죽이고 송장처럼 누워있었다. 다행히 얼굴을 수술한 터라 얼굴을 알아보기는 어려웠다. 맨 앞에 키가 큰 사마귀는 기분 나쁜 얼굴로 베드를 몰았다. 하지만 서툰 솜씨는 사고를 쳤다

이세벨이 누워있는 베드와 접촉사고를 일으켰다. 막내는 약간 신경질이 났다. 얼굴이 붉으락푸르락 변했다. 이세벨은 마음속으로 외쳤다.

'바보야 가만 있어. 그러지 않으면 우리 둘 다 죽어.'

하지만 겁이 없는 막내는 눈을 흘기며 한마디 했다.

"조심하세요."

이세벨은 얼어붙었다.

'이제 죽었다. 아….'

그때였다. 부조리한 얼굴을 하던 사마귀가 고개를 꾸벅 숙였다

"죄송합니다."

사마귀의 믿기지 않는 말과 동시에 2호기 엘리베이터가 올라왔다.

팅. 막내는 입술과 눈썹을 반대로 돌리며 사마귀를 한 번 더 흘기더니

베드를 몰고 엘리베이터에 들어갔다.

그때였다.

사마귀가 모는 베드에 누운 피투성이 여자가 눈을 뜨고 두리번거리다가 이세벨의 머리맡에 걸린 검정비닐을 보았다.

반짝.

무언가가 빛을 반사했다.

'거울?'

베드가 돌면서 다른 것도 보였다.

'분첩? 그렇다면?'

베드에 누운 여자가 갑자기 벌떡 일어났다.

"이세벨."

커다란 소리를 내며 일어난 여자의 눈이 유독 커보였다 개구리였다. 하지만 이미 엘리베이터 문은 닫히고 빠르게 8층으로 올라가고 있었다.

개구리는 제대로 움직이지 않는 여자의 몸을 끌고 계단으로 뛰어갔다. 그 뒤를 사마귀와 거미가 동시에 날듯 뛰어갔다. 5층 계단을 뛰어 올라서 금방 6층을 지나 7층으로 올라갔다. 청력이 좋은 거미는 8층에 멈춘 엘리베이터의 팅 하는 소리를 들었다. 거미는 날아서 8층으로 올라갔다. 엘리베이터의 문이 열리는 것을 보고 달려갔지만 아무도 나오지 않고 다시 닫혔다. 그리고는 위층을 향해 올라갔다

사마귀는 맨 마지막으로 계단을 올라갔지만 거미가 허탕 치는 것을 보았다. 사마귀는 그 속도 그대로 계단을 날듯이 올라갔다. 그 뒤를 개구리와 거미가 따라 날아갔다. 더러운 세 영은 번개처럼 올라갔지만 그러나 층마다 확인하느라 조금씩 시간을 허비하고 있었다.

한편 막내는 코웃음을 치며 엘리베이터를 탔다.

"별꼴이야."

8층을 누른 막내는 엘리베이터 옆에 붙은 거울을 보며 입술을 옆으로 폈다가 오므리기를 반복했다.

"이쁘지?"

혼잣말을 하던 막내는 무언가가 이상했다. 심장으로 불안이 확 들어왔다. 막내는 서서히 고개를 돌렸다. 거울을 보며 입술을 삐죽이던 막내의 눈에 이세벨이 일어나서 분가루를 바르고 있는 모습이 들어왔다. 붕대로 칭칭 감은 얼굴에 사악한 미소를 지으며 이세벨이 분을 바르고 있었다. 링거를 꽂은 손에서 피가 역류하는데 이사벨이 손거울과 분첩을 들고 분을 발랐다.

막내는 너무 무서워서 소리도 지르지 못했다. 그 자리에 얼어붙은 막내는 덜덜 떨리는 아래턱이 심하게 위턱을 때렸다. 8층을 알리는 엘리베이터의 알림 음이 울리고 문이 열렸다. 하지만 밖에서 더러운 세 영들의 화난 목소리가 들렸다.

이세벨은 밖으로 나가려는 막내의 뒷덜미를 잡고는 휙 낚아챘다

"악."

막내의 짧은 비명과 함께 이세벨이 신속하게 문을 닫았다. 닫히는 문 사이로 엘리베이터 밖에 있는 거울이 보였다. 그 거울 속에, 눈이 커다란 빨간 옷의 여자가 이를 갈며 달려드는 모습이 비추어 보였다.

"개구리."

간발의 차이로 문이 닫혔다. 이세벨은 등에서 식은땀이 흘렀다. 이세벨은 무턱대고 맨 위층을 눌렀다.

'살았다. 하지만 시간이 얼마 없다. 집요한 놈들은 계속 따라올 텐데…

어쩐다?'

이세벨은 심각한 얼굴에 계속해서 분을 발랐다. 이세벨이 앉아있는 베드 아래에 막내가 부들부들 떨며 주저앉아 있었다.

13층은 조용했다. 한밤중이기도 했지만 13층은 병실도 없기 때문에 조용했다. 하지만 부지런한 미자씨는 일찍 출근해서 청소를 하고 있었다. 화장실 청소며 복도 청소 그리고 계단 청소 등등 미자씨는 본인이 할 일을 일찍 해버리는 성격이었다. 미자씨는 엘리베이터 앞 복도를 대걸레로 밀고는 계단 청소를 하려고 대걸레와 물통을 들고 움직였다. 양손에 대걸레와 물통을 들고 있는 미자씨는 계단으로 나가는 방화문을 열려고 엉덩이로 철문을 힘껏 밀었다. 사실 힘껏 밀지 않으면 도로 닫히면서 계단으로 나갈 시간이 부족했다. 그렇기 때문에 미자씨는 엉덩이와 허리에 잔뜩 힘을 주고는 온몸의 체중을 실어 힘껏 밀었다.

쿵. 이상한 소리가 났다. 방화문이 열리다 말고 걸렸다. 그리고 동시에 어이쿠 하는 비명소리가 들렸다. 미자씨는 무슨 일인가 해서 대걸레와 물통을 바닥에 두고는 계단 아래를 보았다. 그곳에는 이상하게 생긴 사람들이 뒤엉켜서 쓰러져있었다. 더러운 세 영들이었다.

"어이구 죄송해요.'

미자씨는 안절부절 어쩔 줄 몰라 했다. 계단 아래 뒤엉켜 있던 자들 중 의사 가운을 입은 사마귀가 벌떡 일어나며 소리를 질렀다.

"이게 미쳤나?"

갑자기 욕을 들어먹은 미자씨는 화도 내지 못하고 엉거주춤 서서는 연신 미안하다는 말만 했다.

"미안해요. 미안해요. 계신 줄 모르고 그만."

미자씨의 사과에도 사마귀는 화를 참지 못했다. 철문에 부딪힌 코에서 피가 터져나오자 사마귀는 이성을 잃었다. 벼락같이 소리를 지르며 허리를 숙이고 있는 미자씨에게 날아갔다. 사마귀는 주먹을 불끈 쥐고는 한방에 죽이려고 어깨와 허리에 힘을 주었다.

쌩 주먹 날아가는 소리가 들리더니 퍽 둔탁한 소리가 났다. 거미는 사마귀의 무자비한 주먹에 미자씨의 육신이 피를 튀기며 날아가는 상상을 하며 눈을 부릅뜨고 보았다. 하지만 현실은 달랐다. 빛처럼 날아가던 사마귀는 역시 빛처럼 날아든 지팡이에 옆구리를 정통으로 얻어맞고는 계단 벽으로 날아가 처박혔다.

"헉, 아론."

거미는 순간 머리가 비상하게 돌았다. 본능이 시키는 대로 계단 아래로 몸을 던졌다. 응급실 로비에서 지팡이에 두드려 맞던 기억이 다시 살아나면서 머리가 지끈거리고 아파왔다. 거미가 도망가고 사마귀가 벽에서 쥐포가 되자 당황한 건 개구리였다.

"야 어디가? 같이 가."

개구리는 앞뒤 잴 것도 없었다. 본능적으로 거미를 따라 줄행랑을 치면서 뒤도 돌아보지 않았다. 사마귀는 벽에서 쥐포가 되었지만 벽을 따라 미끄러지듯 도망쳤다.

아론은 옥상에서 내려오면서 더러운 세 영을 쫓아갔다. 하지만 문이 활짝 열린 13층을 보다가 그 자리에서 얼어붙고 말았다.

"이세벨."

13층 엘리베이터 앞 복도에는 막내가 끌고 나온 베드 위에 이세벨이 앉아있었다. 이세벨의 눈이 아론의 눈과 마주쳤다. 가깝지 않은 거리였지만 이세벨은 알 수 있었다. 자신을 죽음에서 구해준 그 눈동자, 그리고 끔찍한 지옥에서 희망을 걸었던 눈동자, 그 눈동자의 주인공이 바로 아론이었다는 걸.

"아론?"

아론을 본 그 순간부터 이세벨은 지난 일들이 주마등처럼 지나갔다. 살기 위해 티코를 몰던 일부터 박수의 몸에 기생하던 일, 그리고 아합의 나라를 망친 일… 그리고 지옥에서의 생각하기도 싫은 비참한 생활…. 그리고… 꽃 대궐… 아기 진달래.

이세벨은 견디기 어려웠다. 애써 잊고 있던 지난날의 아픔이 밀려오자 이세벨은 맥이 빠지고 몸이 떨렸다.

"아기 진달래…."

이세벨은 알 수 없는 말을 내뱉으며 서서히 무너졌다. 허리를 꼿꼿이 펴고 앉아있던 이세벨은 밀려드는 충격을 견디지 못하고 무너졌다. 이세벨은 다시 한 번 깊은 상처의 강으로 흘러들어갔다.

다음 날 아침 6시. 백병원

비가 억수로 내리던 밤과 달리, 다음 날 아침은 맑게 개었다. 비온 뒤 맑은 날은 상쾌하고 기분이 좋았다. 늘 즐거운 아침 출근길에 만나는 사람들과 인사를 하던 김의성 교수는 이날만큼은 굳어있었다. 만나는 사람들과 간단한 목례만 하고는 13층 치과로 급히 올라갔다. 엘리베이터에서 내리자 복도에는 아론과 명천이 기다리고 있었다.

"죄송합니다. 급하게 오긴 했는데… 늦었습니다. 김희진 교수는요?"

"나? 여기."

김희진 교수는 화장실에서 나왔다.

"그럼 들어가시죠."

김의성 교수는 치과 문을 열었다. 다들 들어가자 김의성 교수는 안에서 다시 문을 잠갔다.

모두 의자 하나씩 집어 앉았다. 김의성 교수가 외투를 벗어서 무릎 위에 놓으며 명천에게 말했다.

"형님, 어젯밤에 고생 많으셨다고요?"

"나야 뭐… 아저씨가 고생 많으셨지."

명천은 아론을 돌아보며 말했다.

"에이… 나야말로 한 게 없어. 막대기나 좀 휘두르고 운전 좀 한 게 다야. 허허허. 명천이 죽을 고생했지."

김희진 교수가 입을 열었다.

"근데 어쩌다가 더러운 세 영이 여기까지 왔을까요? 어젯밤에 자다가 깜짝 놀랐어요. 참 간도 큰 놈들이지 도대체 우릴 뭐로 보고 영혼의 대화를 열었는지……."

"그러게 말이야. 말이 나왔으니 말이지, 더러운 세 영이 무작정 달려들 줄은 생각지도 못했어. 그것도 이세벨을 죽이려고 말이야. 같은 편인 줄 알았는데… 참 알다가도 모를 일이야."

아론이 이해가 되지 않는다는 표정으로 고개를 갸웃거렸다. 김희진 교수가 심각하게 말했다.

"제가 그놈들 좀 알아요. 그놈들이 같이 다니긴 해도 의리라고는 1도 없는 놈들이거든요. 생각해보세요. 이름도 더러운 영이잖아요. 지들 유리하면 득달같이 달려들어 빼먹는 놈들이지만 불리하면 체면이고 뭐고, 도망이나 다니는 그런 놈들이에요. 근데 좀 이상해요. 그런 놈들이 고작 이세벨 하나를 잡으려고, 우리에게 걸릴 것을 뻔히 알면서도 영혼의 대화를 열었다? 상식으로 생각해 봐도 이해가 되지 않아요."

생각에 잠겨있던 명천도 거들었다.

"그건 나도 동감이야. 어젯밤 내내 그 생각이 머리를 떠나지 않았어. 희진이 말대로 비열하기로 첫째가는 놈들이 목까지 걸고 이세벨을 잡으려는 걸 보면… 아마 누군가가 뒤에 있는 것 같아. 이세벨을 죽이지 않으면 자기가 죽으니까 그토록 집요하게 달려들었겠지. 근데 그게 누구냐는 건데…. 아무리 생각을 해도 모르겠어."

"아리가 아닐까? 이세벨의 원수는 아리잖아."

김의성 교수가 머리를 긁으며 말했다. 그러자 아론이 고개를 가로로 저었다.

"아리는 아니야. 아리가 그럴 리는 없어."

"하지만 아리 말고는 딱히 없어요. 더러운 세 영을 휘어잡을 수 있는 놈들 중에 이세벨에게 볼일이 있는 자는 없어요."

아론은 계속 고개를 저었다.

"아리는 아니야. 그건 내가 보증하지."

"그러면 누굴까요?"

"그게… 잘 모르겠구먼. 하여간 중요한 거는 이거야. 왜 이세벨을 그토록 죽이려고 하는지… 그게 중요한 것 같아."

아론의 말에 의성이 말했다.

"그러면 이세벨하고 이야기를 좀 할까요?"

그러자 아론이 고개를 끄덕였다. 명천이 말했다.

"어제 수술에서 깨어났다가 다시 잠이 들었어요. 자는 것 같진 않은데, 충격을 심하게 받았는지 누워서 깨어나질 않아요. 대화를 좀 하려면 아무래도 시간이 좀 걸릴 것 같네요."

그러자 희진이 말했다.

"그럼 이세벨이랑은 나중에 이야기를 좀 하기로 하죠. 근데 이세벨이 탔던 차를 좀 봐야 하지 않을까요? 이세벨의 흔적이라곤 그거 밖에는 없으니까."

희진의 말에 모두들 깜짝 놀랐다. 이세벨만 생각하느라 까맣게 잊고 있었다. 의성이 자리에서 벌떡 일어났다.

"빨리 가봐야겠다."

"어딜?"

"차에. 경찰서에 가면 있겠지?"

"아 그러네. 그럼 빨리 가봐야겠다. 일어났으니까 의성 네가 갈 거지?"

"엥? 나?"

의성은 두 손바닥을 앞으로 내밀고 어깨를 올렸지만 결국 경찰서로 가게 되었다.

경찰서

의성은 이세벨이 운전했던 차를 찾아 달려갔다. 워낙 큰 교통사고였고 살인사건 현장에 있던 차라서 이세벨의 티코는 경찰서에 있었다. 다행히 중부 경찰서가 바로 앞이라서 어렵지 않게 찾을 수 있었다.

의성은 자신의 환자였던 김과장에게 전화를 했다. 김과장은 단숨에 달려와서는 의성을 데리고 마당에 세워놓은 티코를 보여주었다. 의성은 형편없이 구겨진 티코를 보며 혀를 내둘렀다. 문이 찌그러져서 편안하게 들어가 볼 수 없었다. 하지만 억지로 머리를 집어넣은 의성은 까치발을 하고서 간신히 운전대를 살펴볼 수 있었다. 강한 충격으로 운전대가 엄청나게 휘어있었다. 의성은 창문 너머로 집어넣은 머리를 이리저리 돌리며보았다. 하지만 아무리 살펴보아도 특별한 점은 없었다.

의성은 자세가 불량하여 오래 볼 수가 없었다. 티코의 좁은 창문을 통해 머리와 어깨만 들어가 있었다. 발끝으로 간신히 버텼는데 땅을 잡을 수 없으니 시간이 지나자 덜덜덜 떨려왔다. 게다가 종아리에 쥐도 났다. 허리가 아픈 의성이 간신히 머리를 돌리고 허리를 꺾어 돌아 나오는데 때마침 들어온 햇빛에 무언가 반짝거렸다. 순간 의성의 눈이 반짝 빛났다.

그러나 밖에서는 뭔지 보이지 않았다. 의성은 다시 처음부터 머리를 집어넣고는 발끝으로 버텼다. 종아리에 쥐가 나고 허리가 아플 때까지 기다렸다. 그리곤 다시 허리를 꺾고 머리를 돌려 나오다가 다시 반짝이는 것을 보았다. 의성은 재빨리 핸드폰을 꺼내 사진을 찍었다.

다시 몸을 빼내어 확인해보니 초점이 맞지 않았다. 의성은 포기하지 않았다. 다시 머리를 넣고 빼기를 반복하며 사진을 찍었다. 하지만 만족할 만한 사진이 나오지 않자 짜증이 몰려왔다.

"우씨."

그러자 옆에 있던 김과장이 고개를 갸웃거리며 주머니에서 카메라를 꺼내 들었다. 그리고는 티코 위로 올라갔다. 김과장은 편안하게 티코 앞 유리 위에서 사진을 찰칵 찍었다. 의성은 그제야 앞 유리가 없는 걸 알았다. 의성은 큰 절을 여러 번 하고 사진을 받아 희진에게로 달려갔다.

백병원 연구실

사진을 확대한 희진은 난감했다. 사진에는 티코 핸들에 이상한 흔적이 있었다. 무언가가 강하게 부딪히면서 밀린 자국이었다. 분명 이세벨의 얼굴이 강하게 부딪혀서 생긴 자국 같았다. 하지만 정확하게 이해할 수가 없었다. 사진을 이리 돌리고 저리 돌려보아도 뭔지 알 수 없었다. 뭔가 중요한 것 같다는 생각이 강하게 들었지만, 도통 추론이 되지 않았다. 의성과 희진은 난감했다. 그때 병리과 박경미 교수가 들어왔다. 두 남자가 끙끙거리는 모습을 보던 박교수는 같이 머리를 들이밀었다. 그리곤 한마디 했다.

"황충이네."

의성과 희진은 놀라서 동시에 소리쳤다.

"정말이요?"

박경미는 짝다리를 짚고 자신 있게 말했다.

"그래 황충이라니까. 한 눈에 보기에도 딱 황충이네. 봐. 오각형이었다가 육각형으로 끝나잖아? 황충이 이렇게 생겼어."

의성이 고개를 갸웃거렸다.

"누나, 그럼 각진 벌레라는 거야?"

박경미 교수는 어이없는 얼굴로 의성을 바라보며 말했다.

"돌겠네. 황충 애들이 뭉치면 오각형이나 육각형이 된다고."

의성과 희진은 그제야 무릎을 쳤다.

"아~ 이제야 알겠다. 누나 고마워요."

의성과 희진은 사진을 들고 아론에게 번개처럼 날아갔다. 박경미는 어이가 없었다. 자신도 잘 모르는 걸 안다고 뛰어나가니 이상했다. 박경미는 사진을 들고 한참을 이리저리 뒤집어보았다. 박경미의 얼굴이 점점 심각해졌다.

"심각하네. 근데 쟤들은 뭘 안다고 날아간 거지? 어디로 간 거야?"

박경미는 사진을 들고 의성이 나간 문으로 나가면서 전화를 걸었다.

"의성 어디야? 응 알았어. 근데 뭘 알았다고 뛰어간 거야? 모르지? 그럼 그렇지. 알았어. 내가 갈게. 기다려."

연구실 문이 굳게 닫혔다. 그날부터 명천을 비롯한 생물들은 밤낮을 가리지 않고 연구에 몰두했다. 처음에는 아무것도 아닌 것 같던 사진은 엄청난 비밀을 알려주었다.

아론은 이세벨이 누워있는 중환자실에서 아예 살다시피 했다. 이세벨이 일어나면 물어 볼 말이 많기도 했지만 더러운 세 영이 다시 죽이러 올까봐 아론은 자리를 비우지 않았다.

그렇게 한 달이 지나갔다. 아론은 이상한 생각이 들었다. 이세벨의 상태는 나날이 좋아졌다. 명천도 이세벨이 거의 정상이 되었다고 말했지만 이세벨은 여전히 의식이 없었다. 가뜩이나 마른 김양의 몸은 더 말라서 뼈만 남았다. 아론은 그걸 볼수록 더욱 이세벨이 불쌍했다. 아론은 더욱 자리를 비우지 않고 중환자실 앞에서 살다시피 했다.

그러던 어느 날 명천이 좋은 소식을 가지고 왔다. 이세벨이 깨어났다는 소식에 아론은 한걸음에 달려갔다. 아론은 눈을 가늘게 뜬 이세벨의 손을 잡고 눈물을 흘렸다. 그러자 이세벨이 힘을 내어 아론에게 겨우 한마디 말을 걸었다. 아론은 들리지 않아서 귀를 이세벨의 입에 갔다 대었다.

"할아버지 누구세요?"

김양은 아론의 귀에 대고 간신히 한 마디 말을 하고는 숨을 몰아쉬었다. 아론은 고개를 번쩍 들고는 사방을 두리번거리며 보았다. 중환자실 이곳저곳을 돌아다니던 아론의 앞에 명천이 달려왔다.

"이세벨이 뭐래요?"

아론은 계속 주위를 둘러보면서 힘이 다 빠진 말을 했다.

"갔어."

"네? 가다니요?"

"모르지. 어디로 갔는지. 하여간 갔어."

아론의 눈동자 안으로 짙은 실망이 보였다. 명천은 깊은 한숨을 쉬었다.

아론이 혼잣말처럼 중얼거렸다.

"혼자 힘으로 어찌 살려고 그러나…."

백병원의 중환자실은 환자로 꽉 차 있었다.

B급들의 이야기 2

박수와 이세벨을 놓친 더러운 세 영은 만정미술관의 지하 감옥에 갇히게 되었다. 미친개는 화가 났지만 어쩔 수 없었다. 박수는 연기처럼 사라졌고, 백병원에서 사라진 이세벨은 어디론가 스며들고는 흔적도 없었다. 하지만 미친개는 이세벨이 언젠가 자신을 죽이러 올 것을 알았다. 미친개는 자신도 숨어야 한다고 생각했다. 그리고는 적당한 장소를 찾아다녔다.

한편 바알세불에게 잡혀간 박수는 서울 근교 산속에 있는 점집에 갇히게 되었다. 바알세불은 박수에게서 점을 얻어내려고 했지만 기운이 다한 박수는 점을 치는 날보다 누워있는 날이 더 많았다. 박수는 자신의 점괘를 믿고 끝까지 포기하지 않았지만 세월이 지나가면서 점점 쇠약해져만 갔다.

이세벨은 백병원을 탈출하고는 아리를 찾아다녔다. 하지만 아리는 세상 어디에도 없었다. 더러운 세 영도 찾을 수 없던 이세벨은 우연하게도 더러운 세 영들에 대한 단서를 듣게 되었다. 이세벨은 더러운 세 영들이 있는 만정미술관으로 스며들었다.

그렇게 만정미술관은 귀신들을 하나 둘씩 불러 모으고 있었다.

민우 지우와 가회동의 기적

7년 후, 서울 길음동 사무엘의 집

사무엘은 두 눈을 번쩍 떴다. 튀어나가려는 눈알을 잡은 눈두덩은 경련이 일었다. 머릿속도 갑자기 밀려온 압력에 터지기 일보 직전, 양쪽 뺨도 부풀어오를 대로 올랐다. 사무엘은 안 보고도 알 수 있었다.

민우와 지우. 사랑스러운 자신의 두 아이들이 곤하게 늦잠을 자고 있는 아빠 배로 다이빙하고는 엄마한테로 도망을 갔을 것이다. 다행히 죽지 않을 정도로 다이빙하지만 한동안은 힘 조절이 안 돼서 진짜로 죽을 뻔했던 적도 있었다. 문 밖에서는 엄마에게 혼나면서도 그저 웃어대는 아이들의 소리가 들리고 침대 옆에는 울다 지친 자명종의 마지막 알람소리가 푸르르며 꺼지기 일보 직전이었다. 겨우 정신을 차리고 일어난 사무엘은 시계를 보았다.

9시. 사무엘은 아무 생각 없이 시계를 보다가 용수철처럼 튀어 올랐다.

"으악!"

침대에서 뛰어나온 사무엘은 허둥대며 아내에게 투정이었다.

"좀 깨우지…. 오늘도 늦으면 죽음인데."

그러나 돌아오는 대답은 한 가지. 냉정한 고인애의 목소리만이 또렷이 들렸다.

"깨웠지. 그것도 여러 번. 그런데 도무지 일어나질 않으니 늦는 건 당신 책임이야."

사무엘도 아는 일이지만 그래도 비빌 언덕은 아내뿐이다. 화장실로 달려가면서도 입은 쉬지 않고 웅얼대었다.

"아… 그래도 일어날 때까지 깨워야지. 안 그러니, 지우야?"

사무엘은 뒤를 돌아보지도 않고 지우에게 말했다. 늘 아침이면 지우가 아빠 뒤를 졸졸 쫓아다니기 때문이다. 사무엘 뒤를 졸졸 쫓아다니던 지우가 웃음을 겨우 참으며 말했다.

"그래도 아빠, 우리가 깨워줬잖아. 우리가 안 깨우면 어쩌려고… 아빠… 내일도 깨워줄게."

지우는 허둥대는 아빠를 졸졸 쫓아다니는 것이 즐거웠다. 지우 뒤로는 민우도 장난기 가득한 얼굴로 서 있었다. 사무엘은 이를 닦으며 민우에게 말했다.

"우리 민우는 언제 일어났나?"

그러자 민우의 씩씩한 대답이 들렸다.

"다섯 시."

"진짜?"

사무엘의 대답과 동시에 들리는 지우의 외침.

"거짓말이래요."

"야, 너가 어떻게 알아? 자고 있었으면서."

민우와 지우의 실랑이에, 침착한 엄마의 목소리가 들렸다.

"시끄럽네요. 다들… 김민우…. 너 일곱 시, 김지우 너는 여덟 시, 아빠는 아홉 시. 엄마가 다 아는데 무슨 소리야. 다들 씻고 빨리 밥 먹어요. 어서."

작지만 강한 엄마의 목소리에 민우와 지우는 후다닥 작은 화장실로 달려갔다. 사무엘은 목덜미가 뜨끔함을 느끼며 애써 태연한 척 말했다.

"야, 너희도 엄마 말씀 좀 잘 들어라."

그러나 아이들은 화장실 안에서 씻느라 아빠 말을 듣지 못했다.

사무엘은 앞 이빨에 치약만 대충 바르고 머리에 물을 묻혔다. 그러고는 늘 입는 바바리를 걸치고 튀어나가는데 아니나 다를까? 문 앞에는 호랑이 같은 아내 고인애가 버티고 서서 손가락을 가로젓는다.

"안 돼요. 밥 먹기 전에는 한 발짝도 못 나가는 거 알죠?"

사무엘이 애원하듯이 말했다.

"여보, 제발 오늘만 봐 줘. 오늘 늦으면 완전 망신이야. 당신도 알잖아."

그래도 인애는 요지부동. 손가락을 가로젓는 인애의 굳은 표정에 사무엘은 힘없이 돌아섰다. 아무리 얘기해도 아내는 꿈쩍도 않으니, 빨리 밥을 먹고 나가는 것이 상책이다. 부엌으로 달려가 후다닥 밥을 먹고 나가는 사무엘의 등 뒤로 인애의 목소리가 아이들의 인사를 뚫고 귀에 꽂힌다.

"오늘 저녁 아빠 생신 잊지 마요."

"응."

사무엘은 듣는 둥 마는 둥 서둘러 집을 나섰다. 참으로 바쁜 아침이다.

사무엘은 늘 차를 가지고 출근을 했지만 불황이 본격화되고 나서부터는 차를 두고 다녔다. 한동안은 지하철과 버스를 번갈아 타보다가 이제 버스만 타고 다니는 데는 이유가 있었다. 어느 날인가 일찍 일어나서는 한가하게 버스를 갈아타려고 창경궁에 내리게 되었는데 사무엘의 눈을 확 잡아당기는 것이 있었다. 바로 봄의 아릿한 기운 위로 내리비치는 아침 햇살에 웅장하고 수려한 자태를 드러낸 창경궁 정문이었다. 그 옆으로 늘어선 고궁 담벼락도 가지런히 늘어선 플라타너스와 함께 사무엘의 눈을 확 넓혀 주었다. 턱 막혀 있던 가슴이 시원하게 뚫리면서 그간 쌓인 스트레스가 머리 꼭대기로 지나갔다.

사무엘은 그 광경에서 가족을 보았다. 환하게 웃는 아내 인애 옆으로 티 없이 맑은 하늘을 닮은 아이들 민우와 지우. 사무엘은 태어나서 처음으로 행복이라는 단어를 떠올렸다. 그날 이후로 사무엘은 버스를 타고 전용차로를 달리다가 창경궁에 내려서 고궁 돌담길을 따라 걸어갔다.

오늘도 사무엘은 창경궁에서 내려서서 가슴을 한껏 펴고는 아릿한 봄의 기운을 들이켰다. 하늘은 맑고 바람은 시원했다. 창경궁 돌담 벽을 따라서 같이 쭉 늘어서 있는 플라타너스 가로수를 보며 사무엘은 문득 이런 생각이 들었다. 얼마나 오래 되었을까? 창경궁의 플라타너스는 한눈에 보기에도 오래 되어 보인다. 두께도 두께려니와 비틀어진 줄기가 하늘 높이 솟아 있는 폼은 균형 잡힌 보디빌더의 몸처럼 잘 발달한 근육 같았다.

창경궁과 창덕궁 사이에 있는 플라타너스의 동굴을 지날 때면 사무엘은 모든 근심을 잊곤 했다. 창경궁 플라타너스 돌담길은 사무엘의 가슴에 왠지 모를 뿌듯함과 상쾌함을 주었다.

늦은 아침이지만 사무엘은 자신만의 비밀의 길을 만끽하며 느긋하게 걸어가고 있었다. 어느덧 정문을 지나 창덕궁 쪽으로 꺾어질 때였다. 느긋하게 걷던 사무엘은 자기도 모르게 그 자리에 멈춰 섰다. 늘 이 시간에 정문을 청소하던 할아버지가 안 보여서 아까부터 찝찝했던 터에 돌담길 모퉁이 작은 공원 벤치에 웬 노숙자가 누워 있었기 때문이다.

설마 하는 마음에 그저 지나치려 했지만 불안한 마음에 몸은 이미 벤치로 가고 있었다. 자그마한 벤치에 모로 누워서 돌담을 바라보고 누운 노숙자를 목을 빼고 본 사무엘은 실망한 얼굴로 자고 있는 사람을 흔들어 깨웠다.

"할아버지. 여기서 뭐 하시는 거예요? 아직 추운데 이런 데서 주무시면 어떡해요?"

사무엘이 아무리 흔들어도 노숙자 할아버지는 일어날 생각도 하지 않았다.

사무엘은 할아버지 몸을 붙잡고 세차게 흔들었다.

"아니, 왜 여기서 주무세요? 숙소에서 주무셔야지. 아니 저랑 약속한 건 다 잊으셨나."

약속이라는 말을 듣고서야 할아버지는 정신이 돌아왔는지 일어나 바로 앉았다. 숨을 한 번 크게 들이마시더니 정색을 하고 한마디 했다.

"바쁠 텐데 이 늙은이 신경 쓰지 말고 가."

사무엘은 기가 막혔다. 투덜거리며 일어나 앉은 할아버지를 사무엘은 어이 없이 쳐다보았다. 이름도 몰랐다. 사무엘이 출근하는 시간쯤에 항상 선인문 주위를 청소하던 김씨 할아버지는 원래 창경궁 담벼락에서 홀로 노숙을 하던 진짜 노숙자였다. 늙수레한 얼굴과 작고 볼품없는 풍채에는 인생무상, 쓸쓸한 노년의 무상한 기운이 물들어 있었고 뜨는 둥 마는 둥 보이지도 않는, 눈 주위의 주름은 세월의 넓이와 깊이를 보여주는 듯 굵고 깊었다. 뱃가죽은 등에 붙어 헐렁한 옷이 나풀거릴 때도 뱃살이 없어 보였다.

사실 1년 전쯤, 겨울이 아직 한창일 때 사무엘은 할아버지를 바로 이 자리에서 만났다. 엄동설한은 아니었지만 한밤중의 기온은 사람이 맨살로 견디기 어려울 만큼 날카로운 때였다. 사무엘은 그때 바로 이 자리에서 모로 누워 잠든 할아버지를 발견했다. 누가 봐도 노숙자라는 게 드러날 정도로 행색이 볼품없었다.

노인의 쓸쓸한 말년이 그냥 지나치기에 너무 가엾다고 여긴 사무엘은 부모 없이 자란 어린 시절의 외로움이 밀려와 무작정 할아버지에게 말을 걸었다. 할아버지도 사람이 그리웠는지 기뻐하며 대꾸했다. 그때 사무엘은 창경궁 관리를 맡은 친구를 반 협박해서 할아버지를 청소부로 취직시켜 주었다.

그런 인연으로 할아버지는 사무엘만 보면 늘 와서 허리를 굽혀 인사도 하고 말동무도 되어 주곤 하였다. 그런데 할아버지가 1년 전과 같은 자리에 같은 행색으로 누워 있는 것이었다. 다시 옛날 모습으로 돌아간 할아버지를 본 사무엘의 마음이 복잡해졌다. 며칠 전에 볼 때만 해도 정겨운 얼굴로 서로 인사까지 하던 할아버지가 지금은 남처럼 안색을 굳히고 얘기를 하니 더 이상 어떻게 해야 할지 머리가 혼란스러웠다. 한참을 입 벌리고 바라보던 사무엘이 억지로 말을 꺼냈다.

"왜 화를 내시는지 모르겠지만 하여튼 죄송한데요, 왜 숙소에 안 가시고……."

말이 부드러워지자 딴청을 피우던 할아버지도 약간은 누그러졌다.

"사실은 어제부로 잘렸지 뭐여. 요즘 다들 어렵잖아. 그래서 뭐 내가 그만둔다고 했지. 눈치가 없는 것도 아니고 불편한 더부살이보다는 이것도 괜찮아, 안 그래? 여기가 다 내 방이잖아."

사무엘은 그 말에 더 기가 막혔다.

잘렸다고 하더니만 사실은 그만둔 것이 아닌가? 기껏 친구를 협박해서 취직시켜 줬더니만 일 년 만에 홀라당 그만둬 버린 것이다. 약간 부아가 나지만 그래도 어른인지라 말은 못하고 슬쩍 화제를 돌렸다.

"식사는 하셨어요?"

그러자 할아버지는 웃으며 사무엘에게 말했다.

"왜 아직 안 가고 여기 있누?"

역시 딴청이다.

사무엘이 입을 들어 뭐라 말을 하려 하는데 할아버지가 빙그레 웃으며 말을 가로챘다.

"알았어. 알았다고. 나야 안 먹었지. 지금 일어났는데 어찌 먹었을까?"

사무엘도 이제야 좀 웃을 수 있었다.

"그럼 식사라도 좀 하시지요."

"그럴까. 그럼 가지 뭐. 그러고 보니 배가 고프구먼."

사무엘은 당황했다. 순간 말을 잘못 꺼냈다는 생각을 했지만 어쩔 수 없었다. 늦잠을 자서 가뜩이나 출근 시간에 늦었는데, 자리를 털고 앞서가는 노인에게 오늘은 안 되겠으니, 혼자 가서 밥을 먹으라는 얘기가 나오질 않았다. 사무엘은 머뭇거리다 핸드폰을 꺼내 들었다.

"박 대리? 야, 내가 지금 가다가 사고가 좀 나서 말인데…. 좀 부탁해, 응? 저기 김 사장님한테 전화해서 미안하다고 하고, 네가 대신 좀 가라, 응? 교통사고… 응, 작은 거야. 걱정하지 마. 집에 전화하지 말고… 걱정하니까. 많이 안 다쳤어. 그래, 안 다쳤다니까. 나 바쁘니까 끊을게, 미안……."

정말 하기 싫은 말이지만 어쩔 수가 없다고 생각했다. 앞서가던 할아버지가 큰소리로 불렀다.

"안 와?"

"아, 네. 가요, 가."

사무엘은 바바리를 휘날리며 할아버지에게 뛰어갔다. 두 사람은 친구처럼 플라타너스 터널을 지나며 아침밥을 먹으러 가고 있었다.

인애는 사무엘이 출근을 하고 나서부터 전쟁을 치르고 있었다. 아빠가 출근을 하자마자 두 아이들이 내복만 입고는 쌍으로 엄마 뒤를 졸졸 쫓아 다니면서 졸랐다.

"아침밥도 다 먹었잖아요, 네?"

"그래…. 엄마, 아침밥도 다 먹었는데."

민우가 선창을 하면 지우가 말을 받아서 한 번 더 조른다. 인애는 '안 돼.'라고 단호한 표정을 지어보지만 속으로는, 아직도 어리기만 한 아이들을 마냥 누르기만 할 수는 없다고 생각했다. 엄마가 단호한 표정으로 눈살을 찌푸리자 민우와 지우는 잠시 긴장을 하였다. 하지만 아이들도 눈치가 빨랐다. 긴장도 잠시, 다시 졸라대기 시작했다.

"엄마~~ 그러면 아침에 책 다섯 권 읽고 나서 하면 되지요?"

계속 조르는 아이들 틈에서 인애는 결국 눈싸움을 하다 지고 말았다.

한동안 조용하다 싶더니 아침 설거지가 끝날 때쯤 다시 소란스러워졌다. 책 다섯 권씩을 다 읽은 아이들의 아침 운동이 시작된 것이다.

다다다다다~ 민우는 계속 뛰었다. 묶어 놔도 뛰고 혼을 내도 뛰었다. 그저 뭐가 그리 좋은지 입을 벌리고는 하루 종일 뛰었다. 아랫집에 미안하다고 머리를 조아린 것도 수십 번.

사람 좋은 아랫집은 그저 허허 웃으며 '괜찮아요. 아이들이 다 그렇지요 뭐.' 하며 대수롭지 않게 넘어가 주었다. 그 덕에 민우는 오늘도 뛰고 있었다. 반대로 지우는 늘 어디에 있는지 알 수가 없었다. 민우는 늘 엄마 눈앞에서 노는데 딸인 지우는 엄마가 안 보이는 곳에서만 놀곤 했다. 시끄럽기라도 하면 어디에 있는지 알 수도 있지만 엄마가 집에 있는 것만 확인되면 조용히 자기 방에서 혼자 놀았다.

인애는 피아노를 전공했지만 아이들과 많은 시간을 가지려고 집에서 살림만 했다. 직장을 접고는 집에서 아이들과 같이 하루 종일 있었는데 어떤 때는 아이들에게 큰소리치는 때도 생기지만 그래도 아직은 아이들이 엄마 말을 잘 들어서 이렇게 아이들과 있는 시간이 행복하다고 생각하며 살았다.

노숙자 할아버지와 아침식사를 마친 사무엘은 택시를 타고 가고 있었다. 사무엘은 아무리 생각을 해도 참 잘한 일이라는 생각을 했다. 추운 겨울이 다 지난 초봄이라 하지만 그래도 밤에는 쌀쌀했다. 그런 날씨에 나이 드신 분이 혼자 노숙한다고 생각하니 가슴이 아파왔다. 그래서 굳이 싫다는 할아버지에게 억지로 옷을 벗어 주고 왔다. 아침이라 옷 파는 곳도 없고 해서 외투를 벗어 주고는 도망치듯 택시를 잡아타고 가는 길이었다. 와이프가 알면 또 혼날 게 뻔했지만 착한 아내도 사무엘의 마음을 이해하는 할 것이다. 아침을 두 끼나 먹어서 배가 부른 사무엘은 이런 저런 생각에 택시 뒤에 느긋하게 기대었다. 흥얼흥얼 콧노래도 나왔다. 밝고 기분 좋은 하루가 시작되었다.

회사에 거의 다 온 사무엘은 습관적으로 왼쪽 안주머니에 손을 넣었다. 그러다 어느 순간 놀라서 소스라치며 소리를 질렀다.

"헉, 내 지갑."

사무엘과 헤어진 할아버지는 난감한 표정으로 도망가는 택시만 바라보았다.

"착한 젊은이로구먼…. 착한 젊은이야…. 요즘 보기 드물게 착해. 그 마음 고마우이. 그러면 이제는 어찌 한다……."

택시를 바라보던 할아버지는 고개를 들어 허공에 대고는 혼잣말로 중얼댔다.

"내가 사람을 보긴 잘 봤지요? 내가 뭐라 했습니까?"

노인은 알아들을 수 없는 말을 남기고는 다시 창경궁을 향해 발걸음을 옮겼다. 지친 노구를 이끄는 다리는 무겁지만 노인의 표정은 어느 때보다도 밝은 얼굴이었다.

사무엘의 집에서는 한참을 뛰며 놀던 아이들이 갑자기 조용해졌다. 그리고 잠시 후 끽끽끽… 지우가 바이올린을 켰다. 지우는 어려서 아직도 소리가 맑지 못했다. 헤매고 있는 지우를 안타깝게 보던 민우가 바이올린을 뺏어 들었다.

"줘 봐."

숨을 고르고 제법 폼을 잡던 민우는 엉성하나마 열심히 활을 켰다. 민우는 지우와 달리 어느 정도 소리가 났다. 지우는 두 눈을 동그랗게 뜨고는 열심히 바이올린을 연주하는 오빠를 보았다. 동생이 부러운 눈빛으로 자신을 보고 있자 민우는 더욱 신이 나서 활을 움직였다.

뜸북뜸북 뜸북새 논에서 울고 뻐꾹뻐꾹 뻐꾹새 숲에서 울 때
우리 오빠 말 타고 서울 가시며 비단구두 사 가지고 오신다더니.

지우는 오빠가 연주하는 '오빠생각'에 맞춰 노래를 불렀다. 옆에서 보던 인애는 놀랐다. 민우 실력이 부쩍 늘었기 때문이다.

"민우가 오늘은 잘하네. 우리 아들?"

민우는 엄마의 말에 더욱 자극을 받았다. 2절까지 멋지게 연주하는 오빠를 보며 지우는 부러웠다. 지우는 눈을 초롱거리며 계속 오빠의 모든 동작을 보았다.

민우는 항상 지우를 챙기며 어디를 가든지 꼭 데리고 다녔다. 지우도 오

빠가 없으면 허전했다. 오빠가 학교 가는 토요일에는 어쩔 수 없이 혼자서 놀다가도 자꾸 시간을 쟀다. 인애는 착하고 예쁜 아이들을 바라보며 행복하다는 생각을 했다. 한참을 그렇게 놀고 있는데 딩동 하는 벨소리가 들렸다. 민우와 지우는 너 나 할 것 없이 총알처럼 현관으로 튀어나갔다. 옆집 태윤이와 주은이가 온 걸로 알고 현관에서 소리를 지르며 난리를 피웠다. 인애는 집안 정리가 덜 끝났는데 오면 어쩌나 하는 생각에 후다닥 집안을 치우면서 잠시만요, 라는 말만 연발했다. 그럴수록 아이들은 엄마 빨리, 하며 보챘다.

어지러운 집안을 대충 치운 인애는 우아한 표정으로 문을 열었다. 그러나 기대와는 달리 현관 밖에는 뜻밖의 인물이 있었다. 늙고 힘없어 보이는 남루한 옷차림에 작은 키의 할아버지. 바로 오늘 아침 사무엘과 만난 그 노숙자 할아버지가 서 있었다. 민우와 지우는 낯선 사람을 보고는 엄마 뒤로 가서 숨었다. 할아버지는 놀라는 인애와 아이들에게 멋쩍게 웃으며 인사를 하였다.

"안녕하세요. 민우 어머니. 민우, 지우도 잘 있었니?"

인애는 이 낯선 할아버지가 아이들 이름까지 아는 것도 모자라 손에 뭔가를 들고 있는 것을 보고 깜짝 놀랐다. 바로 얼마 전에 생일 선물로 사준 남편의 외투였기 때문이다.

'혹시 애들 아빠에게 무슨 일이….'

할아버지는 그런 인애의 마음을 잘 아는지 허허 웃으며 말했다.

"제가 너무 불쑥 찾아와서 놀라셨죠? 죄송합니다. 제가 시간이 별로 없어서. 이런 몰골을 하고도 염치없이 찾아왔습니다. 사실 민우 아빠가 오늘 아침 이 늙은이에게 이렇게 좋은 옷을 줬거든요. 이 늙은이가 많이 불쌍했던 모양입니다. 참 이 옷이 민우 아빠 마음처럼 따뜻하고 좋습디다. 근데 외투 안에 지갑이 들어 있기에 제가 돌려 드리려고 이렇게 불쑥 찾아왔어요. 미리 전화라도 드려야 하는데 갑자기 와서 죄송합니다."

인애는 그제야 사태 파악이 되었다. 사무엘은 늘 불쌍한 사람들을 보면 참지 못했다. 뭐라도 줘야 직성이 풀리고 그렇지 못했을 때는 잠을 이루지 못하는 경우가 많았다. 오늘 일도 안 봐도 뻔하다. 아마도 눈앞의 할아버지를 만나서 너무 안됐다고 여겼을 테고, 눈물이 눈앞을 가렸을 것이고, 그러다 입고 있던 외투를, 그것도 자신이 생일 선물로 사준 외투를 아무 생각 없이 벗어준 것이리라. 그런 와중에 그 안에 지갑이 있는 줄도 모르고….

인애는 비디오를 보듯이 눈앞에 그 광경이 펼쳐졌고 짧은 시간에 많은 생각을 하였다. 심성이 착한 남편을 마냥 뭐라 할 수만은 없었다. 그리고 할아버지가 지갑을 돌려주려고 여기까지 온 것을 보면 좋은 사람인 것 같았다. 인애는 상냥하게 웃으면서 말했다.

"네… 아, 그랬군요. 애기 아빠가 정이 많아요. 어쨌든 여기까지 오셨으니 잠깐만 들어오세요. 많이 바쁘지 않으시면 차라도 한 잔 하시고 좀 쉬었다 가시지요."

인애의 말에 할아버지는 손을 저으며 말했다.

"아이고 이런 늙은이가 씻지도 못했는데 깨끗한 집에 어찌 들어갑니까? 마음만 받고 가야지요. 사실 저도 바쁜 터라…….."

할아버지가 말하는 사이, 갑자기 인애의 뒤에서 작고 예쁜 손 하나가 나오더니 할아버지의 거친 손을 잡았다.

"할아버지, 우리 집에서 놀다 가. 응?"

지우였다. 엄마 뒤에 숨어 있던 지우가 할아버지의 손을 잡은 것이다. 인애는 적잖이 놀랐다. 지우는 낯을 많이 가려왔다. 그런데 오늘은 처음

보는, 그것도 행색이 독특한 할아버지의 손을 잡다니. 그리고 집까지 들어오라니…. 인애는 돌아서서 지우를 한번 보았다. 맑고 큰 눈에 순수함이 가득 들어 있었다. 지우가 그 눈으로 할아버지를 뚫어지게 보고 있었다. 마치 아주 오래전부터 알고 있다는 듯이.

할아버지는 그런 지우의 눈에 똑같이 천진한 눈으로 답하면서 말했다.

"아빠 얘기처럼 아주 착한 아이구나. 지우 덕분에 이 할아버지가 호강하겠는걸. 그럼 잠깐만이야? 더 놀자고 그러면 안 돼요. 알았지요?"

그러자 두 아이들이 모두 네! 하며 큰소리로 대답했다. 그 소리가 아파트 1층까지 쩌렁쩌렁 울렸다. 인애는 아이들 소리가 너무 커서 기겁을 하고는 두 아이들과 할아버지를 모시고 안으로 들어갔다. 인애가 차를 준비하는 동안 지우와 민우는 할아버지 주변을 맴돌면서 말을 걸어왔다.

"할아버지, 몇 살이에요?"

지우가 물었다.

"왜? 할아버지 나이가 궁금해? 할아버지 나이 아주 많은데."

할아버지는 인자한 표정으로 지우의 얼굴을 보았다.

"많은데 몇 살이에요?"

지우가 다시 한 번 물어왔다.

"할아버지 나이… 그러니까 할아버지 나이가 어떻게 되나."

뜸을 들이자 아이들은 귀를 쫑긋 세우고 할아버지 옆에 슬그머니 앉았다.

"빨리 얘기해 줘요."

민우도 궁금해졌다.

"그러니까 할아버지 나이는 백 살도 넘고 오백 살도 넘고 천 살도 넘고… 한 오천 살도 넘는 것 같은데."

그러자 두 아이들은 에이…. 하면서 웃었다. 할아버지가 장난으로 그러는 줄 아는 아이들은 꺄르르 웃으며 말했다.

"할아버지 그러면 생일이 언제예요? 오빠는 오늘이 생일인데."

그러자 할아버지는 놀란 표정으로 말했다.

"오빠 생일에 우리 아가씨도 선물을 받으려고 그러는구나."

선물이라는 말에 민우가 잽싸게 대답했다.

"네."

지우도 할아버지를 올려다보며 고개를 끄덕였다. 그러고는 지우가 약간 울먹이는 소리로 말했다.

"오빠는 생일 선물로 바이올린을 받고 나는 아직 나이가 안 돼서 못 받고……."

지우는 오빠의 바이올린이 그렇게 부러운 모양이었다. 민우가 가만히 있을 리가 없다.

"야. 너는 저번 생일에 혼자 좋은 거 받았잖아. 나는 초등학생이라서 안 준댔어."

그러나 지우는 오빠의 말에 지지 않는다.

"그래두, 나두 바이올린 받고 싶단 말이야."

지우는 곧 울려는 폼이다. 입술부터 씰룩이는 폼이 바로 울어 버리기 전이다. 민우는 자신도 어린 나이임에도 동생 지우가 울려는 것이 안쓰러웠는지 동생을 달랬다.

"야, 그러면 내가 바이올린 조금만 빌려 줄게. 그러면 됐지?"

그러자 지우는 '진짜?' 라고 물으며 울려는 폼을 거두었다. 노인은 천진난만한 두 아이를 보며 향수에 젖었다. 고단한 일상의 가운데서 민우와 지우같이 천진한 아이들과 이런 이야기를 나누었던 것이 언제였던지 기억조차 나지 않았다. 노인은 두 아이를 번갈아 보다가 갑자기 메고 있던 배낭을 끌렀다. 안에서 무언가를 꺼내더니 두 아이 앞에 놓았다.

"자자… 싸우지 말고 이 할아버지가 주는 걸 잘 봐. 자, 이건 지우 꺼고. 이게 뭘까?"

할아버지가 내려놓은 걸 본 지우는 입이 다물어지지가 않았다. 할아버지가 내려놓은 건 바로 자기가 그렇게도 가지고 싶었던 바이올린이기 때문이다. 크기가 작고 낡아서 그렇지 잘 보면 분명 바이올린이었다. 지우는 찢어진 입을 하고는 말했다.

"할아버지, 이거 진짜루 나한테 주는 거야? 진짜루?"

민우는 지우의 바이올린을 보고는 자신의 바이올린을 한번 보았다. 좋아 보이기는 자기 것이 더 좋아 보이지만 그래도 지우의 바이올린으로 눈길이 갔다. 지우는 자신의 바이올린을 오빠에게 뺏길까 봐 저만치 떨어져 앉았다. 민우는 그런 지우를 보며 입맛만 다셨다. 노인은 그런 민우의 눈치를 보며 민우에게도 무엇인가를 주었다.

"우리 민우에게도 무언가를 주어야지. 뭘 줄까…. 그래 이걸 줘야겠다. 자, 이걸 민우한테 주마."

민우는 할아버지가 주는 걸 받아 들고는 한동안 의아해했다. 손안에 들어오는 작은 나무 지팡이 같은 것이었는데 도무지 어디에 쓰는 것인지 알 길이 없었다.

"할아버지, 이건?"

민우는 손으로 받긴 했지만 떨떠름한 표정으로 할아버지를 보았다. 그러자 노인은 민우 귀에다 대고는 아주 작은 소리로 말했다.

"이게 이래 뵈도 아주 소중한 거란다. 이 지팡이는 네가 자라면서 같이 자라는 지팡이야. 소중하게 간직하고 있다 보면 어떻게 쓰는지는 자연히 알게 돼. 그렇지만 절대로 함부로 다뤄서는 안 돼. 알았지? 이걸 달라는 사람이 많았는데 내가 여태껏 아무에게도 주지 않은 거란다. 민우가 너무 착해서 이 할아버지가 특별히 주는 거란다 알았지?"

민우는 그제야 입을 헤벌레 벌리며 좋아했다. 그러자 지우가 바이올린에서 눈을 떼지도 않고 중얼거렸다.

"오빠랑 같이 자라는 지팡이? 그럼 이 바이올린도 나랑 같이 자라나?"

노인은 지우의 말을 듣는 순간 표정이 굳어 버렸다.

'어찌 저 아이가…. 아, 생각보다 일이 급하구나, 급해….'

노인은 진지한 표정으로 두 아이를 유심히 살폈다. 눈에 넣어도 아프지 않을 두 아이. 그 아이들의 맑은 눈망울을 마주 하며 노인은 깊은 생각에 빠져들었다. 그리고 뭔가 결심을 한 듯 눈을 감고는 무어라 무어라 같은 말을 뇌까렸다. 그러자 노인 주위로 약하나마 하얀 빛이 나오더니 노인을 휘감아 돌기 시작했다. 돌던 빛은 조용히 위로 올라가더니만 그 빛줄기가 점점 커져 돌아서는 같이 놀고 있는 민우와 지우도 감싸고 돌아내려왔다. 민우와 지우는 선물에 정신이 팔려 있어서 노인과 자신들에게 무슨 일이 벌어지는지 알지 못했다. 민우와 지우는 돌아가는 하얀 빛에 둘러싸인채 정신없이 놀았다.

인애는 차를 끓여 와서는 두 아이만 놀고 있는 것을 보고는 놀랐다. 할아버지는 온데간데없고 아이들만 이상한 걸 가지고 놀고 있었다. 혹시 화장실에 가셨나 해서 둘러보아도 없었다. 인애는 열심히 놀고 있는 민우에게 물었다.

"할아버지 어디 가셨니? 안 계시네."

민우는 할아버지에게서 받은 작은 나무 지팡이를 이리저리 돌리면서 말했다.

"어, 어디 가셨지? 방금까지 계셨는데. 이상하다. 지우야, 너는 할아버지 어디 가셨는지 알아?"

지우는 바이올린에 빠져 있어서 민우의 말이 귀에 들어오지 않았다.

"지우야, 할아버지 어디 가셨니?"

눈길 하나 주지 않고 놀던 지우는 엄마의 채근에 바이올린을 보며 말했다.

"할아버지는 먼저 가신대. 바빠서 먼저 가신다고 언젠가 다시 볼 날이 있을 거래. 그리고 아빠 옷이랑 지갑 저기다가 놔두었다고 엄마한테 말해 달래. 그럼 됐지요?"

지우는 고개도 들지 않고 손가락만 내밀어서 소파 뒤를 가리켰다.

지우의 말과 표정으로 지우가 장난을 하는 것 같진 않았다. 인애는 지우가 가리킨 곳을 보았다. 할아버지가 가지고 온 사무엘의 외투 위에 지갑이 올리어져 있었다. 사람은 역시 외모로만 볼 것이 아니라는 생각으로 인애는 사무엘의 착한 마음씨가 새삼 자랑스러웠다.

점심이 훨씬 지난 시간, 일을 끝내고 사무엘이 돌아왔다.

문을 열고 현관으로 들어서던 사무엘은 큰소리로 말했다.

"어? 태윤이, 주은이도 왔구나."

사무엘은 현관에 많이 쌓인 신발을 보고 대충 누가 왔는지 알 수 있다.

아빠 목소리가 들리자 아이들은 모두 같이 나가서 인사를 하느라 정신이 없다.

"안녕하세요."

태윤이와 주은이는 사무엘의 팔에 하나씩 매달리고 민우와 지우도 다리에 하나씩 매달렸다. 사무엘은 아이들 넷이서 한꺼번에 덤비는 통에 몇 걸음 가지 못하고 넘어지고 말았다.

까르르. 아이들은 저마다 뭐가 그렇게 좋은지 웃으며 각자 방으로 도망을 하고 넘어진 사무엘 위로 아내 인애의 근엄한 얼굴이 보였다. 인애 손에 들린 외투 한 벌.

사무엘은 눈이 휘둥그레져서 벌떡 일어났다.

"어! 어디서 났어?"

인애는 외투를 든 손을 앞으로 내밀며 말했다.

"어떻게 된 건지 솔직히 말해 봐."

사무엘은 당황하여 여태껏 집으로 오면서 생각해낸 수많은 변명거리를 하얗게 잊어버렸다.

단지 당황하여 '그게… 그게 말이지.' 하는 말만 연발하였다. 그때 구세주가 나타났다.

"아유, 그만해라 좀 민우 엄마도 참. 나 같으면 남편이 밖에서 착한 일하고 돌아다니면 박수라도 쳐주겠다. 도로 찾았으면 됐지. 이제 그만."

주은 엄마다. 사무엘은 주은 엄마의 말에 용기를 얻어서 대꾸를 하려다 참았다. 괜히 잘못 얘기했다가 본전도 못 찾을 게 뻔했기 때문이다. 그저 쥐 죽은 듯이 아무 말도 하지 않고 거실로 들어왔다. 반가운 얼굴이 많이 보였다. 태윤 아빠. 태윤 엄마, 주은 아빠 그리고 자기편을 들어준 주은 엄마. 이렇게 토요일을 맞아서 모두 모였다. 한 아파트에 살아도 자주 못 보는데 오늘은 민우 생일이라서 모두 모인 것이다. 사무엘은 인애의 눈길을 피해 아빠들과 더욱 정답게 얘기를 나눴다. 그렇게 즐거운 토요일 오후는 여유롭고 행복하게 지나고 있었다.

손님이 모두 돌아가자 집안은 전쟁터가 따로 없었다. 모든 장난감은 밖으로 나와서 방 안 가득히 널브러져 있고 점심과 간식 뒤에 남은 설거지도 산더미였다. 하지만 인애는 치울 시간이 없었다. 할아버지 집에 가야 하는데 늦었기 때문이다. 인애와 사무엘은 대충 아이들 옷을 입히고는 지하 주차장으로 내려갔다.

그 와중에도 민우와 지우는 작은 가방을 메고 그 안에 자기 것을 차곡차곡 넣고 있었다. 작은 연필, 연습장 종이, 수첩, 지우개, 등등 글을 조금 쓸 줄 아는 지우는 문방사우처럼 소중히 다뤄서 어디 나갈 때면 항상 몸에 지니고 다녔다. 또 이상한 할아버지에게 받은 작은 바이올린 그리고 악보 몇 장. 지우의 조그마한 가방에 이것저것 많이 들어갔다. 반대로 민우는 그저 지우가 메고 다니는 가방이 귀찮아 보였다. 그래서 민우는 대충 지팡이 하나 휘두르면서 나왔는데 그런 민우를 보며 사무엘은 물었다.

"그게 뭐니? 어디서 주웠어?"

그러자 민우가 휙휙 휘두르며 말했다.

"아빠, 아빠가 외투 벗어준 할아버지가 생일 선물로 나한테 준 거야. 어때? 멋있지?"

사무엘은 인애가 들을까 봐 얼른 말을 돌렸다.

"그래? 그러나 저러나 빨리 가야 하는데."

급히 차를 몰고 지상으로 나오던 사무엘은 인애의 비명소리에 차를 세웠다. 사무엘은 지은 죄가 있어 조마조마했는데 인애는 다시 집안으로 들어가서는 아버님 생신 선물을 갖고 나왔다.

"하마터면 다 가서 생각날 뻔했네."

인애의 말에 사무엘도 안심이었다. 인애는 개구쟁이 두 아이들하고 살다보니 뭐 하나 잊어버리는 것은 일상이었다. 인애는 안도의 숨을 몰아쉬고는 차 앞자리에 기대어 그제야 거울을 보았다. 거울 안에는 마귀할멈이 한 명 있었다.

"이게 뭐야. 아버지 생신에 이런 몰골을 하고 가다니."

인애는 서서히 짜증이 밀려왔다. 그러다 앞으로 머리를 들이민 민우의 얼굴을 보고는 마침내 폭발하였다. 웃고 있는 민우 이빨 사이로 소 한 마리가 끼어 있는데다가 볼에는 아침에 먹은 초콜릿이 잔뜩 묻어서 녹아 붙어있었다. 뒤로 돌아본 지우의 얼굴도 마찬가지, 게다가 지우는 머리도 묶지 않고 풀어 헤치고 귀신처럼 앉아 있었다.

"야. 너희!!"

엄마의 크고 긴 비명에 민우는 잽싸게 자기 자리로 돌아가서는 창밖을 바라보며 다소곳하게 앉아 있었다. 이미 지우는 눈을 감고 자고 있고…. 사무엘은 웃음이 나와 견딜 수가 없지만 그래도 오늘은 잘못하면 죽을 판이다. 사무엘은 앞만 보고 운전을 하였다.

사무엘은 차를 몰고 미끄러지듯이 아파트를 나왔지만 백 미터도 못 가서 그 자리에 서고 말았다. 교통체증을 하루 이틀 겪는 것은 아니지만 오늘따라 유난히 더 막히는 것처럼 느껴졌다.

사무엘과 인애는 늦을까 봐 초조해졌다. 심상치 않은 표정으로 앉아 있는 인애를 보다가 어색한 분위기를 깨려고 사무엘이 입을 열었다.

"에라 모르겠다. 교통체증은 나라님도 못 막는다고 하잖아. 조바심 내지 말고 즐겁게 가자. 뭐 어떻게 되겠지 뭐. 뉴스나 듣자고."

그러자 웬일로 인애도 순순히 포기를 하였다.

"그래. 뉴스나 들으면서 천천히 가지 뭐. 아빠가 좀 기다리시겠지."

그러나 무료함을 달래려고 틀어 놓은 라디오에서는 사람 속을 뒤집는 소리만 내보내고 있었다.

사무엘은 매일 쏟아지는 답답한 뉴스에 짜증이 나는지 라디오를 끄고 대신 CD 플레이버튼을 눌렀다. 옆자리의 인애는 아예 눈을 감고 체념한 모습인데 아이들은 아직도 엄마의 눈치를 슬슬 보며 시동을 걸 준비 중이었다. 여차 하면 뒤집고 놀 기세였다.

라디오에서는 짜증나던 뉴스가 끝나고 바이올린과 피아노가 어우러진 애절한 노래가 흘러 나왔다. 익히 듣던 곡. 엘가의 '사랑의 인사'였다. 사무엘은 집에서 아내 인애가 바이올린으로 연주하던 곡이라서 지금 흘러나오는 이 곡이 익숙했다. 인애도 역시 매번 운전할 때면 듣는 곡이었다. 사무엘은 마치 자신이 피아노를 연주하듯이 손가락을 세우고는 운전대를 건반 삼아 몸을 흔들며 연주를 하고 있었고 뒤의 민우는 고개를 가로저으며 바이올린을 켜고 있었다.

그러자 한결 기분이 나아짐을 느꼈다. 인애가 기대어 자는 동안 차안은 광란의 무대로 바뀌었다. 단지 음악이 조용할 뿐 아이들은 이리저리 몸을 흔들며 깔깔거렸다.

잠시 후 차는 거짓말처럼 속도를 높였다. 정릉을 지나 북악 스카이웨이에 들어서자 차는 여유있게 움직였다. 북악산 줄기를 따라서 나 있는 도로는 예전 사무엘과 인애가 신혼여행 가기 전에 들렀던 코스이기도 하였다. 그만큼 경치가 좋고 시내가 한눈에 내려다보여서 서울에서 몇 안 되는 명소로 꼽혔다.

아이들의 소리에 자다 깬 인애는 기분이 좋아졌는지, 점심때의 냉랭한 표정은 버리고 밝은 표정으로 음악을 들으며 미소까지 띠었다. 민우와 지우는 싸우기도 하고 다정하게 이야기를 하기도 하면서 뒷좌석에서 잘 놀고 있었다.

북촌 가회동. 그리 늦지 않게 도착했다. 전통 가옥인 한옥이 모여 마을을 이룬 동네다. 그 한옥들 중에서 제법 크고 눈에 띄는 집이 바로 인애의 아빠 고천중의 집이었다. 고천중은 (주)세연의 회장이었다. 여러 사업을 하였는데 그중 재활용 쓰레기를 처리하는 것이 (주)세연의 주된 사업이었다. 지금은 아들 다니엘을 돌보기 위해 모든 것을 딸 고주애에게 맡기고 집에만 있었는데 사업을 할 때도 대부분 그 회사 회장이 누군지 모를 정도로 밖으로 나서는 것을 꺼려했다. 몸이 좋지 않아서이기도 하지만 타고난 성품이 조용해서 그런지 대외적인 활동은 전무했다. 그 고천중과 고다니엘, 고주애가 사는 집이 바로 이 한옥이었다.

사무엘도 결혼하고 나서는 한동안 이 집에서 같이 살았다. 그러나 다니엘이 다치고 나서는 분가하게 되었다. 다니엘이 아픈 후로는 고 회장 생일에도 잘 모이지 않았다. 그저 인애와 사무엘이 가끔씩 들러서 안부만 묻고 갔다. 그만큼 고 회장의 마음속에 아들에 대한 사랑과 한탄이 컸다.

그런 고천중의 마음을 잘 아는 자식들은 아빠가 다니엘을 놓아줄 때까지 기다리면서 가슴을 졸이고 있었다. 그러다가 오늘은 고천중의 70세 생일이자 민우의 9세 생일을 축하하러 한 가족이 모두 모였다. 이번 생일 모임은 이상하게도 민우가 고천중을 졸라서 하는 것이었다.

만날 전화로만 얘기하던 민우가 할아버지를 엄청 졸라댔다. 그래서인지 옛날 같으면 그냥 할아버지가 집으로 오시거나 그냥 밖에서 모여 식사만 하고 헤어졌는데 이번에는 조촐하나마 집에서 모이기로 하였다. 민우가 조른 이유도 있지만 그만큼 세월이 고천중의 마음을 녹였기 때문이었다. 고천중도 이제는 다니엘을 어느 정도 마음에서 놓아준 것 같기도 했다.

인애는 감회가 새로웠다. 모처럼만에 와보는 집. 아이들하고 같이 온 것이 몇 년 만인지 모른다. 동생 다니엘이 다치고 나서는 일절 밖으로 나오지 않으시는 아빠와 동생 주애를 생각하면 큰언니로서 주애에게 너무 미안한 마음이 몰려왔다.

인애는 대문 앞에 서서 지난날들을 떠올리고 있었다. 민우와 지우는 기억이 가물가물한지 웅장한 나무 대문 틈새로 눈을 집어넣어 보고 있었다. 문틈으로 보이는 정원에는 잔디와 잡초가 구분이 가질 않았고 나무들도 아직 한겨울인 것처럼 옷을 벗고 휑한 느낌이 들었다. 오로지 집안에는 사람 냄새를 맡고 컹컹대며 이리저리 몰려다니는 강아지들만 보였다. 민우는 겁이 나는지 엉덩이를 빼고 보고 있는데 지우는 별 감흥 없이 무덤덤했다. 잠시 후 주애가 나왔다. 민우와 지우는 이모를 아주 좋아했다.

"이모~!"

민우와 지우는 큰소리로 호들갑을 떨며 이모의 양팔에 매달렸다. 인애는 아이들에게 시달리는 동생에게 미안한지 아이들을 떼어 놓았다.

"이모 힘들어. 내려와, 얼른."

"괜찮아, 언니. 나도 좋아. 놔둬. 그런데 애들이 정말 많이 컸다. 이젠 갓난아기가 아니네. 자, 민우 지우, 들어가자."

주애는 환하게 웃으며 말하고는 아이들을 몰고 들어갔다. 민우는 개가 무서운지 이모 뒤에 바짝 붙어 가고 지우는 무덤덤하게 이모 손을 잡고 걸어갔다. 지우는 졸랑졸랑 꼬리를 흔들며 쫓아오는 강아지와 눈싸움을 하였다. 강아지에게 지우는 주먹을 내보이고는 일부러 무서운 얼굴을 하고는 집으로 들어갔다. 그런 지우를 아는지 모르는지 강아지는 연신 꼬리를 흔들며 혀를 내밀고 아양을 부렸다. 지우가 좋은 모양이었다.

이모 품에 매달려 집으로 들어가는 모습을 보며 인애는 예전 어릴 적 자신이 생각났다. 항상 엄마의 팔에 매달리거나 업혀서 동네를 쏘다녔는데 그때는 세상이 다 자기 것 같았고 한없이 포근했다. 이모는 모든 장난을 다 받아 주니 아이들은 이모에게서 엄마를 느끼고 있는지도 몰랐다. 인애는 자신이 아이들에게 엄해서 정이 별로 없는 것 같아 약간은 쓸쓸했다. 발밑이 간지러워서 뒤를 돌아본 인애는 기가 막혔다. 희망이가 사무엘을 알아보고 반가워서 꼬리를 흔드는데 사무엘은 무서워서 대문에 들어서질 못하고 있었다. 인애는 혀를 끌끌 차며 사무엘을 바라보았다. 개를 무서워하는 것은 부자간에 피할 수 없는 유전. 인애는 사무엘의 손을 잡아끌고는 집 안으로 성큼성큼 걸어 들어갔다. 강아지들은 인애를 알아보고는 꼬리를 흔들며 떼로 몰려왔다. 사무엘은 기겁을 하고는 인애 뒤에 숨어서 겨우 집안으로 들어갔다. 인애는 그런 사무엘이 귀엽다고 생각했다.

'쿵쾅. 쿵쾅.'

기다란 마루 저편에서 요란한 소리를 내며 누군가가 사무엘 쪽으로 걸어왔다. 커다란 키와 거대한 체구에 비해 비교적 작은 얼굴. 조금 벗겨진 머리 아래로 얼굴의 반을 차지하는 큰 눈알. 게다가 그 아래 입술은 썰면 세 접시였다. 얼굴의 나머지에는 한 근은 되어 보이는 양볼이 혹처럼 매달려 있었다. 때마침 밝혀 놓은 마당의 조명에 얼굴 윤곽이 더욱 뚜렷해 보여서 멀리서 보아도 금세 누군지 알 수 있었다.

용문교회에서 사무엘과 같이 고아로 자란 상면. 사무엘의 둘도 없는 친구였다. 근래 7년 동안 한 번도 본 적이 없고 소식조차 듣지 못했는데 고회장 칠순이라는 말을 전해 듣고는 한걸음에 달려온 것이다.

사무엘과 상면은 놀람과 흥분으로 두 팔을 벌려 아무 말없이 서로를 껴안았다. 민우와 지우는 두 눈을 껌벅이며 무슨 일인가 하는 표정으로 보고만 있었다. 둘은 서로 껴안은 지 한참 만에 떨어졌다. 그리고는 누가 먼저랄 것도 없이 시끄럽게 떠들기 시작했다.

"아니, 연락 한번 안 하고, 이건 정말 너무한 거 아니야?"

"나도 연락을 하고 싶었지. 근데 네가 도대체 어디에 있는지⋯⋯."

"야, 무슨 일이든 정성이 있으면 알 수 있는 거야. 너만 연락이 안 돼요, 너만."

"아니, 그게 아닌데⋯⋯."

사무엘은 곤란한 표정으로 머리를 긁적였다. 분명 자신은 별반 잘못이 없어 보이는데 막상 말하고 나면 그게 꼭 그렇지만은 않았다. 그래서 상면의 쏘아대는 말에 한마디 말도 못하고 얼굴만 빨개졌다.

인애는 자기 얼치기 남편과 친구의 치기어린 실랑이를 보면서 예전 기억을 떠올렸다. 상면은 지우가 세상에 나오던 날의 일등 공신이었다. 지우가 태어나던 날 상면이 아니었으면 하마터면 산속에서 지우를 낳을 뻔했다. 급박한 순간에 상면이 침착하게 차를 몰고 병원을 잘 찾은 덕분에 간신히 용문 근처 병원에서 지우를 수술로 낳을 수 있었다.

조금이라도 늦었으면 산모나 태아 둘 중 하나는 위험했다고 하니 지금 다시 생각해도 정말 아찔한 순간이었다. 그래서 부부는 지우를 볼 때마다 늘 상면 생각을 하곤 하였다. 인애도 상면을 7년 만에 처음 보는 것이다. 인애는 자신과 남편이 상면에게 너무 소홀했다는 생각에 너무 미안하였다. 상면은 용문교회에서 보던 모습보다 머리는 반쯤 더 벗겨졌지만 붉으락푸르락한 얼굴 사이에 해맑은 웃음이 어울리는 모습은 변함이 없다.

그러나 상면은 예나 지금이나 급한 성격답게 만나자마자 따발총이다.

"그래도 그렇지, 손가락은 어디 따로 모셔놨냐? 전화도 없게."

"그게⋯. 아니 그게⋯⋯."

그때였다. 상면 뒤에서 많이 들어본 목소리가 들렸다.

"그만해라 상면아. 사무엘 무안하겠다."

사무엘은 낯익은 목소리에 상면의 뒤로 고개를 빼어 보았다. 그러고는 입안 가득히 함박웃음을 띠며 두 팔을 벌렸다.

"이야~ 오늘 다 모였네. 다 모였어. 정말 반갑다. 그동안 뭐하고들 지냈어?"

여와와 스데반. 여와는 사무엘과 스데반, 상면보다 두 살 위고 다같이 용문교회 고아원 출신이다. 언제나 차분하고 빈틈없는 성격에 무슨 일을 하든 깔끔했다. 고 회장을 모시는 비서실장인데 최근 몇 년간은 무얼 하는지 아무도 알지 못했다.

스데반 역시 사무엘, 상면과 함께 고아원 출신의 죽마고우였다. 머리가 매우 비상하고 순발력이 좋아서 여와와 같이 고 회장 회사에서 중책을 맡고 있었다. 역시 몇 년간은 행적이 묘연한 채로 그렇게 사라졌다가 오늘 나타난 것이다.

이제 어릴 적 고아원 출신들은 거의 다 모인 셈이다. 사무엘과 친구들은 오랜만에 만나서 좋은지 아이들처럼 웃고 떠들며 난리다. 사무엘과 친구들의 천진난만한 모습을 보며 인애는 자리를 슬며시 빠져나와 안방으로 들어갔다.

단출한 살림살이만 있는 안방에는 아무도 없었다. 매일 밤 악몽에 몸부림치는 아빠의 방이었다. 소탈하고 정갈한 느낌이 나는 것을 보니 주애가 매일 정성스레 청소하는 것 같았다. 인애는 안방을 나와서 다니엘이 누워 있는 바로 옆방으로 갔다. 역시 아빠는 그곳에 있었다. 죽은 듯 누워 있는 다니엘을 하염없이 바라보며 곁을 지키는 아빠 등 뒤로 가서는 아빠를 꼭 끌어안았다.

"아빠, 이제 그만 나오세요. 다니엘 자잖아요."

고 회장은 고개를 끄덕이며 큰딸의 손을 마주 잡았다.

"인애 왔구나. 그래, 그래야지. 마음은 이미 그러고 있는데 이상하게도 몸이 안 떨어지는구나. 이상도 하지. 그래, 민우, 지우도 데리고 왔니? 할배 집이라고 놀러오지도 못하고. 쯧쯧~ 불쌍한 것들. 이젠 많이 컸겠구나."

"네, 많이 컸어요. 아빠가 아이들 못 보신 지가 얼마나 되지요? 한 삼 년은 못 보셨지요? 지금은 많이 컸어요. 특히 민우가 많이 컸어요. 많이 의젓해져서 이젠 동생을 괴롭히지도 않고요."

인애는 말을 하면서 다니엘을 보았다. 죽은 듯 편안한 모습이었다. 하얀 얼굴에 오뚝한 코. 눈을 뜬다면 세상에서 가장 아름다울 것 같은 남자.

갑자기 일어나서 누나! 하며 달려올 것만 같았다.

누나인 자신도 그런데 아빠는 오죽하실까 생각을 하니 다니엘과 아빠가 불쌍해서 견딜 수가 없었다. 하지만 어쩌겠는가.

벌써 7년. 꼭 7년이었다. 다니엘이 사고로 의식을 잃은 지 만 7년이니 이제는 서서히 포기해야 할 때가 온 것이다. 고인애는 고천중의 휠체어를 밀며 방 밖으로 나왔다.

한편 민우와 지우는 이모를 졸라서 술래잡기를 하고 있었다. 지우는 만날 술래였다. 숨어도, 숨어도 오빠한테 들키는데 술래를 안 할 재간이 없었다. 그러나 오늘은 다르다. 이제는 마음 좋은 이모가 술래였다. 게다가 이 집은 엄청 넓고 숨을 만한 곳이 많았다.

지우는 귀신같이 자기를 찾는 오빠가 술래가 아닌 이상은, 숨기만 잘하면 발각되지 않을 자신이 있었다. 그래서 지우는 그 큰 눈을 굴리며 이리저리 좋은 장소를 찾아 헤매다가 마침 엄마와 외할아버지가 방 밖으로 나오는 것을 보았다.

다른 곳과 달리 으슥하고, 마루 맨 끝에 문이 있어서 마루 이곳저곳에서 보아도 잘 보이지 않았다. 엄마와 외할아버지가 가고 없자 지우는 방 안으로 잽싸게 들어갔다. 밖에서는 이모의 목소리가 들렸다.

"꼭꼭 숨어라, 머리카락 보인다. 꼭꼭 숨어라, 머리카락 보인다."

이모의 목소리에 지우는 웃음이 입 밖으로 밀고 나오지만 그래도 이번에는 들키지 않을 자신이 있었다. 굳게 마음먹은 지우는 더욱 들키지 않으려고 문틈으로 밖을 보면서 혹시나 이모가 지나가는지 살피고 있었다.

그때였다.

죽은 듯 늘어져 누워 있는 다니엘의 손이 그 순간 미세하게 떨렸다. 7년의 고통과 아픔을 털어내려는 듯 다니엘의 손끝은 떨리기를 계속했다. 그러나 아무것도 모르는 지우는 히죽이며 문틈으로 밖을 보고만 있었다. 아무것도 모르는 지우와 외삼촌 다니엘의 운명의 만남은 이렇게 시작이 되고 있었다.

한편 시간이 지나고 저녁이 다 되어, 별실에 마련된 너른 식당에 모인 사람들은 서로 인사를 하느라 정신이 없었다. 오랜만에 만난 사무엘과 친구들의 떠드는 소리에다가 민우가 외할아버지 품에 안겨서 조잘대는 소리, 게다가 뭐가 그리 좋은지 짖어대는 강아지들의 합창까지.

고주애는 오랜만에 느껴보는 사람 사는 소리에 기분이 좋았다. 앞으로는 좀 더 자주 모여야겠다는 생각에 더욱 기분이 좋아진 고주애는 유리잔을 젓가락으로 통통 치면서 말했다.

"자, 다들 앉으세요. 남자들은 이쪽, 여자들은 저쪽, 그리고 아이들은 여기 할아버지 옆에…. 자, 다들 앉으세요."

주애의 말에 모두는 각자 정해진 자리에 앉았다. 식탁의 가운데에 고천중이 앉고 그 양옆으로 민우 그리고 그 옆으로 인애와 사무엘, 그리고 반대편에 사무엘의 친구들과 주애가 앉았다.

고천중은 주위를 살피다가 무언가 이상하다는 듯 고개를 갸웃거렸다.

"다 모였나? 이상하네. 꼭 누가 빠진 것 같기도 하고."

그러자 고천중 옆에 있던 인애가 소리쳤다.

"지우… 지우가 안 보이네. 민우야, 너 지우 못 봤니?"

민우는 엄마의 말에 잠시 귀를 쫑긋하고는 눈을 오른쪽 위로 치켜뜨면서 말했다.

"엄마, 지우가 누구랑 얘기하고 있어요. 저쪽에서."

고주애는 건너편에 앉은 민우를 똑바로 쳐다보며 말했다.

"민우야, 지금 이 집에는 아무도 없어. 여기 모인 사람 말고는… 근데 지우가 누구랑……."

고주애의 말이 끝나기도 전에 민우가 소리쳤다.

"아, 알았다. 외삼촌이랑 놀고 있어요. 외삼촌. 맞아요. 지우가 외삼촌이래요."

고천중은 갑자기 머리가 멍해졌다. 사무엘과 인애, 주애 할 것 없이 모두 민우의 말이 믿기지 않았다. 난감한 사무엘이 민우를 붙잡고 엄하게 말했다.

"너, 똑바로 말해 봐. 지우를 잘 데리고 놀라고 아빠가 그렇게 얘기했는데 지우 어디다 놓고 온 거니?"

아빠가 인상을 굳히고 말하는데다가 다들 자기 말을 안 믿어 주자 그만 민우는 울어 버렸다.

"아니, 그게 아니라… 지우가 외삼촌하고 잘 놀아서 얘기 안 한 것뿐인데… 지금 저쪽 방에서 지우랑 외삼촌이랑 잘 놀고 있단 말이에요."

고천중은 울먹이는 민우를 쓰다듬어 안으며 잠시 생각을 하였다.

"그래, 민우야. 이 할배는 네 말을 믿어. 그러니 할배랑 지우 있는 곳으로 가자. 알았지?"

민우는 울먹이던 눈으로 고천중을 보며 고개를 끄덕였다. 고천중이 움직이자 사무엘이 말리며 말했다.

"저희가 찾아보겠습니다. 아버님은 그냥 계시죠."

그러자 고천중은 민우와 함께 나가며 말했다.

"아니야, 손주를 찾는데 할배가 나서야지. 그렇지 않아도 손주들하고 별로 놀아 주지도 못했는데…. 내가 가야지. 가서 좀 놀아 주고 올게. 다들 식사하고 있어. 배들 고플 텐데."

사무엘은 더 이상 말을 하지 못하고 엉겁결에 따라나섰다. 일이 이쯤 되니 식탁에 앉았던 모든 사람들도 우르르 따라 일어섰다.

민우가 앞장서서 가는 그 뒤를 주애가 고천중의 휠체어를 밀면서 가고 있었다.

고천중은 이상하게도 심장이 뛰었다.

'지우가 외삼촌이랑 놀아요.'

민우의 말이 머리에서 맴돌다가 심장을 뛰게 만들었다. 설마, 설마 하면서 고천중은 민우가 열어젖힌 방 안으로 들어갔다. 그곳에는 과연 지우가 다니엘의 침대 옆 의자에 앉아서 무어라 재잘대고 있었다. 사무엘이 무어라 말하려는 걸 고천중이 가로막았다. 모두의 눈이 다니엘을 보았다. 적막이 잠시 흐르고…. 그러나 잠시 후 모두 실망했다.

'그럼 그렇지….'

다니엘은 죽은 듯 누워 있었고 지우 혼자 뭐라 중얼대고 있을 뿐이었다.

그때였다. 이상한 낌새를 눈치 챈 지우가 뒤를 돌아보았다. 그러고는 할아버지를 보고는 해맑은 미소로 말했다. 마치 올 줄 알았다는 듯이.

"할아버지, 외삼촌이 너무 재밌어요."

천진난만한 아이의 말에 다들 낯빛이 무거워졌다. 그저 어린아이의 치기어린 장난이려니 하였다. 사무엘은 화가 나서 얼굴이 붉으락푸르락하였다.

"지우, 너 이리 오지 못해? 외삼촌이 자고 있는데 뭐가 재밌어? 너보고 뭐라 그랬다고 그러니? 너, 여기 함부로 들어오면 외삼촌 자는데 방해되잖아. 너는 여기서 소꿉장난이나 하고 있으면 어떻게 해. 다들 밥 먹으려고 모였는데. 엄마 걱정하잖아?"

아빠의 화난 얼굴을 처음 본 지우는 감히 말을 하지 못하고 울먹이면서 엄마 옆으로 왔다. 인애는 아빠에게 처음으로 혼이 난 지우를 데리고 알아듣기 좋게 얘기하고 있었다.

그러나 지우는 무엇이 서러운지 눈물을 흘리며 아니라고 도리질을 하고 있었다. 민우도 겁이 나는지 고주애 옆에 숨어서 다니엘만 보고 있었다. 상면과 스데반도 마음이 편치 않아서 고개를 돌리고 있었다.

고천중은 실망한 얼굴로 돌아서며 혼잣말로 뇌까렸다.

"그럼 그렇지. 괜히 내가 쓸데없는 생각을 해 가지고선."

엄마 손에 이끌려 나오던 지우는 울면서 엄마에게 억울함을 호소하고 있었다.

"분명히 외삼촌이 그랬단 말이야. 할아버지가 만날 아침에 와서는 운다고. 울보라고. 그리고 저번에는 할머니가 외삼촌 이름도 요셉으로 바꿨다구. 분명히 그랬단 말이야."

고천중은 뒷골을 한 대 얻어맞은 것 같은 충격을 받았다.

'요셉… 요셉….'

휠체어를 뒤에서 밀던 주애가 갑자기 무릎을 꿇고 앉아서는 지우의 손을 잡았다.

"지우야, 너 방금 뭐라고 했니? 분명 외삼촌이 그렇게 말했니?"

갑작스런 주애의 행동에 지우뿐 아니라 모두가 놀랐다. 지우는 아빠의 눈치를 살살 살피는데 사무엘이 고개를 끄덕였다. 그러자 모기가 기어들어 가는 목소리로 지우가 말했다.

"응… 이모. 외삼촌이 분명히 말했어. 할아버지가… 그러니까 아침 다섯 시면 자기한테로 와서는 울고 간댔어. 그리고 이모도 밖에서 자기를 보고 울고 간댔구. 그리구 자기 이름이 두 개랬어. 하나는 다니엘이구 하나는 요셉이라구. 할아버지가 아침에 와서 그랬다는데 왜 나한테 뭐라구 그래… 앙!"

지우는 서러운지 눈물이 폭발하였다. 주애는 울고 있는 지우를 꼭 끌어안고는 달랬다. 하지만 주애도 지우 못지않게 울고 있었다. 행여 아빠가 자신의 눈물에 울까봐 소리를 죽이며 울고 있었다.

'아… 아버지 감사합니다.'

그러나 우는 사람은 또 있었다. 고천중이었다. 고천중의 눈앞으로 지난 세월이 주마등처럼 지나갔다. 절절이 애끓는 부정으로도 살리지 못한 자신의 하나밖에 없는 아들이 오늘 살아 돌아왔다. 고천중은 그렇게 그리고 그리던 오늘을 맞아서 정작 어찌할지를 몰랐다. 그저 우는 것만이 자신이 할 수 있는 전부였다. 아빠의 눈물을 보는 인애와 주애는 지우를 끌어안고 셋이서 울고 있었고 민우의 손을 잡은 사무엘도 소리 없이 울고 있었다.

그때였다. 아빠 손을 잡고 서 있던 민우가 갑자기 소리쳤다.

"외삼촌. 외삼촌."

인애는 민우의 말에 고개를 들어 침대를 보았다. 침대 밖으로 삐죽 나온 다니엘의 오른손이 흔들리고 있었다.

얼마나 오랫동안 참았을까. 손을 흔드는 다니엘의 눈에서도 한두 방울 눈물이 비추기 시작했다. 그러다가 어느 순간 다니엘도 제법 굵은 눈물을 흘렸다. 울고 있는 다니엘을 본 주애와 고천중은 다니엘에게 달려가서 떨고 있는 오른손을 잡고 같이 울었다.

그동안 쌓여 온 모든 비통과 설움을 날리려는 듯 아무런 말을 하지 못하고 그저 울기만 하였다. 방 안의 모든 사람은 눈물을 흘리며 울고 있었고 영문을 모르는 민우와 지우만이 큰 눈을 치켜뜨고는 멀뚱히 바라보고만 있었다. 사무엘의 친구들도, 고천중 가족들도 모두 저녁식사도 잊은 채 밤이 늦도록 다니엘의 방을 나올 줄 몰랐다.

상면은 스데반과 함께 별채에서 나와서는 마당에 있는 파라솔 의자에 앉았다. 성격 급한 상면이 자리에 앉기도 전부터 물어 왔다.

"다니엘이 어쩌다 저렇게 된 거야? 예전에는 멀쩡했잖아."

스데반은 약간 추운지 몸을 한번 떨더니 파라솔 사이로 보이는 달을 보며 말했다.

"그게 그러니까 네가 사우디에 가고 나서 한 열흘 정도 있었나? 어느 날 전화가 왔어. 명천이 형한테서 말이지. 회장님한테도 알리지 말라고 하면서 다짜고짜 다니엘이 백병원에 입원했는데 응급실에 있으니까 사무엘에게 전화 좀 해달라는 거야. 그래서 무슨 일이냐니깐 그냥 급하다고만 그래. 그래서 나는 사무엘한테 연락하고는 백병원으로 부리나케 갔지 뭐야."

스데반의 말에 상면도 얼추 생각이 났다. 명천이 형. 상면보다는 5년 위인데 백병원 응급실에서 의사로 있었다. 워낙 공부도 잘하고 비상한 머리를 가져서 다들 돈 버는 과로 가라고 했지만 굳이 외과를 지원했고 게다가 응급실에 자원해서 있었다. 상면도 명천이 형을 한 번 정도 본 기억이 났다. 아무래도 본인은 군인이라 사소하게 다칠 일이 많았는데 딱 한 번 지원 나왔다가 다쳐서 백병원 응급실 신세를 진 적이 있었다. 그때 한 번 본 것이 기억난 것이다.

"그래서…. 가니까… 어찌됐던데?"

"가보고 나도 적잖이 놀랐었지. 사고가 크게 났던 거야. 술 취한 트럭 운전사가 다니엘을 치고는 가로수를 들이받은 거였더라고."

"이런 죽일 놈."

상면이 이를 부드득 갈았다.

"그러지 마. 그 운전사도 죽었어."

"뭐? 걔가 왜 죽어?"

"잘은 모르겠는데 나무에 깔려 죽었다고."

상면은 의외의 상황에 놀랐다. 차에 치인 사람이 죽은 게 아니라 사고를 낸 사람이 죽고 치인 사람이 살았다는 것이 이상했다.

"그 사람도 죽었다니 뭐라 할 수도 없고… 그래서?"

"그때 명천이 형이 다니엘을 붙잡고 살리고 있는 거야. 팔, 다리, 머리, 어디 하나 성한 데가 없었는데 이리저리 일단은 대충 맞추어 놓고 있더라고. 명천이 형이 좀 유명하긴 했는데 직접 보니깐 귀신이 따로 없어요. 침착한데다가 손도 빠르고… 하여튼 명천이 형이 다니엘을 살려놓기는 했는데 말이야."

"그런데?" 성격 급한 상면이 말을 잘라왔다.

"그런데 말이야, 한 달을 혼수상태로 있었는데 깨어나지를 않는 거야. 명천이 형도 이상하대. 분명히 일어나야 정상인데 안 일어난다는 거지. 이상하게도 그냥 잠만 자는 거라는데 무슨 말인지 알아듣질 못하겠더라고. 그러다가 칠 년이 지난 오늘 깨어난 거지. 참, 세상일은 알 수 없는 것 같아."

상면과 스데반은 지나간 이야기라서 쉽게 할 수 있었다. 그러나 그간 얼마나 많은 눈물이 있고 고통이 있었는지 알기에 밖에 나와서 둘만 얘기를 했다.

잠시 후 사무엘이 나왔다. 오랜만에 만나는 친구지만 갑작스레 생긴 일로 회포를 풀 만한 상황도 아니었다. 오늘은 일단 집으로 돌아가는 게 좋겠다며 사무엘이 인사를 하러 나온 것이다. 사무엘을 본 상면이 먼저 말을 걸었다.

"대충 정리됐니?"

"응, 지우가 많이 놀라서 집에 가서 쉬게 하려고. 내일 다시 오기로 했어."

스데반은 사무엘의 어깨를 치며 말했다.

"야, 너 지우한테서 눈을 떼면 안 되겠어. 저렇게 귀엽고 예쁜데 누가 데리고 가면 어쩌려고."

스데반의 말에 사무엘은 심각한 표정이 되었다. 스데반은 혹시 자기가 말실수를 했나 해서 눈을 크게 뜨는데 사무엘이 심각하게 말했다.

"너희는 어떻게 생각하니? 우리 지우 말이야…. 처남하고 말을 하잖아. 우리 중에 누구도 그러지 못하는데… 말이 안 되는 것 같아."

그러자 상면이 거들고 나섰다.

"야, 걱정하지 마라. 내가 생각하기에 지우가 영혼이 맑아서 그런 거 같아. 안 그래, 스데반?"

스데반도 고개를 끄덕였다.

"나도 같은 생각이야. 그러니까 지우를 더 잘 키워야지. 그러면 되는 거야, 딴 걱정하지 말고. 알겠니? 이 아저씨야."

사무엘은 머릿속이 정리가 되질 않고 도통 이해할 수가 없었다. 처음에
는 다니엘이 깨어나서 좋은 마음에 지우 생각은 하질 못했는데 가만히 생
각해 보니 보통 일이 아니었다. 사무엘은 머리가 너무 복잡해져서 어지럽
기까지 했다. 마당 위로 바라본 하늘에는 별이 어지러이 돌고 있었다.

B급들의 이야기 3

고흐의 아들 고일중은 나 목사를 죽인 후에 갈수록 악해졌다. 동생 고천중을 잡으려고 고일중은 김 목사라는 가면을 쓰고 살아갔다. 김 목사는 결혼을 하지 않았다. 그래서 자식이 없었는데 고아였던 자신을 닮은 아이를 입양하고는 아들처럼 보살펴 주었다. 아들 이름은 김민이라 지었다.

김 목사는 유명한 사회사업가이기도 했다. 평생을 어려운 이웃을 도와주고 가난한 사람들을 찾아다니며 좋은 명성을 쌓아갔다. 김 목사는 미술관을 짓는 꿈이 있었다. 그건 평생 동안 꿈에 나타난 고흐의 그림들 때문이었다. 김 목사를 괴롭히는 꿈은 고흐가 그림을 그리는 장면이었는데 마지막에는 꼭 그림에게 피를 빨리는 고흐를 보며 끝이 났다. 괴로운 꿈은 멈추지 않았다. 김 목사는 고흐의 그림을 전시하기 위한 미술관을 지으려 했지만 미술관을 지을 비용이 없어서 차일피일 미루게 되었다.

그러던 어느 날 국내 제1의 기업 회장인 이정방이 미술관을 지으려는 김 목사의 사연을 알고 김 목사를 찾아왔다. 이정방은 이안이라는 조카를 대동하고 와서는 모든 비용을 후원하겠다고 약속했다. 이정방의 후원을 얻은 김 목사는 미술관을 짓기 위해 장소를 물색했다. 그러던 중 역시 김 목사의 사연을 듣고 나타난 야당 총재 조하진과 스즈키의 도움으로 빈 공터였던 서울의 한복판에 땅을 얻게 되었다.

돈은 이정방이 냈지만 정치인 조하진의 도움으로 토지를 얻게 되었다. 그렇게 많은 사람들의 도움을 받아 만정미술관은 순조롭게 지을 수 있었다.

김 목사는 정작 미술에 관해서는 아무것도 몰랐다. 더군다나 미술관을 운영하는 것은 더더군다나 불가능했다. 그래서 국립박물관장 출신인 정돈옹에게 미술관장을 맡겼다.

김 목사는 미술관 건축에 어느 정도 진척이 있자, 미술관의 이름을 정하는 자리를 열었다. 그리고는 도움을 준 사람들을 모두 모아서 의견을 물어보았는데 그 자리에서 김 목사의 의견이 이름으로 채택되었다. 이름은 만정으로 지었다. 그 이유는 김 목사가 꿈에 본 우물이 엄청나게 큰 우물이라서 그 꿈에 빗대어 만정이라 제안했는데 모두 손뼉을 치며 찬성했다. 그래서 그 자리에서 만정미술관을 짓는다고 공표하고 공사에 박차를 가했다.

공사가 한창이던 어느 날 김 목사는 정돈옹의 제안으로 전국적인 헌혈운동을 벌였다. 헌혈운동은 만정미술관 개관을 축하하는 사업의 일환이었다. 적극적으로 헌혈한 사람들 가운데 추첨해서 당첨된 사람들을 개관 당일 만정미술관에 초대하는 사업이었다. 게다가 그 개관 날부터 고흐의 원작 그림들을 전시하는 행사도 기획했다. 정돈옹의 세련된 기획 덕분에 전국적으로 헌혈의 바람이 불었다. 김 목사가 텔레비전에 나와서 피가 부족해서 죽어가는 어린아이들을 위해 헌혈해 줄 것을 호소하자 많은 국민들이 헌혈에 동참하게 되었다.

만정미술관은 그렇게 전 국민의 관심 가운데 건축이 시작되었다.

하지만 만정미술관을 짓는다는 보도가 나가자 귀신의 영들이 만정미술관으로 몰려들었다. 가장 먼저 미친개가 김 목사에게 달려들었다. 미친개는 이미 루시퍼가 고흐의 안으로 들어갔다가 죽을 뻔했던 일을 알고 있었다. 그리하여 김 목사에게 감히 들어가지 못하고 주위를 맴돌았다. 그러다가 김 목사와 가장 가까운 정돈옹에게 들어갔다. 정돈옹은 이미 미친개가 들어가기 전에 악의 피를 가지고 있었다. 미친개는 정돈옹 안에서 아무런 어려움 없이 아무도 모르게 지낼 수 있었다. 심지어는 다른 귀신의 영들도 알지 못했다.

그 다음으로 달려든 귀신의 영은 바알이었다. 바알은 세월이 지나면서 악한 인간들의 피를 먹고 점점 강해졌다. 악한 영에게 맞아 죽을 뻔했던 바알이 더 이상 아니었다. 게다가 여호수아에게서 훔친 구슬을 가지고 자신의 힘을 더욱 극대화했다. 점점 힘이 강해지자 스스로를 바알세불이라 이름하고 자신을 따르지 않는 귀신들을 죽여버렸다. 바알세불의 힘은 점점 강해졌는데 어느 날 기드온과의 전쟁에서 패한 뒤로 그 힘을 잃어버린 채로 살고 있었다. 바알세불은 힘의 원천인 바알의 눈을 잃어버렸는데 기드온은 그 바알의 눈을 여러 곳에 숨겨두었다. 그러나 집요하게 달려든 바알세불은 바알의 눈을 되찾았는데 나머지 하나를 찾지 못한 채로 살아왔다. 이 바알세불이 만정의 소식을 듣고 만정에서 힘을 얻으려고 김 목사를 찾아갔다. 역시 루시퍼의 소문을 듣고 김 목사에게 들어가지 않고 김 목사와 가까운 재벌 이정방의 몸으로 들어갔다.

박수와 같이 생활하던 다곤도 역시 김 목사의 소식을 듣고 만정 공사장을 찾아갔다. 그곳에 간 다곤은 이정방의 조카이자 수행비서인 이안에게로 들어갔는데 이정방 안에 들어간 바알세불이나 정돈웅 안에 들어간 미친개와 마찬가지로 이미 악한 피가 흐르고 있었다. 그래서 서로의 정체를 알지 못하고 같이 살게 되었다.

야당 총재인 조하진은 마몬 가문의 사람이었다. 귀신의 영은 아니었지만 이미 귀신과 다름없는 악한 인간이었다. 마몬을 목숨처럼 소중히 여기는 조하진은 마몬이 죽자 그 마몬의 유산을 이어받았다. 그 중에 하나가 바알의 눈이었는데 바알의 눈을 가진 조하진은 바알의 눈이 반응하는 것을 통해 이정방이 바알의 가문인 것으로 착각했다. 그래서 조하진은 이정방의 힘과 자신의 권력을 하나로 만들려고 이정방에게 접근했다.

　루시퍼는 모든 귀신들보다 먼저 김 목사를 알았다. 고흐를 발견했던 악한 영은 잔인한 루시퍼를 떠나 아라랏산으로 갔었다. 하지만 루시퍼는 만신창이가 되어 다시 악한 영을 찾아왔다. 루시퍼는 고흐의 아들을 □으려고 악한 영에게 부탁했다. 악한 영은 루시퍼의 청을 거절하지 못하고 용문교회 근처를 맴돌며 고흐의 아들들이 나타나기만을 기다리고 있었다.

　악한 영은 그곳에서 고일중의 흔적을 발견하고는 루시퍼를 데리고 고일중에게로 갔다. 루시퍼는 고흐의 아들인 고일중에게 들어가지 못하고 양아들인 김민에게 들어갔다. 악한 영은 고일중의 주위를 맴돌면서 감시를 하였는데 어느 날 고천중이 자녀들을 데리고 용문교회에 나타나자 고일중에게 연락을 해주었다. 고일중은 아들인 김민이 준 세 방울을 품에 넣고 다녔는데 그 안에는 더러운 세 영이 들어있었다.

　용문교회가 불타던 그 날, 악한 영은 다락방을 나오던 다니엘을 발견하고는 다니엘을 추격하기 시작했다. 용문교회가 불에 타던 당일에는 놓쳤지만 2달 뒤 창경궁 앞에서 다니엘을 찾았다. 악한 영은 다니엘을 죽이려고 교통사고를 냈다. 커다란 트럭으로 다니엘의 승용차를 덮치는 순간 창경궁의 플라타너스나무가 트럭을 막았다. 악한 영은 다니엘을 죽이지는 못하고 극적으로 다니엘에게 들어갔다. 그리고는 다니엘을 7년 동안 혼수상태 식물인간으로 만들었다.

루시퍼는 용문교회에서 일어난 일을 보며 고일중이 두려웠다. 루시퍼는 고일중이 더러운 세 영을 흡수해서 더욱 강해질까 봐서 더러운 세 영을 가둔 방울을 회수하려 하였다. 하지만 더러운 세 영을 가둔 방울은 이미 미친개가 훔친 뒤였다. 사실 미친개는 아리의 아들인 고흐를 만났던 루시퍼를 오래전부터 쫓아다니며 기회만 노리고 있었다.

미친개는 더러운 세 영을 손에 넣고는 이세벨을 찾아 죽이려고 덫을 놓았다. 덫을 감시하던 더러운 세 영은 박수와 이세벨을 발견하고 추격을 했다. 악한 영이 다니엘에게 들어가던 그날 밤에, 이정방은 우연하게도 박수를 만났다. 개구리를 피해 달아나던 박수는 공교롭게도 이정방의 차에 치였는데 이정방을 본 개구리는 이정방에게 충성을 맹세한다. 박수를 얻은 이정방은 박수를 외딴 집에 가두고는 예언을 얻으려 하지만 그러기에 박수는 너무 늙었다.

이세벨은 사마귀와 거미의 추격을 따돌리려다가 죽음의 문턱까지 갔다. 그곳에서 아론을 만난 이세벨은 아론의 도움으로 백병원에서 기사회생했다.

만정이 완공되기 바로 전, 조하진과 이정방은 삼청각에서 만났다. 그 자리에는 이정방의 조카 이안과 조하진의 오른팔 스즈키가 같이 자리했다. 그 자리에서 조하진은 이정방에게 바알의 눈 나머지를 건네었다. 그러면서 이정방과 조하진은 연합하게 되었다. 조하진은 이정방이 바알을 숭배하는 가문의 사람으로 생각했다. 하지만 마지막 남은 바알의 눈을 얻은 이정방은 이제 바알세불로 다시 태어났다. 그리고는 강력해진 힘을 바탕으로 만정에서 모든 귀신의 영들을 제압하게 되었다. 하지만 어디까지나 B

급 귀신들이었다.

 고천중의 딸 인애는 사무엘과 결혼해서 민우와 지우를 낳았다. 민우가 8살 때에 인애는 전국적인 헌혈 운동에 동참했다가 가족 전체가 만정미술관 개관 전시회에 초대되었다. 너무나도 기쁜 인애는 그날만 기다리고 있었다.

별이 빛나는 밤에.

만정미술관

안국동의 하늘은 점심부터 흐리고 바람이 몹시 불었다. 며칠 간 포근하던 봄날도 오늘은 제법 쌀쌀했다. 부는 바람에는 황사가 잔뜩 들어 있어 목에서 모래가 나올 지경이었다. 그런 음울한 날씨에 어울리는 행사가 안국동 전체를 들썩였다.

검은 천에 가려져 있던 만정 미술관이 아침 9시 정각에 천을 걷는 행사가 있을 예정이었다. 그래서 궂은 날씨에도 불구하고 창덕궁 옆에 우뚝 솟은 만정미술관은 뜨거운 열기로 가득 찼다. 근 100여 명의 사진 기자들이 입구에서부터 오늘의 주인공들을 일일이 카메라에 담고 있었다. 여기저기서 터지는 플래시는 어두운 하늘과 대조를 이루었다. 기자들은 아까부터 이제나 저제나 하고 검은 천이 걷히기만을 기다렸다.

댕댕댕… 아침 9시를 알리는 종소리가 들려왔다. 정확히 아홉 번을 두드리자 누군가의 입에서 탄성이 나왔다.

미술관 전체를 감싼 검은 천이 서서히 투명해지기 시작했다. 짙은 검은색이었던 천은 점점 옅어지면서 미술관의 속살을 밖으로 드러내기 시작했다. 연신 카메라 플래시가 터지는 가운데 어두운 잿빛 하늘과 미술관의 속살이 하나가 되어 드디어 웅장한 자태를 드러냈다.

"아… 믿을 수 없어."

누군가의 감탄 섞인 말에 다들 고개를 끄덕였다.

'새로운 미래'라는 슬로건을 걸고 만들어진 만정미술관. 모든 것이 비밀이었던 만정미술관이 이제 모습을 드러냈다. 13층 높이의 커다란 우물을 그대로 옮겨 놓은 모양이었다. 커다란 돌이 차곡차곡 쌓여서 만들어진 우물처럼 만정도 그렇게 지어졌다. 엄청나게 큰 돌들이 원을 그리며 쌓여져 있는데 그 색이 매우 신비했다. 시뻘건 색의 커다란 돌에 이끼 낀 모양은 원래부터 그곳에 있었던 것처럼 자연스러웠다.

하늘을 향해 벌어진 우물의 주둥이에서는 하늘을 향해 빛이 쏘아져 나가고 그 옆으로는 물이 넘쳐서 여섯 줄기로 흘러내렸다. 그 물은 마당의 또 다른 우물로 들어왔다가 사라졌다.

창문이라고는 전혀 보이지 않았다. 1층의 들어가는 입구를 제외하고는 말 그대로 우물이었다. 기자들은 이 장엄하고도 놀라운 광경에 넋을 놓고는 감탄을 아끼지 않았다.

만정의 바닥은 금강석이었고 벽은 어마어마한 돌이 쌓여있었다. 만정의 천장으로 달빛이 들어왔는데 어디로부터 왔는지 아무도 몰랐다. 달빛은 천장의 엄청난 물을 통과했다. 그래서 신비한 느낌이 들었다. 천장으로부터 내려온 20가닥의 피아노줄과 그 줄에 매달려 있는 고흐의 진품은 천장에서 내려온 달빛과 어우러져 보는 이의 마음과 눈을 황홀하게 사로잡았다.

늦은 밤에도 달빛만으로 환한 만정에는 4개의 문이 있었다. 문은 동서남북 방향으로 한 개씩 있었는데 벽에 쌓인 돌과 똑같은 돌로 되어 있어서 얼핏 보면 눈에 잘 띄지 않았다.

사무엘의 집

오랜만에 늦잠을 잔 사무엘은 유난히 바쁜 아침을 보내고 있었다. 어제 가회동에서 일어난 기적으로 온 식구가 새벽 늦게 잠이 들었기도 했지만 이상하게도 시계가 울지를 않았다. 평소에는 1년 365일 하루도 빼놓지 않고 울려대던 시계가 하필이면 오늘 아침에 멈춘 것이었다. 그 덕에 인애도 거의 9시가 다 되어서 일어났는데 연신 하품만 해댔다.

아침 일찍 교회를 갔다가 미술관에 가려던 계획이었는데 일정대로 움직이는 것은 이미 포기했다. 미술관은 11시까지만 문을 열었다. 벌써 9시니, 이제부터 서둘러도 미술관 가기가 빠듯했다.

후다닥 일어나서 거실로 나온 부부는 깜짝 놀랐다. 자는 줄로만 알았던 아이들이 거실 바닥에 쭈그리고 앉아서 그림을 그리고 있었다. 어젯밤 늦게까지 외삼촌과 얘기하다 잔 지우는 졸린 기색도 없이 엄마가 쓰는 작은 거울을 들여다보면서 그림을 그리고 있었다.

'얘들이 무슨….'

사무엘은 지우가 이상했지만 그래도 신통한 마음에 무얼 그리나 들여다보았다. 사무엘은 순간 숨이 멎었다. 지우가 거울을 보며 그린 그림에는 지우 얼굴이 아니라 웬 바싹 마른 사내가 있었다. 퀭한 눈에 잘린 귀. 불거진 광대뼈와 세월이 만든 주름들. 게다가 잘린 귀를 칭칭 감은 붕대까지. 지우가 그리고 있는 그림은 고흐의 자화상이었다.

부부는 어이가 없었다. 어젯밤의 일도 황당해서 이해하기 어려운데 오늘 아침 일은 더더욱 이상했다. 인애가 지우에게 말을 걸었다.

"우리 지우가 일찍 일어난 모양이네. 게다가 그림도 잘 그려요. 지금 그리는 그림은 뭐야?"

지우는 엄마가 물어보자 그제야 고개를 들고 환히 웃었다. 그러고는 장난기 가득한 얼굴로 말했다.

"누구긴? 나잖아요. 나. 내가 거울보고 그리는 것도 몰라요?"

사무엘과 인애는 충격을 받았다. 지우는 당황한 부모의 표정을 보면서 대수롭지 않게 말했다.

"아빠 엄마는 만날 나만 보면 웃질 않아."

그러곤 그림을 똘똘 말아서 자기 방으로 들어갔다. 인애는 지우를 따라 방으로 들어가려는데 사무엘에게 소매를 잡혔다.

"민우 좀 봐."

인애는 고개를 돌려 거실 저 구석에서 무언가를 열심히 하고 있는 민우를 보았다.

설마 하는 마음으로 다가간 부부는 역시 놀라서 자빠질 뻔했다. 민우도 역시 그림을 그리는데 지우랑 같이 고흐의 자화상을 그리고 있었다. 지우와 다른 점이 있다면 고흐가 웃고 있다는 점이었다. 사무엘은 온몸이 오싹하고 섬뜩해서 할 말을 잊고 그 자리에 얼어붙었다.

그런 아빠를 아는지 모르는지 민우는 그림 그리는 일에 열중했다. 아무 말 없이 방으로 들어온 사무엘이 인애에게 물었다.

"어디선가 봤겠지? 쟤들이 그냥 그릴 줄 아는 건 아니겠지? 학교나 뭐 텔레비전에서라도 봤겠지. 그치?"

사무엘은 그렇게 믿고 싶었다.

"쟤들이 고흐 그림을 그린 지는 꽤 오래 됐어. 지우는 '별이 빛나는 밤에'도 그릴 줄 안다니까. 민우는 '자화상', 지우는 '별이 빛나는 밤에'를 잘 그려. 하나 더 얘기해 줄까? 고흐 작품 중에 '까마귀가 있는 밀밭'이라는 작품이 있어. 그건 둘 다 잘 그려. 사실 나도 처음엔 많이 놀랐는데 이젠 안 놀라. 애들이 그림 그리는 일에 소질이 있을 수도 있잖아, 안 그래?"

사무엘은 점점 더 궁금해졌다.

"그래도 그렇지. 아무래도 아이들인데…. 아무리 봤다고 해도 옆에 놓고 그리는 것도 아니고 거울을 보면서… 내 참… 어떻게 저렇게 똑같이 그릴 수 있냐고."

인애는 심각하게 말하는 남편을 똑바로 보면서 또박또박 말했다.

"우리 애들이 우릴 놀라게 하는 게 어디 한두 번이야? 민우 어릴 때는 유치원 선생님 한 명이 이상하다고 유치원 안 간다고 쌩 애를 먹이더니만 지금 지우는 같은 반 친구가 곧 죽을 거라고 울고불고…. 글쎄 몰라…. 우리 애들이 특이한 아이들인지… 아니면 아이들이 원래 자라면서 저러는 건지… 한 네 달 전부터인가? 민우랑 지우가 어느 날 무슨 그림을 갖고 왔기에 물어 보려다가 나도 무척 놀랐다니까. 세상에 열 살도 안 된 애들이 고흐의 그림을 그리는 거야. 그것도 아주 똑같이…. 그래서 '너 이 그림 어디서 봤니?' 하고 물어 보았는데 글쎄 둘이서 웃기만 하고 말을 안 해. 그냥 둘 다 많이 봤대. 그 말만 하더라고. 그래서 나는 어디서 보고 베꼈겠구나 생각했지. 그런데 한 가지 이상한 게 있어. 그림을 그릴 때는 꼭 거울을 보고 그려. 웃기지 않아? 거울을 보고는 자기 얼굴을 안 그리고 꼭 저 그림들을 그린다니깐."

사무엘은 머리가 복잡했다.

'혹시 우리 아이들이 천재가 아닐까?'

그러나 그런 상념도 잠시 인애의 짜증 섞인 목소리가 온 집안을 깨웠다.

"밥 먹자… 빨리 밥 먹고 고흐 만나러 가야지."

바로 오늘이 만정 미술관 개관 기념 고흐 특별전에 가는 날인데 늦게 생겼기 때문이다. 민우는 엄마의 말이 끝나기도 전에 빈 식탁에 와 앉았다. 지우도 밥 얘기에 이미 식탁으로 걸어오고 있었다. 사무엘 역시 말없이 입을 다물고는 식탁에 둘러앉았다. 바쁜 일요일 아침이었다.

사무엘은 늘어져서 자는 지우를 등에 업고는 차로 갔다.

'그렇게 늦게 자 놓고 아침 일찍 일어나더니만….'

지우는 아침을 먹자마자 가방을 챙기더니만 미술관 갈 준비를 제일 먼저 마쳤다. 그러고는 그때부터 줄기차게 자기 시작했다. 사무엘은 정신없는 아침에 이렇게 깊은 잠에 빠진 지우가 걱정이 되었다. 그래서 그냥 자신은 지우랑 집에 있고 애 엄마와 민우만 미술관에 보내려고 했지만 인애의 눈짓 하나에 말없이 지우를 들쳐 업었다. 뒷좌석에 지우를 누이고는 차 시동을 거는데 이상하게도 시원하게 걸리지가 않았다. 가래가 걸린 목처럼 꺽꺽거리는 소리만 낼 뿐이었다.

"어휴, 바쁜 날은 차도 알아본다니까."

사무엘의 투덜거리는 소리를 뒤로 하고 민우가 흥분되는 목소리로 물었다.

"아빠, 지금 어디 가는 거야? 고흐 아저씨 보러 가는 거야?"

민우는 누워 있는 지우를 한쪽으로 밀면서 자리를 잡고 바르게 앉았다. 사무엘이 고개를 돌려 민우를 보는데 인애도 한마디 거든다.

"봤지? 민우가 얼마나 벼르던 일인지…. 그러니 빨리 차를 고치든지 우리를 다 업고 가든지 알아서 하세요, 아빠."

사무엘은 민우와 인애의 얼굴을 번갈아 보았다. 굳은 의지의 두 얼굴을 보면서 사무엘은 집에서 자는 꿈을 접었다.

"알았어. 누가 안 간대?"

사무엘은 차에서 내렸다. 그러고는 차 주위를 어슬렁거리며 애꿎은 바퀴를 발로 찼다.

"이 고물 차!"

그러나 곧 싸늘한 두 쌍의 눈을 보고는 황급히 보닛을 열었다. 차 안에서는 인애와 민우가 똑같이 팔짱을 끼고는 뒤로 기대어 앉아 있고 지우는 한구석에서 세상 모르고 잠만 자고 있었다. 도무지 어디가 고장인지 알 수가 없었는데, 하필 서비스 센터도 전화를 받지 않았다. 365일 콜센터인데도 음악만 나오고 아무도 전화를 받지 않았다. 게다가 호랑이 같은 와이프는 아직도 차 안에서 팔짱을 낀 채로 꼼짝도 하질 않았다. 보닛을 열고 아무리 들여다보아도 알 수가 없지만 고치는 흉내라도 내려고 사무엘은 엔진 룸에 머리를 쳐박고 있었다. 그때 인애가 언제 내렸는지 옆에 다가와 말했다.

"택시 타."

사무엘은 머리를 박은 채로 말했다.

"조금만 있으면 돼."

그러자 다시 인애가 말했다.

"교회도 못 갔는데, 미술관도 늦게? 택시 타자고."

"아이 조금만 있으면 고친다니까 아깝게 택시를 왜 타?"

인애는 귀찮다는 듯 말을 던졌다.

"기름도 없어."

사무엘은 그 말을 듣고는 후다닥 움직였다. 지우를 들쳐 업고는 저만큼 앞서 걸었다. 사무엘은 이미 저 앞에서 택시를 잡고 있었다. 인애와 민우는 한심하다는 표정으로 사무엘의 뒤를 따라 걸었다. 바쁜 아침에 일어난 쇼와는 상관없다는 듯, 지우는 아빠 등에서 쿨쿨 잠만 자고 있었다.

미술관 입구까지 택시를 타고 온 사무엘 가족은 로비에 들어서자마자 당황했다. 미술관 로비에는 아무도 없었다. 당연히 사람들로 붐빌 거라 예상했건만 완전히 빗나가고 말았다. 사무엘과 인애는 기운이 다 빠졌다. 그때였다. 민우가 화장실을 가려다 옆에 있는 엘리베이터를 발견했는데 엘리베이터에 작은 종이가 붙어 있었다.

불멸의 화가 고흐 특별 초대전 : 13층

사무엘은 엘리베이터 앞으로 쏜살처럼 다가갔다. 인애와 민우가 나란히 손을 잡고 뒤따랐다.
'휴, 이제 살았다.'
사무엘은 기쁜 마음에 엘리베이터를 얼른 탔다. 문이 닫히고 엘리베이터가 올라가는 그 순간 엘리베이터 뒤쪽 화장실에서 경비원 한 명이 바지춤을 붙잡고 나오면서 엘리베이터 앞에 붙은 이정표를 떼었다. 그러고는 로비 중앙 한가운데에 있는 엘리베이터에 갖다 붙였다.
잠시 후 로비의 반대쪽 화장실에서도 기골이 장대한 경비원 서너 명이 몰려나왔다. 그들을 따라서 십여 명의 기자도 우르르 나왔다. 미술관 로비가 순식간에 시장통이 되었다.

민우는 엘리베이터 안으로 들어가서는 곧 와, 하는 함성을 질렀다. 엘리베이터에 타자 창덕궁과 창경궁이 훤히 내려다보였다. 도심 속에 운치 있는 두 궁을 보며 사무엘도 입이 떡 벌어졌다. 민우가 괴성을 지르는 것은 어찌 보면 당연했다.
봄기운에 더 없이 푸르른 소나무가 많은 비밀의 정원을 보면서 사무엘과 민우는 신기한지 엘리베이터 유리벽에 아예 붙어버렸다.

그러나 인애는 가슴이 벌렁거려서 똑바로 서 있을 수가 없었다. 식은땀까지 났다.

'오늘은 이상하네. 가슴이 왜 이렇게 두근거리지? 어디 아픈 것도 아닌데….'

사무엘은 지우를 업은 채로 인애를 살폈다. 얼굴이 창백하고 약간의 땀도 보이는 것이 평소의 인애처럼 보이지 않았다. 옆으로 훔쳐보던 사무엘은 미안하기도 하고 걱정도 되어서 조심스레 말을 걸었다.

"어디 아파?"

사무엘의 말에 인애는 고개를 가로로 흔들며 억지로 웃음을 보였다. 사무엘이 뭐라 말하려는데 엘리베이터 문이 스르르 열렸다. 문이 열리고 바로 보이는 벽에도 로비에서 본 것과 같은 안내문이 왼쪽을 가리키는 화살표와 더불어 보였다.

민우는 엘리베이터에서 쏜살같이 내려서는 이미 저 끝으로 달려갔다. 바닥은 푹신한 고급 양탄자가 깔려있었고 천정과 벽도 온통 비싼 가죽으로 도배되어서 모든 소리를 흡수했다. 민우가 천방지축 뛰는데도 전혀 소리가 들리지 않았다.

많이 늦은 터라, 사무엘 가족은 날다시피 해서 복도 막다른 곳에 있는 커다란 문에 도착했다. 사무엘은 지우를 업은 채로 문을 자세히 보았다.

문 전체는 쇠로 만들어져 육중해 보였는데, 테두리는 커다랗고 징그러운 뱀 조각이 전체를 휘감는 모양으로 양각되어 있었다. 뱀은 등 뒤에도 커다란 날개 두 개와 작은 날개 두 개를 달고 있었다. 수염이 멋있게 난 머리는 세 개요 커다란 입으로는 백옥으로 된 여의주를 문 형상이었다. 또 손과 발은 각각 네 개씩이고 가운데 배는 볼록하게 나왔다. 언뜻 보면 용 같기도 하고 공룡 같기도 하지만 얼굴은 영락없는 뱀이었다.

문 한가운데에는 고급 나무로 된 작은 뱀의 장식이 네 마리가 있었다. 뱀의 모습은 생생했다. 문에 손을 대었다가는 실제로 물릴 것만 같았다. 민우는 벌써부터 기가 죽어서 엄마 뒤로 숨었고 인애도 몇 걸음 옮겨서는 사무엘 뒤로 와버렸다. 사무엘은 지우를 업고 오느라 힘들어 죽을 지경이지만 그래도 남자로서 여기서 꼬리를 내리면 안 된다는 생각을 했다. 그래서 사무엘은 육중한 뱀 문을 밀려고 손을 내밀었다. 그러자 믿기지 않는 일이 벌어졌다. 사무엘의 손이 문에 닿지도 않았는데 문이 조금씩 동그랗게 녹았다. 문 한가운데로 조그마한 구멍이 나면서 작은 뱀들이 큰 뱀 주위로 몰려가며 웅웅거리는 소리가 났다.

민우는 겁에 질려서 벌벌 떨며 엄마의 바짓가랑이를 잡아끌었다. 사무엘은 너무 놀라서 급히 손을 뺐다. 그러자 거짓말처럼 문은 아무 일도 없었다는 듯이 다시 원래대로 돌아갔다.

인애는 너무 겁이 나서 사무엘을 졸랐다.

"민우 아빠, 그만 가자. 너무 무서워. 어떻게 이런 일이 있을 수 있어? 뭔가 이상해. 빨리 가자."

사무엘은 가뜩이나 무서운데 인애가 그렇게 얘기해 주니 고마웠다.

"그, 그럴까? 정말 이상하지?"

사무엘은 뒤도 안 돌아보고 달려서 엘리베이터가 있던 자리로 다시 열심히 왔다. 그런데 당황스러운 일이 일어났다. 자신들이 타고 온 엘리베이터는 온데간데없고 그 무섭게 생긴 문이 다시 앞에 나타났다. 귀신이 곡할 노릇이었다. 잘못 왔나 생각하고는 다시 복도 끝까지 갔다 와 봐도 마찬가지였다.

몇 번을 왕복했지만 마찬가지였다. 할 수 없었다. 사무엘은 마음을 굳게 먹고 떨리는 손을 내밀었다. 그러자 놀라운 일이 다시 일어났다. 문이 다시 조금씩 녹기 시작하더니 점점 큰 구멍으로 변하였다. 뱀들은 다시 도망을 하며 이상한 소리를 질러대는데 신기하게도 사무엘을 물려고 하지 않았다. 무서운 듯 몰려다니며 울부짖고 그럴 때마다 문은 점점 더 크게 구멍이 나고 있었다. 무섭기는 사무엘도 마찬가지. 사무엘은 놀라서 기절할 지경이지만 문이 반 정도 열리고 나서부터는 이상하게도 손을 뺄 수가 없었다. 더욱 손을 집어넣게 만들었다.

원은 점점 커져서 이제는 아이 한 명이 지날 수 있을 만큼 커졌다. 사무엘은 더욱 용기를 내었다. 사무엘이 성큼 안으로 들어갔다.

사무엘은 안도의 한숨을 쉬고는 민우와 인애에게 들어오라 손짓하였다. 인애도 사무엘이 안전하게 들어가는 것을 보고는 민우를 먼저 집어넣었다. 빙빙 돌고 있는 문을 민우는 폴짝 넘어 들어가고 나서는 신기한 듯 뒤를 돌아 엄마를 보았다. 인애는 그제야 안도의 한숨을 쉬고는 민우처럼 폴짝 뛰어서 방으로 들어갔다.

그 순간 방으로 들어온 인애가 갑자기 날카로운 비명을 지르며 바닥에 쓰러졌다. 문에 있던 큰 뱀이 살아서 인애의 목을 물고 있었다. 너무 놀란 사무엘이 어떻게 할 줄 몰라 발만 동동 구를 때 갑자기 어디선가 막대기가 날아와서 뱀의 머리를 정통으로 때렸다. 그러자 인애의 목을 물고 있던 뱀이 머리에 불에 탄 것 같은 상처를 입고는 튕겨져 나가며 날카로운 쇳소리를 냈다.

막대기는 민우가 던진 것이었다. 창경궁의 노숙자 할아버지가 준 막대기를 던진 민우는 씩씩거리며 뱀을 노려보고 있었다. 그러다 놀란 가슴을 감당하지 못하고 울음을 터뜨렸다. 정신없이 자고 있던 지우도 일어나 같이 울기 시작했다.

가회동, 고천중의 집

지우가 깨어나 울음을 터뜨린 시각, 가회동에선 난리가 났다. 잠만 자고 있던 다니엘이 갑자기 온몸을 비틀며 경련을 일으킨 것이었다. 입으로는 연신 무슨 말인지 모를 소리를 지르며 거품을 물었다. 경련도 심하게 해서 온 식구가 다 붙잡아도 안 될 정도였다. 배를 잡으면 다리가 올라오고 다리를 잡으면 배가 솟았다.

그때였다. 마당에 있던 희망이가 방으로 뛰어들었다. 그러고는 다니엘을 향해 짖었다. 그러자 신기하게도 다니엘이 바람 빠진 풍선처럼 얌전해졌다. 그리고는 다니엘이 다시 말을 하기 시작했다. 몸은 경련을 하지 않는데 입술로부터 알아들을 수 없는 말이 흘러나왔다.

그때, 스데반이 핸드폰을 꺼내 들고는 다니엘 머리맡에서 녹음하기 시작했다. 10분이 다 되도록 쉴 새 없이 말하던 다니엘이 숨을 한 번 고르더니 얌전히 잠들었다.

다니엘이 말을 마치자 스데반은 녹음한 말을 다시 틀고는 귀에다 바짝 대고 들어 보았다. 그러나 무슨 말인지 잘 알 수가 없었다. 그저 몇 마디 알아들을 수 있는 말은 지우와 민우라는 말뿐이었다. 스데반이 말했다.

"여러 명이 말하는 것 같은데 컴퓨터에서 주파수 별로 구별해 보자."

스데반이 녹음 파일을 주파수 별로 분리했다. 그러자 다니엘의 목소리가 조금 들렸다. 하지만 두 명이었다. 한 명은 다니엘이 분명했는데 나머지 한 명의 말은 하나도 알아들을 수가 없었다. 두 목소리가 겹치자 스데반은 한 번 더 분리했다.

"자…. 이제 됐다. 그럼 다시 들어 보자. 자 그럼…."

스데반은 플레이 버튼을 눌렀다. 놀라운 말들이 쏟아져 나왔다.

"작은 누나, 시간이 없어서 그냥 얘기할게. 내 방 다락에 큰 궤짝이 있어. 옛날 나 목사님이 가져가라고 주신 궤짝인데, 그걸 열고 두 가지를 가져와 줘. 하나는 흰색 큰 자루가 있을 텐데 그 자루에다가 나를 좀 넣어줘. 그러면 내가 훨씬 편해질 거야. 이제 나도 더는 못 견디겠어. 그놈의 힘이 갈수록 세져서 나도 감당하기가 어려워. 상면이 형이 힘이 세니까 좀 도와줘. 그 다음엔 청사초롱이 하나 있는데 그걸 가지고 희망이랑 희망이 새끼들하고 인사동으로 가. 인사동 입구에 가면 그 한가운데 작은 문이 혼자 덩그러니 있거든. 청사초롱을 거기에 걸어. 그럼 문이 열릴 거야. 그 문은 꼭 열어야 돼. 거기서 누군가 나와서 우리를 데려갈 거야. 누나, 이상하겠지만 빨리 내 말대로 좀 해 줘. 알았지? 지금 지우가 위험해. 잘못하면 온 가족이 죽을 수도 있어. 시간이 없어 서둘러 줘."

다니엘의 말을 따라 괴성같이 들려오던 소리를 컴퓨터로 없애자 한결 듣기가 쉬웠지만 내용은 핵폭탄 급이었다. 자루며 청사초롱하며 하나같이 믿기지 않았다. 하지만 주애와 스데반은 급하게 달려갔다. 다락에 올라간 주애는 커다란 궤짝을 발견했다. 떨리는 마음으로 함을 열었다. 할아버지 물건이었다. 오래전부터 느껴왔던 할아버지, 용문교회 나 목사님 냄새가 안에서 났다. 한참을 뒤적이던 주애가 외쳤다.

"여기 있다!"

만정 안

뱀에 물려 쓰러진 인애의 목에서는 피가 솟구쳤는데 이상하게도 공중에 걸어 놓은 고흐의 작품들로 고스란히 빨려 들어갔다. 젖을 먹는 아이처럼 고흐의 그림들이 인애의 피를 빨아먹었다. 인애의 피를 먹은 고흐의 그림이 변하고 있었다. 그러나 사무엘은 전혀 눈치 채지 못했다.

엄마가 목에서 피를 흘리는 모습을 본 두 아이들은 죽기 살기로 울었다. 사무엘은 지우를 안고 민우를 자신의 뒤로 감추고는 누워 있는 인애 곁에 서서는 뱀을 노려보고 있었다.

민우에게 한 대 얻어맞은 뱀이 정신을 차렸다. 뱀은 여러 겹으로 싸여진 눈을 껌뻑이며 이리저리 살폈다. 사무엘은 긴장이 되어 뱀의 눈만 따라 보고 있었다. 사무엘은 이상한 생각이 들었다. 뱀이 자신의 좌우로 번갈아 가면서 보는 것이었다. 이상한 생각이 든 사무엘은 민우에게 소리쳤다.

"민우야, 아빠 뒤에서 꼼짝하지 마. 머리 내밀지 말고."

그러자 민우가 아빠 왼쪽으로 돌아 나오면서 물었다.

"뭐라고요?"

민우가 아빠 뒤에서 앞으로 몸을 빼고 나오자 기회만 보던 뱀이 번개처럼 민우에게 날아갔다.

사무엘은 발을 들어 막으려 했지만 몸이 말을 듣지 않아서 헛발질만 했다. 뱀은 이미 민우를 물어 갔다. 민우는 갑자기 날아오는 뱀을 보고는 눈을 질끈 감고 그 자리에 얼어 버렸다.

"악!"

지우의 비명소리가 들리더니, 갑자기 조용해졌다. 사무엘이 급하게 몸을 돌려 민우를 보았다. 민우는 눈을 감고 그 자리에 주저앉아 있는데 간발의 차로 날아가던 그 뱀이 민우의 얼굴 앞에서 멈추어 있었다. 거의 민우를 물려던 뱀은 더욱 커다란 뱀에게 목덜미를 물리고 있었다. 인애를 물었던 뱀은 고양이 앞에 쥐처럼 오들오들 떨면서 죽어 갔고 큰 뱀은 커다란 입을 벌려 민우를 물려던 뱀을 순식간에 삼켜 버렸다.

민우는 뱀이 뱀을 잡아 먹는 그 장면을 눈앞에서 고스란히 보고는 정신을 잃고 혼절해 버렸다. 사무엘은 덜덜 떨리는 다리를 굽히고는 겨우 지우를 내려놓았다. 지우는 엄마가 피를 흘리는 걸 보고는 마구 울다가 또 뱀이 뱀에게 잡아먹히는 것을 보고는 갑자기 울음을 그치고는 신이 나서 떠들었다.

"오빠, 일어나. 일어나 봐. 뱀이 뱀을 먹는 거 봤어?"

지우는 민우를 흔들며 신기한 것이라도 본 양 오빠를 깨웠다. 얼핏 정신이 든 민우는 비몽사몽간에 지우의 얼굴을 보았는데 지우의 긴 머리카락이 자신의 뺨에 닿아서 간질거리자 그게 뱀인 줄 알고는 소리를 지르다가 다시 기절하였다. 지우는 다시 기절한 오빠를 깨우려고 계속 말을 시켰다. 사무엘은 아무 말도 하지 않고 지우를 보고만 있었다.

가회동

상면은 스데반의 말을 듣고 적잖이 놀랐다. 귀신 들린 사람에 대해 들어서 알고는 있었지만 다니엘이 귀신 들렸다고 하니 믿기지 않았다. 하지만 어제부터 있었던 믿기지 않는 일들로 상면은 혼란스러웠다. 스데반이 궤짝에서 꺼낸 자루를 돌돌 말아서 다니엘의 다리 부근에 가져다 대고는 상면에게 소리쳤다.

"상면아! 빨리 서둘러."

상면은 영 찝찝했지만 그래도 힘쓸 사람이 자기밖에 없어서 두 눈을 딱 감고 두 손으로 다니엘의 다리를 잡았다. 오랫동안 힘을 쓰지 않은 터라 다니엘의 몸은 새처럼 가벼웠다. 상면이 다리를 들자 스데반이 자루 밑부터 다니엘을 넣기 시작했다. 돌돌 말았던 자루가 조금씩 다니엘의 몸을 감싸고 올라가고 있었는데 상면은 이유 없이 땀을 삐질삐질 흘렸다. 목과 머리만 남은 때에 갑자기 다니엘이 눈을 뜨더니 무시무시한 귀신소리를 질러댔다.

"이아악 악…. 헉헉… 그만해. 그만하라고. 답답하잖아. 헉헉헉…. 답답
해서 다니엘 죽는 거 보고 싶으면 계속 하라고! 다니엘이 죽어 가는 거 정
녕 보고 싶으면 말이지, 이 돼지 빨리 손 치워. 안 그러면 내가 다니엘을
죽이고 말……."

귀신의 말은 오래 가지 않았다. 상면이 갑자기 자루를 올려버렸기 때문
이었다. 부릅뜬 눈을 마주할 자신이 없던 상면은 자루를 올려서 눈을 가려
버렸다. 그러고는 자루 입구를 꽁꽁 묶어버렸다.

그러자 갑자기 머리 부분이 위로 불룩 올라오더니 귀신이 그곳에 입을
대고 말했다.

"빨리 풀어 주란 말이야, 이 돼지야 얼른. 내가 다니엘을 죽이……."

그러나 그 말도 오래 가지 못했다. 상면이 위로 올라온 귀신의 머리 부
분을 무지막지한 주먹으로 한 대 쳤기 때문이다. 퍽! 하는 소리와 동시에
불룩 올라온 부분이 사라지고 소름끼치는 음성도 사라졌다.

땀을 비 오듯 흘리던 상면은 얼른 자루를 들쳐 메고는 앞장서서 걸어 나
갔다. 스데반은 상면의 행동에 놀랐지만 상면을 따라 황급히 집 밖으로 나
갔다. 집 밖에는 이미 주애가 봉고차를 대기시켜 놓았다. 스데반과 상면을
본 주애는 시동을 걸더니 운전석에서 내리지 않고 소리만 질렀다.

"빨리 타요. 왜 이렇게 늦었대요? 빨리, 빨리."

상면과 스데반은 주애의 색다른 면을 보고 말없이 봉고에 올랐다. 스데
반이 봉고 문을 닫고 출발하려는데 갑자기 개 짖는 소리가 났다. 아차! 하
고 봉고 문을 다시 열었다. 희망이와 희망이의 새끼 두 마리가 차 문 바로
앞에서 꼬리를 흔들며 있었다. 주애가 손짓을 하자 희망이와 두 강아지가
봉고 안으로 들어와서는 각자 자리를 잡고 얌전히 있었다. 희망이는 상면
이 매고 들어온 자루 앞에 앉아서 으르렁대며 자루를 노려보고 있었고 희

망이의 두 아이들은 상면과 스데반의 뺨을 연신 핥고 있었다.

차는 잠시 후에 인사동 근처에 정차하였다. 오늘은 주말이라 인사동 안으로는 차를 가져갈 수가 없었는데 근처 가까운 곳에 주애가 차를 대고 있고 상면과 스데반이 다니엘을 메고 희망이의 두 새끼와 함께 앞장서서 갔다. 스데반은 다니엘이 말한 청사초롱을 들고는 어떻게 할 줄 몰라서 발을 동동 굴렀다. 갑자기 오느라 녹음한 내용이 생각이 나질 않았기 때문이다. 무슨 문이라는 얘기를 한 것 같기도 한데 문을 찾을 수도 없었다. 인사동도 주말에 구경 나온 사람들로 인산인해인데다 인사동으로 들어가는 문도 보이질 않았다.

스데반이 우왕좌왕하는 모습을 건너에서 본 주애는 전화기를 찾았지만 집에다 두고 왔는지 없었다. 문을 열고 나가고 싶지만 거리도 멀고 한참을 돌아가야 해서 이러지도 저러지도 못하고 있는데 갑자기 희망이가 긴 목을 빼고는 울었다.

그러자 희망이의 두 강아지가 스데반과 상면의 바지자락을 물고 끌고 갔다. 어리둥절한 스데반의 바지를 물고는 낑낑대며 가려는 강아지에 끌려 인사동 입구로 간 스데반은 그제야 강아지들이 무얼 하려는지 알았다. 바로 인사동 초입에 세워진 간판, 즉 문처럼 생긴 간판을 보게 되었다. 스데반은 이마를 탁 치며 아직도 강아지에게 시달리는 상면에게 외쳤다.

"상면아! 여기야, 여기."

원래 상면은 덩치에 걸맞지 않게 개를 무서워했다. 그래서 차 안에서부터 바짝 쫄아 있었는데 강아지가 자꾸 자기를 쫓아오자 신경이 곤두서 있었다. 그러던 차에 스데반의 고함을 듣고는 부리나케 그곳으로 갔다.

멀리서 보던 주애는 스데반과 상면이 가는 쪽에 있는 문을 보았다. 주애도 그제야 이해가 되었는데 고마운 마음에 희망이를 품에 안고 연신 볼을 부벼 주었다.

스데반은 문 앞에 서서는 유심히 보았다. 인사동 입구에 덩그러니 서 있는 문. 양옆으로 아무런 담도 벽도 없는 문에는 인사동 지도가 그려져 있었다.

상면은 신기한지 연신 돌아보며 중얼댔다.

"이게 문이라는 거지? 근데 이런 말도 안 되는 문에서 뭘 어쩌라는 거지?"

이해가 되지 않는 상면은 이리저리 돌아다니기만 했고 스데반은 마음을 차분히 하고 다니엘의 말을 곰곰이 생각했다.

"문으로 가서 이 청사초롱으로 어쩌라는 거더라? 문까지는 왔는데 호롱불도 없는 이 빈껍데기 청사초롱으로 무얼 어쩌라는 건지…."

스데반은 상면이 문 주위를 도는 걸 보느라 밑에서 펄펄뛰고 있는 두 강아지를 보질 못했다.

인사동 문 간판 앞에서 헤매던 스데반은 갑자기 다리가 아팠다. 오른쪽 다리를 본 다니엘은 강아지가 자신의 다리를 물고 있는 것을 보았다. 그러고는 다른 강아지가 펄쩍 뛰어서 문 위로 뛰어올랐다 내려가는 걸 보았다. 스데반은 순간 다니엘의 말이 떠올랐다.

'청사초롱을 문에 걸어요.'

스데반은 황급히 손에 든 청사초롱을 문 왼쪽 위에 불쑥 나온 국기 걸이에 꽂았다. 그러자 실로 놀라운 일이 벌어졌다. 갑자기 청사초롱으로 세상의 모든 빛이 빨려 들어갔다. 세상이 순식간에 어두워지더니 시끌벅적하고 시골장터 같던 인사동이 갑자기 조용해졌다. 그뿐 아니었다. 인사동 입구에서 장사하던 노점상 아저씨도 문 옆에서 누군가를 기다리며 서 있던 사람들도 인사동 초입에 있는 별다방에서 고개를 내밀며 지나가는 사람을 구경하던 아저씨도 모두 그 자리에서 얼어붙었다. 움직이던 모든 것 그리고 살아 있는 모든 것, 이 세상의 모든 시간이 한순간에 정지해 버렸다.

사무엘도 인애도 민우와 지우도 정지해 버렸다. 오로지 움직이는 것이라고는 상면과 스데반, 두 강아지 그리고 차 안에서 이곳을 보며 놀라움에 입을 벌리고 있는 주애와 이쪽을 보고 있는 희망이 밖에 없었다.

스데반과 상면은 너무 놀라서 이제는 무섭기까지 하였다. 그때 갑자기 자루 안에서 다니엘의 말이 들리기 시작했다.

"스데반 형, 잘하셨어요. 그리고 상면이 형도 아까 주먹으로 때리실 때는 정말로 통쾌했고요. 그리고 이게 누구냐. 희망이 아이들이구나. 아지랑수지지? 너희도 고맙다. 너희가 없었으면 지우가 위험할 뻔했어. 자, 이제 들어가요. 곧 사람이 나올 거예요. 상면이 형 들어가면 그때 나 좀 꺼내줘요. 알겠지요?"

다니엘의 말이 끝나기도 전에 인사동 문틈으로 눈을 뜰 수 없이 환한 빛이 새어 나오더니 끼익 소리를 내며 그 비밀의 문이 열렸다. 상면과 스데반은 눈을 들어 그 빛을 볼 수가 없었다. 너무 강한 빛이라 눈이 먼 것처럼 멍하다가 점점 빛이 줄어들었고, 그제야 안을 들여다볼 수 있었다. 상면과 스데반은 침을 꼴깍이며 안을 들여다보았다.

그 문 안에는 방긋 웃고 서 있는 한 여자 아이가 있었다. 작은 키에 하얀 피부, 그리고 하얀 한복을 곱게 차려 입은 여자 아이는 댕기머리에 빨간 천을 감았다. 웃는 모습에 가지런히 드러난 치아는 작고 깊이 파인 보조개와 높이가 같았다. 예쁜 아이는 볼수록 지우와 닮았다. 그런 예쁜 아이가 만면에 환한 웃음을 띠며 말했다.

"어서 오세요. 수영이라 합니다. 인사동에 오신 걸 환영합니다."

스데반은 문 안으로 성큼 들어갔다. 상면은 들어가기가 선뜻 내키지 않았다. 그러나 아지와 수지가 으르렁대는 바람에 할 수 없이 안으로 들어갔다.

문 안에는 너무나도 아름다운 마을이 펼쳐져 있었다. 인사동의 기다란 줄기 한가운데를 작은 실개천이 흘렀다. 실개천을 사이에 두고 양쪽으로 작은 집들이 옹기종기 모여 있었다. 집에서는 때마침 밥을 짓는지 굴뚝으로 연기가 모락모락 피어올랐다.

실개천에는 징검다리를 놓아 건너다녔는데 아이들은 일부러 발을 적시며 다녔다. 항상 웃고 떠드는 아이들의 기운이 마을 전체에 흘러 퍼져, 평온하고 소박한 고향에 온 듯 상면과 스데반은 마음이 편안했다.

예쁜 수영이 앞장을 서서 한참을 가더니 어느 작은 초가집 앞에 섰다. 쌈지집이라는 문패만 덩그러니 있었다. 담은 없었는데 대신 수양버들이 늘어진 커다란 버드나무가 있었다. 마당에는 작은 우물이 하나 있고 그 옆에 졸고 있는 강아지 한 마리가 있었다. 아지와 수지는 그 집 앞에 이르자 쏜살같이 달려가서는 졸고 있는 강아지를 덮쳤다. 졸던 강아지는 아지와 수지를 보고는 너무 반가운지 이리 뛰고 저리 뛰며 좋아했다.

상면과 스데반은 그 집 마당에 서서 땀을 닦으며 잠시 쉬었다. 그러자 동네에서 사람들이 몰려왔다. 하나같이 한복을 입고 있었다. 머리는 끈으로 묶고 상투를 틀었다. 그중 제법 나이가 지긋한 노인이 상면이 메고 있는 자루를 보더니 대뜸 말을 걸었다.

"무거우실 텐데 이제 내려놓으세요. 우리가 알아서 귀신을 잡을 테니 걱정하지 마시고."

어안이 벙벙한 상면은 별 말 없이 내려놓았다. 그러자 그 나이 든 노인이 주위 사람들에게 말했다.

"자, 내가 자루를 풀 테니까 자네들이 그놈이 나오면 잘 붙잡게. 아주 고약한 냄새가 나니 조심해야 할 걸세. 아주 엉망인 놈인 거 같네."

말을 마친 노인이 자루 입구를 풀었다. 그러자 기다렸다는 듯이 무언가가 뛰어나왔다. 작은 괴물이었다. 웅크린 몸은 왜소했다. 얼굴은 비정상적으로 컸는데 눈동자는 계속 움직였다.

잠시 후, 자루 안에서 다니엘이 기어 나왔다. 상면은 다니엘을 보는 순간 울컥했다. 어려서부터 유난히 자신을 잘 따르던 다니엘이라 친동생이나 다름없었다. 그러다가 의식도 없이 누워 있는 모습을 보고는 맘이 많이 상했었다. 하지만 이제 살아서 자신에게 말까지 건네는 모습을 보고는 울컥 치밀어 올랐다.

"다니엘!"

상면이 다니엘을 부둥켜안았다. 그때, 나이가 많은 노인이 우물에서 물을 길어왔다.

"자, 이 물부터 마시고… 천천히, 그렇지 천천히 마시게. 그리고 자, 이 과자를 좀 먹어 보게. 자네 할아버지가 남겨준 것이니 맛있을 게야. 그리고 물도 더 먹고."

노인이 준 물과 과자를 먹은 다니엘은 신기하게도 한결 생기가 돌았다. 7년간 혼수상태였다고는 믿기지 않을 정도였다. 다니엘은 신기하게도 혼자 일어나 걸었다.

상면과 스데반은 놀라서 눈이 휘둥그레졌다. 다니엘도 많이 놀랐다. 순식간에 근육이 생기고 뼈가 튼튼해지며 강해지는 것을 느꼈다. 다니엘은 신기한 마음에 자꾸 걸어보았다. 아지와 수지도 다니엘을 보고는 반가워서 날뛰었다. 마당에서 졸던 큰 개도 아지와 수지랑 더불어 덩달아 뛰는데 다니엘은 그 강아지를 한눈에 알아보고는 소리쳤다.

"누렁아."

상면은 노인에게 다가가 고개를 숙였다.

"감사합니다. 이 은혜를 어떻게 갚아야할지… 그런데 누구신지요? 저희는 도무지 아는 게 없습니다."

그러자 다니엘이 말했다.

"형, 이곳 인사동 촌장님이세요. 이곳에서 오랫동안 사셨는데 모르는 것이 없으세요. 그래서 인사동의 현인이라고들 하지요."

상면은 촌장에게 더욱 허리를 숙여 인사했다. 촌장은 빙그레 웃기만 했다. 수영은 상면 일행을 끌고 시내를 따라 걸어갔다. 그리고는 예쁜 초가집으로 들어갔다.

다니엘과 스데반은 수영이가 안내해준 방에서 차분히 자리에 앉았다. 의자 뒤 벽에 세워진 병풍에 눈이 갔다. 오래 되어 보이는 병풍은 그림과 글씨가 쓰여 있었다.

눈 하나가 나를 보고 있다.

매끈하고 새까만 동경으로 흘러가는 악마의 먹구름.

나는 이미 그 안에 들어가 있다.

애절하고 섬뜩한 그 무언가가 나를 부르고.

이제 나는 홀린 듯 가야만 한다.

다니엘은 이상하게도 낯설지가 않았다. 애절하기도 하고 슬프기도 해서 글귀에서 눈을 뗄 수가 없었다. 그때 문이 스르르 열리며 촌장이 들어왔다. 스데반과 다니엘은 조용히 일어나서 인사를 했다.

"그냥 앉아 있게. 몸도 성치 않은데."

촌장이 손을 흔들며 말하자 다니엘이 고개를 숙였다.

"아닙니다. 목사님께서 이곳에 올 때에는 예의를 갖춰야 한다고 하셨습니다."

"아니야, 목사님께서 농을 하신 게지. 그건 그렇고, 다니엘 자네 아주 대단하구만. 악한 영을 칠 년씩이나 억누르고 있었다니…. 다른 사람들 같으면 하루 만에 노예가 되는데, 칠 년이나 저런 괴물을… 자네 할아버지가 알면 아주 좋아하실 게야."

상면은 놀랐다.

"악한 영이라면 귀신입니까?"

"뭐 그런 셈이지만 조금 다르다네. 귀신은 죽은 후에 만들어지지만 악한 영은 살아서 만들어진다네. 자네들이 잡아온 그놈은 그 중에서도 아주 위험해. 주로 사람의 정신을 갉아먹고 기생하는데 지금은 거울의 방에 가두어놨지. 아마 하루만 있으면 녹초가 돼서 다시는 나쁜 짓을 하지 못할 거야."

다니엘이 급하게 말했다.

"저희는 누나 가족을 급하게 찾고 있습니다."

"알고 있네. 자네 누나는 지금 만정에 있네. 아주 큰 우물 말이야. 다니엘, 지금부터 한 시간 정도 후에는 멈췄던 시간이 다시 흐른다네. 한 시간밖에 시간이 없다는 말이지. 그러니 자네들 지금부터 내가 하는 말을 잘듣게. 오랜 옛날 키메라라는 자가 있었네. 선과 악을 동시에 가진 키메라는 묘한 능력을 가졌다고 소문이 났지. 예전 큰 전쟁에서 북 하나로 큰 성을 전멸시키기도 했다 하니 대단하지. 욕심 많은 사람들은 키메라의 능력을 얻으려고 부지런히 찾았지만 허탕이었어. 사실 키메라는 이미 죽은 뒤였어. 그의 아들 하나만 남기고 죽은 거지. 그 아들을 키메리안이라 했는데 무저갱 한쪽 구석에서 살고 있었던 거야. 그러던 어느 날 무저갱을 탈출한 키메리안이 나온 거야. 무저갱뿐 아니라 하늘에서도 다들 발칵 뒤집어졌지. 모두 그를 찾는데 혈안이 되었어. 그런데 전부 허탕을 쳤네. 아무리 찾아도 키메리안이 나타나지 않자 무저갱에서도 포기를 할 때였어. 그래, 바로 그 즈음에 고흐가 나타났는데 루시퍼라는 귀신의 영이 고흐를 꼬드긴 거야. 무저갱을 드나들 수 있는 열쇠를 만들라고 말이지."

"고흐가 어떤 자길래 그런 능력이 있다는 겁니까?"

촌장은 다니엘의 어깨를 쓰다듬으며 말했다.

"고흐가 바로 그들이 찾던 키메리안이었던 게야. 루시퍼라는 귀신의 영이 고흐에게서 마침내 무저갱을 여는 열쇠를 얻었어."

"그게 뭡니까?"

"고흐의 그림 '별이 빛나는 밤에'라네. 오늘 만정 미술관에서 전시하네."

"그렇군요. 그런데 그거랑 사무엘과는 무슨 관계입니까?"

"사무엘과는 관계가 없어. 그러나 민우 엄마 인애라면 얘기가 달라지네."

"그게 무슨 말이신지."

"이제 자네들도 꼭 알아야 할 사실이 있는데 인애가 루시퍼가 찾던 바로 그 키메리안의 후손이네. 인애 그 아이라면 아니 인애 아빠 고천중이라면 아마 루시퍼가 아니라 무저갱의 사탄이라도 뒤집어질걸."

"저희는 도무지 무슨 말씀이신지……."

"고흐의 아내는 아들을 낳았어. 쌍둥이를 낳았는데 첫째가 고일중이라는 아이였지. 바로 나 목사님을 죽인 자며 지금 만정 미술관을 지은 자, 바로 김 목사가 고일중이라네. 그리고 둘째 아이가 바로 고천중, 자네 다니엘의 아버지가 고흐의 쌍둥이 아들이라네."

다니엘은 약간 어지러웠다. 다니엘이 당황해 하는 모습을 본 촌장은 다니엘의 어깨를 두드리며 말했다.

"놀라지 말게, 다니엘. 고흐는 선과 악을 다 가졌지만 아들 대에 와서는 쌍둥이가 나오는 바람에 둘로 나누어졌다네. 고천중은 선한 피를, 그 형인 고일중은 악한 피를 가지게 되었겠지. 그 피의 결과로 고일중은 자신을 키워준 목사님을 죽이고 말았지만 자네 아버지는 선하게 살아오신 분이시네. 어쨌든 그림을 열려면 키메리안의 피가 필요했을 게야. 루시퍼가 열심히 찾아다닌 것 같네만… 자네와 고천중, 주애는 집 밖을 거의 나오지 않았을 테니 알 수가 없을 거고 착한 인애는 전국적인 헌혈 운동에서 걸려들었겠지. 그래서 오늘 미술관에 초대되어 갔을 텐데 아마도 인애의 피로 그 열쇠를 열려고 하는 것 같네. 자네도 인애가 위험하다는 걸 어렴풋이 알았겠지만 그런 이유로 이곳까지 오게 된 거라네. 그리고 보면 나 목사님은 참 보통 분이 아니신 거야. 그렇지 않나? 이런 일이 있을 줄 미리 알고 준비를 하셨으니 말이야."

그때였다. 스데반이 인상을 굳히며 조심스레 말했다.

"그런데 이상한 것이 하나 있습니다. 다니엘은 정신이 하나도 없었겠지만 저는 분명히 기억합니다. 분명 다니엘이 혼수상태에서 지우가 위험하다고 했습니다. 분명히 지우가 위험하니 지우를 반드시 지켜야 한다고 했습니다. 한 번도 누나가 위험하다든지 하는 말은 없었는데 그럼 지우는 어찌된 것입니까?"

촌장도 고개를 갸웃거렸다.

"글쎄. 지우에 대해서는 나도 아는 바가 없는데…. 다니엘 자네가 그랬다고 하니 그런 걸 텐데… 자네는 기억이 없고… 다니엘이 한 말을 다니엘이 모르면 누가 알까? 그럼 누구에게 묻는다?"

상면은 다니엘의 얼굴을 보다가 갑자기 생각이 난 듯 주먹을 휘두르며 말했다.

"그게 뭐가 어려워요? 그놈한테 물어보면 되잖아요. 그 자식 어디에 있어요? 그 자식."

"누구?"

상면이 주먹을 붕붕 날리며 말했다.

"아 왜 나한테 맞은 놈 있잖아. 한 대 맞고 조용해진…….."

그러자 모두 얼굴을 서로 보며 하나같이 외쳤다.

"악한 영."

인사동 촌장은 다니엘 일행을 이끌고 쌈지길로 급히 내려갔다. 상면의 부축을 받으며 걸어가는 다니엘은 왠지 다리가 풀렸다.

'왜 그럴까…'

집 안에서는 그렇지 않았지만 쌈지길로 접어들수록 심장이 요동치며 다리가 풀려서 힘이 빠져나갔다. 다니엘이 억지로 다리를 끌고 겨우 도착한 곳은 쌈지집이었다. 그 집에서는 이미 웅성거리는 사람들로 마당에 발 디딜 틈도 없었다. 그 쌈지집 안에 있는 거울의 방에서는 악한 영의 괴성이 하늘을 찌르고 있었다. 조용하던 마을사람들은 하나 둘 모여들어 오랜만에 생긴 구경거리를 보며 끌끌 혀를 차고 있었다. 그러나 사람들이 모이건 말건 거울의 방에 갇힌 악한 영은 죽을힘을 다해 소란을 피우고 있었다. 악한 정도에 따라 발작의 강도가 결정되는 거울의 방은 자신의 죄를 보여주고 참회하게 하는 방이었다. 그 방을 거울의 방으로 만든 이래 가장 시끄러운 날이었다.

다니엘은 악한 영에 가까워질수록 심장이 요동을 쳐서 어지럽기까지 했다. 다니엘이 집 안으로 들어서자 신기하게도 악한 영의 비명소리가 들리지 않았다. 신기한 일.

촌장은 거울의 방 앞에 서서 문을 열려다 말고 다니엘을 쳐다보았다. 다니엘은 식은땀을 흘리며 서 있기도 어려웠다. 세상이 거꾸로 뒤집히더니 중심을 잃었다. 쿵! 다니엘은 바닥으로 무너져 내리며 썩은 나무토막처럼 굳어버렸다.

갑자기 일어난 일에 상면은 다니엘을 안고는 소리를 질렀다. 촌장은 굳은 얼굴로 거울의 방을 노려보았다.

"상면, 다니엘을 이 방에서 멀리 데리고 가면 좋아질 걸세. 내가 자네 친구 스데반과 같이 들어가서 저 요물과 담판을 짓고 오겠네."

상면은 다니엘을 가볍게 안고는 쌈지집 밖으로 나가서는 멀찍이 흐르는 개울가에 눕혔다.

촌장과 스데반은 거울의 방문을 밀어 젖혔다. 사방이 모두 둥근 거울로 되어 있는 거울의 방. 거울은 모두 청동 거울로 되어 있어서 생각만큼 환하지는 않지만 어렴풋이 사람 모습은 알아볼 수가 있었다. 바닥은 단단한 돌로 되어 있었고 천장에는 밝은 빛을 내는 돌 하나가 있었다. 방 한가운데 말뚝이 박혀 있는데 그 말뚝에 세마포 끈으로 악한 영이 묶여 있었다.

스데반은 촌장 옆 문가에 서서 악한 영을 보았다. 눈썹이 없는 커다란 두 눈은 귀 밑까지 찢어져 있고 작은 코 밑에 있는 입술은 빨간색 립스틱을 바른 것 같았다. 턱 선은 갸름하고 볼 살은 없어서 일곱 살짜리 남자아이 같아 보이기도 했다.

촌장은 숨을 깊이 들이마시고 입을 떼었다.

"이름이 무엇이냐?"

"어제는 쇠똥이. 오늘은 막내요 내일은 개똥이다."

"개똥이라…. 어쩔 수 없지. 물어볼 말은 많지만 준비가 되어 있지 않으니 어쩔 수가 없구나. 그럼 이만."

촌장은 말을 마치고 등을 돌렸다. 촌장이 나가려 하자 악한 영이 이를 갈았다.

"저런 악질 늙은이 같으니. 좋다, 내가 잘못했다. 사실대로 말할 테니 제발 나가지만 말아 줘. 늙은이 너마저 나가면 나는 눈을 둘 데가 없어. 그럼 아까 같은 고통에 더 미쳐버릴 거야. 제발 나가지 마라."

촌장은 문고리를 잡은 채 얼굴을 돌리지 않고 입을 열었다.

"그럼 건설적인 대화할 준비가 되었나?"

악한 영은 고개를 떨궜다. 사실 이 방에 들어온 이상 살아서 나갈 길은 없었다. 그러나 악한 영은 할 일이 있었다.

'일단 살고 보자. 그냥 죽기에는 내가 아는 이 비밀이 너무 엄청나다.'

악한 영은 고개를 끄덕였다. 그러고는 조용히 말했다.

"지우가 궁금하지?"

촌장과 스데반은 서로 얼굴을 마주보았다.

잠시 후, 거울의 방문이 열리며 촌장이 굳은 표정으로 나왔다. 그 뒤로 스데반이 따라나왔다. 상면은 눈이 휘둥그레져서는 악한 영을 보았다. 몸뚱이는 세마포 줄로 칭칭 감겨져 있었고 그 줄은 스데반이 잡고 있었다. 악한 영은 아까보다는 풀이 많이 죽은데다 표정에 힘도 없었다.

스데반은 촌장에게 인사했다.

"정말로 고맙습니다. 이 은혜는 잊지 않겠습니다. 말씀하신 대로 최선을 다하겠습니다. 그럼, 이만 가보겠습니다."

스데반은 촌장에게 인사를 하고는 악한 영을 앞세워 갔다. 상면과 다니엘은 엉겁결에 따라 갔다. 다니엘은 뒤를 돌아 촌장을 보았다. 촌장은 고개를 들어 하늘을 보며 애써 외면했다. 촌장은 다니엘이 시야에서 사라지자 한숨을 쉬며 독백처럼 말했다.

"어찌 이런 일이…. 어렵구나. 휴… 이제는 나 목사님만 믿는 수밖에."

한참을 걸어, 들어왔던 문으로 돌아온 일행은 그곳에서 기다리는 수영과 작별을 했다. 아지와 수지도 꼬리를 흔들며 수영에게 인사를 하는데 수영은 아쉬운지 자꾸 강아지들을 쓰다듬었다.

"다 끝나고 다시 와야 돼, 알았지?"

아지를 쓰다듬는 수영을 보며 악한 영이 경악했다.

'헉! 이럴 수가. 이 괴물이 아직 살아있다니. 근데 왜 여기에 있는 거지? 도대체….'

악한 영은 부르르 떨었다. 하지만 수영은 악한 영을 모르는 듯, 일어나서 문을 열고 말했다.

"이곳으로 가면 돼요. 만정도 다시 시간이 흐를 거예요. 가는 길은 악한 영이 안내해 줄 거고요. 그럼, 몸조심하세요. 안녕."

수영의 말이 끝나자 갑자기 눈앞에 있던 수영이 없어지고 새로운 세상이 나타났다. 다들 입을 벌리고 보고 있는데 악한 영은 눈을 번뜩이다가 다시 시간이 흐르는 것을 알아채고 입가에 미소를 띠었다.

스데반은 악한 영을 끌고 앞서서 걸어갔다. 그러나 몇 걸음 가지 못해 갑자기 나타난 안개 때문에 그 자리에 섰다. 스데반은 생전 이렇게 짙은 안개를 본 적이 없었다. 너무 짙어서 옷이 다 젖었다. 5미터 앞도 보이지 않으니 맘은 급해도 빨리 갈 수 없었다. 자꾸 뒤를 돌아보며 일행을 확인하면서 걸어가자니 걸음도 점점 느려졌다. 다니엘은 악한 영과 거리가 가까워지면 조금씩 힘들어 했다. 악한 영과 거리를 두고 가야하니 더욱 힘들었다. 안개를 뚫고 가던 스데반이 악한 영에게 말했다.

"이 길이 맞나? 유브라데로 가는 길이 맞아?"

"그럼, 이 길이 유일한 길이야."

스데반은 악한 영의 표정을 살폈다. 그의 얼굴은 평안했다.

'이상하다, 이렇게 안개가 끼어 있다는 말은 없었는데… 표정을 보면 거짓말 같지는 않고… 이상한데.'

스데반은 혼란스러웠다. 분명 길은 아닌 것 같은데 악한 영의 얼굴에는 거짓이 없었다. 만약 악한 영이 거짓을 말한다면 얼굴에 극심한 통증이 오기 때문에 그 사실을 알 수 있었다. 인사동 촌장이 무언가를 먹이고는 분명 실험까지 다 하고 온 터라 스데반은 악한 영이 하는 말을 그대로 믿을 수밖에 없었다. 스데반은 다시 물었다.

"진짜 이 길이 유브라데로 가는 길인가?"

"그렇다니까. 나를 그렇게 못 믿겠으면 할 수 없고."

"그런데 왜 안개가 끼어 있지? 너무 심해서 앞을 볼 수가 없잖아. 그냥 돌아갈까?"

악한 영은 인사동으로 돌아간다는 말에 입술을 깨물었다.

"그럼 내가 안개를 없애는 방법을 가르쳐 주지. 그럼 되겠지?"

"돌아가기는 싫은 모양이군. 그럼 말해 봐."

"불을 피워. 큰 불이 아니라도 웬만한 불에는 걷히지. 이곳의 안개는 그렇게 쉽게 걷히는 안개니까."

"그런데 이렇게 물기가 많은데 불을 어찌 지피나?"

"그건 내 알 바 아니고… 나는 가르쳐 주었으니 그걸로 되었지. 안 그런 가, 친구?"

스데반은 악한 영과 말장난을 할 시간이 없었다. 비상용으로 가지고 다니는 라이터로 굴러다니는 잡초에 불을 지폈다. 그러자 놀라운 일이 벌어졌다. 불이 쉽게 붙더니 그 불 주위에 있는 안개가 걷혔다. 마치 불에 쫓겨 안개가 달아나는 형국이었다.

스데반은 안개가 걷히는 광경에 속이 다 시원하였다. 거리를 두고 따라오던 상면 일행도 그 광경에 입을 벌렸다. 순식간에 안개가 물러가고 주위가 환해지며 모든 것이 드러났다.

"아, 어찌?"

스데반이 놀라자 악한 영이 비웃으며 말했다.

"눈에 보이는 대로 생각하는 나약한 인간들. 이래서 인간들은 할 수 없다니까. 안개라고 생각하면 안개라고 할 수 있겠고, 아니라고 생각하면 아니겠고. 쯧쯧."

"그럼, 네 눈에는 이 안개가 안 보인다는 거냐?"

"안 보이지."

"그럼 왜 우리 눈에는……."

"영을 보는 눈이 없으니, 못 볼 수밖에. 그러니 인간보고 나약하다고 하지 않나?"

스데반은 갈수록 마음이 무거워졌다. 악한 영이 자신 있게 말했다.

"믿고 따라와. 계속 그렇게 못 믿으면 나도 곤란해."

악한 영은 가볍게 앞서 나갔다. 스데반은 계속 이상하다는 생각이 들었지만 악한 영을 따라가는 것밖에 지금은 뾰족한 수가 없었다. 스데반은 숨을 깊게 들이마시고 상면에게 말했다.

"상면아, 이쪽."

악한 영의 얼굴에는 사악한 미소가 번지고 있었다.

만정 안

사무엘은 기가 찼다. 아내가 뱀에 물려서 눈을 뒤집고 죽어가는데 정작 자신이 할 수 있는 일이 없었다. 게다가 두 아이도 우왕좌왕, 밖으로 나가는 통로를 찾지 못해 안절부절못하는 통에 정신이 하나도 없었다.

'생각을 하자. 생각을… 이럴 때일수록 생각을 하자.'

사무엘은 아내를 안은 채로 깊게 심호흡을 하며 냉정해지려고 눈을 감았다.

'들어온 곳으로 나가면 되지만 저쪽에는 무시무시한 짐승들 소리가… 저리로 나갔다가는 뼈도 못 추릴 것 같은데… 저 문 말고 다른 문이 있을 텐데… 그곳이 어딜까?'

그때였다. 문 밖에서 울부짖던 소리가 갑자기 사라졌다. 동시에 지우와 민우도 떠들던 입을 닫고 귀를 쫑긋거렸다. 그러자 갑자기 지우가 하얗게 질린 얼굴로 외쳤다.

"아빠, 빨리, 빨리."

"무슨?"

사무엘이 멍하게 지우를 보고 있자 민우가 사무엘의 오른손을 잡아끌었다.

"아빠, 빨리 가요. 시간이 없어요."

"아니, 어디로 가라고. 갈 데가 없……."

사무엘은 뒤를 돌아보다가 말을 다 맺지 못했다. 민우와 지우가 자신의 손을 잡아끌며 가는 곳이 바로 자신의 뒤에 있는 '자화상'과 '별이 빛나는 밤에' 그림 앞이었기 때문이다.

사무엘은 그림을 보고 입을 다물지 못했다. 신기하게도 지우의 눈높이에서 공중에 뜬 채로 소용돌이치던 두 그림 중에서 '자화상'이 갑자기 '별이 빛나는 밤에'와 똑같이 변해 있었다. 게다가 그림 가운데 별무리의 소용돌이가 진짜로 돌며 앞으로 튀어나왔다. 그리곤 어른이 서서 다닐 수 있을 만큼 커졌다. 그 소용돌이 끝으로 희미하게나마 빛이 보였다.

민우와 지우는 서로 다른 쪽을 가리켰다.

"이쪽으로 가야 돼."

"아니야, 고흐 아저씨가 이쪽이라 그랬어."

"아니야, 이쪽이란 말이야, 오빠. 아이 참."

민우와 지우는 서로 옥신각신하고 있었다.

사무엘은 인애를 보았다. 인애의 숨이 당장이라도 끊어질 것처럼 얼굴이 점점 하얘졌다. 매우 위태로웠다. 사무엘은 아내 인애를 업었다. 그러자 지우가 소용돌이치는 두 개의 그림 중 자화상이었던 그림을 사무엘 앞으로 끌고 왔다. 그리고는 아빠의 눈을 똑바로 바라보며 눈으로 말했다.

'이리로 가, 아빠.'

사무엘은 다급한 마음에 지우가 가져온 그림 안으로 일단 발을 들여놓고 민우에게 다급히 외쳤다.

"민우야, 빨리 가자."

민우는 고개를 갸웃거리며 끝까지 내키지 않는다는 표정이었다. 하지만 하도 재촉하는 바람에 지우 뒤를 따라 그림 안으로 들어왔다. 그러나 갑자기 지우가 멈추는 바람에 넘어지고 말았다.

"아야… 야 왜 그래? 빨리 가야 돼. 아빠가 오래잖아."

민우가 급한 마음에 지우에게 소리를 질렀다. 그러나 지우는 민우의 말에 아랑곳 하지 않고 갑자기 무언가를 찾으며 두리번거렸다.

"아이, 이게 어딨지? 오빠, 그거 어딨어?"

"뭘 말이야? 아빠가 빨리 오라는데 뭘 찾아?"

"그거 있잖아. 아까 휘두르던 거. 그거 있잖아. 그래 막대기… 막대기 어딨어?"

"야, 왜 그래? 막대기를 가져다 뭐 하려고?"

민우가 자기의 말을 들어 주지 않고 말을 빙빙 돌리자 지우는 짜증이 밀려와 그 자리에 서서는 갑자기 소리를 꽥하고 질렀다.

"오빠."

얼마나 큰소리가 나는지 방 전체가 울리며 작은 돌 부스러기들이 떨어져 내렸다. 사무엘과 민우는 갑자기 할 말을 잊었다. 지우의 비명에 놀란 탓도 있지만 방 전체가 울리며 무너질까 봐, 그 자리에 서서는 움직이지 않고 숨도 죽였다. 지우는 소리를 지르고 나서는 아무 일도 없었다는 듯 민우 옆으로 걸어가서는 바닥에 떨어진 막대기를 주워들었다. 그러고는 들어가려는 그림 옆에서 역시 소용돌이치는 '별이 빛나는 밤에' 그림 옆으로 가서 막대기를 휘둘러 그림을 때렸다.

척! 그러자 신기한 일이 벌어졌다. 그림에서 아악! 하는 비명이 들렸다. 그리고 문 밖에서는 짐승의 울부짖음이 다시 들리기 시작했다.

사무엘은 다급했다. 그림에 걸친 한쪽 다리를 그대로 둔 채 목을 빼어 뒤쪽을 보았다. 지우가 힘을 주어 때리고 있는 저쪽 그림에서도 이쪽과 마찬가지로 소용돌이치는 별무리 사이로 무언가 하얀 머리가 나오고 있었다. 얇은 빨간 막을 뚫으려고 들이미는 하얀 대머리가 그림 밖으로 나오려고 용을 쓰고 있었다. 그런데 지우가 막대기로 그것을 때리자 대머리는 비명을 지르며 그림 속으로 다시 들어갔다. 하나가 나오다 들어가면 다른 소용돌이로 다른 하나가 나오고 또 맞고 들어가면 또 다른 하나가 나오고…. 사무엘과 민우는 눈이 휘둥그레져서 그저 보기만 하는데 지우가 그림을 계속 때리며 오빠를 불렀다.

"오빠, 빨리 와."

민우는 다시 한번 지우가 소리를 지를까 봐 얼른 뛰어갔다.

"왔어."

민우가 한 걸음에 달려가서 짧게 외치자 지우가 다급하게 외쳤다.

"나 대신 이걸로 때려. 나 팔 아프단 말이야."

민우는 지우가 때리던 것을 보고는 웃음이 나와서 낄낄거렸다.

"야. 완전 두더지다, 두더지."

민우는 지우에게서 받아 든 자신의 막대기로 그림의 소용돌이로 나오려는 하얀 대머리들을 때려갔다. 퍽! 퍽! 하는 소리가 나면서 신기하게도 그림 밖으로 나오던 대머리에서 파란 불꽃이 났다. 그리고 머리가 불에 탄 자국이 새겨진 대머리들은 다시 그림 속으로 들어갔다. 어떤 머리는 자국이 세 개인 것도 있었다.

민우는 갑자기 신이 나서 막대기를 휘둘렀다. 그때였다. 문에서 쿵! 쿵! 하는 소리가 나며 벽들이 터져 나가고 있었다. 아마도 밖에서 쇠망치로 문을 부수는 것 같았다. 그 소리에 놀란 민우가 고개를 들어 지우를 보았다. 그러자 지우가 소리쳤다.

"오빠 계속 때려. 내가 들고 갈 테니까."

땅에 내려온 그림 줄을 잡고 지우가 아빠에게 뛰어갔다. 그림이 연처럼 춤을 추며 날아가자 민우가 그림 뒤를 따라 폴짝폴짝 뛰어가며 막대기를 휘둘렀다. 사무엘은 숨이 넘어가는 아내를 업고 그림 속 미지의 세계로 내달았다. 아빠 뒤를 지우가 줄을 맨 채로 달음박질하고 민우는 막대기를 십자로 휘두르며 쫓아갔다. 민우까지 그림 안으로 들어가자 용맹하게 휘감아 돌던 소용돌이가 거짓말처럼 그림 안으로 들어갔다. 그러자 공중에 떠있던 그림이 바닥으로 나비처럼 떨어졌다.

그림이 바닥에 닿는 바로 그때에, 문의 벽이 통째로 터졌다. 커다란 소리가 나며 먼지가 만정을 가득 메웠다. 잠시 후, 자욱한 검은 돌가루를 뚫고 김민이 나타났다. 뿌옇게 날리는 돌가루가 걷힐 때까지 석상처럼 버티고 서 있던 김민은 잠시 후 드러난 방안의 풍경에 입을 다물지 못했다. 어지러이 뿌려진 핏자국은 누군가가 들어온 흔적인데 쓰러진 탁자와 흩뿌려진 유리조각들 외에 아무리 보아도 침입자는 없었다.

없어진 건 달랑 고흐의 자화상 하나. 새롭게 들어온 건 정체 모를 피와 머리끈 하나가 다였다.

"으아아아⋯. 으아!!"

김민의 피를 토하는 절규는 오랫동안 만정 안을 맴돌았다.

시공간의 미로에서

그림 안, 에덴 앞

그림 안으로 들어간 사무엘 가족은 멀리 보이는 불빛만 보고 걸었다. 그림 안은 불빛 하나 없이 어두웠지만, 한밤에 치는 번개처럼, 대머리에서 나는 파란 불꽃 덕에 사무엘과 아이들은 앞을 보며 갈 수 있었다.

그러나 인애의 상태는 심각했다. 입술은 물 한 방울 먹지 못한 사람처럼 타들어갔고 얼굴은 흙빛으로 변했다. 물린 목에서 나는 피는 거의 멎었지만 이제는 목부터 시작해서 온몸이 부어오르기 시작했다. 몸 전체에서 열꽃이 피어오르고 벌레 같은 것이 혈관을 통해 기어다니다가 임파선 부위만 가면 극심한 통증을 일으켰다. 인애는 사무엘의 등에 업힌 채로 괴로워하며 죽어가고 있었다. 사무엘은 속이 시커멓게 타들어갔다.

'인애야, 제발 조금만 버텨라. 인애야… 제발.'

사무엘은 등을 통해 들리는 인애의 가느다란 심장소리에 귀를 열고는 쉬지 않고 걸어갔다.

한참을 갔을까? 동굴 끝에 도착한 사무엘은 갑자기 나타난 환한 빛에 눈을 뜰 수가 없었다. 눈이 부셔서 한 걸음 뒤로 가자 다시 어두워졌다.

'이럴 수가.'

사무엘은 눈에 힘을 잔뜩 주고는 다시 걸음을 내디뎠다. 역시 눈이 부셨지만 조금씩 앞을 향해 걸었다. 잠시 후 동굴 밖으로 나왔다. 동굴 밖은 꿈 같은 광경, 완전히 딴 세상이었다.

눈앞을 가로지르는 강물은 햇빛을 품어 금빛으로 흐르고 있었고 각종 새들을 불러모았다. 그 금빛 강변에 자라는 갈대는 그 키가 사람 키를 훌쩍 넘었으며 물 밖으로 길 잃고 뛰어나온 물고기도 하늘을 뒤덮은 각종 새보다 많았다.

구불거리며 흐르는 금빛 강가에는 한껏 커진 나무의 겸손한 가지가 출렁이며 내려와 있었고 그 강에서부터 올라온 안개가 하늘로 솟은 나무의 결을 따라 내려와서는 물줄기가 되어 다시 강으로 내려왔다. 금빛 강을 따라 차고 넘치는 물고기가 물 밖으로 파닥거리며 새를 유혹할 때쯤이면 물결치듯 흐르던 공중의 새들도 숨을 죽이고 강의 심장으로 내리꽂히며 물보라를 뿌렸다.

커다란 고목도 아름답고 맑은 하늘에 떠가는 구름도 한 조각 예술 작품 같았다. 공기도 깨끗해서 눈에 보이는 모든 것이 선명했다.

아! 하고 외마디 감탄사를 절로 내뱉은 사무엘은 그제야 뒤를 돌아보았다.

"민우야."

사무엘의 소리를 들었는지 조용하던 동굴 안에서는 중얼대는 소리며 깔깔거리는 소리, 번뜩이는 파란 불빛과 함께 비명소리가 들렸다. 그리고 민우의 목소리도 들렸다.

"왜, 아빠? 지금 바빠. 조금만 있어 봐."

지우도 덩달아 소리쳤다.

"아빠, 이제 거의 다 왔어."

아까와 마찬가지로 대머리들이 나오다가 민우의 막대기에 머리를 얻어

맞고 있었다. 어떤 대머리는 머리에 5개의 불에 덴 자국이 나 있었는데 또 나오다가 민우의 막대기를 맞고는 다시 튕겨져 들어갔다. 사무엘은 아슬아슬 오금이 저려서 볼 수가 없는데, 아니나 다를까 지우가 동굴 밖으로 나오면서 턱에 걸려 넘어지고 말았다.

"아야!"

지우가 넘어지면서 그림을 놓쳤다. 지우의 손을 떠난 그림은 나비처럼 잡힐 듯 말듯 허공으로 날아올랐다. 마치 살아 있는 듯 날아오른 그림은 허공, 높은 곳에 가더니 압정으로 고정한 것처럼 움직이지 않았다. 그러고는 그림 주위로 어둑한 기운이 나와서 하늘을 덮었다.

그러자 시원하던 하늘이 어두워지고 금세 먹구름이 몰려올 듯 습해졌다. 강가에서 뛰놀던 원숭이들도, 하늘을 날던 새들도, 강 밖으로 뛰어나오던 물고기들도 모두 자취를 감추어 버렸다.

적막의 시간이 잠시 흐르고…. 허공의 그림으로부터 머리에 수없이 상처가 난 대머리들이 떼로 몰려나왔다. 괴상한 소리들을 지르면서 그림 밖으로 나온 대머리들은 키가 3미터에 이르고 덩치는 산만했다. 하나같이 험상궂은 얼굴에 근육이 우람해서 온몸에 타조 알을 넣고 다니는 것만 같았다. 둑이 터진 것처럼 우르르 몰려나오는 대머리들은 사무엘 가족이 서 있는 땅으로 내려왔다.

순식간에 일어난 일에 사무엘은 인애와 아이들을 품에 모으고는 그 자리에 얼어붙었다. 두 눈을 꼭 감고 죽기만을 기다리던 사무엘 가족 위로 민 대머리들이 덮쳤다.

두 눈을 질끈 감은 사무엘의 귀에 쾅! 하는 굉음이 들렸다. 죽을 줄 알았던 사무엘은 한참이 지나도 아무 일이 없자 조심스레 눈을 뜨고 주위를 살폈다.

"헉."

믿기지 않는 광경에 헛바람이 나왔다. 벌떼처럼 달려들던 괴물들이 그림 아래 강가에서 피를 튀기며 쓰러져 있었다. 노려보는 폼으론 금세라도 다시 덤빌 것 같았지만 이상하게도 그러지 못했다. 막대기 때문인가 생각했지만 민우는 눈을 꼭 감고 덜덜 떨고 있을 따름이었다.

그때 사무엘의 귀에 지우의 목소리가 들렸다.

"누구세요?"

사무엘은 지우의 말에 고개를 돌렸다. 누군가가 햇빛을 뒤로 하고 허공에 떠 있었다. 정면의 모습은 인간의 얼굴인데, 그 왼쪽으로 사자, 오른쪽으로 독수리의 얼굴이 언뜻 보였다. 무시무시했다. 어깨에서 나온 날개도 보였다. 전부 네 쌍인데 앞으로 나온 두 쌍으로는 자신의 몸을 감싸고, 뒤로 나온 두 쌍으로는 공중을 날았다. 숨을 쉴 때마다 강한 근육이 살아 움직였고 발은 날개에 가려서 보이지 않았다.

허공에 뜬 괴물의 사람 얼굴이 말했다.

"어찌 사람이 세마포를 입고 있는 거지."

괴물은 사무엘을 보며 말했다. 하지만 사무엘은 알아들을 수 없었다. 어리둥절해 하는 사무엘에게 지우가 물었다.

"아빠, 세마포가 뭐야?"

그 순간이었다. 허공에 떠 있던 괴물이 번개처럼 지우를 채 갔다. 사무엘은 너무 놀랐다. 너무 빨라 무슨 일이 있었는지 보이지도 않았다. 그자는 지우를 앞에 있는 날개로 잡아서 자신의 눈앞으로 들어 올렸다. 지우가 잡혀가자 민우는 그 자리에서 펄펄 뛰며 울었다. 사무엘도 역시 눈이 뒤집혔다.

허공에 떠 있는 자는 지우를 유심히 살피기만 했다. 지우가 전혀 겁내는 기색 없이 말했다.

"아저씨 누구야? 세마포가 뭐야?"

"너는 누구냐? 어찌 내 말을 알아듣느냐?"

"내가 먼저 물었는데."

"…"

"말하기 싫으면 하지 마. 나도 말 안 할래."

그때였다. 멀리서 열을 내던 대머리들이 다시 사무엘 가족을 덮치려 날아들었다. 지우를 붙잡고 있는 그자가 눈썹을 꿈틀하며 입으로부터 번개 같은 검을 빛처럼 쏘았다. 검은 재빠르게 회전하면서 날아가 날아오는 대머리들을 순식간에 잘라 나갔다.

팔다리가 잘리거나 다친 대머리들은 혼비백산하여 도망치는데 검을 날린 자가 날개 안에 숨겨둔 팔을 꺼내 활을 쏘았다. 화살도 안 보이는 빈 활이 튕겨지자 대머리들이 모여있는 곳이 일순간에 불바다가 되었다. 대머리들은 불에 타거나 그슬린 채로 흩어졌다. 한마디로 상대가 되지 않았다.

지우는 그런 광경을 보며 눈을 찡그렸다.

"대머리 아저씨들 아프겠다."

"너는 내가 무섭지 않느냐?"

"아저씨는 마음이 착해서 안 무서워."

"내가 착한지 어떻게 아느냐?"

"다 보이는데…. 아저씨는 나쁜 아저씨들이 안 붙어 있어. 그러니 착하지."

"나쁜 아저씨라니?"

"아저씨는 안 보여? 음… 작고 앞이빨 다 썩고 몸도 빨간, 그런 아저씨들. 나는 보이는데."

지우를 잡고 있는 그가 낯빛이 굳어졌다.

"아이야, 네 이름이 무엇이냐?"

"지우. 아저씨는?"

"스랍이란다."

"스랍? 무슨 이름이 그래?"

스랍은 고개를 돌려 사무엘을 보았다. 사무엘의 품 안에 죽어가는 인애가 보였다. 스랍은 잠시 생각을 하더니 울부짖는 사무엘에게로 날아왔다.

민우는 아빠가 우는 모습을 보고는 약이 올랐다. 그러던 차에 스랍이 다가오자 품에 가지고 있던 막대기를 휘둘렀다. 방심한 스랍은 별 생각 없이 아이가 휘두른 막대기에 한쪽 날개를 맞았다.

팡!

큰소리가 나며 스랍이 휘청하더니 땅으로 급히 내려왔다. 막대기에 맞은 스랍의 날개에는 커다랗게 그을린 자국이 선명했다.

'세상에 나의 몸에 흠집 하나라도 낼 자가 있었던가? 그런데 어린아이가 휘두른 막대기에 화상을 입다니.'

스랍은 당황했다. 게다가 막대기를 휘두른 민우는 마구 울면서 그 자리에서 계속 뛰었다.

"지우 빨리 줘, 지우. 스랍 나빠. 나쁘단 말이야."

스랍은 말없이 지우를 사무엘에게 내어 주었다. 그러고는 민우의 막대기를 보며 조심스레 인애의 목을 만졌다. 이해가 되지 않는다는 표정으로 한참을 보던 스랍은 품에서 작은 숯을 하나 꺼내 인애의 목에 가져다 대었다. 그러자 신기한 일이 일어났다.

온몸이 퉁퉁 붓고 검게 변해 죽어가던 인애가 순식간에 생기를 찾았다. 5분도 되질 않아서 이내 혈색이 돌아오고 숨이 고르게 되었다. 잠시 후 인애는 기적같이 정신이 돌아왔다. 민우와 지우는 정신이 돌아온 엄마를 붙잡고 울었다.

사무엘은 겨우 마음을 진정하고 스랍에게 인사했다.

"감사합니다. 감사합니다."

그러자 이제는 스랍이 사무엘이 알아듣게끔 말했다.

"천만에, 내게 고마워할 것 없다. 세마포를 준 자에게 고마워해라. 세마포가 너와 네 가족을 살린 것이니. 그건 그렇고 저 아이들은 어찌된 것인가? 어찌 나의 말을 알아듣는가?"

"세마포가 무언지 저는 모릅니다. 그저 오늘 하루에 일어난 일들이 너무 두렵고 무섭습니다. 그리고 저의 아이들에 대해서는 저도 이유를 알지 못합니다."

사무엘이 두려워하자 스랍은 더 이상 묻지 않았다.

그때였다. 멀리서 시끄러운 소리들이 들려왔다. 고개를 돌려 보니, 그 사이 그림에서 쏟아져 나온 대머리들로 강 옆 들판이 차고도 넘쳤다. 흥분한 대머리들은 괴상한 소리를 지르며 서로 흥분시키고 있었다. 그중 대장처럼 보이는 자가 큰소리로 외쳤다.

"우리는 많고 적은 한 놈이니 두려워말고 밀어붙여라. 그리고 우리 머리를 이리 만든 저 꼬맹이들에게 반드시 복수를 해야 할 것이다. 가자. 네피림의 자랑스러운 용사들이여."

스랍은 그 소리를 듣고는 매우 화가 나 얼굴이 붉어졌다. 사람 모습은 입술을 꾹 다물고 눈썹을 가운데로 몰았으며 사자 얼굴로는 커다란 울음소리가 듣는 자들의 간담을 서늘케 했다. 스랍은 사무엘 가족의 앞에서 괴물들을 막아섰다. 그러고는 뒤에 있는 소의 얼굴이 말했다.

"이 길로 곧장 가라. 이곳에서 어떤 일이 벌어지더라도 돌아보면 안 된다. 나는 그 옛날 소돔과 고모라를 한줌 재로 만든 스랍이다. 내가 이제 불과 유황으로 저들을 막을 테니 앞만 보고 가라. 옛적에 명을 어기고 돌아본 자는 소금기둥이 되었지. 절대로 돌아보지 말고 큰 강, 유브라데 강이 나올 때까지 가거라. 한눈에 보기에도 커다란 강이 나올 텐데 바로 그곳이 유브라데 강이다. 그곳에 가면 집으로 돌아갈 수 있을 것이다. 그럼 잘 가라. 지우도 잘 가고."

스랍의 말이 끝나자 사무엘은 지우를 앞으로 안고 부리나케 뛰어갔다. 인애도 기운을 차리고는 민우의 눈을 가리고 서둘러 갔다. 겁이 나서 뒤를 돌아보지 못하는 엄마 아빠와 달리 지우는 뒤를 돌아보려 하였다. 하지만 사무엘이 옷으로 감싸고 가는 바람에 뒤를 보지는 못했다.

사무엘이 어느 정도 갔다고 생각했을 때였다.

뒤에서 갑자기 커다란 소리가 들리며 큰 불이 난 것처럼 사방이 뜨거워졌다. 사무엘은 등 뒤로 뜨거운 기운이 느껴지지 않을 때까지 앞만 보고 걸었다. 지우를 안고 걸었지만 힘든 줄을 몰랐다.

그렇게 한참을 걸었는데 갑자기 낭떠러지가 나타났다. 비탈길 바로 아래로 낭떠러지가 나타나서 하마터면 천길 아래로 떨어질 뻔했다. 사무엘은 식은땀이 흘렀다. 지우를 안은 채로 아래를 내려다보았는데 도무지 그 끝이 보이지 않았다.

굳어진 목을 돌려 뒤를 조심스럽게 돌아본 사무엘은 아무 일도 없는 것을 확인하고는 안도의 숨을 쉬었다. 그러나 이제부터가 걱정이었다. 분명 스랍이 큰 강이라 했는데 강은 없고 커다란 낭떠러지만 있기 때문이었다. 건너편까지는 대략 수백 미터도 넘는 것 같은데 건너가기가 막막했다.

인애와 바위에 걸터앉아 숨을 돌리고 있는데 갑자기 민우가 소리쳤다.

"아빠, 건너편에 외삼촌이랑 상면 아저씨가 있어요."

"뭐라고? 어디?"

사무엘은 반가운 마음에 건너편을 보았다. 멀어서 잘 보이지는 않지만 어렴풋이 누군가가 이곳을 보며 손을 흔들고 있었다. 그중 상면 같아 보이는 덩치 큰 사람이 눈에 들어왔다.

"거기 있어! 내가 갈게!"

아련하게 상면의 고함소리가 들렸다. 사무엘은 두 손을 위로 흔들었다. 나룻배를 타고 건너오는 상면의 모습이 점점 가까워졌다.

사무엘과 인애는 그 광경을 보고 입이 쩍 벌어졌다. 상면이 탄 배는 아무것도 없는 공중을 마치 물을 건너듯 미끄러져 오고 있었기 때문이다. 물이 있는 것도 아니고 아래는 천길 낭떠러지인데 노까지 저으며 사무엘 쪽으로 오고 있었다. 그 광경에 인애와 사무엘은 악, 소리까지 내며 눈을 가렸다. 그러나 잠시 후 상면은 아무 일도 아니라는 듯이 다가와서는 허공에 둥둥 뜬 채로 사무엘에게 말했다.

"고생 많았지? 길게 말할 시간은 없고 아이들 먼저 태워. 너랑 인애 씨는 다시 데리러 올게."

"그게 무슨……."

사무엘이 이상하다는 표정으로 물었다.

"이 배에 많이 태우면 안 된대. 설명하자면 길어."

"아, 그래? 야, 근데 위험하지 않을까?"

"내가 타도 괜찮은 거 보면 모르냐? 민우, 지우 먼저 보내. 건너갔다가 다시 올게."

"그래, 그럼."

사무엘은 이게 무슨 일인가 궁금했지만 일단 지우를 먼저 태웠다. 지우의 눈이 이상하게도 촉촉하게 젖었다. 사무엘은 지우의 눈빛을 보자 가슴이 아팠다.

'아, 지우가 엄마랑 떨어지는 걸 무서워하는구나.'

지우가 내키지 않아 하는 걸 본 인애는 얼른 달려가 지우를 안아주었다.

"지우야, 먼저 가 있어. 그러면 조금 있다가 엄마랑 아빠랑 건너갈게. 알았지? 우리 지우 많이 커서 조금 기다릴 수 있지? 그치?"

사무엘은 인애의 말에 뭉클했다. 북받쳐 오르기는 인애도 마찬가지였다. 오늘 하루 종일 일어난 일을 생각하면 자신도 견딜 수 없을 만큼 힘든데 이 어린아이는 오죽할까 하는 생각이 들어 지우를 꼭 안아주었다. 지우는 대답 대신 고개를 두어 번 끄덕였다.

사무엘은 민우를 안아서 배에 태우며 말했다.

"민우야, 엄마 아빠가 없으면 누가 대장이라고?"

"나."

민우는 분위기를 아는지 약간 울먹이려 했다.

"그러면 상면 아저씨랑 배 타고 갈 때 민우는 어떻게 해야 돼?"

"지우 잘 데리고 있어야 돼."

"그래. 착하다, 우리 민우. 엄마 아빠가 없으면 우리 민우가 동생 잘 돌봐야 돼. 알았지?"

"응."

"착하다. 그럼 지우 손 꼭 잡고 먼저 가 있어. 아빠랑 엄마도 곧 갈게. 알았지?"

"응, 빨리 와."

민우는 굳은 표정으로 지우 손을 꼭 잡았다. 민우, 지우를 배에 태우고 나서 사무엘은 마지막으로 다시 물었다.

"그런데 애들 엄마만이라도 타면 안 될까? 나는 괜찮지만 애들 엄마가……."

상면이 차마 말하기 싫은 얼굴로 속삭였다.

"그게, 그러니까… 사무엘 너랑 인애 씨는 못 탈 수도 있어. 이 배가 좁아서 네 명이 타면 안 되는데다 인애 씨가 타면 배가 가라앉는대. 잘은 모르지만 스데반이 심각하게 한 얘기야. 내가 애들 데려다 놓고 다시 와서 꼭 데리고 갈게, 알았지?"

사무엘은 무슨 영문인지 몰랐지만 할 수 없었다. 다시 온다고 하니 그렇게 믿는 수밖에 없었다. 아이들만이라도 무사히 보내야 했다.

"그래, 그럼 애들을 부탁해."

상면은 아이들을 싣고는 배를 다시 돌려서 노를 저었다. 그러기를 얼마 안 돼서 갑자기 날카로운 비명소리가 들렸다.

"악!"

비탈 위로부터 화살이 비오는 것처럼 쏟아졌다. 그 중에 하나가 인애의 어깨를 꿰뚫었다. 언덕 위에는 커다란 키의 민 대머리들이 사무엘을 노려보며 서 있었다.

사무엘은 순간 죽음의 공포를 느꼈다. 모든 것을 포기해야 하나 생각하는 순간 멀리서 민우의 소리가 들렸다.

"아빠! 엄마!"

사무엘은 정신이 바짝 들었다. 사무엘은 화살에 맞아서 죽어가는 인애를 들쳐 업고는 강 위쪽으로 뛰기 시작했다. 멀리서 그걸 본 상면은 큰소리를 지르며 배를 돌리려 하였다.

그러나 사무엘이 손짓을 하며 큰소리로 외쳤다.

"그냥 가. 아이들을 집으로 데려다줘. 우리는 어떡해서든 갈게. 상류 쪽으로 갈 테니까. 어서 가. 상면아, 우리 아이들 잘 부탁해. 너만 믿는다!"

사무엘은 엄청난 힘을 내서는 인애를 업고 위쪽으로 달아났다. 어디서 그런 힘이 났는지 사무엘은 엄청난 힘과 속도로 달렸다. 그 뒤를 언덕에서부터 나타난 거인들이 메뚜기처럼 뒤쫓고 있었다. 일부는 상면을 향해 활을 쏘아댔다.

상면은 눈이 뒤집혔다. 행여 아이들이 맞을까 봐 자신의 등을 방패처럼 세운 채 노를 있는 힘껏 저었다.

쌩―.

퍽! 퍽!

등에 화살이 박히는 소리가 들렸지만 상면은 이를 악물고 노를 힘껏 저었다. 죽을 고생 끝에 다시 돌아온 상면은 뭍에 내리고 나서야 쓰러졌다. 상면이 쓰러진 걸 본 아지는 갑자기 상면의 등에 박힌 화살을 앞 이빨로 물었다. 그러자 놀랍게도 화살이 부러졌다. 등에 박힌 네 개의 화살을 물어 부러뜨린 아지는 꼬리를 흔들며 스데반 앞에 왔다.

스데반은 너무 놀랐다. 상면은 활을 맞고 기절했고 아이들은 어린데다 다니엘도 몸이 정상이 아니었다. 게다가 악한 영은 언제 도망갈지 몰랐다. 스데반은 악한 영을 나무에 묶고는 어쩔 수 없이 아지와 수지에게 말했다.

"아지야, 수지야 너희가 이놈을 좀 지키고 있어라. 이 줄을 놓아주면 안 된다. 알았지?"

아지와 수지는 스데반의 말을 알아듣고는 으르렁대며 악한 영 앞에서 꼼짝을 안 했다. 그러자 나무에 묶인 악한 영은 사색이 되어서는 쥐 죽은 듯 얌전히 있었다. 스데반은 몹시 신기했지만 상면을 깨우는 게 먼저였다.

"상면아! 일어나 정신 차려. 어떻게 된 거야?"

뺨을 몇 대 얻어맞고는 겨우 정신을 차린 상면이 입을 열었다.

"저리로 올라갔어, 저리로. 나한테 아이들을 맡긴다고 하고는 상류로 올라간다고 했어."

　화살을 네 개나 맞은 상면은 말을 할 때마다 가슴을 헐떡였는데 그 폼이 금방이라도 숨을 거둘 것처럼 위태로웠다.

　스데반은 입술을 깨물고 품에서 촌장이 준 물을 꺼냈다. 그러나 스데반은 물을 한 손에 들고는 망설였다. 인사동 촌장이 다니엘이 위급하면 마시게 하라고 준 물이었기 때문이다. 다니엘은 아직 완전치 않아서 멀리 갈 수가 없었다. 그러나 이제는 상면이 다급하게 되었다.

　'어쩌지? 다니엘도 곧 숨이 차 올 텐데….'

　그때였다. 다니엘이 상면에게 힘겹게 걸어갔다. 그러고는 스데반에게서 물병을 빼앗아 주저 없이 상면에게 주었다.

　"다니엘."

　"형, 전 괜찮아요. 상면이 형이 저를 얼마나 아끼셨는데 이깟 물쯤이야."

　"그래도… 이 물은 네 생명일 텐데."

　"저보다 상면이 형이 더 급해요. 그리고 스데반 형, 빨리 가요. 민우가 그러는데 누나랑 매형이랑 위험하대요. 우리도 빨리 상류로 가요."

　물을 마신 상면은 잠시 후 정신을 차렸다. 다니엘도 아직은 기력이 있었다.

　스데반은 나무에 묶여 있는 악한 영에게 다가갔다. 아지와 수지에게 꼼짝도 못하는 악한 영의 세마포를 잡고는 물었다.

　"상류로 가려면 어떻게 해야 하나?"

　"거긴 왜 가?"

　"얘기 못 들었어? 사무엘이 그리로 갔다고 하잖아. 이곳에서 상류로 가려면 산이 막고 있는데 돌아가야 하나, 아니면 바로 가는 길이 있나?"

"지름길이 있긴 한데 시간에 따라 변하는 곳이지. 사실 이곳 중간계는 모두 시시각각 길이 바뀌거든. 그래서 뭐든지 장담할 수가 없어. 나도 가보진 않았고 말만 들었어."

"그럼 돌아가는 길은?"

"그 길은 불의 검이 돌아다니는 곳이야. 살아 있는 누구도 갈 수 없어. 모두 죽거든. 죽어도 좋다면 그리로 가든가."

스데반에겐 선택의 여지가 없었다. 지름길로 가야 그나마 사무엘을 만날 기회도 있겠다 싶어서 무작정 가기로 했다. 스데반은 상면과 다니엘을 재촉해서 아이들 둘과 강아지 두 마리 그리고 악한 영까지 끌고 서둘러 산 가운데로 뚫린 지름길로 갔다.

사무엘은 죽을힘을 다해 뛰었다. 그래서 대머리 거인들과 거리를 제법 벌릴 수 있었지만 얼마 안 가서 힘이 빠졌다. 마음은 뛰고 있었지만 실제로는 걷고 있었다. 사무엘이 축 늘어진 아내를 업고 뛰기란 애초부터 불가능한 일이었다. 괴물들을 피해 최대한 달아나려 몸부림칠 뿐, 따라잡히는 것은 시간 문제였다. 인애를 업고 가는 사무엘과 칼 한 자루만 들고 광분하며 달려오는 거인들과는 애초부터 상대가 되지 않았다. 사무엘에게는 최대한 도망치는 것만이 최선이었다. 그런데 뒤도 돌아보지 않고 달리는 사무엘 앞을 아까와 같은 커다란 절벽, 강이 막고 있었다.

"아, 또 다시…."

사무엘은 휘어져 흐르는 절벽을 다시 만나고는 절망이라는 단어를 떠올렸다. 몸을 돌려 뒤를 보았다. 저 멀리 산등성이에서 하얀 먼지를 내며 오고 있는 괴물들이 보였다. 몇 분도 되지 않아 이곳으로 와서 순식간에 덮칠 것 같은 기세였다.

사무엘은 발만 동동 구르다가 잠시 인애를 내려놓고 숨을 곳이 있는지 찾아보기로 하였다. 화살에 맞아 늘어진 인애를 커다란 고목과 긴 수풀 사이에 눕히고는 자신의 바바리코트를 벗어 덮어주었다. 그러고는 다시 나뭇잎으로 덮고 인애 손을 한 번 꼭 잡았다.

사무엘은 강으로 내려가서 혹시 건널 수 있는 길이 있는지 미친 듯이 뒤지고 다녔다. 애타는 마음으로 이리저리 뛰어다니던 사무엘의 눈에 나룻배가 들어왔다. 노도 한 쌍 있어서 잘만 하면 상면처럼 건널 수도 있겠다 싶었다. 다급한 마음으로 인애를 눕혀 놓은 곳으로 뛰어왔다.

그런데 인애가 없었다. 인애가 방금 전까지 죽은 듯 누워 있던 자리에는 아무도 없었다. 덮어 주었던 나뭇잎 더미가 밀려 인애가 어디론가 갔다는 흔적만 안타깝게 남기고 있었다. 사무엘은 눈이 뒤집혀져서 미친 듯이 소리를 질러댔다.

"여보! 여보! 인애야!"

그러나 돌아오는 것은 허공을 가르는 공허한 메아리뿐, 아내의 숨소리조차 들리지 않았다. 사무엘은 미칠 것만 같았다. 사랑하는 아이들과도 생이별했는데 아내마저도 지켜주지 못한 자신이 한없이 무능해 보여 화가 나 폭발할 지경이었다.

그때 무언가 자신의 다리를 잡아끄는 힘이 느껴졌다. 흠칫 놀라 돌아본 사무엘은 하마터면 소리를 지를 뻔했다. 죽어가던 인애가 나무 사이에 숨어서 멀쩡한 표정을 하고 사무엘 다리를 잡아끄는 것이었다. 무슨 일이 있었냐는 듯 얼굴에 핏기가 돌았고 숨소리도 고르게 들렸다.

"쉿! 여보, 이리로 와요. 여기 숨으면 될 것 같아요."

사무엘이 허리를 굽혀 아내를 보니 큰 고목나무에 난 커다란 구멍 속에 몸을 반쯤 넣고 있었다. 신기하게도 입구가 갈대에 가려 눈에 잘 띄지 않았고 구멍은 사람이 들어가기에 적당한 크기였다. 다행히 지금 이곳으로 달려오는 거인들은 들어갈 엄두도 내지 못할 만큼 숨기에 적당한 크기였다.

사무엘은 인애를 따라 구멍 안으로 들어갔다. 너무 어둡지도, 너무 축축하지도 않은 나무속은 엄청나게 넓었고 작은 방처럼 아늑했다. 그런데 들어온 입구의 반대편에 희한하게도 작은 문이 있었다. 게다가 문고리도 있어서 사람이 살고 있는 집처럼 느껴졌다.

사무엘과 인애는 그 문 앞에 웅크리고 앉아서는 작은 소리로 말했다.

"어떻게 된 거야. 아까까지만 해도 다 죽어 갔었는데."

"그러게 말이에요. 나도 기억이 나지 않는데 정신을 차리고 보니 나무 구멍이 보이기에 무작정 들어왔어요. 이제는 화살 맞은 등만 조금 아프지 머리는 맑고 상쾌해요. 근데 아이들은요?"

"걱정하지 마, 잘 있어."

사무엘은 아내가 걱정할까 봐 얼버무렸다. 인애가 무언가 입을 떼려는 순간 화살 하나가 날아들었다.

쌩—

화살은 나무 입구에 박혀서 푸르르 떨고 있었고 밖에서는 시끄러운 소리가 났다. 거인 괴물들이 이곳을 찾아낸 모양이었다. 누군가 주먹으로 통통 나무를 치는 소리가 들렸다. 그러다가 급기야는 쿵 하는 소리가 나며 나무 전체가 흔들렸다.

사무엘과 인애는 이제 마지막이라고 생각했다. 서로 부둥켜안고는 눈을 감았다. 민우와 지우의 얼굴이 아른거렸고 미안한 마음에 눈물이 났다. 그때였다. 쿵쿵 도끼로 나무를 찍는 소리를 뚫고 익숙한 목소리가 들렸다.

"안 가?"

사무엘과 인애는 눈을 들어 소리가 나는 곳을 보았다. 들어온 쪽의 반대쪽에 있는 문이 활짝 열려 있었고 문 앞에서 할아버지 한 명이 웃고 서 있었다.

"정말 안 가? 나 먼저 간다."

사무엘은 순간 벌떡 일어나서는 인애를 안고 문 안으로 들어갔다. 화살 하나가 날아와 문에 박히는 위급한 상황에서도 할아버지는 싱글벙글거리며 농담을 걸어왔다.

"어때, 도망다니는 것 할 만해? 아직 젊으니 할 만하지, 뭐."

사무엘과 인애는 할아버지의 농담에 대꾸할 정신이 없었다. 재빨리 문 안으로 밀고 들어가서는 보이지 않는 곳에 숨어 앉았다. 괴물들이 고목을 다 부수고 고목 안으로 머리를 들이밀자 할아버지가 웃으며 말했다.

"나무 패느라 고생이 많아. 하지만 나도 바빠서 이만 가야겠어. 그럼 수고들 해."

할아버지는 작은 문을 닫고는 안으로 들어가 버렸다. 그러자 신기하게도 문이 점점 사라지더니 잠시 후 그 흔적도 완전히 없어져 버렸다. 눈까지 찡긋하며 조롱하는 할아버지를 본 괴물은 코에서 김이 나고 머리에서는 연기가 났다. 하지만 들이민 머리만 나무에 끼어서 빼도 박도 못한 채 서로 으르렁대기만 했다.

작은 문으로 들어간 사무엘과 인애는 괴물들의 긴 포효소리를 뒤로 하고는 안도의 한숨을 쉬었다. 창경궁 할아버지는 그런 사무엘을 보고 씩 웃으며 말했다.

"밥은 먹었나?"

사무엘은 그제야 정신이 들었다. 인애도 안심이 된 표정이었다. 인애는 일어나서 정중히 인사했다.

"저번에는 차도 대접해 드리지 못했는데 이번에 이렇게 목숨까지 살려

주시니 너무 감사합니다."

"아니에요. 저번에는 일이 좀 있어서 말도 안 하고 가서 내가 미안했는데요. 오늘은 가다 보니 우연히 지우 아빠가 보이잖아? 그래서 좀 들어오라 한 것뿐이에요."

사무엘도 일어나서는 허리를 깊숙이 숙였다.

"감사합니다. 그런데 여기는 어딘가요? 오늘은 도무지 정신이 하나도 없습니다."

"여긴 말이야, 말로 하자면 길지만, 한마디로 얘기하자면 중간계라는 곳이야. 이 세상과 저 세상의 가운데라고 할 수 있지. 아까 보던 그 괴물들은 원래 여기에 사는 자들이 아닌데 자네들 덕에 이리로 온 것 같고. 그나저나 지우는 어쩌고 자네들만 여기 있나?"

사무엘은 할아버지의 말이 이해가 되지 않았지만 지우를 묻는 말에 기운을 빼고 말했다.

"그러니까요, 그게…. 제 친구 상면이가 집에 잘 데려다 줄 겁니다."

"뭐라고? 그럼 지금 자네 친구는 어디 있고?"

"강 건너에 있었는데… 아마도 집으로 갔을 텐데요."

"아! 어찌 이런 일이… 그곳은 다른 세계로 가는 길인데… 죽은 자들이 있는 곳이라고. 어쩌다가 그곳으로…….."

인애는 할아버지의 말에 다리에 힘이 빠지고 머리가 아득해져서 주저앉았다. 사무엘은 인애의 안색을 살피던 터라 무너지는 아내를 받아 안았다. 안색이 창백하고 호흡이 줄며 손발이 차가워지는 폼이 심상치 않았다.

할아버지는 그런 인애를 보며 한숨을 크게 쉬고는 문 옆의 작은 나무를 밀었다. 그러자 그곳에는 신기하게도 백병원이라고 적힌 버튼이 있었다.

"병원에 가자. 아이들은 주님께서 지켜주실 게야. 산 사람 먼저 살려야지 어쩌겠나?"

할아버지는 주저없이 그 버튼을 눌렀다. 그러자 갑자기 웅 하는 소리와 함께 방 전체가 위로 솟구치며 올라갔다. 바닥에 쓰러진 인애를 부축하던 사무엘은 놀라서 할아버지를 올려다보았는데 할아버지는 심각한 얼굴이 되어서는 위만 보았다.

사무엘은 가슴이 답답했지만 워낙 상황이 이해가 되질 않아서 입을 굳게 다물고 기절한 인애만 품에 안았다. 잠시 후 말이 없던 할아버지는 사무엘을 보며 측은한 생각이 들었다.

"힘들지?"

"아니요, 괜찮습니다."

사무엘은 늘 괜찮다는 말을 입에 달고 살았다.

"힘들어 해도 돼. 오늘 하루 종일 이해 안 되는 일만 일어났을 텐데. 이제 조금만 더 가면 병원이야. 거기서 민우 엄마 치료하고 장인 집으로 가게."

"병원이요? 집으로 간다고요?"

"그래, 자네 성품이 워낙 맑아서 복 받은 게야. 다른 사람들은 못 돌아가는데 자네는 예외라네."

"할아버지."

"왜?"

"뭐 좀 물어 봐도 돼요?"

"뭐든지."

"제가 할아버지 뵌 지가 일 년이 넘었는데, 할아버지는 누구세요?"

할아버지는 잠시 뜸을 들였다. 그러고는 결심한 듯 표정을 굳히고 말문을 열었다.

"자네 이제부터 내가 하는 얘기 잘 듣게. 믿기지 않는 얘기들이겠지만 믿어야 하네. 사실 내 이름은 아론이야. 민우가 휘두르는 그 막대기가 사실은 내 지팡이지. 그놈이 하도 졸라서 주었는데 잘 가지고 있겠지? 어쨌든 지금은 자네 가족 때문에 이곳에 살고 있지만 얼마 전까지만 해도 인사동에 있었지. 그러던 어느 날 주님께서 부르셔서 갔는데 나에게 자네 가족을 부탁하시더군. 자세한 내용은 주님께서 말씀하실 때가 있겠고. 그런데 나는 처음에 이해를 하지 못했지. 에덴에 있을 때부터 사람은 다 간교하고 어리석었는데 왜 그런 사람들에게 미련을 버리지 못하실까? 이제는 포기할 때도 되셨는데…. 그렇게 생각했지. 하지만 내가 어리석었어. 틀린 거지. 바로 자네와 자네 아이들을 보고 틀린 것을 알았다네."

"그런데 왜 저희 가족입니까? 어제부터 이상한 일의 연속이더니 오늘은 가족이 다 죽게 생겼습니다."

"그건 자네 가족이 특별해서 그래. 자네는 모르겠지만 자네와 민우 엄마 그리고 두 아이들 모두 하나같이 저 무저갱의 사탄이 알면 뒤집어질 그런 사람들이라서 그래."

"뭐가 특별합니까?"

"자네의 능력은 막혀 있지만 지우는 특별하지. 지우의 능력은 나도 정확히는 몰라. 하지만 모든 말을 다 알아듣고, 천사의 말을 할 줄 알고, 한 번 본 것은 잊어버리지 않아. 어찌 보면 별일 아니라 하겠지만 엄청난 능력이야. 그런 능력은 사람에게서 난 게 아니고 하나님께로부터 난 게야."

"무슨 말씀이신지."

"모르는 게 당연하지, 당연해. 그나저나 자네도 봉인이 풀릴 때가 된 줄로 아는데. 얼마 안 남았을 게야. 나 목사님이 자네를 끔찍이도 아끼셨으니 말이야."

"나 목사님을 아십니까?"

"알다 뿐인가? 지금은 말할 수 없지만 곧 만나 뵐 게야."

"목사님은 칠 년 전에 돌아가셨는데요."

"그랬지. 하지만 죽음과 삶은 종이 한 장 차이야. 곧 오실 게야."

사무엘은 나 목사 생각에 눈물이 났다. 어릴 적에 자신을 끔찍이도 위하셨고 늘 데리고 재워주실 정도로 사랑해 주셨다. 사무엘은 울적하던 차에 눈물이 절로 흘렀다.

"울지 마. 목사님도 우시면 어쩌려고. 자네 몸조심해야 해. 목사님께서 자네를 사탄에게 뺏기지 않으려고 목숨까지도 버리셨으니까."

사무엘은 무어라 더 할 말이 있었지만 집이 덜컹거리며 도착해서 입을 닫았다. 문이 열리자 사무엘은 인애를 업고 문 밖으로 나갔다. 누군가가 문을 잡고 서서는 사무엘을 맞아주었다. 사무엘은 너무 반가워서 소리를 질렀다.

"명천이 형!"

"사무엘, 오랜만이네. 인사는 나중에 하고. 자, 빨리 이쪽으로."

명천은 준비해 둔 침대에 인애를 받아 눕혔다. 그러고는 미리 준비해 둔 기구로 인애의 등에 박힌 화살을 뽑기 시작했다. 또한 여러 명의 간호사들이 달려들어서는 링거를 꽂고 혈압을 재고 소독도 해주었다.

사무엘은 어찌된 영문인지 몰라 멀찍이 밀려나서는 아론에게 물었다.

"여기가 어딥니까?"

"보면 몰라, 병원이지."

아론은 다시 장난기 가득한 얼굴이었다.

"무슨 병원이요?"

"명천이가 있는 병원이 어디야? 백병원이잖아. 여긴 백병원이야. 서울

한복판에 있는 백병원이라고."

이해가 가지 않는 사무엘은 아까 내린 문을 찾았다. 그러나 그 문은 어디에도 없었다. 그 모습을 본 아론이 웃으며 말했다.

"문을 찾아? 그 문은 닫혔어. 열려면 내가 열어야 돼. 내가 그 문에 취직을 했거든."

사무엘이 눈을 동그랗게 뜨는데 명천이 글러브를 벗으며 다가왔다.

"형, 인애는 괜찮아요?"

"괜찮지, 그럼. 세마포를 입었는데 괜찮지. 네가 입힌 거 아니야?"

"무슨 말인지?"

"저 옷, 네 옷 아니야?"

명천은 사무엘의 바바리를 가리켰다.

"맞는데… 저게 왜."

"몰라?"

명천이 놀라워하자 아론이 헛기침을 했다.

"사실은 내가 자네 옷에다가 세마포를 누벼놨지. 저번에 하도 밥을 잘 먹어서 보답으로 해 놨는데 그게 인애를 살렸구만. 허허, 기분 좋은데."

"아론 할아버지께서 장난을 좀 하셨군요. 난 또 사무엘이 다 알고 있다고."

사무엘이 궁금해 하자 명천이 사무엘 어깨에 손을 얹고는 말했다.

"세마포는 약속의 옷이야. 옷이라기보다는 약에 가깝다고 할 수 있는데 그 세마포를 입고 있으면 죽을병도 좋아지거나 늦춰지지. 아주 귀한 옷인데 네 옷에 누비신 걸 보면 아론께서 네게 푹 빠지신 것 같아."

그러자 아론이 거들었다.

"나뿐 아니고 주님께서도 푹 빠지셨지. 안 그런가, 사무엘? 허허허."

사무엘은 도무지 이해가 되질 않았다. 사무엘은 간호사들이 빠져나간 침대에 가서는 조용히 눈을 감은 채 자고 있는 인애의 손을 꼭 잡고 옆에 앉았다. 그런 사무엘과 인애를 보는 아론과 명천은 측은한 마음에 가슴이 미어졌다.

'지우는 어찌할꼬. 주님께서 돌보셔야 하는데….'

보름달이 떠오른 깊은 밤, 백병원 응급실은 불빛이 꺼질 줄 몰랐다.

사무엘이 무사히 백병원으로 간 시각

건너편에서 강을 따라 올라가던 스데반 일행은 큰 산 앞에 섰다. 십 미터 전에서는 눈곱만큼도 보이지 않던 큰 산이 갑자기 눈앞에 나타났다. 모두 놀랐지만 악한 영은 담담한 얼굴로 산 위를 이리저리 둘러만 보았다.

스데반이 말했다.

"앞이 막혔는데 이제 어쩌지? 이곳이 산이라는 얘기는 없었잖아."

악한 영이 목소리를 깔며 대답했다.

"답답한 친구군. 이곳이 인간세상인 줄 아나? 분리된 시공간 중에 안정되어 있는 곳은 별로 없어. 아마도 인간세상과 에덴 정도일걸. 아까 내가 뭐랬나? 이곳 중간계에서는 시간에 따라 장소가 바뀐다고 하질 않았나? 내 기억으로는 동굴이 있었어. 그런데 지금은 어마어마한 산이지. 왜 그럴까? 그건 나도 몰라. 그냥 그럴 뿐이지. 잠시만 있어 봐. 또 변할 테니."

악한 영이 안색 하나도 변하지 않고 줄줄 읊었다. 거짓이 없었다. 스데반은 하는 수 없이 자리를 깔고 앉았다. 악한 영은 나무에 묶인 채로 아지가 지키고 있었고 민우는 스데반 옆에 앉아서 다리를 주무르고 있었다. 지우는 스데반 옆에서 고개를 갸웃거리며 말했다.

"아저씨, 왜 안 가?"

스데반은 그런 지우가 귀여워서 머리를 쓰다듬으며 말했다.

"응, 큰 산 때문에 길이 막혀서 잠깐 쉬는 거야. 조금 있으면 길이 날 수도 있대."

민우가 스데반의 말을 듣다가 이상하다는 듯 말했다.

"이상하다. 그냥 가면 되는데."

"길이 없잖아. 산을 넘어……."

스데반은 민우에게 말을 하다가 머릿속이 번뜩였다.

"민우야, 뭐가 보이니?"

"응 동굴!"

민우와 지우가 동시에 말했다. 그러고는 둘이 서로를 보며 까르르 웃었다.

스데반은 눈을 크게 뜨고 보았다. 하지만 자신의 눈에는 동굴은커녕 작은 구멍도 보이지 않았다. 민우와 지우가 스데반의 손을 잡아끌었다. 그러고는 산으로 올라갔다.

"여기 있잖아."

지우 손에 이끌려 간 스데반은 자신의 두 눈을 의심했다. 아이들과 간 그곳은 정말로 커다란 동굴이 있었다. 어른 키의 열 배는 되어 보이는 커다란 동굴이 바로 눈앞에 있었다. 스데반은 어리둥절했지만 아이들은 뭐가 좋은지 웃고만 있었다.

스데반 일행 모두는 커다란 동굴 앞에 섰다. 악마가 그 입을 벌리고 있는 듯 음산한 기운이 감돌았다.

"상면아 들어가자. 이곳으로 가는 길밖에 없는 것 같아."

"그래, 까짓것 죽기야 하겠어?"

스데반은 악한 영을 앞장세우고 뒤를 따랐다. 그러자 갑자기 동굴 안은 신기하게도 밝아졌다. 천장이 높게 뚫려 있어서 빛이 들어오고 있었다. 걷기도 편하고 아까와 달리 음산한 기운도 없었다. 악한 영의 표정이 심각해졌다.

'아, 아깝다. 동굴이 찰나에 바뀌다니. 동료들을 만날 수도 있었는데. 어쩐다, 그나저나 이 길은 어디로 가는 걸까? 아직 완전히 바뀐 것 같진 않은데.'

한참을 걸어간 스데반 일행 앞에 두 갈래 길이 나왔다. 왼쪽과 오른쪽이 똑같이 생긴 두 길이 나오자 잠시 살펴보던 악한 영의 눈가에 미소가 스쳤다.

스데반이 물었다.

"어디로 가야 하지?"

악한 영은 스데반의 질문을 기다렸다는 듯이 재빨리 대답했다.

"아무 데로나 가도 되지. 하지만 둘로 나눠야겠는걸. 이 동굴은 이상한 곳이라서 사람이나 영혼은 딱 세 명밖에 못 가."

"그게 무슨 말이야? 세 명이라니?"

"말 그대로야. 세 명이 넘으면 못 지나가. 믿기 싫으면 다 같이 가든가?"

"그럴 리가."

스데반은 믿지 않고 모두를 이끌고 오른쪽으로 들어갔다. 아니나 다를까 스데반과 악한 영 그리고 다니엘까지는 들어갔는데 뒤따라오던 상면은 들어오지 못하고 무언가에 막혔다. 아무리 용을 쓰고 들어가려 해도 들어갈 수가 없었다. 스데반은 돌아보고는 뒤돌아 나왔다. 그러자 상면이 들어갈 수가 있었고 스데반은 들어갈 수가 없었다. 스데반은 고민에 빠졌다.

한참을 실랑이했지만 악한 영의 말이 옳았다. 아지와 수지는 사람이 아니니 괜찮지만 지금은 딱 여섯 명. 자신이 악한 영과 가자니 저 편이 네 명이었다. 상면이나 다니엘, 둘 중 하나는 악한 영과는 다른 길을 가야 할 상황이었다. 하는 수 없이 아이들 중 한 명이랑 가야 했다. 스데반은 아이들 중 한 명이라면 남자인 민우를 데리고 갈 수밖에 없다고 생각했다.

"진짜네. 그럼 어쩐다? 두 팀으로 나누어야겠는걸. 상면아 네가 다니엘과 지우를 데리고 왼쪽으로 가라. 나는 민우를 데리고 이놈이랑 이쪽 길로 갈게. 조심하고 동굴 밖에서 만나자."

"내가 그놈 데리고 갈게."

상면이 나서며 말했다.

"안 돼. 네가 힘이 좋으니 다니엘과 지우를 잘 돌봐야 돼. 그리로 가. 조심하고. 그리고 밖에서 먼저 나가는 사람이 기다리기 하자. 알았지?"

스데반은 민우와 악한 영을 데리고 먼저 오른쪽 동굴로 들어갔다. 그 뒤를 아지가 꼬리를 흔들며 따랐다. 상면은 하는 수 없이 나머지를 이끌고 왼쪽 동굴로 들어갔다.

동굴 입구에 선 상면은 지우를 번쩍 안고는 말했다.

"지우야 이제 아빠랑 엄마한테로 가자, 알았지?"

지우가 맑은 눈을 빛내며 말했다.

"근데 저리로 안 가면 안 돼? 나 무서운데."

"걱정하지 마. 이 아저씨가 있잖아. 아저씨가 우리 지우 안 무섭게 지켜줄게. 알았지?"

"응, 알았어."

화살에 다친 상면은 다시 힘을 내고는 눈을 부릅뜨고 들어갔다. 그 뒤를 다니엘과 수지가 사이좋게 따라 들어갔다. 상면은 계속 지우를 안은 채로 동굴을 따라 한참을 들어갔다. 그러다가 막다른 곳을 만났다. 그러나 신기하게도 그곳에는 엘리베이터가 있었다. 문은 이미 열려 있었는데 좌우로 벌어진 문 안에 버튼도 보였다. 상면은 약간 무섭긴 했지만 지우를 봐서 용기를 내었다. 아담한 크기의 엘리베이터는 상면 일행이 다 들어오자 저절로 문이 닫혔다.

다니엘은 안에 있는 버튼을 보고 웃었다.

"4, 3, 2, 1, 0, −1, −2 …. 0층도 있네."

몇 층을 누를지 고민하고 있을 때 지우가 아빠랑 호텔 간 걸 생각해 내고는 말했다.

"아저씨 로비로 가."

상면은 로비라는 말에 머리가 번뜩 트였다.

"로비? 그렇지, 일단 로비로 가야지. 역시 우리 지우가 똑똑하네. 그럼 일층이겠네."

상면은 주저없이 1층 버튼을 눌렀다. 그러자 신기하게도 엘리베이터가 웅 하는 소리를 내며 올라갔다. 상면과 다니엘은 영특한 지우를 보며 기분이 좋아졌다. 지우도 자신을 보며 웃는 상면과 다니엘 덕에 오랜만에 웃음을 지었다. 게다가 수지도 뭐가 그리 좋은지 꼬리를 연신 흔들며 지우에게로 뛰어올랐다. 지우는 자신을 보며 뛰어오르는 수지를 보고는 일부러 얼굴을 일그러뜨리며 작은 주먹을 쥐어 보였다. 그럴수록 수지는 더욱 좋아서 더 높게 뛰어올랐다.

잠시 후 탕 소리가 나며 엘리베이터가 멈추더니 문이 활짝 열렸다. 문이 서서히 열리면서 밖의 풍경이 드러났다. 하늘을 찌를 듯 치솟아 있는 플라타너스 나무들과 휘영청 떠 있는 보름달. 그리고 그 달을 품고 있는 연못. 그리고 이 모든 것을 아우르고 있는 돌담.

'누구의 정원인데 이리 아름다울까?'

다니엘은 낮게 탄식을 토하며 눈앞에 펼쳐진 절경에 눈이 팔렸다. 상면도 마찬가지였다. 지우를 안은 채로 밖으로 나와 주위를 둘러보던 상면은 왼쪽 저 앞으로 솟은 큰 문을 보고 충격에 빠져 혼잣말로 뇌까렸다.

"홍화문."

다니엘은 상면의 말에 정신을 차리고 둘러보았다. 역시 상면의 말대로 홍화문이라고 써진 큰 문이 있었다. 상면은 예전에 이곳과 같은 곳에 가본 적이 있었다.

바로 창경궁이었다. 상면은 그때 그 창경궁과 지금이 똑같다고 생각했다. 다니엘도 마찬가지. 둘은 서로 넋을 잃고 절경에 취해 있었다. 그러나 둘은 홍화문의 현판이 밖이 아니라 안에 달린 것을 알지 못했다.

상면은 휘영청 뜬 달을 보며 아름답다고 생각했다. 달에 취한 상면과 달리 지우는 상면의 품에서 미끄러져 내려와서는 으르렁대는 수지를 붙잡아 품에 안았다. 지우는 보름달을 품은 연못을 보며 수지와 같이 떨었다. 정신이 팔린 상면과 다니엘은 허공에 뜬 달을 보느라 연못에 비친 보름달이 빨갛게 물드는 것을 보지 못했다.

지우는 점점 커지는 빨간 달을 보며 떨다가 용기를 내어 말했다.

"외삼촌! 나 무서워."

"지우야, 괜찮아. 이 아저씨가 있잖아. 걱정하지 마."

"그치만 계속 커지고 있어."

"지우야, 괜찮아. 여긴 창경궁이야. 이제 집에 다 왔어. 삼촌만 믿어."

그러나 점점 커지는 연못의 달에 지우는 참지 못하고 울음을 터뜨렸다.

"으앙~ 무서워. 앙~."

지우의 울음소리를 듣고서야 다니엘은 고개를 돌려 지우를 보았다. 그러고는 비명을 질렀다.

"악! 상면이 형. 저, 저것 봐. 귀신!"

상면은 다니엘과 거의 동시에 연못을 보았다.

연못 한가운데에서 밝게 빛나던 보름달이 시뻘건 색으로 변해 있었다. 연못의 반 이상을 차지할 정도로 커져 있었다. 그리고 그곳으로부터 새빨갛고 머리를 풀어헤친 귀신들이 솟구쳐 나와서는 허공에 뜬 채로 이쪽을 노려보고 있었다. 얼굴은 아예 머리카락으로 덮여 있어서 알아볼 수가 없었다. 가끔 머리카락 사이로 반짝이는 눈만 보일 뿐 얼굴은 어둠에 가려져 있었다. 게다가 허공에 뜬 채, 맨발로 새빨간 피가 흘러서 뚝뚝 떨어졌다. 수지가 그 모습을 보고는 큰소리로 짖어댔다.

"컹컹컹… 컹컹컹."

수지가 신기하게도 어른 개처럼 짖어대자 그 귀신들은 혼비백산하여 도망을 갔다. 그렇지만 달을 통해 꾸역꾸역 나오는 숫자가 많아지자 귀신들은 수지를 피해서 상면과 다니엘에게 덤벼들었다. 상면은 덤벼드는 귀신에게 주먹을 휘둘렀는데 허공을 가를 뿐이었다. 하지만 귀신들의 손에 잡혀 창경궁 벽으로 내동댕이쳐졌다. 화살이 등에 남아 있는 채로 벽에 부딪힌 상면은 고통에 기절하였다. 다니엘도 마찬가지였다. 귀신들이 창경궁 소나무로 던져 버렸다.

지우는 그 광경을 보고는 기절해 버렸다. 혼절한 지우를 본 수지는 더욱 사납게 짖으며 귀신들을 따라다녔다. 그러나 도망가는 귀신들을 다 따라갈 수는 없었다. 수지는 다시 깨어난 상면이 계속 벽에 부딪히는 걸 보고는 그곳으로 날아갔다.

그때였다. 수지가 지우를 비운 사이 귀신들은 지우에게로 떼로 몰려들었다. 그걸 본 수지는 눈이 뒤집혔다. 웅— 하는 크고 긴 소리를 내며 쏜살같이 지우에게로 날아가서는, 지우를 붙잡고 도망가는 귀신들을 물어 죽이고 있었다. 놀랍게도 수지는 하늘을 자유자재로 날아다녔고 귀신을 물어 죽였다. 혼절했던 상면은 수지의 긴 울음소리에 어렴풋이 정신이 들었다.

지우를 잡고 날아다니던 귀신이 수지가 계속 쫓아오자 지우를 벽으로 던져 버렸다. 빠르게 벽으로 날아가는 지우를 본 상면은 변개처럼 몸을 날렸다. 그러고는 날아가는 지우를 받아 안았다. 기적적으로 지우를 받아 든 상면의 머리가 벽에 닿았다.

쿵! 피가 튀었다. 혼절할 만큼 통증이 몰려왔지만 이를 악물고 벽에 기대었다. 상면의 머리에서 나온 피는 창경궁 담벼락을 붉게 물들였다. 그러자 이상한 일이 일어났다. 상면의 피를 머금은 창경궁 담벼락의 네모진 문양이 조금씩 움직이더니 하나 둘씩 떨어져 나갔다. 그러고는 그 속에서 파란색의 비늘이 나타나기 시작했다. 또 창경궁 담 한가운데에 갑자기 소용돌이가 생겨나기 시작했다. 그 소용돌이가 점점 커지더니 그 안에서 두 개의 파란 눈이 나타났다. 파란 두 눈이 짙어지더니 커다란 범종의 울음소리가 났다.

웅~. 용이었다. 그것도 새파란 비늘로 덮인 청룡의 얼굴이 보였다. 고대 사탄과의 전쟁에서 용족의 상중 장로와 함께 없어진 그 청룡이었다. 창경궁의 담을 따라 깃들어 있던 청룡이, 상면의 피 덕에 기나긴 잠에서 깨어났다.

긴 몸을 덮고 있는 비늘은 파란색이었는데 비늘과 비늘 사이에 언뜻 보이는 검은 피부 때문에 검게도 보였다. 화등잔만한 두 눈은 마주할 수 없게 커서 무시무시했고 네 발에 달린 발톱은 독수리의 그것과 같았다. 작은 날개가 있었지만 날개 없이도 날아다녔고 그 빠르기가 번개와 같았다. 주로 귀신들이나 악한 영을 먹고 살았는데 그의 눈물로 만든 유리 투구는 동서남북을 한 번에 볼 수 있는 귀한 보물이었다.

상면을 향해 달려들던 귀신들이 허공에서 멈추었다. 다니엘을 나무에 후려치던 귀신들과 수지에 쫓겨서 도망치던 귀신들, 그리고 상면에게 달려들던 모든 귀신이 도망을 하였다. 그러나 바로 그때, 창경궁을 돌아 감싸고 있던 플라타너스 나무들이 기다랗고 강한 가지를 휘둘러 달아나는 귀신들을 쳐서 땅으로 떨어뜨렸다.

나무에 맞은 귀신들은 온몸이 찢기며 땅으로 내동댕이쳐지는데 땅에 떨어진 영들을 파란 눈을 가진 커다란 청룡이 날카로운 이빨로 물어서 모두 삼켜버렸다. 귀신들은 아무리 도망을 하려 해도 독안에 든 쥐였다. 하늘로 도망을 가든지, 땅으로 숨든지 청룡과 플라타너스 나무는 귀신을 죽이고 있었다.

시간이 흐르고 상면을 죽이던 수많은 귀신들은 몰살을 당했다. 다시 원래 색으로 변한 연못에서는 더 이상 귀신들이 나오지 않았다.

죽은 귀신들을 모두 삼킨 청룡은 한 번 길게 울고 나서, 마치 아무 일도 없었다는 듯이 다시 창경궁의 담벼락으로 들어갔다. 용은 담벼락으로 들어가면서 꼬리 끝부분으로 피투성이인 상면과 그 일행을 모두 쓸어 담으면서 고요하게 사라졌다.

벽에서 나올 때처럼 울며 다시 들어가는 용은 하늘을 향해 한 번 더 긴 울음을 토해 냈다. 귀신들을 후려치던 플라타너스 나무들과 모든 벽들은 둥근 달을 비웃으며 조용히 원래의 모습으로 돌아갔다.

오른쪽 동굴

오른쪽 동굴로 들어간 스데반은 치가 떨렸다. 동굴은 가도 가도 도무지 끝이 없었다. 동굴 끝에서 상면과 만나기로 한 터라 무리가 되었지만 계속 걸었다. 처음에는 민우를 안고 걸었지만 사려 깊은 민우가 혼자 걷겠다고 해서 지금은 혼자 걸어갔다. 그러나 아침식사 이후로 아무것도 먹지 못한 민우는 결국 탈진해서 주저앉았다. 민우는 얼굴이 창백해졌고 숨소리도 불규칙했다. 입술이 마르고 갈라져 있었다. 스데반은 너무 걱정이 되었다. 품에 안은 민우를 가까운 바위에 눕히고는 물을 찾았다. 그러나 동굴 안에 물은 보이지 않았다. 물은커녕 사방이 온통 말라비틀어진 것들 뿐이었다.

스데반은 악한 영에게 말했다.

"물을 구할 수 있을까? 어린아이가 저러다가 죽겠어."

"가르쳐 주면 나에게 뭘 줄 거지?"

"뭐라고?"

"나도 얻는 게 있어야 하잖아."

"네가 이런 말할 상황은 아닐 텐데."

"그건 너도 마찬가지야. 안 그래?"

스데반은 악한 영을 자세히 보았다. 영악한 얼굴에서 미소가 번지고 있었다. 스데반은 갈수록 간교해지는 귀신이랑 길게 얘기해 봤자 좋을 게 없다는 생각이 들었다.

"좋아, 한 번만 봐주지. 무얼 줄까? 풀어 달라는 건 안 돼. 알지?"

"그건 나도 알아. 나는 단지…….."

악한 영이 사악한 미소를 짓자 스데반은 인상을 찌푸렸다.

"네가 하나의 비밀만 말해 주면 돼, 단 하나의 비밀."

"무슨…. 무슨 비밀이 있다고 그래? 좋아 말해 봐, 내가 아는 거면 말해 주지."

"분명히 약속했어. 만약에 네가 거짓말하면 나도 거짓말 할 거야. 그래도 되거든. 세마포는 공평하지. 후후후."

"빨리 말해 봐, 시간이 없어."

"민우와 지우가 그리는 그림, 그냥 아이들이 아침에 일어나면 그리는 그림, 그 그림이 뭔지만 말해 주면 돼. 어렵지 않지? 그게 뭔지만 말해 줘. 그럼 내가 물 있는 곳을 알려주지. 아니 물뿐이 아니라 먹을 것도 있지. 그것도 많이, 후후후."

"네가 먼저 말해. 그럼 알려주지. 어렵진 않네."

"좋아, 약속했어. 그럼 너만 믿고… 가자."

악한 영은 갑자기 앞장을 섰다. 가볍고 기분 좋은 걸음으로 앞서 갔다. 스데반은 이상했지만 민우를 들쳐 업고는 아지와 함께 앞서 가는 악한 영의 뒤를 따랐다. 아지는 꼬리를 흔들며 달려가서는 앞장선 악한 영 옆에서 으르렁거리며 갔다. 악한 영은 아지 앞에서는 쥐 신세였다. 스데반은 악한 영에게 물었다.

"이봐, 어디로 가는 거지?"

"밥 먹으러."

"그게 어딘데?"

"말해도 몰라. 그냥 따라오기만 해."

"아직도 중간계라는 거야?"

"스데반, 나도 모르는 게 많아. 이곳이 중간계냐고? 내 생각으로는 그런 것 같은데 아닐 수도 있어."

스데반은 입만 아플 것 같아서 할 말이 더 있었지만 그만두었다.

"어디로 간다는 거야? 도무지 알 수가 없네."

스데반이 혼자 중얼거리자 스데반 품에 안겨 있던 민우가 잠결에 중얼댔다.

"저기 큰 성이 있어요."

민우가 중얼대는 말을 들은 악한 영이 그 자리에 서서 부르르 떨었다.

"설마 민우도 지우와 같은 건가? 그럼 사무엘이 그의 아들?"

스데반은 엉겁결에 악한 영의 말을 들었다. 마지막 말이 귀에 거슬린 스데반은 악한 영을 노려보았다.

"사무엘이 누구의 아들이라고? 그게 무슨 말이냐?"

악한 영은 당황하여 말을 더듬었다.

"그, 그게… 그게 말이지."

항상 당당하던 악한 영이 말을 더듬자 스데반이 캐묻기 시작했다.

"왜 말을 못하지? 빨리 진실을 말해야지. 안 그러면 온몸이 오그라들어 죽을 텐데. 방금 한 말이 뭐지?"

악한 영은 눈을 감아 버렸다.

'지금 말하면 안 되는데. 알면 안 되는데. 어쩌나.'

악한 영은 말을 안 하기로 작정했다. 그러나 아지가 큰소리로 짖어대자 놀라서 순식간에 다 말해 버렸다.

"말할게, 다 말하면 되잖아. 짖지 말라고. 간이 오그라들어서 살겠나? 그게 그러니까 지우에 대해서는 저번에 거울의 방에서 얘기를 했는데, 그런데 지우의 능력 중에 말을 알아듣는 것 말고도 무엇이든지 보는 능력이 있지. 그런데 민우도 보고 있잖아."

"그럼 민우도?"

"지우랑 같다고 봐야지. 나도 처음에는 지우만 그런 줄 알았어. 다니엘 방에서 약간은 의심했지만 이 정도로 같을 줄은 몰랐어."

악한 영의 표정에는 역시 거짓이 없었다. 스데반은 다시 물었다.

"그건 그렇고, 사무엘은 뭐야?"

"이봐, 스데반! 머리를 좀 굴려. 생각을 하라고. 민우의 능력이 어디서 왔겠어? 사람이 많다 보면 생기는 그런 돌연변이? 아니야. 이건 철저하게 하늘로부터 나온 능력이야."

"그럼… 사무엘이?"

"맞아. 인애는 내가 말했지? 키메리안일 거라고. 그러면 뭐야? 엄마 아니면 아빠지. 아마도 아빠 사무엘이 천족 중 한 명일 거야. 이건 하나님이 천족에게만 준 능력이거든."

"천족이라……."

"그래 믿기지 않겠지만 천족일 거야. 하늘의 족속으로 불리는 천족의 능력. 지우가 갖고 있는 능력인 거지. 나도 처음에는 지우의 능력이 키메리안의 능력이려니 했지만 키메리안은 그런 능력이 없어. 사무엘에게서 왔을 거야. 그래야만 이 모든 게 설명이 돼."

스데반은 믿기지 않았다. 지우가 다니엘을 깨울 때에도 그냥 있을 수 있는 일로만 여겼었다. 그러나 하루 사이에 믿기지 않는 일을 겪고 나니 스데반도 안 믿을 수가 없었다.

그때였다. 민우가 갑자기 스데반의 품을 나오더니 아지의 등에 탔다. 작은 아지는 아슬아슬하게 민우를 태우고는 꼬리를 프로펠라처럼 돌리며 앞으로 달려갔다.

'무엇을 보았기에, 저리도 좋아할까?'

스데반의 마음은 복잡했다.

한참을 걷고 나서야 도착한 그곳에는 민우의 말대로 정말 커다란 성이 있었다. 신기하게도 동굴은 온데간데없는데 몇 걸음 전만 해도 보이지 않던 거대하고 웅장한 성이 갑자기 나타났다. 성이라기보다는 탑이라고 하는 게 옳을 것 같았다. 높이가 다 보이지 않을 만큼 하늘 위로 높이 솟아 있었다.

한걸음에 달려간 스데반은 성 앞에 섰다. 성 바로 앞에는 큰 문이 있고 그 좌우 옆에는 보기에도 엄청난 벽돌들이 쌓여 있었다. 스데반이 악한 영에게 물었다.

"이건 너무 크네. 이 성은 뭐 하는 성이지?"

"글쎄, 이렇게 큰 벽돌은 본 적이 없어. 일단 나는 약속을 지켰어. 이제는 네가 지킬 차례야. 어서 민우한테 물어 봐, 아침에 그리는 그림이 무언지."

"알았어. 일단 뭐 좀 먹고."

스데반은 문을 열려고 밀어 보았다. 그러나 아무리 밀어도 문은 꼼짝하지 않는다. 스데반은 실망해서는 다른 문이 있나 돌아보았다. 하지만 벽돌 외에 문처럼 보이는 다른 것은 없었다.

아지와 놀던 민우가 소리쳤다.

"아저씨, 저기 문 위에 글이 있어요."

스데반은 민우가 가리키는 곳을 유심히 보았다. 하지만 자신의 눈에는 그저 꼬불거리는 문양으로만 보였고 글자로는 보이지 않았다. 악한 영도 처음 보는 글자였다. 스데반이 난감해 하자 민우가 큰소리로 그 글을 읽어 내려갔다.

니므롯 왕의 세계라.

내가 하늘을 거역하여 이 탑을 세웠으나 하늘이 노하여 이곳이 갇히게 되었다.

후세에 이곳을 들르는 사람이 있어 니므롯의 영원한 회개를 알리라.

민우가 마지막 글을 읽자 꿈쩍도 안 하던 문이 갑자기 두 조각으로 쪼개지며 안으로부터 환한 빛이 새어나왔다. 문이 열렸다. 민우는 아지와 함께 환호성을 지르며 좋아했다. 처음 보는 글을 읽다니, 민우는 자기도 신기했다.

스데반은 악한 영이 한 말을 곱씹으며 악한 영을 보았다. 그러나 악한 영은 사색이 되어 벌벌 떨고 있었다.

"스데반 들어가지 말자. 들어가지 마. 저기에 니므롯이 산다. 그가 이곳에 산다면… 들어가면 죽음뿐이야."

그러나 이미 민우와 아지가 들어간 뒤였다.

"아니, 네가 오자고 해서 왔는데 들어가지 말자니. 그럼 여기가 어딘지 몰랐어?"

"내가 어찌 알아? 저 글을 읽을 줄 아는 사람은 없어. 나는 그저 큰 성이 있는 것만 알고 있었지. 이곳이 바벨탑인 줄은 몰랐지."

"바벨탑?"

바벨탑이라는 말에 스데반은 악한 영을 끌고 안으로 들어갔다.

"민우야, 민우야 빨리 나가자. 여긴 무서운 곳이래."

그러나 뛰어 들어간 그곳은 생각과는 다른 세계였다. 어디서부터인지 모르게 샘솟는 물가에 꽃이 만발하였다. 그 꽃밭에서 사슴과 양이 민우와 아지와 어우러져 놀고 있었다. 꽃밭 뒤로 솟은 낮은 언덕으로는 노루 한 마리가 여기저기로 뛰어다니고 있었고 그 뒤로 강아지가 연신 짖어대는 소리도 들렸다. 스데반과 악한 영의 눈앞으로 너무나 예쁜 정원이 파노라마처럼 펼쳐져 있었고 그 뒤로는 그림 같은 작은 집이 있었다. 너무 놀라서 입을 다물 수 없을 만큼 아름다운 광경이었다. 스데반은 더 이상 말을 하지 못했다. 악한 영도 고개를 갸웃하며 당황하는 표정이었다.

"이상하다. 저주받은 바벨탑인데, 어떻게 이럴 수가…."

민우와 아지는 이곳저곳을 돌아다니다가 정원 한가운데에 있는 우물에서 물을 조금 먹었다. 갈증이 심했던 민우는 이제 살 것 같았다. 신기하게도 바닥을 드러냈던 기운이 다시 솟구치며 언제 아팠냐는 듯 뛰어다녔다.

그때였다. 문으로 거인이 들어섰다. 키가 몹시 크고 몸집도 산만했다. 양손에 활과 칼을 들었다. 눈이 용의 눈을 닮아 화등잔 같았는데 인상은 험상궂었다. 악한 영은 겁에 질려 스데반 뒤에 숨었다.

"헉, 니므롯! 진짜 니므롯이다."

악한 영이 벌벌 떠는 걸 본 스데반은 민우를 품안에 안았다.

"우리는 지나가는 사람입니다. 어린아이가 배가 고파서 허락도 없이 들어왔습니다. 먹을 것이 있으면 조금만 나누어 주십시오. 아이가 허기를 면하면 곧 가겠습니다."

그러자 니므롯은 스데반과 악한 영을 지나쳐 집 안으로 걸어가며 알아들을 수 없는 말을 했다. 스데반은 알아듣지 못했는데, 스데반 뒤에 숨어있던 민우가 신이 나서 스데반에게 말했다.

"아저씨, 니므롯 아저씨가 들어오래. 아침밥 준대. 어서 가."

니므롯은 집 안으로 들어가다 말고 뒤를 돌아보았다.

'이 아이가 누군데 나의 말을 알아듣는가?'

니므롯은 사자의 눈을 하고는 쏜살같이 날아와서 민우를 잡아 올렸다. 용감한 아지가 으르렁대며 니므롯에게 달려들었다. 니므롯은 양 겨드랑이를 들어 올린 민우를 바로 보며 물었다.

"너는 누구냐?"

"……."

"누군데 나의 말을 알아듣는가. 나의 말을 아는 자가 천년 동안 없었는데, 너는 누구냐?"

거인이 무서운 눈을 하고 재차 묻자 민우는 그만 참았던 울음을 터뜨렸다.

"앙앙… 엄마, 어디 있어? 엄마!"

민우는 폭발했다. 엄마 아빠와 눈앞에서 헤어지고 낯선 세상을 헤집고 다닌 것이 오늘 하루 동안에 일어난 일이었다. 아빠가 올 때까지 아저씨 말 잘 들으라는 엄마의 말에 여태 참고 참았던 민우였다. 그러나 어린아이가 감당하기에는 너무 아픈 기억들이었다. 민우는 용케 잘 버티다가 거인이 다그치자 그만 울음보가 터져버렸다. 민우는 사정없이 울어댔다.

"앙… 앙… 엄마… 엄마…."

하늘과 맞닿은 성으로 민우의 울음소리가 맴돌아 울려퍼졌다.

백병원

"엄마~ 엄마~."

백병원 응급실에 누워 있던 인애는 민우의 울음소리를 듣고 벌떡 일어났다.

"민우야, 민우야! 어디 있니? 우리 민우."

사무엘은 침대에서 튕겨져 바닥으로 떨어진 인애를 안아 누이며 두 손을 꼭 잡아주었다. 인애는 허망한 눈동자로 하늘을 보며 민우를 찾았다.

"민우야, 어디 있니? 민우야!"

"괜찮아, 괜찮아. 민우는 괜찮아. 당신이나 빨리 힘을 내야지. 우리 민우는 상면이가 잘 데려다 줄 거야. 내일이면 볼 거니까 당신이 힘을 내야 돼. 알았지?"

"아니야. 우리 민우가 엄마를 찾잖아. 여보! 당신은 안 들려? 지금 민우가 나를 찾잖아."

인애는 하늘을 두루 보며 울다가 지쳐서 기절했다. 간호사가 달려와서는 침대에 눕히고 진정시키자 곧 정상으로 돌아왔다.

모든 걸 옆에서 보던 아론의 마음이 아파왔다. 눈을 돌리다가 명천과 눈이 마주쳤다. 명천의 눈도 이미 촉촉했다. 아론은 슬그머니 사리를 빠져나오며 명천의 소매를 잡았다. 명천은 아론에 이끌려 나오며 연신 뒤를 돌아보았다. 고개를 꺾은 인애의 눈이 자꾸 아른거렸기 때문이다. 명천은 병원 건물 밖으로 나와서 별을 헤는 아론에게 말을 걸었다.

"좀 도와주시지요. 너무 불쌍하지 않습니까? 어린 나이인데 꼭 이래야만 합니까?"

"……."

아론은 할 말이 없었다.

"저라도 찾아가고 싶지만 아시다시피 조금 있으면 수많은 환자들이 몰려올 테니 자리를 비울 수가 없습니다. 아론께서는 저와는 다르시니……."

한참을 벙어리로 있던 아론이 한숨을 쉬었다.

"나라고 자네와 마음이 다르겠나? 나도 마찬가지일세. 그러나 주님의 뜻인 걸 어쩌겠나? 자네도 알지 않나? 우리보다 더 안타까워하시겠지. 아마도 지금쯤이면 주님께서 이미 그곳에 가 계실지도 모를 일. 우리는 우리대로 이곳에서 할 일이 있겠지?"

"……."

이번에는 명천이 말이 없었다. 명천도 아론의 말을 머리로는 이해하고 있었다. 그러나 머리로 아는 것과 가슴이 아픈 거는 별개의 일이었다. 명천과 아론은 가슴이 아려왔다. 백병원 간판에 걸린 별이 밝게 빛나고 있었다.

바벨탑

민우가 지른 소리에 니므롯은 몇 걸음 뒤로 물러나며 넘어질 뻔했다. 민우가 낸 소리는 커다란 파동을 그리며 급히 퍼져나갔다. 땅이 울리며 나무들이 밀려 넘어졌다. 바벨탑마저 흔들렸다. 스데반과 악한 영은 귀청이 찢어지는 고통을 느끼며 소리의 파동에 밀려 넘어졌다.

니므롯은 믿을 수 없다는 얼굴로 민우를 보았다. 민우는 큰소리를 지르고는 니므롯의 품에서 기절했다. 아직도 어린아이가 감당하기에는 이 모든 상황이 너무 큰 충격이었다.

그때였다. 누군가가 니므롯이 들어온 그 문으로 급히 들어왔다.

"누가 지른 소리인가?"

그의 음성은 벼락같았다.

"이 아이가 지른 소리라네. 나도 놀랐어."

니므롯이 하얘진 얼굴로 말했다. 날아온 그가 민우를 품에 안았다. 말없이 민우를 자세히 보았다. 민우를 맡아서 사무엘에게 데려다 주어야 하는 스데반은 용기를 내어 말을 걸었다.

"그 아이를 이리 주시지요."

"네 아이인가?"

민우를 안고 있는 사람이 놀랍게도 스데반이 알아듣게 말했다.

"우리말을 아십니까?"

"그렇다고 할 수도 있고 아니라고 할 수도 있고. 그나저나 이 아이의 아버지인가?"

"아닙니다. 제 친구의 아이인데 어쩌다가 제가 맡게 되었습니다."

"그자의 이름은?"

"사무엘입니다."

"그럼 당분간 이 아이는 내가 맡겠다. 아이의 이름은?"

스데반은 이상하게도 그와 감히 눈을 마주하지 못했다.

"민우입니다. 그런데 아이가 아무것도 먹지 못했습니다. 먹을 게 있으시면 조금만 나누어 주십시오."

"이런, 왜 진작 얘기하지 않고. 자 다들 들어가자. 내가 오늘 잔치를 할 것이다."

그는 성큼 집 안으로 들어갔다. 그러자 아지도 잽싸게 따라 들어갔다. 이제 정원에 남은 사람은 세 명이었다. 니므롯이 엄격한 얼굴로 악한 영에게 말했다.

"너는 여기에 어찌 왔는가? 네가 올 곳이 아닐 텐데."

스데반 뒤에서 사시나무 떨듯 숨어 있던 악한 영은 얼굴을 반쪽만 내밀고는 죽어가는 목소리로 말했다.

"이자들에게 잡혀서 여기까지 오게 되었습니다. 제가 오자고 한 것은 아닙니다. 저는 들어오지 말자고 하였는데 이들이 우겨서……."

"그 세마포는 누구의 것인가?"

"악독한 인사동 늙은이의 것입니다."

"뭐라? 어디서 감히 악독하다고 말하는가?"

니므롯이 지른 고함에 악한 영은 땅바닥에 엎드리어 고개를 처박았다.

"잘못했습니다. 목숨만은 살려주십시오."

스데반은 둘 간의 대화를 알아들을 수 없었다. 그러나 듣지 않아도 돌아가는 상황은 알 수 있었다. 니므롯은 눈썹을 꿈틀거리다가 손에 잡은 칼을 들어 악한 영을 내리치려 했다.

"잠깐만요, 잠깐만요. 이자를 죽이시면 저희는 어찌합니까? 저희는 저 아이를 데리고 집으로 가야 합니다. 이자가 길잡이를 해줘야 하는데 죽어버리시면 저희는 영영 집에 갈 수가 없습니다."

스데반이 쌍수를 들고 말리자 니므롯은 치켜들었던 칼을 거두었다. 그러고는 스데반이 알아들을 수 있는 말로 말했다.

"알고 있다. 하지만 이런 악한 자는 이런 식으로 다루어야 한다. 방심하다가는 언제 당할지 모르지. 이자에게 고통을 받았던 사람들을 생각하면 백 번을 죽여도 시원찮지만 그 아이를 생각해서 목숨은 살려주겠다."

니므롯은 악한 영의 멱살을 잡고는 코앞까지 들어올렸다.

"잘 들어라. 만약에 네가 그 아이를 집에 데려다주지 못한다면 내가 우주 끝까지라도 쫓아가서 너를 죽이겠다. 여태 내가 한 맹세를 어긴 적 없는 것은 잘 알겠지? 내 말 명심해라."

니므롯은 말을 마치며 악한 영을 땅바닥에 내던졌다. 그리곤 집으로 들어가 버렸다. 악한 영은 너무 무서웠는지 뻘건 얼굴이 새하얗게 되어서는 땅바닥에 죽은 듯 누워 있었다. 아지는 악한 영을 지키느라 그 옆에 함께 있었다.

잠시 후, 민우가 들어간 바벨탑에서는 잔치가 벌어졌다. 집 안에 차려진 식탁 위로 각종 고기와 과일이 너른 상을 뒤덮었다. 민우는 입이 찢어져서는 뭐부터 먹을까 두리번거리다가 손에 잡히는 대로 입에 쑤셔넣었다. 스데반도 니므롯에게 고개를 숙였다. 그리고는 허기를 달래려 허겁지겁 먹었다.

한참 후에 배가 부른 민우가 졸려하더니 식탁 옆 침대에 쓰러져 코를 골았다. 니므롯이 민우에게서 눈을 떼지 못하는 친구에게 물었다.

"자네는 뭐가 그리 좋은가? 그런 표정은 처음 보네."

하지만 그 친구는 말이 없었다. 그냥 민우만 보았다. 민우를 보던 스데반이 고개를 돌려 물었다.

"두 분은 어쩌다 이곳에 오시게 되었습니까? 저희는 집으로 돌아갈 수가 있는 겁니까?"

니므롯이 고개를 저었다.

"이 친구는 우리엘이라 하지. 나는 니므롯이고. 나야 원래부터 이곳에 있었지만 우리엘은 십년 정도 되었어. 그건 그렇고 집으로 갈 수 있을지 모르겠군. 이곳은 정말 변화무쌍해서 예측하기가 아주 어렵지. 시간에 따라 변하는 공간에 맞춰서 가기란 불가능하지."

스데반은 집에 갈 수 없다는 말에 안색이 어두워졌다. 우리엘이 말했다.

"스데반, 너무 걱정하지 마라. 정말로 원한다면 돌아갈 길이 있겠지. 설마 길이 전혀 없기야 하겠나?"

우리엘이 민우를 보살펴 주러 자리를 뜨자, 스데반이 니므롯에게 물었다.

"우리엘이라는 분은 누구십니까?"

"천사야. 그것도 에덴을 지키던 천사의 장이지."

"네? 천사요?"

"그래, 천사장이야. 그러나 지금은 아니지. 자세한 얘기는 하질 않아서 나도 몰라."

우리엘은 자고 있는 민우만 바보처럼 보다가 스데반에게 말했다.

"민우의 아빠는 누구인가?"

"사무엘이라 합니다. 저와는 어릴 적부터 친구입니다. 아까도 물어보시더니."

"그런가? 별거 아니네. 그냥 궁금해서 물었어."

갑자기 우리엘의 표정이 어두워졌다. 스데반은 더 이상 묻지 않았다.

이곳은 니므롯이 살고 있는 중간계의 바벨탑이었다.

용의 나라

척박한 땅이었다. 모든 것이 마르고 건조한 땅은 이곳을 지나는 나그네의 영혼까지 증발시켰다. 살아 있는 식물도 없고 커다란 구릉도 없어서 그늘에서 쉬기는 애초부터 어려웠다. 우물을 파도 한 달은 파야 했다. 산을 타고 불어 내리는 폭풍은 광야를 지나는 나그네의 슬픈 눈 속으로 흉기 같은 모래를 날려 보냈다.

이곳을 오가는 말과 낙타의 눈썹 길이가 가장 긴 것도 모래폭풍 때문이었다. 사람들도 마찬가지, 길고 진한 눈썹은 멀리서 봐도 이곳 출신임을 알게 해주었다.

용의 나라.

용이 살았던 곳이라 이름 붙여졌지만 지금은 용이 없는 용의 나라. 이곳은 중간계 중에서 가장 척박한 땅이었다. 이 용의 나라가 예전에는 가장 살기 좋았던 곳이라는 것을 아는 사람은 거의 없었다.

큰 강 유브라데가 구불거리며 흘러가며, 지나는 모든 곳에 생명을 불어 넣었고 죽은 고목과 잡초에도 생명을 불어 넣었던 그때. 새가 까마득히 하늘을 덮고 군무를 출 때면 으레 유브라데의 금빛 강에서 물고기들이 출렁이며 떼를 지었었다.

그러나 이제는 하나님의 저주를 받아 죽음의 땅으로 변해 버렸다. 이런 일을 아는 사람은 이제 거의 없었다.

용의 나라에서도 가장 뜨거운 곳, 그랄 평야에 이상한 자들이 나타났다. 흔들흔들 고개와 허리를 규칙적으로 흔들며 커다란 뱀 위에 앉아 있는 작은 노인은 눈을 감은 건지 뜬 건지 알 수가 없었다. 하지만 앞을 보는 눈매는 전혀 흔들리지 않았다.

작은 노인 앞으로는 검은 옷을 입은 무사가 검은 말을 타고 가고 있었다. 무사가 오른 옆구리에 낀 긴 창도 역시 검은색이었다. 노인이 타고 있는 큰 뱀은 징그럽게 생긴 얼굴만큼이나 온몸이 비대하고 물컹해 보여서 구역질이 날 정도였다.

뱀 위에 앉은 노인이 입을 열었다.

"주르, 너는 어찌 보느냐? 용족이 어찌 나오겠느냐?"

주르라 불린 말 탄 사내는 고개를 돌려 공손히 말했다.

"군대를 지휘해 본 장수라면 자기 분수를 알고 항복을 하겠지요. 저는 그것에 걸었습니다."

"틀렸다."

노인이 짧게 말했다.

"후후후. 주르, 틀렸다고 하신다. 후후후."

노인을 태우고 가는 뱀이 놀랍게도 말을 하였다.

"사르, 너는 반노께서 떨어지지 않게 조심이나 하여라."

"주르, 내 걱정은 하지 마라. 반노님은 이 몸과 함께 하신 지가 백 년이 넘으셨다. 벼락이 쳐도 떨어지는 일은 없다. 그나저나 왜 그렇습니까? 주르의 말대로 분수를 안다면 항복해야 하는 것이 맞지 않습니까?"

반노라 불린 노인은 엷은 미소를 띠며 말했다.

"에덴이 돕기 때문이다. 용의 나라 뒤에 있는 에덴. 그 에덴이 이제 움직이기 시작했다. 영혼을 잃어버린 용의 나라는 아무것도 아니지만 그 뒤에 있는 에덴은 다르다. 그 옛날. 우리의 대왕 사탄께서 에덴을 정벌하려 하신 적이 있지."

"……."

"그때 나는 너무 어렸지만 아직도 그 기억은 생생하다. 나의 할아버지 반고께서는 대왕과 함께 에덴을 무너뜨리셨지. 그러나 모든 걸 이룬 그 순간이 가장 위험한 법. 할아버지께서는 그걸 모르셨어. 나는 아직도 기억을 하고 있다. 에덴의 문 앞에서 대왕께서 저 미가엘에게 잡혀가시던 그날의 일을."

주르와 사르는 말없이 듣기만 했다. 반노는 먼 하늘을 보며 자신의 할아버지 이야기를 들려주었다. 사르와 주르는 대략은 알고 있었다. 하지만 자세한 일은 알지 못했다. 반고의 손자 반노는 주르와 사르에게 지난날의 전쟁에 대해 이야기해 주었다.

한참 후, 용성이 손에 잡힐 정도로 시야에 들어왔다. 그러자 반노는 사르에 몸을 맡긴 채 입을 다물고 눈까지 감았다. 주르와 사르도 입을 굳게 닫고 용성으로 갔다.

용의 나라. 용성 대전

넓고 웅장한 용성의 대전은 장로들이 싸우는 소리로 꽉 찼다. 하지만 용좌에 앉은 곤은 오랫동안 말이 없었다. 곤은 생각에 깊이 빠져있었다. 대전의 바닥에 서 있는 노인도 말없이 용상에 앉은 곤만 바라보았다.

'운명이란 참 묘하구나. 할아버지 대에서 풀지 못한 전쟁을 후손들이 다시 반복하다니….'

볼품없는 노인이었다. 나이를 알 수 없는 얼굴은 창백했다. 반노였다. 조금 전에 용성에 도착한 반노는 주르와 함께 용성의 대전에 서 있었다.

곤은 자신의 발아래 위태롭게 서 있는 자가 뱀족의 일인자라는 사실이 믿기지 않았다. 그러나 반노 옆에서 다리를 청석에 박고 굳건히 서 있는 용사 주르를 보면 반노가 어떤 존재인지 알 수 있었다.

검붉은 머리털을 휘날리며 무서운 기세로 서 있는 사내. 혈혈단신으로 적지에 와서도 눈 하나 깜짝하지 않고 적군을 압도하는 이 사내. 용사 주르가 누구던가? 그 옛날 반고를 따라 에덴을 누볐던 주발의 자손이었다. 용족이었지만 용족과 헤어지고 반고를 따라다닌 주발의 자손이었다. 언제라도 앞 사람을 벨 것 같은 그의 기세는 품에 지닌 검을 오히려 정다워 보이게 했다. 지금은 반노의 호위로 왔지만 1년 전만 해도 천하에 적수가 없다던 뱀족의 용장이었다.

일 년 전 국경에서의 사소한 시비 끝에 용족이 뱀족의 군사 세 명을 죽인 일이 있었다. 그때 정중한 용족의 사과를 비웃고는 홀로 국경의 한 부대를 모조리 전멸시킨 자였다. 명예를 무엇보다 중시하는 용족이 아니었으면 전쟁이 날 상황이었지만 홀로 싸워 100명을 전멸시킨 용력에 다들 감탄만 하고 별 문제를 삼지 못했다.

그러나 오늘 장로들은 자신들의 눈을 의심하고 있었다. 천하의 용장 주르를 한낱 시위로 삼을 수 있는 자가 과연 누구겠는가? 장로들은 이 사실에 매우 놀라며 웅성대고 있었다.

반노는 대전의 분위기를 보며 말을 꺼냈다.

"이제 더는 기다리기 어렵습니다."

반노의 말에 대전 안은 순식간에 조용해졌다.

"곤의 현명하신 결단만이 우리 동족의 비극을 끝낼 수 있습니다. 둘로 갈라져 서로 미워한 세월이 무려 수천 년. 이제는 우리 두 종족이 힘을 합해야 할 때입니다. 그렇지 않습니까?"

도무지 표정이라고는 찾아볼 수 없었다. 그때, 쥐 죽은 듯 차가운 대전에 황급한 전령의 방울소리가 들렸다.

딸랑 딸랑-. 경쾌한 방울소리를 허리에 달고 바람같이 들어온 작은 소년은 대전 양 옆에 도열한 10장로를 지나서 곧장 대전의 상석에 앉아 있는 곤에게로 날아갔다. 갈대에 새긴 편지를 펴 보던 곤은 반노에게 처음으로 말을 걸었다.

"멀리까지 오셨는데 어쩌나. 갑자기 일이 생겼소. 화급을 다투는 일이니 양해 부탁드리오. 돌아가 기다리시면 곧 답을 드리도록 하리다. 그럼 안녕히 가시오. 배웅을 못해 드려 죄송하오. 제 아들이 배웅해 드리겠소. 그럼."

정중한 말투지만 실로 모욕적이었다. 그러나 반노는 씩 웃으며 인사를 했다.

"그러지요. 곤께서 이리도 미천한 저에게 신경을 써주시니 몸 둘 바를 모르겠습니다. 그럼 가 보도록 하겠습니다. 올 때는 급하게 오느라 절경을 보지 못했으니 갈 때는 구경 좀 하며 가겠습니다. 창 장군께서도 저희 덕에 바쁘실 테니 나오지 않으셔도 됩니다. 언제 또 오겠습니까? 그저 유람 삼아 가도록 하겠습니다. 그럼 저도 이만."

반노의 뜻밖의 말에 곤도 장로들도 어리둥절했다. 급히 자리에서 일어나 서둘러 대전을 빠져나가려던 곤은 무심코 말을 뱉었다.

"그러시오. 우리 용국의 절경이야 한 번 보면 잊기가 어렵소. 모두가 사막이고 광야에 민둥산이니 잊기 어렵지. 그리하시오. 그럼 나는 바빠서 이만."

용성 밖

반노는 용성을 나오며 의미 모를 웃음을 흘렸다. 흔들흔들 커다란 뱀 위에 앉아서 이리저리 경치 감상에 여념이 없는 반노를 보며 주르는 속에서 불이 났다. 하지만 말을 아꼈다.

성을 빠져나와 너른 들에 도착한 반노는 알 듯 말 듯 이상한 말을 하였다.

"에덴에서 누가 왔을까? 가브리엘일까? 가브리엘은 이미 왔을 테니, 아닐 거고… 저리 급히 가는 걸 보면 많이 기다리던 자가 온 건데…. 누굴까?"

반노의 말에 주르가 답답한 가슴을 내밀며 말했다.

"에덴에서 군사가 왔다면 빨리 가서 준비를 해야 하지 않겠습니까? 이럴 때는 기습과 속도전이 최곱니다. 적이 방심한 틈을 타서."

"주르."

반노의 짧은 말이 들렸다.

"알고 있다. 그래서 지금 최대한 빨리 가는 중이다. 그렇지 않나? 사르?"

"그렇습니다. 저도 최선을 다해 가고 있습니다. 후후. 주르, 나도 빨리 가고 있단 말이다."

사르는 느릿하게 가면서도 땀을 뻘뻘 흘렸다. 거대하다 못해 비대한 몸집에 땅을 기는 속도는 달팽이와 같았다. 날카로운 두 눈은 몇 겹으로 깜빡이는데 한 번 깜빡일 때마다 혀를 날름거리며 쉬쉬 하는 소리를 냈다. 앞니에서는 쉬지 않고 독 방울이 거품과 함께 떨어져 나오는데 땅에 닿자마자 땅과 함께 타버려 검게 변하며 증발해 버렸다. 그런 무시무시한 뱀이 입도 열지 않고 말을 했다. 주르는 살짝 눈살을 찌푸렸다.

반노의 알 듯 말 듯한 말이 이어졌다.

"그러나 아무리 연구를 한들 우릴 이기진 못한다. 그들은 우리의 진정한 힘을 모르기 때문이지. 올 때는 날아왔지만 갈 때는 걸어가자. 어차피 알아볼 건 다 알아보았고 싸움은 이미 정해진 것이다. 이제 남은 일은 슬슬 걸어가며 풍경이나 감상하는 것이지. 이런 사막의 절경도 이제 마지막으로 보는 광경일 테니 말이다."

주르는 반노를 따라다닌 지가 수십 년이 넘지만 보면 볼수록 그 속을 알 수 없었다. 그런 주르의 마음을 아는지 모르는지 반노는 마냥 여유롭고 싱글벙글 웃기만 했다.

용성을 나온 반노는 칠 일 후에 미르성 앞에 섰다. 갈 때에는 하루를 꼬박 달려간 거리지만 유람을 하며 돌아가느라 칠 일이나 걸렸다.

용성

곤은 급히 대전을 나가서 말을 타고 뒷산으로 달려갔다.

'반노가 어디까지 속아주었는지는 모르지만 시간이 별로 없다.'

곤을 따라서 그의 아들 창도 따라나섰다. 곤이 반노를 따라가라 하였지만, 고맙게도 반노가 혼자 가겠다고 하여, 창도 군이 따라나서지 않았다. 대신 급히 용성 뒷산으로 향하는 아버지를 호위한답시고 따라나섰다. 곤은 용성 뒤 하늘로 솟아 있는 산으로 앞만 보고 달렸다. 곤은 애마를 심하게 다루며 촌각을 아껴 내달렸다.

'어떻게 급한 일이 한꺼번에 벌어진단 말인가? 적을 앞에 두고 용문이 뚫린다면 적을 앞뒤로 맞이하는 형국이니, 용족의 자멸은 불을 보듯 뻔하다. 제발 아무 일도 없기를…'

용문은 용성의 뒷산, 용산 꼭대기에 있었다. 용의 나라와 다른 시공간과의 통로였다. 고대의 전쟁과 에덴의 배신 사건 이후에 생명나무와 에덴을 분리하고자 하나님께서 시공간을 묶어 버렸는데 그 이전에는 용의 나라와 에덴 그리고 불의 나라를 서로 연결하던 곳이 바로 이 용산의 용문이었다.

지난 천 년간 이곳이 열린 적은 아예 없었다. 게다가 청룡이 용문을 통째로 지키고 있어서 가까이 간 사람은 누구를 막론하고 죽임을 당했다.

곤은 이 사실을 평생의 비밀에 부치고는 아무에게도 말하지 않았다. 그러니 천 년 만에 용문이 열린 일은 보통 일이 아니었다.

한참을 말을 달려 올라간 곤은 산 정상 부근의 커다란 동굴 앞에 섰다. 명마 중에 명마인 곤의 말도 힘에 부치는지 숨을 몰아쉬었다. 곤은 말에서 내리자마자 동굴 안으로 들어가며 아들 창에게 엄하게 말했다.

"어느 누구도 들어오지 못하게 지키고 있어라."

창은 동굴 입구에서 입맛만 다시고 서 있을 수밖에 없었다. 동굴을 등지고 눈에 쌍심지를 켠 채로 말 위에 앉아 있었다.

용문 동굴 안

캄캄한 동굴로 날아 들어간 곤은 품에서 작은 구슬을 꺼냈다. 파란 빛이 도는 동그란 구슬을 동굴 입구에 걸려 있는 호롱에 넣자 신기하게도 환한 빛이 나와서 동굴 안을 비추었다. 마치 기름이 타듯 일렁이며 환한 빛을 내는 호롱을 들고 곤은 어두운 동굴 안으로 들어갔다. 그렇게 작은 호롱불에 의지해서 한참을 더 들어가자 갑자기 딴 세상이 펼쳐졌다.

태양이 폭발하듯 쏟아지는 빛 무리에 눈을 뜨기가 어려웠다. 방금 전만 해도 어두웠던 동굴 안은 한 걸음을 내딛자 대명천지로 바뀌었다. 용의 나라에서는 볼 수 없던 강이 흐르는 소리가 귀를 즐겁게 하고, 싱그러운 풀 향기와 물 향기가 어우러져 코끝을 즐겁게 했다.

오랜만에 먼지 없는 맑은 공기를 접하니 눈도 한결 밝아져서 저 멀리 날아다니는 한 무리의 용도 볼 수가 있었다. 하늘에는 맑고 파란 물감이 사방으로 풀어져 있고 양떼 서너 무리가 이리저리 몰려다니고 있었다. 용과 함께 하늘을 수놓는 작은 새들은 이름도 알 수 없는 이 나무 저 나무를 옮겨다니며 재잘댔다. 낙원이 따로 없었으니 바로 천국 같은 동굴이었다.

곤은 이런 절경에도 아랑곳하지 않고 심각한 얼굴이 되어 광장 한가운데에 있는 아담한 정원으로 뛰어갔다. 이미 그곳에는 정원 밖에 나와서 서성이는 자가 있었다. 살굿빛 피부에 짙은 갈매기 눈썹과 꼭 다문 빨간 입술은 언뜻 보기에 시집 안 간 처녀의 모습이었다. 당당한 몸매만 아니라면 여자로 착각될 그 사람은 역시 심각한 얼굴이 되어 날아오는 곤을 마중했다.

천사 가브리엘이었다.

"어서 오십시오. 일이 급하게 되었습니다. 이리로 오시지요."

"가브리엘, 과연 누가 용문을 연 것이오?"

"저도 모릅니다. 시공간의 열쇠가 나타난 게 아닐까요? 그렇지 않고서야 어찌 사람이 시공간을 열 수 있겠습니까?"

가브리엘의 말에 곤은 그제야 생각난다는 듯이 무릎을 치며 앞서 흥분하였다.

"사람이요? 그럼 에덴에서 보내주신다던 용사인가 봅니다. 시공간의 열쇠를 갖고 용사가 왔나 봅니다."

"시공간의 열쇠는 세 개 있습니다. 하나는 에덴에 있습니다. 하나는 미가엘이 무저갱을 여는 데에 쓴 열쇠로 미가엘이 가지고 있습니다. 마지막 하나는 라파엘이 가지고 있었는데 전쟁 중에 분실되었다고 합니다. 만약에 나타났다면 그게 나타난 듯 합니다만."

가브리엘이 미적대는 말을 해도 곤은 알아듣지 못했다. 곤은 용사가 나타났다고 굳게 믿었다.

"용사가 왔나 봅니다. 용사가."

곤은 부푼 마음을 품고 동화에나 나올 법한 예쁜 빨간 벽돌집 안으로 들어갔다. 그러나 안에 들어간 곤은 바로 얼어붙고 말았다. 집 안에는 눈을 씻고 둘러봐도 용사가 없었기 때문이다.

용의 나라의 위기가 닥칠 때 하늘로부터 보내준다는 용사, 그렇게 보이는 이들이 어디를 봐도 없었다. 대신 온몸이 다 찢겨 죽어가는 비곗덩어리와 말라 비틀어져서 겨우 앉아 있는 말라깽이와 대여섯 살로만 보이는 작은 여자 아이가 작은 강아지를 안고 있었다.

그나마 셋 중에 여자 아이가 제일 정상이었다. 그러나 비곗덩어리의 품에 안겨 있는 여자 아이는 무언가에 홀린 듯 하늘만 올려다보며 넋이 나간 표정이었다.

가브리엘이 데리고 다니는 가희가 이리저리 뛰어다니며 만신창이의 이 사람들을 돌봐 주고 있었는데 워낙 상태가 좋지 않아서 고생하는 모습이었다.

'이게 다 무어란 말인가? 이게 에덴에서 한 그 철썩 같은 약속이란 말인가?'

곤은 비록 말은 하지 않았지만 이미 얼굴에 모든 생각이 찍혀 있었다. 곤의 표정을 살피던 가브리엘은 조심스레 입을 열었다.

"사실은 주님께서는 이들이야말로 용의 나라를 구할 용사들이라 하십니다만 곤께서 마음에 들지 않으신다면 제가 다시 한 번 말씀을……."

가브리엘의 조심스런 말에 곤은 눈을 감으며 말하였다.

"정녕 이게 하늘의 뜻입니까? 그리도 고대하던 그 용사가… 아, 가브리엘 이 일을 어찌합니까? 저는 이미 돌아올 수 없는 강을 건넜습니다. 그런데 하늘의 뜻이… 저에겐 백만 형제들의 피가 달려있습니다. 혹시라도 예전 저희의 과오를 기억하고 계신 것은 아닌가 하는 생각이 들 정도입니다."

가브리엘도 한숨을 쉬었다.

"전들 알겠습니까? 너무 진지하게 말씀하셨다 하시니 말입니다. 이들이 이곳에 오기까지 주님께서도 막대한 희생을 치르셨습니다. 곤, 이번 한 번만 더 믿읍시다. 주님께서는 절대로 우리를 버리실 분이 아니지 않습니까?"

가브리엘의 말에 곤은 울기 직전의 소년이 되었다.

"일단 믿기야 하지요. 주님께서 우릴 버릴 분이 아니시라는 것은 저도 잘 압니다. 하지만 시간이 워낙 없는지라 저도 모르게 그만…. 자, 그럼 이번 일에 대해서 얘기를 좀 해보십시다."

곤은 가브리엘을 끌다시피 해서는 시체와 다름없는 이들을 두고 내실로 들어갔다. 가브리엘은 계속 뒤를 돌아보며 주저했지만 워낙 곤이 강하게 이끄는지라 별말 없이 끌려들어갔다. 억지로 데리고온 가브리엘을 의자에 앉히고는 곤이 먼저 입을 열었다.

"가브리엘께서는 이런 일에 익숙하지 않으시겠지만 우리는 아주 긴 세월을 전쟁 속에서 살아왔습니다. 그 많은 전쟁 중에서도 우리 부족은 명맥을 유지하고 때로는 번성했지요. 그런데 예전 에덴의 전쟁에서 우리는 딱 한 번 실수를 했었습니다. 참 한심한 일이지요. 하지만 한 번이지 않습니까? 그런데 보십시오. 사방의 너른 땅이 모두 우리 것이지만 먹을 것이 나는 곳은 별로 없습니다. 왠지 아십니까? 물이 없기 때문입니다. 물은 생명입니다. 그러니 물이 없는 우리는 지금 어디로 갈지 모릅니다. 훈련을 해야 하는 병사들은 우물을 파는 게 일이 되어 버렸습니다. 이대로 가면 뱀족이 예전에 그랬던 것처럼 우리라고 그러지 말란 법이 없습니다. 그러니 우리의 마음을 잘 헤아려주셔야 하지 않겠습니까?"

곤은 마치 폭포가 절벽 아래로 떨어지듯 말을 쏟아 부었다. 이제껏 참고 참았던 억울함을 쏟아내니 속은 후련했다. 아무 말 없이 고개를 숙이고 있는 가브리엘을 보니 곤은 너무 심했다는 생각이 들었다.

"가브리엘께서도 우리를 위해 백방으로 수고해 주신 것, 어찌 모르겠습니까. 알고도 남습니다. 그저 이 노인네가 주책이려니 하시고 흘려들어 주십시오. 우리 족속의 고단함이 너무 길고 아프기에 이 노인네가 주책을 좀 부렸습니다."

가브리엘은 자신의 어깨에 얹힌 곤의 손을 잡았다. 무한한 세월이 느껴지는 곤의 주름진 손만큼 자신의 마음도 주름져 있었다.

"주님을 믿는 수밖에요. 주님은 여태 우리를 실망시키신 적이 없질 않습니까?"

가브리엘의 간곡한 말에 곤은 더 이상 불평만 하고 있을 수가 없었다. 눈을 한 번 감았다 뜬 곤은 고개를 끄덕였다. 곤과 가브리엘이 답답해하며 한숨만 쉴 때였다. 상면의 품에 안겨 있던 지우가 갑자기 울기 시작했다.

"으앙~ 으앙~."

곤은 내실에서 나와 우는 지우를 보고 측은한 생각이 들었다. 곤은 손을 뻗어 지우를 안고는 달랬다.

"아이야, 울지 마라. 너도 울고 싶지만 이 할애비도 정말로 울고 싶단다."

그러자 큰소리로 울던 지우가 갑자기 울음을 멈추었다.

"그런데 왜 안 울어?"

지우의 말에 곤은 너무 놀라서 지우를 떨어뜨릴 뻔했다. 가브리엘과 곤은 누가 먼저랄 것 없이 서로를 바라보았다.

창은 동상이 되어서 동굴 앞을 가로막고 있었다. 무료한 시간이지만 장부답게 한 발도 움직이지 않고 눈을 부라리고 있었다. 이윽고 한참이 지난 후, 곤과 가브리엘의 발자국 소리가 들렸다. 어린 여자 아이 하나가 곤의 품에 안겨서 울고 있었다. 그리고 놀랍게도 그 뒤에는 다 죽어가는 남자 두 명이 수레에 실려서 나오고 있었다. 완전히 시체가 따로 없었다. 곤은 창에게 말했다.

"귀한 손님이니 잘 모셔라."

창은 얼른 말에서 내려 수레의 말고삐를 잡았다. 앞서 가는 곤의 어깨가 유난히 무겁게 느껴진 창은 그의 품 안에서 울다 지쳐 어느새 곤히 잠든 여자 아이를 유심히 보았다. 갈매기 눈썹에 오뚝한 코, 사과 빛 입술에 하얀 피부, 자세히 보니 꽤 예쁜 아이였다. 그때, 덜컹거리는 수레에 반쯤 깬 덩치 큰 사내가 허공에 손을 저으며 알아들을 수 없는 헛소리를 했다.

"지우야! 지우야!"

용문에서 돌아온 곤은 모든 용사들을 소집하고는 뱀족과의 전쟁을 준비했다. 용족은 천부적으로 용맹했다. 하지만 전쟁 없이 오랜 세월 동안 땅과 씨름하느라 전쟁을 잊어버리고 살았다. 곤의 아들 창은 용족을 용맹한 용사로 바꾸려고 밤낮으로 훈련을 시켰다. 곤은 지휘관들을 불러 전쟁을 상의했다. 그리고는 열 명의 장로들을 설득하느라 밤을 새웠다.

용산에서 돌아온 어느 날, 곤은 조용히 사령관 창을 불렀다.

"반노가 온다면 아마도 쌍성으로 밀고 들어올 것이다. 그러나 혹시 다른 길은 없는가? 막아야할 다른 길목은 없느냐?"

"물론 다른 길도 있습니다. 산을 넘고 넘어 좁은 길로 돌아오는 것인데 너무 험해서 기껏 한 달 동안 쉬지 않고 와봐야 천 명이 되지 않습니다. 만 명이 가도 천 명이 살아 돌아오기 어려운 길을 굳이 가려 하겠습니까? 저들의 군대는 적어도 십만이 넘습니다. 정석대로 부딪혀 올 겁니다. 다른 길로 돌아오기엔 별 이득이 없습니다."

"그래도 정예가 돌아온다면 큰일이 아니냐? 방비를 해야 할 텐데."

창은 웃으며 말했다.

"아버님께서 그리 말씀하실 줄 알고 방비를 해놓았습니다. 쌍성을 돌아가는 길은 모두 열 가지입니다. 제가 이미 돌로 막아 놓고 봉화를 세워놓았습니다."

"그래, 잘했구나."

"그런데 한 가지 걸리는 것이 있습니다."

"무엇이냐?"

"쌍성은 천혜의 요새입니다. 깎아지른 절벽에 문의 두께만도 열 척이 넘습니다. 게다가 모두 매끄럽고 단단한 돌이라서 정으로 쪼아도 흠집 하나 남지 않습니다. 그래서 수비하기에는 매우 좋은 성입니다. 게다가 식량도 충분합니다."

"그런데 무슨 걱정이 있다는 얘기냐?"

"그런데 쌍성에는 문 바로 앞 오른쪽에 높은 망루가 있습니다. 원래는 깎아지른 돌산인데 그곳의 높이가 쌍성의 어깨보다 조금 높습니다."

"그렇다 해도 어찌 올라갈 것이며 올라간다 해도 서 있을 곳도 없을 텐데."

"그러했습니다만 지금은 그렇지 않습니다. 원래는 예전 전쟁 때 누군가가 그 돌산의 정상까지 길을 내었었다고 합니다. 하지만 세월이 지나고 쓸모없는 곳이라 사람들이 다니지 않은 후로는 길이 없었지요. 그런데……."

"그런데?"

"그런데 얼마 전에 누군가가 그 길을 보수해서 사람이 다닐 수 있게 만들었습니다. 게다가 산꼭대기를 밀고 정자를 하나 지어서 지금은 수 십 명 정도는 기거할 수 있다 합니다. 그곳이 적의 손에 들어간다면 쌍성을 방어하기가 어렵습니다. 그래서 이곳을 없애려고 하는데……."

"그런데 무슨 걱정이라도 있느냐?"

"없애려고 하는데 그곳이 다섯 장로의 땅이고 정자를 세운 자도 다섯 장로입니다. 그들의 성이니 말도 없이 함부로 없앨 수가 없습니다. 아버님께서 다섯 장로에게 잘 말씀해 주시면 제가 없애도록 하겠습니다."

"그렇게 하지. 그러면 시간은 얼마나 걸리겠느냐?"

"하루면 없애거나 별 위협이 되지 않게 할 수 있습니다."

"알았다. 내가 먼저 다섯 장로와 상의할 테니. 일단은 쌍성에서 적을 맞으면 되겠구나. 하지만 만에 하나 쌍성이 뚫리면 그 다음엔 어떻게 막을 생각이냐?"

"쌍성에서 죽기를 각오하겠지만 만약에 뚫리면 복잡해집니다."

"왜냐?"

"쌍성이 중요한 것은 그곳에서부터 이곳 용성으로 오는 길이 많기 때문입니다. 그 길은 여러 갈래인데 첫째, 쌍성을 지나서 아모리성과 미르성을 지나 대평원을 건너 이곳 용성으로 오는 길이 있습니다. 쌍성을 지나 곧바로 대로를 따라오면 아모리성과 만날 수 있습니다. 아모리성을 넘으면 그 다음이 바로 미르성입니다. 하지만 이 성들에는 먹을 것이 없습니다. 그래서 적들도 이곳만을 고집할 수는 없습니다."

"그렇겠지. 적들에게 시간이 없겠지. 이 황량한 땅에서 먹을 것도 없는데 오래 버티지 못할 거야."

"맞습니다. 제가 알아본 바로는 근래 삼 년간 뱀족도 흉년을 겪었습니다. 아마도 그 일로 물의 나라의 분쟁에 군대를 보낸 듯합니다."

"그래, 그럴 거야. 우리보다야 좋겠지만 적들도 식량이 많지는 않겠지. 그러니 장기전은 어렵겠고. 그럼 또 다른 길은 어디냐?"

"다른 길은 크게 두 갈래입니다. 하나는 쌍성의 좌우 산길인데 이곳은 두루 도는 불의 검이 있으니 안심이지만 다른 한 길은 쌍성의 아래부터 계곡으로 돌아오는 길입니다. 쌍성을 지나면서 산 아래 계곡을 타고 오면 바로 이 용성의 뒷산으로 오는데 저는 이 길이 가장 두렵습니다."

"아, 그 길이 있었지. 쌍성이 산에 있으니 그 산을 돌아온다? 하지만 그곳은 하나님께서 금하신 곳, 어찌 그들이 불의 검을 이기고 이곳으로 오겠는가?"

"불의 검이 있다 하지만 산등성이에 있지 아래로 내려오는 일은 드무니까요."

곤은 심각해졌다. 군사가 많아서 모두 막으면 좋으련만 그랬다가는 적을 막기는커녕 자멸할 게 뻔했다. 그런 곤의 마음을 아는지 창은 힘을 주어 말했다.

"아버님도 아시다시피 쌍성을 지키는 것이 가장 먼저지만 만약에 그 쌍성이 뚫린다면 다음으로는 그 세 길을 모두 막을 수 있는 위치에 있는 미르성이 가장 수비하기가 좋습니다. 하지만 미르성에는 큰 단점이 있습니다. 바로 물이 없다는 것이죠. 실제로 거기에 일만 정도의 군사가 주둔하려면 시냇물이라도 있어야 하는데 물이 나올 곳이 하나도 없습니다."

"그렇지."

"그래서 저들도 미르성에 우리가 들어가서 진을 칠 수 없을 거라 생각을 하고 있겠지요. 저도 실제로 미르성에 들어가 있을 수가 없습니다. 먹을 것이 없는데 어찌 하루라도 견디겠습니까?"

"......."

"다만 아모리성은 미르성 아래 낮은 곳에 있습니다. 마치 외성과 내성처럼 말입니다. 저들이 말라버린 아모리강을 건너서 아모리성으로 온다면 일차로는 아모리성에 그리고 일차 방어선이 붕괴되면 이차로 미르성과 아모리성 사이에 진을 쳐야 합니다. 그것도 뚫리면 이 용성 밖의 대평원 그럴 평야에서 죽음을 불사해야겠지요."

"알았다. 창아, 이번 전쟁은 우리 일족의 목숨도 걸려 있지만 잊지 말아야 할 지난날의 아픔과도 맞닿아 있다. 지난 전쟁에서 할아버님께서 판단을 잘못하셔서 지난 천 년간의 고통이 시작되었지. 이제 그 고리를 우리 손으로 끊어야 한다. 그리고 반노는 아무리 봐도 범상치가 않다. 특히 조심해야 할 것이야."

"네, 알겠습니다. 그러면 먼저 가서 준비를 하겠습니다. 듣기로는 반노가 유람하고 있다고 들었습니다."

"그래, 유람하며 천천히 가고 있지. 이상한 일이지만 어찌 하겠느냐? 손님이 천천히 가겠다는데 매정하게 쫓아낼 수도 없고 말이다."

"그럼 가서 제가 한번 만나보겠습니다. 도대체 어떤 인물인지 봐야지요. 지금 달려가면 아모리성에서 만날 수 있겠습니다. 그동안 아버님께서는 다섯 장로의 허락을 좀 받아주십시오."

"그렇게 하마. 너도 몸조심해라. 지금 급히 달려가면 만날 수 있을 것이니 지체하지 말고 가라. 용족의 운명이 네 손 안에 있으니 신중해야 한다. 알겠느냐?"

"네, 알겠습니다."

말을 마친 창은 깊숙이 허리를 숙여 인사하고는 뒤를 돌아 나갔다. 그러나 갑자기 생각난 것이 있어서 다시 고개를 돌렸다.

"그런데 아버님 용산으로 들어온 자들은 누굽니까?"

"나도 잘은 모르지만 에덴에서 보낸 자들 같은데 행색이 영…. 신경 쓰지 말고 너는 적을 맞아 싸워라. 이곳은 이 아비에게 맡기고."

"네, 그럼 가보겠습니다."

황급히 나가는 아들을 보내는 곤의 마음은 무거웠다. 외아들로 고이 자란 창은 용맹하긴 했지만 너무 올곧은 게 흠이었다.

어려운 중책을 맡기고 사지로 떠나보내는 아비의 마음은 착잡했다.

곤에게 인사를 하고 나온 창 사령관은 부관인 도고를 불렀다.

"가자. 일단은 빨리 가야 반노를 따라잡을 테니 날랜 병졸 몇 명만 데리고 간다. 너는 진무중 부사령관에게 가서 전군을 모으고 병사들을 정비해서 아모리성으로 급히 오라고 하여라. 적들이 들이닥치기 전에 먼저 와야한다고 전하라. 나는 이 길로 아모리성으로 바로 갈 것이니 너는 진무중에게 들러서 나의 명을 전하고 오라."

편히 쉬다가 날벼락같이 불려나온 부장 도고는 무슨 말인지 잘 이해를 못했지만 엄격한 사령관의 말이라 힘차게 대답했다.

"네, 알겠습니다."

도고는 창 앞을 물러나오며 생각을 하였다.

'아마도 돌아가는 반노를 다시 잡아들이는 모양이구나. 그러나 이미 국경을 넘고 없을 것을… 쓸데없는 일을 하는구나.'

도고는 입이 댓 발이나 나와서는 내키지 않은 얼굴로 군사들을 모았다. 병사들은 도고 밑에 있는 지 오래되었기 때문에 도고의 표정만 보고도 별로 중요하지 않은 일인 것을 알았다.

그래서 병사들끼리 제비뽑기로 도고와 같이 갈 자들을 뽑았는데 뽑힌 자들은 모두 날랜 자들이긴 하지만 오랫동안 말을 달려 보지 않은 자들이었다. 도고는 제비로 뽑힌 병사들을 대동하고는 그랄 평야에서 훈련 중인 진무중 부사령관에게로 갔다. 진무중은 창의 명령을 받고 그랄 평야에서 군사들을 조련 중이었다.

때는 한낮이었다.

마실 물은 없고 햇볕은 강해서 군사들의 불만이 많았다. 그러던 차에 창 사령관의 부관인 도고가 찾아온 것이다. 진무중은 화난 얼굴로 도고를 맞았다.

"어서 오시오. 용성에서 편하게 계실 양반이 여기는 어인 일이시오?"

강하게 비꼬는 진무중의 말에 도고는 기가 죽었다.

"송구합니다. 장군께서 이렇게 고생하시는데… 저 같은 자들은 얼굴을 들 수가 없습니다."

진무중은 도고가 숙이고 들어오자 화를 풀었다.

"내가 꼭 도고 장군을 가지고 뭐라 하는 건 아닙니다. 제 신세가 하도 한심해서 드리는 말씀입니다."

"알고 있습니다. 진무중 장군께서 혼자 이리도 고생하시는 걸 제가 모르면 누가 알아줍니까?"

"허허~ 그런가요? 고맙습니다. 역시 도고 장군이십니다. 내 예전부터 장군을 좋게 보아왔습니다."

둘이 이젠 죽이 잘 맞았다.

"과찬이십니다. 뭐 저야 사령관님 밑에 있지만 언제나 진무중 부사령관님의 용맹을 사모했습니다."

"감사합니다. 그런데 어쩐 일로 오셨습니까?"

"아, 그렇지요. 제가 딴소리를 하다 그만… 허허 제가 온 이유는 사령관 님의 말씀을 전하러 왔습니다."

도고는 창에서 들은 얘기를 대충 해주었다. 그러면서 급히 오라 한 말 은 대충 해주었는데 진무중도 그저 귓등으로 흘려들었다. 진무중은 전쟁 이 시작이라는 생각에 무게를 잡으며 거들먹거렸다.

"무엇 하러 쌍성에서 막습니까? 이곳까지 오라 하지요. 뱀족 정도야 한 주먹거리도 되지 않습니다. 저 네피림 정도 되어야 좀 할 만한데 그들도 우리의 적수는 되지 않습니다. 이번은 사령관께서 일을 너무 크게 보시는 게 아닌가 합니다."

이젠 대놓고 사령관 타령이다. 평상시에 창에게 수모를 당한 도고는 이 때를 놓칠세라 맞장구쳤다.

"그렇습니다. 여기 부사령관께서 계시는데 일을 너무 어렵게만 보시 니… 사령관께서도 이제는 은퇴를 생각하실 때가 된 듯합니다. 혹여 그렇 게만 된다면 진무중 장군께서 뒤를 이으심이… 흐흐흐−."

"허허허. 그런가요? 허허허."

둘은 오랫동안 서로를 위해주다가 늦게 헤어졌다. 진무중은 아모리성으 로 가는 도고를 그랄 평야 중간까지 바래다주었다. 그 덕에 가뜩이나 늦은 도고는 더 늦고야 말았다.

열흘 후, 쌍성

반노는 용성을 떠난 지 보름 만에 아모리성에서 창 사령관을 만났다. 반 노가 일부러 기다렸는지 아니면 창이 날아온 건지 절묘한 시간에 맞추어 둘은 아모리성의 앞마당에서 만났다.

내일은 적으로 싸우게 될지라도 오늘은 돌아가는 손님이기에 창은 대접에 소홀함이 없었다. 창의 뒤로 수하 장교들이 모두 줄지어 섰다. 용맹한 용족의 모습 그대로 상대를 압박하려는 듯 그렇게 병풍을 쳤다. 앞마당에 차려진 상을 두고 마주앉아 차를 마시면서 반노가 입을 떼었다.

"참으로 영광이오. 창 사령관과 언제 차를 한잔 하겠소. 게다가 유람에 지친 이 늙은이를 위해 차를 주시니, 내 오늘을 꼭 기억하겠소."

"제가 드릴 말씀입니다. 천하의 반노께서 이렇게 와 주시니 영광입니다. 내일은 적일 수도 있지만 오늘은 귀한 손님이십니다. 부디 편히 가시고 마음을 돌이키시길."

"허허, 잘 새겨듣겠소. 전쟁에서 싸우지 않고 이기는 장수가 일등이라는데 나는 아직 수양과 공부가 덜 된 모양이오."

"아직 늦지 않았습니다."

창이 거듭 권하자 반노가 슬슬 웃으며 말했다.

"아니야, 늦었어. 이미 물의 나라와 네피림 그리고 지옥의 짐승들, 그들이 와 있네. 그 수가 오십만이 넘지. 게다가 뱀의 문이 열렸네. 그러니 나로서도 어찌할 수 없는 상황이네. 돌려보낼 수도 없고 이미 결정된 마당에 서로 그런 말은 하지 말기로 하세. 한 달 후면 우리는 적으로 만나겠지. 전쟁은 숫자로만 하는 것이 아니라지만 우리는 고향을 불태우고 왔다네. 이제 우리에게는 고향이 없지. 용의 나라를 고향으로 삼으려는 우리는 백만에 가깝네. 후회 없는 일전이 되길 바라겠네. 늙으면 말이 많아진다더니 내가 주책이군. 이만 가겠네. 살아서 다음에 또 보길."

"안녕히 가십시오. 멀리 나가지 못함을 용서하십시오."

창은 굳은 표정이었지만 깍듯이 인사하였다.

반노도 허리를 마주 굽히고는 주르를 앞세워 국경을 넘었다. 이미 넘어와 있던 사르의 등 뒤에 타는 반노에게 주르가 말했다.

"쓸데없는 말씀을 하셨습니다."

"그렇게 보나?"

"전쟁이 내일인데 저들에게 모든 걸 말해 주면 혹시나⋯⋯."

"후후, 그렇지. 간자도 아닌데 우리의 전력을 알려주면 안 되지. 하지만 말이다, 가끔은 미리 알려줄 필요가 있지."

"왜 그렇습니까?"

"주르, 우리가 저 성을 함락시키는데 시간이 얼마나 필요할 것 같나?"

반노는 갑자기 딴소리를 했다.

"사흘이면 되지 않겠습니까?"

"삼 년도 부족하다."

"네?"

"주르, 우리의 약점이 무엇인지 아는가? 바로 저런 성을 공격해 본 경험이 없다는 것이다. 그러나 저들의 약점 또한 저런 성을 막아본 적이 없다는 것이지."

"⋯⋯."

"양쪽 다 경험이 없다면 어떤 군대가 이기는 줄 아는가? 바로 미래를 내다볼 줄 아는 군대가 이기게 돼 있다. 저들은 수비만 할 터인데 넉넉잡아 한 달만 막으면 우리가 물러갈 거라 생각하겠지. 전장에서 그런 믿음은 종종 무서운 무기가 된다. 조금만 더 조금만 더⋯ 그런 희망의 덫에 걸리면 지지 않는다. 그런데 만약에 한 달이 가도 두 달이 가도 언젠가는 죽을 수 있다는 생각이 들면 말이다. 그러면 희망을 놓게 되지. 그리고 실수를 하게 된단다. 내가 저들에게 우리의 전력을 부풀려서 얘기해 준 것은 그 희망을 꺾어 버리려는 생각에서였다. 적이 많고 막강할수록 우리의 희망이 꺾이는 것처럼 말이다. 전쟁은 머리로 하는 것이다. 주르."

주르는 반노의 말에 더욱 고개를 숙였다.

반노를 보낸 창은 착잡했다.

'적의 군세가 생각보다 강하구나. 반노도 벅찬데 주르까지. 아, 어쩐 다…'

생각에 잠겨 있는 창 앞에 도고가 느지막이 모습을 나타내었다. 창은 도고를 보고는 불같이 화를 내었다.

"지금이 어느 때인데 이리도 한가하게 다니느냐? 내가 분명히 바람처럼 달려가라 했거늘, 놀다 오는 것이냐?"

도고는 혼비백산하여 쥐구멍을 찾으며 변명하였다.

"진무중 장군께로 들르라 하셔서 늦었습니다."

"진무중이 에덴에 있더냐? 어찌 오는 길에 있는 자에게 들르는 것이 한 나절을 까먹는단 말인가? 전쟁을 앞두고 유람을 다니는 것이더냐? 한 번만 더 그러면 내 엄히 다스리리라. 이제 미르성으로 갈 것이다. 어서 차비를 하여라. 가서 진무중이 오면 합류하여 다시 오겠다. 그동안 아모리성은 성주의 지휘 하에 문을 단단히 걸고 있으라. 알았느냐?"

창은 부하들 앞에서 도고를 단단히 모욕을 주고는 밖으로 나가버렸다. 도고는 얼굴이 벌게지다 못해 홍시가 되었다. 도고는 밑에 수하들이 보든 말든 중얼대며 분풀이를 하였다.

"내 오늘 일은 절대로 잊지 않을 터. 이런 모욕을 잊으면 내가 개와 다를 바가 없다."

도고는 오랫동안 화를 내었다.

용성

전쟁이 임박한 용의 나라에서 유일하게 천하태평인 지우는 점점 무료해졌다. 상면과 다니엘은 침대에 누워서 꼼짝할 수 없었다. 한숨 푹 자고 일어난 지우랑 놀아줄 상대는 수지밖에 없었다. 수지는 변함없이 지우를 쫓아다니며 꼬리를 흔들어대는데 지우는 시큰둥했다.

"너는 나만 쫓아다니지 말고 재밌는 말 좀 해 봐. 나만 얘기하니까 이젠 재미없잖아."

"……."

"거봐, 말도 못하면서 따라다니기만 하고."

지우가 떠들든 말든 수지는 좋아서 지우 주위를 맴돌았다. 누군가가 지우에게 오면 으르렁대며 사납게 굴었지만 지우에게는 늘 구박을 당했다. 마침내 지우는 무료함을 이기지 못하여 집 밖으로 나가기로 했다. 겁이 없는 지우는 수지를 데리고 집 밖으로 나가서는 전쟁 준비로 분주한 성내를 돌아다녔다.

다들 바빠서 지우같이 작은 꼬마에게는 관심이 없었다. 말과 커다란 수레가 먼지를 내며 달리는 길을 건너서 한참을 더 간 지우는 용성의 성벽에 올라갔다. 힘들게 성벽을 올라가자 그곳에서 드넓게 펼쳐진 평야가 시원하게 펼쳐져 있었다. 지우는 가슴이 탁 트였다.

"야! 정말 넓다. 정말 멋있네. 수지야, 너도 그렇지?"

하지만 수지가 대답할리 없었다. 그때였다.

"그래, 정말 넓지? 이 넓은 곳이 대평원이란다. 여기부터 저 끝까지 가려면 말을 달려서 하루는 가야 하지. 끝도 보이지 않는 저곳에 이 나라의 운명을 지고 군사들이 모여 있단다. 모두 죽기를 각오하고 말이지."

지우는 돌아보았다. 곤이었다.

"할아버지 안녕? 나 이젠 안 울어. 나까지 울면 상면 아저씨도 우니까. 아저씨 아픈 거 다 나으면 울래. 할아버지도 울지 마."

"그럼. 이제 안 울어. 저 끝에 있는 우리 병사들을 생각해서라도 울면 안 되지."

지우는 곤이 가리키는 지평선을 보았다.

"저 끝에 있는 병사 아저씨들이 다 할아버지 병사들이야? 근데 할아버지, 저기에 앉아 있는 아저씨는 나쁜 사람 같은데?"

"그게 무슨 소리니? 누가 나쁜 아저씨라고. 우리나라에 나쁜 아저씨는 없어."

"아니, 저기에 앉아 있는 아저씨 말이야. 키 작고 의자에 앉은 아저씨랑 그 뒤에 서 있는 무서운 아저씨. 뭐라더라? 반노라고 하던데 반노가 누구야? 할아버지."

곤은 너무 놀라서 뒤로 넘어질 뻔했다. 천진한 지우의 얼굴에 거짓은 없었다.

"다른 아저씨들은 다 좋은 아저씨들인 거 같은데 저 아저씨들은 이상해. 기분 나빠. 반노란 이름도 그렇고. 또 뱀도 타고 다니네. 우와, 엄청 큰 뱀이네. 징그럽게 뱀을 어떻게 타고 다녀? 할아버지, 안 그래?"

곤은 지우가 자신들의 말을 알아들을 때부터 심상치 않음을 느꼈다. 하지만 오늘의 일은 도무지 설명이 되질 않았다. 어찌 말을 달려 며칠 길에 있는 사람을 본단 말인가? 게다가 거기에서 하는 말까지 듣다니, 곤은 아무래도 믿기질 않았다.

"지우야, 그러면 너 다른 사람들도 보이니?"

"응, 보여."

"그럼, 이 할아버지한테 설명 좀 해 줄래? 할아버지가 눈이 어두워서.

잘하면 할아버지가 맛있는 것 줄게. 알았지?"

"응, 그럼 얘기해 줄게."

"자, 그럼 저기에 또 누가 있을까?"

지우는 다시 한번 주의 깊게 보았다.

"응. 창이라는 아저씨가 부관이라는 아저씨랑 얘기하고 있어. 문을 꼭 걸어 잠그고 있으라고 그러네. 그리고 뱀족이랑 뭐… 네피림이랑 물의 나라 그리고 짐승들까지 다 합해서 적이 백만 정도 된다고 곤한테 가서 말하래. 곤? 할아버지가 곤 아니야? 내가 말하면 되겠네. 그럼 됐지?"

곤은 끙 하는 소리를 내며 지우를 뚫어지게 보았다.

'세상에 이런 능력을 가진 족속의 얘기는 들어 보았지만 직접 보니 엄청나구나. 정녕 이 아이가 주님께서 보내주신 아이란 말인가?'

곤은 말없이 지우를 안고는 대전으로 들어갔다. 그 뒤를 수지가 따르는데 이번에는 이상하게도 으르렁대지 않았다.

며칠이 지나자 지우는 다시 심심해졌다.

뭐하나 가지고 놀 장난감도 없는데다가 수지를 발로 차고 다니는 것도 재미가 없었다. 자신과 놀아 주기로 한 곤은 바쁜 일이 생겨서 나가버렸으니 이제는 정말로 놀아줄 사람이 없었다. 무료해진 지우는 문득 엄마 생각이 났다.

'집에 있을 때는 심심하면 엄마가 놀아주었는데 엄마가 없으니 놀아줄 사람도 없네. 오빠도 없고.'

지우는 갑자기 우울해졌다. 앞에서 꼬리를 흔들며 껑충껑충 뛰는 수지는 보이지도 않는지 지우는 망루에 높이 올라앉아 멍하니 있다가 눈물을 뚝뚝 흘렸다. 수지는 지우의 눈물을 보자 더욱 낑낑대며 지우에게 달라붙었는데 지우는 꼼짝도 하지 않고 땅만 보면서 눈물을 흘렸다.

　가브리엘은 아픈 병사들을 치료해 주었다. 그러나 본격적으로 부상자가 생기지도 않은 상황이라서 다니엘과 상면을 치료하러 가고 있었다. 그때 망루 위에서 수지가 깡충깡충 뛰는 게 보였다.

　'왜 저러지?'

　궁금해진 가브리엘은 날아올라서 망루로 갔다. 지우는 땅을 보며 눈물을 흘리다가 날아온 가브리엘을 보고 놀랐다. 가브리엘 역시 지우가 우는 게 이해가 되었다. 가슴이 찡해진 가브리엘은 지우를 안아 들고는 말했다.

　"예쁜 지우가 왜 울까?"

　"아저씨는 엄마 없어?"

　"아하, 지우가 엄마가 보고 싶구나. 그치?"

　"응."

　고개를 끄덕이는 지우의 눈망울을 보면서 가브리엘은 완전히 빠져드는 느낌이 들었다.

　"엄마가 보고 싶으면… 그럼 엄마를 생각하면 되잖아. 엄마랑 가장 재미있을 때를 생각하면 되지."

　"생각했는데 그게……."

　"뭘까? 지우가 엄마랑 가장 재미있었던 일이?"

　"바이올린."

　"바이올린?"

　"응, 엄마가 바이올린 가르쳐 줄 때."

　"아, 그랬구나. 지우 바이올린 잘 켜나 보네."

　"아니 잘 못해. 오빠는 잘하는데."

"아, 그래? 아저씨가 보기에는 지우가 잘할 것 같은데. 그럼 아저씨가 바이올린 가르쳐 줄까, 엄마 대신?"

"정말? 아저씨 바이올린 잘해?"

"그럼. 여기서 아저씨가 제일 잘해. 근데 여기에는 바이올린이 없는데 어쩌지?"

가브리엘은 소식을 전하고 병을 고쳐주며 음악을 담당하는 천사였다. 지우는 가브리엘의 말이 끝나자마자 배낭을 열어 작은 바이올린을 꺼냈다.

"그럼 아저씨가 이걸로 가르쳐 주면 되겠다."

가브리엘은 지우가 꺼내 보여준 바이올린을 보고 너무 놀라 하마터면 지우를 떨어뜨릴 뻔했다.

'이건… 유발의 바이올린인데, 설마….'

"왜 그래? 아저씨 잘 못하는 거 아니야?"

지우가 눈을 동그랗게 뜨며 말했다. 지우는 이미 눈물을 보이지 않고 쾌활한 표정으로 돌아가 있었다.

"아니, 그게 아니라… 지우야, 이 바이올린 어디서 났니?"

"할아버지가 줬어."

"어떤 할아버지?"

"몰라 아빠 옷을 갖고 온 할아버진데 나한테 선물로 줬어."

"그래? 어떻게 생겼는데?"

"그냥 할아버지처럼. 아저씨 그 할아버지 알아?"

"응, 그냥. 자, 그럼 아저씨가 이걸로 우리 지우 바이올린 가르쳐 줘야겠다. 줘 봐."

지우는 신이 났다.

가브리엘이 작은 바이올린을 든 폼이 웃기기는 했지만 바이올린을 잡은 손을 보니 정말 잘 켜는 것 같았다. 이윽고 가브리엘이 활을 켰다.

징– 징–

바이올린은 잠시 흔들리는 소리를 내더니 이내 곧 애절한 울음을 토해 냈다. 지우는 눈을 더욱 크게 뜨고 수지와 나란히 앉아서 고개를 들고는 가브리엘을 보았다.

'와~ 잘한다.'

지우는 속으로 감탄하면서 가브리엘의 모든 동작과 활의 움직임 그리고 손가락의 순서까지 눈에 담았다. 완전히 몰입하여 가브리엘의 연주를 다 입력한 지우는 부러운 얼굴로 바라보기만 했다. 이윽고 가브리엘이 즐겨 연주하는 노래가 끝나자 지우와 수지는 손뼉을 쳤다.

짝짝짝–.

지우는 바이올린에 푹 빠져있다가 옆에서 같이 손뼉을 치는 수지를 보고는 머리로 살짝 들이받았다.

"야! 너 왜 따라하고 그래? 내가 따라하지 말랬지."

그러자 사람처럼 앉아 있던 수지가 갑자기 강아지처럼 돌아앉았다. 가브리엘은 엉겁결에 그 모습을 보았는데 처음에는 둘 다 사람 같았다가 돌아앉은 수지를 보고 너무 놀랐다.

"헉! 이 강아지는 이름이 뭐니?"

"응, 수지라고 해. 자꾸 나만 따라 해서 한 대 때려줬지."

장난기 가득한 지우는 수지를 보면서 한쪽 얼굴을 구기고 왼 주먹을 쥐어서 흔들어댔다. 그때였다. 수지도 지우와 똑같이 얼굴을 구기며 주먹을 쥐었다. 가브리엘은 눈앞의 상황이 믿기지 않았다. 자신의 견문으로는 사람을 따라하는 강아지는 듣도 보도 못했는데 바로 눈앞에서 그런 일이 일어나고 있었기 때문이다. 가브리엘은 수지를 번쩍 들어서 이리저리 살펴

보았다.

"지우야, 이 수지가 언제부터 너를 따라했니?"

"처음부턴데."

"그럼, 너랑 얘기도 하니?"

"아니, 못해. 그런데 갑자기 방금 전부터 얘기를 하네. 여태 말하는 건 못봤는데…. 흐흐흐~ 잘 됐지 뭐. 심심한데 잘됐어. 봐, 지금도 말하잖아. 아저씨는 안 들려?"

가브리엘은 난감했다. 지우가 천사의 말을 하는 건 알고 있었지만 동물의 말까지 할 수 있을 줄은 꿈에도 생각하지 못했던 것이다. 분명 이건 범상한 일이 아니었다.

"지우야, 그럼 내가 수지랑 얘기하게 해 줘 봐. 할 수 있니?"

"그럼. 할 수 있지. 아저씨가 이리 와 봐."

가브리엘은 지우가 자신 있어 하는 걸 보고 고개를 갸우뚱했지만 속는 셈치고 지우 옆으로 갔다. 지우는 가브리엘이 오자 가브리엘과 수지의 손을 이어 주고는 수지에게 말했다.

"수지, 바보."

그러자 수지가 인상을 구기며 말했다.

"지우, 바보."

"거봐, 내가 뭐랬어. 맞지?"

지우는 가브리엘의 손을 놓으며 한마디를 더 하고는 망루를 내려갔다.

"이젠 둘이서 얘기해 봐. 될 테니까."

가브리엘은 믿기지 않았다.

'어떻게 손을 한 번 잡았을 뿐인데 강아지와 말이 통할 수가 있을까.'

멍하던 가브리엘은 지우의 말대로 수지에게 말해 보았다.

"수지, 바보."

"이씨. 가브리엘도 바보."

가브리엘은 놀라기도 했지만 수지가 물려고 덤벼들어서 한동안 공중에 떠 있어야 했다.

잠시 후, 지우를 안고 대전 내 밀실로 들어간 곤은 침대 위에 앉아 있는 다니엘을 보았다.

"몸도 성치 않은데 누워 있지 않고."

그러나 다니엘은 말을 알아들을 수가 없었다. 다니엘은 곤에게 안겨 있는 지우를 보고는 소리쳤다.

"지우야!"

지우와 수지는 곤의 품에서 미끄러져 내려와서는 다니엘의 품에 안겼다.

"외삼촌."

"지우야, 아픈 데는 없니?"

"외삼촌이 아프잖아, 나는 안 아파."

"나도 이젠 괜찮아. 어이구, 수지도 있었구나. 그래, 그래. 수지도 괜찮고?"

수지는 다니엘의 말을 알아듣는지 꼬리를 흔들며 까불거렸다. 한동안 침대에서 수지와 뒤엉켜 놀던 다니엘은 말없이 서 있는 곤을 보고는 일어나서 정중히 인사하였다.

"인사가 늦어서 죄송합니다. 다니엘이라 합니다. 저희 지우와 수지를 구해주셔서 감사합니다."

곤도 알아들을 수가 없어서 지우를 쳐다보자 지우는 이상하다는 듯 곤과 다니엘을 번갈아 보았다. 지우는 누구의 말을 먼저 해야 할지 몰라서 멀뚱히 보다가 갑자기 좋은 생각이 났다. 침대에서 내려와 곤에게 가서는 곤의 손을 잡아끌더니 다니엘이 앉아 있는 침대로 가서는 나머지 한 손으로 다니엘의 손을 잡았다. 그러고는 웃는 얼굴로 말했다.

"이제 말해 봐. 둘이서 말해 봐."

곤은 당황스러웠다. 지우가 놀아달라고 하는 줄로만 안 곤은 흠흠, 헛기침을 하고는 입을 열었다.

"지우야, 이 할애비랑 다른 놀이할까?"

그러자 다니엘이 눈을 크게 뜨고는 말을 받았다.

"아니, 우리말을 할 줄 아십니까?"

"아니, 자네?"

"거봐, 잘 됐네. 내가 다니면서 얘기 안 해 줘도 되고. 그럼 둘이서 얘기해."

지우는 갑자기 곤과 다니엘의 손을 놓고는 뭐가 그리 좋은지 수지랑 깔깔거리며 나갔다.

'저 아이의 능력이 어디까지란 말인가?'

다니엘은 갈수록 신비한 지우의 능력에 입을 다물지 못했다. 그건 곤도 마찬가지였다. 지우를 처음 보았을 때부터 심상치 않은 모습에 갈수록 지우에게 빠져들고 있음을 느꼈다. 곤은 다니엘에게 물었다.

"지우가 손을 잡아주지 않아도 되는지 모르겠지만 자네는 누군가? 보아하니 우리 용족은 아닌 것 같은데."

다니엘은 한 번 더 놀랐다. 지우가 잡아주지 않아도 곤의 말이 들렸다.

"저는 다니엘이라 합니다. 대체 이곳은 어디입니까?"

"에덴의 동쪽에 있던 용의 나라라고 하지. 지금은 우리도 어디에 있는지 모른다네. 그런 자네는 어디서 왔는가?"

"에덴이요?"

자리에 죽은 듯 누워 있던 상면이 그 말에 놀라서는 벌떡 일어나며 외쳤다.

그 말에 다니엘도 깜짝 놀랐다.

"형! 이젠 괜찮아?"

다니엘은 상면을 안고 얼굴을 비볐다. 상면은 상기된 표정으로 말했다.

"응, 좋아. 온몸에 힘이 넘치고 가벼워. 뭐가 뭔지는 모르지만 지금은 너무 상쾌해. 근데 이분은 누구신지?"

상면은 곤을 보고 낯설어했다.

"나는 용의 나라 곤, 도일이라 하네."

다니엘이 끼어들었다.

"형, 이분이 뭐라 하시냐면, 곤……."

상면이 다니엘의 말을 끊으며 의아한 표정으로 말했다.

"알아, 도일이라 하시잖아. 곤, 도일. 맞지요?"

곤과 다니엘은 다시 한 번 곤란한 표정이 되었다. 지우는 밖에 나가버리고 없는데 상면이 곤의 말을 알아듣는 게 이상했다. 하지만 지우가 무슨 짓을 했거니 생각하고 셋이서 말을 할 때였다. 상면의 인기척을 듣고는 지우가 달려왔다. 그러고는 상면 품에 안겨서는 물었다.

"아저씨, 내가 저 할아버지랑 말할 수 있게 해줄까?"

지우의 말에 곤과 다니엘, 상면 세 명은 서로 얼굴을 보며 그 자리에서 얼어붙어 버렸다.

반노의 전쟁

반노는 아모리성을 벗어나자 갑자기 서두르기 시작했다.

사르를 재촉해서 최대한 빨리 달려가는데 주르마저 숨이 찰 지경이었다.

"어째서 그렇게 서두르십니까?"

"네가 말하지 않았느냐? 기습이 최고라고."

"저번에는 반대로 말씀하시질 않았습니까?"

"시간이 없다. 빨리 가자. 네 말대로 기습을 하려면 적군이 대비하기 전이 좋지 않겠느냐?"

"그래도……."

"힘을 아껴라, 이제부터 진짜 전쟁이니. 가자, 빨리 가자."

주르는 전속력으로 달려가는 사르를 쫓아가기 어려웠다. 주르의 애마는 거품을 물고 있었다. 그러나 주르는 감히 토를 달지 못하고 채찍만 죽어라 휘둘러댔다.

미르성

반노를 보낸 창은 깊은 상념에 잠겼다. 창은 고심 끝에 도고를 불렀다.

"도고 지금 쌍성으로 떠나라."

창은 아직도 진무중이 도착하지 않자 애가 닳아서 도고만이라도 보내기로 했다. 도고도 창과 떨어져 있는 편이 좋아서 흔쾌히 떠나기로 했다.

"오늘은 군사들이 준비 되지 않았으니 내일 떠나도록 하겠습니다. 반노가 죽어라 달려도 돌아오는데 칠 일은 걸리지 않겠습니까? 우리는 빨리 가면 하루면 족합니다. 사실 내일도 빠릅니다."

창도 듣고 보니 맞는 말이었다. 도고를 너무 몰아쳐도 좋지 않다 생각이 들었다.

"그도 그렇긴 하지. 그럼 사흘 안에 떠나도록 하라. 오히려 준비를 더 철저히 할 수도 있고. 그게 좋겠어. 그리고 쌍성에 가거든 성문 밖 돌산을 오르는 길을 반드시 지켜야 한다. 지키지 못한다면 없애버려야 한다."

"알겠습니다. 그럼, 저는 준비하러 가보겠습니다."

바람같이 도고가 나간 뒤에 창은 오히려 느긋해졌다. 검을 꺼내보며 혼잣말로 중얼댔다.

'전쟁이라…'

창은 전쟁이라는 단어에 전율을 느꼈다. 도고가 전쟁을 말하고 나가자 온몸에 작은 떨림이 생기고 힘이 불끈 솟았다. 창은 이런 느낌이 좋았다. 그러나 창은 큰 전쟁을 해본 적은 없다. 작은 전투는 늘 있었지만 전쟁이라 불릴 만한 것은 없었다. 국경에서 뱀족과 시비가 붙으면 말을 타고 달려가서 한바탕 칼질을 하고 오는 정도였다. 근래에는 그럴 일도 없어서 창의 군사들은 창과 마찬가지로 훈련만 죽어라고 해온 상태였다.

그러나 뱀족은 전쟁에 신물이 난 강군이었다. 창은 그 점을 간과한 채 전쟁이라는 커다란 위기 앞에 홀로 서 있었다. 군막 밖에서는 병사들의 기합소리가 천지를 울리고 있었다.

한편 급히 달려간 반노는 창의 군영을 떠난 지 이틀 만에 국경에 대기시켜 놓은 본진에 도착했다. 먼지를 흠뻑 뒤집어쓴 채로 사르에게서 내린 반노는 대장군 바사를 보자마자 채근했다.

"바사, 내 말 잘 들어라. 지금 곧장 쌍성으로 간다. 가장 날랜 말과 가벼운 병사 오백을 데리고 가라. 밥은 가는 도중에 먹으며 잠은 자지 않는다. 무조건 쌍성 앞에 있는 돌산 망루를 들이닥치고 올라가라. 그곳에서 줄을 던지면 쌍성의 성벽을 넘을 수 있다. 쌍성을 열면 하나도 남김없이 죽여라. 가축과 식량도 모두 불태우고 묻어라, 반드시. 아마도 저쪽에서는 도고가 올 터, 우둔한 도고는 느긋하게 올 것이다. 그러나 명심해라. 창의 본영 미르성에서 쌍성까지는 하루면 되지만 우리는 빨리 가도 이틀 길이다. 아무리 느려터진 도고라도 방심하면 우리가 더 늦을 수도 있다. 바사, 서둘러라. 우리는 네 뒤를 따라가겠다."

바사는 반노의 추상같은 말에 눈을 부릅뜨고 말했다.

"맡겨주십시오, 반노. 이 바사는 내일 해 뜨기 전에 쌍성에 뱀의 깃발을 걸겠습니다. 군사의 영대로 지금 떠나겠습니다. 군사께서는 천천히 오십시오. 그럼 이만."

쩌렁 울리는 바사의 목소리가 반노의 귀를 울리는데 바사는 이미 밖으로 나간 상태였다. 잠시 바사의 목소리가 밖으로부터 들리더니 천지를 진동하는 말발굽 소리가 나며 오백의 군사가 먼지를 휘날리며 쌍성으로 갔다. 한숨을 돌린 반노는 주르가 건넨 물 한 잔을 마시며 말했다.

"바사 같은 장수는 천 년에 한 번 나올까 말까 한 걸물이다. 너는 그 뒤를 이을 재목이고. 그의 모든 것을 눈에 담아두라. 괜히 대장군이 아니라는 걸 알아야 한다. 알겠느냐?"

주르는 대답 대신 반노 앞에 엎드렸다. 반노는 그런 주르를 흐뭇한 표정으로 바라보았다.

쌍성

창의 명을 받은 지 사흘 후에, 도고는 일출을 보며 쌍성의 경계에 막 들어섰다. 미르성을 출발한 지 하루 만에 쌍성이 보이는 곳까지 온 도고는 웬일인지 속도를 줄이고 줄을 맞추었다. 갑자기 속도를 늦추자 군사들이 웅성거렸다. 게다가 도고는 밥을 짓도록 명하였다. 도고의 수하 중 장수격인 자가 물었다.

"다 왔습니다. 그런데 지금 밥을 지으라 하심은⋯⋯."

"밥 먹고 간다. 쌍성에 가서 먹기에는 너무 늦은 시각이 아니더냐?"

"그래도 시각이 급박하다 하여 출발했습니다. 이제 다 왔는데 그리하시면⋯⋯."

퍼억-!

도고의 주먹이 날아왔다. 몇 미터 밖으로 나가떨어진 수하를 말 위에서 내려다보며 도고는 의기양양하게 입을 열었다.

"쌍성의 비천한 것들에게 식충으로 보이는 것이 좋으냐? 시각이 급박하기는 개뿔⋯. 적들은 한 달이 지나도 오기 어렵다. 뭐 알기나 하고 말을 할 것이지."

입에서 피를 흘리며 물러나는 수하를 보며 도고는 위엄있게 말했다.

"밥을 지어 먹고 깨끗한 옷으로 갈아입으라. 성에 들어가서 밥을 구걸하지 말고 변방의 촌놈들에게 중앙군의 위엄을 보이자. 품위를 잃지 말고 앞만 보고 걸어라."

병사들은 신이 났다. 가뜩이나 밤새 달려오느라 힘이 들었는데 쉬고 가라니 싫어할 병사가 하나도 없었다.

도고는 그곳에서 아침을 해결하고는 느긋하게 전열을 가다듬었다. 그러고는 해가 중천에 뜰 때쯤 충분히 휴식한 군대의 대열을 정비하더니 천천히 위엄을 갖춰 전진케 하였다.

각기 쏜 화살처럼 서로 앞을 다투며 오던 대형은 어느새 2열로 바뀌었고 그 앞에서 도고가 깃발을 앞세운 채 보무도 당당하게 쌍성으로 진군하고 있었다.

속도가 느릿하게 바뀐 도고의 군대는 일반 병사들마저 군복 매무새를 다듬느라 정신이 없었다. 말 위에서 흔들흔들, 거들먹거리며 나아가는 도고의 군대는 한껏 잘 차려입은 관병의 모습이었다. 옷과 각종 장신구에서 빛이 나고 말갈기도 일정하게 다듬은 도고의 군대는 2열로 줄을 맞추어 길게 행군을 했다.

맨 앞에서 눈을 부라리며 나아가던 도고는 멀리 쌍성이 보이자 잠시 멈췄다. 쌍성의 경계에 들어선 도고는 눌러 쓴 투구 사이로 쌍성을 보았다.

쌍성.

양쪽에 솟은 높은 산 두 개가 거의 완벽하게 비슷해서 생긴 이름이었고 누구도 함락시키지 못한 철옹성의 이름이었다. 이곳 도고가 보는 쪽의 쌍성은 그리 높지도 험하지도 않은 그저 평범한 성이었다. 그러나 뱀의 나라를 굽어보는 전면에서는 정반대의 모습이었다.

야트막해 보이는 산이 앞면에서는 험준하고 높은 산으로 바뀌는 데다 정문 앞은 과거 깊디깊은 강이 흘렀던 천 길 낭떠러지였다.

그 죽은 강은 작은 외나무다리로만 건널 수 있어서 적군이 함부로 공격할 수도 없었다. 전면의 문 양옆으로는 뱀도 날아오를 수 없는 높은 성벽이 천혜의 산세와 연결되어 있었다. 말이 산이지 완전히 매끈한 수직 암벽이었다.

사시사철 구름이 지나다녀서 암벽은 미끄러웠는데 거기에 맺힌 이슬이 쌍성의 물 공급원이었다. 다른 성과 달리 물이 있고 험준해서 그야말로 쌍성은 난공불락의 요새였다.

잠시 멈춘 도고는 손을 들어 자신의 부하인 부용을 불렀다.

"모두에게 군복과 말 그리고 자신의 검을 다시 정비하라고 하라. 곧 성으로 들어간다. 성내 주민들에게 책잡히는 일이 없도록 반듯하게 갖추라고 하라."

"네, 모두에게 알리겠습니다."

부용은 뒤로 말을 몰아가며 무어라고 큰소리로 외쳤다. 도고는 말의 갈기를 쓰다듬으며 혼잣말로 중얼댔다.

"한 사흘 후면 아마도 반노의 선봉이 오겠지. 부리나케 온다 한들 늦었을 테고. 이 도고가 성을 지키는 걸 알면 무어라 할까? 무슨 표정으로 우리를 올려다볼 것인가? 창 사령관께서는 사흘이라 하셨지만 나는 하루 만에 출발하였다. 저들이 날개를 가졌다 한들 어찌 나만하겠는가!"

그때였다. 누군가가 소리쳤다.

"쌍성에서 불이 났다."

거들먹거리던 도고는 기절초풍을 하고는 언덕 위로 올라가서 쌍성을 보았다. 쌍성은 괜찮은 것 같은데 그 앞에 높게 올라간 돌산에서 시뻘건 불과 시커먼 연기가 오르고 있었다. 연기는 순식간에 바람을 타고 도고에게로 날아왔다. 고기 타는 냄새가 코를 찔렀다. 도고는 창의 말을 떠올리며 정신이 번쩍 들었다.

"아… 이럴 수가!"

도고는 죽을힘을 다해 쌍성으로 달려갔다. 치장에 정신이 없던 군사들도 엉겁결에 따라가며 부러져라 채찍을 휘둘러댔다. 그러나 쌍성으로 달려가던 도고는 마주보며 달려오는 쌍성의 성주인 파구를 만났다.

"어찌된 일인가?"

말 위에서 도고는 엄하게 물었다.

파구는 말에서 내려 벌벌 떨면서 머리를 조아렸다. 그러고는 미친 자처럼 같은 말만 되뇌었다.

"저도 잘은…. 평상시처럼 망루를 보던 자들도 도무지 알아채질 못했습니다. 죽여주십시오."

도고는 하늘이 노래졌다.

"말이 되는가? 적은 엄청난 대군일 텐데 어찌 오가는 걸 눈치 채지 못할 수가 있는가?"

파구는 여전히 벌벌 기며 죽어가는 목소리를 내었다.

"저도 그리 생각하고 망루장을 족쳤는데 똑바로 보고 있었는데도 보지 못했다 합니다. 장군께서 오시기 전에 벌떼처럼 몰려와서는 돌산을 둘러싸고 순식간에 오르더니 쌍성으로 날아들었습니다."

"사람이 어찌 그럴 수가 있는가?…. 뱀도 아니고 어찌. 적장은 누구라 하던가?"

"바사라 합니다. 깃발이 그러합니다."

"바사? 대장군 바사? 어찌 대장군이란 놈이 쥐새끼처럼 온단 말이냐? 명색이 대장군이란 자가 말이다."

파구는 할 말이 없었다.

'대장군이면 어떻고 소장군이면 어떻단 말인가? 전쟁에서는 이기는 것만이 중요하거늘.'

속으로는 도고를 원망했지만 파구는 아무런 내색을 할 수가 없었다. 파구는 덜덜 떨며 목숨을 구걸하고 있었다.

도고는 할 말이 없었다. 분명 창은 자신에게 바람처럼 달려가서 돌산을 지키라 했는데 화살 한 번 쏘아 보지도 못하고 돌산과 쌍성을 모두 뺏기고 말았으니 답답할 노릇이었다.

'달려오던 대로 왔으면 돌산에 먼저 당도했을 터인데 아, 나의 실수로
다. 먼저 온 줄 알고 여유를 부리다니…. 적들은 목숨을 걸고 온 것 같은
데, 이 일을 어쩌나?'

그러나 잘잘못만 따지고 있을 시간이 없었다. 도고는 말을 몰아 앞장서
갔다.

"가자. 가서 다시 뺏으면 될 일."

도고는 폼을 잡으며 부용과 파구를 데리고 쌍성을 향해 바람처럼 달려
갔다.

쌍성 앞에 도착한 도고는 불어오는 거센 바람에 눈을 뜰 수 없었지만 오
히려 눈을 부릅뜨고 쌍성 너머 돌산을 올려다보았다. 눈으로 거친 모래가
루가 박혔지만 그런 걸 신경 쓸 때가 아니었다.

"아, 언제부터 돌산이 저리 높았었느냐? 어찌 여기서도 보이냐 말이다."

파구가 분한 말투로 겨우 대답했다.

"바사가 쳐들어와서는 순식간에 저리 만들었습니다."

"뭐라? 도대체 얼마나 시간이 있었다고 그리한단 말인가?"

"장군. 억울하지만 정말로 순식간에 이뤄진 일입니다. 돌산을 기어오르
는 자들이 마치 개미떼와 같았습니다."

"이 일을 어찌…. 분한 일이구나."

"그렇습니다. 돌산을 높이기 전에는 쌍성에서 조금은 내려다보았지만
이제는 머리를 꺾어 올려다보게 생겼습니다. 저러니 뱀족의 군사들이 날
아 들어올 수 있었습니다."

"그렇겠지. 누가 있어서 이런 일을 알겠는가. 반노가 오기 전에 지금이

라도 전령을 빨리 보내라. 그가 오면 아모리성도, 미르성도 위태롭다."

도고는 쌍성에서 자신을 비웃으며 내려다보고 있을 바사를 보며 이를 악물었다.

쌍성을 빼앗긴 도고는 이를 갈며 성 밖 멀찍이 진을 쳤다. 그러고는 밤이 되기를 기다렸다.

'오늘 밤에 기습한다면 승산이 있다. 쌍성의 앞이라면 죽었다 깨어나도 넘을 수 없지만 뒤라면 말이 다르지. 우리에게는 오솔길이다. 반노가 오기 전 저 무식한 바사가 잠든 틈에 기습을 하자. 설마 우리가 기습하리라고는 생각도 하질 못했겠지. 지난번에는 내가 방심해서 실수를 했지만 이제는 너희가 당할 차례다.'

도고는 밤에 기습하기로 결심하고는 만반의 준비를 하였다. 그리고 기습 전에 파구에게 신신당부를 했다.

"너는 지금 즉시 아모리성으로 가라. 가서 아모리성의 사령관께 이 모든 걸 알리고 아모리성을 굳게 닫고 절대로 열어주지 마라. 설령 내가 살아 돌아간다 해도 열어주지 마라. 나는 이곳에서 뼈를 묻겠다."

파구는 눈을 반짝이며 도고의 말에 고개를 끄덕이고는 바람처럼 아모리성으로 날아갔다.

도고는 말의 안장을 없애고 입에는 재갈을, 발굽에 천을 감싸고는 밤을 틈타서 반노의 진영으로 갔다. 때는 이미 그믐달도 구름에 가려 빛을 잃은 캄캄한 밤이었다.

점점 적에게 다가가는 도고는 속으로 생각하였다.

'일단 기습을 한 후에 바람처럼 돌아간다면 적들은 허둥대다 날이 샐 것이고 우리의 사기는 하늘을 찌를 것이다. 일이 잘 되면 저들의 식량 창고를 불태울 수도 있겠지. 그리만 된다면, 저들에게 식량만 없다면 승리는 우리 것이 될 것이다.'

도고는 홀로 꿈같은 생각을 하며 쌍성을 넘었다.

쌍성을 지키는 보초는 의외로 몇이 되지 않았다. 그나마도 곤한 잠을 자고 있었다.

도고는 그걸 보며 자신이 더 한심했다.

'저런 군대에게 이런 수모를 당하다니.'

이를 갈며 죽은 듯 바사의 진영 바로 앞까지 도착한 도고는 눈을 가늘게 뜨고 앞을 바라보았다. 쌍성의 식량 창고 역시 아무도 막는 자가 없었다. 도고는 그것을 보고는 비웃었다. '한심하구나. 이런 자에게 당하다니. 한심하지 않은가?' 도고는 주위의 병사들에게 손짓을 하였다. 몇몇이 바사의 군막으로 날아가서 동태를 살피고 바람처럼 되돌아왔다.

"다들 자고 있습니다."

"뭐라? 잔다고?"

"그렇습니다. 보초도 몇 명 없습니다. 코 고는 소리가 진동을 합니다."

도고는 어이가 없었다. 마음을 졸이고 온 것에 비해 너무 허무했다. 막는 자도 없고 오히려 적들은 잘 자고 있다고 하니 화가 치밀어 올랐다. 도고는 분연히 칼을 들고 외쳤다.

"가자. 가서 적들을 쓸어버리고 돌아가자. 자, 가자."

도고는 총공격 명령을 내렸다.

도고의 군대는 일사불란하게 공격을 했다. 아무런 소리도 내지 않고 밀물처럼 밀고 들어간 도고의 군대는 막사를 지키는 불침번 몇몇의 목을 따고 교대하는 데 성공했다. 그러고는 식량 창고에 불을 질렀다.

하늘 높이 타오르는 불길은 미르성으로 가는 파구에게도 보였다.

"아."

파구는 뒤를 돌아보고는 쌍성의 불을 보며 감탄을 하였다.

"도고 장군께서 성공하였구나."

파구는 갈수록 높이 타오르는 연기와 불빛을 보며 말을 더욱 세차게 몰았다.

그러나 쌍성에서는 황당한 일이 벌어졌다.

군막에서 자던 바사의 군사들은 용족의 기습을 받고 모두 목이 달아났지만 멀쩡히 일어나서 칼을 들고 싸웠다. 옷도 헐렁한 폼이 사람 같지가 않았다. 도고는 너무 황당한 광경에 할 말을 잃고 소리만 질렀다.

"가슴을 찔러라, 가슴을!"

하지만 가슴을 찔러도 적의 군사들은 죽지 않고 오히려 더더욱 미쳐 날뛰기만 하였다.

귀신의 영. 지옥에서 올라온 귀신의 영들이 뱀족의 옷을 입고는 미쳐 날뛰었다. 칼로 베어도 소용없었다. 옷자락만 베일 뿐 털끝 하나 건드리지 못했다. 도고는 당황하여 무어라 알아들을 수 없는 말을 지껄이며 이리저리 도망을 다녔다.

그때였다. 갑자기 어둠을 밝히는 불길이 비춰오고 너른 군막 전체가 뱀족의 군사로 둘러싸여졌다. 불이 비춰오자 귀신의 영들은 허공으로 올라가서 용족의 군사들을 노려보고 있었다.

도고는 그제서야 함정에 빠진 걸 알았다. 칼자루를 움켜쥐고는 당당히 서서 부하들에게 말했다.

"나의 군사들아! 들어라! 죽음을 두려워하지 말고 끝까지 용족의 자랑스러운 군대임을 증명하자!"

그런데 그때 누군가 작지만 폐부를 찌르는 말을 하였다.

"항복하라."

도고는 고개를 돌려 보다가 자신의 눈을 의심했다. 그곳에는 반노가 뒷짐을 지고 서 있었다.

"어찌 반노가 이곳에 있는가?"

"우리에게 휴식이란 없다. 갔으면 다시 오는 법. 좀 일찍 왔을 뿐이다. 그러나 착각하지 마라. 내가 없더라도 너희는 바사의 제물이 되었을 것이다."

도고는 눈에서 불이 났지만 어찌할 바를 몰랐다.

"항복을 하지 않는다면 어찌하시겠는가?"

"죽음 외에는 없겠지."

반노는 눈을 가늘게 뜨고는 아무렇지도 않게 말을 했다.

"왜, 죽음이 두려운가?"

도고가 말이 없자 반고 옆에서 창을 꼬나 잡고 있던 주르가 거들었다. 도고는 혀를 깨물며 말했다.

"허허. 이 도고에게 모욕을… 죽음은 두렵지 않다. 다만 그간의 노력이 헛된 일이 되는 게 부끄럽고 한스러울 뿐, 죽음은 두렵지 않다. 자, 오너라. 이 도고가 어떤 자인지 알려주겠다."

도고는 말 위에서 긴 창을 휘돌리며 당당하게 말했다.

이에 반노가 혀를 차며 말했다.

"쯧쯧. 저런 객기로 전쟁을 하다니. 네 상관 창은 안 봐도 뻔하다. 용렬한 놈들. 힘자랑할 거면 밭에서나 할 일이지. 주르, 네 검이 아깝지만 병사들의 사기를 생각해서라도 네가 나서 주어야겠다."

"별 말씀을 다 하십니다."

반노의 말이 떨어지기가 무섭게 주르는 검은 도포를 휘날리며 도고에게 날아갔다.

도고는 긴 창을 부서져라 잡고는 맞서 나갔다.

째앵-.

마주 달리던 두 짐승은 맑은 소리를 내고는 승부가 갈렸다.

검은색 말 위에 잔잔한 호수처럼 당당히 앉아 있는 주르는 서서히 말머리를 돌려 뒤를 보았다. 등을 보이고 말 위에 있던 도고는 목덜미에서 피를 뿜으며 서서히 뒤로 넘어갔다. 도고의 몸뚱이가 쿵 소리를 내며 쓰러져도 뱀족에서는 승리의 함성조차 나지 않았고 표정 하나 변하는 병사도 없었다. 용족의 병사들은 공포를 느꼈다. 주르의 용맹함보다, 적군 장수의 죽음에도 희로애락을 드러내지 않는 병사들이 더 무서웠다.

잠시 침묵이 흐르고 용족의 병사들에게서 웅성거리는 소리가 났다. 이어서 꽁무니를 보이는 병사들에 뒤섞인 장교들도 갈팡질팡하며 어찌할 바를 몰라 하는 기색이 역력했다.

반노는 그때를 놓치지 않았다. 옆에 선 주르에게 눈짓을 보내자 주르를 따라 뱀족의 용사들이 바람처럼 몰아쳐 갔다. 용족의 병사들은 힘 한번 써 보지 못하고 일방적인 살육을 당하였다. 오천의 대군이 허무하게 전멸하는 데 채 한 시간이 걸리지 않았다. 용족에게는 실로 허망한 첫 전투였다.

파구는 죽을힘을 다해 미르성으로 달려갔다.

'한시가 급하다. 만약 도고 장군이 성공을 했다면 좋지만, 그렇지 않다면 전멸이다. 빨리 가서 사령관을 모셔와야 한다.'

저녁 늦게 출발한 파구는 쉬지 않고 달려서 새벽 나절에 아모리성 지경에 도착했다. 서서히 모습을 드러내는 태양을 뒤로 하고 그림자가 길게 생길 무렵에 파구는 창이 이끄는 본진과 마주쳤다.

파구는 말에서 바람처럼 내려 무릎을 꿇었다.

"죽여주십시오. 제가 불민하여 그만 성을 뺏기고 말았습니다."

창은 말 위에서 파구를 보며 얼굴색을 굳혔다.

"그게 무슨 말이냐? 쌍성을 빼앗겼단 말이냐?"

"그, 그렇습니다. 분하고 억울하지만 어쩔 도리가 없었습니다."

"뭐라? 도리가 없어?"

창은 꽥 하고 소리를 지르며 서슬이 시퍼런 칼을 꺼냈다. 그냥 내버려두면 파구의 목이라도 벨 기세였다. 옆에 있던 진무중이 폭발하는 창 사령관을 말렸다.

"이미 넘어간 성이 저놈 하나 족친다고 다시 돌아오진 않습니다. 고정하시고 앞뒤를 잘 재어보심이 좋겠습니다."

창은 진무중의 말이 일리가 있다 생각을 했지만 분이 풀리지 않자 옆에 있던 고목을 베어 버리고는 말했다.

"이후로 성을 뺏기고 도주하는 자는 죽음으로 다스린다! 모두 새겨듣도록!"

말을 마친 창은 말을 몰아 진영으로 돌아갔다. 겨우 목숨을 부지한 파구는 진무중에게 머리를 조아리며 말했다.

"제 목숨을 지켜주셔서 감사합니다. 이 은혜는 평생 잊지 않겠습니다."

진무중은 여러 장수와 수하들 앞에서 더욱 기고만장했다.

"너의 목숨은 이제 나의 것이다. 이 사실을 죽을 때까지 잊지 말아라. 그런데 도고는 어디 있나?"

파구는 아차 했다. 급히 도고의 상황을 진무중에게 알렸다. 파구의 말을 다 들은 진무중은 나름대로 생각에 빠졌다.

'지금 도고의 생사는 알 수 없지만 파구의 말로는 적진에서 불이 올랐다고 했다. 그러면 성공했다는 뜻. 그러나 도고의 군사는 적다. 성을 빼앗지는 못했을 텐데…. 그렇다면 지금쯤 쫓기고 있을 수도 있겠구나. 빨리 가보아야겠다. 혹여 내가 도고를 구해 온다면 군사들의 신임을 얻는 건 물론이고 내가 세운 공이 제일 크게 된다.'

진무중은 파구의 귀에다가 무어라 말을 하였다. 그러자 파구의 얼굴에서도 미소가 흘렀다.

"참으로 명석하십니다. 귀신도 곡하겠습니다."

"무얼 그런 걸 가지고 그러나…. 자, 지금 일이 급하니 빨리 가자. 자네는 다시 갈 준비를 하고 나는 사령관을 뵙겠다."

말을 마치고 진무중은 창이 있는 군영으로 바람처럼 달려갔다. 파구는 울던 낯을 펴고는 무어라 고함을 지르며 병사들을 독려해서는 온 길로 다시 가버렸다.

용성

용성의 지우는 수지와 술래잡기를 하고 있었다. 지우가 우겼다.

"야, 네가 먼저 술래 해."

"싫어. 네가 해."

수지는 제법 버텼다.

"이게…."

지우의 손이 들리자 이번에는 수지의 앞발이 올라왔다.

"어! 막네?"

"그럼 만날 맞고만 사냐?"

지우는 그런 수지를 이상한 눈으로 보다가 짓궂은 얼굴을 하고는 말했다.

"좋아, 그럼 공평하게 가위 바위 보로 하자."

"가위 바위 보? 그거 어떻게 하는 건데?"

지우는 양손을 잘 썼다. 수지 앞에서 양손이 가위 바위 보를 하며 친절히 가르쳐주었다. 수지는 약간 미심쩍었지만 공평할 것도 같아서 하기로 했다. 지우가 구령을 붙였다.

"가위 바위 보."

지우는 보를 내었다. 수지는 가위를 낸다고 내었지만 앞발의 모양은 주먹이었다.

"야호~. 이겼다. 거 봐. 술래 하라니까."

수지는 눈이 휘둥그레졌다. 분명 가위를 냈는데 주먹이 된 것이다. 하지만 약속이니만큼 어쩔 수가 없었다. 수지는 고개를 갸웃거리며 망루 벽에 앞발을 억지로 들고 서서는 눈을 가렸다.

"무궁화 꽃이 피었습니다. 무궁화 꽃이 피었습니다. 무궁화 꽃이 피었습니다."

지우는 수지의 목소리를 들으며 숨을 곳을 찾아 두루 다녔다. 그러다가 좋은 수가 생각이 났다. 망루 바로 아래에 작은 공간이 있었다. 경치도 좋아서 탁 트인 망루처럼 그랄 평야와 아모리성 그리고 쌍성까지 보였다.

의미심장한 미소를 띤 지우는 멀리 가는 척 발소리를 내다가 까치발을 든 채 되돌아왔다. 그러곤 망루 아래에 숨어서 경치 구경을 하고 있었다.

"무궁화 꽃이 피었습니다. 무궁화 꽃이 피었습니다. 무궁화 꽃이 피었습니다."

수지는 계속 외치고 있었다. 백을 세는 건데 무궁화를 백 번 외치고 있었다. 지우는 속으로 생각했다.

'큭큭~ 수지 바보.'

곤은 가브리엘과 함께 망루로 오르고 있었다. 만약을 대비해서 용성 앞 그랄 평야에 진을 칠 자리를 보러 가는 길이었다. 두런두런 말을 하며 오르는 두 사람 앞에 지우와 수지가 옥신각신하는 얘기가 들렸다. 곤이 망루에 올라서는 앞다리로 팔짱을 끼고 삐쳐 있는 수지 옆에서 곧 울 것 같은 지우에게 물었다.

"왜 그러니? 싸웠니?"

지우가 울먹이며 말했다.

"그게 아니라, 쟤가 술랜데 내가 잠깐만 있다가 하자고 하니까 나를 잡았다고 우기잖아. 나는 급한 일이 있어서 잠깐만 쉬고 하자고 했는데…. 나를 잡았다잖아."

곤은 도무지 무슨 말인지 몰랐다. 술래가 뭔지도 모르는 곤에게 이번에는 수지가 퍼부었다.

"아니, 나는 술래니까 지우를 찾아야지. 그래서 찾은 건데 이번은 무효라고 하면서 나보고 다시 술래를 하라잖아. 이번에는 안 봐 줘."

곤은 강아지가 말까지 하는 상황에서 곤란한 표정으로 땀만 흘렸다.

이번에는 술래잡기를 조금 아는 가브리엘이 나섰다.

"지우야, 술래잡기하다가 왜 그랬는데? 그럴 만하면 괜찮아. 혹시 쉬 하려고 그랬니?"

"아니…. 쉬 안 마려워. 그게 아니라 여기서 저기를 보고 있는데…. 하도 이상해서 곤 할아버지한테 얘기해 주려고 그랬는데…. 수지는 그것도 모르면서 나를 찾았다고 하고, 으앙~."

지우는 드디어 폭발을 했다. 억울해 하는 지우를 보며 수지는 슬금슬금 눈치를 보았다.

가브리엘이 눈짓으로 말을 하자. 앞발을 양쪽으로 벌리고 어깨를 올리더니만 황당하다는 표정으로 지우에게 말했다.

"알았어. 알았어. 내가 술래하면 되잖아. 알았지? 울지 마, 그러면……."

지우는 그 말에 솔깃해져서 눈을 뜨고 잠시 보다가 다시 울어 버렸다.

"앙앙…."

그러자 수지가 얼굴을 찡그리고는 주먹을 쥐었다 놓고는 큰소리로 말했다.

"알았어. 알았어. 술래 두 번 해주면 되잖아. 알았지? 이젠 됐지?"

그러자 지우는 슬며시 눈물을 훔치며 말했다.

"세 번."

가브리엘은 열 내려는 수지를 뒤로 하고 지우에게 말했다.

"그래, 세 번 해준대…. 그럼 됐지? 아이고, 지우는 좋겠다. 술래 세 번 안 해도 되니. 그렇지?"

"응."

지우는 언제 그랬냐는 듯 해맑은 얼굴이 되었다.

곤은 그런 지우를 보며 할 말을 잊었다. 그러다가 아까 지우가 한 말이 생각이 나서 물었다.

"근데 지우야, 뭐가 이상하다는 거니?"

"아, 그거? 그러니까 저기 보이는 저 성 말이야."

지우가 가리키는 곳은 보이지 않았다.

"어디 말이니? 어느 성?"

그래도 지우와는 대화가 되지 않았다. 지우가 워낙 먼 곳까지 보기 때문이다.

이번엔 가브리엘이 나섰다.

"지우야, 몇 번째 성 말이니?"

"응, 그게 말이야…. 우리 앞에 두 개가 있어."

지우는 숫자를 말하며 땀까지 흘리면서 매우 어려워했다.

"아, 그럼 쌍성이구나."

"쌍성? 이름이 쌍성이야?"

"응, 그래. 그런데 뭐가 이상하다는 거니?"

"그게…. 누가 그 성에서 나와서 이리로 오는데…. 그게 저번에 할아버지가 나쁘다고 한 사람들이 오는데…. 그게…….."

곤은 귀가 번쩍 뜨였다.

"뭔데…. 뭐가 이상하니?"

"아니, 그게 아니고 저번에…. 할아버지가 할아버지 병사 아저씨들은 다 좋다고 했잖아…. 그런데 오늘은 나쁜 사람들이라서…. 분명 저번에 할아버지가 좋은 아저씨들이라 했는데 그게 아주 나빠 보여서…. 그래서 이상하다고…….."

지우는 기어들어가는 소리로 말했다.

곤은 뭐가 뭔지 몰랐다. 지우는 거짓말 하는 아이가 아니니까 본 것은 맞을 테지만 무슨 얘기인지 몰랐다. 가브리엘도 마찬가지. 둘이서 서로 얼굴만 보고 말을 하지 못하자 수지가 답답한지 가슴을 치며 나섰다.

"어이구. 그렇게 못 알아들어서 어떻게 해. 답답하네. 지우 말은 저 쌍성에서 저런 옷을 입고 나오는 아저씨들이 나쁜 아저씨래. 그것도 아주 나쁜…. 그러니까 할아버지 밑에 있는 아저씨들이 다 착하다는 말 하지 말라는 거야. 그렇지, 지우야?"

수지는 망루 아래 군사들을 손가락으로 가리키며 말했다.

지우는 수지가 정리를 해주자 입을 헤~ 벌렸다.

"응, 맞아. 고마워."

"그럼 술래 두 번만?"

"안 돼, 세 번."

지우와 수지가 다시 옥신각신하는 사이 곤과 가브리엘은 지우의 말을 이해했다.

곤이 신중한 얼굴로 지우에게 물었다.

"어떻게 나쁜 아저씨들이니?"

"그게…. 저번에 우리 삼촌한테 들어가 있던 아저씨처럼 생겼는데 옷은 저런 옷 입었어."

지우도 망루 아래에서 훈련 중인 군사를 가리켰다.

가브리엘이 끼어들었다.

"몇 명 정도 되니?"

"많아."

"그럼, 지우는 그 아저씨들 하는 말도 들을 수 있지? 아저씨한테 가르쳐 줄래?"

"어렵지 않아."

지우는 말을 하고는 조금 높은 곳에 올랐다.

그러나 잘 보이지 않는지 까치발을 하고는 목을 뺐다. 하지만 잘 보이지 않자 눈을 깔고는 수지를 보았다. 수지는 못 본 척 딴 곳을 보다가 곤과 가브리엘까지 자신을 보자 마지못해서 지우를 등에 태웠다. 그러자 지우는 수지를 타고 하늘로 두둥실 올라갔다. 지우와 수지가 한참을 올라가자 마침 말을 타고 달려가는 그들이 보였다.

지우가 까마득히 아래에 있는 곤에게 말했다.

"할아버지, 이제 보여."

곤은 하늘 높이 올라가는 지우를 보다가 목소리가 들리자 깜짝 놀랐다.

"아니, 지우 목소리가 들리네. 이게 어찌된 일인지."

옆에 있던 가브리엘도 놀랐다.

"진짜로 들리십니까? 저는 들리지 않는데요."

가브리엘의 말이 끝나기도 전에 지우의 목소리가 가브리엘의 귀를 파고들었다.

"아저씨."

곤과 가브리엘은 또 놀랐다.

'저 아이의 능력이 어디까지란 말인가? 도무지 알 수가 없구나.'

가브리엘이 생각할 즈음 지우는 그곳의 상황을 곤과 가브리엘에게 생중계로 말해 주었다. 한참을 생중계로 듣던 곤과 가브리엘은 얼굴빛이 흙빛으로 변하더니 근심에 쌓였다.

곤이 말했다.

"이런 사실을 창에게 말해 주어야 하는데 시간이 없습니다. 가브리엘께서 날아가셔도 하루는 걸릴 텐데 어쩌지요?"

"그러게 말입니다. 곧 적군의 덫에 빠지면 전군이 몰살을 당하게 생겼습니다. 이 사실을 창이 알아야 하는데요."

그때 지우가 끼어들었다.

"내가 말해 줄까?"

지우의 말에 곤의 머릿속으로 번갯불이 지나갔다.

"그럴 수 있니?"

"응."

"그럼, 한 번만 부탁하자. 지우야. 창 아저씨 알지? 그 아저씨한테 할아버지 말 좀 전해 줄래?"

"응, 알았어. 그런데……."

"그런데 뭐 말해 봐. 다 들어 줄게. 놀아 줄까?"

"그게 아니라…. 수지 보고 술래 한 번만 더 하라고 해줘."

수지는 허공에서 어이가 없어서 소리를 질렀다.

"알았어. 안 그러면 되잖아. 그냥 해 줄게. 치사하게….."

지우는 투덜대더니만 곧 아이답게 웃으며 말했다.

"아저씨…. 창 아저씨…….."

망루에서 고개를 꺾고 하늘만 보는 곤과 가브리엘은 주먹을 쥔 채로 지우의 말만 듣고 있었다.

미르성 밖에 진을 치고 있는 창은 진무중이 왔다가 간 이후로 생각에 잠겨 있었다.

생각에 잠긴 창을 보며 옆에 서 있는 장군 용중산이 말을 걸었다.

"장군, 아무래도 이상합니다. 진무중 장군께서 그리도 쉽게 선봉을 자원한 일이 있었습니까? 이상합니다."

"나도 그렇게 생각한다. 하지만 그렇다고 가지 말라 할 수도 없는 일. 일이 급하긴 하니 보내긴 했지만 영 개운치가 않아. 적을 정탐하고 쌍성을 되찾겠다는데 뭐라 할 말도 없고."

창은 도무지 이해가 가질 않았다. 그때였다.

"아저씨, 아저씨, 창 아저씨."

창은 자신의 귀를 의심했다. 용중산이 말하는 것도 아니고 그렇다고 군막에 다른 사람이 있는 것도 아닌데 어디선가 자신을 부르는 목소리가 들려왔다.

"아저씨, 아이…. 나야, 지우. 지우라고."

창은 그제야 누군지 알았다. 그러나 지우가 군막 밖에서 부르는 줄 알고 휘장을 걷고 밖으로 나갔다. 하지만 그곳에는 아무도 없었다.

"아이~ 참. 아저씨 바보야? 나는 여기 있어."

약간 짜증이 난 지우가 큰소리를 질렀다. 그 소리는 멀리서부터 날아와서 창의 귀에 꽂혔다.

그러고는 창이 대답했다.

"응, 알겠다. 지우구나. 그런데 너는 어디에 있니?"

"용성에."

"뭐라고?"

창은 실로 믿기지 않았다. 용성에 있는 지우가 어찌 자신에게 말을 건단 말인가? 하지만 창은 뒤이어 들려오는 지우의 말에 더욱 놀라고 말았다. 창의 얼굴은 점점 더 굳어져만 갔다. 창 옆에 있는 용중산은 혼자서 중얼대는 창의 행동에 역시 놀라고 있었다.

쌍성 앞

파구는 열심히 앞서 가고 있었다. 이번 일을 잘만 하면 명예를 회복할 수 있었다. 어제의 치욕을 생각하며 파구는 열심히 말을 달렸다. 그러다가 쌍성과 아모리성의 중간 지점에서 자신들을 향해 마주 달려오는 군사들을 보았다. 멀리서 한눈에 보기에도 패색이 짙은 도고의 군사들이었고 맨 앞에서 죽어라 달리는 자는 다름 아닌 도고였다. 그리고 예상대로 뒤에는 바사의 대군이 바람을 가르며 추격을 하고 있었다. 파구는 천만다행이라 생각하고는 말을 달려 도고를 맞았다. 온몸이 피로 물든 도고는 파구를 만나서 기뻐하며 말했다.

"고맙다. 파구 장군. 이렇게 도와주러 오다니…. 적들이 보통 날카로운 것이 아니니 일단 도망부터 가자."

"그러시지요. 이리로 오시지요."

파구는 도고를 데리고 뒤를 돌아 달려갔다. 약간 북쪽으로 길을 잡은 파구는 도고와 말머리를 앞서거니 뒤서거니 하며 달렸다. 바람소리가 귀청을 돌아가는데 파구가 말했다.

"조금만 더 가면 진무중 장군이 매복해 계십니다. 진 장군께서 이럴 줄 아시고 미리 덫을 놓았지요. 조금만 더 힘을 내십시오. 곧 저들을 호랑이 굴로 데려가겠습니다."

"그래? 잘 되었구나. 그런데 창 사령관께서는 어디 계시나?"

"오시지 않았습니다. 이번 일은 진무중 장군께서 홀로 계책을 세우신 것이라."

도고는 파구의 말에 실망하였다.

"그래? 할 수 없군."

둘은 급히 말을 달려가는데 뒤에서 바사의 군대가 그 뒤를 바싹 쫓았다.

어느덧 북쪽의 험준한 산맥 바로 아래의 계곡으로 접어든 파구는 급히 말을 돌려 바사의 군대를 맞았다.

"도고 장군! 이곳입니다. 이곳이 바로 진무중 장군께서 매복해 계시는 곳입니다."

"그래, 그럼 다 같이 힘을 합쳐 싸우자꾸나."

"아닙니다, 장군께서는 아모리성으로 가십시오. 이들을 잡은 뒤에 따라가겠습니다."

"그래, 고맙다. 부디 이기고 나의 원수를 갚아다오."

도고는 계곡을 벗어나 아모리성으로 달려갔다.

잠시 후 파구가 버티고 있는 계곡으로 바사의 대군이 밀물처럼 몰려들었다.

계곡은 호리병 모양으로 비탈이 져 있었다. 마른 풀과 잡초가 무성하여 매복하고 있기에 적당하였다. 파구가 보기에 바사의 군사들은 아까 볼 때와는 달리 대군이었다. 게다가 키가 큰 자들이 맨 앞에 있었는데 아무리 보아도 네피림이었다.

파구는 가슴이 뜨끔하였지만 계곡 위에 있을 진무중의 매복군에 힘을 얻고는 칼을 바로 잡았다.

계곡 위에 매복하고 있는 진무중은 바사의 대군을 보고 긴장하였다.

'어찌 추격하는 자들이 대군이란 말인가? 도대체 저들의 수가 얼마인데 저 정도를 추격군으로 보낼 정도란 말인가? 보통일이 아니구나. 하지만 나의 덫은 빈틈이 없다. 조금만 더 들어오라. 내가 전멸을 시켜줄 테니.'

진무중은 손에 땀을 쥐고는 계곡 아래만 바라보았다.

하지만 밀물처럼 몰려들던 바사의 대군은 계곡의 입구에서 딱 멈추었다. 그러곤 갑자기 불화살을 시위에 먹인 자들이 앞으로 나오고 잘 정돈된 전열 앞으로 노인 하나가 나왔다.

그 모습을 보고 진무중은 놀라서 뒤로 자빠질 뻔하였다. 추격군의 맨 앞에 서 있는 자는 바로 반노였기 때문이다. 파구는 바로 눈앞에서 반노를 보자마자 다리의 힘이 탁 풀렸다.

반노가 조용히 말했다.

"이미 독 안에 든 쥐다. 항복하면 목숨은 살려준다. 아니면 모두 불에 태워 죽이며 귀신의 밥으로 줄 것이다."

반노의 조용하면서도 힘이 실린 말은 바람에 실려 계곡 전체에 울려퍼졌다. 진무중과 파구는 후들거리는 다리를 못 이기고 바닥으로 무릎을 꿇고 말았다. 반노는 계곡 멀리 하늘을 보며 뒷짐을 지고 있었다.

아모리성

아모리성으로 간 도고는 성으로 들이닥쳐서는 미르성의 창 사령관에게 전령을 보냈다. 아모리성을 지키는 용중산은 도고를 극진히 맞이했다.

"고생이 많으셨습니다. 일이야 어찌됐건 살아오셨으니 다행입니다. 일단은 좀 쉬시고 계시면 창 사령관께서 오실 것입니다. 다음 일은 그때 말하기로 하시지요."

"고맙네. 내가 면목이 없는데 이리 잘 봐주니 고마워."

도고는 용중산의 손까지 잡으며 고마워했다.

용중산은 군막을 나와서는 용성을 보며 얼굴을 찌푸렸다.

군막 안의 도고는 수하들에게 둘러싸여서는 침대에 누워 잠을 잤다.

밤이 되자 반노는 대군을 몰고 아모리성으로 갔다. 휘영청 뜬 달을 보며 전장으로 나가는 반노는 예전 큰 전쟁의 일이 생각이 났다. 하늘을 엎고 땅을 뒤집을 지혜와 명철을 가진 자신의 조부도 이루지 못한 전쟁이었다. 그러나 자신은 절치부심. 이제 전쟁의 9부 능선을 넘은 상태였다. 그러나 반노는 신중했다. 모든 변수를 계산하고 또 생각하는 반노로서는 너무쉽게만 치러지는 전쟁이 일말 불안했다. 그러나 지금은 대군을 모두 이끌고 가는 마당에 다른 도리가 없었다. 그저 쳐부수는 일 밖에 없었다. 반노는 그렇게 생각에 생각을 거듭하며 아모리성으로 갔다. 바사는 미르성으로 보낸 상황이었다.

이제 동시에 두 성을 무너뜨리려는 반노는 말없이 열리는 아모리성 안으로 조용히 들어갔다. 성 문 앞에는 도고가 조용히 허리를 굽히고 있었다. 반노는 그런 도고를 보며 칭찬을 아끼지 않았다.

"귀신영주께서 수고가 많습니다. 이번 일은 저희로서는 불가능했는데 다행히 성주께서 도와주셔서 일이 잘 되었습니다."

반노의 말이 끝나자 도고의 몸이 바람 빠진 풍선처럼 변하며 땅으로 가라앉았다. 도고의 수하들도 마찬가지. 모두 땅으로 무너진 그 육신의 껍데기 위로 귀신의 영들이 나와서 공중에 떠 있었다.

"아닙니다. 이 모든 게 반노께서 계획하신 일. 저희는 그저 따를 따름이지요. 우리가 어디 남입니까? 하나 아닙니까? 서로 돕고 살아야지요. 대왕께서도 그리 하라 하십니다."

도고에서 나온 귀신의 영이 큰소리로 말했다.

반노는 웃음을 머금고 말했다.

"오늘은 좀 쉽시다. 오랫동안 달려만 왔으니 쉬는 것도 좋겠지요. 내일은 저 용성까지만 가면 모든 것이 끝이 납니다."

반노의 병사들과 귀신의 영들은 모두 고함을 지르며 좋아했다. 반노도 흐뭇한 얼굴로 달 감상을 하고 있을 때였다. 연이어 두 명의 연락병이 왔다.

"반노 군사께 아룁니다. 아모리성에는 아무도 없습니다. 아마도 적들이 겁을 내어 모두 도망한 듯싶습니다."

"미르성에서 바사 장군의 말씀이십니다. 미르성이 비었습니다. 아무것도 없다 합니다. 이미 성 안에 아무도 없었고 식량 창고도 비었다고 하더라는 말을 전해 달라고 하십니다."

반노는 대경실색을 했다.

'덫?'

그때였다. 갑자기 하늘이 새카매졌다. 화살이었다. 하늘을 가리는 화살은 성 안으로 날아들었다. 수많은 화살이 날아들었다. 뒤이어 불의 화살도 날아들었다. 화살을 맞은 것은 모조리 불이 붙어 활활 타기 시작했다. 까마득히 하늘을 채운 화살은 밤이라서 더욱 무서웠다. 부지불식간에 화살을 맞은 뱀족의 군사들이 땅을 뒹굴고 불에 덴 귀신의 영들은 불에 타며 지옥으로 떨어졌다. 멀리 미르성에서도 화광이 충천했다.

반노는 할 말을 잊었다. 반노는 방패가 되어 준 수하들의 도움으로 성 안으로 피신했다. 도망치는 와중에도 반노는 뒤를 돌아보며 입술을 잘근 씹었다.

성 안 깊은 곳으로 도망을 한 반노의 대군은 문을 걸어 잠그고는 성 안을 뒤졌다. 그러나 먹을 것은 고사하고 남아 있는 것이 아무것도 없었다. 집도 모두 지붕이 뚫려 있거나 불에 탔다. 게다가 물도 한 방울 나오지 않았다. 아침이 되어도 먹을 것이 없는 뱀족의 군사들은 그저 길에 누워 힘을 아끼고만 있었다.

성문을 걸어 잠근 반노는 아침이 되자 군사들의 수를 세어보라 하였다. 비참한 결과가 나왔다. 군사의 반이 죽었고 나머지 반도 전투를 할 수가 없었다. 게다가 더 한심한 것은 미르성의 사정도 여기와 같을 것이란 것이었다.

반노는 처참한 패배를 보며 참담한 심정이 되었다. 아모리성 이리저리를 둘러보던 반노는 용중산이 쓰던 거처로 들어갔다. 용중산이 쓰던 군막은 검소했다. 반쯤은 불에 탔지만 군막에서 한 회의의 흔적은 아직 남아 있었다.

그곳을 둘러보던 반노는 어느 한 곳을 보고는 그 자리에서 얼어붙었다. 그것은 군막 회의장 한가운데에 걸린 한 장의 지도 때문이었다. 바로 쌍성으로 들어가는 비밀 통로였다. 반노는 기겁을 하고는 수하들을 부르려 달려나갔다.

쌍성

용중산은 저녁 무렵 아모리성을 빠져나왔다. 밤새 말을 달려 쌍성으로 간 용중산은 지도에 그려진 대로 쌍성 지하의 비밀 통로로 갔다. 그러고는 그곳을 통해 성 안으로 들어가서는 방심하고 있던 반노의 군사들을 한꺼번에 잡아버렸다. 싸움은 싱겁게 끝났다.

거의 전투 병력이 없는 쌍성은 한 번의 기습으로 점령당했다. 용중산은 쌍성을 점령하고는 바삐 움직였다. 망루에 올라서 멀리 보며 옆의 부하들에게 급히 지시를 내렸다.

"저 멀리서 오는 괴물들은 루하. 지옥에서 나온 괴물들이다. 절대로 문을 열지 마라. 그리고 이대로 보름을 버틴다. 저들은 달이 지면 도로 땅으로 들어가야 하는 자들이니 보름만 버티면 된다. 그리고 성 뒤의 방어도 철저하게 하라. 들어왔던 모든 비밀 통로를 막고 폐쇄하며 성을 더 높이 쌓아라. 전쟁은 이제부터다."

용중산은 멀리서 오는 루하가 일으키는 뽀얀 먼지를 뚫어져라 보고 있었다.

미르성

미르성에서는 바사가 분통을 터뜨리고 있었다. 군사들의 대부분이 죽거나 다쳤다. 게다가 성 주위로 창의 대군이 물샐 틈 없이 막고 있고 성 안에는 잡아먹을 쥐조차 없었다. 하루는 참았지만 삼 일이 다 되어가면서 병사들은 말을 잡아먹고 있었다. 자신도 오늘 아침은 말고기로 대신했다.

아침을 먹고 있는 바사에게 반노의 손자인 반정이 들어왔다.

"아무리 생각해도 쌍성이 문제입니다."

바사는 무슨 말인지 몰랐다.

"지금 우리의 코가 석자인데 쌍성 걱정은… 쓸데없다."

"아닙니다. 적들은 지금 장기전의 태세가 아닙니다. 아마도 이삼 일 후면 자연히 포위를 풀 것입니다."

"그건 무슨 소리냐?"

"저들도 먹을 것이 없습니다. 제가 어제도 보고 오늘 아침도 보았습니다만 밥 짓는 솥이 눈에 띄게 줄었습니다. 먹을 게 부족해서지요."

"용성에서 주면 되지 않느냐?"

"용성에 군사가 없다면 얘기는 달라집니다."

"뭐라? 용성에 군사가 없다니, 그게 말이나 되나?"

"잘 들어 보십시오. 용족은 오랫동안 가뭄이 심했습니다. 전체 인구도 아마 우리의 절반도 되지 않을 겁니다. 그런데 밖을 보시면 우리만이 아니라 아모리성도 포위를 당했습니다. 이 두 성을 포위하는 데만 해도 군사의 대부분을 써야 합니다. 물론 그러고도 군사는 조금 남겠지만…. 지금 제 계산으로는 분명 모자랍니다. 제가 창이라면 나머지를 쌍성으로 보냅니다. 아마도 쌍성에서 가장 가까운 곳에 있던 용중산이 갔겠지요."

"그렇다면 큰일이 아니냐? 쌍성으로는 오늘쯤 루하가 오기로 되어 있다. 쌍성을 적은 병력으로라도 막는다면 루하가 건너기 쉽지 않다. 그러면 어찌하면 좋으냐?"

"뚫고 나가셔야 합니다. 다른 방법이 없습니다. 아마도 적들은 우릴 가두기만 했지 싸우려는 건 아니니 이 틈을 노려 뚫는다면 손실은 있겠지만 어렵진 않습니다. 그리고 제가 알기로는 할아버지께서 주르 장군을 북쪽 협곡으로 보내셨을 겁니다. 주르 장군께서 멀리 돌아서 오시려면 시선을 이리로 끌어놔야 하니 한 번 나가 보시는 것도 좋을 듯합니다."

"범의 가문에서 범이 나는구나. 내 일평생을 반노 군사께만 존경을 드렸는데 자네도 존경을 받을 만하구나. 좋다. 앉아서 굶어 죽느니 나가서 싸우다 죽자."

바사는 반정의 말에 따라서 밤을 노려 성을 나가기로 했다.

아모리성

밤이 깊어지는 만큼 반노의 고민도 깊어갔다. 반노는 성을 뚫고 나갈 생각에 골몰했다.

'무슨 수를 써서라도 쌍성으로 가야 하는데… 어쩌나….'

그러나 좋은 수가 생각나지 않았다. 적진을 뚫고 나가자니 바사나 주르 같은 용장이 없었다. 성 안에 있자니 굶어 죽게 생겼다. 루하와 약속한 날짜가 얼마 남지 않았는데 쌍성도 위태롭다 생각했다. 반노는 고민을 거듭하고 있었다. 그러던 차에 수하 중에 한 명이 들어와서는 비둘기 한 마리를 내밀고 나갔다.

그곳에는 반정이 쓴 전서구가 있었다. 반노는 용케 어둠을 뚫고 전서구를 보내었다는 생각에 대견했다. 전서구를 펼치는 순간 뒷목이 시원해짐을 느꼈다.

할아버님. 손자 반정입니다. 지금 쌍성이 위태한 것은 할아버님도 아시려니와 아모리성에서 포위를 뚫고 나가기는 어려울 것 같습니다. 해서 이곳 미르성에서 포위를 뚫겠습니다. 바사 장군과 제가 목숨을 걸고 간다면 가능합니다.

저희는 포위를 벗어나면 곧장 용성으로 가겠습니다. 용성은 이미 비어있을 겁니다. 그러면 적들은 다급하여 저를 쫓고 아모리성의 군사들도 용성으로 올 것입니다. 할아버님께선 그 틈을 이용하셔서 포위를 뚫고 쌍성으로 가십시오. 아마도 쌍성에는 용중산이 있는 듯합니다.

용중산을 죽이고 문을 열어야 루하와의 약속을 지킬 수가 있습니다. 소손과 바사 장군은 죽을 각오가 되어 있습니다. 그럼 오늘 밤에 바로 용성으로 가겠습니다. 빨리 쌍성으로 가시고 다시 뵐 때까지 목숨 부지하고 있겠습니다. 반정 올림.

반노는 너무 기뻤지만 한편으론 슬펐다. 잘못되면 자신의 목숨보다도 더 귀한 손자가 죽게 된다는 생각에 마음이 너무 무거웠다.

칠흑같이 어두운 밤. 달이 막 만월로 가려는 바로 그 환한 때에 미르성의 성문이 열렸다. 동서남북 네 성문이 열리고 둑이 터지듯 밀려나오는 뱀족의 군사들의 기세에 용족은 기가 눌렸다. 창의 군사들은 죽을 각오로 달려드는 뱀족을 막기에 역부족이었다. 성의 서문이 뚫리더니 봇물처럼 터진 기세는 용성을 향해 달려갔다. 군막에서 잠시 잠이 든 창은 소란한 소리에 깨었다.

밖으로 나온 창은 허둥대는 장수들 사이에서 군사들을 독려하며 분전하였다. 그러나 바사의 대군이 용성으로 향했다는 말을 듣고는 사색이 되었다. 급히 아모리성으로 사람을 보내고는 모든 병력을 이끌고 용성으로 향했다.

아모리성에서 이제나 저제나 보고만 있던 반노의 눈에 미르성의 화광이 보였다. 기다란 횃불의 행렬이 용성 방향으로 급히 가는 걸 본 반노는 전군에게 성 밖으로 나갈 것을 명했다.

미르성에서와 마찬가지로 아모리성도 모든 문을 열고 성을 나섰다. 그러나 이미 많은 수의 용족이 용성으로 떠난 뒤여서 별 다른 마찰 없이 성밖을 나섰다.

반노는 이번 일로 깨닫는 바가 많았다.

'다시는 이런 일이 있어서는 안 된다. 만약 한 번 더 이런 실수가 생긴다

면 그때에는 비록 나 자신이라도 용서하면 안 된다. 반정아, 이 할아비가 갈 때까지 살아 있어야만 한다.'

사르를 타고 성 밖으로 나가는 반노의 눈에는 오로지 쌍성만 보였다.

쌍성의 용중산은 떠오르는 태양을 맞으며 루하와 대치하고 있었다. 밤새 발광을 하며 성을 공격하는 루하 덕에 잠을 자지 못한 용중산은 그러나 루하를 막아 내고 있는 사실에 매우 뿌듯해 하고 있었다.

'누가 루하와의 전쟁에서 사흘을 버틸 수 있겠는가? 이제 사흘만 지나면, 저들도 땅에서 잠을 자야 하는 시간이다. 그러면 앞으로 보름은 문제가 없다. 조금만 더 힘을 내자, 용중산.'

스스로 채찍질을 하며 루하를 이길 생각에 용중산은 피곤한 줄도 몰랐다. 그러나 그런 행복도 마지막이었다. 갑자기 동문이 시끄러워지더니 반노의 대군이 들이닥쳤다. 누군가가 문을 열고 그들을 맞았는지 성 안의 용족들은 힘 한번 써보지 못하고 도륙을 당하고 있었다. 죽여도, 죽여도 시체를 밟고 밀어닥치는 자들에게 결국은 성이 모두 점령당하고는 망루만 남았다.

용중산은 하늘을 우러러 탄식했다.

"아…. 이게 과연 하늘의 뜻이란 말인가? 우리 용족의 최후가 오려는가?"

분한 마음에 용중산은 칼을 휘두르며 마지막까지 버텼다. 그러나 잠시 후 루하가 성 안으로 들어와서는 망루를 통째로 부숴버리더니 떨어진 병사들을 물어서 내장을 터뜨렸다. 또 다른 병사는 루하의 발톱에 산 채로 뜯기고 있었다.

용중산은 칼을 바로 잡고 루하에게 덤비며 소리쳤다.

"사령관께서 이 원수를 갚으시리라. 으아악!"

용족의 충신이자 맹장 용중산은 쌍성에서 아까운 생을 마쳤다.

지우의 바이올린

용성의 지우는 아침에 일어나서 술래잡기를 한 번 하고는 하늘로 날아다니는 것을 좋아했다.

창에게 말을 전해 준 이후로 모두 잘했다고 칭찬을 해서 기분이 좋아진 지우는 매일같이 수지를 타고 공중으로 올라갔다.

오늘도 수지를 타고 까마득히 높은 하늘로 올라간 지우는 오랜만에 날씨까지 좋아지자 기분도 한결 좋아졌다. 또 따뜻한 햇볕을 받으니 더 상쾌해지는 것 같았다.

뭐 하나 건질 게 없나 두리번거리던 지우의 눈이 커졌다. 북쪽 협곡 위의 산으로 네피림들이 메뚜기처럼 뛰어 이곳을 향해 오고 있었기 때문이다. 지우는 그림을 오빠 막대기로 때리던 생각이 나서 웃었다. 그러자 수지가 물었다.

"뭐가 그렇게 좋아?"

"그냥 웃겨서."

"뭐가?"

"저기 저쪽에 대머리 아저씨들이 뛰어서 이리로 오고 있어."

"대머리?"

"응, 머리가 하나도 없어. 그리고…."

"그리고 뭐?"

"메뚜기처럼 뛰어."

"뭐? 메뚜기?"

"응."

"그럼 네피림이네."

"네피림? 그게 뭐야?"

"응, 키 큰 아저씨들 있어. 키가 크고 대머리에 메뚜기처럼 뛰어다녀."

"응, 그렇구나. 귀여워."

"다른 사람들은 없고?"

"응, 없는 거 같은데… 아, 아니 있다. 그 밑에 아래에 말 탄 아저씨들이 보여. 그 아저씨들도 이리 오는데 좀 무서워."

"그럼 곧 할아버지한테 말해. 저번처럼 좋아하실 거야."

"알았어."

지우는 뒤를 돌아 두리번거리다가 곤을 발견했는지 말을 걸었다.

"할아버지, 할아버지."

곤은 상면과 다니엘과 함께 이야기를 나누고 있었다. 그러다 지우가 부르는 소리를 듣고는 허공에다 말했다.

"왜 그러니, 지우야."

"할아버지, 저기 북쪽인가 하는 쪽으로 이상한 아저씨들이 와. 네피림인가 하는 아저씨들도 오는데 나 그 네피림인가 하는 아저씨들 알아. 무척 귀여워."

"그래, 고맙다. 이제 지우 없이 어떻게 전쟁을 할까나?"

지우는 기분이 좋아져서 수지를 타고 더 높이 올라가 버렸다.

곤은 지우 말을 듣고 수심이 가득해졌다.

상면이 물었다.

"지우가 무어라 합니까?"

"북쪽 협곡으로 적이 온다네."

"그럼 잘 되지 않았습니까? 가서 막으면 될 것을요."

"그게 그리 간단치 않네. 이곳 용성에는 군사가 거의 없네. 나이가 들거나 다친 자들밖에는 없지. 자네도 알다시피 전부 미르성으로 나가 있어서 이곳은 빈 곳이네. 게다가 네피림이라면 만만치가 않아. 그들은 키가 크기도 하지만 힘도 장사에 엄청 빠르기까지 하다네."

"제가 가겠습니다."

"뭐라고?"

"다들 없으면 저라도 가야지요. 망가진 몸을 고쳐주셨으니 밥값이라도 해야겠지요. 제가 가겠습니다."

"저도 함께 가겠습니다."

상면과 곤의 대화에 다니엘이 끼어들었다. 곤은 어이가 없었다.

'사람이 어찌 용족의 전쟁에서 살아남을 수 있겠는가?' 생각하니 허락을 할 수 없었다. 하지만 지우를 생각해보면 그렇게 가볍게 볼 일이 아니었다. 곤은 그러나 약한 다니엘이 걱정되었다.

"자네는 몸도 성치 않은데, 쉬지 그러나."

곤이 걱정이 되어 말했다. 상면도 걱정이 되는지 거들었다.

"그래, 너는 여기에 있어. 내가 가서 적들을 막든지 시간을 벌든지 해 볼게."

"그게 아니라… 나도 가야 할 것 같아. 내가 칠 년 동안 누워 있어서 기억이 잘 나지는 않지만, 왠지 이 전쟁을 본 것 같아. 이상하게도 이곳에 오면서부터 가슴이 뛰고 뭔가가 하나씩 기억이 나는 것 같아. 어마어마한 돌무더기가 있는 곳, 아무래도 와본 곳 같아. 뭐라 할까…. 말로만 들어도 대략 어딘지 알 것 같아."

상면도 다니엘의 말을 듣고는 더 말리지는 못했다. 곤은 잠시 생각했다.

'이들이 과연 주님이 보내주신 용사일까? 겉으로는 약한 인간일 뿐인데… 하지만 지금 우리의 상황은 한 명의 군사가 아쉬운 상황이니… 그럼 이번만 믿고 맡겨보자.'

곤은 결심하고 밖으로 나가더니 누군가를 데리고 들어왔다. 그곳 지리를 잘 아는 자였는데 말이 청산유수였다.

"계곡의 깊이는 엄청납니다. 북쪽 산의 높이가 용성 높이의 열 배는 더될 겁니다. 그 아래 남쪽 벽도 다섯 배 정도 높이입니다. 병풍처럼 펼쳐진 계곡 안에서 적에게 발각되면 죽든지 살든지 둘 중 하나밖에 없습니다. 어디 도망갈 데가 없으니까요. 그 돌무더기가 있는 곳은 그 남쪽 벽의 중간 정도에 있습니다. 보통은 작은 돌 정도로 아는데 실제로 가까이 가서 보면 엄청나게 큰 돌입니다. 집채만하지요. 흔들거리기는 하지만 굴러 내린 적은 없습니다. 저야 그곳에서 살다시피 해서 아는데 다른 이들은 거의 알지 못합니다. 아마도 누군가 그리로 온다면 필시 아무것도 모르는 자들일 겁니다."

곤은 상면과 다니엘의 표정을 살폈다. 한쪽 구석에서 듣고만 있는 다니엘과 상면은 단호한 얼굴이었다. 곤은 울컥했다. 곤은 보내기 싫었지만 상황이 너무 긴박했다. 곤은 자신의 유리 투구를 벗어 다니엘에게 씌워주었다. 그러고는 상면에게 다가갔다. 그러고는 미리 준비한 무쇠창을 손에 쥐어 주며 말했다.

"용족의 가장 위대한 장로이자 용사인 첫 번째 장로의 호, 용재를 자네에게 준다. 용재상면. 이제 너의 이름은 용재상면이다. 용재상면, 우리 용족에는 두 가지 전설이 있다. 하나는 이 무쇠창이 언젠가 한번은 우리 용족을 환란에서 구원해 주리라는 전설이고, 또 하나는 용족의 겨드랑이에 있는 비늘이 커져서 날개가 되면 용을 부를 수 있다는 전설이다. 내가 오늘 너에게 이 무쇠창을 주는 이유는 네 겨드랑이에 비늘은 없지만 용족의 말을 하고 용족보다 용감했기 때문이다. 부디 이 무쇠창으로 용족을 구원해 주길 바란다. 그리고 나의 애마를 타고 가라. 천 리를 가는 말이니 도움이 될 것이다."

상면은 곤의 진심어린 말에 고개를 숙였다.

상면과 다니엘은 몇 안 되는 군사를 끌고 북쪽 계곡으로 갔다. 먼 거리였지만 밤낮을 가리지 않고 달려갔다. 상면은 군인이어서 어렵지 않았지만 다니엘은 힘이 들었다. 그래도 이를 악물고 따라나섰다. 지우는 수지를 타고 하늘 높이 둥둥 떠서는 상면을 뒤쫓았다. 마침내 계곡 끝자락, 다니엘이 환상을 본 그 자리까지 가서는 이리저리 살펴보았다.

하늘 높이 뜬 지우는 두 갈래로 갈라져서 오고 있는 적을 보고는 상면에게 말했다.

"아저씨, 이상한 아저씨들이 양쪽으로 가. 대머리 아저씨들은 산 위로 가고 있고, 아래로는 말 탄 아저씨가 막 달려가고 있어."

"지우야, 몇 명 정도 되니?"

다니엘이 묻자 지우가 자신 있는 대답을 하지 못하고 얼버무렸다.

"그게 삼촌, 몇 명이냐 하면 말이지."

그러자 상면이 다니엘의 귀에 대고 작게 말했다.

"지우는 셀 줄 몰라."

그러자 지우가 화를 내며 큰소리로 말했다.

"나 셀 줄 알아."

상면은 깜짝 놀라서 어쩔 줄 모르는데 다니엘이 지우를 얼렀다.

"그럼, 우리 지우는 다 알지. 다 알고 말고. 상면 아저씨가 아무것도 모르고."

지우는 금세 화가 풀려서 자신 있게 말했다.

"몇 명이냐 하면… 대머리 아저씨들은 아주 많고 말 타는 아저씨는 그냥 많아."

"아, 그렇구나. 지우야, 고마워."

다니엘의 말에 수지가 피식하고 웃었다. 웃는 수지를 보고 지우가 머리를 한 대 때렸다.

"웃지 마."

그러자 수지는 앞다리로 주먹을 쥐더니 우씨, 하고 인상을 썼다.

다니엘은 근심에 빠진 상면에게 말했다.

"산 위의 네피림은 내버려 두고 아래의 적을 막아야겠는데."

"무슨 소리니?"

"형. 산 위는 두루 도는 불의 검이 있어서 함부로 가다가는 몰살을 당한다고 했어."

"그건 나도 아는데… 지금 열심히 오고 있다잖아? 두루 도는 불의 검이라더니 지금은 딴 데를 도나 봐?"

"그렇긴 한데… 가브리엘 말로는 에덴으로 가는 길에 위험이 생기면 자연히 나타난다고 그랬어. 에덴의 스랍을 깨우면 된다고 하는데."

"스랍을? 어떻게 깨우나… 시끄러워지면 깨어나는 건가? 도통 무슨 소린지 모르겠네."

상면은 이해가 되질 않았다. 잠시 생각을 정리한 다니엘이 입을 열었다.

"이렇게 하지. 형은 여기 있다가 적이 오면 맞아서 싸우는 척하면서 시간을 좀 끌어줘. 그러다가 지우가 신호를 하면 도망 오면 돼. 나는 미리 가서 돌산을 무너뜨릴 준비를 좀 할게."

"그러지. 그런데 네피림은 어쩌고."

"나한테 좋은 생각이 있어."

"뭔데?"

"지우가 있잖아. 지우가 스랍을 조금만 약 올리면 될 거 같아서."

"무슨 소린지 모르겠네. 아무튼 나는 네가 하라는 대로 할게."

말을 마치고는 말고삐를 잡고 앞으로 가려는 상면을 다니엘이 잡으며 말했다.

"형, 잘못하면 형도 위태로워."

다니엘의 진심 어린 말에 상면은 잠시 웃음을 띠고는 말했다.

"괜찮아. 너나 조심해. 나야 워낙 험하게 살아왔는데 이까짓 것쯤은 아무렇지도 않아. 간다."

다니엘은 달려가는 상면에게 말했다.

"형, 돌산이 무너지면 전속력으로 가야 돼. 알았지?"

상면은 뒤도 돌아보지 않고 손을 한번 들어 주고는 달려갔다.

다니엘은 나머지 모든 군사를 끌고는 뒤로 돌아 돌산으로 갔다.

산 위

네피림 가미는 부하들을 끌고 메뚜기처럼 뛰어갔다. 벌써 산을 탄 지 닷새 째였다. 힘이 들었지만 모처럼 만에 부하들을 데리고 대장 노릇을 하자니 신이 났다.

게라가 없는 군대에서는 자신이 대장이었다.

"빨리 움직여라. 빨리. 저런 뱀족같이 비루한 놈들에게 진다면 네놈들의 목을 따버릴 것이다. 어서 가자, 어서!"

가미는 게라의 흉내를 내며 왕인 것처럼 병사들을 독려했다. 네피림 군대는 혀가 빠져나올 것 같았지만 가미의 불같은 호령에 찍소리 못하고 달려만 갔다.

그때였다. 갑자기 이상한 것이 보였다. 하늘 높은 곳에 있던 무언가가 자신들이 가는 길 한가운데로 떨어졌다. 그러고는 기다란 갈대 사이를 무언가가 기어가는 모습이 보였다.

가미는 눈을 가늘게 뜨고 무엇인가 보았다. 그러다 깜짝 놀라 뒤로 자빠졌다. 뒤에 있던 부하들은 입을 막고 웃느라 정신이 없는데 정신을 차리고 보니 웬 강아지가 혀를 내밀고 조롱을 하고 있었다.

가미는 화가 머리끝까지 나서는 코로 김을 뿜어내고 있었다.

"저런 강아지 새끼가 이 가미님을 놀라게 하다니!"

가미는 부하들 앞에서 창피를 당한 터라 눈에 불을 켜고 강아지에게 달려들었다. 그러자 강아지는 갈대 사이로 몸을 숨기고는 빠른 걸음으로 달아났다. 가미와 부하들은 강아지를 목표로 메뚜기처럼 뛰면서 빠르게 산 정상으로 달려갔다.

멀리서 이 모양을 보던 지우는 웃겨서 배꼽을 잡고 구르고 있었다.

키가 큰 갈대에 가려 수지는 보이지 않았지만 키가 큰 대머리들이 갈대 위로 뛰어올랐다 가라앉는 폼이 꼭 미술관에서 오빠와 두더지 놀이 할 때 생각이 났다.

"야, 너는 웃기만 하면 어떻게 해. 나는 죽게 생겼는데. 빨리 스랍을 깨워. 빨리! 죽겠어. 헉헉."

너무 웃긴 나머지 데굴데굴 구르던 지우는 수지의 목소리에 정신을 차렸다.

그러고는 배에 힘을 주고 하늘을 향해 소리를 질렀다.

"에덴을 지키는 스랍은 바보 멍충이 식충, 숫다리!"

그러자 갑자기 조용하기만 하던 에덴의 하늘에서 쿠르릉 꽝 하는 소리가 나며 하늘이 쩍 갈라졌다. 그러곤 무언가가 번뜩이는 빛을 내며 날아다녔다.

불의 검이었다. 조용히 있던 에덴의 그룹이 화가 났는지 맹렬한 기세로 돌아다니는 불의 검은 10개 정도는 되어 보였다.

지우는 땅에 바싹 엎드리고는 눈을 들어 갈대숲을 보았다.

가미와 그의 군사들은 눈에 불을 켜고 수지를 쫓았다. 하지만 가미는 이상했다.

무언가 타는 냄새가 나는 것 같더니 이상한 소리가 들렸다. 궁금증에 목을 빼고 돌아보던 가미의 눈에 불타오르는 무언가가 자신에게 날아왔다. 가미는 자라 목 감추듯 숙여서 겨우 그것을 피했지만 대머리를 겨우 스친 그 괴물 덕에 머리의 살이 시커멓게 타버렸다.

악! 소리를 내며 땅으로 떨어진 가미는 메뚜기처럼 튀어올라 죽어가는 부하들을 보았다. 자신의 명령대로 강아지를 쫓는 부하들은 영문도 모르고 두 동강이 되거나 불에 타 죽었다.

미련한 네피림들은 가미가 정지하라는 명령을 내릴 때까지 뛰어오르다 모두 몰살당하였다. 가미의 머릿속으로 게라의 무시무시한 주먹이 돌아다녔다.

'나는 이제 죽었다.'

멀리서 이를 보던 지우는 대머리들이 불쌍해졌다. 하지만 이미 일은 벌

어진 뒤라서 어쩔 수 없었다. 이제는 수지가 걱정이었는데 갈대로 보아서
는 수지가 자신이 있는 이곳으로 달려오고 있었다.

지우는 소리를 죽여 말했다.

"저리 가. 이리로 오면 어떻게 해. 내가 약 올렸는데."

그러나 수지는 꼬리까지 흔들며 지우에게 오고 있었다. 네피림을 몰살
시킨 불의 검은 눈이 달렸는지 수지를 쫓아 지우에게 오고 있었다.

지우는 도망가려고 일어나 뛰었다. 그러자 이를 본 불의 검들 모두가 지
우를 향해 날아갔다. 지우는 얼마 뛰지 못해 자신을 향해 날아오는 검을
보고는 머리를 감싸 쥐고는 땅에 엎드렸다. 두 눈을 꼭 감고 바들거리며
떨던 지우는 꽝, 하는 큰 소리에 죽는 줄 알았다.

그러나 시간이 지나도 별일이 없자 슬며시 눈을 들어 위를 보았다. 막강
하게 돌며 날아다니던 불의 검은 간데없고 가브리엘이 수지를 안고 자신의
옆에 서 있었다. 가브리엘은 신중한 얼굴을 하고는 누군가를 보고 있었다.

저 멀리에서 누군가가 상당히 화가 난 듯 소리를 고래고래 지르고 있었
다. 땅이 울리고 바위가 터져나가도록 우레 같은 소리를 내는 자는 바로
에덴의 스랍이었다.

가브리엘은 잘 아는 사이인 듯했지만 쩔쩔 매고 있었다.

"화를 내지 마시고 제 얘기 좀 들어 보세요."

"얘기는 무슨, 그 버릇없는 아이는 어디 있나? 숫다리라니! 내가 오늘
혼쭐을 내야겠어."

"그게 그 아이가 진심으로 그런 건 아닌지라, 그리고 아이에게 뭐라 하
지 않으시는 게 좋을 듯 합니다."

"말이 되나? 그게 장난이었다면 더더욱 혼이 나야지. 감히 나에게 그런
장난을 치다니."

지우는 가브리엘과 스랍의 대화를 듣고는 버릇없는 아이가 자신이라는 걸 알아챘다. 더군다나 지우는 그룹이 진짜로 숫다리인 걸 보고는 덜컥 겁이 났다. 지우는 무서워서 가브리엘의 다리 밑에 숨어서 귀만 열고 있었다.

"글쎄, 가브리엘 자네는 비키라니까. 내가 혼쭐을 내어야 다시는 안 그러지. 그 애는 엄마 아빠도 없는 모양이지? 부모가 되어서 아이 교육을 어떻게 시키는 거야? 부모는 어디 있어? 없으면 나라도 교육을 시켜야 하질 않겠나?"

그때였다. 말을 하던 스랍이 무서운 힘에 떠밀려 갑자기 저 멀리로 날아가 처박혀 버렸다.

지우가 갑자기 꽥! 하는 소리를 질렀기 때문이다.

"뭐라고? 엄마 아빠 없다고? 엄마 아빠 있어. 엄마 아빠 있단 말이야. 조금만 있으면 나 찾으러 온단 말이야. 엄마~ 보고 싶어. 엄마 어디 있어? 앙~."

지우는 어느새 가브리엘의 다리에서 나와서는 그룹을 노려보며 울었다. 여태 잘 참던 지우는 스랍이 엄마 얘기를 하자 감정이 북받쳐서 울고 말았다. 산꼭대기로 날아가 처박힌 스랍은 믿기지 않는다는 표정으로 지우를 보고 있었다. 가브리엘은 난감한 표정으로 스랍을 보며 말했다.

"제가 뭐랬습니까? 그냥 넘기자 하지 않았습니까?"

화가 나서 씩씩거리는 지우 앞에서 수지가 재롱을 피웠다. 지우는 짧은 다리로 딛고 사람처럼 서서는 억지로 양팔 벌리기를 하며 혀를 내미는 수지를 와락 껴안았다. 그러고는 대성통곡을 하는 지우를 보며 그룹도 가브리엘도 모두 난감한 표정이 되었다.

산 아래 계곡

그 시각 산 아래 계곡에서는 용재상면이 홀로 길을 지키고 있었다.

무쇠창을 옆구리에 끼고 육중한 말을 탄 모습은 늠름했다. 언제부터인지는 모르지만 용재상면은 예전의 상면이 아니었다. 자고 일어나자 힘이 솟았고 말도 타게 되었다. 그리고 없던 용기도 생겨났다. 상면은 속으로 생각했다.

'나에게 무슨 일이 일어난 걸까? 죽었다가 깨어난 것 같은데… 이렇게 달라질 수가.'

상면은 용성에서부터 곤의 말이 머리를 맴돌았다.

'용족은 겨드랑이에 비늘이 있다는데… 나에게는 없는데 왜 내가 용족인 것 같은 생각이 들지? 왜 용재상면이라는 말을 들었을 때 가슴이 뛰고 힘이 솟았을까?'

용재상면은 말 위에서 갑옷 사이로 손을 넣어보았다. 그러다가 깜짝 놀라고 말았다. 여태껏 없던 무언가가 겨드랑이 밑 갈비뼈 사이에 튀어나와 있었다.

"헉! 이게 뭐지?"

상면은 헛바람이 나왔다. 다시 손을 넣어서 만져보았다. 분명 예전에는 없었는데 무언가 딱딱한 것이 튀어나왔는데 미끄러웠다. 용재상면은 머릿속 복잡했다.

"혹시… 내가…."

이상했지만 마냥 그러고 있을 수는 없었다. 두 눈을 부릅뜨고 앞을 보는데 잠시 후 뽀얀 먼지를 뒤집어쓰고 대군이 이르렀다. 맨 앞에 선 자는 보기에도 무시무시해 보이는 검은 말을 탄 장수. 주르였다.

주르는 이상한 광경을 보며 믿어지지가 않았다. 자신의 군대는 줄잡아 2만. 지금 바로 뒤에 서 있는 군사만 해도 천 명이 넘었다.

'나의 군대를 막으려고 기껏 보낸 군사가 달랑 한 명이라니… 그것도 비만해서 말 위에 앉기도 버거워 보이는 돼지를 보내다니….'

주르는 빈정이 상하여 옆에 있던 부관에게 큰소리로 말을 했다.

"저 비계를 어서 치워라."

그러자 용재상면이 말했다.

"비겁하군."

작지만 또렷한 말에 주르는 앞서 나가려는 부관을 저지했다. 그러고는 말을 몰아 한걸음에 나와서는 되물었다.

"나를 두고 하는 말이냐?"

그러자 용재상면이 갑자기 큰소리로 고함을 쳤다.

"그렇다! 주르! 나 용재상면과 마주칠 용기가 없나 보구나."

용재상면의 고함이 얼마나 큰지 주르는 그 소리에 놀라 말에서 떨어질 뻔했다. 주르는 자세를 고쳐 잡고 용재상면을 다시 보았다.

"내가 사람을 잘못 보았구나. 그렇다면 그건 사과를 하겠다. 하지만 모든 말에는 책임이 따르는 법. 그 법은 목을 거는 것이다. 지금이라도 늦지 않았으니 물러가라."

용재상면은 약을 더 올리기로 했다.

"주둥이만 살았구나. 검을 잡을 자가 아니구나. 그럼 그냥 지나가라. 나는 용사와 싸우러 왔지, 주둥이만 산 자는 관심이 없다."

주르는 머리끝까지 화가 났다. 얼굴이 홍당무가 된 주르는 큰 고함을 지르며 번개처럼 달려갔다.

용재상면도 마주쳐갔다. 말을 달려가며 용재상면은 힘이 솟고 눈이 좋아지며 가슴이 요동치는 걸 느꼈다. 주르의 동작 하나하나 그리고 말의 움직임 이 모든 것이 느릿하게 보이며 눈으로 확 들어왔다.

상면은 주르의 눈을 향해 무쇠창을 찔러갔다. 주르는 깜짝 놀랐다. 간신히 눈앞의 창을 피하기는 했지만 머리가 박살날 뻔했다. 등에서 식은땀이 나고 손이 떨려왔다. 다행히 적을 베어 체면은 섰지만 죽음의 문턱까지 갔다가 왔다.

용재상면은 왼쪽 겨드랑이를 깊게 베었다. 피가 콸콸 나는데 이상하게도 하나도 아프지 않았다. 오히려 힘이 더욱 솟으며 전투 의욕이 살아났다.

무쇠창을 바로 잡고 다시 한번 돌진하려는 순간 귓속으로 지우의 목소리가 들렸다.

"상면 아저씨, 이제 외삼촌이 오래."

다니엘이 돌산에서 바위를 밀 준비를 하는 모양이었다. 상면은 대결을 미룬 채 말머리를 돌렸다. 갑자기 달아나는 용재상면을 보며 주르는 자신도 모르게 따라갔다.

죽음의 공포를 경험했지만 상대가 피를 흘리며 도망가는 걸 보고는 평소 냉철했던 성품은 어딜 가고 승부욕에 불타는 전사가 되었다. 주르는 부하들과 한 몸이 되어 빛처럼 쏘아갔다.

상면은 죽어라 도망가면서도 뒤를 돌아다보았다. 다니엘의 생각대로 주르와 모든 군사들이 자신을 쫓아 더 깊은 계곡으로 들어왔다. 지우의 다급한 목소리가 들렸다.

"아저씨! 빨리 오래! 이제 돌 무너진대."

상면은 위를 쳐다보았다. 그러자 커다란 바위가 날아오는 것이 보였다. 용재상면은 이를 악물고 소리를 지르며 전속력으로 달려갔다.

쾅쾅쾅… 쿠르릉…. 엄청난 소리가 들렸다. 상면이 지나가고 나서 돌들이 비 오듯 쏟아졌다.

주르는 아차, 싶었지만 돌이키기가 어려웠다. 다니엘이 시간을 잘못 맞추어서 주르의 군대가 반 이상 지나간 다음에 돌을 굴린 것이었다. 그래서 주르와 군사 만 오천 정도 되는 병력은 돌무덤을 지나 계곡을 빠져나가려 하고 있었다.

상면은 뒤를 돌아보고는 얼굴색을 굳혔다. 그리고는 그 자리에 우뚝 서서 주르의 대군을 맞을 준비를 하였다. 귓속으로 지우의 다급한 말이 들리지만 용재상면은 요지부동. 그 자리에서 무쇠창만 죽어라 잡았다.

왼쪽 옆구리가 아프다고 느꼈을 때였다.

갑자기 웅 하는 소리가 나며 용재상면의 몸이 이상해졌다. 말에 타고 있는 상면의 몸 뒤로 커다란 청룡의 형상이 나오기 시작했다. 그리고는 양쪽 옆구리로부터 비늘 같은 것이 나오며 커져갔다.

주르는 달려오다가 말고 그 모습을 보고는 기겁을 하였다. 밀려드는 부하들에게 하마터면 밟혀 죽을 뻔했다. 주르의 군사 모두와 하늘에 떠 있는 지우는 보았다. 용재상면이 환골탈태하는 모습을….

등 뒤로 나온 청룡의 환상은 빠르게 엄청난 크기로 커지고 색이 짙어갔다.

상면의 옆구리에서 나오던 비늘은 하얀 날개가 되어 등을 덮었다. 용재상면의 눈썹은 용족의 것처럼 짙어지고 길어졌으며 눈은 깊고 맑게 변했다.

웅웅웅ー. 커다란 소리를 내며 청룡이 날았다. 주르와 군사들은 죽음의 공포를 느끼는데 뒤로 도망을 하려 해도 돌에 막혀 가기가 어려웠다. 주르는 이를 악 물고 말을 달려 마주쳐 나갔다. 그러자 주르를 따라서 모든 군사가 일제히 달려갔다.

용재상면은 주르만을 보며 마주쳐 나갔다. 하지만 마주치려는 그 순간 주르는 검을 거두고 그대로 달아났다. 상면의 눈에서는 불이 났다. 저 정도 병력이 용성으로 간다면 막기 어려웠다. 용재상면은 크게 고함을 질렀다. 그러자 누군가가 자신을 부르는 소리가 들렸다.

"용사여, 용사여. 이제 깨어나서 날아오르라. 어서 날아오르라."

용재상면은 처음 듣는 목소리지만 누구의 말인지 알았다. 바로 자신의 몸에 깃들어 있다가 부활한 청룡이었다. 용재상면은 급하게 말했다.

"청룡, 저 돌산을 무너뜨려다오."

청룡이 대답했다.

"그럼, 너도 죽는다."

"내가 죽지 않으면 용성의 모든 형제들이 죽는다. 무너뜨려다오."

용재상면은 비장한 얼굴로 말했다.

그러자 우웅---- 하는 긴 소리를 내며 청룡이 날아올랐다. 산 위로 날아 오른 청룡은 강력한 꼬리로 돌산의 산허리를 쳤다.

꽝 꽈광-!

엄청난 굉음이 나며 산 전체가 흔들렸다. 집채만한 바위와 돌들이 계곡을 벗어나려는 주르의 군사들 머리 위로 비 오듯 쏟아져 내렸다. 주르가 아무리 역천하는 힘을 가졌다 해도 산을 상대로 싸워서 이길 수는 없었다. 주르는 새파랗게 질린 얼굴로 말머리를 돌려서 오던 길로 달아났다. 그러나 달아나던 주르의 눈앞에 용재상면이 두 눈을 부릅뜨고 있었다.

죽음을 각오하고 주르를 보내지 않으려는 용재상면의 기세에 주르는 태어나서 처음으로 기가 꺾였다. 용재상면을 피해 말없이 돌아가려는 주르의 귀로 용재상면의 목소리가 비수처럼 꽂혔다.

"비겁하구나, 주르."

돌아가던 주르는 우뚝 멈췄다. 그리곤 간단하게 말했다.

"오라."

용재상면은 무시무시한 무쇠창을 한 손에 잡고는 비호처럼 날아갔다. 주르도 뛰는 심장을 부여잡고 맞서 나갔다.

쾅! 돌산이 무너지는 먼지와 뒤섞여 마주쳐간 두 장수는 굉음을 내며 헤어졌다.

주르는 오른쪽 뺨에서 피가 나는 걸 느꼈다. 깊게 베여 피가 나지만 하나도 아프지 않았다. 그보다 이런 상황에서도 전투 의욕이 살아나지 않는 자신이 더 미웠고 가슴이 아팠다. 주르는 용재상면을 피해 다시 도망을 갔다. 바윗돌이 흘러내리는 그 지옥으로 다시 돌아가는 주르는 오로지 저곳을 뚫고 대평원으로 가야겠다는 생각이 들었다. 입을 굳게 다문 주르는 하늘을 보지 않고 앞만 보고 달렸다. 주르의 애마는 그런 주인의 마음을 아는지 전력을 다해 달려갔다.

한편 주르와 다시 한 번 부딪친 용재상면은 다시 옆구리가 아파왔다. 그러나 마찬가지로 한가하게 있을 수 없었다. 돌이 쏟아지는 곳으로 달려갔다. 그러나 얼마가지 못해서 용재상면은 제자리에 서고 말았다. 집채만한 바위가 앞을 가로막고 있었다. 용재상면은 발을 동동 구르며 안타까워했지만 어쩔 수 없이 바위 속에 갇히고 말았다.

빗발치는 돌들 사이를 달려가던 주르는 수없이 달려드는 돌들을 온몸으로 막아내며 달려갔다. 하지만 나는 재주가 있는 것도 아닌 주르는 죽음을 직감하며 속도가 점점 줄었다. 주르의 군사들도 전멸을 예감하며 비명 속에서 우왕좌왕하며 아수라장이 되었다.

그때였다. 달려가던 주르 위로 엄청난 크기의 바위가 떨어졌다. 무언가 그림자가 진다고 생각한 주르는 위를 올려다보았지만 때는 이미 늦었다. 죽음을 직감한 주르는 말 위에서 눈을 감았다.

'끝이구나.' 죽음을 준비한 주르는 그 자리에 우뚝 섰다.

그때였다.

바위가 덮치는 찰나의 시간에 빛보다 빠른 무언가가 날아와서는 주르와 애마를 채어 갔다. 그러곤 하늘 높이 올라갔다. 익룡이었다. 돌과 바위들이 주르와 검은 애마를 채어 올라가는 익룡을 덮쳤다. 그러나 돌들은 익룡의 날개를 맞고는 통통 튀어나갔다. 익룡의 눈에 돌가루가 사정없이 박혀 익룡의 왼쪽 눈은 기능을 상실했다. 집채만한 바위가 머리를 칠 때도 익룡은 괴력을 발휘해 하늘로 날아올랐다. 천신만고 끝에 하늘로 높이 오른 익룡은 전신이 피투성이가 된 채 길게 울었다. 마치 주인에게 작별을 고하듯 그렇게 길게 울었다.

상면은 주르를 끌고 하늘로 오르는 익룡을 보고는 기겁을 했다.

'살려 두면 안 된다.'

상면은 급히 활을 잡았다. 곤이 준 불의 화살을 담아서 활시위를 당긴 상면은 하늘로 점점 멀어져 가는 새, 익룡을 향해 주저없이 쏘았다. 하늘 높이 오른 익룡은 힘에 부치는지 꺼억거리는 소리를 내며 급한 숨을 쉬었고, 주인의 명령을 다하려는 듯 죽을힘을 다해 날아올랐다. 그런데 갑자기 날아든 불에 오른 날개가 관통 당했다. 불의 화살은 익룡의 커다란 날개를 뚫고 지나가며 커다란 구멍을 냈다. 게다가 힘줄과 근육을 모두 불로 지져 놓아 익룡은 날갯짓을 할 수가 없었다.

"까악-!"

익룡은 날카로운 비명을 지르며 뱅글뱅글 돌다가 추락하기 시작했다. 하지만 남은 하나의 날개를 퍼덕이며 날아올랐다 가라앉기를 반복해서 위태로운 모습으로 저 멀리 날아가 버렸다. 때마침 산을 타고 올라가는 상승기

류를 탄 익룡은 바람에 육중한 몸을 맡기며 대평원 그랄평야로 날아갔다.

상면은 돌에 갇힌 것보다 주르를 놓친 것이 더 원통했다.

"으아아~!"

상면의 긴 외침은 용산을 돌아 용성에까지 들렸다.

그랄 평야

미르성을 탈출한 바사는 곧장 용성으로 향하였다. 전력으로 달려가는 바사의 뒤를 창이 쫓아오는 것이 보였다. 바사는 더욱 군사들을 재촉하여 용성을 향해 갔다. 밤낮을 가리지 않고 달린 지 여러 날. 드디어 용성의 지경에 도착하였다.

눈에 보이는 용성에서는 난리가 난 것이 보였다. 정문이 닫히며 성 위에서 군사들의 움직임이 기민해졌다. 바사는 뒤로 방어선을 구축하고는 용성 멀찍이 진을 쳤다. 그러고는 군막에서 용의 나라 지도를 펴놓고는 전략을 고민하고 있었다. 반중이 들어왔다.

"잘 왔다, 반중. 앞뒤로 적을 맞았다. 어떻게 적을 맞는 것이 좋으냐?"

"그대로 계시면 됩니다."

"그러다가 용성과 창으로부터 협공을 당하면 전멸이다. 더군다나 우리는 뜨거운 광야 한가운데 있다. 우리 병사들은 지쳤고 먹을 것도 많지는 않다. 오래 버티기 어렵다."

"용성에는 군사가 없습니다. 이리로 치고 나올 군사가 없지요. 그리고 창은 함부로 움직이지 못합니다. 우리가 가만 있으면 저들도 움직이지 못합니다. 먹을 걸 나누어 먹으며 휴식을 취하도록 하십시오. 이대로 며칠만 지나면 할아버님께서 오십니다. 그때가 마지막 전쟁이 될 것입니다."

바사는 고민이 되었지만 미소까지 머금는 반중을 보며 굳게 입을 다물었다.

'이상한 일이지만 반중이 저리 말하니 믿고 가자.'

바사는 군막 밖으로 나가며 모두에게 소리쳤다.

"모두 진을 구축하고 이곳에서 숙영한다! 준비하라!"

쌍성

주르는 정신을 잃었다가 서서히 눈을 떴다. 반노가 걱정스러운 얼굴로 자신을 보고 있었다. 쌍성이었다.

'좀 더 일찍 보냈다면…'

반노는 이번 주르의 패배를 자신의 실책이라 생각했다. 하지만 주르는 눈을 뜨자마자 스스로 자책했다.

'반노께서는 나를 벌하지 않으실 것이다. 하지만 어찌 이게 그냥 넘어갈 일이란 말인가? 군사 2만을 잃었고 진격을 해야 될 날을 보름 이상 까먹었다. 게다가 군사께서 아끼시는 익룡도 죽었다. 나의 우둔한 행동으로 벌어진 일이다. 죽음으로도 다 갚지 못한다.'

주르는 스스로 심하게 자책했다. 주르는 너무 분한 나머지 눈물을 흘리며 자결을 하려 했다. 하지만 반노는 몸을 돌려 나가며 나지막이 말했다.

"전쟁을 이기고 나서 다시 너의 죄를 묻겠다. 그 전까지는 죽지 마라."

하루가 지나고 반노가 주르를 다시 불렀다. 반노는 아무 말 없이 주르를 데리고 폐허가 된 쌍성의 꼭대기로 올랐다. 그곳에서 둘은 멀리 돌이 산더미처럼 쌓인 협곡을 보았다.

반노는 주르에게 비장한 말을 했다.

"너는 군사 2만을 잃었지만 저들도 용사 하나를 잃었다. 그가 없으면 청롱도 없지. 생각해 보면 밑지기만 하는 장사는 아니다. 주르, 오늘의 이 치욕을 잘 새겨 두어라. 네가 앞으로 치러야 할 전쟁은 지금의 이것보다 훨씬 막중한 것이다. 가미는 어찌되었느냐?"

"모릅니다. 아마도 불의 검에 전멸을 당한 듯싶습니다. 산 위의 일이라 정확하지는 않지만 그룹도 나타난 듯합니다."

"그렇구나, 그래."

반노도 무거운 기색으로 돌산이 무너진 협곡을 계속 바라보고 있었다.

그때였다. 전령이 반노 앞에 날아왔다.

"방금 루하의 나머지 부대가 모두 도착했다 합니다."

반노는 그답지 않게 이를 드러내며 좋아했다.

"절묘한 시기에 와주었구나. 어서 가자, 주르."

반노는 쌍성에서 용중산을 죽이고는 주르와 함께 바람처럼 용성으로 달려갔다. 예상대로 가는 길에는 용족의 씨도 구경할 수 없어서 바람처럼 달려갈 수 있었다. 반노의 머릿속으로 전쟁의 마지막 그림이 그려지고 있었다. 반노는 어느덧 용성의 경계에 이르렀다.

사르, 주르와 함께 여러 장수들을 데리고 높은 곳에 올라 본 전장은 실로 거대했다. 자신이 머릿속으로 그렸던 그 어느 그림보다 웅장했다. 짙푸른 하늘과 너른 땅. 그 땅을 메운 형형색색의 기치와 창검들.

반노는 대장군 바사가 쳐놓은 군세를 보고는 입이 벌어졌다.

"허허. 제법이구나, 바사."

"실로 그렇습니다."

주르도 눈을 크게 뜨고 감탄을 하였다. 반노는 수하 장군들을 모두 망루로 소집하고는 멀리 용성을 손가락으로 가리키며 말했다.

"이제 우리는 마지막 전쟁을 하여야 한다. 저 멀리에 있는 우리의 형제들은 포위되어 있고 적들은 우리 앞에 있다. 가자! 가서 우리의 형제들을 구하고 적들을 밟아 이 너른 모든 것을 우리의 후손에게 물려주자. 자 모든 것은 무르익었다. 자, 모두 가자! 이제 추수할 시간이다!"

군사들은 천지가 떠날 것 같은 함성을 지르며 전의를 불태웠다.

반노는 주르에게 말했다.

"가라! 가서 너의 과오를 위해 목숨을 바쳐라. 주르, 이제부터 너의 전쟁이다."

주르는 입술을 굳게 물고 군사들을 끌고 달려갔다. 사기가 하늘을 찌르는 주르의 군대는 둑이 터지듯 그렇게 창의 군대에게 부딪쳐 갔다.

창은 심각한 표정으로 반노의 군대가 오는 길을 보고 있었다.

'반노가 언제 올 것인가?'

상대는 천하제일의 머리인 반노였다. 이제 얼마 후면 반노의 대군이 밀물처럼 올 것이고 바사의 대군도 움직일 것이다. 그는 부관 백부일중에게 반노의 대군이 오는 길을 맡겼다. 창은 바사를 맞아서 버티고 섰지만 자꾸만 뒤를 돌아보았다.

백부일중은 반노가 올 줄 알고 준비를 많이 하였다. 방책을 세우고 땅을 파서 길을 막아버렸다. 돌을 던지는 투석기와 불의 화살도 준비했고 무엇보다도 병사들의 사기를 높였다. 멀리 반노의 대군이 보일 때에도 동요하지 않았고 오히려 용족 특유의 전투의욕이 살아나고 있었다.

백부일중과 창의 계산으로는 길면 한 달, 짧으면 보름만 버티면 적은 괴멸될 수 있었다. 문제는 시간이었다.

언덕에서 반노의 군세를 살펴보던 백부일중은 반노의 선봉이 밀고 올라오자 안색이 돌변했다. 너른 들판을 일렬로 서서 이곳을 향해 포효하고 있는 루하를 본 것이다.

백부일중은 아득히 가라앉는 것 같았다.

'아! 저 괴물이 어찌 이곳에… 쌍성이 예상보다 빨리 무너졌는가?'

백부일중만이 아니었다. 용족의 병사들도 모두 루하를 보았다. 공포의 괴물 루하는 어떤 도검으로도 상처를 내지 못했다. 영혼이 없어서 겁이 없고 이빨과 발톱은 바위도 뚫었다. 유일한 약점은 배에 있었지만 항상 낮은 자세로 다녀서 접근이 불가능했다. 그런 루하가 일제히 용족의 군사들을 향해 무섭게 돌진해 왔다. 그 뒤로 주르의 대군이 밀려들었다.

전쟁이 시작되었다. 막는 자와 뚫으려는 자가 목숨을 걸고 참혹한 전쟁터로 나가 마주쳤다.

쾅!

루하는 목책을 가볍게 부수고 구덩이를 뛰어넘어 몰려들었다. 모든 전선에서 루하에 잡힌 병사들의 비명소리가 하늘을 찔렀다. 볏단처럼 쓰러지는 병사들을 보며 용족의 용감한 병사들의 눈에 불똥이 튀었다.

누가 뭐라 하지도 않았는데 두 병사가 손을 잡고 루하에게 덤볐다. 한 명이 루하의 발톱에 찢기는 때에 다른 병사는 동료의 시체를 방패삼아 들려진 루하의 배로 기어들어갔다. 그러고는 배에 창을 하나 꽂고 나서 역시 루하에게 찢겨 죽어갔다.

백부일중의 눈에 눈물이 고였다. 다른 병사들도 마찬가지. 모두 이를 갈며 죽을 각오로 루하에게 달려들었다. 지옥이 따로 없었다. 피가 내를 이루고 떨어진 살점은 구덩이를 메웠다.

반노는 이를 멀리서 보며 감탄했다.

'괜히 용족이 아니다. 용족이야말로 가장 용감한 족속이리라. 지금은 약하지만 저들이 뭉치면 그야말로 천하무적이리라.'

반노는 전군에 진격 명령을 내렸다. 때맞춰 바사에게도 신호를 쏘아올렸다. 멀리서 보고만 있던 바사도 모든 준비를 끝내고 전군을 몰아 창에게 밀려갔다.

창은 백부일중의 일이 자꾸만 걱정이 되었다. 그러다가 악전고투 중이라는 연락을 받았다. 창은 어쩔 수 없이 바사를 맞아 싸우며 점차 퇴각을 하였다. 그러고는 점차 밀려서 마지막에는 백부일중의 대군과 등을 서로 마주 대었다.

이제 전쟁은 독안에 든 쥐와 쥐를 포위한 반노의 전쟁이 되었다. 용족의 모든 군사를 그랄평야에서 포위한 반노는 회심의 미소를 지으며 사르를 보았다. 사르는 어느 때보다 긴장한 얼굴로 전장을 보고 있었다. 전쟁은 이제 마지막을 향해 달려가고 있었다.

하늘 위

지우는 수지를 타고 가브리엘과 함께 돌아오고 있었다. 가브리엘은 지우가 너무 우는 바람에 애를 먹고 있었다. 스랍도 미안한지 용산의 경계에까지 따라오며 지우 눈치를 보았다.

"지우라 했던가? 흠흠… 아까 그 일은 정말로 미안하다. 나는 네가 엄마가 있는 줄⋯⋯."

"앙! 앙!"

지우는 엄마 얘기만 나오면 울어 버렸다. 수지와 가브리엘이 스랍을 흘겨보았다. 스랍은 어찌할 바를 몰라서 절절 맸다. 가브리엘이 이제 그만 가라고 눈짓을 하였다. 스랍은 얼굴색을 밝게 하고는 지우 앞으로 갔다. 그러고는 지우에게 작별인사를 하였다.

"지우야, 잘 가라. 아저씨가 한 말은… 아니… 나중에 한 번 놀러 오라고, 알았지?"

지우는 스랍이 말을 하는 동안 눈을 뚫어지게 보더니 슬며시 손을 내밀었다. 스랍도 손을 내밀고는 지우의 손을 잡았다. 지우가 작은 입을 열어 말했다.

"아저씨, 잘 가. 나 아저씨 생각나면 또 올게. 근데 아저씨를 뭐라고 불러야 돼? 이름을 몰라. 계속 숫다리라고 해?"

수지와 가브리엘은 입을 막고 웃었다. 스랍도 웃었다.

"내 이름은 없어. 다들 에덴의 스랍이라고 하는데 너도 그렇게 불러도 돼."

"알았어. 에덴의 스랍 아저씨. 다음에 또 놀러 올게."

지우는 눈물로 젖은 맑은 눈을 빛내며 말했다.

스랍은 그 눈을 보며 완전히 빨려 들어감을 느꼈다.

'이 아이가… 도대체 누구란 말인가?'

스랍은 돌아서서 가는 지우를 다시 불러 세웠다. 그러고는 품에서 작은 피리를 하나 꺼내 주었다.

"지우야, 이거 아저씨가 좋아하는 건데 지우가 가지고 있어. 나중에 아저씨 보고 싶으면 이걸 불어. 그러면 아저씨가 갈게. 알았지?"

"고마워, 아저씨. 그럼 다음에 꼭 만나."

지우는 수지를 타고 가며 자꾸 뒤를 돌아보았다. 스랍도 한동안은 자리를 떠나지 않았다.

가브리엘은 지우와 함께 용성으로 가면서 말했다.

"저 아저씨가 우리 지우를 정말 좋아하나 보네."

"응, 그런 거 같아."

지우의 울던 얼굴은 해맑은 얼굴로 미소를 띠었다. 하지만 수지가 일을 망치고 말았다.

"아니지, 그게 아니라 자기가 괜히 지우 울려서 울지 말라고 선물을 준 거겠지. 괜히 엄마 얘기는 해 가지고."

"으앙!"

지우는 엄마 얘기를 듣고 울음을 터뜨렸다.

수지는 가브리엘의 눈총을 받으며 앞만 보고 날았다.

"으앙!"

지우가 계속 울자 가브리엘은 난감해졌다. 그러다가 좋은 수를 생각해 냈다.

"지우야, 우리 엄마 찾아볼까?"

"응?"

지우는 그 말에 거짓말처럼 울음을 그쳤다.

"아저씨가 보기에는 엄마가 너를 찾고 계실 텐데…. 네가 안 보여서 못 찾는 것일 수도 있어. 그러니까 엄마가 잘 볼 수 있는 곳에 있으면 될 거 같은데, 그치?"

"응, 아저씨 말이 맞는 거 같아."

지우가 눈을 빛내며 말하자 수지가 무어라 재를 뿌리려 했다.

가브리엘은 수지의 입을 막고는 말했다.

"나중에 성에 가면 밥 먹고 하늘 높이 올라가면 엄마가 잘 보일 것 같은 데… 만약에 엄마가 잘 못 찾으면 다음 날에도 올라가고 그러면 되겠다.

그치, 수지야. 너도 그렇게 생각하지?"

가브리엘은 수지의 입을 막은 손에 힘을 주며 말했다.

"그렇겠지. 헥헥."

수지는 가까스로 말을 했다.

지우는 잠시 생각하더니 웃으며 말했다.

"그러면 되겠네, 정말. 높은 곳에 올라가면 엄마가 더 잘 볼 테고… 바이올린도 켜볼까? 엄마가 들으면 바로 나인 줄 알 텐데."

가브리엘은 손뼉까지 치며 좋아했다.

"그래, 그게 좋겠다. 높이 올라가서 바이올린을 켜면 엄마가 지우를 찾아올 거야. 우와, 정말 좋은 생각이다."

가브리엘은 겨우 지우를 달랬다. 콧노래까지 부르며 앞서가는 지우를 보며 가브리엘은 한숨을 쉬었다.

"휴우."

수지는 자꾸 돌아보며 인상을 쓰고 주먹을 내밀어 보였다.

용성으로 날아온 지우는 가브리엘의 말을 계속 생각했다.

'엄마가 내 바이올린 소리를 들으면 나를 찾아올까? 아니면 오빠라도? 그래, 그럴 거야. 숨바꼭질할 때 내가 숨으면 오빠가 만날 찾아내잖아. 그래, 어쩌면 오빠가 찾을 수도 있어. 그래, 그럼….'

지우는 엄마와 오빠 생각을 하자 눈물이 나와서 견딜 수가 없었다. 엄마 아빠랑 떨어진 지가 벌써 한 달이 넘었다. 지우는 오랫동안 혼자였다는 생각에 소리 없는 눈물만 계속 흘렸다.

그런 지우의 마음을 아는지 수지는 꼬리를 흔들며 바싹 엎드렸다.

지우는 쟤가 왜 그러나 하며 의아하게 생각하고는 늘상 하는 것처럼 발로 한 번 차려고 했다. 그러자 수지가 잽싸게 허공으로 날아 피하며 말했다.

"안 데려다 준다."

"어딜?"

"저 위에."

수지는 발가락 네 개를 모으고 하나만 간신히 편 채로 앞발을 들어 억지로 위로 꺾어 하늘을 가리켰다. 수지의 앞발은 덜덜덜 떨렸다. 지우는 무슨 말인지 몰라 고개만 좌우로 돌리다가 문득 가브리엘이 하늘을 가리키며 한 말이 생각났다.

"아!"

"이제 알았니?"

수지는 의기양양하게 말하며 뻐근한 앞발을 내렸다.

지우는 하늘을 보며 눈물을 멈추었다. 저 높이 날아가서 바이올린을 켜면 분명 엄마나 오빠가 자신을 찾아올 것 같은 생각이 들었다. 지우는 수지를 보며 눈을 찡긋 하고는 말했다.

"고마워. 생각나게 해 줘서. 이리로 와, 올라가게."

"그냥 가?"

지우는 수지의 말이 무슨 말인지 몰랐다. 다시 고개를 갸우뚱하자 수지는 답답하다는 듯이 다시 왼쪽 앞발을 구부려서 자신의 귀 밑에 갖다 대고는 오른 앞발을 억지로 꺾어 가슴에 갖다 대었다. 아까보다 훨씬 어려운 포즈에 양 앞발이 부들부들 떨리며 땀이 흘렀다.

지우는 수지의 표정을 보고 다시 깨달았다.

"아, 그렇지. 바이올린."

지우는 얼른 뛰어가더니 나무에 걸어 둔 바이올린과 가방을 가져왔다. 가방을 둘러메고는 바이올린을 꼭 잡은 채로 말했다.

"수지야, 고마워. 엄마 만나면 너 맛있는 거 많이 주라 할게."

"약속."

수지는 방긋 웃으며 지우에게로 내려와서는 바싹 엎드렸다. 지우는 수지 등에 올라타고는 하늘을 한 번 보았다. 맑은 하늘에는 소리를 막을 구름 한 점 없어서 엄마한테 연주를 들려주기에 좋은 날씨라고 생각했다.

지우가 등에 타자 수지는 두둥실 떠올랐다. 수지는 하늘 높이 올라갔지만 이상하게도 지우는 아무 말이 없었다. 엄마가 더 잘 보게 더 높이 올라가려는 지우는 높이, 높이 올라가도 더 올라가고 싶었다. 지우 눈치를 보며 계속 높이 올라가던 수지는 덜컥 무서운 생각이 들었다. 수지는 이렇게까지 높이 올라간 적은 없지만 지우가 울던 모습을 생각하며 그런 마음을 지워버렸다.

그랄 평야

그랄 평야 한가운데서는 피비린내 나는 전쟁이 한창이었다. 용성에서 전장을 보던 곤은 맥이 탁 풀렸다. 용족의 모든 군사가 바사와 반노의 대군에 포위되어 전멸을 당할 지경이었다.

'정녕 이렇게 끝나는가? 아 정녕….'

곤의 가슴은 새까맣게 타고 있었다.

루하의 진격에 맞서서 창 사령관은 전군의 병력을 그랄평야의 한가운데로 모았다. 그러고는 서로의 등을 지고 배수진을 친 다음 루하가 오기만을 기다리며 불의 활을 사방으로 겨누었다.

이를 멀리서 보던 반노는 급히 사르에게 소리쳤다.

"지금이다! 사르!"

사르는 숨을 깊게 들이마시고 부풀린 몸을 땅에 바싹 대었다. 그리고는 음산하고 기괴한 울음을 울었다.

들어라. 나의 새끼들은 귀를 열고 혼을 열어 들어라. 나는 너희들의 어미. 너희에게 생명을 준 자니.

나의 말을 듣는 나의 아이들은 모두 지옥에서 나와 살아 있는 모든 걸 죽이고 또 죽여라.

나의 말을 듣는 나의 새끼들은 모두 나와 저들에게 죽음을 안겨라.

기분이 오싹해지고 소름 돋는 사르의 괴성에 팽팽한 긴장이 돌고 양쪽의 군사들은 순식간에 조용해졌다. 전장의 앞에서 짐승의 울부짖는 소리를 지르며 돌격준비를 하던 루하도 그 뒤에서 커다란 방망이로 땅을 치며 지축을 흔들던 네피림들도 그리고 계속 불어대던 나팔소리도 모두 조용해졌다. 전쟁터의 창 사령관도 이상하다고 생각했다.

그때였다.

용족의 병사들은 땅이 약간 움직인다고 생각했다. 작은 떨림을 느끼던 용족의 군사들은 그러나 잠시 후 벌어진 일에 대경실색했다. 갑자기 송곳처럼 날카로운 소리가 병사들의 발아래로부터 나와 고막을 찢어버렸다. 그리고는 땅을 뚫고 새까맣게 많은 독사들이 나타났다. 그리고는 비명소리에 잠시 정신을 잃은 용족의 군사들을 물어 죽였다.

그 모습을 멀리서 보던 반노는 손뼉을 치며 좋아했다.

"됐다. 됐어. 이제야 제대로 걸려들었다. 진군의 북을 쳐라! 어서!"

둥! 둥! 둥! 멀리서 북소리가 들리자 조용하던 루하와 네피림들 그리고 귀신의 영들과 뱀족들이 모두 큰소리를 내며 진격을 하였다.

창 사령관은 말 위에 있다가 갑자기 나타난 뱀들을 보고 깜짝 놀랐다. 갑자기 땅에서 튀어나온 독사에게 물린 군사들의 대부분은 뱀과 함께 땅을 굴렀다. 뱀을 검으로 베어버리는 자들도 있었지만 군사들의 대부분은 뱀에 물려 정신을 잃거나 쓰러져서 싸움을 할 수가 없었다.

용족의 군사들은 뱀의 기습에 속수무책이 되었다.

창의 대군은 갑자기 나타난 뱀에 물려 모두 땅을 굴렀다. 용맹하던 용족의 용사들이 발을 잡고 뒹굴었다. 설상가상 루하와 네피림들이 들이닥쳐서 닥치는 대로 살육을 하였다. 맨 앞에 있다가 루하의 발톱에 죽은 용족의 용맹한 군사들은 뒤이어 들이닥친 네피림들에게 다시 한번 짓밟혔다.

용성에서 이를 보던 곤은 다리에 힘이 풀림을 느꼈다.

'아, 정녕 이런 날이 오는가? 저들의 힘을, 악마적인 힘을 이길 수가 없었단 말인가?'

가브리엘도 마찬가지였다. 자신이라도 날아가서 적들과 싸우고 싶었지만 자신에게는 그런 능력이 없었다. 가브리엘은 일방적인 살육의 현장을 보며 자신의 무기력함에 비탄을 삼켰다.

'아… 이 일을 어찌하여야 하나….'

곤과 가브리엘이 발을 동동 구르고 사령관 창이 힘을 소진하여 죽어갈 때였다.

웅웅웅– 우우––.

하늘을 울리는 큰소리가 나며 창공 어느 한곳으로부터 살육의 전장으로 무언가가 내리꽂혔다. 한 줄기 빛이 파란 빛 꼬리를 남기고는 땅으로 내리꽂혔다.

쿵!

땅이 흔들리고 갈라지더니 땅에 있던 모든 것이 한 번 들썩이며 날았다가 가라앉았다. 뿌옇게 피어오른 먼지도 조용히 가라앉았다.

뿌연 먼지를 뚫고 나타난 자는 바로 청룡이었다. 웅장한 자태를 나타낸 청룡은 번득이는 눈으로 사방을 두리번거렸다.

그러자 병사들의 영혼을 갉아먹던 귀신의 영들이 혼비백산하여 도망을 하였다. 사방으로 미친 듯이 도망하는 귀신의 영은 본체만체. 청룡은 용족의 내장을 찢고 있던 루하에게 달려들어 물어갔다. 청룡이 달려들자 루하 등에 올라 탄 고루들도 루하와 함께 도망을 하였다. 그러나 청룡은 이리저리 몰리고 도망가는 루하를 번개처럼 물어갔다.

청룡의 무지막지한 입 안에 들어간 루하는 드디어 그 내장의 색깔을 드러내며 죽었다.

용감한 몇몇 네피림들도 청룡에 맞서다가 죽임을 당하고는 밀물처럼 들이닥치던 반노의 군사들은 썰물처럼 전장을 빠져나갔다.

그러나 죽음의 문턱에서 구원을 얻은 용족의 군사들은 얼마 되지 않았다. 대부분의 군사들이 죽거나 혼수상태였다.

이를 보던 반노는 다시 북을 쳤다. 북소리를 듣고 이를 악다문 바사는 다친 자들을 뒤로 보내고 새로운 젊은 자들을 앞에 세웠다.

잠시 쉬던 바사의 군사들은 이번에는 좌우로 넓게 벌려 한꺼번에 덮쳐왔다. 모두 일렬로 선 바사의 군사들은 사냥 나가는 사자의 얼굴을 하고는 맹렬하게 돌격하였다.

아무리 청룡이 강하다 하나 혼자였다. 여러 곳에서 달려드는 적을 막기에는 역부족이었다. 창의 군대는 어찌할 바를 몰라서 발만 동동 굴렀다.

그때에 갑자기 그랄 평야 저 멀리에서 뿌연 먼지가 일었다. 그 먼지는 작았지만 시간이 지날수록 커지더니 두 군대가 충돌한 그 지점으로 들이닥쳤다. 그러고는 진격하던 루하의 옆구리를 찔러왔다. 창의 군대로 진격하던 루하들이 삽시간에 낙엽처럼 쓸려갔다.

주르는 그 모습을 보고는 부르르 떨었다.

"용재상면!"

넓디넓은 평야를 가득 메운 뱀족의 군사와 네피림들 그리고 선봉에 선 루하 부대는 장관을 이루었다. 전멸 위기에 있는 용족의 군사들을 등지고 뱀족에 맞서서 버티고 서 있는 백 명이 조금 넘는 용재상면의 부대는 초라했다. 용재상면과 다니엘을 멀리서 본 창과 곤은 울컥했다. 전멸 위기에 있던 자신들을 구해 주고 오히려 지옥으로 뛰어 들어간 상면과 다니엘이 진정한 용사였다. 하지만 막강한 반노의 군대를 막기에는 역부족이었다. 곳곳에서 용족의 비명소리가 울려퍼졌다.

하늘 높이 올라간 지우와 수지는 두둥실 떠서 꽤 높은 곳까지 올라갔다.

너무 높아서 밑의 전쟁터의 군사들이 작은 개미들로 보일 때쯤에 지우가 입을 열었다.

"됐어. 여기가 좋겠어. 여기라면 엄마나 오빠가 잘 찾겠지?"

"응."

수지는 네 발을 옆으로 쭉 뻗었다. 그러고는 중심을 잡고 말했다.

"지우야, 이제 바이올린 켜 봐."

"알았어."

지우는 수지의 등에서 일어섰다.

예상치 못한 지우의 행동에 수지가 놀랐지만 지우는 전혀 무서워하거나 흔들리지 않았다.

'일어서면 더 잘 보이겠지. 엄마, 아빠, 오빠…. 나 여기 있어.'

지우는 눈을 한 번 감았다 뜨더니 바이올린을 턱에 괴었다. 그러고는 활을 잡고 가브리엘이 연주하던 모습을 마음속으로 그렸다. 그러고는 오른손에 쥔 활을 줄에 대고는 떨리는 활을 조심스레 잡아당겼다. 징….

지우는 떨리는 활을 밀고 당기며 스르르 눈을 감았다. 그리고 마음속으로 엄마를 불렀다.

'엄마…. 아빠…, 오빠…. 나 여기 있어… 나 여기 있어…. 엄마, 보고 싶어. 엄마….'

지우는 엄마와 오빠와 아빠가 모두 아는 곡을 연주했다.

뜸북뜸북 뜸북새 논에서 울고

지우의 간절한 바이올린 소리는 지우와 수지를 맴돌았다. 어디로 갈지 모르는 지우의 마음은 지우 주위를 한참 동안 싸고돌았다. 그러던 지우의 마음은 조금씩 커지더니 커다란 원을 그리며 커져갔다. 하늘로 퍼져나간 지우의 마음은 점점 커져만 갔다. 그에 따라 소리도 커졌다.

엄마…

고천중의 집에서 시름시름 앓고 누워 있던 인애는 지우의 희미한 목소리에 벌떡 일어났다.

"지우야!"

인애의 소리를 듣고 달려온 사무엘은 허공을 보며 지우를 찾는 인애를 꼭 안아주었다.

뻐꾹뻐꾹 뻐꾹새 숲에서 울 때

눈을 감고 바이올린을 켜는 지우의 마음 한가운데로 엄마의 외침이 들어왔다.

"지우야!"

지우는 눈을 뜨고 주위를 둘러보았다. 엄마는 없었다.
그때였다. 또 한 번 엄마의 목소리가 들렸다.

"지우야!"

지우는 엄마가 잘 들을 수 있게 이제는 눈을 뜨고 활을 꼭 잡았다.

우리 오빠 말 타고 서울 가시며

사무엘이 인애를 안자 사무엘의 귀에도 갑자기 지우의 바이올린 소리가 들렸다. 그리고 이제는 지우의 목소리도 들렸다.

"엄마? 엄마? 어디 있어? 나 여기 있는데, 엄마는 어디 있어?"

인애는 지우의 소리를 듣고는 울부짖으며 피아노 앞으로 달려갔다.
그러곤 지우의 바이올린 소리에 맞추어 피아노를 쳤다.

"지우야… 지우야… 엄마도 여기 있어… 우리 지우 어디 있니?"

지우는 너무 생생하게 들리는 엄마 아빠 소리에 더욱 큰소리로 활을 켰다.

비단구두 사 가지고 오신다더니….

그러고는 하늘에다 소리쳤다.
"엄마?"
"그래 지우야, 엄마야, 엄마."
"엄마 여기 있어. 우리지우 엄마 여기 있어."
"엄마, 보고 싶어. 엄마."
"우리 지우, 엄마도 우리 지우 보고 싶어."

인애가 치는 피아노 소리와 지우가 켜는 바이올린 소리는 시공간을 뚫고 하나가 되었다.

뜸북뜸북 뜸북새 논에서 울고 뻐꾹뻐꾹 뻐꾹새 숲에서 울 때
우리 오빠 말 타고 서울 가시며 비단구두 사 가지고 오신다더니

지우와 엄마의 애달픈 마음의 연주는 반복되고 지우의 마음과 인애의 울부짖음이 하나가 되었다. 그러고는 커질 대로 커진 지우와 인애의 마음의 소리는 어느 한순간 폭발을 하였다.

그리고 땅위의 모든 살아있는 자들이 애절한 노래를 들었다.
피비린내 나는 전장에서 죽어가는 용족의 군사들과, 죽음을 앞에 두고

의연하게 가슴을 내민 용재상면과 다니엘과, 마음을 졸이며 전장을 지켜보는 곤과 가브리엘의 귀로, 그리고 용족의 전멸을 눈앞에 둔 반노와 그의 군사들, 네피림과 귀신의 영들 그리고 바보 말 루하와 그 위에 올라 탄 고루의 귓속 깊이 지우와 인애의 마음이 파고들었다.

그리고는 모든 자들의 귀 속에서 커다란 폭발이 일어났다.

쾅! 쾅! 콰앙…!

피비린내 나는 전장에서 갑자기 폭죽 터지듯 폭발이 일어났다. 루하 위에 있던 고루들의 머리가 터지며 죽어 나자빠지더니 루하가 갑자기 온순한 바보가 되었다.

그리고 귀신의 영들이 그 힘을 잃고 땅으로 떨어져서는 소멸되었다. 광폭하던 네피림들도 온순해졌다. 뱀족의 마음에 있던 알 수 없는 미움이 사라지더니 힘을 잃고는 땅에 나뒹굴었다. 전장의 모든 것이 바뀌었다. 미움이 사라지고 악이 소멸되었다.

미르성 망루에서 멍하니 이 모든 일을 바라보고 있던 반노는 눈이 뒤집혔다. 다 이긴 전쟁을 한순간에 물거품으로 만든 지우를 보며 두려웠다. 하늘 높이 떠오른 지우가 두려웠다. 반노는 피가 나도록 입술을 씹으며 주르에게 말했다.

"주르, 물의 창고를 열어라."

짧은 반노의 말에 주르는 두 눈을 크게 뜨고는 말을 잇지 못했다.

"올라가라. 주르, 내 말대로 가라. 저곳에 나의 손자 반정도 있다. 하지만 한 줌의 자비도 가지지 말고. 올라가서 내가 명한 대로 물의 창고를 열어라."

반노는 말을 하고는 눈을 돌려버렸다. 질문은 받지 않겠다는 무언의 의

사표시였다.

주르는 눈을 마주치지 않는 반노에게 목례를 하고는 사르에게 말했다.

"가자, 사르. 친구들의 영혼을 거두러 올라가자. 모든 비난은 내가 받겠다. 가자!"

사르는 엄청난 울음소리를 내며 하늘 높이 올라갔다. 사르의 울음소리에 때맞추어 비가 부슬거리며 내렸다. 그러고는 엄청난 먹구름이 몰려왔다. 전장에 있는 군사들은 모두 이상하다고 생각했다. 비바람을 뚫고 하늘 높은 곳으로 올라가는 주르의 얼굴에 눈물인지 빗물인지 모를 회한이 흘렀다.

'형제들아, 나를 용서하지 마라. 다시는 나를 용서하지 마라. 잘 가라 형제들이여….'

한참을 올라간 주르는 결심한 듯 사르의 등에서 두 발을 딛고 섰다. 그러고는 품에 품고 있던 긴 창을 꺼내어 허공을 갈랐다. 구름을 가른 것인가? 허공을 벤 것일까?

사르의 엄청난 울음에 싸움을 멈추고 하늘을 보던 전장의 모든 이들은 갑자기 몰려든 먹구름 속에서 무언가 번쩍하는 빛이 나는 것을 보았다. 잠시 후 귀를 찢는 엄청난 천둥소리가 들리며 북쪽 하늘의 구름이 삽시간에 뭉쳐 모이면서 시커멓게 변했다. 그러고는 주르의 창이 지나간 자리를 따라 시커먼 구름들 사이로 하늘이 열렸다.

그러고는…. 거대한 물 덩어리들이 폭포처럼 북쪽 산꼭대기로 떨어져 내렸다. 땅이 큰 지진처럼 흔들리고 성벽이 터져 나갔다.

커다란 충격을 받은 산 위로 떨어진 물 폭탄은 산에 있는 모든 짐승과 악령들을 순식간에 쓸어 담고는 한꺼번에 남쪽 전장을 향해 협곡을 타고 몰려오고 있었다.

용족뿐 아니라 뱀족도 모두 쓸어버리게 되었지만, 자신의 족속을 죽이면서까지 용족을 전멸시키려는 반노의 얼굴은 담담했다. 용사 중의 용사 주르는 애써 눈을 피하며 남쪽을 보고 있었다.

치열하게 전쟁을 하던 양 진영은 갑작스러운 일에 너무 놀랐다. 모두 우왕좌왕하며 하늘만 보며 발을 동동 구르는데 용족도 당황했지만 뱀족의 모든 장수와 모든 군사들은 더욱 사색이 되었다.

"반노가 우리까지 죽이려 하는구나. 너무 원통하다. 우리가 그동안 속고 산 것이 참으로 원통하다. 원통하다! 원통하다!"

대장군 바사는 분해서 머리가 터져 죽을 지경이었다.

"아… 어리석었구나, 어리석었어."

모든 뱀족의 병사들이 이를 갈았다. 하지만 이미 어쩔 수 없는 일. 전장의 용감하던 모든 자들은 죽음을 맞아 각자 이리 앞에 양떼가 되었다.

그때였다.

남쪽 하늘 위에 올라서 바이올린을 켜던 지우가 큰소리로 외쳤다.

"큰물이 내려와. 큰물이… 다 죽게 생겼는데… 어떡해!"

바벨탑

다급하게 외친 지우의 음성은 막힌 시공간을 넘어 민우에게로 갔다. 민우는 지우의 바이올린 소리를 들으며 제자리 뛰기를 하다가 울었다. 우리엘은 민우가 제자리에서 뛰며 울부짖는 걸 보고는 깜짝 놀랐다. 우리엘은 민우의 손을 잡았다. 그러자 지우의 목소리가 들렸다. 우리엘은 너무나도 놀랐다. 우리엘은 민우에게 다급히 물었다.

"민우야, 이게 무슨 말이니? 지우가 말하는 게 혹시 보이니?"

울면서 귀를 쫑긋 세우고 이리저리 고개를 돌리고 있던 민우는 우리엘의 말에 고개를 끄덕였다.

"응, 보여. 지우가 수지를 타고 하늘 높이 떠 있는데…. 저 아래로 엄청나게 큰물이 내려와. 그런데…. 그 밑에 아주 많은 사람들이 있어. 상면 아저씨랑 외삼촌도 보여. 어떡해! 모두 죽게 생겼어!"

민우는 발을 동동 구르며 마치 앞에서 일어난 일처럼 말했다. 민우의 말이 끝나기가 무섭게 우리엘은 스데반과 민우를 안고 날았다. 아지는 날아가는 우리엘을 따라 악한 영의 세마포를 입에 물고 같이 날았다.

"시간이 없다. 잘못하다가는 모두 죽겠어. 자, 지우에게 가자. 그곳에 많은 사람이 죽게 생겼으니 빨리 가자."

우리엘은 번개처럼 날아가며 품안에서 수정 막대를 꺼내 앞으로 뻗었다. 그러자 막대기 끝에서부터 모든 것이 갈라지며 갑자기 원 모양으로 커다란 구멍이 생겼다. 우리엘은 주저하지 않고 그 구멍 안으로 빛보다 빠르게 날아갔다. 그러고는 우리엘 일행을 삼킨 허공은 다시 예전처럼 푸른 하늘이 되었다.

용의 나라, 그랄 평야

지우를 태운 수지는 하늘 높이 있다가 갑자기 눈앞으로 나타난 엄청난 크기의 뱀에 기절초풍하였다. 독방울이 뚝뚝 떨어지는 커다란 송곳니로 자신의 목을 물려고 덤비는 뱀을 수지는 몸을 틀어 내려서 간신히 피했다. 그러고는 땅으로 내려가는데 순간 등이 시원했다.

등에 타고 있던 지우가 정신을 판 사이에 땅으로 곤두박질치고 있었다. 깜짝 놀라 눈이 뒤집힌 수지는 번개처럼 지우를 향해서 돌진했다. 그러나 지우가 떨어진 걸 본 뱀도 역시 온 힘을 다해 지우를 덮치려 했다.

지우는 중심을 잃고 땅으로 떨어지며 비명을 질렀다.

"악! 악– 엄마–!"

지우의 비명소리는 물 폭탄에 넋이 나간 전장의 모든 자들의 귀청을 때렸다. 그러고는 모두가 하늘로부터 떨어지는 지우와 수지 그리고 육중한 뱀을 볼 수 있었다. 수지가 죽을힘을 다해 내려가지만 천 년을 산 뱀을 이길 수는 없었다.

육중한 뱀은 수지를 제치고 떨어지는 지우를 채려고 입을 벌려 물려고 했다.

"아…."

그 장면을 보던 전장의 누군가가 신음소리를 낼 그때.

갑자기 꽝! 하는 소리가 나며 허공이 갈라지더니 한 줄기 빛이 나와서는 지우를 물던 뱀을 지나갔다.

삭–.

땅 위와 산 위 그리고 전장의 모든 이들은 보았다. 천 년을 산 뱀이 소리 없이 두 동강이 나며 피를 흩뿌리는 중에 한 줄기 빛이 번개처럼 땅으로 떨어졌다.

모두가 그 빛을 보고 있을 때 그 빛이 추락하는 지우를 가까스로 낚아챘다. 그러더니 엄청난 속도로 북쪽 전장의 끝 땅으로 떨어져 내렸다.

"꽈, 꽈꽝!!"

물 폭탄보다 더 엄청난 울림과 천둥이 전장을 한 번 들었다 놓았다. 뒤이어 밀어닥친 물의 폭탄이 전장의 모두를 쓸어 담으려는 그 순간, 모두들 땅에 엎드려 어깨를 움츠리고 귀를 막으려는 그 순간, 신기하게도 아무 일도 벌어지지 않았다.

용족과 뱀족 너 나 할 것 없이 서로를 의지해 엎드려 있던 병사들은 모두 눈을 들어 지우가 떨어져 내린 곳을 보았다. 그러고는 믿기지 않는 눈으로 한동안 그곳을 바라보았다.

하늘로부터 떨어지던 지우를 낚아챈 우리엘이 가까스로 땅의 문을 열었다. 무저갱이 열린 것이었다. 우리엘이 빛처럼 날아 들어간 엄청난 구멍으로 악마 같은 물의 폭탄이 따라 들어가고 있었다. 어마어마한 구멍이 입을 벌려 하늘 창고의 물을 마시고 있었다.

성 꼭대기에서 전장을 보고 있던 곤은 유리 투구 사이로 눈물을 하염없이 흘렸다.

"주님께서 약속하신 그 용사가… 바로 지우였군요. 저 어린 것이."

곤이 흘리는 눈물 밖, 유리 투구에는 하늘로부터 엄청난 기세로 휘몰아 쏟아지던 악마의 물을 삼키는 땅의 모습이 파노라마처럼 보였다.

라파엘이 준 열쇠로 우리엘이 연 그 땅이 입을 벌려, 우리엘과 민우, 지우, 스데반과 악한 영, 아지와 수지… 그리고 모든 물과 짐승들 그리고 악령들을 삼키고 있었다.

가브리엘의 눈으로 천 년의 시간을 넘어 우리엘이 들어왔다.

'아! 우리엘… 자넨가? 자네가 드디어….'

가브리엘은 주저하지 않았다.

'우리엘 기다려라. 나도 간다.'

가브리엘은 번개처럼 날아서 물 폭탄 속으로 몸을 날렸다. 가브리엘은 품 안에서 작은 북을 꺼내 둥둥둥 울리며 물 폭탄 속으로 들어갔다. 그러자 놀랍게도 쏟아져 내리던 물이 잠시 끊기고 허공에 맴돌았다.

그 짧은 시간에 가브리엘이 무저갱으로 들어가자 뒤이어 용재상면과 다니엘이 들어갔다. 눈 깜짝할 사이에 용재상면과 가브리엘이 들어가자 청룡이 엄청나게 큰소리를 내며 용재상면의 뒤를 따라 내려갔다.

너른 그랄평야를 가득 메운 용족과 뱀족 모두 하나같이 큰소리를 질렀다.

우아우아우아…. 지우를 기억하며 지르는 웅장한 소리는 오랫동안 그랄평야에 울려퍼졌다.

오빠 생각

뜸북 뜸북 뜸북새 논에서 울고 뻐꾹 뻐꾹 뻐꾹새 숲에서 울제
우리 오빠 말 타고 서울 가시면 비단 구두 사가지고 오신다더니

기럭 기럭 기러기 북에서 오고 귀뚤 귀뚤 귀뚜라미 슬피 울건만
서울 가신 오빠는 소식도 없고 나뭇잎만 우수수 떨어집니다

작곡 : 박태준 작사 : 최순애   바이올린 연주 : 서혜주

천년의 예언 2
반 때

1판 1쇄 발행 2020년 9월 10일

지은이 김선도
펴낸이 김선도
펴낸곳 도서출판 돌판
편집디자인 (주)브레노스

출판등록 제307-2011-43호
전화 02-2270-0089
팩스 02-2275-7582
홈페이지 www.dolpan.co.kr

ISBN 978-89-971546-1-6 (03810)